HEYNE <

SOPHIE BICHON

UND DU FLIEGST DURCH DIE NÄCHTE

love is love

Band 2

Roman

WILHELM HEYNE VERLAG
MÜNCHEN

MIX
Papier aus verantwortungsvollen Quellen
FSC® C083411

Penguin Random House Verlagsgruppe FSC® N001967

2. Auflage
Originalausgabe 09/2021

Redaktion: Eva Jaeschke
Printed in Germany
Umschlaggestaltung: ZERO Werbeagentur, München,
unter Verwendung von FinePic®, München
Satz: Leingärtner, Nabburg
Druck und Bindung: CPI books GmbH, Leck
ISBN: 978-3-453-42531-6

www.heyne.de

Für Juliana.
Für dein großes Kämpferherz,
in dem so viele Queers ihren Platz haben.
Dafür, dass du dich für uns einsetzt.
Die Welt braucht mehr Menschen wie dich,
aus tausend verschiedenen Gründen.

Für jeden Menschen,
der den Mut hat, er selbst zu sein.
Und für jede*n Einzelne*n, die*der noch mutig sein möchte.
Ihr seid stark, vor allem aber seid ihr nicht allein.
Ich sehe euch.

This feels nice
I've been down and lost for days
Glad I found you on the way
When the day gets better, the night gets brighter.

Drugs you should try von Travis Scott

But I'm dancing in the moonlight
It's caught me in the spotlight
It's alright
Dancing in the moonlight
On this long hot summer night.

Dancing in the Moonlight von Alt-J

VORWORT

Liebe Leser*innen,

die Geschichte, die in *Und du fliegst durch die Nächte* erzählt wird, ist keine leichte. »Dein Gestern ist mein Heute«, sagt Romeo einmal zu Julius, und in diesem Satz steckt so viel über das Miteinander der beiden und über sie als Menschen. Romeo und Julius, die sich in so vielen Dingen unterscheiden wie Tag und Nacht, wie Hell und Dunkel.

Vor allem Romeo hat dabei sein Päckchen zu tragen. Es geht nicht nur um Substanzenmissbrauch und Drogenkonsum, sondern auch um Queerfeindlichkeit und depressive Schübe, die immer wieder Thema sind. Das sind Dinge, von denen ich möchte, dass ihr sie vor dem Lesen dieses Romans wisst. Solltet ihr das Gefühl haben, dass etwas davon euch zu sehr an schlechte Erlebnisse erinnern oder gar triggern könnte, ist es völlig in Ordnung, an dieser Stelle erst einmal nicht weiterzulesen.

Ich wünsche euch eine wundervolle Zeit im bunten, rauen und großartigen Berlin. Lasst uns gemeinsam durch aufregende Nächte fliegen.

Eure Sophie

PLAYLISTS

ROMEO FÜR JULIUS

Drugs You Should Try
von Travis Scott

Manne im Theater
von Kunterweiß

Polar Lights
von Booka Shade & Joplyn

Nevada von Kerala Dust

Negina von T-Puse
(Temple Tears Remix)

Finally Mine von H.O.S.H.

Sky And Sand
von Paul Kalkbrenner

Hereinspaziert von Deisen

Kein Liebeslied von Kraftclub

Wie im Traum von Deisen
(Kunterweiß Remix)

JULIUS FÜR ROMEO

Lost von Frank Ocean

Tieduprightnow von Parcels

Should Have Known Better
von Sufjan Stevens

Last Night In Sant Celoni 12" Mix von Payfone (feat. Jaz James)

Drift von Great Gable

Around The Sun von Poolside
(feat. Amo Amo)

I Didn't Know von Skinshape

Blue Coloured Mountain
von Szymon

Nightcall von Kavinsky

You're All I want
von Cigarettes After Sex

How To Fly von Sticky Fingers

Inception von Rabih Rizk
(Oberst & Buchner Remix)

Paramatma von Fake Mood

Rave von Sam Paganini

Sorry I Am Late
von Kollektiv Turmstrasse

Syria von Unders

Losing It von FISHER

Freidrehen von Clueso

Dancing in the Moonlight
von Alt-J

Sense von King Gizzard
& Lizard Wizard

Sexy Weekend von Scoundrels

Miles Away
von Years Around The Sun

EINE NACHT WIE JEDE ANDERE (FAST)

Romeo

Es war, als stünde eine Barriere zwischen mir und dem Leben, und in diesem Moment war ich mir sicher: Diese Welt hatte mich sowieso nie gewollt und versuchte jetzt wieder, mich loszuwerden. Ganz eindeutig gab sie ihr Bestes, einen Fehler wiedergutzumachen, vielleicht sogar meine Existenz auszulöschen.

Alles war ein einziger Rausch und pure Ekstase, bunte Lichter und explodierende Farben überall, die etwas in mir entzwei- und mich mit sich rissen. Ich ließ mich davontragen, die Augen groß, das Herz klein. Erst machten die Menschen mich unter den Beats zu ihrem Gott und ließen mich mit der Musik die Fäden ziehen, dann gingen sie wieder ihrer Wege, und ich blieb zurück – mit den anderen Verlorenen, und mit jeder Pille drehte die Welt sich schneller.

Diese Welt, die mich nicht haben wollte.

Aber jetzt flog ich auf den Schwingen der Drogen und schob jeden Gedanken daran beiseite – doch als sie mit dem Morgengrauen unaufhaltsam hämmernd wiederkehrten, wurde etwas in mir ganz hart. Weil Hoffnungslosigkeit schlimmer war als Schmerz, und Leere schlimmer als schlechte Entscheidungen.

Es war der Preis für das erkaufte Glück im Untergrund.

Es war die Realität einer Welt, in die ich einfach nicht hineinpasste.

Sie war nicht für verdammte Götter gemacht, sondern für Sterbliche. In den Nächten war ich das eine, an den Tagen das andere, und dann auch wieder keins von beidem.

Ein Gott, ein Gott, ein Gott.

Ein Halbgott – doch einer, der fiel.

Plötzlich war ich oben auf dem Dach, anstatt in meiner Wohnung. Der Wind zerrte an meiner Jacke. Er kam in Böen, wild und gierig, ganz so, als würde er mich zur Eile drängen wollen. Es gab keine verdammte Zeit zu verlieren, und zugleich hatte ich doch mehr als genug. Ich sollte springen und all dem ein Ende setzen.

Als ich die Lider schloss und Schwärze sich um mich legte, hieß ich die Dunkelheit mit ausgebreiteten Armen willkommen. Sie stand im größten Kontrast zu den leuchtenden Farben der Pillen, die nach und nach ihren Weg in mein defektes System gefunden hatten.

Es war eine Nacht wie jede andere.

Fast.

Und jemand schrie.

Gäbe es Berlin nicht,
würde ich versuchen, zum Mond zu fliegen.
Gäbe es Berlin nicht,
würde ich Richtung Unendlichkeit abbiegen.

Supernova, aus *Nachtschwärmer (LP)*,
erschienen 2020.

ACHT MONATE FRÜHER. ODER EIN HALBES LEBEN ZUVOR.

1. Kapitel

Romeo

Die Hitze eines nackten Körpers nahm mir die verfluchte Luft zum Atmen. Ich blinzelte, konnte mich aber nicht bewegen, denn ein Arm lag schwer auf meinem Bauch, ein Kopf auf meiner Brust. Als die Frau im Schlaf seufzte und sich dabei enger an mich presste, strichen lange, tiefrote Haare über meinen Oberkörper. Noch immer hing in der Luft der Geruch nach Sex und ihrem süßen Parfüm, nach Schweiß und nach dem Gras, das wir geraucht hatten, um zumindest ein bisschen runterzukommen. Ich hatte die letzten drei Tage durchgemacht, war offensichtlich aber doch für wenige Stunden eingeschlafen. Auch wenn mein Kopf jetzt innerhalb von Sekunden hellwach war, spürte ich die Müdigkeit mit jeder Faser meines Körpers.

Unwillkürlich strömten Bilder des Wochenendes durch mein Bewusstsein. Die in Dunkelheit gehüllten Nächte, die zu einer einzigen verschmolzen waren. Die Clubs und das Streifen durch die Stadt, das mich müde gemacht, die Lines aus schneeweißem Pulver, die mich wachgehalten hatten. Da waren meine Songs, die sich über die Grenzen der Hauptstadt ausbreiteten, und die Menge, die meinen Namen skandiert hatte. Stories für Millionen Instagram-Follower. Stories, die mir beim Erinnern halfen, wenn die Zeit ihre scharfen Konturen verlor. Ich erinnerte mich an die Stunden im *Fakultativ*, einem der kleineren Clubs. Eigentlich zu klein für meinen Erfolg und den Namen, den ich mir mittlerweile gemacht hatte, aber irgendwie war der Laden zum Treffpunkt meiner Leute geworden. Die Partys, die dort unter den Katakomben im Geheimen stattfanden – sie waren unser Zentrum, um das wir kreisten. Eine Momentaufnahme von Ben mit geröteten Wangen und dem silbernen Ring, der seine vollen Lippen teilte, schob sich zwischen die vielen Bilder. Ben, mit dem ich dort wieder einmal, verborgen vor den Blicken der anderen, rumgemacht hatte, weil ich es so drauf, wie ich gewesen war, zugelassen hatte. Weil ich mir dieses Verlangen nur in diesem Zustand erlaubte, auch wenn ich wusste, dass ich mich am nächsten Tag irgendwie ... schmutzig fühlte. Irgendwie so verflucht falsch und benutzt. Doch je mehr ich dagegen ankämpfte, desto schlimmer drehten sich meine Gedanken, desto stärker wurde mein Verlangen – also gab ich ihm in solchen Momenten nach. Und es war ja nicht so, als wäre das in der Techno-Szene etwas, das die Leute nicht akzeptieren würden. Feiern, leben und leben lassen, Sex und Drogen. Als würde es da jemanden jucken, dass ich mich ... auch zu Männern hingezogen fühlte. Aber gottverdammt, *mich* juckte es. Und die Fremde mit den roten Haaren, die vor wenigen Stunden mehrmals unter mir gekommen war, bestätigte doch, dass ich die Kerle eigentlich nicht brauchte. Schließlich war ich mit *ihr* nach Hause gegangen und nicht mit Ben.

Ich versuchte die Frau wegzuschieben – möglichst vorsichtig und so, dass sie nicht aufwachte, doch Gott, so viel Glück hatte ich natürlich nicht. Träge hob sie den Kopf und starrte mich an. In den Augenwinkeln hingen Reste ihrer Wimperntusche und ließen die feinen Ringe unter ihren Augen noch dunkler wirken.

»Hey«, sagte sie heiser.

»Hey«, murmelte ich, woraufhin ein zufriedenes Seufzen ihren Lippen entwich. In mir zog sich alles unangenehm zusammen. Es war der Knoten in meinem Bauch, den ich nur zu gut kannte.

Die Unbekannte war hübsch, mit ihren leuchtenden Haaren, dem herzförmigen Mund und der schmalen silbernen Kette mit Mondanhänger, die ihren schlanken Hals betonte. Im Moment aber sah sie mindestens so fertig aus, wie ich mich fühlte. Trotzdem strahlte sie mich an und drängte sich im nächsten Moment noch enger an mich. Sie schlang mir die Arme um den Hals, schob eines ihrer Beine zwischen meine. Ihre Haut war so weich wie alles an ihr und, als sich ihre nackten Brüste gegen meinen Oberkörper pressten, regte sich zwar mein Schwanz, aber meine Gedanken taten es nicht. Ich war echt nicht der Typ für Emotionales und erst recht nicht für verdammtes Kuscheln.

»Willst du einen Kaffee?«, murmelte sie und schenkte mir ein Lächeln. »Oder Frühstück?«

Ach du Scheiße.

Mit beiden Händen rieb ich mir über das Gesicht und stöhnte innerlich auf. Ich sehnte mich nach dem Alleinsein, nach Ruhe und Einsamkeit, in der ich Raum für mich hatte. Den fand ich nur in der Dunkelheit und nicht im Licht der tief stehenden Sonne, das durch die Fenster in dieses fremde Zimmer fiel und mir meine Leere und Verlorenheit unangenehm bewusst machte. Das war mein ungeschöntes Innerstes, aber auch die Nachwirkungen des verdammten Ecstasy – das war das Down, das war der Preis für die Hochgefühle des Wochenendes.

»Nein«, erwiderte ich knapp. Es klang zu hart, und ich gab mir Mühe, meine abweisende Haltung mit einem Lächeln abzuschwächen. »Ich sollte jetzt besser gehen. Hab einiges zu tun heute.«

»O«, sie biss sich auf die Unterlippe, und Enttäuschung flackerte in ihren Augen auf. »Okay.«

Trotzdem machte sie keine Anstalten wegzurutschen. Stattdessen lehnte sie sich zu mir, um mich zu küssen, doch ich wich ihren immer noch geschwollenen Lippen aus. Ich hatte ihr verfluchten Sex versprochen, aber ganz sicher keine Nähe. Dieses Mal schob ich sie sanft, aber bestimmt von mir, um aufzustehen und meine Klamotten aufzusammeln, die kreuz und quer auf dem Boden verteilt lagen. Boxershorts, Socken, Jeans. Schnell schlüpfte ich hinein.

»Soll ich dir … vielleicht meine Nummer geben?«, fragte sie jetzt hoffnungsvoll in meinem Rücken. Ich zog mir den Hoodie über den Kopf, die schwarze Bauchtasche über die Schulter, band mir die Haare im Nacken zusammen und drehte mich schließlich fertig angezogen zu ihr um. Sie hatte sich aufgesetzt und strich sich die roten Haare erwartungsvoll hinter die Ohren. Bei der Bewegung glitten sie aufreizend über ihre aufgerichteten Nippel, doch was mich zwischen Rausch und Dunkelheit noch angemacht hatte, interessierte mich jetzt nicht mehr.

»Das würde keinen Sinn machen, weil ich mich nicht bei dir melden werde.« Das war das Ehrlichste, was ich ihr sagen konnte. Ganz sicher war ich keiner von diesen gottverdammten Kerlen, die Versprechungen machten, von denen sie wussten, dass sie sie nicht halten würden. »Versteh mich nicht falsch. Die letzte Nacht war großartig.« *Großartig* bedeutete in diesem Fall *eine wie jede andere.* »Aber das wird sich nicht wiederholen. So läuft das bei mir einfach nicht, und ich will dich nicht anlügen.«

Ich zwinkerte ihr zu und versuchte, nicht noch deutlicher zu zeigen, wie sehr ich hier wegwollte. Dann hob ich zum Abschied die Hand, wünschte ihr noch einen schönen Tag und trat hinaus in einen winzigen Flur, dessen Chaos sehr nach WG aussah.

Kurz bevor die Wohnungstür hinter mir ins Schloss fiel, entdeckte ich an der Wand zwischen Postkarten, Konzert- und Kinotickets und unzähligen Fotos ein Plakat von mir, das mir nicht aufgefallen war, als wir vollkommen drauf hier gelandet waren. Ich hatte weiß Gott auch deutlich besser zu tun gehabt, als mich hier genauer umzusehen. Und jetzt lachte ich bitter auf. Wer auch immer sie war: Sie hatte nicht mit Romeo Brenner geschlafen, sondern mit *Ro.* Mit einem DJ, einem Musikgott. Mit jemandem, den sie verehrte. Lillie meinte immer, dass ich aufhören müsste, mit diesen Frauen ins Bett zu gehen. Mit meinen Fans, die dem Himmel für eine Nacht näher sein wollten. Ich aber war der Meinung, dass so jeder das bekam, was er wollte. Ich den Sex, der mich für einen

Moment dieses so unerklärliche Loch in mir vergessen ließ – und diese Frauen ein Stück von mir, nach dem sie sich so sehnten.

Draußen auf der Straße blinzelte ich in das absurd grelle Licht und zog mir die Kapuze meines Hoodies tiefer in die Stirn, ehe ich die Sonnenbrille aufsetzte. Einfach nur weg, um zu überleben. Einfach nur weg, um bis zum nächsten Set zu leben. Einen Augenblick lang fühlte es sich wie die Sicherheit der Nacht an, die ich so liebte. Friedrichshain, mein Kiez, der niemals schlief. So wie Berlin, das vor vier Jahren zu meinem Zuhause geworden war, weil ich gedacht hatte, hier ich selbst sein zu können. Inzwischen machten sich Zweifel in mir breit, und doch würde ich niemals zurückgehen oder dieses Leben aufgeben wollen. Die auf die kunstvoll verzierten Hauseingänge geschmierten Graffitis, waren nur einer der vielen großartigen Kontraste, die mich vom ersten Moment an Berlin und vor allem an diesem Viertel gereizt hatten. Das Aufeinandertreffen von Altem und Neuem, ruhigen Ecken und bebendem Leben, von tausend verschiedenen Welten in einer einzigen Stadt. Ein paar der gesprayten Bilder stammten von mir, waren Zeugnisse der Nächte, in denen ich allein durch die Straßen streifte und nicht schlafen konnte.

Im Moment jedoch verschwand alles hinter den getönten Gläsern – auf diese Art entsprach das Leben dem Schwarz-Weiß-Film, nach dem es sich gerade anfühlte. So voller Emotion und gleichzeitig erfüllt von bodenloser Leere. Alles war zu laut und zu viel, als ich die nächste Haltestelle ansteuerte, um Richtung Boxhagener Platz zu fahren. Das Gelb der U-Bahn, die ratternd zum Stehen kam, wirkte wie eine Farbexplosion und für einen Sekundenbruchteil wurde ich wieder zurückkatapultiert. Ein Nachklang von Glücksgefühlen, die sich direkt in ein allumfassendes Verlustgefühl verwandelten. Ich lebte für die Dunkelheit, und es war nur eine Frage der Zeit, bis ich wieder Gott spielen würde. Ein Gedanke, der mich dazu brachte weiterzulaufen, auch wenn meine Schritte schwer und träge waren.

Wie ein schützender Mantel legte sich die Anonymität der Großstadt um mich und mein schnell schlagendes Herz und ließ mich auf erschreckend schöne Weise in der Menge der Fahrgäste dieser muffigen Bahn untertauchen. Und doch bildete ich mir immer wieder ein, erkannt zu werden. Der Kerl mit den Kopfhörern mir gegenüber, der mich mit schief gelegtem Kopf musterte. Die Frau mit dem kurzen Pony und den riesigen Ohrringen, die schnell wegsah, als ich sie beim Starren erwischte. Die beiden Mädchen an den Türen weiter hinten, die die Köpfe zusammensteckten und mich dann irgendwo zwischen offen und neugierig angrinsten. Die mit dem Leopardenmantel schien sich ein Herz zu fassen, löste sich von ihrer Freundin und zwängte sich zwischen den dicht stehenden Menschen hindurch – in meine verdammte Richtung, den Blick fest auf mich gerichtet.

Ich stöhnte innerlich auf, da erreichten wir die Haltestelle Frankfurter Allee, und ich sprang erleichtert aus der Bahn. Gar kein Bock gerade.

In meiner Wohnung angekommen, stand ich unentschlossen mitten im großzügigen Eingangsbereich und wusste nichts mit mir anzufangen. Wusste nur, dass ich das Getöse in meinem verdammten Kopf zum Schweigen bringen wollte. Der dunkle Parkettboden schimmerte im letzten Licht des Tages, das durch die breiten Fenster fiel. Hohe Decken mit Stuckverzierungen, an den Wänden gerahmte Plakate ähnlich dem, das ich vorhin gesehen hatte. Überall schaute mir dieser harte Blick unter einer schwarzen Kapuze entgegen, zusammen mit der minimalen Andeutung eines fast schon überheblichen Grinsens. Die Haare reichten mir auf den meisten Bildern noch nicht ganz bis über die Schultern, doch ich hatte etwas Rebellisches an mir und in meinen Augen stand das Feuer, dass ich mittlerweile nur noch mithilfe der Drogen empfand. Die Plakate erzählten meine Geschichte als DJ, sie sprachen von *Ro*, nicht aber von Romeo.

Mein Handy zeigte zwei verpasste Anrufe meines Managers an, dabei sollte Markus langsam kapieren, dass ich gerade keinen Nerv hatte, ihn oder das Label, vor dem er mich vertrat, zurückzurufen. Ich konnte mir ohnehin denken, worum es ging. Außerdem hatte ich eine Nachricht von Leander und einen verpassten Anruf von Lillie. Mit großer Sicherheit erwartete mich einer ihrer legendären Was-hast-du-dir-nur-dabei-gedacht-Vorträge, und das war nichts, womit ich mich jetzt befassen wollte oder konnte. Ja, ich war wieder einmal untergetaucht, aber es fiel mir immer schwerer, an dieser Freundschaft festzuhalten und ihr unaufhörliches Bröckeln zu ignorieren.

Gerade wollte ich mein Handy ausmachen, da ging ein Videoanruf von Leander ein. Nicht zum ersten Mal fragte ich mich, weshalb zur Hölle er nicht einfach normal anrufen konnte. Ich nahm reflexhaft ab, ein bisschen auch aus schlechtem Gewissen. Bevor ich genauer darüber nachdenken konnte, nahm sein Gesicht schon den gesamten Bildschirm ein: die weißblonden Haare, die wie so oft unter einer schwarzen Beanie hervorlugten. Die hellen Augenbrauen und das ovale Muttermal über der Oberlippe. In der leichten Untersicht erkannte ich im Hintergrund einen Streifen Himmel, sah Äste und Wolken vorbeiziehen, während Leander irgendwo entlanglief. Wahrscheinlich war er auf dem Weg zur Universität der Künste. Es war sein letztes Semester und hätte auch meines sein können, wenn ich das Studium nicht vor Kurzem abgebrochen hätte. Doch im Gegensatz zu ihm interessierte mich Architektur eigentlich nicht. Mich dafür einzuschreiben war nur der vergebliche Versuch gewesen, mich irgendwie *normaler* zu fühlen. Letztendlich hatte ich das Studium nur auf Druck meiner Eltern begonnen – trotz meines Umzugs hatte offenbar zumindest ein kleiner Teil von mir ihnen immer noch gefallen wollen.

»Hey, Mann.«

»Harte Nacht gehabt?«, fragte Leander und musterte mich über den Bildschirm. Dann fügte er kopfschüttelnd hinzu: »Du siehst scheiße aus, Ro.«

Die andere Sache, die ich ebenfalls in seinen Augen sah, ignorierte ich gekonnt. Dieses Etwas, das sich seit geraumer Zeit zwischen uns stellte und dass langsam, aber sicher zu einer unüberwindbaren Mauer wurde. Dieses Etwas, das ich auch zwischen mir und meiner besten Freundin Lillie immer häufiger aufblitzen sah.

»Danke, Lean«, lachte ich schwach. »Als ob ich das nicht wüsste.«

»Geht's dir denn sonst gut?« Er zog die Augenbrauen zusammen. »Lillie und ich haben uns Sorgen gemacht, weil wir so gar nichts mehr von dir gehört haben ...«

»Ja, passt.« Ich wollte so nicht sein, aber manchmal war Wegschieben leichter als alles andere. »Tut mir leid, dass ich mich nicht mehr gemeldet habe. Ich ... war beschäftigt.«

Während ich mit dem Handy in der Hand durch die Wohnung lief, durchforstete ich mein Hirn nach irgendetwas, was ich noch sagen konnte. Das Apartment war absurd groß, wahrscheinlich, weil es ursprünglich einmal zwei Wohnungen gewesen waren. Selbst wenn ich gewollt hätte – keine Chance, dass es hier unordentlich aussehen könnte. Ich wusste nicht einmal, wieso ich hier eingezogen war, vielleicht einfach nur, weil ich es mir leisten konnte. Letzten Endes aber war es lächerlich viel Platz für eine einzelne Person. Überall herrschten Weiß und Grau vor, hohe Decken und mehr Zimmer, als ich nutzen konnte. Eigentlich pendelte ich ohnehin nur zwischen meinem Schlaf- und dem Musikzimmer, weil ich mehr nicht brauchte. Vor allem Letzteres war mein Lebensmittelpunkt, meine Oase und manchmal meine Hölle.

»Ro?«

Ich zuckte zusammen. »Sorry.«

Meine Gedanken waren so schwer wie meine Schritte. Ich dachte viel nach und grübelte, doch immer häufiger fühlte es sich an, als würde ich meine engsten Freunde nicht mehr kennen. Jetzt musste ich mir irgendetwas einfallen lassen, damit Leander mich nicht mehr so ansah und ich im Idealfall weniger wirkte, als würde ich ständig nur um mich selbst kreisen. Aber wenn ich ehrlich war, schien mir mein Leben längst in einem Paralleluniversum stattzufinden, und ich hatte keine Ahnung, wie alles andere dort noch hineinpassen sollte. In meinen Mikrokosmos, in dem meine Musik zu viel Raum einnahm. Eine selbst erschaffene Welt, die sich immer weiter von Lillie und Leander entfernte. Lillie und Leander, *Double-L-Trouble*, wie sie sich selbst nannten.

»Habt ihr inzwischen eigentlich mit Fred gesprochen?«, fragte ich schließlich. Himmel, mehr bekam ich in meinem Zustand nicht hin. Aber das sollte ihm doch zeigen, dass ich irgendwie zuhörte, oder?

Vor drei Jahren war Leander in das frei gewordene Zimmer in Lillies WG eingezogen. Ich hatte sie beim Feierngehen kennengelernt, ihn in einer Einführungsveranstaltung während unseres ersten Semesters. Und irgendwie hatte es zwischen uns dreien auf Anhieb gepasst. Seit ein paar Wochen hatten die beiden einen neuen Mitbewohner und waren alles andere als glücklich mit ihm. Ich kramte in meinen Erinnerungen, doch die Gründe dafür, die sie mir in unseren letzten Gesprächen sicherlich aufgezählt hatten, kamen mir beim besten Willen nicht in den Sinn.

»Noch nicht«, meinte Leander und seufzte. »Wir wollten uns am Wochenende eigentlich in Ruhe mit Fred zusammensetzen, aber er ist wieder mal nicht aufgetaucht. Keine Ahnung, er macht es einem echt nicht leicht. Es ist ja nicht so, als wären Lillie und ich superordentlich, aber Fred ist einfach megaunzuverlässig, und so funktioniert das halt einfach nicht, wenn man zusammenwohnt und Dinge abspricht.« Leander hielt kurz inne, ich nickte und warf ein vages *Mhm* ein, dann sagte er: »Wir haben ihn das letzte Mal irgendwann Anfang letzter Woche gesehen. Ich weiß nur, dass er zwischendurch da war, weil es dann einfach krass nach Rauch stinkt und sich in der Küche das schmutzige Geschirr stapelt.«

Wieder ein *Mhm* von mir. Dieses Mal irgendwo zwischen zustimmend und mitfühlend, wie ich hoffte.

Es war eine Gewohnheit, auf dem Weg den breiten Flur entlang an der

Flügeltür angekommen, innezuhalten. Im Inneren des Musikzimmers dann für einen Augenblick mit den Fingerkuppen über meine Lieblingsschallplatten zu streichen. Sie füllten genauso wie die zahlreichen CDs an der anderen Wand deckenhohe Regale. Mein Mischpult stand auf der linken Seite. Zwei angesteckte Schallplattenspieler, außerdem zwei CD-Player. Darüber der große Computerbildschirm. Das Keyboard in der Ecke. Dunkelblaue Vorhänge sperrten jedes Licht aus, weil ich zumindest das Gefühl von mich umhüllender Nacht brauchte, um meine Seele spielen zu lassen.

»Lillie und ich wollten am Freitag einen Kochabend machen, nachdem Fred die Küche hoffentlich endlich sauber gemacht hat. Magst du kommen?«

Einen Moment lang hatte ich ein schlechtes Gewissen, weil ich die beiden so offensichtlich vernachlässigte. Gleichzeitig fiel mein Blick auf das Päckchen Pep, das ich offensichtlich neben dem Mischpult hatte liegen lassen, statt es wegzuräumen.

»Ich bin abends schon bei Ringo und Ben …«, sagte ich abwesend. Schlafen oder Wachbleiben, fragte ich mich und fixierte mit den Augen das weiße Pulver.

Leander hob eine Augenbraue an, schwieg aber. Er musste auch gar nichts sagen, ich wusste, dass er und Lillie die beiden nicht leiden konnten – und das war wahrscheinlich noch eine Untertreibung. Doch Ringo und Ben … sie verstanden mich auf einer anderen Ebene. Sie verurteilten mich nicht, weil sie ebenso Teil dieser anziehenden Untergrundwelt waren wie ich.

»Und das Wochenende danach? Lillie und ich wollten mit dir reden …«

Himmel, bitte nicht wieder eines *dieser* Gespräche.

»Da leg ich im *Fakultativ* auf …«, wich ich ihm aus, »aber kommt doch einfach auch?! Ich kann euch auf die Gästeliste setzen lassen. Und wir können nach meinem Set ja nochmal zusammen losziehen?«

»Okay. Klingt gut.« Leander lächelte mich einigermaßen versöhnlich an, doch sein Lächeln erreichte nur seine Mundwinkel, nicht die Augen.

Nachdem wir aufgelegt hatten, setzte ich mich an mein Mischpult und zerhackte das Pep kurzerhand zu zwei feinen Lines, die ich mir durch die Nase zog. Ich hatte mich für die Musik und das verdammte Wachsein entschieden. Erst links, dann rechts. Für einen Augenblick legte ich den Kopf seufzend in den Nacken und spürte dem Brennen nach, dem bitteren Geschmack, der sich in meinem Rachen auszubreiten begann. Es fühlte sich über die Maßen gut an. Und alles, was ich jetzt noch brauchte, war mein Herz, das ich unter dem Gewicht meiner dröhnenden Beats zertrümmern würde, um es dann wie Phönix aus der Asche wieder aufsteigen zu lassen. In einem Taumel aus Klängen und Rhythmus. Wer behauptete, elektronische Musik hätte kein Herz, der hatte mich noch nie auflegen hören. Zumindest war es damals so gewesen, als Markus und ich voller Träume aus Hamburg weggezogen waren.

Ich war ein aufsteigender Stern in der Technoszene gewesen, doch wo Licht war, war auch Schatten. In meinem ersten Jahr in Berlin hatten wir noch zusammengewohnt und uns mit allen möglichen Jobs über Wasser gehalten. Markus hatte versucht, sich zu vernetzen, Verbindungen aufzubauen und sich einen Namen als Musikmanager zu machen. Ich hatte an *Nachtschwärmer* gearbeitet, auch die Idee für meine Single *Eulenmensch* war mir in dieser Zeit gekommen. Alles war eine einzige, nicht enden wollende Inspiration gewesen, jeder verdammter Moment. Als er mir schließlich den Vertrag mit *Studio B21* verschafft hatte, hatten wir zusammen gefeiert. Hatten uns wie Kinder über jeden weiteren Künstler gefreut, den er vertrat, über jeden Schritt, der mich meinem großen Durchbruch als DJ näher brachte. Markus und ich waren Freunde gewesen, durch deren Venen Musik statt Blut floss, Kollegen, Gleichgesinnte, Verbündete. Jetzt waren wir … nur noch eine verfluchte Geschäftsbeziehung. Er mein Manager, ich sein Künstler.

Und nicht nur das nahm meiner Musik ihre Kraft, meiner Kreativität ihren Impuls, mir meine Motivation. Denn umso erfolgreicher ich wurde, desto weniger Freiheiten hatte ich. Am Anfang hatte ich Musik gemacht, die Herzen bewegte und sich unweigerlich in diesen festsetzte. Jetzt kam ihr immer mehr das Besondere abhanden, das mein erstes Album *Nachtschwärmer* noch ausgemacht hatte. Meine EP *Stadtsee* von letztem Jahr hätte das Bindeglied zum neuen Album sein sollen, doch ich hatte danach nichts mehr zustande gebracht. Und dabei saß mir mein Label unangenehm im Nacken. Sie wollten Ergebnisse sehen. Entweder waren ihnen meine Sachen nicht Mainstream genug oder eben doch zu anders. Sie wollten, dass ich mich nahbarer gab, gleichzeitig machten sie mir Vorschriften, wie ich mit meinen Fans umzugehen hatte. Inzwischen schwirrte mir der Kopf von ihren Forderungen, die sich letzten Endes doch alle widersprachen. Gott, ich konnte es ihnen sowieso nicht recht machen. Inzwischen gelang mir das ja nicht einmal mehr bei mir selbst.

Um mich von Gedanken wie diesen abzulenken, griff ich nach meinen Lieblingsschallplatten und versuchte mich in ihrem Sound zu verlieren, während ich mit den Fingern über sie strich. Improvisieren, etwas Neues erschaffen. Das Pep kickte, und jede Synapse in meinem Gehirn war bereit, alles zu geben. Hellwach, wacher als wach. Ich wollte abschalten, wollte eintauchen und in der Musik sein, doch es funktionierte einfach nicht. Die Klänge, die mein Musikzimmer erfüllten, waren nicht genug. Sie waren bloß Abklatsch von dem, was einmal gewesen war.

Ich warf einen Blick auf die Uhr und fluchte. Verzweiflung durchströmte mich, weil ich es wieder einmal nicht hinbekam, an dem anzuknüpfen, was ich zu Beginn meiner Karriere erschaffen hatte. Statt der Klänge waren es meine Gedanken, die größer und größer wurden ... und mich unter sich zu begraben begannen.

Unser Romeo, ein angesehener Architekt. Endlich nimmt er sein Leben in die Hand!

Ich atmete ein.

Wieso kannst du nicht einfach ... normal sein?

Ich atmete aus.

Du müsstest dich doch bloß ein bisschen mehr anstrengen!

Ich atmete ein.

Eines Tages wirst du deine Eltern stolz machen. Du wirst schon sehen!

Ich atmete aus.

Wenn er doch einfach nur ein bisschen mehr wie sein Bruder wäre!

Jonas mit den Bestnoten und dem Stipendium, das er eigentlich gar nicht brauchte. Jonas mit seiner perfekten Vorzeigefreundin, die inzwischen seine Verlobte war. Jonas mit seiner unerträglich makellosen Art, seinem makellosen Leben und seinem makellosen Uniabschluss. Mein perfekter, beschissener großer Bruder. Ich hatte alles, und doch hatte er immer mehr. Würde es immer haben.

Ich schluckte und beschloss, endlich duschen zu gehen, um irgendetwas anderes zu tun, und als ich wenig später in Hitze und Dampf gehüllt aus der Dusche stieg, kamen meine kreisenden Gedanken für gestohlene Augenblicke zur Ruhe. Da war einfach nur Stille. Sanfte, einlullende Stille. Ich inhalierte sie – und verfluchte den Moment, in dem es klingelte.

Schnell schlüpfte ich in eine Jogginghose, kramte nach einem frischen Shirt und zog es mir über den Kopf. Meine nassen Haare tropften auf Stoff und Boden, eine feine Wasserspur folgte mir den Flur entlang. Mit schnellen Handgriffen band ich sie im Nacken zu einem Knoten zusammen. Es klingelte noch einmal, und ich rollte mit den Augen. Ich war irgendetwas zwischen völlig fertig und überdreht. Wer auch immer draußen stand, konnte also auch noch ein paar Sekunden länger warten.

Und dann strahlte mir plötzlich Prija entgegen. In der Hand hielt sie einen ihrer Teller mit dem hässlichen Blumenmuster. Kunstvoll verzierte Cupcakes stapelten sich darauf, und das Orange der Glasur war nahezu dasselbe, wie das der weiten Leinenhose, die sie trug.

»Hallo, Sonnenschein«, flötete Prija, und ich gab mein Bestes, das entnervte Seufzen zu unterdrücken.

Als sie vor zwei Monaten mit ihrer Cousine in der Wohnung gegenüber eingezogen war, hatte ich geholfen, ihr Bett und ein Monstrum von Kleiderschrank aufzubauen. Und dann noch den Küchentisch. Sie hatte bei mir geklingelt und mich mit ihrem Rehaugenblick angesehen, also hatte ich nicht Nein sagen können. Danach hatten Samia und sie Pizza bestellt und mich eingeladen. Am nächsten Tag hatte Prija wieder geklingelt, die Hände voller Teig, und fragte, ob ich Milch für sie hätte. Ich hatte ihr eine Packung in die Hand gedrückt und eine Stunde später einen Teller mit einem Stück Kuchen auf der Fußmatte vor der Tür gefunden. So oder ähnlich war das ein paarmal abgelaufen, und inzwischen schien meine Nachbarin zu glauben, dass wir so etwas wie Freunde waren. Die Sache war nur die: Mein Bedarf an Freundschaften war mehr als gedeckt.

»Hat es dir wegen dieser Köstlichkeiten etwa die Sprache verschlagen?«, riss Prija mich aus meinen Gedanken und deutete auf die Cupcakes.

Ich gab irgendeinen Laut von mir, von dem ich selbst nicht genau wusste, was er bedeuten sollte. Himmel, ich sollte wirklich endlich Schlaf nachholen.

»Jetzt nimm schon, die sind für dich!« Prija drückte mir den Teller in die Hand. »Es war übrigens alles andere als leicht, sie vor Samia zu retten. Nur, damit du das weißt.«

»Danke«, sagte ich schlicht. Als mir der Duft nach Schokolade und fruchtiger Süße in die Nase stieg, schloss ich einen Moment genießerisch die Augen.

»Die sind besser als ein Orgasmus«, meinte Prija mit ernstem Blick und warf ihre Haare zurück. Schwarz und seidig flossen sie weit über ihren Rücken hinunter. Ihre Augen in dem schmalen Gesicht wirkten riesig. Sie waren schwarz umrandet, auf den Lidern glitzerte etwas – so ein komischer Farbverlauf. Prija war Visagistin, machte momentan eine Weiterbildung zur Make-Up Artist – und das sah man. Aber auch abgesehen von der Schminke war sie hübsch. Hübsch, nur irgendwie ein bisschen nervig.

»Ähm ... okay?«

Sie zuckte mit den Schultern. »Ich mein ja bloß, sie sind wirklich nice. Ich weiß, man sagt, Eigenlob stinkt und so. Aber ich halte das für Schwachsinn. Ich hab geile Cupcakes gemacht. Das kann man dann ja wohl auch mit Stolz sagen, oder?«

Prija reckte mir das Kinn entgegen, und zum ersten Mal heute entschlüpfte mir ein leises Lachen. Sie ergriff die Gelegenheit und linste an mir vorbei in die Wohnung. Mir war klar, dass sie sich wünschte, ich würde sie hereinbitten, doch dieser Ort war trotz der manchmal erdrückenden Weite mein sicherer Hafen, war mein Rückzugsort und hier hatte verdammt nochmal niemand etwas zu suchen – außer vielleicht Lillie und Leander. Und selbst die zwei lud ich nicht besonders häufig zu mir nach Hause ein.

Umso weniger Lust ich auf Prijas Annäherungsversuche hatte, je wortkarger ich war, desto netter und quirliger schien sie zu werden. Und doch: Wenn ich ganz ehrlich war, würde es mir wahrscheinlich fehlen, wenn Samias und ihre auf Hindi geführten Gespräche nicht über den Gang wehten. Wenn Prija nicht ständig klingeln oder mir im Treppenhaus belanglose Gespräche aufzwingen würde. Ich fragte mich, um welchen Teil von mir es ihr dabei ging: um Ro oder Romeo?

»Du machst es einem echt nicht leicht. Ich wäre eine tolle beste Freundin. Oder meinetwegen auch eine zweitbeste.« Schmollend schob Prija die Unterlippe vor, dann sagte sie: »Du wirst Samia und mich nie zu dir einladen, oder?«

Na toll, jetzt fühlte ich mich irgendwie wie ein Arsch.

»Mit großer Sicherheit nicht«, antwortet ich trotzdem. Um meine Worte etwas abzuschwächen, schenkte ich ihr mein schönstes, versöhnlichstes Lächeln. Wie auf Kommando röteten sich Prijas Wangen unter meinem Blick. Manchmal war es so verflucht einfach.

»Ich durchschaue deine Masche«, seufzte sie dann jedoch.

»Welche Masche?«, tat ich überrascht.

Prija lachte ein glockenhelles Lachen. »Genau *diese* Masche.«

Sie hob die Hand und lief rückwärts die wenigen Meter bis zur gegenüberliegenden Tür.

»Übrigens durchschaue ich nicht nur deine Masche, Ro, ich durchschaue auch dich.« Sie grinste. »Und bring mir den Teller zurück. Ich weiß, dass du ihn hässlich findest, und würde es dir nie verzeihen, wenn du ihn *zufällig* verschwinden lässt.«

Mit diesen Worten verschwand sie in ihrer Wohnung. Der kitschige Kranz mit den Blumen baumelte noch mehrere Sekunden lang hin und her.

»Komisches Mädchen«, murmelte ich, dann ließ ich meine eigene Tür ins Schloss fallen. Den Teller mit den Cupcakes nahm ich mit in die Küche und biss gegen die Anrichte gelehnt in den obersten hinein. Eine Geschmacksexplosion aus Schokolade und Orange auf der Zunge. Dazu eine Unendlichkeit an feinen Nuancen, die ich im ersten Moment gar nicht richtig benennen konnte. Es war das Erste, was ich heute aß. Nicht ganz wie der versprochene Orgasmus, aber nah dran.

Ich schnappte mir einen weiteren Cupcake und einen Hoodie, dann stieg ich durch das Küchenfenster auf die Feuertreppe, die sich an das Gebäude aus rotem Backstein schmiegte. Schwarze Streben und direkt daneben das riesige Graffiti, das eine Etage tiefer endete. Es zeigte das Gesicht einer Frau, deren Blick aus großen Augen Richtung Himmel gerichtet war. Ihre Lippen waren voll und rot, langes Haar umwehte ihr Gesicht. Aus den Strähnen wuchsen Blumen mit ausladenden, bunten Blüten heraus und bildeten einen sanft wuchernden Rahmen um das Gesicht der Frau – ein florales, schillerndes Meer auf Backsteingrund, das von Aufbruch und Hoffnung sprach. Vor allem jetzt, im letzten Licht der kaum mehr sichtbaren Sonne.

Ich setzte mich auf den Gitterboden, lehnte mich gegen die kühle

Hausfassade und löste meine immer noch feuchten, im Nacken zusammengebundenen Haare. Wind strich um mein Gesicht, und leider Gottes wanderten meine unruhigen Gedanken wieder und wieder zu meinem Bruder.

Bevor Jonas auf schlimmste Art mein Vertrauen missbraucht hatte, hatte ich mich manchmal gefragt, ob wir beide uns wirklich nicht leiden konnten oder ob das eher ein Resultat unserer Erziehung war – diesem ewigen Wettstreit zwischen uns und den enttäuschten Blicken, mit denen unsere Eltern lediglich mich bedachten. Mich, dieses laute und irgendwie wütende Kind. Die schlechten Noten und dass ich ein Jahr wiederholen musste, meine fehlenden Ambitionen, dieser Kuss mit Michi in unserem Garten. Gott, ich war so verdammt jung gewesen, und trotzdem hatte sich die Erinnerung an sein Zahnlückenlächeln kurz vor der Berührung seines Mundes in meine Netzhaut eingebrannt. Denn das Gefühl von Michis Lippen auf meinen war eine der ersten Sachen in meinem Leben gewesen, die sich irgendwie richtig angefühlt hatten. Zum ersten Mal hatte mich jemand verstanden. Zum ersten Mal hatte mir jemand zugehört und mich denken lassen, dass ich es wert war, um meiner selbst willen gemocht und vielleicht sogar geliebt zu werden. Doch dann hatte mir der vernichtende Blick meiner Mutter alles gesagt, was ich wissen musste: Sie starrte aus dem Küchenfenster, hatte den Vorhang beiseitegeschoben, und ich stand im Scheinwerferlicht ihres Blicks. So befreit ich mich gerade noch gefühlt hatte, war ich sofort wieder Romeo, der wieder einmal von der Norm abwich. Wenn ich jetzt die Augen schloss, glaubte ich immer noch das Brennen ihrer flachen Hand auf meiner Wange zu spüren. Ich hatte geweint, doch das hatte weder sie noch meinen Vater interessiert.

In der Welt meiner Familie zählte mein Erfolg der letzten Jahre nicht. Vor allem meine Vorstellung von Freiheit spielte keine Rolle, denn Musikmachen war kein Beruf. Etwas, das Spaß machte, konnte keine Arbeit sein. Doch die Dinge wurden in meiner Familie nicht direkt ausgesprochen.

Lieber hoffte man, Probleme und Unstimmigkeiten würden sich von allein auflösen. Ein Problem, wie ich es war. Hauptsache, die Fremdwahrnehmung stimmte, auch wenn sie eine verdammte Lüge war, die man aber leicht selbst glauben konnte.

Bevor ich ausgezogen und das große, protzige Haus an der Elbe hinter mir gelassen hatte, hatte mein Leben einem ewigen Wettkampf geglichen, den ich niemals gewinnen konnte – ganz gleich, wie sehr ich mich auch bemühte. Ich passte nicht in dieses *gute Haus*, wie meine Mutter es immer nannte. Nicht zu den konservativen Ansichten meiner Eltern, zum Stolz auf ihr verdammtes Bildungsbürgertum, das sie letzten Endes doch kein Stück toleranter und weltoffener machte. Die Musik war immer schon meine Flucht gewesen. Sie war etwas, das ich verstand, etwas, das ich zum Leben erwecken konnte, und sie hatte mich durch das Gefühl von Einsamkeit getragen. Das tat sie immer noch. Doch obwohl sie mich neu erschaffen hatte, war jetzt nichts mehr gut genug ... Kein Album konnte jemals an meine Anfänge heranreichen, solange ich nicht wusste, was dieses Loch in mir füllen würde. Als der Hype um mich letztes Jahr seinen Höhepunkt erreicht hatte, hatte ich in Ekstase gelebt. Ich war high von meinem Leben und all den verdammten Möglichkeiten. Und als ich merkte, dass ich ein Limit erreicht hatte, fiel ich. Ich war ein Star, ich konnte alles haben. Und damit war die Welt plötzlich langweilig geworden. Die Drogen ersetzten den Kick, der fehlte.

Je länger ich auf dem Gitter saß und auf meinen Kiez hinabblickte, desto ruhiger wurde es tief in mir. Es wurde dunkel, und der Wind begann mir Dinge zuzuflüstern; er erzählte von seinen Geheimnissen, seinen Sehnsüchten und Ängsten. Sein Rauschen wurde zu einem Funken, zu einer Melodie voller verschlüsselter Worte, die etwas in mir zum Brennen brachten. Zum ersten Mal seit Langem fühlte ich mich lebendig.

Aus dem Flüstern des Windes wurde ein drängendes Raunen. Sanfte Böen, die Welt und ich – hier oben auf der Feuertreppe verschmolzen wir miteinander. Mein Herz pulsierte in elektronischen Beats und dunklen Tönen, die einen in die Tiefe zogen. Irgendwo in meinem Kopf hörte ich eine Frauenstimme singen – nur wenige, aber eindrückliche Liedzeilen. Vom Wind, den ich spürte, und dem Abgrund, der vor mir lag. Ich versuchte sie zu fassen zu bekommen, spürte beinah die Plattenteller unter meinen Fingern und den Drop. Die Erlösung, nach der eine namenlose Menge verlangte. Ich machte im Kopf Musik, weil meine Hände es heute wieder einmal nicht hinbekommen hatten. Und unter mir erstrahlte Friedrichshain in schönstem Leuchten. Friedrichshain, Heimat und Bühne der Kreativen. Erst jetzt erwachte Berlin so richtig zum Leben. Doch dieses Mal würde ich nicht mit ihr feiern, dieses Mal würde ich schlafen.

Mit diesem Gedanken sah ich schließlich dem Mond dabei zu, wie er den Himmel eroberte.

Für einen Moment gab es hier draußen nur uns beide.

Den Mondaufgang und mich.

Julius

Campen am Vänersee in Schweden und der erste Kaffee mit Blick auf das Wasser. Wandern an der Küste Portugals und Surfen auf wilden Wellen in Südfrankreich. Freiheit und Berge in Griechenland und eine ganz neue Erfahrung des Meditierens in Indien – Erinnerungen zogen an mir vorbei, und ich betrachtete sie mit einem Lächeln, aber auch mit Sehnsucht im Herzen. Jeder Tag war wie ein leeres Blatt Papier voller unvorstellbarer Möglichkeiten gewesen und jede Nacht ein neues Abenteuer – zusammen mit all den Momenten dazwischen setzten sich die vergangenen zwei Jahre zu einem bunten Kaleidoskop aus Erlebnissen und Erfahrungen zusammen.

Seufzend verschränkte ich die Arme hinter dem Kopf. Das Dach des VW-Busses fühlte sich warm unter mir an.

Biene und ich waren erst seit einer Woche wieder in Berlin. An einem warmen Apriltag vor zwei Jahren waren wir losgefahren und an einem solchen zurückgekommen. Nur waren aus den zwölf Monaten, die wir nach dem bestandenen Bachelor um die Welt reisen wollten, schließlich vierundzwanzig geworden. Und mit jedem Monat, den wir unterwegs gewesen waren, war uns die Entscheidung, wann wir zurück nach Deutschland kehren würden, schwerer gefallen – mit Abenteuern und einem Traum im Gepäck. Vorher hatte es für mich immer nur Sicherheit gegeben, den Willen, das Vernünftige zu tun, obwohl diese andere Stimme in mir von Semester zu Semester immer lauter geworden war. Erst mit dem sehr guten Abschluss und der Aussicht auf Verlässlichkeit, die er mir gab, hatte ich mir endlich erlaubt, dieser brennenden Sehnsucht nachzugeben. Während das BWL-Studium für mich Mittel zum Zweck gewesen war, hatte Biene die drei Jahre voller Zahlen wirklich geliebt. Doch so oder so: Seit wir losgefahren und wiedergekommen waren, gab es nur noch eine Richtung: vorwärts.

Und so, wie ich alle Erlebnisse und Momente meines Lebens in einer Farbe vor mir sah, ging es mir auch mit unserem Aufbruch: das Bild meiner Eltern, die mir zusammen mit meiner kleinen Schwester nachgewunken hatten, bis wir mit unserem vollgepackten Bus um die Ecke gebogen waren, empfand ich als tiefrot mit blasslila Rändern. Es war eine Erinnerung voller Lebenslust und Aufregung, voller Sehnsucht nach dem Unerwarteten, aber auch voller Abschiedsschmerz. Als ich meiner Mutter zum ersten Mal von der geplanten Reise erzählt hatte, reagierte sie zunächst verhalten und sorgenvoll. Wir waren uns immer sehr nah gewesen, wahrscheinlich auch, weil es so lange nur uns beide gegeben hatte, nachdem mein biologischer Vater sich noch vor meiner Geburt aus dem Staub gemacht hatte. Letzten Endes aber war sie immer dieser eine Mensch gewesen, der ohne Wenn und Aber hinter mir und meinen Entscheidungen stand. Sie hatte für mich auf vieles verzichtet, und ich hatte mich als Kind teilweise schuldig gefühlt – womöglich hatte ich deshalb ausbrechen und diese eine Sache nur für *mich* machen wollen: mich selbst an den verborgenen Plätzen dieser Welt finden. Und mit wem hätte ich das besser tun können als mit meiner besten Freundin?

Nachdem Mama damals einen neuen Mann kennengelernt und von ihm schwanger geworden war, waren wir nach Weißensee gezogen. Dort hatte ich an einem sonnigen Herbstnachmittag aus Versehen den Fußball über den Zaun auf das benachbarte Grundstück gekickt. Biene hatte ihn mir über den Holzzaun gereicht und mit piepsiger Stimme und hochroten Wangen gefragt, ob sie mitspielen dürfe. Von diesem Tag an waren wir unzertrennlich gewesen. Sie das stille Kind, ich das aufgedrehte. Wir waren zusammen aufgewachsen, auf dieselbe Schule gegangen, hatten Freud und Leid der ersten Liebe miteinander geteilt und einander getröstet, waren auf die Bäume in unserem Garten geklettert und hatten uns dort oben in den Wipfeln unsere Geheimnisse anvertraut.

Jetzt hörte ich, wie erst die Tür des Busses aufgeschoben wurde, dann der Klang weniger unregelmäßiger Schritte im Gras. Die Leiter am Heck des Busses quietschte. Tapsende Geräusche auf dem Dach folgten.

»Seit wann bist du hier oben?«, erklang es neben mir.

Noch bevor ich die Augen öffnete, sah ich Bienes Farben vor mir. Einfach nur wegen des sanften, vertrauten Klangs ihrer Stimme. Sah dieses pastellige Gelb, das immer kräftiger wurde, ein bisschen wie eine Wiese voller Butterblumen.

Ich setzte mich auf und blinzelte. Biene stand neben mir und hatte das Gesicht der Sonne entgegengestreckt. Ihre geliebte Haremshose schmiegte sich um die schlanken Beine, während die haselnussbraunen Haare ihr noch vom Schlaf zerzaust über den Rücken fielen. Biene schraubte den Verschluss der Thermoskanne mit dem Kaffee auf und sah mich erwartungsvoll an.

»Keine Ahnung, irgendwie habe ich kaum geschlafen. Ich habe mich so ... ruhelos gefühlt«, sagte ich schließlich.

»Geht mir auch so.« Sie nickte. »Es ist einfach komisch, wieder hier zu sein. Es fühlt sich richtig an und gleichzeitig so … surreal.«

»Das braucht sicher auch Zeit«, meinte ich. Biene ließ sich neben mich sinken und reichte mir die Thermoskanne.

Auf unserer Reise war ich auch immer zuerst wach gewesen. Meistens zusammen mit den Vögeln und wenn wir am Meer waren, zusammen mit dem Rauschen der Wellen. Ein Geräusch, das mir mehr als alles andere fehlte. Wir hatten noch im Bus geschlafen, obwohl das Haus meiner Eltern nur ein paar Meter entfernt war, ein Stück über die Wiese. Wände aus Stein, ein richtiges Bett, Begrenzungen – noch fühlten wir uns nicht bereit für all das. Und hier im Garten konnte man sich fast einbilden, woanders auf der Welt zu sein. Die Lichterketten an dem großen Balkon, all die bunten Farben. Die alten, knorrigen Bäume, die ein feines Schattenmuster auf das Hausdach warfen. In ihren Ästen flatterten hellblaue und gelbe Bänder. Ein Gefühl von Italien, eine Brise Griechenland am Rand von Berlin. Über all dem ein strahlend blauer Himmel mit wattigen Wolken.

Biene war schon vor unserer Reise meine beste Freundin gewesen, doch die gemeinsame Zeit im Bus mit wenig Platz und tausend Möglichkeiten hatte uns auf eine neue Art zusammengeschweißt. Wir hatten zusammen gelacht, hatten uns gestritten, wunderschöne Dinge miteinander geteilt, aber genauso Rückschläge erlitten und geweint. Waren ausgeraubt worden, hatten unser ganzes Bargeld verloren und waren einmal sogar in der Notaufnahme gelandet. Hatten uns oft nur mit Händen und Füßen verständigen können und dabei neue Freunde gewonnen. Was auch geschehen war, wir hatten es gemeinsam erlebt, und diese Erinnerungen würde uns niemals jemand nehmen können.

»Wir müssen langsam anfangen, uns nach einer Wohnung umzusehen«, riss Biene mich aus meinen Gedanken.

»Autsch.«

Sie lachte. »Was denn?«

»Das ist ganz schön viel Realität dafür, dass der Tag gerade erst angefangen hat.«

»Stell dich nicht so an.«

»Okay.« Ich nahm einen letzten Schluck und reichte die Thermoskanne wieder Biene. »Also suchen wir uns eine richtig geile Wohnung.«

»Am liebsten wieder in Kreuzberg. Ich fand die Zeit da richtig cool.«

»Dann wären wir im besten Fall auch nicht so weit weg von den anderen«, stimmte ich zu.

»Außerdem muss sie groß genug sein ...«

»... und bezahlbar!«

»Und wir brauchen natürlich einen Balkon, bevor deine Kräuter die ganze Wohnung vollstinken ...«

Ich verdrehte die Augen. »Ich frage mich echt, was genau in deiner Kindheit passiert ist, dass du so ein Problem mit dem Geruch von Basilikum hast. Normal ist das auf jeden Fall nicht.«

»O, und wir brauchen ein Bad mit Fenster.«

»Und wieso lenkst du jedes Mal ab, wenn man dich darauf hinweist, wie seltsam du eigentlich bist?« Ich lachte und stupste Biene liebevoll in die Seite.

»Und ein Wohnzimmer wäre schon ganz cool«, meinte sie. »Und vergiss nicht, dass ich lange Flure supergruselig finde, seit wir *The Shining* gesehen haben. Das möchte ich nicht.«

Ich grinste. »Gut, dass wir keine Ansprüche haben.«

»Find ich auch«, sagte Biene und schaute betont ernst. »Das macht es so viel leichter. Vielleicht sollten wir auch über einen extra Raum für ein Heimkino nachdenken.«

Noch konnte ich nicht sagen, ob mir die Tatsache, Pläne zu haben, das Ankommen leichter oder schwerer machte. Schritt eins war die Wohnung, Schritt zwei war die Suche nach Räumlichkeiten für unser eigenes, kleines Café. Einen Wohlfühlort erschaffen, in dem wir den Menschen in Form von kreativen Gerichten von unserer Reise durch

Europa und Asien erzählten. Wir wollten andere so mitreißen, wie unsere Erfahrungen uns mitgerissen und ein bisschen zu anderen Menschen gemacht hatten. Biene lauter und selbstsicherer, mich ruhiger und geerdeter. Selbstbewusst war ich zwar immer schon gewesen, gleichzeitig aber unfassbar rastlos und hibbelig. Ich hatte keinen Moment still sitzen können, war immer in Bewegung gewesen und auf der Suche nach etwas, von dem ich nicht gewusst hatte, was es war. Erst in der Freiheit einer Reise ohne richtiges Ziel hatte ich gelernt, dass ich wahre Ruhe nicht in meiner Umgebung, sondern in mir finden musste und vor allem auch konnte.

Der Wind fuhr Biene durchs Haar und machte ihre kleinen Segelohren sichtbar. In einer vertrauten Geste strich sie sich die langen Haare wieder nach vorn, doch ich legte meine Finger sanft um ihr Handgelenk.

»Lass das«, sagte ich bloß. »Du bist schön, wie du bist.«

»Ja, ohne diese Ohren.«

Ich schüttelte den Kopf, spürte eine sanfte Böe jetzt auch durch meine Locken gleiten.

»Du bist schön, wie du bist, Biene«, wiederholte ich bestimmt und das nicht zum ersten Mal. In der Schulzeit war sie für ihre Ohren gehänselt worden, und das hatte seine Spuren hinterlassen. Es war wahrscheinlich auch das erste und einzige Mal in meinem Leben gewesen, dass ich mich geprügelt hatte. Weil diese Vollidioten einfach nicht ihre blöde Klappe hatten halten können. Dabei war Biene hübsch und klug und wunderbar.

»Sag es.« Ich sah ihr fest in die hell- und dunkelblau gesprenkelten Augen.

»Ähm … nein.«

»Ähm«, machte ich sie grinsend nach, »… doch!«

»Nein.«

»Sag: Ich bin schön, wie ich bin.«

»Nein.«

»Sag es!«

Biene seufzte schwer. Dieses Geräusch, das sie machte, wenn ich sie zu nerven begann, sie gleichzeitig aber nur zu gut wusste, dass ich unter keinen Umständen lockerlassen würde.

»Du wirst nicht aufhören, bis ich es sage, oder?«

Mein Grinsen wurde breiter. »Ganz genau, Bienchen. Also tu uns beiden den Gefallen und sag es. Am besten aber mit einer großen Portion Ernsthaftigkeit.«

Biene verdrehte die Augen, doch ich sah das leichte Lächeln, das an ihren Mundwinkeln zupfte.

»Ich bin schön, wie ich bin«, sagte sie leise, woraufhin ich eine Augenbraue anhob und wieder folgte darauf dieses spezielle Seufzen.

»Komm schon, lauter! So hört die Welt dich ja kein Stück. Und ich übrigens auch nicht.«

»Ich bin schön, wie ich bin«, wiederholte Biene, dieses Mal mit fester Stimme, und ich nickte zufrieden. »Viel besser.«

Denn jeder Mensch war auf seine ganz eigene Art und Weise schön. Von innen, von außen oder beides zusammen.

Apropos schön.

Apropos Schönheit.

Plötzlich dachte ich an Antonio und die italienische Sonne, dachte an Cédric, Sven und Marin. Ich dachte an die Kerle, die ich während unserer Reise geküsst und mit denen ich geschlafen hatte. Früher oder später hatte ich jeden von ihnen hinter mir gelassen. Und dann waren meine Gedanken wieder bei Antonio, bei unserem bittersüßen Abschied irgendwo an der *Costa dei Trabocchi,* bei dieser Sommeraffäre, die in einem anderen Leben womöglich hätte mehr sein können. Nackt hatten wir an meinem letzten Abend in der untergehenden Sonne gelegen, voller Schweiß und dem Gefühl von Sex in jedem Muskel, und er hatte mich gefragt, ob ich bei ihm bleiben wollte. Doch so niedlich ich ihn auch fand und die wenigen Wochen mit ihm genossen hatte, es trieb mich unaufhaltsam weiter – so wie es das immer getan hatte. Trotzdem hatte ich begonnen, mich in den vergangenen beiden Jahren mehr und mehr nach richtiger Nähe zu sehnen. Die Intimität, die ich mit Antonio und auch den anderen erlebt hatte, war immer nur von kurzer Dauer gewesen. Wirkliche Tiefe und Ernsthaftigkeit hatten gefehlt, dafür war ich jedes Mal zu früh weitergefahren – mit einem neuen, winzigen Knacks in meinem Herzen, weil ich dennoch jemanden für einen kurzen Moment hineingelassen hatte. Biene hatte einmal gesagt, dass ich ein Problem damit hätte, allein zu sein, und vielleicht traf es das ein bisschen. Ich aber glaubte vielmehr, dass ich einfach zu romantisch und auf der Suche nach diesem einen Mann war, der perfekt zu mir passte und mit dem ich meine bunten Gedanken teilen konnte. Jemand, der mich *wirklich* begeisterte. Jemand, der es schaffte, mich zu halten.

An einem Ort zu bleiben hatte also vielleicht doch seine Vorteile. Die Sicherheit eines festen Zuhauses mochte mir Angst machen, und doch wusste ich heute ganz genau, was ich wollte. Wer ich sein wollte.

Und mein Herz wusste es ebenso.

Der erste Freitagabend zurück in der Hauptstadt. Biene und ich teilten meine Kopfhörer so wie früher. Nur der Song war ein anderer: *Lost* von Frank Ocean. Ein hellorangenes Lied, das wir an der Algarve zum ersten Mal gehört hatten. Ich erinnerte mich noch genau an das Gefühl purer Freiheit und den Wind, der an meinem Shirt gezerrt hatte.

Jetzt trug ich eine Jacke, saß, das Skatboard gegen meine ausgestreckten Beine gelehnt, in einer der gelben Bahnen. In weißen, aufgedruckten Umrissen schimmerte das Brandenburger Tor auf den Fensterscheiben, und je mehr Berliner Grau an uns vorbeirauschte, desto mehr zog die Stadt mich wieder in ihren Bann. Überall erstrahlten wenig später Lichter gegen die Dunkelheit und erhellten den Abend, der schon bald in die Nacht übergehen würde. Mein Berlin, das stärker pulsierte, als mein eigenes Herz es jemals gekonnt hätte. Meine Hauptstadt, die zwar eine

Metropole von vielen war und doch in nichts vergleichbar mit irgendeinem anderen Ort auf der Welt.

Ich machte ein Foto von Biene und mir, gespiegelt in der Scheibe, während dahinter verschwommen die Lichter der Stadt schimmerten. Das Bild schickte ich an Mignon und bekam wenige Minuten später eines zurück. Darauf zu sehen war Paris bei Nacht, irgendwo am Ufer der Seine. Ich erkannte ihre ausgestreckten Beine, die in eleganten High Heels endeten, und lächelte unwillkürlich. Mignon hatte ich vergangenes Jahr in einem Bistro im Quartier Latin kennengelernt, als Biene und ich auf dem Weg Richtung Meer in Paris haltgemacht hatten. Wir hatten uns auf Anhieb wahnsinnig gut verstanden und schrieben uns seitdem regelmäßig, um uns über unsere Leben auf dem Laufenden zu halten. Das letzte Mal gesehen hatte ich sie vor wenigen Wochen, als Biene und ich auf dem Rückweg noch einmal über Paris gefahren waren. Mignon war nach langem Hin und Her endlich mit der Frau zusammen, in die sie sich verliebt hatte, und wirkte gelöst und glücklich. Kein Vergleich zu unserem Kennenlernen, als sie mit ernstem Blick an der Bar gesessen und ihre Verwirrung wegen der Gefühle zu Lilou in Wein ertränkt hatte. Ich lächelte bei dem Gedanken daran, wie es gekommen war. Es war schön, dass manche Verbindungen meiner aufregenden Reise auch zurück in Deutschland hielten.

In den vergangenen Tagen hatten Biene und ich im Wohnzimmer meiner Eltern das Internet durchforstet und mehrere Wohnungen besichtigt, doch die Menge an Menschen, die wie wir auf dieselben vier Wände hofften, war irrsinnig hoch und weder Biene noch ich konnten einen Job vorweisen. Wir besaßen das Geld, das wir auf unserer Reise verdient hatten, Biene zusätzlich das, was sie mit dem Verkauf ihres selbstgemachten Schmucks verdiente – aber trotzdem hatten wir kein regelmäßiges Einkommen. Und selbstständig machen wollten wir uns auch noch – alles in allem nicht unbedingt das, was ein Vermieter gern hörte. Viel Sicherheit war das nicht. Und ganz unabhängig davon waren die Mietpreise absurd hoch. Die schlechten Aussichten hatten unsere Stimmung etwas getrübt, und um sie zu heben, waren wir nun auf dem Weg zu Alex und Davin, in die WG, die in Berlin unser Anker war.

Eine halbe Stunde später stiegen wir in Kreuzberg am Hermannplatz aus. Auf dem Skateboard fuhr ich in Schlenkern neben Biene her, immer ein paar Meter voraus und dann wieder zurück zu ihr. Ich brauchte das Board, um über den Asphalt wie über Wellen zu fahren, denn ohne dieses Gefühl unter meinen Füßen fühlte ich mich seltsam unvollständig – ganz so, als würde mir ein Körperteil fehlen.

Der Anblick der Hausfassaden voller Graffitis war mir so vertraut wie das Leuchten der Neonschilder und die vielen Menschen, die jetzt, wo es wärmer wurde, vor jedem Café, jedem noch so kleinen Restaurant und Imbiss, vor jeder Bar mit Windlichtern auf den Tischen im Freien saßen. Inmitten dieser lauen Aprilnacht vermischte sich das laute Hupen der Autos mit hektischen Rufen, schnellen Schritten und ausgelassenem Gelächter. Auch in der Alten Pionierstraße sprudelte es nur so vor Lebendigkeit. Schon von Weitem hörte man Musik aus Davins WG dröhnen. Es waren laute, elektronische Beats, die sich in ihrem Rhythmus dem Strom aus Eindrücken anzupassen schienen.

Gerade als wir klingen wollten, rief jemand unsere Namen. Ich legte den Kopf in den Nacken. Ganz oben saß ein Kerl mit einer Zigarette in der Hand im weit geöffneten Fenster und winkte uns zu. Schwarze Jogginghose, ebenfalls dunkel gerahmte Brille mit runden Gläsern. Das Licht aus dem Inneren ließ die kupferfarbenen Haare hell leuchten.

»Alex!«, schrie ich hinauf und sah und hörte ihn lachen.

»Sie sind da!«, brüllte Davins Mitbewohner über die Schulter irgendjemandem zu, dann wurde die Musik erst leiser, dann wieder lauter gedreht.

»Beeil dich, verdammt!«, hörte man eine andere Stimme schreien.

»Es ist wie immer, oder?« Biene lächelte, und ich legte den Arm um sie, während wir darauf warteten, dass uns jemand öffnete.

»Ganz genauso wie immer«, gab ich ihr recht.

Ihre Wangen waren gerötet, Nervosität vibrierte in der Luft und wurde von Sekunde zu Sekunde greifbarer. Schon seit Jahren stand sie auf Davin und hatte unsere Weltreise als Ausrede benutzt, um sich ihm und ihren Gefühlen nicht stellen zu müssen. Jetzt, wo wir zurück waren, hoffte ich, dass die beiden endlich einen Schritt aufeinander zugehen würden. Ich war mir nämlich sicher, dass es ihm genauso erging. In Davins Abschlusssemester, als er wahnsinnig betrunken gewesen war und ich ihn irgendwie nach Hause geschleppt hatte, vertraute er sich mir an. Nur zu gern hätte ich es meiner besten Freundin erzählt und den beiden den Schubs gegeben, den sie so dringend zu benötigen schienen. Es war schwer mitanzusehen, wie sehr die zwei sich selbst im Weg standen, doch auch wenn ich mit beiden befreundet war, hatte ich kein Recht, mich in diese Sache einzumischen. Stattdessen drückte ich aufmunternd Bienes Hand.

Der Summer erklang, ich drückte die Tür auf und wir beide rannten die Treppe nach oben. Mir war klar gewesen, dass ich unsere Freunde vermisst hatte, aber erst in diesem Moment traf es mich mit voller Wucht, wie groß diese Sehnsucht tatsächlich gewesen war, vor allem die nach Davin.

Biene stolperte hinter mir her.

»Komm schon, schneller!«, rief ich lachend über die Schulter.

»Du hast längere Beine, du Idiot!«, keuchte sie.

Im ersten Stock ging ich ihn die Knie. »Rauf mit dir«, sagte ich und deutete auf meinen Rücken.

»Das ist eine Treppe, ich weiß nicht, ob das eine gute Idee ist.«

»Man lebt nur einmal, oder? Also los. Hatte ich jemals schlechte Ideen?«

»Ähm, ja. Eindeutig«, erwiderte sie, und doch hing meine beste Freundin einen Augenblick später auf meinem Rücken, die Beine um meine Taille geschlungen. Der Geruch nach Orange umhüllte mich.

»Zum Glück machst du so viel Sport«, kicherte sie schließlich munter und wuschelte durch meine Locken. Sie wusste genau, wie sehr ich das hasste, doch ich ließ sie machen. Letztendlich war es egal, ob sie langsamer war als ich. Es war aber nicht egal, dass sie mit jedem Schritt mehr und mehr durchdrehen würde. So konnte ich sie ablenken.

Davin brüllte irgendetwas durch das Treppenhaus, und ich spürte, wie Biene sich auf meinem Rücken verkrampfte.

»Scheiße«, murmelte sie. »War seine Stimme immer schon so sexy?«

»Ich glaube, ja«, flüsterte ich außer Atem.

»Wehe, du lässt mich in den ersten fünf Minuten mit ihm allein. Ich habe Angst umzufallen.«

»Du fällst nicht um!« Ich hielt inne und konnte mir das Grinsen nicht verkneifen. »Und wenn doch, kann ja Davin dich auffangen.«

Biene brummte etwas Unverständliches und krallte sich mit ihren Fingern in meinen Locken fest.

»Was, wenn alles anders ist?«, wisperte sie ganz dicht an meinem Ohr, während die Musik aus der WG lauter und lauter ins Treppenhaus schallte.

»Sieh es so: Du hast jetzt endlich die Chance herauszufinden, was da zwischen euch ist. Weil wir dieses Mal bleiben werden. Und ich glaube ganz ehrlich, dass dir eigentlich das so richtig Angst macht und nicht die Tatsache, dass zwischen euch irgendetwas anders sein könnte. Wir haben so oft geskypt und all das und ... Davin ist immer noch derselbe Mensch.«

»Ich weiß, aber ... vielleicht bin ja *ich* nicht mehr derselbe Mensch.«

»Bist du auch nicht mehr, nicht mehr ganz zumindest«, sagte ich und umfasste Bienes Schenkel fester. »Du bist erwachsener und selbstständiger. Du bist reifer geworden, das sind wir beide, aber das ändert ja nichts an denen, die wir sind, oder?«

»Okay, du hast recht.«

»Natürlich hab ich das«, gab ich zurück und spürte das Grinsen in meinen Mundwinkeln. »Und außerdem hast du dir darüber keine Gedanken gemacht, als wir in Paris in diesem kleinen Bistro waren und du …«

Biene zwickte mir unerwartet in die Seite, und ich keuchte auf.

»Hey, was sollte das denn?!«

»Das in Paris hatte ja mal überhaupt nichts zu bedeuten. Außerdem waren wir zwei Jahre weg. Du kannst mir ja wohl kaum erzählen, dass Davin in der Zeit mit niemandem etwas hatte. Vielleicht hat er sich ja sogar in jemanden …« Biene hielt inne und schnaubte dann. »Außerdem sind er und ich nicht … Wir waren nie …«

Und dann erreichten wir endlich den fünften Stock. Die Tür zur WG stand weit offen. Schuhe türmten sich neben dem Eingang – manche von ihnen wild durcheinander, andere ordentlich gestapelt. Im Flur drängten sich Menschen, die uns entgegenströmten. Ihre Gesichter waren so vertraut wie die dunkelgrün gestrichenen Wände, an denen Plakate und Fotos von gemeinsamen Erlebnissen hingen. Das Verkehrsschild, das Davin und ich einmal betrunken geklaut und nach hier oben getragen hatten, sprang mir sofort ins Auge, sowie der altmodische Garderobenständer aus Holz, der wegen der zahlreichen Jacken darauf gefährlich schief stand. Die LED-Lichter, die an der Decke den Flur säumten, hatten Davin und ich gemeinsam angebracht. Jetzt tauchten sie die grün gestrichenen Wände im Inneren der Wohnung in schummriges Licht. Ich dachte an einen Wald, noch mehr aber an Freiheit an einem Ort, der ein sicherer Hafen war.

Biene konnte gerade noch von meinem Rücken rutschen, ehe wir beide fast von Davin umgerissen wurden.

»Ihr Verrückten!«, rief er. »Ihr seid einfach zwei fucking lange Jahre weg gewesen.«

Mein ältester Freund. Der Kerl zum Pferdestehlen. Der zweite Mensch, vor dem ich mich geoutet hatte. Davin, mit dem ich mich die meiste Zeit auch ohne Worte verstand.

»Ich bin schwul«, hatte ich damals erklärt.

»Okay«, hatte er unbeeindruckt zurückgegeben. »Cool.«

Und jetzt war da dasselbe verschmitzte und breite Lachen, derselbe wissende Ausdruck in seinen dunklen Augen. Der Afro war etwas kürzer, die Seiten rasiert, sodass seine markanten Gesichtszüge deutlicher betont wurden. Die Schultern breiter, die Arme trainierter. In den vergangenen Jahren hatte er alles Jungenhafte verloren und auch, wenn ich ihn nie auf diese Art gesehen hatte, konnte ich Biene durchaus verstehen.

»Scheiße, lasst mich durch«, hörte ich Alex aus einem der Zimmer rufen. »Ich will sie als Erster sehen.«

»Warst du schon so dramatisch, als wir gefahren sind?«, lachte Biene gegen die Musik. Und dann schlang er ebenfalls seine Arme um uns.

»Halt die Klappe, es war komisch ohne euch, okay?«

Davin hatte den Arm um uns beide gelegt, schien dabei aber vor allem Biene anzusehen. Ihre Hand zuckte zu ihren Haaren, die hinter die Ohren gerutscht waren, doch im letzten Moment ließ sie sie sinken und ich lächelte.

Und dann multiplizierte sich unsere Viererumarmung, wurde größere und größer. Vergangenheit und Gegenwart in ein und demselben Moment, das Aufeinandertreffen so vieler Momente meines Lebens. Überall Freunde, manche noch aus der Schulzeit, andere aus dem Studium. Kollegen von meinem Job im *Espresso*, wo Alex noch immer arbeitete. Sarah, die wir einmal beim Feiern kennengelernt hatten. Max, der im ersten Semester BWL in einer der Einführungsveranstaltungen neben mir gesessen und dem ich einen Stift geliehen hatte. Svenja und Aaron, mit denen wir in Weißensee aufgewachsen waren. Die Liste war nicht nur endlos, sie war vor allem atemberaubend. Biene lächelte mich über Schultern und Ellenbogen hinweg an, und mein Herz sprang auf schönste Art.

Eine kleine Unendlichkeit später wurden wir tiefer in das Innere der

Wohnung gezogen. Überall Umarmungen und Willkommensworte, Bienes und mein Name immer wieder eine ganz eigene Melodie. Die Bilder an den grünen Wänden erinnerten mich daran, dass in dieser WG, in der ich selbst lange Zeit gelebt hatte, meine Heimat lag. Davin und ich Arm in Arm an dem Tag, als wir hier eingezogen waren. Die Erstsemesterparty, die ein halbes Leben lang her zu sein schien. Wir beide zusammen in unserem Lieblingsskatepark und Bienes erste Versuche auf meinem Board. Davin, der Bier aus einem Trichter trank, und ich, der grinsend und anfeuernd neben ihm stand. Biene verkleidet als Tinkerbell auf Alex' Schultern, als wir vor einigen Jahren an Karneval alle zusammen für mehrere Tage nach Köln gefahren waren. Ein feuchtfröhlicher Abend im *Espresso* nach Alex' und meinem Schichtende, bevor wir irgendwohin weitergezogen waren. Ein Filmabend hier in der WG: Alex, Biene und ich, die auf dem Sofa in Davins Zimmer nebeneinander gequetscht dasaßen.

Ich blinzelte, es blieb keine Zeit, die vertrauten Fotos weiter anzusehen, denn immer wieder wollte jemand mit uns anstoßen, wurden wir in die Rauchergrüppchen, wie das an den geöffneten Fenstern in der kleinen Küche, gezogen und mussten die Erinnerungsbilder auf unseren Handys herumzeigen. Wir erzählten von unseren Erlebnissen, den guten, aber auch den schlechten. Von einer Reise, die manchmal wie in einem Roadmovie gewesen war und an anderen Tagen erschreckend real.

»Als ich mit Biene in Portugal in die Notaufnahme musste, war ich für einen Moment, glaube ich, kurz davor zurückzufahren.«

»Das hast du mir gar nicht erzählt«, merkte Biene überrascht an und stupste mir in die Seite.

»Weil ja doch noch alles gut gegangen ist«, ich zuckte mit den Schultern. »Und wie hast du so schön gesagt, als du vollkommen neben dir standest?« Ich grinste. *»Alles ist ganz flauschig und warm, und das gehört doch zu einem Abenteuer dazu.«*

Alex und Davin lachten tief, jemand anderes wollte wissen, was denn eigentlich passiert wäre.

»Ich wurde von einer Qualle gestochen, als wir nach dem Surfen auf dem Weg zurück an den Strand waren. Da hatte ich dann einen allergischen Schock. Erst ist die Stelle an meinem Bein einfach nur super angeschwollen und hat wahnsinnig wehgetan, aber dann ist mir auf einmal schwindelig geworden, alles hat sich gedreht …«

»… und dann ist sie einfach umgekippt«, ergänzte ich und wusste nur noch allzu gut, wie hilflos ich mich gefühlt hatte, als meine beste Freundin gegen mich gefallen war und ich sie gerade noch so auffangen konnte. Die Erinnerung an die nachfolgenden Stunden war eine verschwommene Abfolge winziger Momentaufnahmen und adrenalingetränkter Sorge.

In Davins und Alex' Küche erweckten Biene und ich die letzten vierundzwanzig Monate erneut zum Leben und gingen Station für Station durch. Inzwischen wurde im Flur zur Musik getanzt, sowohl aus Davins als auch Alex' Zimmer drangen Stimmen, doch die Gruppe in der Küche wurde immer größer. Es war schön, all das endlich mit unseren Freunden teilen zu können.

»Und wie habt ihr entschieden, wo es als Nächstes hingeht?«, fragte Davin und reichte mir ein frisch geöffnetes Bier. Wir ließen die Flaschen gegeneinander klirren, und Biene grinste.

»Lius hat es mir leicht gemacht. Ich durfte so gut wie alle Entscheidungen treffen.«

»Du bist viel zu harmoniebedürftig«, meinte Alex an mich gewandt und schob sich die runde Brille zurecht.

»Blödsinn. Ich bin einfach nur anpassungsfähig«, gab ich zurück und boxte ihm in die Seite. »Außerdem liebt Biene Zahlen und Listen und Planen. Ich konnte mich quasi ganz entspannt zurücklehnen und genießen.«

»So kann man das natürlich auch nennen«, sagte jemand, und ich verdrehte grinsend die Augen, denn wie Biene noch vor dem Haus gesagt hatte: Es war genauso wie immer. Das Lachen, die Überdrehtheit, das gegenseitige Aufziehen.

Wir waren zu Hause, und das musste nichts Schlechtes sein: Wir würden genau daraus unser nächstes Abenteuer machen. Aus diesem lachenden Auge, das ein bisschen mehr zählte als das weinende – weil die Gegenwart bedeutender war als die Vergangenheit.

2. Kapitel

Julius

In der folgenden Woche fuhren Biene und ich mit der Bahn oder unseren Fahrrädern kreuz und quer durch Berlin. Erfolglos tourten wir von Wohnungsbesichtigung zu Wohnungsbesichtigung. Es war wie ein Endlosmarathon ohne Ziel, und als wir freitags wieder in der WG in der Alten Pionierstraße saßen, fühlten wir uns leer und erschöpft.

Gegen zwölf Uhr, irgendwo zwischen den Tagen, sah es bei Davin und Alex aus wie bei der Party am vergangenen Wochenende. Und das, obwohl wir nur ein Bruchteil der Leute waren. Dieses Mal saßen wir in Davins Zimmer statt in der Küche. Auf dem viereckigen schwarzen Couchtisch, der wahrscheinlich in jeder zweiten WG stand, drängten sich die bereits geleerten Bier- und Weinflaschen. Neue ringförmige Abdrücke unzähliger Gläser reihten sich auf dem Holz an die alten, die nicht mehr weggingen und die Geschichten von Momenten wie diesen erzählten. Das Fenster stand weit offen, und die Musik war laut aufgedreht. Je mehr Zeit verging, desto weiter rückte die Wohnungssuche in den Hintergrund. Ich war hier, ich wollte den Moment erleben. Das Gefühl, meine Freunde um mich zu haben, das ich vermisst hatte, genießen. Die Wortwechsel, das Lachen, das Zusammensein.

Neben mir drehte Alex sich mit routinierten Bewegungen zwei Zigaretten und krümelte dabei Tabak auf seine schwarze Jogginghose. Er schien einen unerschöpflichen Vorrat von ihnen zu besitzen. Seit ich ihn kannte, hatte ich ihn nur während der Arbeit im *Espresso* in Jeans gesehen.

»Hier, Bambi«, er reichte Charlotta, die neben ihm saß, eine der beiden

Zigaretten, ehe er sich seine eigene zwischen die Lippen steckte. Keine Ahnung, was die beiden waren. Ich glaube, so genau wussten sie es selbst nicht. Kein Paar, keine Freunde und dabei doch mehr als eine einfache Sexgeschichte. Sie bewegten sich irgendwo zwischen all diesen Kategorien. Wenn es passte, brauchte man wohl keine Schublade.

Alex erzählte von seinem Geschichtsstudium, von den Stadtführungen, die er für kurze Zeit nebenbei gemacht hatte, weil einer seiner Dozenten ihn dazu überredet hatte. Davin von seinem Job als Streetworker, den er neben seinem Masterstudium in Soziale Arbeit übernommen hatte. Es war seltsam zu erfahren, was ich in den vergangenen beiden Jahren verpasst oder nur in Telefonaten und Skype-Gesprächen mitbekommen hatte.

»Wie läuft es eigentlich mit der Wohnungssuche?«, wollte Alex irgendwann wissen. Er nickte im Takt der Musik, woraufhin ihm die Brille wieder ein Stück über die Nase rutschte. Charlotta schob sie ihm wortlos wieder nach oben und lächelte ihn mit ihren braunen Augen an.

»Nicht gut.« Ich stöhnte auf, hatte ich das Thema doch gerade noch erfolgreich beiseitegeschoben. »Aber nicht, weil es nicht genug Angebote geben würde. Jedes Mal, wenn Biene und ich etwas entdecken, was uns gefällt und preislich klargeht, ist es im nächsten Moment schon wieder weg.«

»Bei der Besichtigung gestern konnten wir die Wohnung gar nicht richtig sehen, weil da so viele Leute waren«, fügte Biene hinzu. »Zuerst mussten wir sogar in einer Schlange unten vor der Haustür warten. Stellt euch das mal vor! Und dann haben wir uns nur mit allen anderen von Raum zu Raum geschoben. Am Ende unsere Daten auf einen Zettel geschrieben und auf den Stapel mit den anderen gelegt. Das war's.«

»O Mann, das klingt echt deprimierend«, seufzte Charlotta mitfühlend. Sie machte große Augen, und ich verstand, weshalb Alex sie *Bambi* nannte. In ihrem blassen Gesicht mit den zarten Zügen wirkten sie riesig. Dazu der Pixie Cut und der schlanke Hals. Charlotta hätte zerbrechlich anmuten können, aber da strahlte eine ungehemmte Kraft und Energie von tief innen nach außen.

»Wir müssen dem Ganzen wahrscheinlich einfach Zeit geben«, meinte ich. »Als Davin und ich hier eingezogen sind, haben wir echt eine Weile gesucht. Und es hat sich ja mehr als gelohnt, oder?«

Davin nickte grinsend. »Ein wahres Schmuckstück.«

Als klar gewesen war, dass ich die Hauptstadt eine Weile hinter mir lassen würde, hatten wir uns nach einem neuen Mitbewohner für ihn umgesehen. Und ich hatte mich gefreut, dass gerade in dieser Zeit Alex ein Zimmer suchte. Der Küchentisch, den Davin und ich zusammen über Ebay-Kleinanzeigen gekauft hatten, die zahlreichen Postkarten, die den Kühlschrank bedeckten, und die alte Kaffeemaschine, die eigentlich nur eine Übergangslösung sein sollte ... Ein Teil von mir lebte in diesen vier Wänden immer noch weiter. In dem geklauten Straßenschild, in den Fotos an den dunkelgrünen Wänden.

»Eigentlich solltest du Alex rausschmeißen und mich wieder einziehen lassen«, scherzte ich.

»Hey, Moment!« Biene stemmte die Hände in die Hüften. »Und was ist bitte mit mir?«

Ich grinste. »Du findest schon was.«

Alex lachte. »Vergesst es. Ich geb' mein Zimmer sicher nicht her.«

»Und ich schmeiß dich nicht raus«, bestätigte Davin.

»Da fällt mir ein ... vielleicht kann ich euch doch weiterhelfen«, kam Charlotta auf das eigentliche Thema zurück. »Eine Freundin von mir wohnt auch in Kreuzberg und zieht in einem Monat um«, sie machte eine Pause und lächelte uns an. »Die Wohnung gehört meiner Oma. Wenn ihr Lust habt, könnt ihr sie euch sicher mal ansehen. Ihr ist es nur wichtig, dass das Geld jeden Monat rechtzeitig auf dem Konto ist.«

Biene und ich warfen uns einen Blick zu, ehe wir gleichzeitig nickten.

Und als Charlotta uns den Mietpreis nannte, atmete ich erleichtert aus. Ein Schnäppchen war es nicht, aber das konnten wir uns auf jeden

Fall leisten. Und das alles mitten in Kreuzberg. Vielleicht war das auch der Punkt, an dem wir uns der Tatsache stellen mussten, dass wir unseren geliebten Bus nicht ewig würden behalten können.

»Ich ruf Oma morgen direkt an und rede mit ihr. Aber wenn euch die Wohnung gefällt, gehe ich schon davon aus, dass das klappen sollte. Lust auf ein großes Casting oder so hat sie eh nicht. Sie ist froh, wenn das einfach schnell über die Bühne geht.« Charlotta lächelte uns aufmunternd zu, Licht verfing sich in ihren kurzen, dunklen Haaren.

Auch wenn noch nichts in trockenen Tüchern und alles nur eine Eventualität war – allein die Aussicht auf eine Wohnung war eine Erleichterung.

Gegen ein Uhr brachen wir auf. Wir wollten endlich wieder ins *Fakultativ*, den angesagtesten Club in Friedrichshain, der dabei doch ein Geheimtipp war. Die Freitagabende hatten Davin, Biene, Alex und ich bis zu unserer Abreise immer dort verbracht, der Weg war nicht weit. Erst ein Stück mit der Bahn und dann durch die eher weniger belebten Straßen des Kiezes. Wir liefen in einer unordentlichen Traube, Charlotta saß einen Teil des Weges auf Davins Schultern, und Biene hörte aus irgendwelchen Gründen gar nicht mehr mit dem Kichern auf. Von außen betrachtet waren wir wohl eine dieser zahlreichen Gruppen angetrunkener Menschen, die zu laut lachten und im nächsten Moment vergessen hatten, weshalb. Die schwankten und durcheinanderredeten, sich mit einer halbvollen Flasche Wein in der Hand immer weiter antrieben. Wir waren eine dieser Freundesgruppen, die man nachts durch die Straßen ziehen sah und fast ein bisschen um ihre ansteckende Freude und Lebenslust beneidete.

Mit einem warmen Gefühl im Bauch machte ich ein kurzes Video und schickte es Mignon.

ICH, 01:29 Uhr

Dinge, die ich unterwegs vermisst habe.

Der *Fakultativ* war winzig und doch eine Institution – hatte genug von Untergrund und einem Insiderladen, bei doch ausreichender Bekanntheit, um für eine beachtliche Schlange vor dem Eingang zu sorgen. Nichts hier hatte sich verändert. Vibrierender Bass, der von den schwarzen Wänden der Katakomben widerhallte. Die verschmierten Graffitis auf den Toiletten und auch alles andere – irgendwo zwischen auf gute Art heruntergekommen und doch stylish. Schwarz, schwarz und noch mehr schwarz, dazwischen hingen riesige Spiegel, in denen man nicht mehr als eine namenlose Menge sah. Gesichter, die im Dämmerlicht verschwammen. Die bunten Lichtstrahlen, die vom DJ-Pult aus den nebeligen Club durchdrangen, wurden von den Spiegeln zurückgeworfen und leuchteten auf die pulsierende Tanzfläche. Hier unten sah die Welt ein bisschen so aus, wie ich sie immer sah: farbenfroh, manchmal ekstatisch, vor allem aber mystisch.

Alle tanzten mit dem Gesicht nach vorn, waren ganz bei sich und dem, was sie empfanden. Schulter an Schulter, gemeinsam und doch allein. Und auch mich traf die Musik in meiner Seele. Elektronische, dunkle Beats, die mich tiefer und tiefer einsogen und sich vor meinen Augen in den schönsten Farbtönen präsentierten. Musik, wie ich sie selten gesehen hatte, denn das hier hatte Herz. Der Bass setzte sich in mir fest. Und ich verlor jedes Gefühl für Zeit und Raum und fiel und verlor mich. Das hier war direkt vor meinen Augen ein verdammter Regenbogen und gleichzeitig jede einzelne Nuance davon pur und echt. So wie sich Menschen und Momente für mich anfühlten, tat es auch die Musik – nur waren ihre Farben noch greifbarer, noch übersteigerter. Es war Synästhesie in ihrer atemberaubendsten Form. Jede einzelne Note als visualisierter Ton, der Bass als Lichtwellen, die mich begruben. Dieses Set hier hatte etwas an sich, das ich noch nie empfunden, noch nie *gesehen* hatte: ehrlich, schmerzhaft und dabei doch so unendlich hoffnungsvoll und schön. Jemand stupste mich an der Schulter an. Davin, der mir grinsend Nachschub in einem hohen Glas hinhielt. Mit den

Lippen formte ich ein *Danke* und nahm einen tiefen Schluck. Aus den Augenwinkeln nahm ich wahr, wie Biene neben mir die Arme in die Luft warf. Die Muschel an der Kette um ihren Hals glänzte im Licht. Ich trug dieselbe und damit auch die Erinnerung, wie sie im Schneidersitz auf dem Busdach gesessen und beide gebastelt hatte. Jetzt waren sie ein Stück Fernweh inmitten eines Berliner Clubs.

Etwas abseits hatten Charlotta und Alex angefangen, wild miteinander herumzuknutschen, während sich ein paar Meter vor mir ein Typ zu mir umdrehte und mich anlächelte. Er trug kein Shirt mehr, Schweißperlen glänzten auf seinem nackten Oberkörper und an seinen Armen leuchteten Knicklichter gegen die Dunkelheit. Auch das Mädchen neben ihm in BH und einem verrückten, kurzen Tüllrock tanzte so ekstatisch, dass ich mir sicher war, dass sie gedanklich längst nicht mehr bei uns war.

Dann die Augen mit einem Lächeln wieder zu und nicht mehr als spüren und fühlen. Minuten, Stunden – wer konnte das schon so genau sagen, wenn man frei war? Irgendetwas an dem Set, das heute lief, vereinnahmte mich vollkommen, stülpte auf irritierende Art mein Innerstes nach außen und setzte dabei jede einzelne meiner Sehnsüchte in mir frei. Von Beat zu Beat zu Beat.

Mir war jegliches Zeitgefühl abhandengekommen, als ich irgendwann die gewundene Treppe nach oben stieg, um für einen Moment die stickigen Katakomben hinter mir zu lassen. Die anderen hatte ich längst in der Menge verloren. Beim ersten Schritt nach draußen und am Türsteher vorbei sog ich begierig Luft in meine Lungen. Sie schlug mir kühl und belebend entgegen, und ich war froh, dass ich vorher noch meine Jacke geholt hatte.

Ich lehnte mich an die Wand neben dem Eingang, zog das Päckchen Zigaretten aus meiner Hosentasche und steckte mir eine an. Die linke Hand hielt ich schützend vor die Feuerflamme, damit der leichte Wind sie nicht ausblies. Und dann war da der erste Zug tief in meinen Lungen, während die Bässe des Clubs sanft in der Dunkelheit vibrierten.

Ein Moment nur für mich.

Wenn ich eine Sache in mehr als siebenhundert Tagen um die Welt gelernt hatte, dann dass Heimat kein Ort sein musste. Sie lag vielmehr im flüchtigen und doch tiefgreifenden Empfinden, dass die kleinsten Dinge in uns auslösen konnten: ein bestimmter Geruch, eine Geste, ein Gefühl – vor allem aber waren es die Menschen an unserer Seite. Heimat konnte man auf jedem Kontinent finden, in jedem Land. Und doch hatte sich das Gefühl des Angekommenseins nicht so richtig eingestellt – obwohl ich gerade jetzt merkte, wie sehr ich diese Stadt vermisst hatte. Wie sehr ich diese Nächte in meinem bunten, rauen Berlin vermisst hatte.

Mein Berlin, das niemals schlief.

Ich ließ meinen Blick über die Leute schweifen, die sich dicht an dicht vor dem Eingang drängten, allein oder in Grüppchen, manche laut und manche leise, doch ihnen allen war gemeinsam, dass sie in diesem Augenblick für die Stunden zwischen den Tagen lebten. Stunden, die wie losgelöste Zeit waren.

Ein Stück entfernt knutschten zwei Mädchen hemmungslos miteinander herum, ein anderes mit hellblauen Haaren ritt lachend auf den Schultern eines Typen. Türsteher mit grimmigem Gesichtsausdruck, noch mehr Menschen und Gesichter und Ausdrücke in ihnen. Auf der gegenüberliegenden Straßenseite saß ein großer Kerl mit langen Haaren auf dem Boden, ganz in Schwarz gekleidet. Fast verschmolz er mit der Dunkelheit und all den anderen Momentaufnahmen dieses Augenblicks.

Ich entdeckte Biene und Davin etwas abseits stehen und lachend die Köpfe zusammenstecken. Kurz überlegte ich, zu den beiden zu gehen, entschied mich dann aber dagegen. Biene strahlte über das ganze Gesicht und vielleicht war das einer dieser wichtigen Momente, den die beiden brauchten, um endlich das zu tun, was sie schon so lange wollten. Um endlich zu begreifen.

Mein Blick wanderte zurück zu dem Kerl, der am Bordstein saß. Auf die schweren Stiefel an seinen Füßen, und trotz der inzwischen deutlich gesunkenen Temperaturen ein enges Shirt, das seinen definierten Oberkörper betonte. Quer darüber eine lederne Bauchtasche und ein Hoodie, der locker über den Schultern lag. Das Kinn hatte er in eine Hand gestützt, das Gesicht lag im Schatten seiner Haare, die ihm in wilden Wellen bis zur Brust fielen. Seine gesamte Haltung schrie, dass er nicht dazugehörte und in Ruhe gelassen werden wollte.

Ehe ich darüber nachdenken konnte, drückte ich meine Kippe aus und überquerte die Straße. Dann stand ich plötzlich vor ihm und hielt ihm die geöffnete Schachtel mit den Zigaretten hin.

»Du siehst aus, als könntest du gerade eine brauchen«, meinte ich, und als er den Kopf hob, glitt mir mein Lächeln beinah von den Lippen. Aus dunklen Augen starrte er mich an, schien mich aber gar nicht richtig wahrzunehmen. Sein Blick erweckte nicht nur den Anschein von Unendlichkeit und doppeltem Boden, sondern trug auch eine seltsame Art der Verlorenheit in sich.

Der Fremde reagierte nicht, und ich wollte die Schachtel schon zurückziehen, da klärte sich sein Blick und ein träges Grinsen breitete sich auf seinen Lippen aus.

»Brauch ich wirklich«, murmelte er und nahm sich eine Zigarette. Kurz entschlossen setzte ich mich neben ihn und steckte mir ebenfalls eine an. Als ich ihm Feuer gab, beugte er sich mir ein Stück entgegen, die Zigarette zwischen den Lippen, während der Blick weiterhin auf mich gerichtet war. Jetzt erst erkannte ich, dass er gar keine dunklen Augen hatte. Seine Pupillen waren einfach nur riesig.

Die kleine Feuerflamme spiegelte sich in dem Schwarz. Im größten Kontrast dazu schimmerten seine Haare im schwachen Laternenlicht wie Honig und Gold.

»Danke«, raunte er.

In den Sekunden, bevor er sich langsam zurücklehnte, entdeckte ich ein Muttermal auf dem rechten Nasenflügel. Nur ein winziges Stück neben dem schmalen goldenen Ring, der sich dort durch die Haut bohrte. Und je eingehender ich ihn betrachtete, desto deutlicher sah und spürte ich die Farben, die ihn umgaben. Blau kristallisierte sich heraus, dieses dunkle, tiefe Blau, das endlos war und einen in seine Tiefe zu ziehen schien. Der dunkelste aller Blautöne, und dazu ein sanftes Lila. Ein bisschen musste ich an den Moment nach dem Sonnenuntergang denken. Wenn der Feuerball schon hinter dem Horizont verschwunden war, aber Schimmer noch als leise Ahnung über allem lag. Das, was ihn umgab, erinnerte mehr an Dämmerung und verblassende Tage als an eine richtige Farbe, und war dabei doch stärker und intensiver, als ich es bei den meisten Menschen wahrnahm.

Die Mundwinkel des Unbekannten zuckten, ehe er seufzend den ersten Zug nahm. Doch die Andeutung eines Lächelns blieb auf seinen Lippen zurück. Er hatte bemerkt, wie ich ihn musterte – nicht nur sein Gesicht, sondern seine gesamte Erscheinung.

»Wieso hockst du hier ganz allein?«

»Tu ich doch gar nicht«, gab er zurück und sah mich mit diesem intensiven Blick an. »Zumindest nicht mehr, oder?«

»Was für ein Glück du hast, dass ich mich zu dir gesetzt habe.«

»Das wird sich noch zeigen.«

Das klang nach einer Herausforderung, und die liebte ich. Mir kam das Spiel in den Sinn: *Traust du dich?* Davin und ich hatten es während eines langen heißen Sommers erfunden und uns gegenseitig angetrieben. Ich hatte nicht nur die besten Ferien meines Lebens erlebt, sondern an deren Ende auch mein erstes Date mit einem Jungen aus der Nachbarschaft. Davor hatte ich mich nie wirklich getraut, einen anzusprechen, geschweige denn so offensichtlich klarzumachen, was ich wollte. Wie die meisten hatte ich nicht nur positive Reaktionen auf mein Coming

Out erfahren, aber alles in allem hatten die Leute in meinem Umfeld immer Besseres zu tun gehabt, als sich mit meiner sexuellen Orientierung zu beschäftigen oder ein großes Ding daraus zu machen. Und so sollte es ja auch sein. Mein Problem war weniger die Angst vor irgendwelchen Anfeindungen gewesen, sondern vor einer Reaktion wie *Ich steh nicht auf Jungs*. In meiner damaligen Vorstellung wäre das irgendwie so absolut endgültig gewesen und nichts, das ich jemals hätte ändern können. Doch der Nachbarsjunge stand nicht nur auf Jungs, sondern auch auf mich. Wir waren zusammen am Weißen See gewesen, hatten träge im Gras gelegen und Erdbeereis gegessen. Dann küssten wir uns im Schatten eines Baums, und ich erinnerte mich heute noch, wie himmlisch und süß dieser Kuss geschmeckt hatte, denn am Ende war alles so leicht gewesen.

Und mit der Zeit hatte ich gelernt, dass man in den meisten Fällen doch irgendwie ein Gespür dafür hatte, ob das Gegenüber Interesse an einem hatte oder nicht. Es war nicht einmal unbedingt ein *Gaydar* in dem Sinn, keine Frage der sexuellen Orientierung, sondern eine von Aufmerksamkeit, von Menschenkenntnis, von Zwischenmenschlichem. Mimik und Gestik, Körperhaltung, Worte – ganz unabhängig vom Geschlecht sagte einem letztendlich all das, ob jemand interessiert war oder nicht.

Jetzt musterte ich den Fremden erneut und versuchte, aus ihm schlau zu werden. War *er* interessiert? »Hast du Lust auf ein Spiel?«

»Okay«, sagte er gedehnt. »Jetzt wird es spannend.«

Schöne Mundwinkel zuckten im Laternenlicht.

»Ich erzähl dir drei Sachen über mich. Wenn du errätst, welche davon wahr ist, darfst du dir etwas von mir wünschen. Danach bist du dran.«

Nachdenklich strich er sich mit der Hand über das Kinn, über einen Dreitagebart, der seine markanten Gesichtszüge betonte.

»Also zwei Lügen und eine Wahrheit.«

Ich nickte, und etwas flackerte in seinen Augen auf. So kurz, dass ich es fast nicht bemerkt hätte, dann wich er meinem Blick aus.

Er dachte nach.

Lang …

»Okay, ich bin dabei. Aber kein Nachhaken, keine Fragen nach Details. Einfach nur zwei Lügen und eine Wahrheit.«

»Einverstanden«, zufrieden lehnte ich mich zurück und begann aufzuzählen. »Ich habe erst mit sechzehn Schwimmen gelernt und sehe dabei furchtbar aus. Im Urlaub am Atlantik dachte jemand, ich ertrinke, weil ich mich so seltsam bewegt habe. Er hat versucht mich zu retten. Zweitens: Ich hatte mein erstes Mal auf einem Riesenrad – ganz oben, als es stillstand. Und drittens: Die Narbe hier«, ich schob den Ärmel meiner Bomberjacke ein Stück nach oben und zeigte auf den kaum sichtbaren, wenige Zentimeter langen Streifen auf der Innenseite meines linken Unterarms, »habe ich, seit ich elf Jahre alt bin. Ich wollte meiner Mutter beweisen, dass es Magie gibt und Menschen sehr wohl fliegen können, wenn sie nur fest genug daran glauben. Leider bin ich von dem Baum gefallen und mit dem Arm auf einem Stein gelandet. Na ja, ich musste dann genäht werden und feststellen, dass ich mich geirrt habe.«

»Ähm, okay …« Der Unbekannte blinzelte, und Licht verfing sich in seinen Wimpern. »Das klingt alles ein bisschen … absurd.« Einen Moment lang überlegte er, dann entschied er: »Aber ich denke, dass das mit deiner Narbe die wahre Geschichte ist. Du hast viel mehr Details genannt als bei den anderen beiden Sachen.«

Ich grinste zufrieden. »Falsch.«

Er hob eine Augenbraue, und erst da fiel mir der Eyebrow Slit an der linken auf. Er verlieh ihm etwas Verwegenes, Rebellisches. Etwas, das mich irgendwie anzog, obwohl ich ungeahnt Düsteres dahinter vermutete.

»Was ist dann die Wahrheit?«

Mein Grinsen wurde noch breiter: »Alle drei Geschichten sind wahr.«

»Glaub ich dir nicht.«

»Ist aber so.«

»Dir ist schon klar, dass mir das jetzt ziemlich viel über dich verrät, oder?«

»Ach ja?« Ich fixierte ihn und versuchte, nicht allzu offensichtlich auf die vollen Lippen zu starren, die sich wieder um die Zigarette schlossen. »Was denn zum Beispiel?«

Er lachte. »Dass du auf Adrenalin stehst, zum Beispiel. Dass du das Abenteuer liebst und dabei vielleicht etwas zu verrückt bist. Und dass du den Kick in deinem Leben brauchst.«

»Möglich«, ging ich darüber hinweg, weil ich noch nie zuvor so sehr den Wunsch eines anderen hatte gewinnen wollen wie jetzt seinen. »Du bist dran. Aber mit demselben Einsatz.«

»Kann es sein, dass du jemand bist, der gern spielt?«, entgegnete er, und der plötzlich dunkle Klang seiner Stimme bescherte mir überall eine Gänsehaut. Das wirkte jetzt irgendwie so ... so sinnlich? Neckend? Auf jeden Fall verwirrend.

Vielleicht spiele ich wirklich gern.

Vielleicht fordere ich das Leben manchmal gern heraus.

»Nein«, antwortete ich trotzdem knapp an der Wahrheit vorbei. »Ich bin nur jemand, der neugierig auf Menschen ist. Ich mag deren Geschichten, weil keine der anderen gleicht.«

Und weil ich mehr Menschen als Länder gesehen habe, erkenne ich den Abgrund in deinen Augen.

Meiner Meinung nach konnte man mit Fremden oft die besten Gespräche führen. Ich dachte an all die Begegnungen während der vergangenen zwei Jahre und wie jede einzelne, ob groß oder klein, ihre Spuren in mir hinterlassen hatte. Es waren nur winzigste Veränderungen und doch hatten sie mich letzten Endes in ihrer Summe zu der Person gemacht, die ich heute war. Trotzdem fühlte sich das hier intensiver an.

Wir schwiegen einen Moment, dann sagte er: »Erstens: Ich habe mir beim Sex mal den Arm gebrochen und musste wochenlang einen Gips tragen. Immer wenn jemand nach dem Grund gefragt hat, habe ich mir eine andere Geschichte ausgedacht. Zweitens: Ich wurde auf der Rückbank eines Taxis geboren. Es gibt sogar einen Zeitungsartikel darüber, in dem der Fahrer interviewt wird. Und drittens: Als ich mir während der Schule Geld dazuverdienen wollte, habe ich in verschiedenen Filmen als Komparse mitgemacht. Ich war zum Beispiel bei *Taxi* dabei und konnte kurz mit Peter Dinklage sprechen.«

Ich drückte meine Zigarette am Bordstein aus und überlegte. Ganz spontan würde ich sagen, dass die Geburt im Taxi gelogen war. Und wahrscheinlich auch das mit Peter Dinklage. Irgendwie nannten die meisten Leute die Wahrheit als Erstes. Vielleicht, weil sie sich eben doch leichter erzählen ließ als willkürliche Lügen.

Und trotzdem sagte ich einem Impuls folgend schließlich: »Du wurdest auf der Rückbank in einem Taxi geboren, das ist die Wahrheit. Irgendwie glaube ich nicht, dass man sich so was so schnell ausdenken kann.«

»Falsch. Das waren auch drei Wahrheiten.«

Ich grinste, denn er spielte mein Spiel. Und plötzlich saßen wir noch ein Stück näher nebeneinander. Unsere Oberschenkel berührten sich, er biss sich einen atemlosen Augenblick lang auf die Unterlippe, dann zuckte er zurück, als hätte er sich an mir verbrannt. Er schien mit mir zu flirten, und doch … und doch war da irgendetwas anderes. Himmel, nein, ich wurde definitiv nicht schlau aus ihm.

Wir schwiegen einen Moment gemeinsam und beobachteten die Leute vor dem Eingang des Clubs.

»Wie kann man sich denn beim Sex bitte den Arm brechen?«, platzte ich heraus, als er im selben Moment fragte: »Wie kommt man dazu, auf einem verfluchten Riesenrad sein erstes Mal zu haben?«

Wir erinnerten uns gleichzeitig: »Kein Nachhaken, keine Fragen nach Details.«

Und wir lachten. Seines ein bisschen lauter als meins.

»Ich bin übrigens Julius. Also eigentlich Lius.«

»Hey Lius«, erwiderte er rau, nannte seinen eigenen Namen aber nicht.

»Und du?«, hakte ich nach.

Fast schon amüsiert wandte er sich mir wieder zu, ehe er kurz auflachte. Tief und irgendwie kratzig, ganz so, als hätte ich irgendeinen Witz nicht verstanden. Dann sagte er: »Ro.«

»Ro?«

Er nickte.

»Einfach nur Ro?«

»Jap.«

»Das ist doch bestimmt nicht alles. Wie ist dein richtiger Name?«

Er musterte mich.

»Okay, ich schätze, dir kann ich es sagen: Ich heiße Romeo.« Sein Blick bohrte sich in meinen. »Aber komm gar nicht erst auf die Idee, mich so zu nennen.«

Jetzt war ich es, der leise lachte. *Romeo und Julius.*

»Alles klar, *Ro*.« Ich betonte seinen Namen, als ich ihn aussprach, und fand, dass die Kargheit von lediglich zwei Buchstaben erstaunlich gut zu diesem auf rohe Art schönen Mann passte.

Er blickte mich an, und mein Herz machte einen Satz. Himmel, bitte lass ihn auf Kerle stehen. Bitte, bitte, bitte.

Mir war klar, dass er irgendetwas genommen hatte – so wie die meisten hier –, trotzdem empfand ich in seiner Gegenwart das Gefühl von Unendlichkeit, ähnlich dem, was ich zusammen mit Biene unterwegs auf unserer Reise empfunden hatte.

»Du bist schön«, sagte Romeo plötzlich und sah mir tief in die Augen. Er presste die Lippen einen Moment aufeinander, und als er wieder sprach, klang seine Stimme rau und verführerisch: »Und verdammt niedlich.«

Ach.

Du.

Scheiße.

O Gott, also doch. Er flirtete schamlos mit mir.

Ich hatte absolut keine Ahnung, was ich sagen sollte, und dann wurde mir auch noch überdeutlich bewusst, dass Romeos Oberschenkel wieder meinen berührte. Schwarze, zerschlissene Jeans an dunkelblauer. Hitze breitete sich von meinem Bein ausgehend in meinem Körper aus und sammelte sich in meinem Bauch. Ich kannte ihn nicht, und trotzdem löste Romeo jedes Gefühl gleichzeitig in mir aus: Neugier, Aufregung, etwas seltsam Desillusionierendes und zugleich Berauschendes.

Er ist total drauf, erinnerte mich eine leise Stimme in meinem Kopf. Egal, ob Ecstasy oder reines MDMA … das, was hier gerade passierte, hatte wahrscheinlich wenig mit mir zu tun. Von den paar Malen, bei denen ich selbst Drogen genommen hatte, wusste ich, dass diese beiden Sachen als Verstärker wirkten. Man mochte nicht plötzlich jemanden, der einem sonst egal wäre. Aber alles war lauter und schillernder. Man selbst erfüllter von Liebe und Wärme. Ungeahnte Leichtigkeit, unerwartetes Glück.

Er ist immer noch drauf, und das hier hat höchstwahrscheinlich nichts zu bedeuten, erklang die Stimme wieder, doch unter Romeos einnehmendem Blick schenkte ich ihr von Sekunde zu Sekunde weniger Beachtung.

Plötzlich war da seine Hand in meinen Locken, während der Ausdruck auf seinem Gesicht undeutbar und rätselhaft blieb. Seine Finger fühlten sich überraschend sanft an, als sie mir langsam durch die Haare fuhren. Locken, die sich um seine Finger wickelten. Ich blinzelte, befeuchtete mit der Zunge meine Lippen und einen Moment später war ich mir nicht mehr sicher, ob Romeo mich wirklich berührt hatte. Er wandte sich ab und zog mit bebenden Händen eine Packung Kaugummi aus der Bauchtasche. Seufzend schob er sich einen in den Mund. Dann stand er auf und sah unentschlossen auf mich hinunter.

»Es war mir ein Vergnügen.« Ich konnte nicht sagen, ob er das ironisch meinte oder doch ernst. Es schien, als wollte er dem noch etwas hinzufügen, doch dann murmelte er einfach nur: »Lius.« Nicht mehr als meinen Namen, irgendwie dunkel und mit einem unergründlichen Ausdruck in den Augen.

Dann wandte Romeo sich ab und lief auf den Eingang des Clubs zu, um in die Menschenmenge einzutauchen. Sie riefen seinen Namen, skandierten ihn beinah und wieder fragte ich mich, woher ich ihn womöglich kennen sollte. Wieso er mir irgendwie so seltsam vertraut vorgekommen war. Hände streckten sich nach ihm aus, irgendwelche Frauen warfen sich ihm entgegen, doch er gab sich unbeeindruckt und einen Wimpernschlag später konnte ich ihn nicht mehr sehen.

Ich blieb zurück und streckte die Beine aus, lehnte mich auf den Handballen ein Stück zurück und blickte in den Himmel, den man eigentlich gar nicht sah. Nicht zwischen all dem Licht um mich herum. Tief atmete ich ein und aus und war mir aus irgendeinem Grund sicher, dass dieser Mann war wie die erste Nacht in einer fremden Stadt: Alles war möglich.

Viel zu spät fiel mir auf, dass wir gar nicht mehr darüber gesprochen hatte, ob wir denn jetzt beide verloren oder gewonnen hatten.

Sollten wir uns wiedersehen, hoffte ich auf Letzteres.

Ich hoffte auf einen Wunsch von Romeo.

Romeo

Verdammt.

O Gott, *verdammt.*

Was war das gerade eben gewesen?

Wie war dieser Typ so plötzlich direkt vor mir aufgetaucht?

Und wie hatte meine Hand mit einem Mal in seinen Locken landen können? Wie war es zu den Wahrheiten gekommen, die ich einfach so preisgegeben hatte? Und das, bevor ich mir sicher gewesen war, dass er wirklich keine Ahnung hatte, wer ich war. Ich hatte mich vom Moment und der Euphorie des Ecstasy mitreißen lassen, denn Julius ließ mich dort draußen tatsächlich kurz vergessen, dass er ein Mann war. Ich hatte ganz offensichtlich mit ihm geflirtet, hatte ihn gedankenlos berührt – das war nicht wie die geheimen Treffen mit Ben oder den wenigen anderen Kerlen gewesen, die es gegeben hatte. Keine unauffälligen Blicke, die ich als etwas rein Sexuelles abtun konnte, sondern ... eben das, was da gerade Seltsames passiert war. Irgendwie so unschuldig und doch etwas, das mich erschreckte.

Mein Herz flatterte erst und schlug mir dann heftig gegen die Rippen. Zuerst dachte ich, es würde an Julius liegen, aber dann merkte ich, dass es auch etwas anderes war. Ein Teil in meinem defekten System, das sich jetzt gar nicht mehr so falsch anfühlte. Mit jedem einzelnen Schritt zurück in den Club weniger. Bevor ich nach draußen gegangen war, hatte ich nachgelegt, und jetzt konnte es nicht mehr lange dauern.

Und doch hielt ich inne und drehte mich, irgendeinem Impuls folgend, im letzten Moment noch einmal um. Ich stand schon auf der ersten Treppenstufe zurück in meinen Untergrund und erhaschte nur einen kurzen Blick zwischen den sich aneinanderdrängenden Körpern all der Leute hindurch. Julius hatte sich ein Stück zurückgelehnt und sah in den Himmel empor, ganz so, als befände er sich nicht inmitten der Hauptstadt, sondern an irgendeinem fremden, auf schönste Art einsamen Ort auf der Welt. Trotz der dröhnenden Beats, die von unten heraufdrangen, hatte der Anblick etwas unendlich Friedliches an sich und irgendetwas an diesem Bild irritierte und berührte mich zugleich.

Schnell wandte ich mich ab. Ich wollte Julius nicht auf *diese* Art ansehen. Ich durfte mir das nicht erlauben. Erst recht nicht hier, wo jeder es mitbekommen könnte. Es würde den Blick dieser Menschen auf mich für immer verändern. Und dadurch auch die Art, wie ich selbst mich sah.

Plötzlich prallte ich unsanft mit jemandem zusammen. Ich trat einen Schritt zurück und blickte überrascht auf Lillie hinab. Verdammt, wo kam sie denn jetzt mit einem Mal her? Und dann erinnerte ich mich vage daran, dass ich Leander und sie ja selbst eingeladen und auf die Gästeliste gesetzt hatte.

Ehe ich etwas sagen konnte, umschloss sie mit einer Hand mein Kinn und zwang mich, sie anzusehen – was ein bisschen lächerlich war, wenn man bedachte, dass sie mir gerade mal bis zu den Schultern reichte und das verflucht niedlichste Gesicht überhaupt hatte, aber irgendwie war sie letzten Endes doch stärker, als man dachte. Jetzt richtete sie ihre riesigen Rehaugen unter den dunklen Cara-Delevingne-Brauen auf mich und verzog den extremen Schmollmund, heute leuchtend lila geschminkt. Dunkel lackierte Fingernägel bohrten sich unsanft in meine Haut.

Ich stöhnte auf, weil ein Teil von mir bereits wusste, was mir gleich bevorstand und ich darauf so gar kein Bock hatte. Das hier war einer *meiner* Nächte, *meiner* Momente, und ich würde mir ganz sicher nicht eine ihrer Standpauken geben, die ich in letzter Zeit immer häufiger von meiner besten Freundin zu hören bekam. *Beste Freundin* – sie so zu nennen fühlte sich nicht direkt falsch an, aber … etwas hatte sich zwischen uns verändert.

»Schau mich an, verdammt«, rief Lillie da schon und runzelte die Stirn. Den Kopf schräg gelegt, die karamellfarbenen Haare fielen ihr in Wellen bis zu den Schultern, musterte sie mich. »Okay, wie viel hast du geschmissen?«

»Ich fühle mich gut, Lillie, okay?«

Sie lachte nur laut auf und schüttelte dann den Kopf.

»Ich habe dich gefragt, wie viel es gewesen ist?!«

»Du redest mit mir, als wärst du meine Mutter«, gab ich genervt zurück. Selbst wenn ich gewollt hätte, ich konnte mich nicht richtig erinnern, oder hatte aufgehört zu zählen, und letztendlich war das meine Sache, oder?

»Scheinbar funktioniert es anders ja nicht«, entgegnete Lillie und zog die Brauen zusammen.

»Hey«, ich legte ihr eine Hand auf die Schulter. »Ich fühle mich wirklich gut, okay?«

Ihr Blick durchbohrte mich. »Natürlich fühlst du dich *gut.*«

Na endlich. Lillie hatte es verstanden.

Alles war warm und weich und schön.

Alles war gut, und ich selbst war am besten.

Alles war perfekt.

Alles war erfüllt von dem Gedanken an eisblaue Augen.

Alles, alles, alles.

Ich griff nach Lillies Hand, die beinah in meiner verschwand, zog sie die gewundene Treppe hinunter und sie stolperte mir hinterher. Die Wände um uns vibrierten, durch die Spiegel wirkte die Dunkelheit hier unten wie eine einlullende Unendlichkeit, und alle warteten nur auf mich und mein nächstes Set.

Sie warteten auf ihren Musikgott, der ich für diese Nacht wieder war. Auf ihr Sexsymbol, zu dem sie mich in der Szene gemacht hatten und immer noch idealisierten. Es wäre arrogant zu behaupten, dass ich jede Frau hier unten haben könnte, aber wahrscheinlich wären die meisten von ihnen mehr als bereit, eine Nacht mit mir zu verbringen. Dass ich mich auch zu ihnen hingezogen fühlte, war mein Rettungsanker. Hetero sein, so wie es die verfluchte Norm war.

Ich hörte Menschen meinen Namen schreien. Ich liebte es, wenn sie das taten, wenn sie mich dadurch fast ebenso zu einem Sound machten wie meine Sets.

»Dir ist schon klar, dass das kein Dauerzustand sein kann, oder?«, schrie Lillie gegen den Lärm an. Sie sagte noch mehr, doch ihre Worte drangen nicht mehr zu mir durch. So verflucht wichtig konnte es also nicht sein, oder?

»Scheiße, Ro. Ich rede mit dir, okay?«

»Ich glaube kaum, dass das hier der richtige Moment für so ein Gespräch ist«, tat ich es ab. Ich lebte für Nächte wie diese und würde mir das jetzt ganz sicher nicht von ihr kaputtmachen lassen.

»Und wann soll dann der richtige Moment sein?« Lillie lachte auf, doch die laute Musik schluckte das Geräusch. Ich sah nur ihre Zähne im Stroboskoplicht weiß blitzen. »Ich bekomme dich ja kaum noch nüchtern zu Gesicht.«

Mein ganzer Körper fühlte sich warm an. Hitze drohte mich von innen zu verbrennen, doch das auf die schönste Art. In Gedanken ging ich meine letzten Begegnungen mit Lillie durch, kramte nach irgendwelchen Erinnerungen, konnte aber keine von ihnen richtig greifen. Es mochte sein, dass das mit den Drogen mehr wurde. Vor allem seit ich Ringo und Ben letztes Jahr im Berghain kennengelernt hatte. Der hagere Typ mit dem berechnenden Blick und der Kerl mit den kurz geschorenen, rosa Haaren. Sie hatten so selbstbestimmt und frei von jeglichen Konventionen gewirkt.

Es war der bisherige Höhepunkt meiner Karriere gewesen. Eine endlos wirkende Nacht, die *Nachtschwärmer, Eulenmensch* und *Stadtsee* mit bunten Improvisationen verband. Das Berghain, einer der bekanntesten Techno-Clubs der Welt. Sagenumwobener Ort voller Abgründe und Geheimnisse. Und so wie in diesem Laden weder Tabus noch Grenzen herrschten, hatte auch ich sie dort nicht mehr gespürt. Es war ein vollkommen neues Gefühl von Freiheit gewesen. Dort hatte ich das erste Mal Sex mit Ben gehabt, das erste Mal überhaupt Sex mit einem Kerl. Schnell, auf Teilen, irgendwie schmutzig und trotzdem etwas, das ich mir lange verwehrt hatte. In dieser Nacht hatte ich mich ein bisschen aus dem Leben geschossen und zum allerersten Mal so etwas wie … Dazugehörigkeit empfunden. Diese Nacht hatte sich nach der Normalität angefühlt, nach der ich mich immer gesehnt hatte.

In meiner Anfangszeit in Berlin waren Drogen etwas gewesen, das Spaß und Glück potenzierte, inzwischen waren sie etwas, das ich zum

Überleben brauchte – und Ringo und Ben hatten eigentlich immer etwas oder wussten, wo sie es herbekamen. Genau das war der verdammte Punkt: Sie verstanden dieses Leben, wie Lillie und Leander es nie begreifen würden. Sie begriffen, dass Flucht manchmal eben besser war als Angriff oder Verteidigung.

»Ro?«, jetzt wedelte Lillie mit ihrer Hand vor meinem Gesicht herum. Sie sah nicht mehr genervt oder wütend aus, sondern besorgt. »Bist du noch bei mir?«

»Ja. Klar.«

»Vielleicht solltest du das heute einfach ausfallen lassen und nach Hause ge …«

»O Gott, Lillie. Wie oft noch: Es geht mir gut. Außerdem sollte ich da jetzt wirklich hochgehen«, meinte ich und deutete vage über die Schulter hinter mich. »Ich bin gleich dran.«

Ich wartete Lillies Reaktion gar nicht ab. Stattdessen nahm ich wieder ihre Hand und zog sie dieses Mal mit bis ganz nach vorn, wo ich Ben ablösen würde. Er hatte in der vergangenen Stunde aufgelegt, als ich Pause gemacht hatte. Die tanzenden Leute bildeten eine Schneise, durch die ich mit Lillie im Gefolge gehen konnte, als würde eine höhere Macht ein Meer teilen. Die, die mich als Erste erkannten, streckten ihre Arme aus und griffen nach mir. Und ich schwebte einfach hindurch.

Wäre das *Fakultativ* einer der wirklich großen Clubs, würde ich das niemals machen. Nicht nur, weil es mich in den meisten Fällen nervte, sondern weil ich mir neben Lillies Vortrag dann auch noch einen von Markus oder *Studio B21* anhören müsste. Ohnehin testete ich die Grenzen des Vertrags bei meinem Label immer weiter aus. Dass ich so wenig Rechte an meiner eigenen fucking Musik hatte, machte dieses So-tun-als-ob von Tag zu Tag nur noch unerträglicher. Doch jetzt in diesem Moment war das egal. Jetzt gab ich mich den Berührungen dieser anonymen Masse hin, dem Gewollt-Werden, dem Gefeiert-Werden.

Sobald ich bei Ben am Mischpult stand, kam Lillie mir versöhnlicher vor. Mit ihren runden Hüften schmiegte sie sich an mich, und es fühlte sich an, wie es am Anfang zwischen uns gewesen war. Lillie, die meine Musik und mich so ernst genommen hatte wie sonst niemand. Als ich noch belächelt wurde, für meine Träume und Sehnsüchte. Vielleicht aber war das alles auch nur in meinem Kopf. Je weiter die Beats von hier aus den Raum durchdrangen, desto schwerer fiel es mir, zwischen Realität und Ecstasy-Wahrheiten zu unterscheiden.

Ben grinste mich an, als er Platz für mich machte. Er war ein kleines Stück größer als ich, und ich musste zu ihm hochsehen. Licht verfing sich in den millimeterkurzen, rosa Haaren, so wie mein Blick in dem Schwung seiner vollen Lippen. Er ertappte mich dabei, grinste wieder und leckte sich über den Ring in der Mitte.

Nicht hier, sagte ich mit den Augen. Seine antworteten: *Ich warte später auf dich, und dann vögel ich dich um den Verstand.*

»Die sind heute echt richtig gut drauf«, rief Ben und meinte damit die Menge vor uns. »Du hast ihnen vorhin gut eingeheizt und es mir leicht gemacht.«

»Sie sind ja auch wegen mir gekommen.«

»Du bist so ein Wichser!« Ben lachte. »Wie schaffst du es, nicht scheißarrogant zu wirken und dass man dich trotzdem mag?«

Wir wussten beide, dass wir uns nicht unbedingt mochten, zumindest nicht so richtig. Wir existierten zusammen und teilten uns eine Welt, wir hatten einen Zweck im Leben des anderen, vielleicht sogar einen Sinn, aber wahre Freundschaft war es nicht. Das war es bei unserem ganzen Kreis nicht. Es fühlte sich nicht beständig an, dafür aber real.

Ich hob beide Hände, und die Menschen vor mir taten es mir gleich, wie eine Welle ging die Bewegung durch den Club. Als meine Finger schließlich auf die erste Platte trafen, als die ersten meiner Töne Bens ablösten und die Katakomben erfüllten, folgte ein Rufen, ein Verlangen nach mehr. Beats an, Welt aus.

Das war ultimative Macht. Diese Menschen gehörten mir, sie taten das, was ich von ihnen verlangte. Ich bombardierte sie mit meinen Beats, die anschwollen und Teil von mir waren, jetzt aber auch Teil von ihnen. Sie alle sahen zu mir nach oben, warfen ihre Arme in die Luft und wollten dem Himmel über den dicken Mauern des Clubs nah sein. Aufgerissene Augen. Pupillen, die ebenso groß und schwarz glänzten wie meine eignen. Ich verlor mich in den tiefen Seen, während ich alle und gleichzeitig niemanden sah. Ich schwamm in und mit ihnen und fühlte mich irgendwie doch allein.

Fühlte mich trotz allem irgendwie leer.

Ein letzter Rest Verlorenheit in den bereits einsetzenden Glücksgefühlen, die Lillie einfach nicht verstand. Verlorenheit, die jeden Moment verschwinden würde.

Und dann endlich.

Endlich fühlte ich mich schwereloser und schwereloser. Erst ein Kribbeln in den Fingerspitzen, dann angenehme Hitze, die sich in meinem Körper auszubreiten begann. Wärme, Ecstasy und flüssiges Glück, das mich durchströmte, und ich wusste: Genau das, hier und jetzt, war alles, was ich wollte. Mein Inneres als Beats nach außen kehren. Die Welt gehörte mir, und meine Hände surften auf Vinyl.

Vinyl, das war die wahre Disziplin. Haptisch fühlen, wie ich Musik machte, wenn meine Finger über meine liebsten Platten strichen. Besserer Ton, bessere Musik und nicht dieser rein digitale Scheiß, bei dem jeder meinte, sich DJ nennen zu können. Natürlich verwendete ich nicht nur Schallplatten, sondern auch CDs, aber ich verstand mein Handwerk, ich begriff, was wahres DJing war. Vielleicht waren meine improvisierten Sachen deshalb so gefeiert und begehrt.

Meine Finger schwebten, waren die Verlängerung meines verfluchten Seins, und mit jedem Beat trat alles andere mehr und mehr in den Hintergrund – abgesehen von diesem Strudel, der mich tiefer und tiefer zog. Zwischendurch tauchte Leander kurz am Rande meines Bewusstseins auf, Lillie verschwand für einen Moment mit ihm und stand wenig später wieder mit einem Glas Wasser neben mir. Wortlos reichte sie es mir. Alles war Farben und Licht, es brach sich in der schwimmenden Flüssigkeit. Es schwappte im Takt meines Herzens, das vom Bass heftig attackiert wurde.

Und zur Hölle, in all dieser düsteren Freiheit wurde die Erinnerung an die Begegnung mit Julius größer und größer. Ich legte diesen losgelösten Moment in meine Beats, machte ihn zum Teil dieses Tracks.

Er hatte mich nach meinem Namen gefragt, weil er anscheinend nicht wusste, wer ich war, dabei wusste das hier fast *jeder* – nur dieser Kerl mit den eisblauen Augen offenbar nicht, der wie aus dem Nichts vor mir aufgetaucht war und mir so forsch eine Zigarette angeboten hatte.

Grinsend fuhr ich mir mit einer Hand durch die Haare.

Diese Tatsache hatte mir gefallen.

Er hatte mir gefallen.

Meine Gedanken drehten sich und schienen mir wie Sand durch die Finger zu rinnen, der unaufhaltsam auf die Platten unter ihnen fiel. Vor allem der an diese zufällige Begegnung kam und ging in Wellen.

Wäre Julius eine Frau gewesen, hätte ich bestimmt nach der Nummer gefragt. Ich hatte bemerkt, wie er mich angesehen hatte – so wie mich eben alle ansahen. Aber er … Gott, keine Ahnung … In seinem Blick hatte noch irgendetwas anderes gelegen. Ein Gefühl, als könnte er für Momente *mich* sehen. Romeo statt Ro. Eine pure Version von mir, die mir selbst mehr und mehr abhandenkam. Zwischen meinen erkauften und gestohlenen Endorphinen war es ein Leichtes, mir einzureden, dass das keine Sehnsüchte waren, die ich da auf ihn übertrug, sondern die verdammte Wahrheit.

Später in dieser Nacht tauchte Ringo auf und rief meinen Namen, Bens Hand lag an meinem Arsch, als niemand so richtig hinsah. Sein Blick aus gesprenkelten Augen war so eindeutig wie das, was ich von ihm wollte. Das Pep, das Ringo wie immer in einem durchsichtigen Tütchen dabeihatte. Er war Herr eines unerschöpflichen Vorrates, kam schneller an alles heran als wir anderen, und hatte Verbindungen, die ich mit Sicherheit nicht alle kennen wollte. Mit meinem Perso teilte ich ein großzügiges Häufchen in feine Linien auf. Ringo lachte, farbiges Licht verfing sich in seinem dunklen Schnauzer und den unzähligen kleinen Tattoos auf seinen Armen. Ungebremste Energie durchströmte mich. Bewegungsdrang, ein Brennen in der Nase und kribbelnde Finger. Bewegungsdrang mit Ben. Irgendwo war Helena, die Ringo eigentlich so gut wie immer mitbrachte. Die langen, zu zahllosen Zöpfen geflochtenen Haare strichen ihr bei jedem Schritt um die Hüften. Lillie und Leander blieben verschwunden, Helena landete dafür neben mir am Mischpult, einen Arm um meine Taille. Sie war eine Fee im Stroboskoplicht. Dann ein plötzlicher Szenenwechsel: eine Ecke des Getränkelagers, wieder Ben, dieses Mal mit den Händen an meinem Gürtel. Meine Hand auf seinem Mund, als er schrie. Und dann verschwamm auch diese Nacht unter dem Licht von Scheinwerfern, die wie Sterne in der Dunkelheit strahlten.

Ich falle und ich fliege,
die Augen groß, das Herz klein.
Eulenmensch,
Eulenmensch,
o, Eulenmensch.

Eulenmensch (Single), erschienen 2021.

3. Kapitel

Julius

»Fang mich!«, verlangte Frieda und flog im nächsten Moment in meine Arme. Mit meinen Händen unter ihren Achseln drehte ich mich im Kreis und wirbelte sie in der Mitte des Wohnzimmers durch die Luft. Der Teppich unter meinen nackten Füßen fühlte sich so warm an wie ihr Gesicht an meiner Brust.

Frieda wog fast nichts. Glücklich jauchzte sie und strahlte mich aus ihren Kulleraugen an. Sie hatten einen ähnlichen Ton wie die hellblaue Farbwolke, in die sie in meinen Augen gehüllt war, und wie die Schneeflocken auf ihrem Schlafanzug. Der Winter war Friedas Lieblingsjahreszeit und obwohl sich die Bäume von Tag zu Tag grüner zeigten und im Garten immer mehr Blumen erblühten, weigerte Frieda sich, abends etwas anderes zu tragen. Auch nicht jetzt, Anfang Juni. Es war der letzte Abend bei meiner Familie in Weißensee. Vor der geöffneten Terrassentür flirrte die Luft in der Dämmerung, und ich dachte daran, dass Biene und ich morgen zusammenziehen würden.

Nur wenige Tage nach der Nacht im *Fakultativ* hatte Charlotta geschrieben und gefragt, ob wir spontan Zeit hätten, uns die Wohnung in Kreuzberg anzusehen. Und auch wenn ich die Vorstellung von vier Wänden als einem Zuhause immer noch ein bisschen seltsam fand, hatten mich die lichtdurchfluteten Räume sofort begeistert. Die Wohnung war nicht sonderlich groß, die Zimmer dafür aber schön geschnitten. Wir hatten ein Wohnzimmer, und es gab nicht nur eine gut ausgestattete Küchenzeile, die wir übernehmen konnten, sondern sogar noch genug Platz für eine gemütliche Sitzecke. Ich stand an jenem Tag mit Biene und

Charlotta in diesem Flur und hatte staunend gedacht: Das ist es also. Mitten in Kreuzberg, Paul-Lincke-Ufer und durch die Fenster der Blick auf den Landwehrkanal hinter dem Grün der Bäume.

Ankommen.

Meine nächste Station.

Mein nächstes Abenteuer.

»Schneller«, quietschte Frieda. »Schneller, schneller, schnelleeer.«

Lachend tat ich meiner Schwester den Gefallen, ehe ich sie vorsichtig wieder auf dem Boden absetzte. Doch statt mich loszulassen, klammerte sie sich an meinem rechten Bein fest und starrte zu mir hinauf.

Sie war fünf Jahre alt gewesen, als ich erst Berlin und dann Deutschland hinter mir gelassen hatte. Ich hatte nicht nur ihren ersten Schultag verpasst und mich deswegen ziemlich mies gefühlt, sondern auch die anderen, kleinen Momente. Ein Teil von mir hatte befürchtet, dass die letzten beiden Jahre etwas an unserem Verhältnis verändern würden. Weil sie noch so jung war und all die Monate in dem Alter unwahrscheinlich viel sein mussten. Und weil unser Altersunterschied ohnehin wahnsinnig groß war. Ich war kurz nach dem Abi mit Davin zusammengezogen, hatte nicht viel Zeit zusammen mit ihr in diesem Haus verbracht. Und doch war ich so oft wie nur möglich nach Weißensee gefahren.

Liebevoll strich ich durch Friedas schwarze Haare. Sie war zwar nur meine Halbschwester, aber das war nicht mehr als belanglose Theorie. Ich war das Ergebnis einer ungewollten Teenie-Schwangerschaft. Mama sechzehn Jahre alt, mein Vater irgendein Kerl, der sich verpisst hatte und über den ich so gut wie nichts wusste. Über den ich nach all den Jahren auch gar nichts mehr wissen wollte. Lange hatte *Familie* für mich nur *Mama und ich* bedeutet – bis Daniel erst in ihres, und dann in unser Leben getreten war. Ich mochte ihn vielleicht nicht wie Frieda *Papa* nennen, ich mochte ihn nicht so nennen, obwohl er mich zwei Jahre vor der Geburt meiner kleinen Schwester adoptiert hatte, aber im Herzen wussten wir beide, dass er das letzten Endes trotzdem war.

»Ich will morgen mitkommen. Ich will mitkommen. Ich will mitkommen«, begann Frieda jetzt zu quengeln. »Wieso kann ich nicht mitkommen?«

Ich lachte. »Weil du hier bei Mama und Papa wohnst, Flocke. Und du bist noch zu jung, um auszuziehen.«

»Das ist bestimmt gar nicht wahr.« Frieda schob die Unterlippe vor. »Außerdem: Schau mal, wie groß ich schon bin!« Sie stellte sich auf die Zehenspitzen und streckte die Arme in die Höhe, um es mir zu beweisen. Dann vollführte sie eine wackelige Pirouette. »Papa sagt, ich bin riiiiiiiiichtig groß geworden.«

Ich nickte ernst. »Da hat er aber wirklich recht. Du bist echt groß geworden.«

»Aber …«, Frieda sah mich nachdenklich an und legte den Kopf schief, »… dieses Mal bist du nicht so lang weg, oder? Du kommst zurück?« Der Blick in ihren Augen war ein bisschen sehr herzzerreißend.

»Dieses Mal bleibe ich nicht lange weg. Am Wochenende komme ich mit Biene zum Frühstücken und …«, ich senkte die Stimme und flüsterte ihr verschwörerisch zu, »und vielleicht hast du Glück, und ich mache deine Lieblings-Pancakes mit Blaubeeren und Schokolade für dich.«

»O jaaa! Und wir können Weltreise spielen!« Ihre Augen leuchteten begeistert auf. »Machst du das?«

Ein warmes Gefühl breitete sich in meiner Brust aus. »Ich spiele sehr gern Weltreise mit dir.«

»Und darf ich wieder so tun, als würde ich den Bus fahren?«

Ich nickte.

»Und tun wir dann wieder so, als könnten wir über den Wolken fliegen?«

Wieder nickte ich.

»Und können wir …«

»Ja«, lachte ich. »Wir können auch wieder so tun, als wären wir auf einer ultrageheimen Mission. Und jetzt ab ins Bett mit dir, okay? Als

Geheimagentin musst du nämlich ausgeschlafen sein. Sonst entwischen uns die ganzen Monster am Ende noch.«

Ich hob den Kopf und sah Mama am oberen Ende der Treppe stehen. Lächelnd blickte sie zu uns hinunter. Die Art, wie sie sich jetzt die kinnlangen Haare hinter die Ohren strich ... das hatte Frieda eindeutig von ihr. Und die Wärme breitete sich noch weiter in mir aus. Es war schön, sie glücklich zu sehen, so losgelöst. Ich erinnerte mich noch gut an die Zeit vor Daniel, an die Zeit vor Frieda. Mama hatte mich immer geliebt, sie hatte alles für mich getan und wir hatten vielleicht nie viel gehabt, doch trotzdem genug. Das Geld mochte immer knapp gewesen sein, aber nicht ihre Liebe. Inzwischen aber war ihr Strahlen heller, das Leuchten, das von ganz tief innen kam. Die Augenringe und freiwilligen Schichten in der Charité waren weniger geworden und die ruhigen Momente häufiger.

Frieda lief die Treppe nach oben und schob ihre kleine Hand in Mamas. Sie winkten mir beide noch einmal zu, dann verschwanden sie gemeinsam in den ersten Stock.

»Wo soll der hier hin?« Alex stellte den Karton, den er gerade durch die Tür getragen hatte, mit einem Ächzen direkt vor seine Füße. Dann nahm er seine Brille ab und rieb sich über das Gesicht.

»Der kommt in mein Zimmer«, meinte ich und ließ mich stöhnend gegen die Wand sinken. Irgendwie war ich der Meinung gewesen, dass Biene und ich kaum Sachen hätten und sich der Umzug in die neue Wohnung an einem Nachmittag erledigt hätte. Doch inzwischen stand die Sonne tief und tauchte den hellen Holzboden des Flurs in goldenes Licht.

An den Wänden stapelten sich die Umzugskartons, genau wie die Kisten mit Geschirr und der Ausbeute der Flohmärkte, die wir in den letzten Wochen durchstöbert hatten. Blumentöpfe für die Pflanzen, die wir ins Wohnzimmer stellen wollten, und das grüne Samtsofa aus dem

Keller von Bienes Eltern, das mir beim Hinaustragen eine ordentliche Schramme an der Stirn beschert hatte. Die riesige Weltkarte, ein Geschenk von Davin, lag zusammengerollt auf den Polstern. Biene und ich wollten sie im Wohnzimmer aufhängen und Fotos unserer Reise an die entsprechenden Orte pinnen. Die Erinnerung an eine unvergessliche Zeit im Zentrum unserer WG.

Neben der Tür zur Bienes Zimmer standen zwei alte Koffer und unsere Surfboards, dazwischen ein Wäschekorb voller Bücher. Ein ausgewählter Roman aus jedem Land, das wir gemeinsam bereist hatten. Die englischen, französischen und spanischen konnten wir lesen. Die ersten sehr gut, letztere eher mäßig. Alle anderen waren eher Erinnerungsstücke. Wir mochten die Vorstellung, dass diese Sammlung irgendwann in einem Regal in unserem Café ein Zuhause finden und Menschen verschiedener Herkunft und Sprache etwas zum Lesen und Wegträumen bieten würde. Unser Café, das ein Ort für wirklich alle sein sollte, ein sicherer Hafen, ein Zuhause auf Zeit, ein Rückzugsort – ganz unabhängig von Hautfarbe, Religion oder Sexualität. Das war meine Sehnsucht und meine größte Vision. Es mochte außerhalb meiner Möglichkeiten liegen, die Welt zu einem besseren Ort zu machen, doch ich konnte im Kleinen die Veränderung sein, die ich mir so sehr wünschte.

Als Alex den Karton wieder anhob und in mein Zimmer trug, lief ich noch einmal die Treppen hinunter. In unserem Bus war noch eine letzte Kiste, die nach oben in die Wohnung musste. Ich pustete mir eine Locke aus der Stirn, hob sie heraus und stellte sie neben mir ab, um abzusperren. Einen Augenblick ruhte meine Hand auf dem von der Sonne erwärmten türkisfarbenen Metall. Ein Kribbeln in meinen Fingerspitzen, weil das jetzt ein Lebewohl war. Biene und ich hatten uns schweren Herzens dazu entschlossen, den VW-Bus zu verkaufen. Für die Eröffnung unseres eigenen Cafés konnten wir das zusätzliche Geld gut gebrauchen. Doch obwohl ich ihn und das, wofür er stand, vermissen würde, war ich euphorisch. Es war ein erster Schritt, um unseren Traum wahr werden zu lassen. Jetzt, wo wir endlich eine Wohnung hatten. Ich seufzte. Alles lief perfekt, ein gutes Ereignis zog das nächste an.

Ich hatte den Bus gerade abgeschlossen, als ich einen Pfiff hörte und mich umdrehte. Mit einer riesigen Tasse in den Händen lehnte Biene in dem länglichen Fenster unserer Küche. Weißer Rahmen, kunstvolle Ornamente in Bogenform darüber und das alles vor einer pfirsichfarbenen Fassade. Neben ihr streckte jetzt Davin den Kopf zum Fenster heraus.

»Fertig«, rief er nach unten und schwenkte ein Bier in der Hand. »Komm hoch und nimm dir auch eins. Ich hab ein neues *Traust du dich* für dich.«

Ich grinste. *Wieso nicht?*

Tieduprightnow von den Parcels gab abends den Rhythmus vor, zu dem meine Hände sich über die Arbeitsplatte bewegten und meine Füße über die Fliesen tänzelten. Kacheln in verschiedenen Rot- und Lilatönen, ein bisschen Sonnenuntergangsfarben.

Neben mir räumte Biene das letzte Geschirr, Tassen und Gläser in die Schränke ein. In der Wohnung war es noch immer chaotisch, doch wir hatten schon ein bisschen Ordnung schaffen können. Vor allem die Küche sah bereits nach Wohlfühlort aus. An der Decke war kreuz und quer eine Lichterkette mit bunten Birnen angebracht. Erste Bilder klebten an dem knallorangenen Kühlschrank und das Foto von unserem gemeinsamen Urlaub nach dem Abi hing gerahmt an der gegenüberliegenden Wand. Eine Rückenansicht von Davin, Alex, Biene, mir und zwei weiteren Freunden vor einem türkisblauen Meer. Arm in Arm und mit heruntergezogenen Badehosen. Gebräunte Arme und sechs nackte, weiße Hintern.

Alex und Davin waren im Wohnzimmer und spielten irgendetwas auf der Playstation, die sie mitgebracht hatten. Über den Flur hörte man Davin fluchen und Alex einen Jubelschrei ausstoßen. Und alles setzte sich zu einer ganz eigenen Melodie zusammen. Das Gelächter meiner Freunde, Bienes Summen zur Musik, Kiezlärm, der durch das geöffnete

Fenster in das Innere der Küche drang und das Messer in meinen Händen, mit dem ich die Tomaten zerkleinerte.

»Wenn das so weitergeht, dann haben Davin und Alex das Spiel noch vor mir zu Ende gespielt.«

Hinter mir öffnete Biene den Kühlschrank. Ich hörte das Klirren von Glas an Glas und wie sie Kronkorken öffnete. Dann stand ein kaltes Bier neben mir auf der Arbeitsplatte. Wir stießen an, ehe wir wieder im Einklang miteinander kochten und die Schränke einräumten. Das *Chili sin Carne* köchelte auf dem Herd vor sich hin und erfüllte die Küche mit seinem Duft. Ich hob den Deckel an und gab die gewürfelten Tomaten hinzu.

Wenn ich für andere Essen zubereitete, dann tat ich es mit meinem ganzen Herzen, dann steckte ich meine ganze Liebe hinein. Essen brachte Menschen zusammen, verband sie miteinander – so wie Biene, Davin, Alex und mich heute Abend. Ich hatte Gerichte wie diese Tacos mit Chili schätzen gelernt, weil ich es nicht nur liebte, für andere zu kochen, sondern auch und vor allem die Momente des Zusammensitzens. Wenn dann eine Vielzahl an kleinen Schüsseln und Tellern in der Mitte eines Tisches standen und alle sich durcheinander bedienten, lachten, redeten und ihre Tacos füllten.

Auf einmal kam mir dieser späte Abend in den Sinn, als Mama erschöpft aus dem Krankenhaus gekommen war. Wir wohnten damals in einer Zweizimmerwohnung und hatten kaum Platz. Mama schlief auf dem ausziehbaren Sofa im Wohnzimmer, um mir einen eigenen Raum überlassen zu können. Ich war ein bisschen älter gewesen als Frieda jetzt, aber erinnerte mich noch so gut daran, dass ich fast noch den dezenten Rauchgeruch, den zahlreiche Vormieter in den Wänden hinterlassen hatten, wahrnahm und die Dekoration, die wir selbst gebastelt hatten, vor mir sah. Mama dachte damals wahrscheinlich, ich würde es nicht bemerken, aber sie hatte irgendwie schon sehr lange schon nicht mehr glücklich gewirkt, war stattdessen immer müde und erschöpft. Im Fernsehen hatte ich eine vierköpfige Familie beim Essen gesehen. Und ich wollte, dass meine Mutter nach den Endlosschichten im Krankenhaus ebenfalls so lachen würde. Also hatte ich den winzigen Tisch gedeckt, den man immer beiseite schieben musste, wenn man etwas aus dem Schrank holen wollte. Ich hatte den Kühlschrank nach allen Zutaten durchwühlt, die ich finden konnte, und willkürlich Sachen in eine Pfanne geschmissen. Als Mama nach Hause kam, hatte sie vor Überraschung tatsächlich gelacht – mit verdächtig glänzenden Augen. Es muss richtig widerlich geschmeckt haben, doch sie hatte begeistert genickt und mich an sich gedrückt.

Und vielleicht war das tatsächlich das erste Mal, dass ich mich und jemand anderen mit meinem selbstgekochten Essen glücklich gemacht hatte.

Biene verstaute jetzt die letzte Tasse in den Schränken und stellte die zusammengefalteten Kartons in den Flur, ehe sie sich mit ihrem Bier wieder neben mich lehnte. Dann beugte sie sich über die Schüssel mit den Avocados, die ich gerade mit einer Gabel zerdrückte, und zog die Nase kraus. »Bitte mach da kein Basilikum rein.«

»Wieso sollte ich eine Guacamole mit Basilikum machen?«

Biene zuckte mit den Schultern. »Keine Ahnung. Ich wollte es nur gesagt haben. So zur Sicherheit.«

Ich schüttelte den Kopf. »Du bist manchmal so richtig komisch.«

»Hast du schon mal erwähnt«, meinte Biene und tunkte einen ihrer kleinen Finger in die Guacamole, ehe sie ihn genüsslich wieder ableckte.

Ich funkelte sie an und schlug ihr leicht auf die Hand. »Lass das!«

»Ganz ehrlich?« Biene sah mich mit ihrem schönsten Augenaufschlag an und warf die haselnussbraunen, zu zwei Zöpfen geflochtenen Haare zurück. »*Du* bist komisch. Das Probieren ist ja wohl mal das Beste am Kochen. Deine Selbstdisziplin ist einfach nur gruselig.«

Biene versuchte noch einmal, mit dem Finger in die Schüssel zu kommen, doch dieses Mal reichte ein Blick und sie hielt seufzend inne. Wir mussten beide lachen, und vielleicht war es diese Normalität, die gleichzeitig ein Neuanfang war, die mich schließlich sagen ließ: »Ich hab letztens jemanden kennengelernt.«

»Was? Wann?«

Ich hob den Blick. Er traf auf hell- und dunkelblau gesprenkelte Augen. »Als wir im *Fakultativ* waren.«

»Und das erzählst du mir jetzt? Das ist schon einen Monat her!«

»Ja, das erzähle ich dir jetzt.« Ich stupste sie mit dem Ellenbogen in die Seite. »Ich habe ihn seitdem nicht mehr gesehen. Und es war auch nur ganz kurz. Es ist nur ...«

Es ist nur, dass du dich irgendwie in mein Gedächtnis gebrannt hast, Ro.

Biene musterte mich und beugte sich ein Stück näher zu mir. Sommerluft von draußen flirrte angenehm zwischen uns. Nicht mehr lange, und der Landwehrkanal wäre voller Schlauchboote, die träge durch Hitze trieben.

»Erzähl mir alles. Hast du dir wieder eins deiner komischen Spiele ausgedacht? Und wie sah er aus?«

»Meine Spiele sind nicht *komisch,* und außerdem muss ich ja wissen, ob es jemand mit mir aufnehmen kann. Das Leben ist schließlich viel zu kurz, um sich zu langweilen. Und na ja, er wirkt irgendwie ... spannend.« Ausgelassen zwinkerte ich Biene zu. »Er war ... verboten heiß, lange Haare, wie so ein Typ aus *Vikings* oder *Last Kingdom,* du weißt schon. Vor allem mit dem Nasenpiercing und so einem Blick, der einem unter die Haut kr ...«

»Und das war vor dem *Fakultativ*?!« Ihr Blick hatte sich kaum merklich verändert.

Ich nickte.

»Ähm ... er hieß nicht zufällig Ro?«, fragte Biene weiter. Verwirrt sah ich meine beste Freundin an.

»Ja, woher weißt du das?«

Das Gelb, das sie umgab, verdunkelte sich ein bisschen, ging jetzt mehr in Richtung eines sanften, warmen Orange. Sie riss die Augen auf. Flammendes Orangegelb, leuchtend und hell.

»Und er hat mit dir geflirtet?«

»Ich weiß nicht … Ich glaube schon, aber vielleicht … Ich kann das eigentlich ganz gut einschätzen, nur … sein Verhalten hat mich irgendwie verunsichert.«

In dieser Nacht im *Fakultativ* hatte ich Romeo gesucht. Doch die Menschen tanzten eng an eng, den Blick nach vorn gerichtet auf den DJ, der die Menge so sehr in Ekstase versetzte. Von hinten hatte ich ihn nur als Umriss gesehen. Selbstsichere Haltung und eine Kapuze über dem Kopf. Er hatte eine Frau im Arm, die ihn antanzte. Romeo aber war verschwunden geblieben. Ich war so vielen Menschen begegnet, hatte mich zu vielen Männern hingezogen gefühlt. Und dann war er aufgetaucht, hatte es von der ersten Sekunde an geschafft, mir die Stirn zu bieten. Er, der mich neugierig machte.

»Du grinst«, stellte Biene fest.

Sie hatte recht. Auch Wochen später drangen die Erinnerungen glasklar durch mein Bewusstsein. Das Feuer, das sich in Romeos Augen spiegelte, seine Hand in meinen Haaren. Leichtigkeit zwischen uns, dazwischen ungekannte Schwere, die mich anzog, die mich in irgendetwas hineinzog.

Aber er war drauf, ermahnte mich eine Stimme in meinem Kopf.

Aber du weißt nicht, ob er auf Kerle steht!

Aber ist das nicht egal? Könnte er nicht dein nächstes Abenteuer sein?

Und dann dachte ich doch wieder an diese kleinen Momente, in denen Romeo mir aus- oder vor mir zurückgewichen war.

Biene fixierte mich, als würde sie angestrengt versuchen, meine Gedanken zu hören.

»Zurück zu meiner Frage – wie, *du glaubst*? Ich kann mich nicht erinnern, wann du mir das letzte Mal gesagt hast, du bist dir nicht sicher, ob jemand mit dir geflirtet hat.« Unruhig strich sie mit den Händen über die geflochtenen Haare. »Das musst du doch wissen. Das weiß man doch.«

»Was ist eigentlich los?«, gab ich irritiert von ihrer Vehemenz zurück.

»O Gott, das ist verrückt«, murmelte Biene und holte ihr Handy, das auf dem Küchentisch lag. »Das ist ja mal so was von verrückt.«

»Kannst du mir jetzt endlich mal sagen, was los ist?«

Sie murmelte: »Ich glaub das einfach nicht.«

»O Gott, Biene! Jetzt rede endlich mit mir!« Ich zog spielerisch an einem ihrer Zöpfe. »Kennt ihr euch?«

Und dann hielt sie mir ihr Handy unter die Nase. Instagram. Einer dieser Accounts mit dem blauen Haken hinter dem Namen. Ein Symbol, das meistens für etwas Großes stand. Etwas Offizielles und Wichtiges.

Thisisro.

Okay.

Okaaaay. Moment!

Ich riss Biene das Handy aus der Hand.

Das kreisrunde Profilbild. Hochgezogene Kapuze, darunter langes Haar. Dieser Ausdruck, o Gott, dieser arrogante Ausdruck in Romeos Augen, der mir selbst auf diesem winzigen Foto unter die Haut kroch. Ich erinnerte mich daran, um wie vieles bodenloser sein Blick in der Realität gewirkt hatte, an das Gefühl seltsamer Freiheit und daran, ganz nah neben ihm zu sitzen. Als Nächstes registrierte ich die schwindelerregende Zahl neben seinem Namen. Ein *M* für Millionen.

Ach du Scheiße.

23 | BLN | stay underground, play techno.

Darunter ein Link zu Soundcloud.

»Moment«, stieß ich atemlos hervor, »du folgst ihm?«

»Ähm ... natürlich?!«

»Wieso sagst du das so, als müsste ich wissen, wer er ist?«

»Weil ich echt keine Ahnung habe, wie du es *nicht* wissen kannst.« Biene lachte hell. »So, wie du reagierst, gehe ich mal davon aus, dass er es ist?«

Eine Flut an Fotos.

Fotos von Romeo.

Ich nickte stumm.

»Ro ist DJ. Er kam vor ein paar Jahren aus dem Nichts, inzwischen ist er in der Technoszene einer der Größten – in Berlin, in Deutschland und sogar darüber hinaus. Sein erstes Album ist eingeschlagen wie eine Bombe, die Leute sind einfach vollkommen ausgerastet. Vor ein paar Wochen hat sein Label dann bekannt gegeben, dass das neue Album verschoben wird, aber niemand weiß warum, und es gibt auch kein neues Release-Datum. Ich wollte in London doch in diesen Club, der so brechend voll war, erinnerst du dich? Wo wir nicht mehr reingekommen sind? Da hat er aufgelegt. Und eben auch an dem Abend im *Fakultativ*.« Sie begann jetzt immer schneller zu sprechen: »Ich weiß ja, dass du Techno nicht ganz so sehr feierst wie ich, aber wie kann es bitte sein, dass du noch nie von ihm gehört hast? Ich liebe seine Musik. Ich liebe alles von ihm. Ich kann nicht fassen, dass du ...«

Ich hörte Biene gar nicht mehr richtig zu. Stattdessen scrollte ich mich durch die Fotos auf Romeos Profil.

Ro.

Überall ganz in Schwarz. Wild, atemberaubend, unnahbar.

Kurze Videos. Diese schönen, kräftigen Hände am Mischpult, ein breiter, silberner Ring am Mittelfinger, ein etwas schmalerer daneben. Ein Clip, in dem er tief lachte und dann die ausgestreckte Hand vor die Kamera hielt. Frauen in seinen Armen und er meistens ein bisschen unbeeindruckt. Eine mit blonden, zu unzähligen Zöpfen geflochtenen Haaren, die immer wieder auftauchte. Zwei Kerle, deren Gesichter man ebenfalls ständig sah. Berlin bei Nacht, gleißende Lichter, eine Schlange vor einem Club. Eine Brücke im Sonnenuntergang und Romeo von hinten. Der Nachthimmel, Schnappschüsse von Menschen, Menschen und noch mehr Menschen. Partys und leere Flaschen und weiße Linien auf Glas. Eine Detailaufnahme: ein glühender Joint zwischen vollen Lippen. Ganz weit unten das Foto eines Graffitis und mehrere Bilder mit groben und unperfekten Strichen, die einen ganz besonderen Blick auf Berlin zeigten. Irgendwie düster, irgendwie vereinnahmend. Dazwischen ein Porträtfoto von Romeo, sein Gesicht mit durchdringenden stahlgrauen Augen. Gepostet für eine anonyme Masse und doch hatte ich das irrationale Gefühl, als würde Romeo gerade nur mich ansehen. Seine Stimme, die sagte: *Du bist schön. Und verdammt niedlich.*

»Trefft ihr euch wieder?« Biene schien gar nicht mehr stillstehen zu können. »Hast du seine Nummer?«

Bedauernd schüttelte ich den Kopf. Es war alles so schnell gegangen, und unter anderen Umständen hätte ich ihn wahrscheinlich danach gefragt. *Um einen Wunsch einzufordern?*

»Na los, dann schreib ihm auf Instagram. Schreib ihm, dass du ihn wiedersehen willst.«

»Biene«, ich verzog das Gesicht, »wie komisch kommt das denn?!«

»Was soll daran denn bitte komisch sein? Du betonst doch immer, dass man ja nur einmal lebt und Chancen nutzen sollte. Und dieses Profil«, sie tippte mit dem Zeigefinger auf ihr Handydisplay, »ist deine Chance! Ein Hoch auf die Möglichkeiten des 21. Jahrhunderts.«

Lachend schüttelte ich den Kopf. »Keine Ahnung, vielleicht ist er ja auch hetero und … meinst du nicht, dass er jeden Tag Tausende solcher Nachrichten bekommt? Von irgendwelchen Menschen, die denken, dass sie sich in sein Gesicht und seine Musik verliebt haben?«

»Mag sein«, sagte Biene und sah mich durchdringend an, »… aber nicht von dir, oder?«

Spätabends lag ich noch hellwach auf der Matratze in meinem Zimmer. Das Bett hatten wir nicht mehr aufgebaut. Meine Kisten waren gegen die Wand geschoben, nur die mehrfarbige Kommode im Boho-Stil stand bereits da. Daneben die zwei Palmen in den geflochtenen Körben, mein buntes Meditationskissen aus Indien und das Skateboard mit der bemalten Unterseite.

Das hier war die erste Nacht in meiner neuen Wohnung. Mit hinter dem Kopf verschränkten Armen starrte ich an die Zimmerdecke und stellte mir vor, über mir wäre nicht mehr als das Firmament und eine Unendlichkeit an Sternen. Ein Blick in die Vergangenheit, die für uns

Menschen Gegenwart war. Und schon wieder drängte sich Romeo unnachgiebig in mein Bewusstsein.

Die Erfahrungen der letzten beiden Jahre hatten mir gezeigt, dass es keine Rolle spielte, wie lang die Begegnung mit einem Menschen dauerte, um eine Verbindung zu spüren – so wie beispielsweise mit Mignon. Für mich zählte dieses kurze Gespräch mit Romeo ebenfalls dazu. Und doch verstand ich nicht, weshalb er derart präsent in meinen Gedanken war. So unausweichlich.

Thisisro.

Tief atmete ich ein und aus und versuchte dem Drängen in mir zu widerstehen, doch es dauerte nur wenige Minuten, bis ich seufzend nachgab und nach meinem Handy griff. Der Bildschirm leuchtete grell gegen die Dunkelheit, und im ersten Moment kniff ich die Augen zusammen. Dann öffnete ich Instagram, suchte sein Profil und klickte mich erneut durch seine Fotos. Dieses Mal ohne meine beste Freundin, die mir dabei über die Schultern sah. Und wieder waren es die Bilder mit seinem durchdringenden Blick und jene unperfekt perfekten Graffitis in Berlins Straßen, die mich ganz besonders in ihren Bann zogen. Die mich den Blick nicht abwenden ließen. Kurz überlegte ich, ihn zu abonnieren, ihm vielleicht zu schreiben, aber ich war kein Groupie oder so. Egal, was für eine Seite ich hier von ihm sah, er war immer noch jemand, den ich zufällig kennengelernt hatte. Der schöne Mann, über den ich drei willkürliche Wahrheiten erfahren hatte. Nicht der DJ, den Biene so offensichtlich anhimmelte. Es fühlte sich an, als würde ich mich an einer glänzenden und zugleich abgründigen Oberfläche entlangklicken, die zwar schön war und mich reizte. Aber das, was Romeo dort zur Schau stellte, war nicht das, was mich wirklich interessierte. Zumindest nicht nur.

Und dann passierte es.

Ich likte aus Versehen ein Foto. Das Graffitibild.

Mein Herz setzte für einen Schlag aus, und ich richtete mich ruckartig auf. Wie gelähmt starrte ich auf das Herz am unteren Bildrand, das sich soeben rot gefüllt hatte. Tief atmete ich ein und wieder aus. Und gerade, als ich dachte, dass Romeo das bei der Vielzahl an Followern garantiert nicht merken würde und ich mich zu beruhigen versuchte, vibrierte mein Handy und zeigte mir den Eingang einer neuen Nachricht auf Instagram an.

Eine Nachricht von Romeo.

THISISRO, 01:17 Uhr
Lius.

Wieder nur mein Name. So wie bei unserem Abschied, als er ihn aussprach und das alles und nichts bedeuten konnte. Als tausend Bedeutungsebenen in diesen mir so vertrauten zwei Silben mitschwangen. Sofort hatte ich wieder den dunklen Klang seiner Stimme im Ohr.

THISISRO, 01:18 Uhr
Du stalkst mich nicht gerade unauffällig, wenn du Bilder likst, die ich vor mehr als drei Jahren gepostet habe ;)

Ich fluchte. Dieses Mal nicht in Gedanken, sondern laut.

Er konnte sehen, dass ich online war.

Er konnte sehen, dass ich seine Nachrichten bereits gelesen hatte, und Leugnen war jetzt ohnehin zwecklos.

Angriff statt Verteidigung.

ICH, 01:18 Uhr
Du musst mich zurückgestalkt haben, wenn du weißt, dass ich es bin, Taxi-Junge.

THISISRO, 01:18 Uhr
Ich hatte da so ein Gefühl. Außerdem heißt du *lius.adventure*. Bei dem, was ich über dich weiß, nicht gerade sehr kreativ, Riesenrad-Junge.

ICH, 01:19 Uhr
Ich habe nie behauptet, ein kreativer Mensch zu sein.

ICH, 01:20 Uhr
Hast du mit dem Sprayen aufgehört, oder sind das gar nicht deine Sachen, die du da gepostet hast?

THISISRO, 01:20 Uhr
Ernsthaft?! Das ist das Erste, was du jetzt wissen willst?

Ich war mir sicher, dass Romeo bei diesen Worten auf diese besondere Art seine Mundwinkel auseinanderzog. Diese Andeutung eines selbstsicheren Grinsens, einladend und gleichzeitig unnahbar.

ICH, 01:21 Uhr
Sonst würde ich ja nicht fragen, oder?

ICH, 01:22 Uhr
Wäre dir ein O-MEIN-GOTT-ER-IST-EIN-SUPERBERÜHMTER-UND-HEISSER-DJ-UND-ICH-HABE-ES-NICHT-GECHECKT lieber gewesen?

Romeo schrieb und war dann wieder weg. Schrieb und verschwand, schickte jedoch keine Nachricht ab. Die Minute, die ich auf den Bildschirm starrte, zog sich unendlich.

THISISRO, 01:23 Uhr
Ich wusste, dass du mich heiß findest.

ICH, 01:23 Uhr
Das war überhaupt nicht die Essenz meiner Nachricht.

THISISRO, 01:23 Uhr
Du lenkst ab.

ICH, 01.24 Uhr
Du hast zuerst abgelenkt.

Und dann kam keine Nachricht mehr. Natürlich fand ich ihn heiß, aber das hätte ich vielleicht nicht so direkt sagen sollen. Unruhig starrte ich auf mein Handy und unseren kurzen Chatverlauf, bis der Bildschirm von selbst wieder schwarz wurde. Schließlich stand ich auf, schaltete die Lichter in meinem Zimmer an und machte mir in der Küche einen Tee, bevor ich mich wieder auf die Matratze setzte. Ich verschüttete ein bisschen von dem heißen Wasser in der Tasse, als das Handy doch noch den Eingang einer neuen Nachricht anzeigte.

THISISRO, 01:41 Uhr
Haben wir eigentlich beide verloren oder beide gewonnen?

Mein Herzschlag beschleunigte sich bei dieser Frage. Das Spiel vor dem *Fakultativ*. Wahrheiten und Lügen, die doch keine gewesen waren. Weder bei mir noch bei ihm. Tief atmete ich ein und aus, ehe ich mit kribbelnden Fingerspitzen tippte.

ICH, 01:42 Uhr
Vielleicht sollten wir noch ein Spiel spielen, um das wirklich beurteilen zu können.

Ich redete von einem Spiel und damit auch von der Erfüllung eines Wunschs, doch in Wahrheit ging es mir gar nicht mehr darum. Es ging ganz allein um Romeo.

THISISRO, 01:42 Uhr
:D Wieso war mir klar, dass du so etwas sagen würdest?

ICH, 01:42 Uhr
War deine Theorie nicht, dass ich ein Mensch bin, der den Kick im Leben sucht? Vielleicht ist das ja der Grund ;)

THISISRO, 01:43 Uhr
Was spielen wir?

ICH, 01:43 Uhr
Wir stellen jeweils drei Vermutungen übereinander auf. Wer am häufigsten richtigliegt, hat gewonnen.

THISISRO, 01:43 Uhr
Du stehst irgendwie auf Wahrheiten, oder?

ICH, 01:44 Uhr
Ist das schon deine erste Vermutung? Oder nur eine Feststellung? ;)

THISISRO, 01:47 Uhr
Letzteres. Meine erste Vermutung: Irgendwo in deiner Wohnung gibt es bestimmt superklischeehaft eine Weltkarte. Und ich wette, da hängen auch Fotos von deiner Reise dran.

Ich grinste. Er musste sich mein Profil tatsächlich angesehen haben, denn von den vergangenen zwei Jahren hatte ich ihm nichts erzählt.

ICH, 01:48 Uhr
Fast richtig.

ICH. 01:48 Uhr
Zu meiner Verteidigung: Das war ein Geschenk.

Ich verzog das Gesicht und war mir sicher, dass Romeo gerade sehr zufrieden mit sich aussah. Dann stand ich auf und lief ins Wohnzimmer, um ihm ein Foto von dem Plakat zu schicken, das Biene und ich vorhin noch über dem grünen Sofa befestigt hatten. Zum Glück waren wir vor unserem Umzug noch nicht dazu gekommen, die Bilder auszudrucken.

THISISRO, 01:51 Uhr
Langsam finde ich Gefallen an deinen Spielen. Du machst es mir aber auch echt leicht.

ICH, 01:51 Uhr
Haha. Das war Glück! Und ich hoffe, dir ist klar, dass das nur einen halben Punkt gibt. Du lagst ja nur halb richtig. Eine Karte, aber keine Fotos.

THISISRO, 01:51 Uhr
So ein Blödsinn. Ich lag richtig. Jede Diskussion ist zwecklos.

Ich lachte und dachte an all die Fotos seines Lebens, die Romeo auf Instagram teilte. Die Nächte, die Partys, die Menschen.

Dann tippte ich wieder.

ICH, 01:52 Uhr
Ich vermute, dass du gerade noch irgendwo unterwegs bist. In einem Club, einer Bar oder so.

THISISRO, 01:52 Uhr
Nein, ich bin zu Hause.

Dann tauchte in unserem Chat plötzlich ein Selfie von Romeo auf. Schwindelerregend und ohne Ankündigung. Er trug ein dunkles Shirt, die Haare offen, sein Gesicht umschmeichelnd. Der Ring in seiner Nase golden glänzend und die Augen so unendlich grau, grau, grau. Doch die Pupillen waren geweitet. Hinter Romeo erkannte ich die Ecke eines Regals, in dem sich neben einem halbvollen Whiskeyglas CD-Hüllen aneinanderreihten, und dunkle Polster. Ich betrachte jedes Detail dieses eingefangenen Moments, und mein Herz flatterte, denn es wusste: Dieses Foto war nicht für die Masse bestimmt, es war nur für mich.

ICH, 01:53 Uhr
Das hätte ich jetzt irgendwie nicht gedacht.

THISISRO, 01:53 Uhr
Ich bin gern allein. Ich mag die meisten Menschen nicht. Und der Rest fängt irgendwann an, mich zu langweilen.

ICH, 01:53 Uhr
Gerade wirkst du aber nicht gelangweilt.

THISISRO, 01:53 Uhr
Bin ich auch nicht. Überhaupt nicht.

Ich auch nicht, dachte ich. Und ich fühlte mich auch nicht allein mit dem Handy in meiner Hand und Romeo, der mir schrieb.

THISISRO, 01:54 Uhr
Ich vermute, dass du vor deiner Tür eine Fußmatte mit irgendeinem Spruch darauf hast.

ICH, 01:54 Uhr
O Gott, nein! :D :D

THISISRO, 01:55 Uhr
Glaub ich dir nicht. Ich will einen Beweis sehen!

Also lief ich auf Zehenspitzen den Flur entlang und öffnete möglichst leise die Tür. Dann machte ich ein Foto von der langweiligen braunen Matte, die Charlottas Freundin bei ihrem Auszug dagelassen hatte.

THISISRO, 01:59 Uhr
Das ist jetzt wirklich sehr enttäuschend.

ICH, 01:59 Uhr
Was hast du denn bitte erwartet?

THISISRO, 01:59 Uhr
Keine Ahnung. So etwas wie GOOD VIBES ONLY oder so?

ICH, 01:59 Uhr
Das ist jetzt aber echt sehr klischeehaft! :D :D

THISISRO, 02:00 Uhr
Hey, zu meiner Verteidigung: Ich habe ja auch nicht sonderlich viel Material zur Verfügung.

ICH, 02:00 Uhr
Das ist nur eine Ausrede, weil du Angst hast, dass ich doch noch gewinne.

THISISRO, 02:00 Uhr
Da muss ich dich leider enttäuschen. Eigentlich bin ich mir meiner Sache gerade trotzdem sehr sicher ;)

ICH, 02:00 Uhr
Ich vermute, dass du kaum etwas zu essen im Kühlschrank hast, dafür aber einen Haufen Energydrinks.

THISISRO, 02:00 Uhr
Weil ich nachts arbeite? :D Und das soll nicht klischeehaft sein?

Ich wollte gerade antworten, da bekam ich ein Foto von einem geöffneten Kühlschrank, in dem nicht mehr als zwei Bananen, ein paar Tomaten und eine Nudelbox lagen. Im untersten Fach reihte sich eine Flasche Mate an die nächste.

ICH, 02:04 Uhr
Mate zählt in diesem Fall als Energydrink.

THISISRO, 02:04 Uhr
Nur wenn du aus meinem halben Punkt einen ganzen machst. ;)

Ich rollte grinsend mit den Augen und schickte Romeo ein Daumen-nach-oben-Icon.

THISISRO, 02:06 Uhr
Ich vermute, dass die Armbänder, die du trägst, eine Bedeutung haben.

ICH, 02:06 Uhr
Wieso glaubst du das?

THISISRO, 02:06 Uhr
Du wirkst wie jemand, bei dem so ziemlich alles einen tieferen Sinn hat.

Ich schluckte, denn ich glaubte bei diesem Satz Romeos Stimme zu hören. In meinem Kopf sagte er das wieder auf diese lässige, neckende Art, die einen warmen Schwindel in mir auslöste. Er konnte mich nicht sehen, hatte nicht mehr als meine Worte, und doch biss ich mir auf die Unterlippe, als müsste ich irgendetwas zurückhalten. Glitt mit den Fingern über Bänder und Perlen.

ICH, 02:07 Uhr
Okay, du hast recht. Sie sind Erinnerungen aus den Ländern, die ich besucht habe.

Romeo fragte mich nach den einzelnen Bändern, und ich erzählte ihm ein paar der Geschichten, die mit den Schnüren und Perlen verknüpft waren. Im Gegenzug schilderte er seine Eindrücke aus den Städten, in denen er bei seiner letzten großen Tour aufgelegt hatte: Paris, London, Mailand und Rom, Glasgow und Moskau. Während ich bei jedem Besuch eines neuen Ortes die Sonnenstunden nutzte, um so viele Eindrücke wie nur möglich zu sammeln, ließ Romeo mit seinen geschriebenen Worten eine gegensätzliche Version dieser Städte vor mir aufsteigen. Eine, die nur die Nacht betraf und wie eine andere Seite der Medaille war: düsterer, roher, vielleicht auf andere Art echter.

ICH, 02:28 Uhr
Ich vermute, dass deine eigene Musik deine Lieblingsmusik ist.

Das dachte ich zwar eigentlich nicht unbedingt, zumindest war ich mir nicht wirklich sicher, aber ich wollte Romeo damit herausfordern. Ich wollte etwas ganz und gar Echtes von ihm erfahren.

THISISRO, 02:28 Uhr
Egal, wie geil ich meine eigenen Sachen auch finde – aber nein, ist sie nicht.

ICH, 02:28 Uhr
Wieso?

Romeo schrieb, doch im nächsten Moment waren die drei sich bewegenden Pünktchen wieder weg. Er schrieb erneut, schickte jedoch keine Nachricht ab. Und dann zeigte Instagram plötzlich eine Sprachnachricht an. O Gott, das wäre seine Stimme, sobald ich auf Play drücken würde. Einen Moment schwebte mein Daumen noch über dem Symbol, dann ließ ich ihn entschlossen sinken.

Zuerst war da ein Knacken, dann ein Räuspern.

»*Hey …*« Ich riss mich zusammen, um nicht schon bei dieser Silbe zu seufzen. Sie klang kratzig und rau, nach zu wenig Schlaf, und kroch mir unter die Haut. Wie konnte allein seine Stimme eine solche Wirkung auf mich haben? Wieso fühlte sich das so dermaßen intim an?

»*Also, die Sache ist die: Wenn ich meine eigene Musik höre, dann kann ich oft nicht richtig abschalten. Ich weiß bei den meistens Beats, wie ich mich dabei gefühlt und was ich gedacht habe. Wie die Idee für jeden verdammten Song entstanden ist. Ich weiß, an welchen Stellen ich besonders lange saß und welche superleicht gewesen sind. So ein bisschen wie ein Rausch. Und na ja … ich habe dann diese ganzen Gedanken im Kopf und komme einfach nicht zur Ruhe. Wenn ich auflege, ist das aber etwas anderes. Dann ist es wieder wie dieser Rausch, in dem ich die Sets entwickelt habe.*«

Ich hörte mir die Sprachnachricht ein zweites und ein drittes Mal an. Im Hintergrund lief Musik, wahrscheinlich nichts von seinen eigenen Sachen. Und ohne darüber nachzudenken, schickte ich Romeo eine Sprachnachricht zurück – es war einfach so passiert. Darüber, dass Kunst Freiheit war und Freiheit meistens ihren Preis hatte. Er antwortete mir sofort, dann sendete ich ihm wieder eine. Mit einem Mal war mein Zimmer erfüllt von unseren Stimmen. Es ging um Musik und Lieblingslieder. Songs, die Romeo feierte, und solche, die wegen ihrer Melodie, ihres Textes oder des Moments, in denen ich sie gehört hatte, eine besondere Bedeutung für mich hatten. Wir schickten uns gegenseitig Links zu Künstlern und Liedern auf Spotify und Soundcloud. Danach irgendwann Fotos von den Städten, in denen wir gewesen waren und teilten Erinnerungen. Was wir mit welchem Lied verknüpften und was sie in uns auslösten. Wir schafften es, über nichts Bestimmtes zu reden, Dinge auszusparen und dabei zwischen den Zeilen doch das anzusprechen, was von Wichtigkeit war. In den aufgenommenen Nachrichten, die ich von Romeo bekam, erkannte ich, dass zwei Herzen in ihm schlugen. Dass er Humor hatte und genau dieser Witz seine durchschimmernde Arroganz dämpfte. Dass er gut zuhören konnte und in wenigen Sätzen das Entscheidende sagte.

Der blaue Haken neben Romeos Namen erinnerte mich zwischendurch daran, wer er für die Welt war, doch für mich war er in dieser Nacht einfach nur ein Mann, den ich mit jedem Wort nur noch mehr kennenlernen wollte.

Als ich am nächsten Tag aufwachte, brannten immer noch alle Lichter in meinem Zimmer, und Sonnenstrahlen kitzelten mich im Gesicht. Der erste Morgen in meinem neuen Zuhause und das Erste, woran ich dachte, war er. Das Handy war mir im Schlaf aus der Hand gerutscht und lag mit dem Bildschirm nach oben direkt vor meinen Fingerspitzen. Instinktiv griff ich danach. Es war eine neue Nachricht von Romeo eingegangen, während ich geschlafen hatte. Ein schlichtes *Finde ich auch*. Ich wusste nicht einmal mehr, worauf es sich bezog. Doch das war es nicht, was mein Herz zum Flattern brachte, sondern das, was mir bei den Push-Benachrichtigungen als Nächstes angezeigt wurde.

Thisisro folgt dir jetzt.

Und dieses Mal tippte ich auf *Abonnieren.*

Romeo

Dunkelheit umfing mich, als ich am nächsten Tag vom Klingeln meines Handys geweckt wurde. Blind tastete ich um mich – bis das nervtötende Geräusch von selbst wieder verstummte. Wie so oft war ich irgendwann auf dem Sofa meines Musikzimmers eingeschlafen, während ich mir die Arbeit vergangener Stunden angehört hatte. Teile davon hatte ich zutiefst gefeiert, andere verabscheut.

Ich fühlte mich zerschlagen. Am Tag zuvor war ich mit Ben noch im Fitnessstudio gewesen, danach zusammen mit Helena und ihm bei Ringo. Hatte wieder Spaß vor Schlaf gestellt, bevor ich mich an meine Songs gesetzt hatte, und jetzt sagte mein Körper, dass es bei Weitem noch nicht genug Schlaf gewesen war. Doch vereinzelte Sonnenstrahlen fanden bereits ihren Weg an den Rändern der Vorhänge vorbei in das Innere des Raums. Lediglich zwei schmale Streifen flirrende Helligkeit und die kleinen Lichter an meinem Mischpult.

Stöhnend richtete ich mich auf. Ich hatte keinerlei Gefühl für Zeit und Raum. Ich brauchte eine Uhrzeit, irgendeinen verdammten Anhaltspunkt zur Orientierung. Ich wollte gerade das Handy entsperren, das ich endlich gefunden hatte, als mir wieder klar wurde, dass nichts und niemand, außer den immer penetranter werdenden Anrufen von Markus und inzwischen auch dem Label, auf mich wartete.

Mir war klar, dass ich mich kindisch verhielt, aber ich hatte keine Kraft, mich dem zu stellen. Es ging um mehr als meine Musik – es ging um Geld und Verträge. Ich lag Monate über dem vereinbarten Zeitraum für das neue Album und hatte immer noch keine brauchbaren Songs vorzuweisen. Daran hatten auch ein zweiter und dritter intern verschobener Termin nichts geändert. Ich hätte diesen Menschen nichts anderes zu sagen: Da war einfach Leere.

Unentschlossen schwebte mein Daumen über dem dunklen Handybildschirm. Ich könnte einfach weiterschlafen. Scheiß auf das Leben da draußen, zumindest noch eine Stunde länger. Oder zwei. Doch dann erhellte sich das Display von selbst und zeigte den Eingang einer neuen Nachricht an.

LILLIE, 13:45 Uhr
Hatte gerade ein Shooting in Fhain, bin also in der Nähe. Spätes Frühstück im *KiezEck*?

LILLIE, 13:46 Uhr
Ok, war gelogen. Ich stehe schon vor dem Haus.

LILLIE, 13:46 Uhr
Du kommst also so was von gar nicht aus der Sache raus!

Ein Teil von mir freute sich, dass Lillie sich meldete, dass sie in der Nähe war. Einer ihrer Modeljobs und ein anschließender Besuch im *KiezEck* waren eine Form der Normalität, an die ich mich an manchen Tagen kaum noch erinnern konnte. Doch dieser andere, nervige wollte einfach nur seine Ruhe haben. Schließlich setzte ersterer sich durch, weil er wusste, dass meine Freunde mir entglitten. Für den Moment fühlte ich mich stumpf und konnte nicht sagen, ob das eher Pflichtgefühl und schlechtes Gewissen war oder eben doch Zuneigung zu jemandem, der mir eigentlich wichtig war.

ICH, 13:47 Uhr
Komme gleich runter. Gib mir zehn Minuten.

Und dann war da noch eine andere Nachricht auf Instagram, abgeschickt vor wenigen Stunden. Als ich seinen Namen las, erinnerte ich mich auf einen Schlag wieder an alles.

Ich hatte gerade an einem Song gearbeitet, bei dem eine Sache einfach nicht zu stimmen schien, das Intro war aber wahnsinnig gut, also hatte ich eine kurze Story für Instagram machen wollen. Und dann war mir ein ganz bestimmtes Like ins Auge gesprungen. Weil es eines dieser alten Bilder war, von denen ich gar nicht mehr wusste, dass ich sie überhaupt online hatte. Und dann erst hatte ich den Namen gesehen, Julius' Namen, und meine Finger hatten um diese Uhrzeit und mit dem Kopf voller Musik schneller entschieden, als irgendein anderer Teil von mir es hätte tun können. Ich erinnerte mich wieder an unsere geschriebenen und aufgenommenen Worte. Julius' sanfte Stimme, als wir irgendwann angefangen hatten, uns Sprachnachrichten zu schicken. Unser fast die halbe Nacht dauerndes Gespräch. Dass ich Dinge erzählt hatte, die ich vielleicht lieber für mich behalten hätte. Gott, wenn er *doch* von Anfang an gewusst hatte, wer ich war? Wenn es nur darum ging? Doch ich schluckte die nervige Paranoia hinunter, denn da war auch dieses sich von meiner Brust ausbreitende Beben, das meine Stumpfheit durchbrach. Das diese verdammte Leere mit etwas Warmem und vielleicht auch Gefährlichem füllte. Ich fühlte, fühlte, fühlte etwas ... und in der nächsten Sekunde entglitt es mir wieder.

LIUS.ADVENTURE, 10:36 Uhr
Du hast gestern übrigens gewonnen und einen Wunsch frei.

Mein Herz machte einen Satz. Diese Nachricht reichte, und das Beben wurde stärker, breitete sich weiter in meinem Körper aus und trieb mich schließlich aus dem Zimmer. Nur noch acht Minuten, schnell unter die Dusche und die Gedanken der letzten Nacht abwaschen. Kalt prasselte das Wasser auf mich nieder und trieb die Müdigkeit davon. Ich hatte tatsächlich die halbe Nacht mit Julius verbracht – virtuell. Und dann war da diese Endlosschleife aus Bildern und Eindrücken; meine Hand in seinen Locken, sein neckendes Lächeln und seine sanfte, beruhigende Stimme, die sich auf den Sprachnachrichten rauer angefühlt hatte als in der Realität. Sie zog und zog mich mit sich. Ich sehnte mich danach, mich in dieses verdammte Gefühl hineinfallen zu lassen, aber ein anderer Teil in mir wehrte sich vehement dagegen. Ich wollte Julius kennenlernen, ich wollte diese … Flirts und jene Leichtigkeit, die das Reden mit ihm an sich hatte, doch das brachte alles erschreckend durcheinander. Das war nicht so wie mit Ben, mit dem ich bloß eine Seite meines körperlichen Verlangens stillte. Das hier war anders – und Männer gefielen mir doch gar nicht auf diese *zwischenmenschliche* Art.

Wasser und Gedanken und Wasser und Gedanken.

Und immer wieder die letzte Nacht.

Erschrocken stieß ich einen Fluch aus. Lillie stand direkt vor der Haustür, auf der obersten Stufe, und ich wich einen Schritt zurück.

»Es ist echt gruselig, wie du immer so unbemerkt auftauchst«, murmelte ich. Ich band meine Haare im Nacken zusammen und setzte die Sonnenbrille auf. Heute nicht einmal unbedingt, um die Welt und ihren Lärm auszublenden, sondern einfach aus Gewohnheit. Und wahrscheinlich aus einer mehr oder weniger gesunden Paranoia.

»Ich stehe hier schon seit zwanzig Minuten«, gab Lillie augenrollend zurück und lief die wenigen Stufen nach unten. »Ich wollte gerade klingeln.«

»Musste noch ganz dringend duschen, sorry!« Ich grinste. »Außerdem habe ich auf die Uhr geschaut. Es waren nur fünfzehn Minuten.«

Lillies Augen wirkten noch riesiger, die Brauen noch dramatischer als sonst. Wahrscheinlich einer dieser seltsamen Make-up-Tricks, die sie mir einmal zu erklären versucht hatte. *Ich brauch nicht mehr als Lippenstift. Lippenstift ist meine Waffe*, sagte sie sonst immer. Ich hatte wahrscheinlich schon jede Farbe an ihr gesehen – jede, außer Rot. Das war ihr zu vorhersehbar. Heute aber war ihr Schmollmund einfach nur blassrosa.

»Hauptsache, wir können gleich essen. Ich sterbe vor Hunger«, meinte Lillie und zog mich mit sich.

»Ich lade dich sogar ein«, erwiderte ich, woraufhin Lillie sich besänftigt bei mir unterhakte.

»Was für ein Shooting hattest du heute?«

»Eine Kampagne für eine Bodylotion. Das Casting war schon vor einer Ewigkeit, ich habe mich damals sofort richtig wohlgefühlt und mich die ganze Zeit wahnsinnig auf heute gefreut.« Lillie lächelte. Sie hatte so eine Art, voller Euphorie und Begeisterung zu sprechen und dabei trotzdem ganz ruhig zu bleiben. Eine bestechende Mischung. »Ich war eines von zwei Plus Size Models. Das war alles superdivers, richtig cool. Also es gab wirklich alle möglichen Körperstaturen und -typen. Verschiedene Hautfarben. Die anderen Mädels waren alle total nett und offen – und das ist bei diesen Jobs ja leider auch nicht selbstverständlich. Vor allem, wenn es diese Gruppen-Shoots sind, wo jede Angst hat, auf dem Bild am Ende nicht genug Raum zu bekommen.«

»Hast du zufällig schon ein paar Bilder, die ich sehen kann?«, fragte ich neugierig.

»So schnell geht das nicht.« Lillie lachte. »Da werden ja erst mal die Besten ausgesucht. Wenn so viele Leute auf einem Foto sind, ist es auch immer viel schwieriger, eines zu finden, auf dem wirklich jeder Gesichtsausdruck und jede Pose stimmt.«

Ich war stolz auf Lillie und den Weg, den sie ging, denn ich kannte zu viele Frauen, die sich für ihren Körper schämten, ganz egal, ob sie dick oder dünn waren, groß oder klein, schmal oder kurvig. Letztendlich spielte es keine Rolle, was andere sahen, sondern wie man sich selbst wahrnahm. *Ich bin dick, und ich bin schön*, hatte Lillie achselzuckend erklärt, als sie sich bei der ersten Modelagentur beworben hatte, und spätestens in diesem Moment hatte ich gewusst, wieso ich so gern mit dieser selbstbewussten Frau befreundet war. Genau diese Einstellung zu sich und ihrem Körper strahlte Lillie von innen nach außen.

Wir hatten in Berlin beide unsere Träume verwirklichen wollen. Und auch, wenn unsere Wünsche sich voneinander unterschieden, waren sie im Kern doch dieselben gewesen: es schaffen, jemand sein.

Wir hatten uns in meinem ersten Jahr in Berlin kennengelernt. Markus und ich traten auf der Stelle und kamen nicht voran, auch wenn wir beide überzeugt von meinen Sachen waren. Tagsüber kellnerte ich, abends räumte ich in einem Supermarkt Waren ein. Ich wollte richtig gute Musik machen, und das Equipment war teuer. Ich steckte fest und war kurz davor, mich in der Hoffnung auf irgendeine Art Erfolgserlebnis an der Universität der Künste zu bewerben – auch wenn ich keine Ahnung hatte, wie ich das alles schaffen sollte. Aber ich wollte nicht aufgeben. Ich wollte jemand sein. In einer dieser Nächte gingen Markus und ich feiern, um den Kopf freizukriegen. Es war einer der Raves, die in alten Lagerhallen stattfanden, aber schon fast zu bekannt und im Trend waren. Markus tanzte mit irgendeiner Frau, ich stand am Rand und ließ meinen Blick über die Menge schweifen. Da fiel mein Blick auf Lillie, die ekstatisch in der Mitte tanzte und aussah, als wäre sie Teil eines Musikvideos. Die Luft schwirrte um ihre selbstsicheren Bewegungen, und alles vibrierte zusammen mit dem harten Bass. Später in der Nacht standen wir zufällig zusammen draußen beim Rauchen, und sie fragte mich mit schiefgelegtem Kopf, ob ich auch einer dieser Kerle wäre, die DJ werden wollten.

Ich lachte.

»Ich will nicht einer werden. Ich *bin* einer.«

Lillie zog genüsslich an ihrer Zigarette. Der Abdruck ihres Lippenstifts ließ den Filter pink leuchten.

»Bist du gut?«

»Nein, besser.«

»Ich bin auch besser«, Lillie lächelte, »besser als gut.«

Und dann hatten wir eine zweite Zigarette zusammen geraucht und uns erzählt, was wir in Berlin schaffen wollten. DJing und Modeln. Wir wurden Freunde und wuchsen eng zusammen, teilten jedes Hoch und jedes Tief, feuerten uns an, unterstützten einander. Wir lachten, und wir lebten.

Zwischendrin hatte Lillie sogar mal bei Markus und mir gewohnt, und in dieser Zeit hatten wir damit begonnen, mindestens einmal die Woche für ein spätes Frühstück ins *KiezEck* zu gehen. Der Tisch direkt an der großen Fensterfront, der den besten Blick auf die Boxhagener Straße ermöglichte. Eines dieser veganen Frühstücke und Endlosgespräche, während wir die Leute draußen beobachteten und uns darüber amüsierten, dass sie alle *so krass Berlin* waren in ihrer Schrillheit, ihrer Lässigkeit, in ihrer ganzen hippen Existenz. Wir, die sich das hatten erlauben können, weil wir beide hierhergezogen waren – Lillie aus einer Kleinstadt in Süddeutschland, ich aus Hamburg. Und irgendwann bei einem Hafercappuccino hatten wir lachend festgestellt, dass wir selbst so geworden waren und nun zu diesen Menschen gehörten – wahrscheinlich hatten wir nie eine Wahl gehabt, waren inzwischen *so krass Berlin*.

Als wir jetzt dort ankamen, bestellten wir dasselbe wie immer: zwei Frühstücksteller zum Teilen, auf denen Früchte, Müsli mit Jogurt und Gemüse-Sticks mit Kräuterquark kunstvoll angeordnet waren. Dazu verschiedene Aufstriche, Marmelade, Schokoladencreme und ein Korb voller Brötchen. Zweimal Cappuccino mit Muster im Schaum.

Eher lustlos machte ich ein Foto für Instagram und lud es direkt hoch. Meine Hand mit den zwei Ringen lässig an der Tasse, dieser Berg aus Essen und im Hintergrund Lillie, die ebenfalls auf ihrem Handy herumtippte und gerade wahrscheinlich ein ähnliches Foto hochlud. Gott, manchmal kotzte ich mich selbst an, bei dieser Zurschaustellung von Realität, die sich wie Fake anfühlte.

Lillie griff nach einem der Brötchen, um es auf ihrem Teller aufzuschneiden, und ich tat es ihr gleich. Während wir aßen, fragte sie mich nach meiner Musik, erzählte von ihrem nächsten Shooting und davon, wie unerträglich Leander in seinen Vorbereitungen auf die anstehenden Prüfungen war – doch gedanklich driftete ich immer wieder ab.

»Seit Jennifer eingezogen ist, hat sich einfach so viel geändert«, sagte Lillie irgendwann erleichtert. »Das mit Freds Auszug war am Ende ein ganz schönes Theater. Und dann auch noch die Aktion mit dem Aschenbecher ... Was er sich da grade am Ende geleistet hat, war echt übel, und ich bin jeden Tag einfach nur froh, dass er endlich weg ist und wir unser WG-Leben wieder haben.«

Ich überspielte nickend, dass mir der Name irgendwie nichts sagte. Nicht zum ersten Mal hatte ich in einem Gespräch das Gefühl, dass mir ein Detail entgangen war. Dass es da eine Sache gab, die ich wissen sollte, aber vergessen hatte. Ich tat, als gäbe es da keine Verständnislücken. Sah Lillie an und doch irgendwie durch sie hindurch und fragte mich mit einem Mal, ob es ihr womöglich mit mir so ging. War ich inzwischen vielleicht Lillies verdammte Verständnislücke?

Dir ist schon klar, dass das kein Dauerzustand sein kann, oder?, hatte sie mir im *Fakultativ* entgegengeschrien. Ich wollte so nicht sein, aber auch dieses Mal war es mir lieber, mich dem nicht stellen zu müssen. Ihrer Sorge um mich, die ich meistens als total unnötig abtat und in klaren Momenten wie diesem hier vielleicht ernst nehmen wollte. Doch wenn man bereits fiel und der Boden immer näher kam, wer sollte einen dann noch auffangen können? Lillie bestimmt nicht.

Ihre Lippen bewegten sich, und ich zwang mich, ihr zuzuhören.

»... ist auf jeden Fall viel besser«, sagte sie gerade.

Ich warf ihr einen Blick zu, dann einen auf die Uhr. *Scheiße*, viel zu spät.

»Ich muss nochmal los«, verkündete ich abrupt.

Skeptisch hob Lillie eine ihrer markanten Augenbrauen, und ich hatte ehrlich gesagt keine Ahnung, weshalb ich ihr nicht von *ihm* erzählte.

Davon, dass ich nicht nur bei Ringo und Ben rumhing, sondern mindestens genauso oft bei ihm.

»Wo musst du denn plötzlich so dringend hin?«, fragte sie. »Eigentlich wollte ich mit dir auch noch über etwas anderes sprechen.«

Lillie durchbohrte mich mit ihrem intensiven Rehaugenblick, mit dem sie so oft schon Dinge aus mir herausgekitzelt hatte, die ich eigentlich verschweigen wollte. Sogar von Jonas' Verrat hätte ich ihr eines Abends beinah erzählt. Vielleicht sagte ich auch dieses Mal nichts, weil *er* – genauso wie mein Bruder – ganz offensichtlich zu meinem Verletzlichsein gehörte, zu meiner verlorenen Seite, zu meinem Ich, das von Lillie und Leander, aber auch mir selbst immer weiter wegdriftete. So als würde dieser Teil bei jeder möglicherweise falschen Bewegung ganz in sich zusammenfallen.

»Wir holen das nach, okay?«, erwiderte ich bloß und wich einer Antwort auf ihre Frage mit einem Lächeln aus, ehe ich Lillie zum Abschied umarmte. Wir erhoben uns gleichzeitig und standen neben dem Tisch. Ich legte das Geld für das Essen samt großzügigem Trinkgeld zwischen die Teller. Lillies Cappuccino war fast noch voll, meiner leer. Der Schaum auf dem Boden meiner Kaffeetasse hatte die Form einer zwischen Wolken verschwimmenden Sonne und unwillkürlich huschte der Gedanke an Julius aufs Neue durch meinen verdammten Kopf.

Lillie stellte sich auf die Zehenspitzen, und mein Kinn ruhte einen Moment auf ihrem Kopf – so wie früher. Sie schlang ihre Arme eng um mich, die Hände in meinem Rücken verknotet, und hielt sich an mir fest, als würde sie in diesem Augenblick ebenso heftig wie ich spüren, dass nicht nur ich mich veränderte, sondern auch unsere Freundschaft. Wir waren nicht mehr Romeo und Lillie, die beide und gemeinsam *besser als gut* ihren Träumen hinterherjagten. Wir hatten sie gefunden, und das hatte unterschiedliche Dinge mit unseren Herzen gemacht.

Ich war wie einer von tausend verdammten Monden, die durch die Schwärze des Universums und seiner Unendlichkeit flogen. Und nicht nur das: Ich schwebte einfach ohne jeden Halt davon.

Ich schaffte es noch rechtzeitig. Wobei das eigentlich auch egal war. Es war ja nicht so, als würde *ihm* wirklich auffallen, ob ich ein paar Minuten früher und später eintraf. Bedeutend war am Ende doch lediglich, dass ich überhaupt kam.

Das Tierheim lag fast am anderen Ende von Friedrichshain. Die graue Fassade war heruntergekommen und von hässlichen Graffitis bedeckt, die nicht mehr als schnelle Schmierereien waren. Doch das Innere des Gebäudes sprach von der Leidenschaft und Liebe, mit der die Leute hier ihren Job machten. Alles war in einem einladenden Mintgrün gestrichen. Die Wände waren bedeckt von Zeichnungen und Bildern, die die unterschiedlichsten Tiere zeigten. Es gab sogar eine gemütliche, kleine Sitzecke im Eingangsbereich. Den halbrunden Empfangstresen, die Fotos der Tiere, die vermittelt werden sollten, die gerahmten Erfolgsgeschichten – all das nahm ich gar nicht mehr richtig wahr, denn ich war nur aus einem einzigen Grund hier. Den Weg an der Theke vorbei und durch die Gänge würde ich auch blind finden, fühlte er sich inzwischen doch ein bisschen wie ein zweites Zuhause an. Niemand hielt mich auf, niemand verlangte von mir, dass ich mich vorn anmeldete.

Dafür kannten sie mich hier zu gut.

Dafür war ich zu häufig da.

Und wie jedes Mal war ich dankbar, dass mir keine Gespräche aufgezwungen wurden, auf die ich keinen Bock gehabt hätte.

Zum ersten Mal war ich hier gewesen an einem dieser Tage, an denen die Einsamkeit in meiner Wohnung mich nicht zur Ruhe kommen ließ, sondern mich dazu brachte, unaufhörlich auf und ab zu laufen. Aus irgendeinem Grund hatte ich an den Tag denken müssen, an dem meine Eltern mir Bruno weggenommen hatten. Er war unser Hund gewesen, seit ich denken konnte, und mein Ein und Alles. Doch dann war meine Zimmertür aufgeflogen, während Sebastian und ich nackt in meinem Bett lagen. Sebastian, der zweite Junge nach Michi. Dazwischen hatte es noch Melina gegeben, doch sie hatte mir das Herz gebrochen. Sebastian und ich hatten nicht einmal Sex miteinander gehabt. Wir hatten uns nur zaghaft angefasst, beide irgendwie verdammt ängstlich. Meine Eltern waren ausgerastet, mein Wichser von Vater hatte mich geschlagen und am nächsten Tag war Bruno weg gewesen.

Die Erinnerung hatte mich immer unruhiger durch die Wohnung tigern lassen. Wie so oft hatte ich mich gefragt, ob meine Eltern es sich leicht gemacht und Bruno in ein Tierheim gegeben hatten. Im nächsten Moment stand ich schon mit meinem Handy im Hausflur und suchte nach dem nächsten Heim. Das war nicht Hamburg, sondern Berlin. Natürlich würde er nicht dort sein, aber … irgendetwas drängte mich trotzdem dorthin.

Ich war wie blind durch das Heim gelaufen, vorbei an all den Hunden. Und plötzlich war da am Ende eines Flurs, zusammengerollt in einer Ecke seines Zwingers, dieser Verängstigte gewesen. Irgendetwas hatte mich ausgerechnet zu ihm hingezogen, und ganz sicher nicht, weil er so niedlich gewesen wäre. Ehrlich gesagt, war Rave sogar ziemlich hässlich, und das war offensichtlich Grund genug, dass ihn bisher niemand bei sich hatte aufnehmen wollen.

Man hatte ihn als Welpen vollkommen verwahrlost auf der Straße gefunden, niemand wusste, was ihm passiert war. Ihm fehlte ein Ohr, der Schwanz war nur noch ein Stummel und eine breite Narbe zog sich quer über das Gesicht, sodass die rechte Seite seiner Schnauze immer ein bisschen herabzuhängen schien. Rave sah deshalb eigentlich immer traurig aus, doch seine Augen waren tiefschwarz und schön. Und in ihnen lag eine Verlorenheit, die ich nachempfinden konnte. Vielleicht erkannte er dasselbe in mir, und vielleicht hatte er deshalb begonnen, mir als so ziemlich einzigem Menschen zu vertrauen.

Auf irgendeine verdrehte Art gehörten wir zusammen, Rave und ich.

Ich trat an die Gitterstäbe und betrachtete ihn wie beim ersten Mal. Er starrte zurück, und ich hatte das Gefühl, er könnte bis auf den Grund meiner Seele blicken. Mit einem der Leckerlis, die ich immer mitbrachte, kniete ich mich vor die Stäbe und pfiff leise durch die Zähne. Rave kam sofort auf mich zugehechtet. Obwohl er nicht mehr mit dem Schwanz wedeln konnte, erkannte ich, dass er sich freute.

»Sitz«, sagte ich, und Rave gehorchte. Doch sein Körper bebte vor Aufregung, während seine Augen fest auf das Leckerli zwischen meinen Fingern gerichtet waren. Er gab sich größte Mühe, geduldig zu warten, und mir entschlüpfte ein leises Lachen, ehe ich ihm das Leckerli gab und über seinen Kopf streichelte.

»Er vergöttert dich wirklich sehr«, ertönte hinter mir eine Stimme.

Ich warf einen Blick über die Schulter. Claudia, die gerade mit einem Sack Futter das Lager ansteuerte. Wie immer in einem dunklen Trainingsanzug, von dem sich die graublonden Haare kontrastreich abhoben. Ich nickte, schenkte ihr ein halb gezwungenes Lächeln und schnappte mir die Leine neben dem Zwinger, um sie Rave anzulegen.

»Bis später«, sagte ich noch, dann verließen wir das Tierheim und liefen Richtung Treptower Park, wie so oft am Boxhagener Platz vorbei, dann am Ostkreuz und schließlich auf der Elsenbrücke über die Spree, die gemächlich und graublau unter uns dahinfloss. Am Horizont sah man den Alex schlank in den Himmel aufragen.

Kopfhörer auf. Welt aus und Musik an. *Nevada* von Kerala Dust. Ich ließ mich von den elektronischen Beats leiten, Gleichschritt mit dem Rhythmus und Rave mit seinen kleineren Tapsern neben mir. *And the sun saw heaven / And the sun saw heaven again,* sang eine tiefe Stimme und setzte sich irgendwo in mir fest.

Rave reckte den Kopf, schnupperte rechts und links und sah sich alles ganz genau an. Stolz flammte unwillkürlich in meiner Brust auf, Stolz auf dieses kleine, auf den ersten Blick kaputte Wesen, das sich von nichts und niemandem unterkriegen ließ. Aus dem verängstigten Hund, den ich kennengelernt hatte, war mit jedem Tag, den wir draußen verbrachten, einer geworden, der seiner Umwelt immer neugieriger und lebensfroher begegnete. Kein Vergleich zu dem schwarzen Fellknäuel, das allein und einsam in dieser Ecke gelegen hatte, während die anderen Hunde miteinander spielten.

»Irgendwie habe ich das Gefühl, dass du vielleicht mehr Glück haben könntest als wir«, hatte Claudia damals mit einem gutmütigen Lächeln gesagt und mir eine Leine in die Hand gedrückt. Himmel, mittlerweile war ich mir sicher, dass sie geahnt hatte, dass wir uns gegenseitig brauchten. Inzwischen besuchte ich Rave mehrmals die Woche. Es war das Einzige, was ich als wirkliche Verpflichtung wahrnahm, und diese Regelmäßigkeit gab mir einen gewissen Halt, wenn die Welt zwischen meinen kreisenden Gedanken bedrohlich schwankte. Es tat gut zu wissen, dass es Rave gab, der auf mich genauso angewiesen war wie ich auf ihn.

Die Sonne glühte am Himmel und tauchte den Park und die Spree in spätnachmittägliches Licht. Auf den Wellen schaukelnde Boote, am anderen Ufer waren in regelmäßigen Abständen mehrere Stände mit Getränken und Essen aufgebaut. Jemand spielte Gitarre und sang dazu. Fahrräder lehnten an Baumstämmen, und Leute lagen allein oder in Gruppen auf der Wiese direkt am Wasser. Ich holte mir einen Kaffee und überquerte mit Rave die gebogene Abteibrücke mit den grünen Streben, die auf die Insel der Jugend führte. Jetzt und hier hätte ich wegen der ganzen Menschen gern eine Kapuze gehabt, um unter ihr zu verschwinden, weil ich zwischen meinen Beats und im Tageslicht die Anonymität brauchte.

Auf der Insel angekommen löste ich schließlich die Leine und ließ Rave frei laufen. Monatelang hatte ich mit ihm geübt. Inzwischen konnte ich ihn dort, auf der von dichten Bäumen gesäumten Wiese, rennen lassen. Ich folgte ihm mit den Augen, während ich an meinem Kaffee nippte und das ständige Vibrieren meines Handys auszublenden versuchte. Es war nie das, worauf ich insgeheim wartete. Sondern wahrscheinlich wieder Markus. Oder vielleicht Jonas, der irgendwo online wieder mal ein Foto von mir gefunden hatte, auf dem ich zugedröhnt oder sonst etwas war, was er mir vorwerfen konnte. Ganz ehrlich: Inzwischen war ich mir sicher, dass mein Bruder gezielt nach solchen Aufnahmen suchte, um mir auf den Sack gehen zu können. Ich war in der Szene vielleicht bekannt, *so* bekannt oder berühmt aber nun auch wieder nicht.

Rave rannte mit einem krummen Stock im Maul auf mich zu und ließ ihn auffordernd vor meine Füße fallen. Ich griff danach und warf ihn im hohen Bogen über die Wiese. Bellend jagte der Hund ihm hinterher und brachte ihn zurück. Ich schmiss den Stock ein zweites, ein drittes und ein viertes Mal durch die Luft. So lang, bis Rave irgendwann schwer hechelnd neben mir stehen blieb.

Als ich mich schließlich ans Ufer der Spree setzte, packte ich die Kopfhörer weg. Dieses Mal – Musik aus und Welt an. Ganz bewusst nahm ich die Geräusche um mich herum wahr: Gelächter und Geschrei, das Bellen anderer Hunde, Kinder und deren Eltern. Verschiedene Sprachen, die miteinander verschmolzen. Von irgendwoher roch es nach Gras. Und all das war wie ein Song über den beginnenden Berliner Sommer.

Rave drehte doch noch eine letzte Runde, bevor er auf mich zulief und sich neben mich setzte. Das heile Ohr aufmerksam gespitzt, der Blick auf das Wasser vor uns gerichtet. Plötzlich drehte er sich zur Seite, als hätte er irgendetwas gehört und sah mich einfach nur an. Schief gelegter Kopf, herzzerreißender Hundeblick – wortwörtlich und übertragen.

»Ich weiß ... glaub mir, ich würde dich so gern mit zu mir nehmen.« Ich seufzte tief und schüttelte bedauernd den Kopf. »Aber das geht leider nicht, Kleiner.«

Rave stupste mit seiner weichen Schnauze gegen meinen Oberschenkel, das Ohr leicht abgeknickt, ganz so, als würde er mir sagen wollen: *Tu's doch einfach, du Idiot. Tu's. Schau nur, wie verdammt süß ich bin.*

»Ich halte mich im Moment nicht gerade für einen verantwortungsvollen Menschen«, erklärte ich und dass ich damit meinen Eltern und meinem Bruder recht gab, nervte mich daran wohl am allermeisten. »Ich kann dir keinen geregelten Ablauf bieten, ich kann mich nicht richtig um dich kümmern, ich …«, ich schluckte schwer und senkte die Stimme, »… ich packe das nicht. Verdammt, ich bin ja nicht einmal in der Lage, mich um mich selbst zu kümmern.«

Zur Hölle, ich redete mit einem Hund. Das war so bescheuert. Vorwurfsvoll sah er mich an. Es schien, als könnte er meine Gedanken hören und wäre ein bisschen beleidigt, dass ich ihn vielleicht doch nicht als echten Freund sah.

»Hey, du weißt, wie ich das meine.«

Ich verdrehte die Augen, strich ihm aber über den Kopf, als er sich neben mir zusammenrollte und seine Schnauze auf meinen Schoß legte, eine Pfote auf meinem Schenkel. Schwarz glänzte sein Fell in der Sonne. Schwarz wie dieses seltsame Loch in mir.

Es war die Summe meiner Leerstellen: Bruno, Michi und Sebastian. Die Frauen dazwischen, deren Anziehung mir für kurze Momente das Gefühl von Sicherheit gab, den Anschein, dass ich vielleicht doch hetero war. Die Grenzen und Möglichkeiten meiner Sexualität. Eine Zeit lang hatte ich gedacht, die Musik hätte all die Fragen beantworten und all die Schamgefühle, die mein Vater mir jahrelang eingeprügelt hatte, vertreiben und all das Kaputte in mir heilen können. Doch mit dem steigenden Druck und Erfolg, der letztes Jahr einen Höhepunkt erreichte, hatte ich feststellen müssen, dass Verehrung, Geld und Sex auf Dauer kein Loch füllen. Es war egal, dass ich mir alles kaufen und alles haben konnte. Diese Erkenntnis hatte die Leere in mir nur noch vertieft, weil alles zuvor ein armseliger Ersatz für Liebe und echte Gefühle gewesen war. Und zu all den anderen verdammten Leerstellen gesellte sich nun der erlöschende Funke meiner Kreativität, und mir blieb nur noch der Sog der Dunkelheit.

»Aber ich verspreche dir, dass ich dich nicht im Stich lassen werde, okay?«, flüsterte ich Rave zu. So leise, dass ich mich selbst fast nicht gehört hatte, doch ich wusste: Er hatte mich verstanden. »Das kann ich dir auf jeden Fall versprechen.«

Rave drehte den Kopf so, dass er mich ansah. Der Blick seiner klugen Hundeaugen war dunkel und ernst und unendlich.

»Nein, ich habe dir sonst nichts zu erzählen«, ich lachte leise, »wirklich nicht.«

Klare, blaue Augen schlichen sich in meine Gedanken, unverhohlene Neugier darin und dazwischen willkürliche Wahrheiten und keine Lüge. Beichten, Vermutungen, sich Entblößen vor einem Fremden, der doch irgendwie keiner mehr war. Seit meiner kurzen Antwort auf Julius' letzte Nachricht wartete ich insgeheim schon die ganze Zeit viel zu sehnsüchtig auf den Eingang einer neuen von ihm, doch mein Handy zeigte nur permanent Dinge an, die mich nicht interessierten.

Ich wollte meinen Wunsch einfordern.

O fuck.

Ausgerechnet in diesem Moment machte Rave sich mit einem leisen Bellen bemerkbar. Ertappt zuckte ich zusammen und strich mit der Hand über das weiche Fell zwischen seinen Ohren.

»Es gibt echt nichts zu erzählen«, log ich.

Nicht mehr lang, bis die Sonne untergehen würde.

4. Kapitel

Romeo

Zwei Wochen später stiegen Ringo und ich in der Nähe des *Alten Gaskessels* aus einem unauffälligen Auto, in dem gerade noch Drogen und Geld ihre Besitzer gewechselt hatten.

»Bereit für eine richtig geile Zeit?«, fragte Ringo und ging voraus Richtung Hintereingang, der auf der Rückseite des Kessels lag.

»Bereit«, sagte ich, war mir aber nicht sicher, ob das der Wahrheit entsprach. Ich zog durch die Clubs der Stadt, doch je mehr die Leute meine Sets feierten und nur wegen mir kamen, desto mehr fühlte ich mich unter Druck, abliefern zu müssen: an mein Label, an meinen Manager, an all die Menschen da draußen, an meinen Erfolg und schließlich an meinen allergrößten und unbarmherzigsten Kritiker – mich selbst. Und dann waren da die Besitzer der Clubs, die Leute auf den Privatpartys danach, diejenigen mit Kontakten in der Szene. Sie alle sprachen mich auf das verschobene Album an. Ohne Zauber keine Musik und ohne Musik kein neues Album. Ich gab mich charmant und geheimnisvoll, doch hinter meinem Lächeln hatte ich schlichtweg keinen Bock, etwas dazu zu sagen. Und auch keine Ahnung, was das hätte sein können, wo ich mich doch selbst nicht verstand.

Leider gab es momentan nur zwei Dinge, die das Beste aus mir herausholten und mich zu einer kreativeren Version meiner selbst machten: der allergrößte Schmerz oder absolute Betäubung.

Ich wählte Letzteres.

»Bereit«, sagte ich noch einmal, dieses Mal mit Nachdruck. Im Schatten vor der Tür schob ich mir eine der Pillen, die Ringo mir noch im

Inneren des Autos in die Hand gedrückt hatte, zwischen die Lippen und schluckte. Er tat es mir grinsend gleich, dann betraten wir über den Hintereingang das Paradies für die heutige Nacht. Erst einen gewundenen Gang entlang, dann in das eigentliche Innere des Clubs. Kreisrund und knapp hundert Meter in die Höhe ragend, die düstere Version eines Himmels. Das Dach, unter dem sich eine namenlose Masse bewegte, war nicht mehr als verschwommene und wolkenlose Finsternis. Auf halber Höhe wanden sich Aussichtsplattformen mit vergitterten Böden ringsherum an der Wand entlang. Von dort beobachteten schemenhafte Gestalten die unter ihnen Tanzenden. In den beiden Käfigen in der Mitte des Raums gaben sich eine Frau und ein Mann einem lasziven Tanz hin – beide trugen schwarz glänzende Lederhosen und eine Maske über den Augen.

Mich durchströmte ein Gefühl wie in der Nähe eines Abgrunds, wenn Helligkeit und Dunkelheit explosionsartig aufeinandertreffen. Dieses Gefühl, das ich nach meiner Anfangszeit in Berlin in *Nachtschwärmer* eingefangen hatte. Damals noch gepaart mit deutlich mehr Faszination und weniger Abgebrühtheit.

Wie in den anderen Clubs merkte man auch hier, dass der Juni sich seinem Ende entgegenneigte und der Sommer sich langsam, aber sicher über die Stadt legte. Kürzer werdende Schlangen vor der Garderobe, Menschen, die draußen fast so wenig trugen wie im Inneren, weniger Gedränge auf dem Weg zu Rauchpausen. Mehr Hitze und mehr Schweiß, mehr Luftfeuchtigkeit. Irgendwann in den vergangenen Wochen hatte ich meinen schwarzen Hoodie, den ich beim Auflegen sonst immer trug, gegen ein Shirt getauscht. Doch bevor ich mich jetzt mit Ringo durch die Menschenmenge schob, Schultern streifte und unweigerlich Körper berührte, streifte ich ihn doch wieder über und zog mir die Kapuze ins Gesicht.

Sicher war sicher.

Ganz in Schwarz gekleidet, verschmolz ich mit dem Club und der Nacht.

Bis ich an der Bühne angekommen war, kickte das Ecstasy schon. Mit jedem weiteren Moment rückte alles Negative mehr und mehr in den Hintergrund, all das, was mich an so vielen Tagen niederzudrücken drohte. Hier und jetzt war alles gut. In mir ein Flattern. Wärme und Leichtigkeit, die sich ausdehnte und zu pulsieren begann. Als ich am Mischpult stand, war ich gehypt und mir verdammt sicher, diesen Menschen hier eine der geilsten Nächte ihres Lebens zu bescheren. Ich wollte verfluchte Glücksgefühle freisetzten – ihre und meine.

In all dem schlich Julius sich immer wieder in meine Gedanken. Es war seltsam, ich hatte ihn bisher nur ein verdammtes Mal gesehen und das nicht einmal besonders lang. Eine einzige Zigarette vor dem *Fakultativ*. Und doch brachten mich seine Sprachnachrichten mit ihrer Ehrlichkeit und Direktheit dazu, ständig Instagram zu checken, um auch ja keine zu verpassen. Und nicht nur das: Ich ertappte mich dabei, wie ich Julius' Profilbild aufrief und mir seine Fotos ansah. Die meisten Posts bestanden aus diesen Galerien, bei denen man sich durch mehrere Bilder wischen konnte. Landschaftsaufnahmen, Berge und Meere und Seen. Julius hatte offenbar viel gesehen von dieser Welt. Und dazwischen die wenigen Fotos von ihm selbst. Julius mit kürzeren Haaren und Sonnenbrand auf der Nase, im Schneidersitz auf dem Dach eines VW-Busses, während neben ihm die Sonne hinter Klippen versank. Ein Stück Zitrone zwischen weißen Zähnen und eine sich kräuselnde Nase, Sand und Muscheln an nackten Füßen. Eine Kette mit kleinen Muscheln um einen Knöchel. Julius mit Rucksack inmitten einer europäischen Großstadt. Julius beim Skaten, immer und immer wieder. Und auf jedem Bild schien diese treibende Energie von ihm auszugehen, die um ihn flirrte und die ich bisher nur ein einziges Mal direkt gespürt hatte. Trotzdem fühlte es sich an, als wären wir uns schon viel häufiger begegnet. Vielleicht wegen der Ungezwungenheit unserer Gespräche. Es waren immer längere Sprachnachrichten geworden, die früher oder später unweigerlich dazu führen würden, dass ich mich vor

Julius nackt machte und ihm einen Teil meiner angeknacksten Seele zeigte.

Ich war noch ein paarmal mit namenlosen Frauen nach Hause gegangen oder auch mit Ben verschwunden, wenn es niemand mitbekam. Doch diese Momente gaben mir kaum noch etwas, weil sie immer weniger ihren Zweck erfüllten. Vor allem aber wurden sie von dem Gedanken an Julius überlagert, der ein verdammt zartes und ungewisses Verlangen in mir weckte. Etwas, das ich von Zeit zu Zeit mit Verwunderung und Argwohn betrachtete, das aber unweigerlich da war: diese neue Freundschaft, die eigentlich gar keine war.

Meine Finger glitten fiebrig und doch ganz ruhig über die Platten und ich ließ zu, dass die Frau neben mir ihren Arm um mich legte und sich an mich schmiegte. Mit einer Hand berührte ich ihre Kurven und grinste wegen der Dinge, die sie in einer Pause ganz nah in mein Ohr flüsterte. Ich dachte noch, dass sie verdammt heiß war mit der engen, schwarzen Hose und den Ketten um den Hals, deren Anhänger zwischen ihren Brüsten endeten, als mein Blick plötzlich auf einen dunklen Lockenschopf zwischen Schatten und Stroboskoplicht fiel. Julius, der in der Menge stand und sich im Gegensatz zu allen anderen nicht bewegte.

Ihn hier zu sehen traf mich aus dem Nichts und war gleichzeitig die logische Konsequenz all unserer virtuellen Gespräche. Ein offenes Lächeln lag auf Julius' Lippen, als er den Blick über die tobende Menge schweifen ließ. Ein Blick, der für einen Sekundenbruchteil an mir hängen blieb. Er fixierte mich, und gleichzeitig sah er irgendwie durch mich hindurch. Ganz so als würde er etwas sehen, dass uns anderen verwehrt blieb. Julius ... er hatte mich gefunden.

Ich ließ den Drop knallen – endlich und im genau richtigen Moment –, und eine heftige Welle ging durch den Club. Julius biss sich auf die Unterlippe, schloss die Augen und verschmolz mit den Bewegungen der anderen.

Ich hätte zu gerne gewusst, was er sah.

Ich dachte noch darüber nach, als ich irgendwann später eine Pause machte und über den Hintereingang nach draußen ging. Es war eine dieser Nächte, in der ich jeden einzelnen Ton mit tiefster Seele spürte und mich verdammt unsterblich fühlte. Heute war eine dieser Nächte, in denen ich die Menge mit einer meiner Improvisationen zum Beben bringen würde. Und vielleicht, ganz vielleicht auch, weil es jemanden in der sonst so anonymen Masse gab, der mich auf seltsame Art hypnotisierte und den ich beeindrucken wollte.

Ich hob den Kopf und machte im Lichtkegel der Laternen eine schlanke Gestalt aus. Instinktiv wollte ich schon weiter in die Schatten verschwinden, weil ich diese Momente der Ruhe brauchte. Vor allem in einem so riesigen Club wie diesem, in dem im Gegensatz zum *Fakultativ wirklich* jeder wusste, wer ich war. Doch dann fiel mein Blick auf ausgewaschene Jeans, wanderte weiter, über Lederbänder und bunte Perlen an Handgelenken bis zu einer dunkelbraunen Bomberjacke mit mehreren farbigen aufgenähten Patches – einer Jacke, deren Anblick sich tief in mein Gedächtnis eingebrannt hatte – und traf schließlich auf ein unbeschwertes Lächeln, das von schwarzen Locken gerahmt wurde.

Julius.

Lius.

Hell.

Strahlend.

Fast blendend.

Und meine Füße entschieden selbst.

Wie seltsam es war, auf ihn zuzulaufen. Ich hatte das Gefühl, ihn zu kennen, und zugleich war er mir im selben Moment fremd. So oder so verfolgte mich der sanfte Klang seiner Sprachnachrichten überallhin.

Weil ich mehr davon wollte.

Weil ich das nicht wollen wollte.

Ich sollte die Finger von dieser Sache lassen. Auch wenn ich Michi nach dem beschissenen Ende unseres ersten Kusses weiterhin heimlich getroffen hatte, weil ich bis über beide Ohren in ihn verknallt gewesen war, hatte die Sache ein jähes Ende genommen. Jonas hatte uns zusammen gesehen und kurz darauf dafür gesorgt, dass alles kaputtgegangen war. Und all die schrecklichen Gefühle, die darauf folgten, waren durch die Erinnerung an die wenigen losgelösten Tage zuvor nur noch schmerzhafter gewesen. Die Tage, bevor alles hochgekocht war. Noch immer schmeckte ich die Herbstluft auf der Zunge, hörte das Rascheln von Laub im Garten. Jonas und ich saßen in seinem Zimmer, Bruno hatte es sich zwischen uns auf dem Bett gemütlich gemacht. Unsere Mutter wäre ausgerastet, wenn sie gesehen hätte, dass der Hund dort lag, wo wir schliefen. Ich wiegte mich in Sicherheit und hatte zum ersten Mal das Gefühl, einen Platz in meiner Familie gefunden zu haben. Jonas war mein großer Bruder, war um so vieles erwachsener als ich, und an diesem Wochenende gab er mir das Gefühl, mir so richtig zuzuhören, als ich ihm das Geschehene erklärte. Er gab mir etwas von dem, was ich mir immer schon gewünscht hatte, nur um mir kurz darauf alles zu nehmen.

Es machte mir Angst, mich auf das mit Julius einzulassen, weil ich nicht wusste, wie dieses Mal die Konsequenzen aussehen würden. Und Himmel, es irritierte mich, was er in mir auszulösen vermochte.

Trotzdem waren wir hier allein, und das war vielleicht kein Zufall.

»Du«, sagte er schlicht, als ich vor ihm stand. Julius' Mundwinkel hoben sich bei dieser kurzen Silbe deutlich an.

»Du«, gab ich zurück. Es bedeutete so viel wie: *Da bist du wieder*, und vielleicht auch ein bisschen: *Ich habe auf dich gewartet*. Dieses niedliche Grinsen begann Julius' Lippen zu umspielen. Eines, das bis zu den Augen unter markanten, schwarzen Brauen reichte und noch viel weiter.

»Bleibst du bis zum Schluss?«

Sein aufgeweckter Eisaugenblick bohrte sich in meinen. »Soll ich das denn?«

Ich hätte gern Ja gesagt, aber wenn ich das nicht tat, konnte ich wegschieben, wie verflucht gut er mir gefiel. Wäre er eine Frau, würde ich das offen zugeben, weil ich in den meisten Fällen ohnehin bekam, was ich wollte. Dann beherrschte ich das Spiel in all seinen Facetten. Aber er … bei ihm war es anders. Nicht nur, weil er ein Kerl war, sondern auch weil er … eben Julius war. Ein bisschen wie eine Sonne. So hell und warm und gleichzeitig mit der Gefahr behaftet, sich daran zu verbrennen. Leider hatte ich zusammen mit dem Erfolg einen Hang zu Dingen entwickelt, die rational betrachtet verdammt nochmal nicht gut für mich waren, mir aber irgendeine Form von Kick verschafften.

»Ich bin um vier mit meinem Set fertig«, sagte ich also und zwinkerte Julius zu. »Ich komm wieder hier raus. Warte da auf mich.« Ich ging einige Schritte rückwärts Richtung Club. »Ich will dir etwas zeigen.«

Ich geduldete mich gar nicht erst bis zu Julius' Antwort, hob nur kurz die Hand und wandte mich ab. Da hörte ich sein Lachen in meinem Rücken. Es klang unbeschwert, nach Helligkeit und dabei … verflucht sexy.

»Du weißt schon, dass du mich gar nicht gefragt hast, oder?«

Langsam drehte ich mich um und war mir dabei darüber im Klaren, dass Julius mich genau musterte. Auf diese intensive Art, die mich verwirrte und etwas Ungekanntes in mir freisetzte.

»Natürlich weiß ich das.« Ich grinste. »Aber wieso solltest du Nein sagen?«

O verdammt! Die Mischung aus seiner selbstbewussten Haltung und der ganz leichten Röte auf seinen Wangen machte mich ein bisschen fertig. Und zum ersten Mal seit einer Ewigkeit wünschte sich ein Teil von mir, die nächsten Stunden im Club mögen schneller vergehen. Einfach nur, weil dieser verflucht süße Kerl dann auf mich warten würde.

Der Typ, dessen Stimme in den letzten zwei Wochen fast immer das Letzte gewesen war, was ich vor dem Schlafen mit dem Handy in der Hand gehört hatte. Vielleicht war mein Bedarf an Freundschaften ja doch noch nicht gedeckt. Oder mein Bedarf an anderen Dingen.

»Und was wirst du mir zeigen? So ganz hypothetisch.« Jetzt grinste auch er. »*Falls* ich wirklich auf dich warten sollte.«

»Meine Welt, Lius. Ich werde dir meine Welt zeigen.«

Der Raum mit den nahezu komplett verspiegelten Wänden war für die im *Gaskessel* auftretenden Künstler reserviert. In seinem schummrigen Licht packte ich gerade meine Sachen zusammen, als sich von hinten zwei Hände über meine Augen legten. Ich sah schmale Finger und glänzende Ringe.

»Helena«, sagte ich.

»Richtig!« Sie kicherte. »Kommst du noch mit zu den anderen?«

Ich hängte mir meine Bauchtasche quer über die Brust und drehte mich zu ihr um.

Ich dachte an Julius und seine Bewegungen zu meinen Beats, selbstvergessen und pur. Julius verstand meine Musik. Julius verstand sie wirklich. Und er wartete draußen auf mich, was ich verdammt erschreckend und atemberaubend zugleich fand. Ich schüttelte also den Kopf. Da polterten ausgerechnet Ringo und Ben herein. Beide hatten diese verräterischen Augen, die riesig und schwarz in der Nacht glänzten – den unauffälligen Abgang, den ich geplant hatte, konnte ich spätestens jetzt vergessen.

»Papa hat Geschenke für euch«, sagte Ringo euphorisch und wedelte mit einem Päckchen herum. »Der Koksgott war heute sehr gnädig.«

»Bist du etwa *nochmal* los?«, fragte ich, woraufhin er nur mit den Schultern zuckte. Die Bewegung schien sich in den Spiegeln endlos zu multiplizieren.

»Kann ja nichts dafür, wenn ihr so gierig nach meinem Zeug seid.«

»Ich bin auf jeden Fall immer gierig«, meinte Ben und sah dabei nur mich an. »Ich geb's auch gern zu.« Er leckte sich über die Lippen und war scheißauffällig dabei. Im schwachen Licht glänzten seine Haare mehr rot als rosa, und seine Zungenspitze wirkte wie eine Schlange, die mich verschlingen wollte. Schnell wandte ich den Blick ab.

Indes hatte Ringo die schwarze Ledercouch angesteuert und zerhackte einen Teil des Pulvers bereits mit einer Karte auf dem Display seines Handys. »Papa ...«

»Alter, hör mal auf, dich selbst Papa zu nennen«, fuhr ich ihn an. Keine Ahnung, warum er mich ausgerechnet jetzt so aggressiv machte. Julius da draußen, meine Leute hier drinnen – das war gerade irgendwie zu viel für mich. Denn für einen kurzen Moment war ich mir nicht sicher, wo ich sein wollte: hier bei Helena, Ringo und Ben oder im Freien bei Julius.

»Hey, Baby, komm runter«, meinte Helena und warf sich ihre Zöpfe über die Schultern. »Zieh dir was durch die Nase, entspann dich ein bisschen.«

Sie nickte auffordernd in Ringos Richtung. Bei dem Anblick der schneeweißen Linien, die sich unter seinen routinierten Bewegungen bildeten, begann es in meinen Fingerspitzen zu kribbeln. Wahrscheinlich wäre es keine schlechte Idee, zumindest ein bisschen nachzulegen. Es würde diese bescheuerte Angst vor Nähe eindämmen, die Angst vor der Nähe mit einem Mann.

Und ich würde mich um so vieles freier fühlen.

Frei, richtig, normal.

Als ich eine Viertelstunde später verschwitzt und erschöpft, gleichzeitig aber hellwach in die Dunkelheit hinaustrat, lehnte Julius gleich neben dem Hinterausgang. Ein Bein angezogen und an der Wand abgestützt, beide Hände lässig in die Hosentaschen geschoben.

Seine Wangen waren gerötet, ein leichter Schweißfilm lag auf seinem Gesicht. Die Nacht war lang gewesen, und seine Locken kringelten sich feucht in der Stirn. Sie waren zerzaust, und ich mochte es, dass ihm das egal zu sein schien.

»Komm«, forderte ich Julius auf und zog ihn mit mir. »Bevor die anderen hier sind.«

Unter dichten Wimpern sah er mich an, blickte die wenigen Zentimeter hinauf, die uns voneinander trennten. Julius' Hand in meiner fühlte sich warm und fest an, wie etwas, das mich nach dem Endlosstrudel im Inneren des *Alten Gaskessels* am Boden halten würde. Zögerlich schlossen sich seine Finger um meine, er erwiderte meine Berührung und ich ließ sofort los. Als hätte ich mich an diesem hinreißenden Kerl verbrannt – an der glühenden Sonne, die er war.

»Wer sind denn die anderen?«

Natürlich hakte Julius nach. Weil seine Gedankengänge offenbar immer schneller waren als der Rest.

»Nicht wichtig«, erwiderte ich und führte ihn weiter von dem Club weg. *Hauptsache ich bin allein mit dir,* dachte ich und kurz darauf: *Du hast so etwas Helles an dir. Ich will dich nicht in Ringos Nähe sehen.*

Je weiter wir den *Gaskessel* hinter uns ließen, desto ruhiger wurde es um uns herum. Nicht mehr das Beben hinter dicken Wänden, sondern Friedrichshain in einer Juninacht und immer noch durchdringendes Leben auf den Straßen. Begierig sog ich die angenehm kühle Luft ein. Ich spürte das Vibrieren meines Handys in meiner Bauchtasche, wahrscheinlich wollten die anderen mir noch mal sagen, dass sie wie meistens zu Ringo weiterzogen. Afterhour. Den sich anbahnenden Tag zur Verlängerung machen. So wie Helena, Ringo und Ben ignorieren würden, dass auch diese Nacht endete, ignorierte ich den Eingang einer weiteren Nachricht und schaltete das Telefon stumm. Ich hatte ihnen mehrmals gesagt, dass ich schon etwas vorhatte, und mehr mussten sie auch nicht wissen. Es war schwierig genug gewesen, sie abzuwimmeln. Ich würde jetzt ganz sicher nicht ans Handy gehen.

»Machst du eigentlich immer einen auf geheimnisvoll?«

»Vielleicht tue ich ja gar nicht so. Vielleicht bin ich es auch einfach«, entgegnete ich.

»Dafür hast du mir zu viel über dich erzählt«, gab Julius zurück.

Ich warf ihm einen Blick zu, den er offen erwiderte. Ich sah unendliches

Blau, intensiv und weit wie der Himmel. Tatsächlich hatte ich das beunruhigende Gefühl, dass er viel zu tief in mich hineinsehen konnte. Instinktiv zog ich meine Kapuze hoch. Plötzlich war da diese irrationale Angst, Julius könnte erkennen, dass hinter meinem Image irgendetwas verdammt nochmal nicht mit mir stimmte.

»Ich bin kein Fan von Geheimnissen. Oder von Lügen«, schob Julius schließlich ernst hinterher.

»Geheimnisse sind nicht gleich Lügen.«

Er blinzelte. »Der Übergang ist aber mehr oder weniger fließend. Und aus Geheimnissen werden schnell Lügen.«

»Das mag sein, aber denkst du nicht, dass es manchmal vielleicht besser ist, gewisse Dinge für sich zu behalten?«

Wenn meine Mutter zum Beispiel nie mitbekommen hätte, wie Michi und ich uns küssten, vielleicht würden meine Eltern mich dann so ansehen, wie sie es bei Jonas taten. Und wäre mein Vater Jahre später nicht ohne anzuklopfen in mein Zimmer gekommen und hätte Sebastian und mich in meinem Bett überrascht, dann wäre er vielleicht nie vollkommen ausgerastet. Die blauen Flecke waren verblasst, die Erinnerungen nicht.

»Dann sei zu *mir* ehrlich, Ro.«

Julius, der die Geschichten von Menschen liebte und mich vielleicht gerade deshalb schneller durchschaute als andere.

»Okay«, sagte ich. Ein Teil von mir meinte das absolut ernst, ein anderer war sich ziemlich sicher, dass ich dieses Versprechen niemals halten könnte. Doch Julius ... er glaubte mir. Er kannte mich kaum – bei unserer ersten Begegnung war ich drauf gewesen, war jetzt auch nicht gerade nüchtern und kam mir neben ihm plötzlich total fertig vor –, doch Julius setzte Vertrauen in mich. Einfach so.

»Gut.« Sein schlichtes Nicken und die anschließende Andeutung eines Lächelns auf seinen Lippen machten etwas mit mir. Ich wollte, dass er mir zu Recht glaubte. Ich wollte ihm allen Grund dazu geben.

»Du weißt wirklich Dinge über mich, die sonst niemand weiß«, gab ich zu und dachte an all die Sprachnachrichten. Sie alle enthielten Wahrheiten, auch wenn sie als Teil eines Spiels begonnen hatten. Es hatte locker klingen sollen, doch das tat es nicht.

»Du auch über mich«, erwiderte Julius selbstverständlich und so, als wäre das überhaupt nicht schlimm.

Wir liefen über den Boxhagener Platz und dann Richtung Stralauer Allee. Und ich tat das, was ich ihm versprochen hatte: Ich zeigte Julius meine Welt, die aus Nacht und Dunkelheit bestand, auch wenn der Himmel sich bald erhellen würde. Ich zeigte ihm meinen Blick auf Berlin, besonders aber auf meinen Kiez – nicht die Stadt an sich, nicht eine Ansammlung von speziellen Orten, sondern vielmehr ein verdammtes Gefühl. Das, was sie im schwachen Licht in mir auslöste.

Wir liefen durch von bemalten Hausfassaden gesäumte Straßen.

Manchmal mit Ziel, manchmal ganz ohne.

Und manchmal streiften sich dabei unsere Arme.

Alles war voller Farben, Altem und Neuem, Geschichte und Gegenwart.

»Bereust du es manchmal, dass du dich für dieses Leben entschieden hast?«, fragte Julius, als wir die Stralauer Allee hinter uns gelassen hatten und an der Spree entlangliefen. Das Wasser glänzte dunkel und reflektierte die Lichter einer Stadt, die niemals wirklich schlief. »Ist es nicht anstrengend, wenn das eigene Leben so parallel zu allem anderen verläuft? Wenn du schläfst, wenn alle anderen wach sind?«

»Musik zu machen ist alles, was ich immer wollte«, war die einzig richtige Antwort. Und es war die, die ich gab.

Weil Musik Gefühl war. Weil sie aus mir kam und *Ich* war. Weil ich wusste, dass ich verdammt talentiert war – eigentlich. Und weil es sich krass anfühlte, in irgendetwas gut zu sein, wenn man ständig anders gewesen und einem das permanent als etwas Schlechtes vorgehalten worden war. Diese Art von Anderssein feierten die Leute aber, und manchmal wünschte ich mir, ich hätte das schon früher gemerkt.

Und den brennenden Funken nicht wieder verloren.

Anerkennung und Bewunderung waren zwar nicht mit Liebe zu vergleichen, aber kamen dem wohl ziemlich nah. Vielleicht waren sie weniger beständig, vielleicht waren sie wie der Blick durch ein Kaleidoskop – manchmal zu viel und manchmal viel zu wenig.

Dinge, die ich Julius nicht sagen konnte. Die ich niemandem sagen konnte. Zur Hölle, wer war ich, mich über meinen Erfolg zu beschweren?

»Es gibt Leute, die würden behaupten, dass das keine Musik ist«, riss Julius mich aus meinen Gedanken.

Ich hob eine Augenbraue. »Und du? Gehörst du auch zu diesen Menschen?«

Er schüttelte den Kopf. Ein leises Lachen entschlüpfte seinem Mund, und dunkle Locken flogen im Wind. »Meine ehrliche Antwort ist: Es kommt darauf an.«

»Auf was denn?«

»Auf die Leidenschaft dahinter, wie bei eigentlich fast allen Dingen im Leben. Techno kann nur Bass sein, nur laut und wild und zusammenhangslos. Aber es kann auch Melodie sein, kann eine Geschichte erzählen, die Gefühle in einem weckt und einen mit auf eine Reise nimmt, die einen positiv oder negativ berührt. Fast schon etwas Meditatives. Und ich finde, bei vielen dieser Sets ist der besondere Reiz gerade, dass der Gesang fehlt. Dadurch gibt es keine Ablenkung, die Musik tritt nicht in den Hintergrund, sondern ist so … präsent. Man *ist* einfach nur und fühlt und existiert und …«, für einen Moment hielt Julius nachdenklich inne und sah mich an, mit diesem schwindelerregenden Blick. Ganz so, als wäre auch er ein bisschen überrascht von seinen Worten. »Techno kann eine Seele haben.«

Ich blinzelte.

Okay, *fuck*.

Das hatte er gerade nicht wirklich gesagt, oder?

»Was ist?« Julius biss sich auf die Unterlippe. »Du schaust mich so an.«

Mir war klar, dass ich ihn anstarrte, und jemand anderes wäre meinem Blick wahrscheinlich ausgewichen, denn das taten die meisten. Irgendetwas darin war ihnen unangenehm. Irgendetwas darin wollten sie nicht sehen.

Er aber hielt stand.

»Ich … finde nur, dass du recht hast«, wich ich dem Ansatz einer Frage in seinen Augen aus. Julius lief dicht neben mir. Zu dicht und gleichzeitig zu weit weg. Seine Hand streifte meine, und fast hätte ich wieder danach gegriffen, aber es gab zu viel, was mich davon abhielt.

Angst. Etwas Unterbewusstes. Die Tatsache, dass ich mich trotz der Drogen zu nüchtern dafür fühlte. Zu klar im Kopf, um mitten auf der Straße nach der Hand eines Mannes zu fassen.

Als ich Julius fragte, ob er Lust auf ein Frühstück hätte, lachte er. »Ist nicht der Sinn eines Frühstücks, dass man vorher geschlafen hat und dann erholt in den Tag startet?!«

Ich hob eine Augenbraue und musterte ihn. »So ein Quatsch«, sagte ich und blieb vor einem Späti stehen. Julius hatte die Stirn in Falten gelegt und schien immer noch ernsthaft über die Frühstücksfrage nachzudenken.

»Okay, ich stell die Frage anders«, meinte ich. »Hast du Lust auf einen Kaffee?«

»Ja, unbedingt«, entgegnete er dieses Mal ohne Zögern. Er lachte. Gott, er lachte so viel und so schön. Er wartete draußen, während ich den Kaffee holte. Einen drückte ich ihm in die Hand, und dann … dann brachte ich Julius zu *meinem Platz*, der mit jedem Schritt sichtbarer wurde.

Ich versuchte, die Brücke mit den kunstvollen Ornamenten mit Julius' Augen zu sehen. Diesen Ort, an dem ich Freiheit und den Anklang von Unendlichkeit verspürte, obwohl es hier nur mich allein gab – keine dicken Clubwände, keinen Bass, der sich in meinem Herzen festsetzte, keine Musik, zumindest nicht die, die mich durch die Nächte fliegen ließ. Der Sound hier oben über der Spree war ein anderer, und doch schaffte er es jedes Mal, mich zu erden.

Es waren die Geräusche einer Stadt, die wacher und wacher wurde. Ein Leben im Hellen, ohne Abgründe, ohne Schatten und Dämonen, denen man sich stellen musste. In der Ferne ratterte eine Bahn gelb und gemächlich vor sich hin, bunte Lichter strahlten gegen den jetzt tintenblauen Himmel, ein leises Summen lag über den Dächern und Wind rauschte durch die Straßen.

»Komm«, sagte ich und lief ein Stück weiter am Geländer der Brücke entlang, hin zu meiner Lieblingsstelle, die hinter den tief hängenden Ästen eines Baumes verborgen lag. Vom anderen Ufer aus beugte er sich über die Brücke. Die Streben des Geländers leuchteten fast unnatürlich grün im schwachen Licht der Laternen, als ich die Beine darüber schwang und mich setzte. Kaffee schwappte gefährlich, doch ich richtete den Blick dessen ungeachtet auf das Wasser unter mir, dann auf den Horizont.

Aus dem Augenwinkel nahm ich wahr, wie Julius sich neben mich setzte. Als sein Arm dabei für einen Moment meine Schulter streifte, versteifte ich mich automatisch. Gleichzeitig aber wollte ich es ihm gleichtun, wollte ihn am liebsten berühren. Vielleicht seine Hand, mit der er sich jetzt auf das Geländer stützte. Vielleicht noch einmal meine Finger in seinen Haaren vergraben, wie ich es bei unserem Kennenlernen ohne verdammtes Nachdenken getan hatte.

Julius sagte nichts und sprach mit seinem Schweigen gleichzeitig alles Nötige aus. Er legte den Kopf in den Nacken und schien nicht die Luft, sondern den sanften Wind in tiefen Zügen ein- und wieder auszuatmen. Ich wusste nicht, was es war, aber er schien an jedem Ort zu Hause und auf bewundernswerte Art mit allem um sich herum verbunden zu sein.

Dieses Mal wandte ich den Kopf und sah Julius offensichtlich an. Er hatte die Augen geschlossen. Schwarze Locken kringelten sich in seine Stirn, strichen, bewegt von einer leichten Böe, über einen Kratzer an der Schläfe, der relativ frisch zu sein schien. Stupsnase und gleichzeitig diese markante Kieferpartie.

Ich schluckte.

Scheiße.

Der Kaffeebecher war heiß zwischen meinen Fingern, und obwohl ich mir gerade nicht sicher war, wann ich das letzte Mal so richtig geschlafen hatte, war ich hellwach. All meine Sinne geschärft, in Erwartung einer Sache, die ich nicht verstand. Und all das Kaputte in mir fühlte sich jetzt und hier verfluchte Welten und Galaxien weit entfernt an.

Noch war die Sonne …

Julius

… nicht aufgegangen, doch an den Rändern des Horizonts hellte sich der Himmel bereits auf. Dunkles Blau machte Platz für diesen hellen Schimmer, der gegen Nebel und das letzte Nachtgrau ankämpfte. In diesen Momenten zwischen Nacht und Tag, wenn alles noch vor sich hindämmerte, wurde die Welt durchsichtig, so wie ein kristallklarer Fluss – man konnte bis auf den Grund hinunterblicken, in dessen Tiefen ungeahnte Wahrheiten und Geheimnisse verborgen lagen.

Es waren nur wenige Zentimeter zwischen Romeo und mir, und ich dachte wieder daran, wie er meine Hand genommen hatte. Betrachtete auch jetzt seine schönen Hände mit den langen Fingern. Das kleine Muttermal zwischen Daumen und Zeigefinger. Ich umklammerte das Geländer nur noch fester, bevor ich auf den Gedanken kam, einfach über den dunklen Punkt zu streichen.

Es lag überhaupt nicht daran, dass ich ein Problem damit hatte, schwul zu sein oder offen damit umzugehen. Es lag daran, dass Romeos oft widersprüchliches Verhalten mich verunsicherte. Nicht zum ersten Mal versuchte ich, aus ihm schlau zu werden und musterte sein Profil. Die gerade Nase, der Zug um seine Lippen, der manchmal ein bisschen wie Verbitterung aussah, das goldene Piercing. Seine schöne Oberfläche, unter der jemand anderes war als bloß ein DJ: ein Mensch, ein Mann, ein Jemand. Da war etwas Sanftes an Romeo, das zwischen all seiner vorgeschobenen und auch natürlichen Lässigkeit und Schroffheit immer wieder aufblitzte.

»Was siehst du dir eigentlich an, wenn du auf der Tanzfläche im Club stehst?«, fragte Romeo unvermittelt. Erst wusste ich nicht, was er meinte, und als es mir klar wurde, zögerte ich einen Moment. Mir war bewusst, dass nicht alle Menschen meinen Blick auf die Welt verstanden oder verstehen wollten, doch dann sagte ich: »Farben.«

In mir tauchten Bilder auf, von Romeo oben am DJ-Pult und seine Musik, die sich für mich auf eine Art visualisierte, wie ich sie noch nie gesehen hatte: ein rauer und düsterer Tanz, ein Zusammenspiel von Gegensätzen und Gleichklängen. So viel Schwarz und dabei so viele Farben, dass sie eigentlich nicht auf harmonische Art zusammenpassen konnten – und doch taten sie genau das. All diese Nuancen hatten ihn wie leuchtende Wolken umgeben und waren an den Wänden des *Gaskessels* emporgestiegen.

»Farben?«

Überrascht sah Romeo mich an. So wie die meisten, wenn ich zum ersten Mal davon erzählte. Von einem synästhetischen Blick auf die Welt, der Sinneseindrücke und Reize anders und willkürlich miteinander verknüpfte und mir ein schier grenzenloses Universum an Eindrücken präsentierte.

»Für mich besteht die Welt aus Farben. Alles hat eine bestimmte Kolorierung: Orte, Menschen, Gefühle und Erinnerungen, aber eben und vor allem auch Musik. Dann bewegen diese Farben sich und jedes Lied ist irgendwie anders.«

Romeo schwieg und schien meine Worte auf sich wirken zu lassen, dann wollte er wissen: »Und wie sieht meine Musik für dich aus?«

»Willst du eine ehrliche Antwort?«

»Das mit der Ehrlichkeit hatten wir doch vorhin schon«, entgegnete er unbeeindruckt. »Ich will immer eine ehrliche Antwort.« Der Blick in Romeos Augen war tief und unergründlich, als er das sagte. Zu ernst und doch war da auch diese Mir-ist-alles-scheißegal-Haltung, die auf keinen Fall in jedem Moment echt sein konnte.

»Ich weiß nicht genau, was es ist oder wie ich es genau beschreiben soll, aber …«, ich nahm einen Schluck Kaffee, um die Worte in meinem Kopf zu sortieren, »… bei dir gibt es zwei Arten von Liedern. Die einen sind irgendwie düster und dabei doch so wild und frei. Als würdest du es schaffen, dass mit einem Mal Dinge zusammenpassen, die eigentlich nicht zusammengehören. Die anderen sind irgendwie gedämpft. Keine Ahnung, wie ich das am besten erklären soll, aber wenn du da zwischen all den … Farben stehst, dann sieht es so aus, als ob … manche Lieder direkt aus deiner Seele kommen würden und andere …«, meine Stimme wurde von Wort zu Wort leiser, »… andere sind kälter, weniger warm, weniger einlullend. Es ist, als würde ein Schleier über ihnen liegen. Sie sind einfach … weniger du.«

Ich hatte gesagt, *weniger du*, weil ich mir irgendwie seltsam sicher war, das beurteilen zu können. Dieser Mann war einer, der eine ebenso leidenschaftliche Seite hatte wie ich und mir heute Nacht eine ganz andere Art von Freiheit zeigte. Eine, die aus dieser Stadt, aus der Musik und mir selbst kam.

Romeo presste die Lippen aufeinander, die Kiefermuskeln angespannt. Ganz so, als hätte ich irgendeinen wunden Punkt getroffen mit meiner verdammten Ehrlichkeit, die ich einfach nicht zurückhalten konnte, sobald ich den Mund erst einmal aufmachte.

»Ich wollte nicht …«, setzte ich an. Doch dann war da wieder dieser übertrieben lässige Zug um seinen Mund.

»Hast du nicht. Außerdem habe ich dich ja gefragt, oder?« Er suchte meinen Blick. »Habe ich auch eine Farbe?«

»Natürlich hast du die.« *Alles* und *alle* hatten eine Farbe.

»Und welche?«

In diesem Moment begann die Sonne aufzugehen und erhellte Romeos Gesicht. Blonde Haarsträhnen blitzten unter seiner hochgezogenen Kapuze hervor und umrahmten dieses absurd hinreißende Gesicht, in dessen Mitte graue Augen wie stille Seen ruhten.

»Dunkelblau, fast lila«, flüsterte ich.

»Ist das denn gut?«, wollte er wissen, und ich brachte nicht mehr als ein leichtes Nicken zustande. Nicht mehr als ein vages, hinterhergeschobenes *Ja*.

Dass das zufällig meine Lieblingsfarbe war, verriet ich nicht.

Dass das zufällig die Farbe *unseres Moments* irgendwo zwischen den Tagen und Zeiten war, verschwieg ich ebenfalls. Romeo beugte sich mir entgegen und sah mir dabei immer noch unentwegt in die Augen. So als würde er mich gern auf dieselbe Art wahrnehmen wollen wie ich ihn.

»Wenn du sagst, *sehen*, meinst du dann, dass du die Farben so siehst wie auch alles andere, also wie diese Brücke und mich und die Sonne, die aufgeht?«

»Irgendwie schon, aber es ist trotzdem anders«, erklärte ich und versuchte die richtigen Worte zu finden. »Einerseits sehe ich das schon visuell vor mir, aber es ist auch mehr ein Fühlen. Als würde ich allem intuitiv irgendeine Farbe zuteilen. Wenn ich die Augen schließe und deine Stimme höre, dann würde ich deine Farben trotzdem wahrnehmen. Einfach, weil ich weiß, dass du da bist.«

Romeo blinzelte, und fast hatte ich Angst, er würde mich dazu auffordern, genau das zu tun und ihm zu beschreiben, was ich sah. Wären da nur seine Farben und der raue Klang seiner Stimme … dann würde ich mit Sicherheit ohne zu zögern nach seiner Hand greifen.

Doch stattdessen fragte Romeo: »Und du? Welche Farbe hast du?«

Überrascht blickte ich ihn an. Das hatte noch nie jemand wissen wollen, niemand außer Biene. Und die alte Frau mit dem wachen Blick in Indien, die mir erzählt hatte, sie könnte die Aura-Farben ihrer Mitmenschen erkennen. Ob das so stimmte, wusste ich nicht, nur dass wir beide mir dieselbe Farbe gaben. Zufall oder Schicksal. Ich glaubte an alles und nichts davon.

»Ich …«, einen Moment fühlte es sich an, als würde ich ihm eines der größten Geheimnisse über mich verraten. »Ich bin orange, aber eher in Richtung apricot. Und dazu noch etwas gelb. Ein bisschen wie ein Sonnenaufgang, nur … nur mit weniger Rottönen und …«, ich schaute kurz zu Romeo hinüber, befürchtete, dass er mich doch noch für verrückt erklären würde. Doch sein Blick ruhte weiterhin ernst und neugierig auf meinem Gesicht. »… und wenn ich glücklich bin, so richtig, richtig, richtig glücklich, dann wird das alles heller. Dann ist da fast nur noch Pastellgelb.«

»Das klingt nach einer verdammt wunderbaren Gabe, Lius.«

»Ich finde es schön, dass du es eine Gabe nennst.«

»Wieso klingt das so sehr nach einem *Aber*?«

»Es ist kein richtiges *Aber*«, ich lächelte, »es ist nur … früher war das nicht leicht für mich. Vor allem, als ich gemerkt habe, dass nicht alle die Welt so wahrnehmen wie ich. Das war … verwirrend und auch beängstigend. Viele kennen oder verstehen das nicht. Und Synästhesie hat ja auch so viele unterschiedliche Ausprägungen. Es geht ja nicht immer um Farben. Manche verknüpfen auch andere Sinneseindrücke miteinander, zum Beispiel Bewegungen mit Tönen oder Gerüche mit Formen.«

Romeo schwieg, dann sagte er: »Ich würde gern die Welt durch deine Augen sehen und dann Musik machen. Ich stelle mir das irre vor.«

»Es ist auch irre«, seufzte ich. »Und ich habe es zu lieben gelernt. Aber es kann auch anstrengend sein, wenn *immer* alles bunt ist und alles eine Farbe hat. Jeder Mensch, jeder Ort, jede Erinnerung, jeder Moment. Ich dachte lange, dass mit mir etwas nicht stimmen würde und war von diesen ganzen Reizen überfordert. Aber inzwischen ist mein Blick darauf ein anderer, und ich konzentriere mich auf das Gute und Schöne darin. Ich habe schon vor Jahren aufgehört, mich darüber zu ärgern, dass ich anders bin. Das bringt mir einfach nichts.«

Und dann dachte ich, wenn wir schon beim Thema waren, dann konnte ich ihm doch wenigstens einen kleinen Hinweis geben. Grenzen austesten. Sehen, wie er reagiert, bevor ich mich damit wahnsinnig machte.

»Eine Zeit lang kam eben irgendwie so viel zusammen, vor allem in der Schulzeit. Das mit der Synästhesie. Dass bei uns zu Hause das Geld immer irgendwie knapp und meine Mutter so wenig da war …« Einen Augenblick hielt ich inne, holte tief Luft, dann sagte ich: »Und dass ich schwul bin.«

Ich möchte es wissen, Romeo. So dringend.

Ich möchte so dringend wissen, ob du auch auf Männer stehst.

Oder ob du es vielleicht irgendwann einmal tun könntest. Ob da vielleicht etwas in dir ist, von dem du selbst noch nichts weißt.

Im nächsten Moment schalt ich mich für diesen Gedanken, denn letztendlich hatte ich kein Recht auf diese Informationen. Seine sexuelle Orientierung ging allein Romeo etwas an, und sollte er etwas dazu sagen wollen, dann wenn *er* so weit war – nicht, weil ich es indirekt verlangte.

Sein Blick streifte mich für einen Moment, und mein Herz machte einen Satz. Ganz kurz hatte ich das Gefühl zu fallen. Doch er blinzelte bloß, ließ sich ansonsten nichts anmerken. So überhaupt gar nichts.

Ich schluckte.

»Ich weiß genau, was du meinst«, gab Romeo dann jedoch überraschenderweise zu. »Also, wie es sich anfühlt, anders zu sein oder zumindest das Gefühl zu haben, es zu sein. Irgendwie zu denken, dass man nie so richtig dazugehören wird und wirklich ständig aneckt und … auf irgendeine Art falsch ist.«

»Du?«

Leider war ich mir gerade ziemlich sicher, dass er nicht davon sprach, ebenfalls auf Männer zu stehen. Ich war enttäuscht und aufgedreht, und dazwischen war es mir egal, weil er weiterreden sollte. Weil ich trotzdem wissen wollte, wer er war. Es fühlte sich an, als sei Romeo mir ebenbürtig. Jemand, der über die meisten Antworten, die er gab, *richtig* nachdachte, aber bei anderen Dingen locker und mit Humor konterte. Jemand mit einer Leidenschaft, mit Schwere, im Gegensatz zu meiner Leichtigkeit. Jemand, der mir die Stirn bot. Er zog mich an und war jemand, den ich unbedingt in meinem Leben wollte.

»Ja, ich.« Romeo lachte, doch es klang alles andere als fröhlich. »Und jetzt sag bitte nicht, dass ich doch alles habe.«

»Das wollte ich gar nicht«, erwiderte ich aufrichtig, denn niemand konnte in andere Menschen hineinsehen. Und das war auch nicht der Grund für mein Erstaunen gewesen, sondern sein Geständnis hatte mich überrascht, weil er so sehr von sich und seinem Tun überzeugt zu sein schien. Dabei ahnte ich ja schon seit unserer ersten Begegnung, dass da noch mehr an Romeo war, als er anderen zeigte. Irgendein Abgrund, den man beim Blick in seine Augen erahnen konnte – so sehr, dass es manchmal fast wehtat, ihn anzusehen.

Da war etwas, das ihn nie ganz eins mit der Welt sein ließ. Zumindest nicht so, wie in den Momenten, in denen er auflegte.

»Was wolltest du dann sagen?«, fragte er fast tonlos.

»Fragen, weshalb du dich so fühlst! Alles andere spielt doch keine Rolle, oder?«

»Ich ...« *Ich kann nicht,* stand in seinen Augen, ehe er sich abwandte. *Ich kann nicht darüber sprechen, wie ich mich wirklich fühle.* Minuten verstrichen. Irgendwann sah Romeo mich wieder an, in seinen Augen flackerte etwas auf und dann erklärte er mit einem Mal: »Ich denke, es kommt darauf an, wie man meine Geschichte erzählt. Und es gibt zwei Arten, sie zu erzählen.«

In diesem Moment klang Romeo deutlich älter, als er war. Klang nach einem Mann mit mehr Erfahrungen, als er haben konnte. Neugierig musterte ich ihn, fing seinen Blick auf und hielt ihn. Sagte ihm mit meinen Augen, dass er offen sprechen konnte und es hier und jetzt vor diesem Sonnenaufgang nur uns beide gab.

»Die erste Geschichte ist die eines Ausnahmetalents, das aus dem Nichts gekommen ist«, begann er leise. »Abi, Umzug von Hamburg nach Berlin. Ich dachte, ich wäre der Beste und würde als DJ groß rauskommen, und das bin ich auch – Plattenvertrag, Geld, Erfolg. Inzwischen bekomme ich so ziemlich alles, was ich will.« Romeo klang fast schon gelangweilt, als er das sagte. Als würde er Fakten über einen anderen Menschen herunterleiern, die überhaupt nichts mit ihm oder seinem Leben zu tun hatten.

»Und die andere Geschichte?« Ich flüsterte fast, als könnte ich diesen Augenblick zerstören, der sich gerade zwischen uns aufbaute. Ungeahntes Vertrauen, das sich vorher schon angebahnt hatte, sich aber jetzt erst so richtig zeigte.

»Die zweite Geschichte ist dieselbe, nur … vielleicht ein bisschen ungeschönter. Im ersten Jahr hat Berlin mich total in seinen Bann gezogen, im zweiten Jahr habe ich halbherzig zu studieren angefangen, was aber mehr eine Rechtfertigung meinen Eltern gegenüber war. Erst hatte ich superviele Nebenjobs, dann habe ich angefangen, für superwenig Geld oder Drogen aufzulegen. Ich bin nicht nur neu in Berlin gewesen, ich war auch verdammt jung und habe deshalb falsche Entscheidungen getroffen und mein Vertrauen nicht unbedingt in die Menschen gesetzt, in die ich es hätte setzen sollen. Ich habe einen Vertrag mit einem Label, aus dem ich nicht so einfach rauskomme. Ein Label, das mich zwar groß gemacht hat, dem aber meine ganze verdammte Musik gehört und das mir kaum Handlungsspielraum lässt. Ich habe mein Studium abgebrochen, weil es mir nichts gegeben hat. Ich habe es abgebrochen, um mich stärker auf meine Musik konzentrieren zu können. Doch selbst, wenn ich in den nächsten Wochen etwas Gutes zustande kriegen sollte, gehört es nicht mir und … das mit meinem Abschluss habe ich vorerst vergeigt«, Romeo hielt inne und sah mich fast schon erschrocken an, bei der Flut an Informationen, die da aus seinem Mund gekommen war. »Man könnte sagen, ich sitze ziemlich in der Scheiße«, schob er hinterher.

Ich ahnte, dass das unmöglich die ganze Wahrheit sein konnte – weder die eine noch die andere Sicht auf sein Leben. Dieses Mal warf ich meine Hemmungen über Bord und berührte Romeos Hand für einen Moment. Die richtigen Worte gab es hierfür wohl gerade nicht.

»Manchmal weiß ich nicht wirklich, wer ich bin oder wer ich sein möchte«, fuhr er fort, und die Verletzlichkeit in seiner tiefen Stimme berührte mich. »Ro oder Romeo. Verdammt, ich habe es irgendwie vergessen. Oder verloren.«

»Wahrscheinlich bist du beides. Oder irgendetwas dazwischen.«

»Vielleicht.«

»Du könntest *Omeo* sein«, schlug ich kurzerhand vor.

»Omeo?«

»Na, eine Mischung aus Ro und Romeo«, erklärte ich und biss mir einen Moment später auf die Unterlippe. »Etwas Besseres ist mir auf die Schnelle nicht eingefallen.«

Romeo erwiderte nichts, doch ich sah die Andeutung eines Lächelns auf seinen Lippen.

»Omeo«, wiederholte ich noch einmal lauter und betrachtete sein Gesicht, ehe wir uns gemeinsam im Anblick der immer höher steigenden Sonne verloren.

Biene hatte glockenhell gelacht, als ich ihr erzählte, dass ich aus Versehen eines von Romeos Fotos auf Instagram gelikt und damit irgendwie alles angefangen hatte. Es war vielleicht Zufall gewesen, aber jetzt und hier fühlte es sich an, als hätte es genauso kommen sollen.

Sonnenaufgang,
ein glühender Ball über Berlin.
Darunter: er und ich.

Wir bauen uns ein Schloss,
erschaffen unsere eigene Realität
aus Schatten und Licht.
Und wir sind, sind, sind
alles und nichts.

Schatten und Licht, aus *Stadtsee (EP)*,
erschienen 2021.

5. Kapitel

Julius

Skaten auf Berlins Straßen war wie Surfen auf Asphalt; jeder Bordstein eine neue Welle, das Ächzen der Rollen in jeder gefahrenen Kurve wie das Rauschen des Meeres. Wie auch an allen fernen Orten, die ich gesehen hatte, war es auch jetzt das Board unter meinen Füßen, das mir das Gefühl gab, meine alte neue Heimat wieder richtig kennenzulernen. Berlin, mit seinen Wegbiegungen und Kreuzungen, die ich auf diese Art nicht nur sah, sondern fühlte. Meine Stadt wirbelte in einzigartigen Momenten, Lichtern und vor allem Farben um mich herum und zog mich in ihren Bann. Eine Stadt voller Energie und Schnelligkeit, voller Möglichkeiten und so erfüllt, in all ihren lauten, aber auch leisen Ecken.

Genauso wie Kreuzberg, das Viertel, in dem ich schon einmal gelebt hatte. Eine unverkennbare Mischung aus Studenten, Künstlern und Street-Art. Aus übernächtigten Partygängern auf dem Weg zur nächsten Afterhour, jungen Familien und aufgedrehten Touristen. Es war ein Zusammenspiel, das mich daran erinnerte, wieso ich so dringend rausgewollt hatte, noch mehr aber daran, wieso ich zurückgekommen war – lagen hier doch die meisten meiner Erinnerungen. Jetzt verwoben sie sich mit dem Menschen, der ich heute war, und einem Traum, den ich in einem türkisfarbenen Bus und nie enden wollenden Straßen gefunden hatte.

Ich begann, wieder mehrere Tage die Woche im *Espresso* zu arbeiten. Es hätte sich wie ein Rückschritt anfühlen können, mehr oder weniger wieder zu meinem Leben während des Studiums zurückzukehren, doch das tat es nicht. Außerdem gefiel es mir, auf diese Weise wieder mehr Zeit mit Alex zu verbringen.

Nahe des Kottbusser Tors glich kein Haus dem anderen, keine Fassade war auf dieselbe Art bemalt wie die nächste. Es waren riesige, leuchtende Kunstwerke, die sich über ganze Häuserfronten erstreckten: geometrische gemalte Tiere, ein Baum mit Gesicht und kahlen Ästen, ein Affe mit einer Kamera in den Händen, ein riesiger Papagei mit weit ausgebreiteten Flügeln. Das *Espresso* verschwand beinah zwischen all den Bildern, zwischen den sich dicht an dicht drängenden Cafés, Bars und Imbissen. Es war eines von vielen und dabei doch etwas Besonderes. In meiner Wahrnehmung ein tiefroter Ort, die Farbe eine Mischung aus Klatschmohn und reifen Erdbeeren. Sie bewegten sich in ruhigen, hypnotischen Bahnen und hüllten mich während meiner Schichten auf schönste Art ein, während ich nicht nur meinen Job machte, sondern ganz genau hinsah, um so viel wie möglich für die Eröffnung meines eigenen Cafés mitnehmen zu können.

Davins und Alex' Semester neigte sich seinem Ende entgegen, und die beiden bereiteten sich zwischen ihren Vorlesungen auf die anstehenden Prüfungen vor. An den meisten Nachmittagen saßen Biene und ich bei ihnen in der WG-Küche. Die Jungs waren über ihre Mitschriften gebeugt, während Biene Schmuck für ihren Etsy-Shop bastelte oder sich mit mir durch Anzeigen für zu vermietende Ladeflächen klickte. Sehr schnell mussten wir feststellen, dass sich die Suche nach dem perfekten Ort für unser Café noch schwieriger gestalten würde als die nach einer Wohnung. Eine bezahlbare Miete, eine möglichst zentrale Lage, die auch Laufkundschaft anlocken würde, offene und lichtdurchflutete Räume – es schien, als gäbe es keinen Laden, der all diese Punkte in sich vereinte. Doch abgesehen davon, hatte ich das Gefühl, dass mein BWL-Studium sich endlich auszahlte. Diese Vernunftentscheidung, die mich nicht wirklich glücklich gemacht, aber mir die nötige Sicherheit gegeben hatte. Jetzt half sie mir bei der Erstellung eines Business- und Finanzplans sowie einer groben Marketingstrategie. Und dann war da noch der Bus, den wir schließlich an ein älteres Pärchen verkauften und dafür sogar mehr bekamen, als wir gedacht hätten.

Ansonsten streiften Biene und ich über verschiedene Flohmärkte, wie den großen am Mauerpark, gingen zu dem auf dem RAW-Gelände – vor allem aber gefielen uns die kleinen, auf die wir durch Hörensagen aufmerksam wurden. Immer auf der Suche nach besonderen Dingen – egal, ob für unsere WG oder das Café. Inzwischen hatten wir auch die schönsten Fotos unserer Reise entwickeln lassen und an einem wein- und lachgetränkten Abend auf der großen Weltkarte im Wohnzimmer befestigt. Sie wurde eingerahmt von den hohen Pflanzen, die links und rechts von dem grünen Samtsofa standen. Ich hatte Romeo ein Bild davon geschickt, genauso wie von der neuen Fußmatte, auf der zwischen grellorangenen Blumen *Good Vibes Only* stand. Biene fand sie grässlich, ich eigentlich auch, doch ich hatte an diese erste Nacht voller Sprachnachrichten denken und sie einfach mitnehmen müssen. Romeo schickte mir ein Foto von seinem Kühlschrank zurück. Er war nur minimal voller als beim letzten Mal, doch im untersten Fach lagen neben den Mateflaschen mehrere Energydrinks. Biene fragte mich, was mich so zum Grinsen brachte, doch ich schwieg.

Mit jedem Tag wurde dieser Juli heißer und trieb die Sonne mich früher aus dem Haus, denn ich brauchte das Leben um mich herum und das Gefühl frischer Luft. Zusammen mit Davin hing ich im Skatepark am Maybachufer herum oder flog mit dem Board unter den Füßen durch die Stadt und fühlte mich dabei ein bisschen schwerelos. Mindestens einmal in der Woche fuhr ich nach Weißensee und besuchte meine Familie, hin und wieder telefonierte ich mit Mignon, die gerade zusammen mit Lilou bei ihrer Großmutter in der Bretagne war. Dann hörte ich im Hintergrund das Meer, und jedes Mal packte mich für einen Moment das Fernweh allumfassend, denn der Sommer in Berlin war so ganz anders. Mit Alex, Davin, Biene und Charlotta saß ich am Ufer der Spree, mit Musik und einem Kasten Bier zwischen uns, oder wir waren im Görlitzer Park. Mitten im Grilldunst, der hier – genau wie der Geruch nach Gras – irgendwie immer zwischen den Bäumen zu hängen schien, und inmitten der Menschen, die immer mehr wurden. So viele, dass an manchen Tagen das Grün der Wiese nicht mehr auszumachen war. Manche brachten Sonnenschirme mit oder eine Gitarre, bunte Decken und Fahrräder lagen im Gras. Der Görli – unser Wohnzimmer unter freiem Himmel.

Bei einem meiner Besuche in Weißensee überreichte Frieda mir ganz feierlich eine selbstgebastelte Einladung zu ihrem achten Geburtstag. Die krakelige Schrift wurde eingerahmt von ihren geliebten Schneeflocken. Ein paar Tage später saßen wir zusammen im Garten. Daniel, Mama, Frieda und ich. Zwischen den alten, Schatten spendenden Bäumen hing eine *Happy-Birthday*-Girlande mit bunten Buchstaben. Dass die hellblauen und gelben Bänder ebenfalls noch von den knorrigen Ästen flatterten, der Bus aber nicht mehr unter ihnen stand, versetzte mir für einen kurzen Moment einen Stich, doch er verging ebenso schnell, wie er gekommen war. Ich hatte Frieda einen Kuchen gebacken, und sie erklärte mir in ernstem Tonfall, dass sie, wenn sie groß wäre, Journalistin werden und ganze viele Artikel darüber schreiben würde, dass ihr großer Bruder *der allerbeste Koch auf der ganzen weiten Welt war.*

»Ich bin dann eine Monster jagende Agentin«, meinte Frieda und strich sich mit einer Geste, die ich von unserer Mutter kannte, das schwarze Haar hinter die Ohren. »Nur eben mit Wörtern.«

Die Inbrunst in ihrer Stimme ließ Stolz in mir aufflammen. Ich war froh, dass sie eine Sicherheit genoss, die Mama und mir lange gefehlt hatte. Dass sie – anders, als es in meiner Kindheit gewesen war – die Chance hatte, ohne unterschwellige und offensichtliche Sorgen aufzuwachsen.

Ende Juli gingen Biene und ich zusammen mit den anderen zu Events der Berliner *Pride Week*, vor allem aber auf den *Christopher-Street-Day*-Umzug am Ende der Woche. Auf Charlottas Wangen glänzte das Pink, Lila und Blau der Bi-Flagge, auf meinen eigenen dieselben Regenbogen, wie man sie hier überall sah. Und auch sonst war alles voller schriller Farben und die Atmosphäre ausgelassen. Fahnen und Plakate wurden über den Köpfen der Menschenmenge geschwenkt, mit Sprüchen darauf wie *Pro Homo, Pro Secco* und *It's not a Fairy Tale.* Auf anderen stand *We exist, Sushi Rolls NOT Gender Roles* oder *Geh mit Gott, aber gay.* Es war ein Wir-Gedanke, ein Feiern von Liebe und Zusammenhalt und dabei doch auch die Erinnerung daran, dass der Kampf für Gleichberechtigung und Akzeptanz längst noch nicht beendet war. Inmitten dieses Ausnahmezustands und der damit verbundenen Losgelöstheit zogen wir durch die Clubs. In einem war dieser hübsche Typ mit verwischtem Glitzer auf den Wangen und Endloswimpern, der mich küsste. Vielleicht aber war es auch ich, der den Mund auf seinen presste, der sich enger an ihn drängte. Er schmeckte nach zu süßem Alkohol, und für einen langen Moment stellte ich mir vor, es wäre Romeo. Malte mir aus, wie sich sein Bart wohl an meinen Wangen anfühlen würde, auf meinen Lippen.

Denn egal, was ich tat, dieser schöne DJ war nicht nur in den Sprachnachrichten präsent, die wir nach wie vor austauschten, sondern vor allem auch in meinen Gedanken. Den ganzen restlichen Juli lang und auch, als dieser langsam einem besonders heißen August wich. Seit wir zusammen auf *seiner* Brücke gesessen und den Anblick der aufgehenden Sonne miteinander geteilt hatten, zog mich alles nur noch stärker zu ihm hin. Etwas, von dem ich manchmal dachte, es wäre so viel größer als wir. Eine Viermillionenstadt und trotzdem sah ich nur ihn.

An einem lauen Sommerabend saß ich auf dem Sims des weit geöffneten Küchenfensters und blickte auf das Grün der Bäume und den Landwehrkanal hinab. Dort oben schickte ich Mignon eine Sprachnachricht, in der ich ihr von Romeo erzählte. Von unserem Kennenlernen und allem, was seitdem passiert war.

MIGNON, 22:03 Uhr
Manchmal finde ich, dass Lilou und du euch wirklich ähnlich seid. Ihr seid beide so hell und strahlend wie zwei Sonnen und fühlt euch zu den Schwermütigen hingezogen.

Mignon und ihre Freundin hatten es nicht leicht miteinander gehabt. Bis sie Lilou kennengelernt hatte, war Mignon immer mit Männern zusammen gewesen. So war sie zuerst wahnsinnig verunsichert, auch weil Lilou eigentlich nur für ein Jahr in Frankreich hatte leben wollen. Doch inzwischen war sie ebenfalls nach Paris gezogen, um dort zu studieren und bei Mignon sein zu können.

ICH, 22:04 Uhr
Du bist doch nicht schwermütig. Ich finde, das ist eher französische Tristesse. Wie in den Filmen.

MIGNON, 22:04 Uhr
Deshalb bin ich mit dir befreundet, *mon cher*. Du bist einfach so charmant.

Ich sah förmlich vor mir, wie Mignon bei diesen Worten die rot geschminkten Lippen fast schon spöttisch verzog und lächelte.

ICH, 22:05 Uhr
Same here. Du bist einfach so gut darin, Komplimente zu machen.

MIGNON, 22: 06 Uhr
Und?

ICH, 22:06 Uhr
Was und? :D

MIGNON, 22:06 Uhr
Stehst du auf ihn?

ICH, 22:07 Uhr
Ist das nicht offensichtlich?

MIGNON, 22:07 Uhr
Doch. Ich wollte dir nur noch einmal die Möglichkeit geben, es von dir aus zu sagen.

Ja, ich stand auf ihn. Ich stand auf Romeo, der mir versprochen hatte, mir seine Welt zu zeigen. Seitdem glich mein Leben einem Paralleluniversum, dessen dunkle Stunden ich für ihn reservierte. Er wurde zu meinem Abenteuer, unsere Nächte zu meinem Kick, sein seltenes, tiefes Lachen zum Fahrtwind, den ich – kaum war ich nicht mehr in seiner Nähe – immer noch täglich vermisste. Romeo war das Unerwartete. Nie zu wissen, wohin es uns verschlagen würde, trieb mich an wie der Blick aus seinen Augen, der von tausend Bedeutungsebenen sprach.

An manchen Abenden stellte ich mir den Wecker und stand nach wenigen Stunden Schlaf wieder auf, um Romeo von Clubs oder irgendwelchen Privatpartys abzuholen. Dabei begann ich, in *seinem* Rhythmus zu leben. Zum ersten Mal sah ich die Mauermalereien der East Side Gallery auch in der Dunkelheit. Ich lief neben Romeo durch den Kreuzgang der rötlich schimmernden Oberbaumbrücke. Sie war Symbol einer ehemals geteilten Stadt, verband Ost und West, Kreuzberg mit Friedrichshain. Manchmal hörten wir den Musikern zu, die hier immer zu singen und spielen schienen. Auf der Warschauer Straße einen Veggie-Döner zum Frühstück, manchmal Kaffee aus dem Späti. Ich teilte meine Kopfhörer mit ihm. Er den rechten Hörer, ich den linken. Romeo zeigte mir ein Berlin, das aus gut versteckten Hinterhöfen, vermeintlich leer stehenden Lagerhallen und ehemaligen Industrieorten bestand. Von allen ging dieselbe Düsternis und unverhohlene Anziehung aus wie von ihm selbst.

In einer der flirrenden Sommernächte tanzten wir unter freiem Himmel im *Sisyphos*, in dieser ganz anderen elektronischen Welt, in die wir dank ihm einfach hineingewunken wurden. Der Club war klein, dreckig, auf seltsame Art intim. Ich spürte den Bass in der Brust, während ich Romeo von den Farben der einzelnen Sets erzählte und alles um mich herum vergaß. Ich stellte fest, dass er wie jemand tanzte, der selbst Musik machte. Seine Hände hoben und senkten sich, seine Finger zuckten im Rhythmus der Beats. Vielleicht stellte er sich vor, er hätte seine Plattenteller unter sich – so oder so war der Anblick hypnotisierend.

Romeo sagte zwar nichts, aber nicht zum ersten Mal fiel mir auf, wie er sich unwillkürlich anspannte, sobald er länger angesehen oder sogar erkannt wurde. In diesen Momenten wurden seine Hände ganz ruhig und ich wieder daran erinnert, wer er war. Die, die ihn ansprachen, wimmelte er auf seine unnahbare und doch charmante Art ab. So wie die große Frau mit den langen Ohrringen, die aus dem Nichts vor uns auftauchte.

»Du bist doch Ro, oder?«, raunte sie gegen die Musik und ignorierte mich dabei geflissentlich. Ihre Augen, mit denen sie Romeo fixierte, als wäre er ihre Beute, waren dunkler als schwarz. »Ich feiere deine Musik so sehr. Und dich …«, sie ließ ihren Blick anzüglich und langsam über ihn wandern, »… auch sehr.«

Fast hätte ich die Augen verdreht. Das war einfach *so* schlecht. Und dabei störte mich nicht einmal, dass Romeo so offensichtlich angegraben wurde. Mich störte das Selbstverständnis, mit dem diese Leute dachten, sie hätten ein Recht auf ihn. Denn er war auch nur ein Mensch.

»Danke«, Romeo lächelte höflich und hinreißend, doch es war nicht echt. Nicht so wie dieses andere Lächeln, das ich schon einmal an ihm gesehen hatte.

»Du musst heute Nacht nicht allein sein«, machte die Frau weiter und tippte mit dem Zeigefinger auf seine Brust. »Wir könnten …«

»Ich bin nicht allein hier«, wich er bestimmt aus – der Blick in seinen grauen Augen war verschlossen, und da verstand sie. So wie auch die zwei anderen Frauen, die ihn wenig später einkreisten. Und auch der Kerl mit den kurzgeschorenen, rosa Haaren, der einen Arm um Romeos Schultern legte, wurde von ihm abgewimmelt. Er warf mir einen seltsamen Blick zu, ehe er wieder in der Masse verschwand. Und ich genoss es, dass Romeo niemanden sonst an unserem Moment teilhaben ließ. Auch nicht Leute wie diesen Typen, den er offenbar kannte.

Die Stunden im *Sisyphos* schienen unendlich in dieser Nacht, sie pulsierten im Takt einer ewigen Stadt. Zwischendurch verloren Romeo und ich uns inmitten von Menschen und Beats aus den Augen, fanden uns aber immer wieder. Fast war es, als würde ich instinktiv spüren, wo er sich befand. Doch als der Himmel sich langsam zu erhellen begann und ich müde wurde, war da auch ein anderes, ein bohrendes Gefühl, das sich in mir ausbreitete. Es brachte mich dazu, Romeo suchen zu gehen, statt darauf zu warten, dass er wieder neben mir auftauchte.

Ich brauchte eine halbe Stunde, bis ich ihn in der Nähe der Toiletten fand. Er kauerte am Boden, hatte die Beine angezogen und das Gesicht in die Hände gestützt. Die Haltung ähnelte der, in der Romeo vor mehr als zwei Monaten vor dem *Fakultativ* gesessen hatte. In Honigwellen fielen ihm die Haare auf die Brust. Und auch dieses Mal hatte er die Kapuze nach oben gezogen, sein Gesicht lag in Schatten gehüllt da, als der Kerl von vorhin ihm etwas in die Hand drückte. Romeo schob was auch immer unauffällig in die vordere Tasche seiner Jeans, dann erhob sich der Unbekannte und verschwand in der Menge. Einen Moment lang blickte ich ihm irritiert hinterher, ehe ich mich neben Romeo fallen ließ. Die Wand im Rücken gab mir Halt, als ich mit einem plötzlich hohlen Gefühl im Bauch fragte: »Ist alles okay?«

Romeo hob den Blick, und mein Herz fiel.

Die sonst so schönen Augen waren blutunterlaufen, und ein Schweißfilm bedeckte seine Stirn. Hilflos legte ich eine Hand an sein blasses

Gesicht und stellte fest, dass sich die Haut eiskalt anfühlte. Das war nicht wie unser Kennenlernen, als er drauf gewesen war. Das hier war anders, realer, dunkler. Himmel, wie lang genau war er weg gewesen, und was war in dieser Zeit passiert?

»Klar«, antwortete er schließlich verzögert. Ein bisschen lallend. Das Wort schien ihm nur mühsam über die Lippen zu kommen. Sein Blick wirkte unendlich und leer, als er einen Wimpernschlag später kraftlos gegen mich sackte. Ich zuckte zusammen, eine Stimme in meinem Kopf schrie, doch äußerlich versuchte ich ruhig zu bleiben.

»Was machst du ... eigentlich hier?«, nuschelte Romeo und schien über seine eigenen Worte zu stolpern. Doch er redete. Es war gut, dass er redete.

»Ich war die ganze Zeit da.«

»Wirklich?«

»Wir sind zusammen hierhergekommen.«

»Ach ... so.« Romeos Blick war glasig, als er kurz den Kopf hob. »Haben wir Spaß?«

Keine Ahnung, was ich darauf erwidern sollte. Wenn dieser Typ mit den rosa Haaren ein Freund von ihm sein sollte, dann war er ein Riesenarschloch, ihn in diesem Zustand allein gelassen zu haben.

Scheiße. Scheiße. Scheiße.

Ich war wütend, vor allem aber fühlte ich mich hilflos. Überfordert. Unwohl. Alles auf einmal und dann wieder abwechselnd. Ich wollte sofort weg von hier und Romeo gleichzeitig nicht aus den Augen lassen. Plötzlich war alles zu laut und zu viel, die Menschen über die Maßen überdreht und ekstatisch. Jeder war in seinem eigenen Film unterwegs, und keiner interessierte sich für Romeo und mich, der ihm Halt zu geben versuchte. Ich atmete tief ein und aus und bemühte mich, ruhig zu bleiben. Dann besorgte ich Romeo ein Glas Wasser, das ich ihn zu trinken zwang. Ein zweites und drittes hinterher, ehe ich ihn mit einem Arm stützend nach draußen bugsierte. Wie sehr ich auch versuchte, aus ihm herauszubekommen, was er genommen hatte, er antwortete mir nicht. Auch nicht auf die anderen Fragen – dafür war er zu weggetreten. Also verbrachte ich den Sonnenaufgang zusammen mit ihm auf einer Bank mitten in Berlin. Ich hellwach und ängstlich, er in seiner eigenen Welt. Erst als Romeo etwas klarer wirkte, verfrachtete ich ihn in ein Taxi und ließ ihn ziehen.

Ich sah dem Wagen noch lange nach und versuchte, das Tosen in meinem Bauch zu ignorieren.

Als wir uns in den darauffolgenden Nächten wieder und wieder im Schutz der Dunkelheit durch dieses schier endlose Netz der Straßen von Berlin bewegten, sprach keiner von uns das Ende unseres Besuchs im *Sisyphos* an. Es schien Romeo unangenehm zu sein, doch insgeheim war ich froh darüber, dass wir das Erlebte aussparten, denn auch ich wollte die Erinnerung daran lieber beiseiteschieben.

Vor allem, weil Romeos Gegenwart mein Herz dazu brachte, immer heftiger zu klopfen. Es war wie Musik, war etwas, das mich leitete und führte. So wie seine Sprachnachrichten zwischen unseren Treffen. Abgeschickt, wenn ich schon schlief. Angehört, wenn ich gerade wach geworden war. Bei all dem gab ich mir nicht sonderlich viel Mühe zu verbergen, dass ich mich zu ihm hingezogen fühlte: zu seinem Körper, zu seinem Herz, seinem ganzen Sein.

Und es mochte sein, dass er mich nicht auf dieselbe Art an sich heranließ wie ich ihn, doch das machte nichts. Zu sagen, dass Romeos DJ-Ich und der selbstsichere, arrogante Ausdruck in seinen Augen nur eine Fassade waren, wäre zu leicht gewesen. Menschen ließen sich nun einmal nicht in Schubladen stecken. Vor allem Romeo nicht, dafür war er zu facettenreich, mit dieser Vielzahl von Nuancen dazwischen. Ich würde nichts Unüberlegtes tun, dieses Mal nicht. Er wusste ja, dass ich schwul war. Wenigstens musste ich mir keine Gedanken darüber machen, dass er irgendetwas nicht richtig verstanden hatte. Doch ich würde nicht handeln, wenn da kein Zeichen von ihm kam. Romeo wurde mir wichtig. Wichtiger, als all das zwischen uns aufs Spiel zu setzen.

Irgendetwas schien ihn zurückzuhalten, und doch war da eine Nähe, seine charmante Art, das Flirten. Manchmal nahm er meine Hand, immer nur für den Bruchteil einer Sekunde. Auch wenn ich Angst hatte, alles falsch zu interpretieren, genoss ich es jedes Mal über die Maßen. So wie auch in dieser Donnerstagnacht im August, in der uns irgendetwas von Ost nach West durch den Volkspark Friedrichshain trieb. Vorbei an den mit Graffitis übersäten Kletterfelsen unter dichten Bäumen und dem großen Teich mit der Fontäne in der Mitte. In der Wasseroberfläche spiegelte sich der Mond, und dann war da am anderen Ende das Gittertor zwischen kantigen Steinsäulen und der Weg, der zum Märchenbrunnen führte.

Hinter den halbkreisförmig angeordneten Steinarkaden ragten Bäume in den dunklen Himmel. Ihre Äste reichten bis über die Brunnenanlage, wo die verschiedenen Skulpturen auf Podesten und Säulen zwischen den Wasserbecken thronten. Durch die Gitterstäbe erkannte ich Schneewittchen und die sieben Zwerge, Dornröschen, Rotkäppchen, Aschenputtel, aber auch die sieben Raben und den gestiefelten Kater – sie alle hatte ich als Kind hier so oft besucht. Doch jetzt, im fahlen Licht der Laternen, wirkte alles hier mystischer. Ganz so, als würde ein geheimer Zauber auf dem Ort hinter dem Tor liegen, als bildete es den Übergang zu einer anderen Welt. Einer Welt, in der alles möglich war. Wie in den Märchen – aber in ihrer ungeschönten Fassung, die auch die brutalen Details nicht ausspart: Märchen, die von abgehackten Füßen erzählen, von einer bösen Königin, die sich zu Tode tanzen muss, von Gift und Lug und Betrug. Von den guten Seiten, aber eben auch von den dunklen. Ich dachte jetzt vor allem an die düsteren und geheimnisvollen Geschichten. Vielleicht lag das auch an der Gegenwart dieses Mannes, mit dem alles zu einer aufregenden Begebenheit wurde.

»Komm«, forderte Romeo mich auf, wie er es schon bei unserer zweiten Begegnung getan hatte. Dann machte er Anstalten, über das Gitter zu klettern, und ich fragte unnötigerweise nach, was er da tat.

»Spaß haben, Lius«, antwortete er bloß mit einem auffordernden Blick aus diesen schwindelerregenden Augen. Ich blinzelte, und er schob ausgerechnet diese drei Worte hinterher: »Traust du dich?«

Ich hatte keine andere Wahl.

Die hatte ich sowieso nie gehabt.

Wir stiegen nacheinander über den Zaun. Erst Romeo, dann ich. Unsere Schritte wirkten zu laut auf dem kurzen, gepflasterten Weg, der zum Brunnen führte. Die Grünflächen links und rechts schimmerten schwach im Laternenlicht, und da war wieder dieses Knistern zwischen uns. Die Funken zwischen unseren Händen, die alle paar Schritte aneinanderstießen.

Ich zog meine Schuhe aus, verknotete sie an den Schnürsenkeln und nahm sie in eine Hand, bevor ich in das vorderste Becken stieg. Ganz automatisch entschlüpfte mir ein Lachen, denn der Wind war lau und das Wasser angenehm kühl. Ich bewegte meine Zehen und lief im Kreis. Es schwappte bei jedem Schritt um meine Knöchel. Und dann war da Romeo, der stehen geblieben war und mich angrinste.

Dieses Mal war ich es, der ihn mit einem schlichten *Komm* aufforderte. Romeo zog seine Schuhe ebenfalls aus, krempelte die Jeans ein Stück hoch und dann war er ganz dicht vor mir. So viele Funken, die er doch auch sehen musste, wo sie doch so offensichtlich zwischen uns in den Himmel stiegen. Funke über Funke über Funke.

Romeo neigte den Kopf und sah mich ernst an. Seine offenen Haare bewegten sich sachte im Wind. *Gefallener Engel*, schoss es mir durch den Kopf.

»Wer zuerst oben ist«, meinte er und lief schon durch das Becken die Kaskaden hinauf. Wasser spritze um ihn herum, und sein plötzliches Lachen klang tief und wahnsinnig sexy in dieser besonderen Nacht.

»Es macht keinen Spaß, wenn du so langsam bist«, rief er über die Schulter zurück. Ich hatte ihm zu lang nachgesehen.

»Ich wollte dir bloß eine reale Chance geben.«

»Ja, genau!« Er lachte wieder. »Ist klar. Du hast nur Angst, dass du schon wieder verlierst.«

»Wart's ab. Ich krieg dich!«

Und dann rannte ich los. Zwischen Wasserspritzern und dem kribbelnden Licht ferner Laternen rannte ich auf Romeo zu. Ich war kurz davor, ihn einzuholen, doch er entwischte mir und riss ganz vorn bei den Arkaden beide Arme in die Höhe. Siegespose vor dem mittleren Bogen und in seiner puren Freude sah er atemberaubend aus – als wäre er eine der Skulpturen um uns herum. Die Hosenbeine bis zu den Oberschenkeln durchnässt und dann war da noch das ansteckende Grinsen, das bedeutete: *Ich habe dir doch gesagt, dass ich gewinne.*

Das war der Moment, in dem ich etwas Neues und vor allem Entscheidendes über Romeo lernte: In ihm steckte ebenso ein Kind und eine große Portion Unbefangenheit wie in mir, nur hielt er beides die meiste Zeit zurück. Dass er ausgerechnet bei und mit mir so sein konnte, brachte mein Innerstes nur noch mehr zum Schwingen.

Wir verließen den Park auf der Seite der Friedenstraße. Romeo hatte die Hose an den Knöcheln nicht wieder hinuntergeschoben, und der Stoff seiner Jeans glänzte an manchen Stellen immer noch feucht. Er trug eines meiner Armbänder um das Handgelenk, denn er hatte es mit einem so herausfordernden, wie gewinnenden Grinsen als Siegesprämie eingefordert. Während ich es ihm umband, hatte ich nichts anderes mehr als seinen muskulösen Unterarm gesehen. Hatte nicht mehr als warme Haut unter meinen Fingerkuppen wahrgenommen. Und Himmel, es gefiel mir, dass er etwas von mir trug. Es gefiel mir viel zu sehr.

Während wir jetzt den Weg am Rand des Parks entlangliefen, wurden erst die Abstände zwischen unseren Sätzen immer länger, dann verebbte das Gespräch nach und nach endgültig. Die Schritte langsamer, die

Bewegungen träger. Kühler Wind streifte mein Gesicht, dann Romeos Arm meinen.

»Hey«, fing ich an, ehe ich mich dagegen entscheiden konnte, »wenn du magst, können wir auch einfach noch zu mir gehen und …« *Und dann? Und was?*

Plötzlich verlegen biss ich mir auf die Unterlippe. Vielleicht konnte Romeo mich nicht vollkommen in sein Leben lassen, aber ich konnte ihn in meines einladen. Mit einem Mal wusste ich selbst nicht mehr, wie der Satz hatte enden sollen.

»… und da abhängen«, schob ich dann doch noch hinterher.

Schon wieder streifte Romeos Hand meine. *Zufall oder Absicht*, fragte ich mich erneut, während es zwischen uns unnatürlich lange still blieb.

»Okay, klar«, gab Romeo schließlich locker zurück. Ganz so, als hätte er nicht eine kleine Unendlichkeit lang über meine Frage nachgedacht. Aus den Augenwinkeln beobachtete ich, wie er mich musterte. Die Mundwinkel zuckten. Also war es ihm doch nicht so egal.

»Cool«, hörte ich mich sagen und klang dabei viel zu atemlos. O Gott, sah er eigentlich wirklich so gut aus, oder war das nur mein eigener, gefärbter Blick auf ihn? Je mehr ich von seinem Herzen wahrnahm, desto schöner fand ich ihn.

Lässig strich Romeo sich die Haare aus der Stirn. Einer seiner Ringe glänzte im Licht der Laternen. Und wie immer strotzte jede seiner Bewegungen von absolutem Selbstvertrauen.

»Wird man eigentlich schon so cool geboren, oder muss man das erst irgendwo lernen?«, fragte ich ihn lachend.

Romeos Lippen formten dieses schwindelerregende Grinsen, als er sich im Gehen ein Stück zu mir herüberbeugte.

»Jemand wie ich wird so geboren«, sagte er locker. Die Stimme dabei ein bisschen gesenkt, wieder so rau und verführerisch.

»Wird man auch so wahnsinnig selbstüberzeugt geboren?«, gab ich im selben Moment zurück, in dem Romeo fragte: »Du findest mich also cool, Lius?«

Wieder lachte ich. Dieses Mal im Takt meines Herzens, das schon wieder schneller schlug. »Ziemlich, Ro. Ich finde dich wirklich ziemlich cool.«

»Nur ziemlich?«

Ich verdrehte die Augen und hob beide Hände. »Okay, sehr. Ich finde dich sehr cool. Wahnsinnig cool. So richtig, richtig, richtig cool.«

»Gut.« Schon wieder dieses Grinsen.

Wir saßen uns in der Bahn gegenüber. Romeo schaute aus dem Fenster, und ich musterte die Spiegelung seines Gesichts in der dunklen Scheibe. Im hellen Licht schienen die Ringe unter seinen Augen noch tiefer zu sein. Er wirkte müde. Müder noch, als ich mich in diesem Moment fühlte. Müde auf mehr als eine Art. Heute schien Romeo nüchtern zu sein, doch mir war klar, dass es meist anders war, wenn wir uns trafen. Und dass die Tage, an denen er vollkommen von der Bildfläche verschwand, in immer kürzeren Abständen aufeinander folgten. Da fing er meinen Blick in der Spiegelung des Fensters auf und sah mich mit einem Funkeln in den Augen an. Und ich schob das ungute Gefühl beiseite, das vor allem seit der Nacht im *Sisyphos* immer wieder in mir aufstieg. Es sollte keinen Platz zwischen uns haben. Letztendlich war Romeo ein erwachsener Mann, der seine eigenen Entscheidungen traf, und doch war da ganz leise diese Angst davor, dass ich womöglich zu sehr wegschaute, weil meine Sehnsucht nach Einfachheit und Nähe zu groß war.

Am Alexanderplatz stiegen wir um und fuhren mit der Bahn über die Spree bis nach Kreuzberg. Wir liefen am Paul-Lincke-Ufer entlang, den Landwehrkanal rechts von uns, bis wir vor dem pfirsichfarbenen Haus ankamen. In der Schwärze der Nacht wirkte die Farbe der Fassade gedämpft.

Biene war zum Glück mit Freundinnen unterwegs und würde vermutlich bei einer von ihnen schlafen. Als mir bewusst wurde, dass wir wirklich allein dort sein würden, machte mein Herz einen Satz, und ich dachte an die winzigen Berührungen, die es zwischen uns gegeben hatte und die alles oder nichts bedeuten konnten. Wenig später fiel die Tür hinter uns ins Schloss. Ich tastete nach dem Lichtschalter und betrachtete Romeo in der schummrigen Beleuchtung, die den Flur und den Holzfußboden in warmes Licht tauchte. Und ihn.

Es war seltsam, Romeo hier stehen zu sehen. Als würden nicht nur zwei Teile meines Lebens aufeinanderprallen, sondern auch unsere Welten. Es war eine wunderbare Anomalie, die gerade in unserem selbst erschaffenen Universum entstand. Ich führte Romeo durch die wenigen Räume und zeigte ihm das, was es zu zeigen gab: mein chaotisches Zimmer mit den bunt zusammengewürfelten Möbeln und dem Surfboard an der Wand, die Küche und das Wohnzimmer voller Fotos und Erinnerungen an Bienes und meine Weltreise.

»Niedlich«, war sein schlichtes Urteil, als wir uns auf das Sofa fallen ließen. Nebeneinander aber mit ein paar Kissen zwischen uns. Zwei Flaschen Bier standen vor uns auf dem Tisch aus alten Paletten.

»Ist das deine?«, wollte Romeo wissen und deutete mit dem Kinn auf die Ukulele, die auf der gegenüberliegenden Seite an einem Halter an der Wand hing.

Ich nickte. »Aber ich kann nicht besonders gut spielen. Ich hab es mir einfach selbst ein bisschen beigebracht, als Biene und ich unterwegs waren«, ich lachte, »mit YouTube Videos und so. Ich denke, das Wichtigste ist, dass es Spaß macht. Spielst du auch ein Instrument?«

Romeo sog die Unterlippe zwischen die Zähne und zögerte einen Moment, dann antwortete er: »Ich habe Gitarre spielen gelernt. Meine Eltern haben Wert darauf gelegt, dass mein Bruder und ich ein Instrument lernen und eine Sportart machen.«

»Du hast einen Bruder?«

»Ja. Jonas ist ausgezogen, als ich fünfzehn war, und seitdem ist der

Kontakt zwischen uns immer weniger geworden. Vor allem, nachdem ich dann selbst weggezogen bin. Wir verstehen uns einfach nicht sehr gut.«

»Weil oder obwohl er dein Bruder ist?«

»Beides, schätze ich«, erwiderte Romeo in einem fast schon eisigen Tonfall, den ich noch nie bei ihm gehört hatte. »Unser Verhältnis war nie besonders eng. Ich denke, wir sind einfach zu verschieden und er ist so ziemlich in allem das genaue Gegenteil von mir. Wir passen einfach nicht zusammen. Und ... abgesehen davon, hat er mich im Stich gelassen, als ich dachte, wir wären ...« Er zuckte mit den Schultern. »Keine Ahnung. Vielleicht ein bisschen so etwas wie Freunde. Oder eben echte Brüder. Ich glaube, das ist es, was ich ihm einfach nicht verzeihen kann.«

Ich musterte Romeo. Am liebsten hätte ich mit den Fingerspitzen die Falte weggewischt, die sich zwischen seinen Augenbrauen bildete. Er, der oftmals so verschlossen und in sich gekehrt war, vertraute sich mir an. Instinktiv spürte ich, dass er nicht vielen Menschen in seinem Leben von dieser Sache erzählte. Wenn er es überhaupt tat. Ich hätte ihn gern gefragt, was genau zwischen Jonas und ihm vorgefallen war, doch ich wusste, dass das nicht der richtige Moment war. Noch nicht.

»Das heißt, das Verhältnis zu deinen Eltern ist auch nicht wirklich gut?«, wollte ich stattdessen wissen.

»Schlimmer. Sie haben mir immer das Gefühl gegeben, eine Enttäuschung zu sein. Früher habe ich lange Zeit versucht, es ihnen recht zu machen. Ihren Ansprüchen von Ansehen und Prestige, aber es war nie gut genug. Und irgendwann wollte ich einfach nur noch ich selbst sein. Das Problem ist, dass meine Familie diese Version nicht besonders gut leiden kann.« Einen Moment lang verlor sich Romeos Stimme, und er schien weit weg zu sein, ehe er fortfuhr: »Es spielt keine Rolle, was ich tue oder nicht tue. Ich werde immer der in meiner Familie sein, der nicht dazugehört.«

»Aber für dich spielt es eine Rolle, oder? Also, was sie denken?«

»Wahrscheinlich mehr, als es nach der ganzen Zeit sollte«, Romeo schluckte. »Und es kotzt mich an.«

»Wenn du es deiner Familie sowieso nicht recht machen kannst, dann tu doch einfach das, was dich glücklich macht.«

»Und wenn ich vergessen habe, was das ist?« Er suchte meinen Blick und sah mich so offen an, dass ich Verzweiflung und Angst in seinen Augen lesen konnte. Etwas, das er viel zu oft viel zu gut versteckte, jetzt gerade aber unerwartet offenlegte.

»Du hast es nicht vergessen«, sagte ich und tippte auf seine Brust und meinte damit sein Herz. »So etwas vergisst man nicht, manchmal sieht man das Gute einfach nur nicht.« Kurz schwieg ich, dann fragte ich: »Bereust du es denn, dein Studium abgebrochen zu haben?«

Romeo lachte auf. »Nein, das bereue ich echt am allerwenigsten! Ich würde nicht sagen, dass ich fast drei Jahres meines Lebens verschwendet hätte, das wäre zu hart. Aber ... es hat mich nie wirklich interessiert. Ich weiß nicht einmal, warum es plötzlich Architektur war.«

»Aber andere Dinge bereust du schon?«

»Natürlich. Manchmal denke ich, ich habe das Wesentliche aus den Augen verloren. Ich bin nach Berlin gekommen, um Musik zu machen. *Echte* Musik. Und jetzt tue ich irgendwie alles andere und fühle dabei manchmal einfach ... nichts.«

Ich schluckte. Romeo klang so resigniert, und mein Herz zog sich bei seinen Worten zusammen. Es bedeutete etwas, dass er all diese Dinge aussprach, und ich wollte nichts Falsches sagen.

»Aber Musik ist doch immer noch das, was dich glücklich macht«, sagte ich voller Überzeugung und dachte an das Farbenmeer, das erstrahlte, sobald Romeo an den Tellern stand. So sehr im Reinen mit sich und seiner Umwelt, wie ich ihn sonst nie erlebte. »Musik ist *deine Sache*, das hast du mir selbst einmal gesagt. Lass dir das von niemandem nehmen oder kaputtmachen. Nicht von deinen eigenen Ansprüchen, denen du sowieso nie genügen wirst. Und vor allem nicht von einem

Label, nicht von einem Vertrag oder irgendwelchen Menschen da draußen, die meinen, sie hätten das Recht, dir ihre Meinung aufzudrücken. Ich meine, diese Songs und Melodien, die kommen aus *dir*, aus deinem Kopf und deinem Herzen! Konzentrier dich darauf. Finde heraus, wie weit deine Musik dich tragen kann und was du alles für Möglichkeiten hast.«

Romeo sah mich mit einem Blick an, den ich absolut nicht deuten konnte. »Du hast immer eine passende Antwort oder eine richtige Frage, oder?«

»Es gibt tatsächlich Leute, die behaupten, ich wäre gut in so etwas.« Ich grinste. »Mich selbst natürlich eingeschlossen.«

»Natürlich tust du das …« Romeo klang nachdenklich, als er das sagte. »Weißt du … ich habe hart für meinen Erfolg gearbeitet und mich da voll reingehängt. Es war mein Ziel, es als DJ zu schaffen. Ich wollte richtig gute Musik machen. Etwas, das anders ist und sich unterscheidet. Und dann habe ich es geschafft. Ich hatte auf einen Schlag einfach alles und konnte nicht damit umgehen. Ich habe mich wie betrunken gefühlt und bin nicht mehr klargekommen, als ich gemerkt habe, dass da nichts mehr kommt. Am Anfang war es auch nur Pep, um wach zu sein. Aber als ich das erste Mal krass auf Teilen war … Ich habe plötzlich wieder diese Euphorie vom Anfang gespürt und den Drang, etwas zu erschaffen Ich bin glücklich gewesen und habe mich nicht nur normal gefühlt, sondern auch richtig. Aus Leere entsteht keine Kunst, sondern aus Gefühlen. Und diese übersteigerten sind das gewesen, was mich wieder mit der Musik verbunden hat.« Romeo räusperte sich und fuhr sich unruhig durch den Bart. »Die Drogen helfen mir zu fühlen.«

Stille flutete das Wohnzimmer. Bilder aus dem *Sisyphos* stiegen vor mir auf; Romeo, wie er zusammengesunken auf dem Boden kauerte und kaum anwesend war. Dieser Moment hatte mir Angst gemacht. Mehr, als ich vor mir selbst hatte zugeben wollen.

Ich sah Romeo lange an. Ich betrachtete ihn, sein Äußeres, sein Inneres, alles zusammen Alles, was er mich sehen ließ. Und so gern ich das Thema auch weiter ignoriert hätte, wusste ich doch, dass es bitter nötig war, darüber zu sprechen.

Taub und leer. Romeo war so viel mehr als das, auch wenn er es nicht sehen konnte.

»Du siehst fertig aus«, flüsterte ich, »und scheißmüde.«

»Ich … ich habe die letzten Tage einfach …«

»Ro …«, wisperte ich und wusste nicht, wie ich die nächsten Worte formulieren sollte, ohne bevormundend zu klingen. Wie ich sie so aussprechen sollte, dass sie nicht wie ein Vorwurf klangen.

»Ich habe auch schon mal etwas genommen, vor allem in den ersten beiden Semestern, als ich ständig feiern war und … die Sache ist die: Ich verstehe das. Ich verstehe das wirklich. Die Gefühle, die da ausgelöst werden, kann man eben nicht mit realen Emotionen vergleichen. Sie sind übersteigert«, ich suchte Romeos Blick und sah ihn fest an. »Aber du verlierst dich da in etwas und fängst an, eine Grenze zu überschreiten …«

Ich hatte es nicht sehen wollen, musste mir aber nun eingestehen, dass Romeo bei so gut wie jedem zweiten unserer Treffen auf irgendetwas war und das … Himmel, das war nicht gut. Das war überhaupt nicht gut. Vor allem, weil man es ihm langsam, aber sicher auch anmerkte. Vielleicht nicht auf den ersten Blick und nicht, wenn man Romeo nicht besonders gut kannte. Aber mir fiel es auf. Es waren kleine Veränderungen; er hatte ein bisschen abgenommen in den vergangenen Wochen, auch wenn er immer noch muskulös war. Das Gesicht ein bisschen eingefallener. Die Augenringe ein ständiger Begleiter.

»Ich weiß, Lius«, gab Romeo schließlich zu. Er sprach so leise, dass ich fast glaubte, mir die Worte nur eingebildet zu haben. »Ich weiß das verdammt gut.«

Mein Herz schlug mir mit einem Mal heftig gegen die Brust.

»So eine Nacht wie im *Sisyphos*. Ich schaff das nicht noch einmal«, sagte ich. Denn das wurde mir spätestens hier und jetzt klar.

»Auch das weiß ich. Es tut mir leid, wie das gelaufen ist. Das hättest du nicht mitbekommen dürfen. Und überhaupt hätte ich das auch nicht tun sollen.«

»Ich konnte die Situation überhaupt nicht richtig einschätzen, ich war überfordert und hatte Angst, dich allein zu lassen«, erklärte ich. »Ich hätte es mir nie verziehen, wenn etwas passiert wäre. Davon abgesehen: Wir sehen uns ja auch nicht ständig. Keine Ahnung, was du machst, wenn ich nicht da bin. Ob du dann auch völlig fertig irgendwo bist? Das fühlt sich furchtbar an.«

»Ich möchte nicht, dass du dich bei mir so fühlen musst.«

Ich wusste nicht, was ich dazu sagen sollte. Ich wollte das auch nicht. Ich wollte diese Funken zwischen uns, ich wollte mehr von Romeo. Von seinem Ich, das einfach nur rein *er* war – ohne irgendwelche Substanzen.

Romeo blinzelte, Sekunden zerfielen und damit schien irgendeine Art Bann gebrochen.

»Ich höre damit auf«, stieß er hervor.

»Was?«

»Mit den Scheißdrogen«, sagte er fest. »Ich werde es lassen. Du hast recht, ich bin dabei, eine Grenze zu überschreiten, wahrscheinlich habe ich das schon längst getan. Aber ich kann da immer noch weg, zumindest ... gibst du mir das Gefühl, dass ich das schaffe.«

»Du musst aber ...«

»Lius ...«, sagte Romeo leise.

»Ich sollte nicht der Grund dafür sein. Das ist nie eine gute Idee. Man sollte die wichtigen Dinge für sich selbst tun.«

»Lius«, wiederholte Romeo. »Ich möchte das nicht für dich machen – aber auch. Ich verbringe gern Zeit mit dir und will das nicht ruinieren. Ich bin gerade sowieso dabei, die Freundschaft zu jemandem zu zerstören, der mir einmal sehr wichtig gewesen ist. Und es wäre schrecklich, wenn das bei dir auch passiert, weil du ...«

Der letzte Satz schwebte unvollständig in der Luft, und ich schluckte. »Weil ich …?«

»Weil du … du bist.«

Ich nickte langsam. Romeo hatte mir erklärt, dass ich ihm etwas bedeutete, auch wenn er nicht aussprach, was genau. Er erkannte sein Problem und sah mich mit diesem unsicheren und doch hoffnungsvollen Blick an.

»Okay.«

»Okay?«

»Okay, das klingt gut.« Ich zögerte und gab dann zu: »Anders könnte ich das auch nicht.«

»Ich verspreche es dir, Lius. Ich hör damit auf.«

Vorsichtig lächelte Romeo mich an. Ich lehnte mich ein Stück zurück und erwiderte es, gab mein Bestes, ihm zu glauben. Und es fiel mir leichter und leichter, je länger wir dort saßen und sich das Wohnzimmer mit unseren Worten füllte. Zuerst wirkte Romeo noch beinah schockiert über das, was er alles über sich preisgegeben hatte, doch dann wurde sein Blick offen und klar. Ich fühlte mich ihm jetzt noch näher als zuvor.

Ich beschrieb ihm, wie ich aufgewachsen war. Romeo erzählte mir im Gegenzug von einem Haus an der Elbe und Tagen am Wasser, sparte aber das Ereignis, was die Beziehung zwischen Jonas und ihm zerrüttet haben musste, aus. Ich erzählte von Friedas Weltreisespiel und den Pancakes mit Blaubeeren und Schokolade. So ging es hin und her – bis wir irgendwann Hunger bekamen.

Wir wechselten in die Küche, wo Romeo es sich in der Sitzecke gemütlich machte. Ich spürte seinen Blick im Rücken, als ich nur halbwegs zufrieden eine von Bienes Tiefkühlpizzen hervorholte. Unter anderen Umständen hätte ich jetzt vielleicht etwas für uns gekocht, doch ich genoss es viel zu sehr, mit ihm zusammen die Nacht zum Tag zu machen. Ich wollte Romeo im Schein der bunten Lichterketten ansehen, wollte miterleben, wie sein Mund Gedanken zu Sätzen formte. Als die

Pizza wenig später im Ofen war, setzte ich mich zu ihm und tat genau das.

»Das ist so normal«, sagte er leise, als wir mit dem Teller wieder auf das Sofa im Wohnzimmer umzogen und die ersten Minuten von *Ready Player One* liefen.

»Wie meinst du das?«

»Na, das hier«, Romeo deutete zwischen uns hin und her. »Sich zusammen einen Film anschauen. Pizza machen, die ganze Nacht reden.«

»Ist das denn etwas Gutes? Also dieses Normal-Sein?«

Romeo sah mich lange an, dann sagte er so rau, als wären die Worte viel zu lang in ihm gewesen: »Mehr als gut, Lius.«

Ich spürte, dass mein Lächeln plötzlich anders war: nervöser, erwartungsvoller.

Sein Blick glitt wie eine warme Berührung über mein Gesicht, und für einen Moment glaubte ich, Romeo würde mich gleich küssen. Seine Lippen öffneten sich leicht. Sie waren voll und einladend, und sein ganzer schöner Mund schien mit einem Mal um so vieles näher zu sein. Mich küssen, küssen, küssen. Oder ich ihn. Das war alles, was ich wollte. Die Luft zwischen uns vibrierte, und instinktiv lehnte ich mich Romeo entgegen.

»Weißt du, was auch supernormal ist?«, sagte ich schnell, denn noch immer schwirrte mir all das im Kopf herum, was er mir heute offenbart hatte.

»Hm?«

Sein Blick kroch mir unter die Haut und ließ die Welt um mich herum für einen Augenblick verschwinden.

»Nachtisch«, murmelte ich und verschwand mit klopfendem Herzen in der Küche, um das Eis zu holen, das Biene und ich in dem kleinen Gefrierfach immer auf Vorrat dahatten. Mit dem Becher *Cookie Dough* und zwei Löffeln ließ ich mich wieder neben Romeo auf das Sofa fallen. Doch plötzlich saß er ein Stück näher bei mir als zuvor. Nah genug, dass unsere Oberschenkel sich berührten. Und in meinem Kopf erklangen wieder die Worte, die er gerade eben auf so besondere Weise ausgesprochen hatte.

Mehr als gut, Lius.

Während des ganzen Films war ich mir seiner Nähe überdeutlich bewusst und konnte mich nicht auf den Inhalt konzentrieren. Stattdessen registrierte ich jede noch so kleine seiner Bewegungen. Jedes Mal, wenn er seine Position leicht veränderte und über das Polster rutschte, hielt ich den Atem an und malte mir aus, wie Romeo sich, mit einer Hand fest in meinem Nacken, über mich beugte und mich küsste. In meiner Vorstellung küsste er mich fordernd und lang, und meine Hände vergruben sich dabei irgendwo in seinen Haaren.

Mein ganzer Körper stand unter Strom, ein Kribbeln breitete sich von meinen Fingerspitzen weiter und weiter in mir aus. Romeos Anblick legte sich wie ein Nebel auf alle meine Gedanken. Ich wollte ihm nah sein, aber das konnte ich nur, wenn er sein Versprechen hielt. Wenn er es zumindest versuchte …

Dunkelblau, fast lila.

Und dann passierte es, kurz bevor der Abspann über den Bildschirm flimmerte: Romeo schien kurz davor einzuschlafen, und mit einem Mal sank sein Kopf zur Seite und ruhte vollkommen selbstverständlich auf meiner Schulter. Haare kitzelten mich am Kinn, und ich atmete tief ein und aus, während ich mir seines nackten Arms eng an meinem überdeutlich bewusst war. Seine Haut schien zu glühen, vielleicht aber war es auch die Hitze in meinem Bauch. Krampfhaft versuchte ich, diesen betörenden Duft nach frisch gefallenem Schnee zu ignorieren, während ich zugleich begierig war, noch mehr davon einzuatmen. Hatte Schnee überhaupt einen Geruch? Wenn ja, dann roch er wie dieser Mann neben mir.

»Ro?«

»Hm?«

Träge hob er den Kopf, und nicht zum ersten Mal fragte ich mich, wann er eigentlich schlief oder ob er das überhaupt jemals tat. Vorsichtig strich ich ihm das Haar aus dem Gesicht, dessen Haut um so vieles weicher war, als ich gedacht hätte. Zitternde Finger und Angst, dass er mich zurückweisen würde, denn diese Geste hatte so gar nichts Freundschaftliches an sich. Doch Romeo schmiegte, ohne zu zögern, seine Wange in meine Hand, sein Bart kratzte aufregend langsam über meine Handinnenfläche und für einen kurzen Moment hielt ich die Luft an. Sein Blick schweifte auf schwindelerregende Art über mein Gesicht, blieb an meinem Mund hängen, ehe seine Lider wieder flatterten. Und ein Lächeln huschte über seine schönen Lippen.

»Du kannst hier schlafen«, sagte ich leise.

»M-hm …«

Er lehnte sich mit seinem Körper angenehm schwer gegen meinen, sein Gesicht lag warm an meiner Hand. Romeo wirkte nicht nur unendlich müde, nein, er schien mit einem Mal auch vollkommen entspannt. Ich konnte mich nicht gegen den Gedanken wehren, dass das vielleicht an mir lag. Dass ich für ihn vielleicht das sein könnte, was er für mich im Begriff war zu werden und eigentlich doch schon längst war.

Und dann strich meine Hand wieder über seine honigblonden Haare, glitt durch sie hindurch, umfasste Strähne für Strähne – so wie ich es in meiner Vorstellung unzählige Male getan hatte. Romeo war mir näher und näher, und ich wollte, ich wollte so sehr …

Schnell zog ich meine Hand zurück. Das war nicht der richtige Moment. Am Ende zerstörte ich etwas. Doch das Herz schlug mir heftig und fast ohrenbetäubend laut gegen die Rippen, und mir wurde klar: Ich würde diese Gefühle nicht mehr lange beiseiteschieben können, denn ich fühlte zu viel, wollte zu viel. Es kostete mich mehr und mehr Kraft, nicht ehrlich über die Funken zu sprechen, die da zwischen uns waren.

Über die eine Sache hatten wir heute geredet, fehlte nur noch die andere.

Ich stand vorsichtig auf und holte eine Decke aus meinem Zimmer, nahm die ganzen Kissen vom Sofa, damit Romeo mehr Platz hatte, und deckte ihn zu. Im Türrahmen blieb ich einen Augenblick stehen und betrachtete ihn. Die geschlossenen Augen mit den langen Wimpern. Der Nasenring, der im schwachen, vom Flur aus hereinfallenden Licht glänzte, die Haare fast fächerförmig um seinen Kopf verteilt. Einen Arm unter den Kopf geschoben.

O Gott. Am liebsten wäre ich auf ihn und vielleicht auch ein bisschen in ihn hineingekrochen. Am liebsten würde ich mich zu ihm legen, seine Arme um mich, seinen Herzschlag an meinem. Sehnsucht breitete sich in mir aus. Sanfte Wellen, die innerhalb von Sekunden zu einer stürmischen Flut wurden. Alles zog mich zu diesem Mann hin. Zu ihm und vielleicht auch zu den Abgründen, die ich erahnen konnte. Seine Worte zogen mich an, seine Blicke, seine kleinen Berührungen, jeder seiner Songs. Romeo gelang es, mir zu zeigen, dass Wunder, Überraschungen und richtige Abenteuer nicht nur auf den Straßen dieser Welt zu finden waren, sondern auch in unserer Stadt. In uns.

»Es wird Zeit, dass ich dir *meine* Welt zeige«, flüsterte ich mit rasendem Herzen und fragte mich …, ob sein Gesicht an meiner Schulter, ob seine Wange in meiner Hand … ob das alles das Zeichen war, auf das ich so sehnsüchtig wartete. Romeo öffnete langsam seine Augen, und mein Herz machte einen Satz, als er mich ansah – sein Blick war offen und roh und echt. Er blickte mir so entgegen, dass ich mir sicher war, er wollte mich so wie ich ihn. Dass er mich vorhin wirklich hatte … küssen wollen.

»Okay«, murmelte er schließlich mit diesem trägen Halbgrinsen. »Ich hab übrigens auch noch einen Wunsch frei.«

Die Augen fielen ihm wieder zu, und einen Moment später war er eingeschlafen.

Als ich in meinem eigenen Bett lag und die Muster betrachtete, die das Licht der Laternen und der vorbeifahrenden Autos an die Decke warf, lächelte ich. Ich lächelte wie verrückt und krallte die Hände in das Bettlaken, um nicht doch noch aufzustehen und mich neben Romeo zu legen.

Am nächsten Tag war ich von einer auf die andere Sekunde hellwach, denn die Bilder des vergangenen Abends fluteten mich, so wie warmer Sommerregen das Land. Ich schlug die Decke zur Seite und trat, nur in meiner dunkelblauen Jogginghose, aus dem Zimmer. Auf Zehenspitzen lief ich über den Flur, weil Romeo womöglich noch schlief – so fertig wie er gestern gewesen war.

Doch dann hörte ich sein raues Lachen aus dem Wohnzimmer und hielt überrascht inne – ganz eindeutig Bienes Kichern, das darauf folgte.

Das war verrückt.

Das war verrückt, verrückt, verrückt.

Biene und Romeo, in einem Zimmer.

Erleichtert atmete ich aus. Meine beste Freundin verehrte seine Musik. Es hätte auch sein können, dass ihr das Herz stehen geblieben wäre, als sie ihn auf unserem Sofa sah, oder dass sie ihn belagert und mit unangebrachten Fragen gelöchert hätte. Eigentlich hatte ich gestern noch eine kurze Nachricht schreiben wollen, dass er hier schlief. Doch dann hatte ich an ihn gedacht, hatte dem Lächeln auf meinen Lippen nachgespürt und es schlichtweg vergessen.

In der geöffneten Tür zum Wohnzimmer blieb ich stehen. Biene und Romeo saßen einander auf dem Sofa gegenüber. Sie im Schneidersitz, er mit einem Bein lässig angezogen. Die Kissen stapelten sich wieder ordentlich auf den Polstern, die Decke hing zusammengelegt über der Lehne.

Romeo lachte gerade über etwas, das Biene gesagt haben musste. Das Shirt leicht verknittert, die Haare waren vom Schlaf zerzaust und notdürftig zu einem Knoten im Nacken zusammengebunden. Das Sonnenlicht, das durch weit geöffnete Fenster fiel, verfing sich darin.

Romeo in meiner Welt.

Ich schluckte, unfähig mich zu bewegen oder anders bemerkbar zu machen.

»Das ist sooo lecker. Ich würde echt alles dafür tun«, sagte er zu Biene. Seine ohnehin tiefe Stimme klang nach nicht-lange-wach und letzten Resten Schlaf. Sie bereitete mir eine Gänsehaut und wäre Biene nicht gewesen, hätte ich spätestens jetzt etwas Dummes getan.

»Nein«, sie schüttelte vehement den Kopf. »Das geht echt gar nicht. Das ist supereklig. Warte ab, bis Lius rausfindet, dass du das zusammen isst. Er wird nie wieder ein Wort mit dir sprechen. Eigentlich ist das fast schon ein Grund, deine Musik nicht mehr zu hören.«

»Das meinst du doch auf keinen Fall ernst«, entgegnete Romeo und zwinkerte, woraufhin Biene ein bisschen rot anlief. Er hob den Kopf und blickte mich direkt an. Goldene Sonnenhonighaarsträhnen fielen ihm ins Gesicht, als seine Lippen die Andeutung eines Lächelns zeigten. Es tauchte immer öfter auf.

»Hey«, sagte er. Und ganz egal, woran ich gerade eben noch gedacht haben mochte: In diesem Moment gab es nur Romeo.

»Ebenfalls hey. Hast du Lust auf einen Kaffee?«, fragte ich, so wie er vor bald zwei Monaten vor dem Späti. Wir schauten uns an und dachten wohl beide an den Sonnenaufgang auf seiner Brücke. An heißen Kaffee in unseren Händen. Bloß die schönen Farben, die ihn auch jetzt umgaben, schwebten nur für mich sichtbar und in all ihrer Intensität in der Luft.

Und Romeo verstand. »Unbedingt.«

Wahrscheinlich klang auch dieses Wort allein in meinen Ohren wieder nach mehr, als es höchstwahrscheinlich war. Romeo musterte mich mit einem Blick, den ich absolut nicht deuten konnte. Doch dann wurde mir erst richtig bewusst, dass ich kein Shirt trug und er mich ansah und ... sein Blick verharrte, glitt tiefer, machte etwas mit mir, bis Biene sich räusperte und amüsiert zwischen uns hin und her sah.

Auf einmal schien sich irgendetwas zu verändern, und Romeo sich an einen Ort ganz tief in sich selbst zurückzuziehen. Als sein Handy aufleuchtete und einen eingehenden Anruf anzeigte, glaubte ich so etwas wie Erleichterung auf seinem Gesicht zu erkennen. Ein paar Sekunden lang starrte er auf das Display, dann murmelte er: »Sorry, ich muss doch schon los.«

Was ist da gerade bei dir passiert?

Romeo griff entschlossen nach dem Telefon, sammelte seine wenigen Sachen zusammen und schob sich an mir vorbei in den Flur. Mit einem Mal schien er es ganz besonders eilig zu haben. Als wäre ihm doch irgendwie alles zu viel: das mit uns, die Nähe, in meiner Wohnung zu sein.

Im letzten Moment hielt er doch noch einmal inne und wandte sich um. Ich machte instinktiv einen Schritt auf Romeo zu, und dann standen wir ganz dicht voreinander. Wie immer überragte er mich ein Stück. Warm strich sein Atem über mein Gesicht. Meine Haut kribbelte, und ich war mir überdeutlich bewusst, dass ich halbnackt vor ihm stand. Romeos Bart wirkte an diesem Morgen voller und kratziger, und es kostete mich einige Selbstbeherrschung, nicht mit den Fingerkuppen darüberzustreichen.

»Das war … schön gestern«, sagte er etwas heiser. Schwer und nachdenklich ruhte sein Blick auf mir, ehe darin ganz kurz etwas aufflackerte, mit dem ich nicht gerechnet hatte.

»Fand ich auch«, raunte ich überrascht. Seine Hand an meinem unteren Rücken, sein Gesicht an meinem Hals, eine Berührung die mehr und zugleich weniger als eine Umarmung war – und dann war er weg, und seine Worte hallten in mir nach wie das Geräusch der Tür, die hinter ihm ins Schloss fiel.

»Was war das denn bitte?«, ertönte es direkt neben mir.

Ich zuckte zusammen. Biene war aufgetaucht, und zusammen starrten wir auf die geschlossene Tür. »*Das war schön gestern?!* Habt ihr miteinander geschlafen, und jetzt ist es komisch?«

Biene stupste mich an, als ich nicht reagierte. »Was ist passiert?«

»Nichts ist passiert«, antwortete ich und fragte mich, weshalb sich diese drei Worte irgendwie nicht ganz nach Wahrheit anfühlten. »Und nein, ich habe nicht mit ihm geschlafen ...«

»Wieso nicht?« Ihre blauen Augen weiteten sich. »Wieso schläfst du nicht mit dem Kerl, der ganz offensichtlich dabei ist, dir den Kopf zu verdrehen? Und ich schwöre dir: Ro hat zu sabbern angefangen, als du gerade aufgetaucht bist.«

»O Gott, Biene, bitte.« Ich schluckte, dann schob ich hinterher: »Okay, Moment ... wie sehr hat er gesabbert?«

»Ach, das interessiert dich jetzt also doch?«

»Das interessiert mich tatsächlich sehr.«

Biene fuhr sich in aller Seelenruhe durch die glatten Haare.

»Jetzt sag schon, wie hoch der Sabbergrad auf einer Skala von eins bis zehn war!«

»Zwanzig«, platzte es ohne Zögern aus ihr heraus. »Also? Was ist das mit euch?«

»Sei nicht so neugierig.«

»Pah. Ich habe ja wohl jedes Recht, Details zu erfahren. Ohne mich hättest du ihn gar nicht wiedergefunden, also lass mich gefälligst an eurer heißen Liebesgeschichte teilhaben.«

»Das zwischen uns ist keine heiße Liebesgeschichte«, behauptete ich, und auch das fühlte sich nicht ganz nach der Wahrheit an.

»Du nennst es *Das zwischen uns*, das sagt ja wohl alles.«

»Und wie steht es um *Das zwischen Davin und dir*?«

»Ähm ...«, Biene lief rot an. »Ich mach uns mal frischen Kaffee. Hast du Lust auf Spiegeleier zum Frühstück?«

Ich lachte leise und drückte ihr einen kurzen Kuss auf die Wange. »Ja, gern.«

Biene verschwand in die Küche, steckte dann aber doch noch einmal den Kopf heraus, um mich mit gerunzelter Stirn zu betrachten.

»Du, Lius?«

»Ja?«

»Wegen Ro …«

»Hmm?«

»Ich hab irgendwie das Gefühl, dass du dich für ihn ein bisschen sehr … biegsam machst. Dich sehr seinem Rhythmus und seinen Bedürfnissen anpasst. Mir ist klar, dass das einfach deine Art ist, aber pass auf, dass du dabei nicht das, was du selbst brauchst, vergisst.«

»Du meinst, so wie auf unserer Reise, als ich dich fast alles habe entscheiden lassen?«

Biene schmunzelte. »Genau. Es ist nicht schlimm zu sagen, was man braucht. Nur weil man das tut, verschwinden die Menschen, die einem wichtig sind, nicht einfach. Und wenn doch, dann waren es nicht die Richtigen.« Biene lächelte mich an. »Das ist jetzt vielleicht ein seltsamer Zeitpunkt, aber ich wollte das unbedingt aussprechen. Als kleine Erinnerung.«

»Danke, Bienchen. Und … so seltsam ist der Zeitpunkt gar nicht«, erwiderte ich und dachte an Romeos Versprechen.

»Sei einfach vorsichtig, okay?«

Ich nickte langsam, dann steuerte ich das Bad an. Ich wusste, dass ein Körnchen Wahrheit in dem steckte, was Biene gesagt hatte. Wahrscheinlich sogar mehr als das. Ich war jemand, der offen kommunizierte, was er dachte, sich aber auch genau davor scheute, wenn eine unangenehme Konfrontation nicht abzuwenden war. Zumindest solche, die ein bestehendes Gleichgewicht zu sehr störten.

Doch gestern hatte Romeo sich mir gegenüber geöffnet, er hatte mich hereingelassen. Da war mehr Gleichgewicht als vorher. Mein Spiegelbild starrte mir beim Zähneputzen mit geröteten Wangen entgegen. Die Locken stand wirr und ungekämmt vom Kopf ab, meine Haut war von all den Sommersonnenmonaten immer noch leicht gebräunt. Und meine Augen … ich hatte das Gefühl, als schrien sie in die Welt hinaus, dass *er* für dieses Kribbeln in meinem Bauch verantwortlich war. Was Romeo wohl sah, wenn er mich betrachtete?

Ich spuckte Zahnpastaschaum in das Waschbecken. In hellblauen Schlieren floss er Richtung Abfluss.

Wir hatten uns vielleicht nicht geküsst, aber zwischen uns hatte sich etwas verändert. Ich dachte wieder an mein Armband an Romeos Handgelenk, an die Farbe zwischen all dem Schwarz, an sein unbeschwertes Grinsen, an ihn zwischen den Steinskulpturen und sein bestimmtes *Komm*. An seine Hand an meiner und uns beide nebeneinander auf dem Sofa. Sein warmer Atem in meinem Gesicht.

Das war… schön gestern.

Das war… schön gestern.

Das war… schön gestern.

Alles war anders.

6. Kapitel

Romeo

Obwohl ich Julius und auch mir selbst erst letzte Nacht ein Versprechen gegeben hatte, ging ich abends mit Ringo, Helena und Ben feiern. Wir fuhren zu einem Rave in einer alten Lagerhalle, ähnlich dem, wo ich vor drei Jahren Lillie kennengelernt hatte. Die Decke bebte, Putz bröckelte unter dem harten Bass von den Wänden. Und als es langsam wieder hell wurde, landeten wir in einer von diesen richtig fertigen Wohnungen. Dort, wo es nicht mehr um Amphetamin, Ketamin und ein paar Pillen ging, sondern sich irgendwelche Leute auf dem abgewetzten Sofa im Wohnzimmer Angel Dust reinzogen und sich irgendeinen Scheiß spritzten. Ich saß neben Ben und konnte mir nicht erklären, was ich einmal an ihm gefunden hatte. Er war attraktiv, wahnsinnig selbstbewusst und hatte diesen ganz speziellen Style mit den rosa gefärbten Haaren und dem glänzenden Ring, der seine Unterlippe teilte – doch das war es auch schon. Was mich mit ihm, was mich auch mit Ringo und Helena verband, war nichts Tiefes. War es auch nie gewesen.

Ich strich über das bunte Armband an meinem Handgelenk, und plötzlich nahm ich diesen Abfuck mit Julius' Blick wahr, stand wortlos auf und lief nach Hause, um dort zu warten, bis das Tierheim aufmachte. Und obwohl ich die ganze Nacht lang nüchtern geblieben war, stellte ich mir dort voller Angst die Frage, ob ich Julius das geben konnte, was er sich wünschte. Der Gedanke, dass er von mir womöglich nie etwas Ganzes erwarten konnte, machte mich ein bisschen fertig.

Trotzdem dachte ich daran, wie er morgens oben ohne in der Tür gestanden hatte. Mein Blick war über seinen athletischen Körper gewandert, war an den sehnigen Unterarmen hängen geblieben und hatte schließlich seinen getroffen. Eisblau, klar, einladend. Ich war mir sicher, dass Julius mir in diesem Moment jede verwirrende Gefühlsregung von den Augen hatte ablesen können. Und wie schon so viele Male zuvor, hatte sein Blick sich tiefer in mich hineingebrannt und etwas von innen nach außen gestülpt. Nach der Intimität unserer Gespräche in der vergangenen Nacht war ich geflüchtet, denn diese Nähe war so viel mehr gewesen, als rein sexuelles Begehren es jemals hätte sein können. Bens Anruf war eine willkommene Ausrede gewesen, auch, um meine Verwirrung vor mir selbst zu rechtfertigen. Lieber gehen, als mich Julius und dem Versprechen in seinen Augen zu stellen.

Denn inzwischen wusste ich, dass ich in den vergangenen Monaten nicht mehr in erster Linie für den schützenden Mantel der Nacht gelebt hatte, ich tat es auch für die Momente dazwischen – Momente mit ihm. Julius hatte mich von Anfang an auf diese Art angesehen. Sein ganzes Gesicht strahlte, sobald er mich bei unseren Treffen entdeckte. Er merkte sich jedes Detail, das ich ihm erzählte. Da war sein *Ich bin schwul* und der offene, fragende Blick. Auf meiner Brücke hatte Julius mir die Möglichkeit gegeben, etwas zu erwidern, doch es war mir nicht über die Lippen gekommen. Und auch wenn ich bisher nichts gesagt hatte, ließ er mich vergessen, dass ich nicht auf diese Weise für Männer empfand – zumindest nicht mit dem Herzen. Dann, wenn mein Kopf nicht mitdachte und ich einem Impuls folgend seine Hand nahm. Wenn ich mich auf diesem schmalen Grat zwischen Necken und verdammtem Flirten bewegte. Vor allem aber, wenn ich Teile meiner Seele vor ihm offenlegte.

»Ro?«

Schuldbewusst zuckte ich zusammen. Für einen Moment hatte ich die Augen geschlossen, weil ich wegen der Nacht mit den anderen so fucking müde war, und hatte gar nicht bemerkt, wie ich gedanklich abgedriftet war.

Ich blinzelte und sah, wie Lillie, die mir gegenübersaß, sich auf die Unterlippe biss und zur Seite schaute. Heute war ihr Mund tiefblau geschminkt. Die Farbe passte zur Farbe des Himmels, der fast wolkenlos über Berlin leuchtete. »O Mann, sorry«, murmelte ich zerknirscht und beugte mich über den klapprigen Balkontisch ein Stück näher zu ihr. »Was hast du nochmal gesagt?«

»Es …« Lillie schluckte. »Ist schon okay. Lass uns ein anderes Mal darüber reden, wenn du fitter bist.«

Schlagartig fühlte ich mich noch mieser. Ich hatte mich an die Version von Lillie gewöhnt, die inzwischen durchgehend genervt von mir und meinem Verhalten zu sein schien. Das hier traf mich unvorbereitet und feuerte mein schlechtes Gewissen nur noch mehr an.

»Soll ich dir vielleicht einen Kaffee machen?« Lillie blickte mich aus ihren dunklen Augen an und lachte, als ich nicht sofort reagierte.

»Kaffee klingt super!«

Als sie aufstand, um reinzugehen, legte sie schnell von hinten die Arme um mich. Ich lächelte, denn es waren Momente wie diese, in denen alles wie früher war und die mich dazu brachten, an den immer weniger werdenden Treffen mit Leander und vor allem ihr festzuhalten. Es war eine Seltenheit geworden, dass die Stimmung so … friedlich war, aber es reichte, um mich doch wieder Hoffnung schöpfen zu lassen. Vor allem jetzt, wo ich wirklich etwas ändern wollte.

»Milch, aber kein Zucker?«, vergewisserte Lillie sich mit dem Kinn auf meinem Kopf.

»Genau. So wie immer.«

Unten hupten die Autos, von innen drang gedämpft das Geräusch der Kaffeemaschine durch die angelehnte Küchentür. Ich entfernte vereinzelte Hundehaare von meiner Hose und steckte mir eine Zigarette an. Lillies und Leanders Aschenbecher war immer noch ein alter Blumentopf, der vor Ewigkeiten während einer Hausparty spätnachts nur als Notlösung hätte dienen sollen.

Lillie stellte einen Becher Kaffee vor mir ab und grinste, als sie meinem Blick folgte.

»Ich bring es nicht übers Herz, Eduardo wegzuwerfen.«

»Eduardo?«

»Na, den Aschenbecher.« Lillie ließ sich wieder mir gegenüber auf den Stuhl sinken. Sie setzte ihre Sonnenbrille auf und streckte das Gesicht der Sonne entgegen. »Ich habe mich an ihn gewöhnt. Und würde da plötzlich wieder eine Pflanze drinstehen, würde sich das falsch anfühlen.«

»Ich bin auch dafür, dass Eduardo bleibt.«

»Er ist ein guter Aschenbecher.«

»Besser als gut«, erwiderte ich, und Lillies blaue Lippen verzogen sich zu einem ansteckenden Lächeln. *Besser als gut*, das war immer unser Spruch gewesen.

»Darauf zieh ich einmal.« Lillie nahm mir die Zigarette aus der Hand. Sie hatte eigentlich mehr oder weniger aufgehört, aber meistens hielt sie es damit dann doch nicht so streng.

Rauch entwich ihrem Schmollmund, und sie seufzte. »Es ist schon lustig, dass wir uns ausgerechnet beim Rauchen kennengelernt haben. Das ist so banal.«

»So banal ist es auch wieder nicht. Irgendwie hat es gepasst … Außerdem ist Rauchen auch einfach etwas Soziales. Man fragt nach Feuer, oder nach Filtern und Papes. Man stellt sich irgendwo dazu und kommt ins Gespräch.«

»Und genau deshalb ist es auch so schwer, es zu lassen.« Lillie zog ein letztes Mal, dann reichte sie mir die Zigarette zurück. »Aber nicht nur dieser Rave, wo wir uns kennengelernt haben, war abgefahren. Dieses ganze Jahr war verrückt. *Wir* waren vollkommen verrückt.«

Ein wehmütiges Ziehen breitete sich in mir aus, denn diese Zeit war etwas ganz Besonderes gewesen. Wenn ich daran zurückdachte, dann auch an eine deutlich naivere Version von mir. Eine, die dachte, sie könne alles möglich machen und die Welt erobern. Das hatten wir beide gedacht, Lillie und ich.

»Ich habe neulich Fotos aus der Zeit, in der ich bei Markus und dir gewohnt habe, gefunden. Ich muss die dir unbedingt noch schicken. Es war an sich ja gar nicht so lang, aber wir haben so krass viel erlebt. Wir waren irgendwie high vom Leben und unseren Träumen und ... jetzt sind wir ihnen so nah wie nie zuvor.«

Ich nahm noch einen tiefen Zug, dann drückte ich die Zigarette aus und warf sie in Eduardo. *High vom Leben.* Und auf dem Höhepunkt war einfach nichts mehr gekommen.

»Markus hat mir letztens übrigens geschrieben und nach dir gefragt ...«

»Lass mich raten«, meinte ich betont locker und drehte mich so, dass ich die Beine auf dem Geländer ablegen konnte. »Er klang angepisst.«

»Na ja, er hatte immer schon eine eher ... mürrische Art, oder?«

»Okay, stimmt«, lachte ich, froh darüber, das eigentliche Thema umschiffen zu können.

»Lean, Jenny und ich haben hier ja auch einen Putzplan und solche Sachen, aber das zusammen mit Markus ... wie kann ein einzelner Mensch so viele Regeln aufstellen? Ein Wunder, dass es keine vorgeschriebenen Uhrzeiten gab, um auf die Toilette zu gehen.«

»Ich habe unser WG-Leben echt geliebt, aber du hast recht: Es war schon auch anstrengend mit ihm.«

Lillie grinste. »Anstrengend ist fast noch eine Untertreibung. Weißt du noch, als wir uns in deinem Zimmer versteckt haben und so getan haben, als wären wir nicht da?«

»Im Nachhinein klingt das superkindisch.«

»Pah, als ob«, Lillie stöhnte dramatisch auf. »Markus' Haushaltspläne waren zeitaufwendiger als jeder Job, den ich jemals hatte.«

»Hast du dich nicht einmal im Kleiderschrank versteckt, als Markus dich gesucht hat, weil du eigentlich mit der Küche dran gewesen wärst?«

»Äh ...« Lillie verzog den Mund.

»Ha. Ich erinnere mich. Du standest mit einer Packung Kekse in diesem Schrank, und ich habe mich zu Tode erschrocken, als ich die Tür aufgemacht habe.«

»Ich war high und hatte Hunger«, verteidigte Lillie sich. Und dann begannen wir im selben Moment laut loszuprusten. Plötzlich warfen wir mit Erinnerungen um uns, eine lustiger als die andere. Lillie zeigte mir auf ihrem Handy die Fotos, die sie gefunden hatte, und sie steckten voller Geschichten, von denen ich manche vergessen, manche besonders gut im Gedächtnis behalten hatte.

Als ich mich schließlich auf den Weg nach Hause machte, hatte ich ein seltsames Gefühl. In meinem Kopf standen die Dinge, die Lillie und mich zueinander geführt und immer verbunden hatten, denen gegenüber, die uns voneinander entfernt hatten.

Ich wusste nicht, was sonst mehr wog, aber an diesem Tag war es Ersteres.

Julius

Die Luft über den Dächern Berlins flirrte an diesem Sonntag unter der brennenden Sommersonne. In den letzten Tagen waren die Temperaturen noch weiter angestiegen. Immer heißer, immer drückender wurde die Stadt. Der Asphalt glühte, und das Gelb der Züge schien sich genauso träge durch die Straßen zu bewegen wie die Menschen selbst.

Nach meiner Schicht im *Espresso* ließ ich das Fahrrad am Kotti stehen, wo ich mich mit Alex traf. Wir fuhren zusammen nach Köpenick, um am Müggelsee zu liegen und ein paar Runden zu schwimmen. Eine große gemusterte Decke, gekühlte Getränke aus dem Café und die kleine Musikbox, die Alex mitgenommen hatte. Charlotta und zwei Freunde, die wir noch aus der Schule kannten, kamen nach. Die Luft über dem Wasser schwirrte. Alles schien verlangsamt und wie der Blick durch ein Kaleidoskop. Eine Libelle flog ganz nah an meinem Gesicht vorbei, und ich lächelte. Türkisblaugrün und den Flügelschlag, den ich als Lufthauch um meine Nase wahrzunehmen glaubte. Faul und vollkommen entspannt lag ich in der Sonne – zumindest so lange, bis Alex sich ohne Vorwarnung klatschnass auf mich schmiss – und ließ die Gedanken kreisen. Und immer wieder erreichten sie diesen einen Punkt, wo Romeo vor mir auftauchte und ich mich mit pochendem Herzen fragte, wann wir uns wiedersehen würden. Je häufiger ich unseren letzten Abend Revue passieren ließ, desto sicherer war ich mir, dass er dasselbe fühlte wie ich. Wie er mich angeschaut, wie er sich nachts an mich gelehnt hatte. Da war so viel zwischen uns, was auch sein häufig ambivalentes Verhalten längst nicht mehr verstecken konnte.

In den letzten drei Tagen waren da nur die Fotos gewesen, die Romeo bei Instagram hochlud. Fotos, die ein seltsam hohles Gefühl in mir aufsteigen ließen. Die Kommentare unter den Bildern zeugten davon, dass er irgendwie jeden haben konnte. Die Angebote waren mal mehr, mal weniger offensichtlich, doch es war klar, was sie bedeuteten. Zum ersten Mal spürte ich im Zusammensein mit einem anderen Menschen irgendwie … Eifersucht. Es passierte immer dann, wenn mir wieder einmal bewusst wurde, dass Romeo ein Star war. Dass er jemand war, der von Millionen Leuten für seine Musik, sein Aussehen und sein glamourösabgefucktes Image gefeiert wurde. Für sein anderes Leben, das mit den geweiteten Pupillen, mit Drogen und Exzessen.

Doch Romeo hatte mir ein Versprechen gegeben.

Mir war selbst klar, dass ich nicht verlangen konnte, dass er das alles von einem auf den anderen Tag einfach komplett sein ließ. Romeo war dieser schöne Mensch – innen wie außen. Egal, wie es auch um unsere Herzen stehen mochte, ich hätte niemals tatenlos zusehen können, solange ich das Gefühl hatte, dass da etwas schiefging. Manchmal flammte ganz kurz der Gedanke in mir auf, Romeo würde am Anfang einer Abwärtsspirale stehen und ich müsste ihn vor sich selbst beschützen.

Vielleicht aber brauchte er auch nur jemanden, der ihn daran erinnerte, wie wundervoll er war. Jemand, der ihm sagte, dass er alles andere als leer war.

Als unsere Fünfergruppe Stunden später mit feuchten Haaren und Sonnenbrand auf der Nase in der Bahn saß, griff ich kurzentschlossen nach meinem Handy und fragte Romeo, wann wir uns wiedersehen würden. Und bei jedem Rattern des Zugs dachte ich im ersten Moment, es wäre das Vibrieren, das seine Antwort ankündigte. Als ich mich am Kottbusser Tor von den anderen verabschiedete und hinaussprang, verfärbte sich der Himmel bereits in schönsten Orange- und Beerentönen. Ich brauchte nur ein paar Minuten von dort bis ans Paul-Lincke-Ufer – trotzdem klebte mir das Shirt schweißdurchtränkt auf der Haut, als ich mein Fahrrad in den angenehm kühlen Hausflur schob.

Oben angekommen ließ ich meinen Rucksack im Flur auf den Boden fallen und steuerte direkt die Küche an. Ich brauchte dringend etwas zu essen, bevor ich mich wieder an den Laptop setzen würde, um mich nach einer Ladenfläche für unser Café umzusehen. Biene und ich hatten bisher immer noch nichts Passendes gefunden und nur ein paar wenige Besichtigungstermine gehabt. Für die Handvoll Räumlichkeiten, die uns beiden gefielen, hatte immer jemand anderes die Zusage bekommen. Ich war frustriert, denn ohne den passenden Raum mussten auch alle anderen Sachen, die uns unserem Traum näher brachten, erst einmal liegen bleiben. Biene und ich waren nun seit bald vier Monaten zurück in Berlin und irgendwie war ich davon ausgegangen, dass das alles schneller gehen würde. Weil ich es hasste, mir meine Ungeduld anmerken zu lassen, hatte ich es mit einem Lächeln abgetan, als Davin mich einmal darauf ansprach. Es fiel mir nicht nur schwer zuzugeben, dass die erfolgslose Suche mich zu stressen begann, ich konnte mit solchen Situationen einfach nicht umgehen. Ich brauchte es, dass alles in Ordnung war, brauchte Harmonie zu sehr. Vielleicht manchmal ein bisschen *zu* sehr.

Als ich jetzt die angelehnte Tür zur Küche aufstieß, hielt ich überrascht inne. Da waren Bienes rosa lackierte Fingernägel in Davins Afro. Sein breiter Rücken vor dem orangenen Kühlschrank, der nicht nur die meisten Postkarten, sondern auch den Blick auf meine beste Freundin verdeckte. Diese stieß ein kleines Seufzen aus und schlang ihre Arme enger um seinen Hals. Weiße Hände auf dunkler Haut.

Okay.

Also doch.

Verdammt.

Möglichst leise wich ich einen Schritt zurück, dann noch einen. Keine Ahnung, ob sie sich gerade zum ersten Mal küssten. Aber ich wollte diesen Moment ganz sicher nicht zerstören, wo das zwischen den beiden doch schon so lange ging – erst unterschwellig und dann immer drängender. Doch dann knarzte das Holz unter meinen Füßen, und Davin fuhr herum.

»Scheiße«, murmelte er, ließ Biene aber nicht los. Die starrte mich einfach nur aus riesigen Augen an. Ihre Haare waren verstrubbelt, und ihre Wangen begannen sich zu röten, als sie sich verlegen das Shirt zurechtzupfte.

»Ähm …«, setzte sie an, doch ich kam ihr zuvor.

»Also so überraschend kommt das jetzt auch nicht …«, grinsend wandte ich mich um und war schon im Flur. »Ich lass euch mal wieder allein und … viel Spaß und so. Macht einfach weiter!« Ich schnappte mir meinen Rucksack und schob mir die Riemen über die Schultern. Dann fiel die Tür hinter mir ins Schloss.

Romeo

Das restliche Wochenende hatte ich mich in meinem Musikzimmer verbarrikadiert. Ab und zu klingelte es ganz kurz. Jedes Mal fand ich danach einen Teller mit mehreren Stücken Kuchen oder Muffins auf der Matte vor der Haustür. Ich sah Prija nie, aber als ich mir am Samstag Pizza liefern ließ, bestellte ich für Samia und sie mit und stellte die Kartons zusammen mit den sauberen Tellern unter den Kranz an ihrer Tür.

Mein Handy klingelte mehrmals, doch ich ging nicht ran. Markus hinterließ eine ziemlich angepisste Nachricht auf der Mailbox und betete eine Liste an Drohungen hinunter, was alles passieren würde, wenn ich ihn nicht sofort zurückrief. Ein verpasster Anruf von Ben, ein kurzer Text von Ringo. Und schließlich eine Nachricht von Julius, in der er in seiner direkten Art wissen wollte, wann wir uns das nächste Mal sehen würden.

Ich antwortete niemandem.

Stattdessen war ich besessen von dem Gedanken, endlich zwischen Tönen meine fucking Seele wiederzufinden. Dass nur ich allein zu merken schien, dass sie in meiner Musik als Präsenz fehlte, machte alles irgendwie nur schlimmer. Denn Himmel, hatte so gesehen irgendjemand da draußen meine Musik jemals wirklich verstanden? Julius, berichtigte ich mich, er verstand sie. Er *sah* sie sogar, sah sie mit seinem besonderen Blick – und das, obwohl oder gerade weil Techno nicht die Musik war, die er in erster Linie hörte.

Trotz des Geschenks seiner Gabe und seines Verständnisses legten sich die anderen, düsteren Gedanken wie ein enges Band um meine Brust und drohten mir die Luft abzuschnüren. Die Leute erwarteten ein Album. Sie erwarteten wummernde Beats von jemandem, dessen Sets sie verehrten. Aber wozu neue Musik, wenn sie mir letzten Endes doch wieder nicht gehören würde? Selbst, wenn ich mein Herz wiederfand, konnte und wollte ich das, was dabei entstand, nicht *Studio B21* überlassen. Sie würden wieder wer weiß was damit tun und das alles unter meinem Namen.

War es die bessere Option, den Menschen da draußen meine Musik vorzuenthalten?

Oder war es besser, ihnen etwas von mir zu geben, auch wenn es nicht echt und pur war?

Ich hatte meine Seele an diese Wichser verkauft. Und Markus hatte es verdammt nochmal eben auch nicht besser gewusst. Das alles waren lediglich die verdammten Konsequenzen. Auszusteigen würde bedeuten, alles zu verlieren. Und wie konnte ich zulassen, das zu verlieren, was mich antrieb und am Leben hielt?

Am Sonntagmorgen passierte es ganz unerwartet. Da waren Beats in meinem Kopf, da war eine Melodie, vor allem aber ein tiefgreifendes Gefühl. Ich saß im letzten Sternen- und besonderen Berlinlicht auf der Feuertreppe, und mich erfasste aus dem Nichts dieses Kribbeln am ganzen Körper, nach dem ich mich so lang gesehnt hatte. *Finde heraus, wie weit deine Musik dich tragen kann und was du alles für Möglichkeiten hast,* ertönte Julius Stimme in meinem Kopf.

Musik, Musik, Musik.

Das Wahre, das Echte, das Pure.

Ich sprang auf, kletterte in das Innere der Wohnung und rannte fast zu meinem Musikzimmer. Zusammen mit einer Cola aus dem Kühlschrank. Flügeltür auf, Vorhänge zu und das Vorgaukeln von Nacht, bevor das Licht des Sonnenaufgangs durch die Fenster fallen konnte. Geschärfte Sinne und glasklarer Verstand, der mich überrollte und mit sich riss. Mit fliegenden Fingern suchte ich in den hohen Regalen nach den Platten und tat das, wozu ich bestimmt war: Techno.

Und dieses Mal fühlte es sich anders an. Ein bisschen wie das Graffiti der Frau mit dem Blumenhaar an der Fassade. Dunkelheit mit einem Hoffnungsschimmer. Düsternis mit einem Hauch Glück, das sich ein bisschen zu sehr nach Julius anfühlte. Nach Sonne, Wärme und Helligkeit. Sehnsuchtsvolle Ruhe pulsierte in mir und sammelte sich immer weiter in meinem Bauch, je länger meine Finger über Platten und Mischpult glitten. Ich war in einem Rausch – aber dieser hier war echt und hatte nichts mit Drogen zu tun. Ich war vollkommen nüchtern und fühlte mich dabei so ungekannt high.

Fast eine Woche lang lief ich durch meine Wohnung, durch den Flur und die Zimmer, bombardierte mich mit meinen eigenen Melodien, um zu hören. Um es richtig zu hören. Und es musste laut sein, ich musste den Rhythmus in den Wänden spüren. Es war noch unfertig und noch längst nicht reif, aber es könnte das sein, wonach ich gesucht hatte. Eine weitere Runde durch die Wohnung, hin und her und wieder von vorn, bis ich dachte, dass ich das hier jemandem zeigen musste. Jemandem, der mir sagte, ob er dasselbe fühlte wie ich. Dasselbe verfluchte Ziehen im Herzen. Am nächsten Samstag erwachte ich nur langsam aus meiner Trance, und dann tat ich etwas, das ich seit einer Ewigkeit nicht mehr getan hatte: Ich lud jemanden zu mir nach Hause ein. Nein, verdammt, nicht irgendjemanden, sondern Julius. Nur er sah meine Beats. Nur er sah in mich hinein.

ICH, 15:29 Uhr
Möchtest du zu mir kommen und dir meine Musik ansehen?

Nicht anhören – ansehen. Als ich eine Stunde später schon überlegte, meine Einladung erklären zu müssen, vibrierte mein Handy. Julius hatte verstanden, natürlich hatte er verstanden.

LIUS, 16:31 Uhr
Gern. Ich bin gerade im *Espresso* fertig geworden. So in einer Stunde? :)

Mein Herz machte diesen seltsamen Satz. Dieses irritierende Gefühl, das offensichtlich nur Julius in mir auszulösen vermochte.

ICH, 16:32 Uhr
Hyazinthenstraße 59a, Fhain

LIUS, 16:32 Uhr
Was, wenn ich in Wahrheit doch ein Fan und Stalker bin und du mir jetzt einfach deine Adresse gegeben hast?

ICH, 16:32 Uhr
Du meinst Fan und Stalker von diesem superberühmten und heißen DJ? Ich glaube, das waren deine Worte.

LIUS, 16:33 Uhr
Halt die Klappe, Taxi-Junge.

ICH, 16:34 Uhr
Ich bereue es gerade, in dieser Nacht mit dir gesprochen zu haben.

LIUS, 16:35 Uhr
Das tust du nicht. Du findest es schön mit mir. Ich glaube, das waren DEINE Worte.

Mein Daumen schwebte reglos über der Tastatur. Ich erinnerte mich noch genau daran, wie Julius im Flur gestanden und ich mich doch noch einmal umgedreht und ihm gesagt hatte, was mir durch den Kopf gegangen war. Wusste er, was dieser Satz alles bedeutete? Was ich alles nicht sagen konnte? Er musste merken, dass es keine Selbstverständlichkeit war, dass ich ihn zu mir einlud. Dass ich ihn hier haben wollte, überraschte mich selbst wohl am meisten.

ICH, 16:36 Uhr
Du bist zu aufmerksam.

LIUS, 16:36 Uhr
Und du bist einfach vieeel zu cool für mich ;)

Ich grinste, als ich die Nachricht las. In meinem Kopf hörte ich Julius' amüsiertes Lachen, das die Worte sicherlich begleiten würde, wenn er sie ausgesprochen und nicht geschrieben hätte.

ICH, 16:37 Uhr
Bis gleich, Lius.

LIUS, 16:42 Uhr
Bis gleich, Romeo, o, Romeo.

Eigentlich hatte ich noch einmal schlafen oder zumindest duschen gehen wollen, aber dann hörte ich mir meine neuen Sachen doch noch ein weiteres Mal an, und die eine Stunde zerfiel in Sekunden. Einen gefühlten Wimpernschlag später erklang schon Julius' Stimme über die Gegensprechanlage. Ich hatte gar keine Zeit mehr, über meine Entscheidung nachzudenken. Das Summen des Türöffners, beschwingte Schritte die Treppe hinauf, eine Melodie auf Julius' Lippen, die verstummte, als er mich in der geöffneten Tür auf ihn warten sah. Weißes Shirt und eine Muschel an einer Kette um den Hals, bunte Bänder an den Handgelenken und dieses breite Lächeln, bei dessen Anblick sich meine Mundwinkel ganz automatisch hoben. Alles so hell, und dann waren da im größten Kontrast dazu diese schwarzen Locken.

»Hey«, sagte Julius und strahlte mich dabei ein bisschen sehr aus seinen klaren, blauen Augen an.

O verdammt.

»Hey«, gab ich möglichst locker zurück und umarmte ihn zur Begrüßung. Locken glitten weich an meinem Kiefer entlang, und sein herber, zitroniger Geruch umhüllte mich für wenige Sekunden. Ich spürte seine Lippen an meinem Hals, spürte das Lächeln auf seinem Mund. Julius war wohl nicht klar, wie nah er mir in diesem Moment tatsächlich war. Einen Augenblick lang dachte ich daran, wie ich ihn auf dem Sofa in seiner WG beinah geküsst hätte. Einfach so und ohne nachzudenken. Doch hier und jetzt überforderte dieser Wunsch mich doch wieder.

Schnell räusperte ich mich und trat einen Schritt zurück, um Julius hereinzulassen.

»Was hast du da eigentlich alles dabei?«, fragte ich und deutete mit dem Kinn auf den Stoffbeutel, den er auf der linken Schulter trug. Er schien bis auf den letzten Zentimeter ausgefüllt zu sein und beulte sich an einigen Stellen ziemlich aus.

»Ich war in meiner Pause einkaufen, weil ich nach der Arbeit eigentlich kochen und ein Rezept für unsere Speisekarte ausprobieren wollte.« Julius spielte mit der Kette um seinen Hals. »Also habe ich alles mitgenommen und dachte mir, ich mache das einfach bei dir.«

Genau da begann mein Magen zu knurren, und Julius lachte. »Okay, ich seh schon. Ich komme im genau richtigen Moment.«

»Vielleicht erst Essen und dann Musik?«, schlug ich vor und überspielte meine plötzliche Verlegenheit mit einem Grinsen. Dieser hübsche Kerl, der in meiner Küche für mich kochen wollte – einfach so. Einfach, weil er gern bei mir war. Nicht, weil ich Geld hatte und einen Plattenvertrag. Nicht, weil ich Leute kannte. Nicht aus irgendeinem der verfickten Gründe, aus denen so viele andere Menschen meine Nähe suchten.

»Was gibt es denn?«

»Ich wollte eine Lasagne machen, das Hackfleisch aber durch Tofu ersetzen.«

»Bist du Vegetarier?«

»Meistens schon«, erklärte Julius und folgte mir in die Küche. »Aber ungefähr einmal im Jahr werde ich schwach und esse Fisch oder Fleisch. Aber auch nur, wenn ich ganz genau weiß, wo die Sachen herkommen. Ich mache es einfach so, wie es sich für mich richtig anfühlt.«

Es gefiel mir, dass Julius sich die Welt so machte, wie er sie haben wollte. Und das im allerbesten Sinne. Julius war dieser Mensch, für den Schubladen schlichtweg nicht existierten.

»Ich hab ein bisschen Angst, dass ich mich in deiner Wohnung verlaufen könnte.« Er kräuselte die Nase, als er sich einmal um sich selbst drehte, und sah dabei wieder so verboten niedlich aus. Das Schönste aber war: Julius füllte diese hundertfünfzig Quadratmeter mit Leben, wo sonst nur weiß und grau, glänzende Oberflächen und Nichtigkeiten waren. Er schaffte es einzig und allein mit seiner Präsenz, dass ich mit einem anderen Blick durch meine Wohnung lief. Es war, als wäre sein Herz ein verdammter Sonnenball, von dem nichts als Wärme und Energie ausging. Und ich dachte seufzend: Dieser Mann setzt mich verdammt nochmal schachmatt.

Julius

Ich versuchte mir nichts anmerken zu lassen, aber Romeos Anwesenheit machte mich nicht nur zusehends nervöser, sondern auch die Tatsache, dass wir allein zu zweit in *seiner* Wohnung waren. All das ließ die Funken nur noch stärker und stärker werden, so als würden sie bei jedem Schritt unter mir glühen und sich wie Feuer ausbreiten. Denn spätestens seit Romeos Gesicht warm und seltsam vertraut in meiner Handfläche gelegen hatte, war alles anders.

»Ist es okay, wenn ich dich kurz allein lasse? Ich wollte eigentlich vorhin schon duschen, aber saß dann noch ewig an meinem neuen Song …«

Ich nickte, und als Wasserrauschen über die Flur drang, versuchte ich mir nicht all zu bildlich vorzustellen, wie Romeo nackt unter der Dusche stand. Mit nichts als über Haut perlendem Wasser. Wie es über seine breiten Schultern lief, seine Brust, den Bauch und tiefer … Vehement schüttelte ich den Kopf und verband mein Handy mit dem Lautsprecher in einer Ecke der Küche. Mitte August und ein Lied, das sich für mich nach Sommer anfühlte: *Last Night In Sant Celoni* von Payfone. Sonnengefühle, gutes Essen und noch bessere Musik, die wie mein ganz eigener Soundtrack für mein Leben war. Ich wippte im Takt der Musik und begann, meine Einkäufe auszupacken und die Sachen auf der Theke zu verteilen. Die Nudelplatten, Gemüse und Tofu, Mozzarella und Parmesan, daneben eine Flasche Rotwein.

Gekocht hatte ich immer schon gern, doch erst in den letzten beiden Jahren hatte ich mein Wissen vertieft. Es war etwas, das ich in meinem Herzen und meinen Händen trug. Ich hatte auf meiner Reise zugesehen, hatte geübt und abertausend Fragen gestellt. Hatte mir Brandblasen an den Fingern geholt, die wieder verheilt waren und eine kleine Narbe von einer Schnittwunde – weil ich zu ungeduldig gewesen war und alles sofort können wollte. Erst in Indien hatte ich gelernt, was wahre Achtsamkeit bedeutete und wie ich sie auch in meinen Alltag integrieren konnte. Nicht nur Stille suchen und meditieren, sondern auch ein bewusstes Erleben der eigenen Umwelt, ein In-sich-Ruhen. Diese Erfahrungen hatten mich meinem Ich nähergebracht und wirkten heute noch weiter.

»Meine Nachbarin Prija sagt, gutes Essen sei wie Sex«, erklang es plötzlich betörend dunkel in meinem Rücken. Ich spürte Romeos Atem in meinem Nacken, glaubte den Dampf aus der Dusche wie ein Prickeln auf meiner eigenen Haut zu spüren.

Ich schluckte, denn bei dieser unerwarteten Nähe stellten sich die Härchen an meinen Armen auf. Romeo machte es mir wirklich alles andere als leicht. Er roch frisch, nach Schnee und kühlen Winden, nach Freiheit und Weite.

»Dann warte ab, bis das Essen fertig ist. Das hier wird der Sex deines Lebens«, gab ich zurück, und mir war klar, dass man mir deutlich anhörte, wie sehr Romeo mich aus dem Konzept brachte. Dieser schöne und auf seine Art ein bisschen kaputte Mann. So wie er das Wort Sex ausgesprochen hatte, ließ das etwas in mir klingen. *Sex*. Eine Silbe, die aus seinem Mund wie eine verbotene Frucht klang, wie etwas Geheimnisvolles, etwas über die Maßen Erregendes. Bei uns zogen Gegensätze sich an, und ich ihn in meinen Gedanken aus. Und das bei Weitem nicht zum ersten Mal.

Romeo stellte sich neben mich, sein nackter Arm streifte meinen. Ich hob den Blick, blinzelte, weil meine Gedanken ein Stück weit Realität geworden waren. Er hatte sich noch kein Shirt angezogen und trug nicht mehr als eine tiefsitzende, schwarze Jogginghose. Wasser tropfte aus den langen Haaren auf seinen nackten Oberkörper. Unregelmäßige Wasserlinien, die tiefer und tiefer wanderten.

Langsam ließ ich das Messer sinken, mit dem ich gerade noch Zwiebeln und Tomaten gewürfelt hatte. Blut rauschte mir bei seinem Anblick in den Ohren, denn ich wäre mit den Fingern gern über die blonden Haare auf seiner Brust gefahren.

»Soll ich dir bei irgendetwas helfen?« Schon wieder eine dieser kleinen Berührungen. Sein Arm, der meinen streifte. Härchen, die sich auf meinem aufstellten, und seine Hüften, die ganz kurz an meinem Hintern entlangstrichen. Ich räusperte mich, räusperte mich dann ein weiteres Mal, weil mir mit einem Mal keine Worte mehr über die Lippen kommen wollten. Dabei war ich wirklich niemand, den man schnell sprachlos machen konnte. Als wäre da ein unerschöpflicher Vorrat an Erwiderungen in mir. Für jeden Menschen und jede nur erdenkliche Lebenslage.

»Nein, alles gut«, krächzte ich schließlich. »Aber du könntest nachsehen, was du zu trinken dahast.«

»Du meinst, außer meinem nicht enden wollenden Vorrat an Mate und Energydrinks?«

Ich lachte leise. »Genau.«

Romeo holte zwei Flaschen Bier aus dem Kühlschrank und reichte mir eine. Klirrend stieß Glas an Glas, dann nahmen wir gleichzeitig den ersten Schluck, ohne uns aus den Augen zu lassen. Ich stellte das Bier ab und atmete erleichtert aus, als Romeo kurz verschwand und mit einem Shirt zurückkehrte. Er setzte sich auf den mittleren Hocker an die Theke, griff nach seiner Flasche und beobachtete interessiert mein Tun.

»Was ist eigentlich dein Lieblingsland?«, wollte er wissen.

Ich lachte. »Du fragst jemanden doch auch nicht, was sein Lieblingsbuch oder sein Lieblingslied sind.«

»Doch«, hörte ich Romeo in meinem Rücken sagen, »genau so etwas frage ich. Es gibt nämlich genau zwei Arten von Menschen: die, die direkt eine Antwort parat haben. Und die anderen, für die das ein Ding der Unmöglichkeit ist.« Er schien einen Moment zu überlegen, dann schob er hinterher: »Okay, und es gibt noch die, die versuchen zu verhandeln und fragen, ob sie auch drei nennen können. Oder so etwas in der Art.«

»Ich werde sicher nicht mit dir verhandeln, denn drei mehr bringen mir auch nicht sonderlich viel. Außerdem …«, ich drehte mich zu Romeo um und suchte seinen Blick. »Es gibt noch so viel auf der Welt, was ich sehen möchte. Klar, ich war zwei Jahre unterwegs, nur war ich längst nicht überall dort, wo es sich lohnen würde.«

Nachdenklich strich er sich über den Bart. »Aber es muss doch irgendeinen Ort geben, mit dem du etwas Besonderes verbindest. Etwas, das dich berührt hat und dir im Gedächtnis geblieben ist.«

Sofort kam mir Mignon in den Sinn, die anmutige Pariserin, die zunächst eine fremde Frau gewesen, spätestens im Laufe des letzten Jahrs jedoch eine echte Freundin geworden war. »Natürlich gibt es den«, erwiderte ich also.

»Erzähl mir davon.«

Ich lächelte.

»Es ist ein kleiner Ort in der Bretagne, direkt am Meer, aber eigentlich hat alles in Paris angefangen«, begann ich. Sobald ich an Saint-Loan an der Küste dachte, stiegen vor meinen Augen gold-türkisfarbene Farbsprenkel auf, die in warmes Bernsteinlicht getaucht waren.

»Klingt wie der Beginn einer guten Geschichte.« Romeo griff nach seinem Bier und lehnte sich entspannt zurück.

»Paris war eine von Bienes und meinen ersten Stationen in Frankreich. Und die Stadt ist einfach …«, ich seufzte, »… irgendwie magisch.

An unserem letzten Abend sind wir in einem kleinen Bistro gewesen. Es war schon spät, und ich habe diese Frau reinkommen sehen. Sie war wunderschön und hatte so etwas Unnahbares an sich. Dann hat sie sich an die Bar gesetzt und ein Glas Wein getrunken. Das Bistro war nicht mehr sehr voll und ... sie wirkte aufgelöst und so verloren. Also habe ich mich zu ihr gesetzt.«

»Kann es sein, dass du irgendeine Art Helferkomplex hast?«

Ich ließ von der Pfanne ab, in der inzwischen die Soße köchelte, und unsere Blicke trafen sich erneut. Und wahrscheinlich dachten wir beide an diesen einen Abend vor dem *Fakultativ*, als ich Romeo eine Zigarette angeboten und gefragt hatte, weshalb er dort ganz allein am Straßenrand saß.

»Ohne meinen angeblichen Helferkomplex hätten wir uns gar nicht kennengelernt«, entgegnete ich also. Romeos Lippen zeigten die Andeutung eines Lächelns, und mein Herz machte einen Satz.

Dann fuhr ich fort.

»Ihr Glas war leer, und ich habe uns beiden eine zweite Runde bestellt, nur hat Mignon das irgendwie falsch verstanden. Sie dachte, ich wolle sie aufreißen und hat mir sehr deutlich zu verstehen gegeben, dass sie kein Interesse hat.« Leise lachte ich auf. »Ich habe ihr dann erklärt, dass ich nicht auf Frauen stehe. Also grundsätzlich nicht, und es war Mignon echt so unangenehm – auch wenn sie das gut überspielt hat.«

»Die Arme!« Romeo grinste »Du hast manchmal aber auch eine verdammt unverblümte Art.«

»Das hat auch etwas Gutes an sich«, entgegnete ich. »Mignon hat mir dann nämlich von dieser Frau erzählt, in die sie sich verliebt hatte. Sie hat zum ersten Mal darüber gesprochen, und ich glaube, es hat geholfen, dass ich ein Fremder für sie war. Bevor ich gegangen bin, habe ich ihr meine Nummer gegeben, und irgendwann hat sie mir geschrieben und sich bedankt. Seitdem schreiben und telefonieren wir regelmäßig, und mit dieser Frau ist sie inzwischen auch zusammen.«

Ich begann, die Nudelplatten, die Tomaten- und Béchamelsoße mit routinierten Bewegungen abwechselnd in die Auflaufform zu schichten, die ich glücklicherweise in einem der Schränke gefunden hatte. Nachdem ich den Käse darauf verteilt und die Lasagne in den vorgeheizten Ofen geschoben hatte, drehte ich mich wieder zu Romeo um.

»Bevor Biene und ich im Frühling zurück nach Deutschland gefahren sind, haben wir nochmal einen Abstecher nach Frankreich gemacht. Mignon hat uns in die Bretagne in das Haus ihrer Großmutter eingeladen. Saint-Loan ist … ich habe mich selten an einem Ort auf Anhieb so sehr zu Hause gefühlt. Das Haus ist direkt in die Felsen am Meer gebaut und wenn man aus den Fenstern sieht, ist es fast so, als würde man über dem Wasser schweben. Biene und ich sind fast eine Woche geblieben, und es war wirklich eine wunderschöne Zeit. Wir waren mit Mignon und ihrer Freundin jede freie Minute am Meer, haben den ganzen Tag geredet und einfach nur den Moment gelebt …« Ich hielt einen Moment inne und wandte mich dieses Mal ganz zu Romeo um. »Ich denke, dieser Ort verkörpert für mich einfach ein bisschen, was Reisen für mich bedeutet. Oder auch das Leben allgemein.«

»Und was ist das?«

»Dass man Dinge erlebt, mit denen man niemals gerechnet hätte. Und gerade diese ungeplanten Momente sind die, die einen am glücklichsten machen. Es war Zufall, dass Mignon und ich uns kennengelernt haben, und trotzdem hat es zwischen uns irgendwie sofort gepasst. Ich konnte etwas bewirken, eine Spur hinterlassen und ihr vielleicht ein bisschen helfen. Und abgesehen davon, habe ich nach nichts gesucht und dabei eine Freundin gefunden und … all *das* ist es.«

Romeo sah mich ganz seltsam an, dann raunte er: »Du hast so ein verdammt schönes Herz.«

Und genau das flatterte bei diesem Satz aufgeregt in meiner Brust.

Als die Lasagne fertig war und ein köstlicher Geruch durch die Küche wehte, öffnete ich auf der Suche nach Tellern die Schränke. Die meisten von ihnen waren leer, und nicht zum ersten Mal schüttelte ich den Kopf über diese große, moderne Küche, die offensichtlich so wenig benutzt wurde. Ich würde vielleicht nicht alles, aber doch ziemlich viel geben, um regelmäßig an so einem Ort kochen zu dürfen.

Romeo stand auf und holte die Teller aus dem richtigen Schrank, dann das Besteck aus der Schublade neben dem Herd. Ich hielt einen Moment inne und sah ihm zu. Genau hier und jetzt war er kein Kind der Nacht und kein Star. Er war einfach nur ein Kerl Anfang zwanzig, der zu attraktiv war, als es ihm guttat, und zwischen seinem Talent und Können manchmal zu verschwinden drohte. Die ganzen gerahmten Plakate im Eingangsbereich seiner Wohnung hätten ihn arrogant wirken lassen können, doch der Kerl auf den Bildern war nicht der Mensch, den ich sah. Nicht der Mensch, der Romeo für mich war.

Ich richtete die Lasagne auf den beiden Tellern an und stellte einen vor Romeo, den anderen direkt daneben. Als er sich bedankte und nach seinem Besteck griff, wurde ich plötzlich wieder nervös. Ich wusste zwar, dass ich ziemlich gut kochen konnte, doch jetzt war mir wichtig, dass es *ihm* schmeckte. Weil zusammen zu essen etwas Intimes war. Und während ich mir darüber auf dem Weg hierher so gar keine Gedanken gemacht hatte, tat ich es jetzt umso mehr. Es fühlte sich bedeutungsvoll an, aber war das letzten Endes nicht jeder Moment mit Romeo?

Ganz langsam schloss er die Lippen um die Gabel, ehe er genießerisch die Augen schloss. Er schluckte, leckte sich dann über die Mundwinkel. Für mich geschah das alles wie in Zeitlupe, und ich war mir jetzt schon sicher, dass mich dieser Anblick die folgenden Tage in einer quälenden Endlosschleife verfolgen würde.

»O Gott, ist das gut …«, stöhnte Romeo, und ein warmes Kribbeln kroch mir die Wirbelsäule hinauf und wieder hinab. Das war zu viel. Wie konnte es sein, dass jemand beim Essen so wahnsinnig sexy aussah?

Romeo schnitt sich mit Messer und Gabel erneut ein Stück Lasagne ab.

»Wie lange willst du mich eigentlich noch beim Essen anstarren?«, durchbrach Romeo Musik und Stille.

»Soll ich damit aufhören?«

Romeo fixierte mich.

»Nein«, raunte er, und alles in mir kribbelte. »Sollst du nicht.«

»Gut«, sagte ich, atmete tief ein und sprang ins Bodenlose, »ich schaue dich nämlich gern an.«

Mein Herz machte einen Satz, meine Gefühle hatten einen Punkt erreicht, von dem aus es kein Zurück, kein Weniger mehr gab. Ich konnte das nicht länger mitmachen. Ich konnte nicht mehr darauf verzichten, Romeo zu berühren, und dieses Freundschaftsding noch einen Tag länger durchziehen.

»Ich schau dich auch gern an, Lius.« Plötzlich schwebte sein Gesicht ganz nah vor meinem. So nah, dass ich die einzelnen blonden Haare seines Barts wahrnahm. Das Essen, von dem ich noch keinen Bissen genommen hatte, war vergessen. Der Blick in seinen Augen war dunkel, und mein Körper wie zum Zerreißen gespannt.

Ganz langsam hob ich eine Hand, doch als es unerwartet an der Tür klingelte, ließ ich sie auf halbem Weg zu seinem Gesicht wieder sinken. Die Stille danach fühlte sich endlos an. Dann klingelte es erneut, doch Romeo ignorierte es weiterhin und sah mich durchdringend an. Irgendwie erwartungsvoll und mit einem Sturm in den Augen, während sein warmer Atem mein Gesicht streichelte.

Küss mich, küss mich, küss mich!

Als es wieder klingelte, länger dieses Mal, rutschte Romeo schließlich mit einem genervten Aufstöhnen von seinem Barhocker.

»Irgendwann bring ich sie echt noch um«, murmelte er, und ich wusste nicht, ob ich enttäuscht oder erleichtert sein sollte. Noch immer tanzte mein Herz wie wild in meiner Brust. Es raste und schrie.

Ich lehnte mich zurück und versuchte einen Blick über den Flur und auf die jetzt geöffnete Haustür zu erhaschen. Wer auch immer dort stand, war kleiner als Romeo und wurde von ihm verdeckt.

»Ich hab Nervennahrung für dich«, wehte eine helle Stimme durch die Wohnung. Mehrere Sekunden lang hörte man nichts, dann deutlich tiefer: »Einen ganzen fucking Kuchen?!«

»Okay, vielleicht rückt meine Abschlussprüfung näher, und vielleicht bin ich etwas panisch. Und vielleicht muss ich ganz schlimm prokrastinieren und backe deshalb einen Kuchen nach dem nächsten«, die Frau hielt einen Moment inne und fuhr dann fort: »Du kannst es als Dankeschön für die Pizza sehen.«

»Die Pizza war ein Dankeschön für den Kuchen.«

»Dann sind wir eben einfach nett zueinander. Dafür braucht man ja nicht immer einen Grund.«

Ich war zu neugierig, um weiter allein in der Küche zu warten – wahrscheinlich eine meiner schlechten Eigenschaften. Also stand ich auf und lief auch zur Haustür. Die Frau, die wahrscheinlich Romeos Nachbarin war, hob eine Hand, als sie mich entdeckte. Sie trug eine beige Leinenhose und hatte die schwarzen Haare mit einem gemusterten Tuch kunstvoll hochgesteckt.

»O, wer bist du denn?«, fragte sie fröhlich und stellte sich als Prija vor.

»Lius«, sagte ich und begutachtete den geblümten Teller mit dem riesigen Kuchen, den Romeo in den Händen hielt. Schokoladenglasur, Streusel. Betörender Duft und frische Erdbeeren.

»Möchtest du auch einen haben?«, fragte Prija. »Ich kann noch schnell einen für dich holen gehen.«

Romeo lachte, und ich sah ihn von der Seite an. Und es machte etwas mit mir, dass es zwar ein schönes, aber trotzdem nicht ganz das Lachen war, wie jenes, das er lachte, wenn wir allein miteinander waren. Ob er das wusste?

»Prija, ich denke nicht, dass Lius einen eigenen Kuchen braucht. Einer reicht.«

»O … schade.«

Sie sah tatsächlich enttäuscht aus.

»Ich nehme sehr gern einen Kuchen«, warf ich schnell ein. »Romeo hat mir schon so viel von deinen Sachen vorgeschwärmt, und meine Mitbewohnerin freut sich bestimmt auch, wenn ich welchen mit nach Hause bringe.«

Prijas dunkle Augen leuchteten auf.

»Ha! Du schwärmst also von meinen Kreationen, Nachbar«, sie klang sehr zufrieden und deutete mit dem Finger auf Romeo. »Ich bin sofort wieder da. Du wirst es nicht bereuen, Lius. Ich kann echt gut backen. Ich bin die Beste!«

Und damit verschwand sie schon in die Wohnung gegenüber. Die Tür blieb weit offen stehen, sodass man sie einen in kräftigem Orange gestrichenen Flur entlanglaufen sah.

»Ich mag sie«, sagte ich zu Romeo.

»Ja, ...« Ein bisschen genervt verzog er das Gesicht. »Ich mag sie schon auch ein bisschen.«

Ich lachte bei dem etwas gequälten Ausdruck.

»Keine Sorge. Ich finde dich immer noch wahnsinnig cool. Und das, obwohl du Gefühle hast.« Ich grinste. »Irre, oder?«

Romeos Mundwinkel zuckten, mit einem Mal schien er mir wieder näher zu sein. Ich schaute zu ihm hinauf. Und in seine Silberaugen, deren Blick sagte: *Du forderst es gerade schon wieder ganz schön heraus!*

Ich wich einen Schritt zurück und starrte auf seinen schönen Mund. O Gott, o Gott. Der Teller mit dem Kuchen, den er mit beiden Händen hielt – größer war der Abstand zwischen uns nicht. Nur dieses eine tellergroßes Hindernis. Ich dachte gerade, dass ich es nicht mehr aushielt, dass ich ihn JETZT küssen würde, weil ich keine andere Wahl hatte – da stand Prija wieder freudestrahlend vor uns. Sie reichte mir einen Kuchen, der dem von Romeo ähnelte.

»Übrigens feiere ich nächsten Monat meinen Geburtstag. Nichts wahnsinnig Großes. Ich wollte einfach entspannt bei uns etwas trinken und dann vielleicht später feiern gehen. Mal schauen. Aber es gibt auf jeden Fall Essen.«

Ich spürte, wie Romeo neben mir zögerte. *Ich bin gern allein. Ich mag die meisten Menschen nicht. Und der Rest fängt irgendwann an, mich zu langweilen*, hatte er mir einmal geschrieben. Prija sah ihn erwartungsvoll an, und Romeo schwieg, dabei schienen die beiden sich wirklich zu mögen. Sekunden verstrichen, und irgendwann stieß ich ihn mit dem Ellbogen unauffällig zwischen die Rippen.

»Ja«, sagte er schließlich mit seinem Ich-bin-krasser-DJ-und-weiß-dass-ihr-alle-mich-geil-findet-Lächeln, und ich verdrehte die Augen. »Klingt cool. Gern.«

»Komm doch auch«, flötete Prija in meine Richtung und schien richtig begeistert von der Wendung der Ereignisse.

Ich lächelte. »Gern.«

»Und danke für den Kuchen«, schob Romeo hinterher.

Doch als die Tür ins Schloss fiel, funkelte er mich an, gleichzeitig war da aber dieses neue, ausgelassene Lachen, das seinen Mund schöner und verführerischer machte.

»Du bist so was von schuld, wenn das scheiße wird, Lius«, sagte er, wieder ernst. »Glaub mir. Ich merk mir das!«

»Damit kann ich leben«, gab ich locker zurück und zog Romeo zurück in die Küche. Ob ihm ebenfalls auffiel, dass unsere Finger sich dabei fest miteinander verschränkten und schon wieder perfekt ineinander passten?

Wir aßen zu Ende, und keiner von uns sprach über diesen Moment zwischen uns, kurz bevor es geklingelt hatte. *Ich schaue dich auch gern an, Lius.*

Nach dem Essen räumte Romeo das Geschirr in die Spülmaschine, dann holte er zwei kleine Teller aus einem der Schränke, während ich einen der beiden Kuchen anschnitt. Er öffnete das große Küchenfenster und kletterte auf die Feuertreppe davor, ich reichte ihm die Kuchenteller hinaus. Und dann ergriff ich die Hand, die er mir entgegenstreckte.

Der Treppenabsatz war groß genug, sodass wir nebeneinander sitzen und über Friedrichshain blicken konnten. Die Sonne war wie flüssiges Gold, Wind fuhr mir ganz leicht durch das Haar. Prijas Kuchen schmeckte himmlisch, und ich leckte mir genießerisch die letzten Krümel von den Lippen. Genau das hier war einer dieser aufgeladenen Momente, die mir in ihrer Gegensätzlichkeit aus Einfachheit und Fülle bewusst machten, dass man Freiheit nicht nur an den fernsten Orten dieser Welt findet, sondern ebenso in sich selbst … und bei den Menschen, deren Lebenswege den eigenen nachhaltig berührten. Menschen wie Romeo.

Ich drehte den Kopf und sah ihn an. Was auch immer er gerade dachte, es bewirkte, dass er mich schief anlächelte. Unbeschwert und echt und alles durcheinanderwirbelnd.

Ich werde dich küssen.

Ich

werde

dich

küssen.

Romeo

Ich fühlte mich seltsam, weit offen und entblößt. Wie ein Haus, bei dem man alle Fenster aufgerissen hatte. Seltsamerweise machte es mir hier und jetzt keine Angst. Vielleicht, weil ich Julius hineingelassen hatte – in meine Wohnung, noch mehr aber in mein verdammtes Innerstes. Und doch glaubte ich einen Moment später im fucking falschen Film zu sein; wie ich da neben Julius saß, ihn anblickte und ganz langsam meine Hand hob, um vorsichtig diesen einen Krümel, den er nicht erwischt hatte, aus seinem Mundwinkel zu wischen.

Wer machte so was?

Wer zur Hölle machte so was im echten Leben?

»Du hattest da was«, gab ich eine mehr als dämliche Erklärung ab und hätte am liebsten über mich selbst die Augen verdreht. Julius sog nur die Unterlippe zwischen die Zähne, sein Blick bohrte sich in meinen. Leuchtendes Blau und ein Glitzern und dieses verdammt süße Lächeln, das mich einfach umhaute.

Ich hatte gedacht, Männer wären nur etwas rein Sexuelles für mich. Wenn überhaupt. Irgendein dunkler Abgrund voller Bedürfnisse, so wie ich es zu Hause gelernt hatte. *Bisexuell und heteroromantisch.* Ausgesprochen hatte ich das zwar nie, aber es war eine Erklärung gewesen, die mir irgendwie geholfen hatte. Eine Erklärung, mit der ich besser zurechtgekommen war, weil ich mir sagen konnte, dass ich zwar dieses sexuelle Bedürfnis hatte, nicht aber das Emotionale. Aber es war eine Pseudo-Akzeptanz gewesen. Eine Pseudo-Toleranz mir selbst gegenüber, wo ich doch am liebsten einfach nur hetero hatte sein wollen.

Die Angst davor, nicht mehr als *richtiger* Mann gesehen zu werden, war immer zu groß gewesen.

Die Angst davor, all denen recht zu geben, für die ich ohnehin in irgendeiner Form *falsch* war.

Doch Julius ließ mich längst schon all das hinterfragen. Julius, der so wahnsinnig locker mit allem umging, das ihn ausmachte. Der mir auf schönste Art zeigte, dass das normal war. Und Julius, bei dem auch alles andere, was er tat, dachte oder sagte von dieser Leichtigkeit geprägt zu sein schien. Er blickte nach vorn und sah immer das Gute.

O Gott, ich wollte ihn. Ich wollte ihn auf eine Art und Weise, die ich nicht verstand, so sehr, wie ich noch nie zuvor einen Menschen gewollt hatte. Nicht nur, weil er meine Nächte heller machte und meinen Tagen mehr Bedeutung schenkte, sondern vor allem, weil er mich dabei so vollkommen ich selbst sein ließ. Weil er jedes Puzzleteil, jede einzelne Version von mir auf genau dieselbe Art ansah. Die ganzen und die kaputten. Als gäbe es da nichts an mir, was ihn schockieren oder aus der Ruhe bringen könnte.

Noch immer lag meine Hand an seinem Gesicht und statt sie wegzuziehen, glitt ich mit dem Daumen langsam über seine Unterlippe, dann das Kinn entlang. Julius Mund war leicht geöffnet, als ich meine Hand in seinen Nacken schob, und das leise Seufzen, das er ausstieß, sammelte sich heiß in meinem Bauch. Entschlossenheit huschte über seine Züge und noch etwas Dunkleres.

Ich hielt den Atem an.

Ohne den Blick von mir zu lösen, nahm Julius mir den Teller aus der anderen Hand und schob ihn irgendwo an den Rand des Gitterbodens. Er rutschte im selben Moment näher an mich heran, in dem sich auch meine andere Hand an sein Gesicht legte. Julius war mir so nah, die Steine der Hausfassade drückten in meinen Rücken, doch anstatt meine Position zu verändern, hielt ich ganz still und betrachtete Julius' Gesicht mit den schönen Augen, der Stupsnase und diesem Mund mit der etwas volleren Oberlippe. Die leicht geröteten Wangen und die zerzausten Locken, in denen ich meine eine Hand vergrub. Weil ich nicht anders konnte. Keine Ahnung, was ich mit seinen Locken hatte. Mit den Fingern der anderen Hand strich ich über sein Gesicht, bemühte mich dabei, sanft zu sein, obwohl ich ihn am liebsten gepackt hätte.

Einfach nur, weil er Julius war.

Weil er mit jedem Moment, der gerade verging, einen Knoten in mir löste.

Weil ich es anders einfach nicht mehr aushielt.

»Ich sehe dich wirklich gern an«, wiederholte ich leise. Meine Finger fuhren über seine Wangenknochen, und er schmiegte seine Wange in meine Handinnenfläche – so, wie ich es vor gar nicht allzu langer Zeit bei ihm getan hatte. Und die Welt stand einen Augenblick lang still.

»Es ist unfair, dass man mir jedes verdammte Gefühl ansieht und du ganz genau weißt, dass ich …«, begann Julius rau, hielt dann aber doch inne. Sein Gesicht war so nah. Seine Nase berührte kurz meine, und mein Herz setzte für einen Schlag aus.

»Dass du was …?«, neckte ich ihn und streifte beim Sprechen atemlos seine Lippen. Ich tat cool, doch Julius' Nähe ließ mich verdammt nochmal ein bisschen durchdrehen. Die Ehrlichkeit in seinen geweiteten, blauen Augen, die Wärme seines Blicks und dahinter von Sekunde zu Sekunde stärker brennendes Verlangen, das nur mein eigenes widerspiegelte.

Julius schluckte überdeutlich, und ich spürte das Grinsen auf meinen Lippen. Ja, man konnte diesem süßen Kerl so ziemlich jedes Gefühl vom Gesicht ablesen, aber gerade das war eines der Dinge, die mich so zu ihm hinzogen. Diese ungezwungene Aufrichtigkeit gegenüber der Welt und seinen Mitmenschen. Aufrichtigkeit und Vertrauen mir gegenüber. Einfach so.

»Dass ich mich gerade in dich verliebe, Omeo.«

Omeo.

Dieser bescheuerte Name, den er mir gegeben hatte und der gleichzeitig so ziemlich alles bedeutete.

»Omeo«, wisperte er noch einmal, und dieses Mal konnte ich absolut nichts erwidern. Und dann sickerte erst zu mir durch, was er noch gesagt hatte. *Dass ich mich gerade in dich verliebe.*

Ich wusste nicht, was ich erwidern oder wie ich darauf reagieren sollte. Stattdessen zog ich Julius näher an mich und hob ihn schließlich auf meinen Schoß. Ich tat es bestimmt, tat es gleichzeitig sanft, weil ich zwischen uns nichts kaputtmachen wollte. Gleichzeitig wusste ich, dass die nächsten Sekunden unwiderruflich etwas verändern würden. Ich wusste, dass es ab hier kein Zurück mehr geben würde, dass ich mir keine Illusion mehr machen könnte, dass wir nicht mehr als Freunde wären.

Wie von selbst schob sich meine Hand tiefer Julius' Rücken hinab. Ich hielt ihn fest und zog ihn enger an mich, bis diesem hinreißenden Mund ein erstickter Laut entschlüpfte. Sein heißer Atem, der mein Gesicht traf. Und dann glitt mir das Grinsen endgültig von den Lippen, als Julius' Erektion sich hart gegen meinen Bauch presste. Mein Shirt und seine Jeans dazwischen und doch spürte ich überdeutlich … alles. Genauso wie meinen eigenen harten Schwanz.

O fuck.

Ich keuchte gegen seine Lippen und war mir der Unausweichlichkeit des Moments mehr als bewusst, doch das Blau seiner Augen zog mich immer tiefer in den Moment, hypnotisch und schwindelerregend. Ein letztes Mal strich sein Atem heiß über meinen Mund. Er war …

Julius

… ein Kind des Mondes und ich eines der Sonne. Und in diesem Moment zwischen den Tagen trafen nicht nur unsere Welten unaufhaltsam aufeinander, sondern auch unsere Lippen.

Und die Welt blieb stehen.

Und mein Herz setzte aus.

Und mein Leben tat es ebenso.

Romeos Mund schmeckte wie die Luft nach einem Regenschauer, seine Zunge an meiner wie Gewitterwolken, die jeden Moment Platz für die Sonne machen würde. Bartstoppeln kratzten über meine Haut und ließen mein Herz aufgeregt flattern. Es war Sehnsucht, die ich seit unserer ersten Begegnung in mir trug, Ungläubigkeit darüber, dass dieser schöne Mann mich gerade wirklich küsste. Es waren tausend Gefühle auf einmal und das Wissen, dass ich ihm immer mehr verfiel.

Romeo umfing mein Gesicht mit seinen großen Händen, und unwillkürlich rutschte ich noch ein Stück näher an ihn, rang nach Luft bei dem Gefühl seiner Erektion an meiner. Das Seufzen, das mir entwich, fing er mit seinem Mund auf. Er küsste mich tief, küsste mich lang, er liebkoste mich mit seinen Lippen und war dabei so unerwartet sanft und zurückhaltend. Und doch so sehr … er. Er berührte mich, wie er auch Musik machte: voller Leidenschaft, mit Gefühl und dem Wissen, gut zu sein in dem, was er tat.

Seine Hände zogen schwindelerregende Linien auf meinem Körper, erst auf meinem Shirt, dann auf der Haut darunter. Ich hielt mich an ihm fest, einen Moment lang unfähig mich zu bewegen, weil es sich anfühlte, als könnte mein Herz jeden Augenblick zerspringen.

Ich löste mich schwer atmend ein Stück von ihm, doch er hielt mich weiterhin fest umklammert. Der Blick seiner hellen Augen wirkte im Licht der langsam untergehenden Sonne unendlich. Fragend sah er mich an.

Mein Herz schlug wie verrückt gegen meine Rippen, als ich meine Hände langsam in seinen Nacken schob, um seinen Haarknoten zu lösen, bis die Haare ihm in diesen wilden, sexy Wellen über die Schultern fielen.

Was war das nur mit diesem Mann?

Ich spürte, wie ich unter seinem intensiven Blick errötete und doch war ich mir zeitgleich meiner Wirkung auf ihn bewusst. Ihm ging es genauso wie mir, also vergrub ich meine Hände ohne Zögern in seinen langen Haaren und tat genau das, was ich wollte.

Mein Blick fiel auf seine vollen Lippen.

»Was denkst du?«, raunte Romeo dunkel.

»Ich denke, dass du aussiehst, wie ein heißer Wikinger«, antwortete ich ehrlich, biss mir anschließend aber auf die Unterlippe. »Also du weißt schon. Wegen deinem Blick und den Haaren und …«

Romeo lachte leise und umfasste mein Kinn, strich mit dem Daumen zärtlich über meine Lippen.

»Ich würde dich jetzt gern weiterküssen, Lius.«

Ich schluckte. »Das fände ich schön.«

Wieder dieses leise Lachen, das mich irgendwie noch mehr anmachte als alles andere.

»Aber …«, flüsterte ich, »du darfst mich dieses Mal ruhig fester küssen. So richtig fest, okay?«

Romeos Mundwinkel zuckten, und dann tat er, worum ich ihn gebeten hatte. Er küsste mich um den Verstand, tat es ohne jede Zurückhaltung. Einfach nur er und ich und absolut nichts zwischen uns.

So richtig fest, hatte ich gesagt.

In meinem Kopf war nur noch sanfter Schwindel, der meinen ganzen Körper elektrisierte. Irgendwie schaffte Romeo es, uns beide zu drehen, ohne dass ich von seinem Schoß rutschte. Meine Schenkel lagen immer noch um seine Hüften, nur war ich jetzt zwischen ihm und der Wand eingeklemmt.

So richtig fest, hatte ich gesagt.

Und dann drückte er mich gegen die raue Fassade. Ich spürte den bestimmten Griff seiner Hände, die über meinen Körper wanderten, seine Erektion, wie sein Bart über meine Wangen kratzte, als er Küsse darauf zu verteilen begann. Bis hinunter zu meinem Hals und dann wieder hinauf zu meinen Mundwinkeln.

Romeo stöhnte ganz leise auf, es war fast ein Knurren, und dieser Laut war schwindelerregend. Ein Beißen in meine Unterlippe und dann wieder sein weicher Mund auf meinem. Und mit jeder Berührung, mit jedem Vorstoßen seiner Zunge wurden die Farben vor meinen geschlossenen Augen intensiver. Ein Wirbel aus Dunkelblau und Lila, sanft und kräftig zugleich. Und ich fiel und fiel, fiel mit meinem ganzen Herzen in ihn und seine Seele hinein.

Romeo keuchte in meinen Mund, schob seine Hände wieder unter mein Shirt, ließ sie langsam über meinen Bauch gleiten, und dabei war jedes einzelne Streichen über die Maßen elektrisierend. O Gott, ich wollte seine Hand nehmen. Ich wollte durch das Küchenfenster klettern und ihn in sein Schlafzimmer ziehen. Oder meinetwegen in eines der anderen unzähligen Zimmer. Ich wollte Romeo bedächtig und doch schnell ausziehen, ich wollte ihn nackt. Ich wollte meinen Mund auf jedem Zentimeter seiner Haut, ich wollte seine Lippen um meinen … Himmel.

Schwer atmend ließen wir im selben Moment voneinander ab. Heißer Atem, verwegener Blick aus halb geschlossenen Augen und träges Lächeln, und ich, der sich bebend an seinen Oberarmen festhielt.

»Fest genug?«, wisperte Romeo.

Ich holte tief Luft, schlug die Augen einen Moment nieder, nur um mich sofort wieder in seinem grauen Blick zu verlieren. »Du kannst ruhig nochmal …«

Ich konnte gar nicht aussprechen, da drückte Romeo mich schon fest gegen die Wand in meinem Rücken. Seine starken Arme umfingen mich, und ich fühlte mich so verdammt schwerelos. Losgelöst und frei, weil alles so unperfekt perfekt war, als sein Mund wieder meinen berührte. Eine Hand legte sich an mein Gesicht, Fingerspitzen glitten über meine Wange und ich lehnte mich mit geschlossenen Augen in die Berührung hinein.

»Du hast jetzt mich«, flüsterte ich zwischen zwei Küssen gegen Romeos warme Lippen. »Und ich gehe nicht weg.«

Ein funkelnder Strudel,
und ich frage mich:
Wer will ich sein?

Eulenmensch (Single), erschienen 2021.

7. Kapitel

Romeo

Meine Schritte erschienen mir leichter, mein verdammtes Herz begann bei jedem einzelnen Gedanken an Julius und den Geschmack seines Mundes zu rasen. Und trotzdem war da die Panik, weil ich immer noch nicht wusste, wie wir zusammenpassen sollten und ob ich ihm das geben konnte, was er verdient hatte. Nach wie vor watete ich ziellos durch den Morast meines Lebens, immer noch auf der Suche und immer noch zu impulsiv in meinen Entscheidungen. Ja, Julius mochte das Abenteuer lieben, doch das Abenteuer, so nah an meiner Seite zu sein, meinte er wahrscheinlich nicht.

Wie lange würde das mit uns beiden gut gehen?

Hatte ich in jenem ersten Moment alle Schwierigkeiten gekonnt beiseitegeschoben, oder hatte Julius es mit der Art, wie er mich ihn küssen ließ, tatsächlich geschafft, mich zu erden? Ich konnte weder sagen, wie lange er dort draußen auf der Feuertreppe auf meinem Schoß gewesen war, noch wer von uns zuerst aufgestanden und den anderen an der Hand nach drinnen gezogen hatte. Plötzlich saß Julius auf der Küchentheke, und ich stand zwischen seinen Beinen, die er mir um die Hüften schlang. Wir berührten uns, pressten uns aneinander, und da waren Julius' gerötete Wangen, die verstrubbelten Locken und dieses Tausend-Watt-Lächeln, das nur mir allein galt. Zusammen mit seinen Händen, die er unter meinem Shirt über Bauch und Rücken wandern ließ, trieb es die Sehnsucht nach mehr nackter Haut nur noch weiter an.

Doch dass ich Julius so sehr wollte und das nicht nur mit meinem Körper, schnürte mir von einer Sekunde auf die andere schlagartig die

Luft ab. Erst dachte ich an die schnellen Nummern mit Ben, dann flammte die Erinnerung an Sebastian in mir auf. Daran, wie wir uns damals unbeholfen ausgezogen hatten. Meine Unsicherheit, weil ich nicht wusste, was ich tun sollte. Meine Angst, weil es sich irgendwie verboten anfühlte – und das schon bevor mein Vater ins Zimmer gestürmt war.

Julius strich mit den Händen auskostend über meinen Hintern, während er leise gegen meine Lippen stöhnte. Dieses erregende Geräusch fuhr mir durch den ganzen Körper, machte mich noch härter. Doch mein Herz … plötzlich hatte ich Angst, mich fallen zu lassen. Und ich küsste Julius lange und verzweifelt, weil ich so kompliziert verdammt nochmal nicht sein mochte.

Ich war nicht bereit dafür, zur Hölle.

Ich konnte Julius nicht das geben, was wir wohl gerade beide wollten und uns in Gedanken ausmalten.

Ich küsste, küsste, küsste ihn. Vielleicht wäre es leichter, wenn ich nur an das Körperliche und nicht an die Gefühle dachte, die Julius in mir auslöste. Ich konnte das, Himmel, ich wollte das. Doch plötzlich strich seine Hand federleicht über meine Wange, und ich hörte ihn flüstern: »Schau mich an.«

Flatternd öffnete ich die Lider. Julius‘ Gesicht schwebte ganz nah vor meinem.

»Was ist los, Omeo?« In seinem Blick lag Lust, vor allem aber unendliche Wärme. Ich schluckte und hielt mich an ihm fest. Körper an Körper. »Ich … es ist alles so viel«, brachte ich hervor.

»Wie meinst du das?«

Ich räusperte mich und fühlte mich so dermaßen unbeholfen und verletzlich, als ich sagte: »Es fühlt sich so gut an mit dir, aber ich kann gerade nicht weitergehen als … das hier.« Ich schlug die Augen nieder, sah Julius in der nächsten Sekunde wieder an. »Ich … es ist nicht einmal, dass ich damit wahrscheinlich weniger Erfahrung habe als du. Es ist …«

»Du musst mir nichts erklären. Wirklich nicht.« Julius lächelte und strich mit dem Daumen über meine Lippen. »Wir gehen in unserm eigenen Tempo, machen unsere eigenen Schritte. Es gibt keinen Druck und keine Erwartungen. Ich küsse dich gern.« Julius grinste verschmitzt. »Ich küsse dich viel zu gern, und das ist mir genug. Ich würde niemals etwas von dir verlangen, für das du nicht bereit bist.«

Erleichtert atmete ich aus. »Danke«, raunte ich.

»Dafür musst du dich nicht bedanken, Romeo«, erwiderte Julius sanft, und einen Augenblick später ließ ich meinen Mund wieder auf seinen sinken. *In unserm eigenen Tempo*, das klang gut. Es klang nach: *Du bist richtig, so, wie du bist.*

Als wir uns irgendwann schwer atmend voneinander lösten, führte ich ihn in mein Musikzimmer. Ich wollte ihm meinen neuen Song zeigen. Der Grund, aus dem ich ihn eigentlich eingeladen hatte, fühlte sich mit einem Mal wie ein verdammt schlechter Vorwand an, um ihm nah zu sein. Und wer weiß, womöglich war es ja genau das gewesen.

Wir saßen auf dem Sofa, Julius' Kopf lag in meinem Schoß. Mit den Fingerspitzen fuhr ich durch seine Locken, mit den Knöcheln meiner Hand strich ich über seine Schläfe und malte meine Noten auf ihm. Ich tat es nicht einmal bewusst, aber ich konnte nicht anders, als ihn immer wieder auf die ein oder andere Art und Weise zu berühren. Julius beschrieb mir, was er sah, und ich hing an seinen schön geschwungenen Lippen. Er erzählte von Nachthimmelfarben und Sonnenaufgängen, von Wirbeln und Tupfen, von hypnotisierenden Wellen und einem Meer aus Nuancen. Er beschrieb eine Welt, die mir selbst verborgen blieb und schien in meinen Tönen doch genau das zu erkennen, was ich meinte.

»Ich sehe dich«, wisperte er in der Pause, bevor die Beats erneut den Raum mit ihren Klängen erfüllten. »Ich sehe alles, was du bist, aber da ist irgendetwas, was du zurückhältst.«

In dieser Nacht ließ ich Julius nur schweren Herzens gehen. Als wir uns verabschiedeten, drückte ich ihn fest gegen die Wand neben der

Haustür und küsste ihn wieder. Mit einem Mal war es so unendlich leicht. Nur auf sein *Ich-verliebe-mich-gerade-in-dich* konnte ich immer noch nichts erwidern.

Danach verbrachten wir fast jeden Tag zusammen. Abgesehen von Julius' Schichten im *Espresso* und den Stunden oder einmal auch Tagen, an denen ich mich in meiner Wohnung verkroch, um Musik zu erschaffen. Seltsamerweise machte er mir keinen Druck, wenn ich einmal verschwand. Keine nervtötenden Anrufe, keine Nachrichtenlawinen, kein ständiges Nachfragen. Er ließ mich einfach auf seine Art sein, wie ich war. Das Verständnis, das er mir entgegenbrachte, war eine ganz neue Erfahrung für mich, und zugleich etwas, dem ein verdammter Teil in mir nicht so ganz trauen konnte.

Julius' ehrliche Reaktion auf meinen neuen Song und die Mischung aus Leidenschaft und Verbissenheit, mit der er zusammen mit Biene an dem Konzept für ihr Café arbeitete, trieben mich an, mich selbst durchzubeißen. Die bestmögliche Musik aus meinem Innersten herauszuholen. *Sie kommt aus dir,* hatte Julius immer und immer wieder gesagt und: *Da ist etwas, was du zurückhältst.* Immer wieder hatte ich das Gefühl, kurz vor diesem Höhepunkt zu stehen, kurz vor diesem verdammten Funken, kurz vor dem Besonderen – doch jedes Mal, wenn ich dachte, ich wäre so weit, entglitt es mir letzten Endes wieder. Jedes Mal in diesem allerletzten Moment. Wie ein Wort, das einem nicht mehr auf der Zunge liegt, sobald man endlich den Mut gefunden hatte, es auszusprechen.

Ich war nur noch in den Clubs und im aus geheimen Partys bestehenden Untergrund unterwegs, wenn ich auflegte. Ansonsten hielt ich mich weitestgehend von dieser Welt fern und tauchte stattdessen in die von Julius ein – noch mehr aber in dieses Zwischenuniversum, das wir selbst erschufen. Nach dem Angel-Dust-Abend hatte ich Ringo, Ben und Helena so gut wie gar nicht mehr gesehen. Stattdessen arbeitete ich so oft es ging an meinen neuen Sachen. *Nachtschwärmer* war damals zum größten Teil mit klarem Kopf entstanden, und womöglich war tatsächlich das der Schlüssel.

Trotzdem war mir nach wie vor nicht klar, was in meinem Leben richtig und was falsch war. Weiß Gott, eigentlich hatte ich das noch nie sagen können. Es gab kein Schwarz oder Weiß im Leben, vor allem aber nicht in Berlin. Es gab zu viele Nuancen von Grau dazwischen. Julius hätte wohl gesagt, dass Lillie und Leander meine wirklichen Freunde wären. Die, die schon vor meinem Erfolg an meiner Seite gewesen waren. *Double-L-Trouble*. Doch jedes unserer seltenen Treffen in letzter Zeit hatte sich nur immer unnatürlicher angefühlt und nach purer Entfremdung. Wir drifteten weiter auseinander, und diese Tatsache stand inzwischen unüberwindbar im Raum, auch wenn wir nicht wirklich darüber sprachen. Vielleicht ließ ich die beiden aber auch nicht, weil ich es verdammt nochmal einfach nicht mehr hören wollte und konnte. Zu groß war die Angst, dass sie recht haben könnten.

Diese Angst konnte ich den restlichen August lang nicht ganz abschütteln und auch nicht, als der September begann und die Abende wieder kühler wurden. Julius und ich behielten unsere Streifzüge durch die Stadt, mit denen alles begonnen hatte, bei. Wenn er auf seinem Skateboard neben mir herfuhr, konnte ich den Blick nicht von ihm abwenden, denn das Brett unter seinen Füßen und er schienen eins zu sein. Julius' Bewegungen waren geschmeidig, waren ein hypnotisierender Tanz – als wären die Straßen für ihn das, was Noten für mich waren: sein Lebensrhythmus. Wir hörten und teilten Musik und erstellten zwei Playlists auf Spotify. Unter *Romeo für Julius* hatte ich meine liebsten elektronischen Tracks versammelt, unter *Julius für Romeo* fand ich Musik, die nach Sonne, Meer und Freiheit klang. Indie, Alternative, Folk. Wir machten ein Selfie auf der Insel der Jugend, unsere Gesichter ganz eng aneinandergepresst: Julius und ich, und es fühlte sich trotz aller Ängste verdammt richtig an. Und real.

Ich lernte neben Biene seine anderen Freunde kennen, und keiner von ihnen fragte, was wir beide waren. Niemand schaute komisch, wenn unsere Hände sich miteinander verschränkten oder Julius' Kopf auf meiner Schulter lag. Sie waren laut und manchmal leise, wahnsinnig verschieden und doch verbunden in ihrem offenen Blick auf die Welt und die Menschen. Für einen kurzen Moment – wir saßen gerade im Görlitzer Park auf einer Decke, tranken Bier und redeten über alles und nichts – versuchte ich, mir Lillie und Leander zusammen mit ihnen allen vorzustellen. Neben Biene, die herzensgut und manchmal ein bisschen schüchtern war, und Davin, der sie in seiner ruhigen Art ganz offensichtlich anhimmelte. Neben Alex, der wahnsinnig direkt war, und Charlotta, die ganz offen über ihre Bisexualität sprach und dabei etwas in mir zum Klingen brachte.

Julius und ich folgten den Wegen der Spree, wir entdeckten gemeinsam ein ganz neues Berlin, ließen uns treiben, und manchmal war dabei meine eigene Musik unser Soundtrack. Wir teilten uns Kopfhörer in den gelben U-Bahnen, die durch die Nächte und Tunnel fuhren. Wortlos verschränkten sich unsere Hände immer wieder miteinander. Julius in einem meiner Hoodies und ein weiteres Armband voller Perlen, das seinen Weg von seinem Handgelenk an meines fand. Immer öfter ertappte ich mich dabei, gedankenverloren darüberzustreichen, wenn er nicht bei mir war. Als würden Musik und Ideen und Herzblut dann besser fließen. Es war längst nicht mehr bei diesem einen Kuss auf der Feuertreppe vor meinem Küchenfenster geblieben. Da waren gestohlene Küsse in Berlins Dunkelheit, in seiner und meiner Wohnung, in irgendwelchen Straßen oder Unterführungen. Und mit jedem Mal zersprang mein Herz ein verfluchtes Stückchen mehr, weil all diese Momente den in mir tobenden Konflikt vertieften. Den Kampf aus dem, was ich Julius dauerhaft geben wollte und konnte.

So wie an diesem einen Tag, als kühler Wind wie ein herbstlicher Vorbote durch die Stadt fegte. Es war ein träger Spätnachmittag. Ich war noch nicht lange wach, Julius wegen seiner Schicht im *Espresso* dafür umso länger. Ich hatte ihn abholen wollen, war aber wie immer spät dran gewesen. So spät, dass Julius schon längst fertig war und auf einer der rot gestrichenen Bänke vor dem Café wartete. Sein Skateboard lehnte am Tisch. Die Ärmel seines hellen Leinenhemds hatte er bis zu den Ellenbogen hochgeschoben, die oberen Knöpfe geöffnet, sodass man den Muschelanhänger auf seiner Brust ruhen sah. Jemand anderes hätte vielleicht am Handy gehangen – Zeitüberbrückung, Verlieren in Belanglosigkeiten – aber, nicht so Julius. Er saß aufrecht da, ein Bein angezogen und den Kopf leicht geneigt, und existierte genau in diesem Moment. Wahrscheinlich sah er sich die Hausfassaden an oder die Menschen auf der Straße. Er war begierig nach dem Leben, und mit Sicherheit fielen ihm gerade wieder hundert Kleinigkeiten auf, die seinem aufmerksamen Eisaugenblick nicht entgingen.

Ich blieb auf der anderen Straßenseite stehen und betrachtete Julius einen Moment lang. Ihn und diese Mischung aus Energie und Ruhe, die ihn umgab. Als ich die Straße überquerte und Julius mich entdeckte, legte sich dieses wunderschöne Funkeln auf sein Gesicht, dieses spielerische Lächeln auf seine Lippen. Ich hätte ihn gern geküsst, doch stattdessen berührte ich mit meinen Fingerspitzen kurz seine. Dann machten wir uns auf den Weg. Erst zum Kottbusser Tor, dann fuhren wir ein Stück mit der Bahn, stiegen aus in Neukölln und liefen Richtung Treptow-Köpenick. Julius' fragende Blicke, die er mir von der Seite immer wieder zuwarf. Doch ich schwieg und verriet nicht, was ich vorhatte. Straßen und Häuser, sie beide zogen an uns vorbei und schienen immer verlassener, bis das Parkhaus schließlich Grau in Grau vor uns aufragte. Von hier unten wirkte es heruntergekommen und unaufgeregt. Wir ignorierten das *Betreten-verboten*-Schild, kletterten über das Absperrband und stiegen das Treppenhaus hinauf.

Und dann war es wie am Märchenbrunnen. Ich rannte voraus, und Julius versuchte lachend mich einzuholen. Als wir schließlich auf dem obersten Parkdeck standen, riss er überrascht die Augen auf. Plötzlich war da goldenes Sonnenlicht und das Gefühl von Weite hinter den niedrigen Mauern, die das Dach säumten. In den mit dicken weißen Linien gezogenen Parklücken hatten einmal Autos gestanden. Nebeneinander lehnten wir in der *615* und blickten über Berlin. Unter uns erstreckte sich ein Meer aus Dächern, aus Bunt und Grau, aus Schornsteinen und Beton, auf das sich langsam der warme Schein der untergehenden Sonne legte. Ich holte zwei Flaschen Bier aus meinem Rucksack und reichte ihm eine. Es war nicht mehr ganz kalt, aber das war egal. Irgendwie passte das zu uns und zum späten Sommer, der langsam zu einer Erinnerung wurde.

»Ist das eigentlich unser Ding?« Julius klang irgendwie aufgekratzt. »Bitte sag, dass wir ein Ding haben.«

»Was denn?« Ich drehte den Kopf und stieß mit meiner Flasche gegen seine.

»Das mit den Sonnenauf- und -untergängen.«

Ich grinste. »Ich glaube, das ist jedermanns Ding.«

»Trotzdem gibst du dir ganz schön Mühe, mir die Schönsten zu zeigen.«

»Kann schon sein, Lius«, sagte ich und genoss es, wie selbstverständlich Julius einen Arm um meine Hüften legte und die Hand in meine hintere Hosentasche schob. Sein Gesicht mit den weichen und doch kantigen Zügen war ganz nah. Er umarmte mich noch fester und sah mich herausfordernd an. Seine Haare waren länger geworden. Eine tiefschwarze Locke fiel ihm ins Gesicht und ich konnte nicht anders, als sie zur Seite zu streichen. Klar, wir waren allein hier oben, und trotzdem war Julius in allem so viel unbefangener als ich; mich auf diese Art anzufassen, nicht zu denken, einfach machen. Ich schluckte erst, dann berührte ich mit meinen Lippen die seinen, und es fühlte sich so scheißgut an. Viel zu gut, um es nicht zu tun.

Du sollst nicht vergessen, dass du auch in Berlin frei sein kannst.

Du sollst nicht einfach verschwinden, mit deinem Surfboard und deinem Drang alles zu entdecken, was es da draußen zu sehen gibt.

»Wir können unseren eigenen Sonnenuntergang sprayen«, schlug ich vor und deutete mit dem Kinn auf die gegenüberliegende Wand. »Weil das ja unser Ding ist.«

»Ich bin mir sicher, dass das verboten ist.«

»Verbotener, als hier oben zu sein?«

Julius kräuselte beim Lachen die Nase.

»Wer soll uns aufhalten? Außerdem steht das hier doch eh leer. Als ob das jemanden interessiert, was wir hier oben machen!« Ich zuckte mit den Schultern. »Und seit wann bist du so ein Fan von Regeln?«

»Okay, der Punkt geht an dich.«

»Es ist ein Spiel, quasi ein Abenteuer«, raunte ich, ehe ich seine Hand nahm und ihn mit mir zog. »Und du liebst Spiele doch.«

»Noch ein Punkt, der an dich geht«, erwiderte Julius und grinste frech.

Ich zog Spraydosen und zwei Masken, um Nase und Mund zu bedecken, aus meinem Rucksack. Wenn ich hierherkam, hatte ich die Sachen meistens dabei. Einige der Bilder, die das verlassene Parkhaus zierten, waren von mir – ähnlich der Musik war es eine Form von Kunst, war eine Sache, bei der ich mein Innerstes gewissermaßen nach außen kehren konnte. Nur erwartete bei diesen Graffitis niemand Perfektion von mir, am allerwenigsten ich selbst.

Eine der Masken reichte ich Julius, dann schüttelte ich die Dose und begann mit der schwarzen Farbe die Linien des Motivs zu umreißen. Ich folgte dabei Julius' Stimme und dem Bild, das er mit seinen Worten beschrieb. Plötzlich waren da Palmen und ein Meer auf dem rauen Putz, ein Himmel, der schon zur Hälfte mit Sternen bedeckt war, obwohl die Sonne immer noch glühend in Wellen versank. Vögel am Himmel und Wolken, die zu Unendlichkeit wurden. Ein kreisrunder Mond, der das ganze Szenario hell überstrahlte. Als Nächstes kamen die Farben. Dann war Julius dran. Er lachte unbeschwert, als er das Meer etwas unbeholfen und mit wackeligen Bewegungen blau und türkis färbte. Am Ende sah man genau, welche Teile des Graffitis er, welche ich gesprayt hatte. Aber das war mehr als egal.

»Jetzt musst du deinen Namen drunter schreiben«, forderte ich Julius auf. »Also deinen Künstlernamen.«

»Ich hab keinen.«

»Denk dir einen aus«, entgegnete ich.

Einen Moment stand er schweigend da und betrachtete unser Bild, ehe er sich vorbeugte und mit krakeligen Buchstaben etwas schrieb. Kurz darauf trat er wieder zurück, und die Linien glänzten tiefschwarz im letzten Licht des Tages: *Riesenrad-Junge* stand jetzt dort. Und als ich meine Spraydose ansetzte, schrieb ich zum allerersten Mal einen anderen Namen als sonst, nämlich: *Omeo.*

Am Samstag saß ich in der Bahn und fuhr nach einem gemeinsamen Frühstück bei Julius und Biene zurück nach Friedrichshain. Ganz hinten im Wagon und mit hochgezogener Kapuze. Vor den Fenstern zogen mit Graffitis beschmierte Wände, bunte Häuser und Bäume vorbei, die sich immer mehr zu verfärben begannen. Bald schon würden die Bahnsteige und Gleise mit orangerotem Laub bedeckt sein.

Menschen drängten sich dicht an dicht. Noch immer schien diese Flut an Touristen Berlin zu überschwemmen, doch ich versuchte, sie und den Rest der Welt auszublenden. Erst las ich eine Sprachnachricht von Julius, abgeschickt kurz nachdem ich gegangen war, dann hörte ich einen Song, den er mir geschickt hatte: *Around The Sun* von Poolside. Es war eines dieser Julius-Lieder: weiche Melodie, hüpfende Beats, gemacht für Roadtrips auf direktem Weg zur Sonne. Und die Blicke, die mich sonst paranoid machten, ruhten mit einem Mal weniger schwer und fordernd auf mir, ganz so als würde sich der Klang wie ein schützender Mantel um mich legen. Es war aber auch das Nachgefühl der vergangenen Stunden in der WG-Küche mit dem grellorangenen Kühlschrank. Keine Ahnung, wann ich das letzte Mal so früh irgendwohin gefahren war, aber ... nüchtern fielen mir solche Kleinigkeiten um so vieles leichter.

Ich lächelte bei dem Gedanken an Biene und Davin, wie sie über den gedeckten Tisch hinweg diskutiert hatten. Sie mit geröteten Wangen, während Davin sich von nichts aus dem Konzept bringen ließ. Und zwischen all dem war Julius' warmer Blick, der mich streifte und seine Hände, mit denen er immer wieder meine Taille oder meine Arme berührte.

Auf der Eckbank eingequetscht, hatte ich über diese eingefrorene Zeit nachgedacht, über diese schöne Art von Normalität, denn zwischen dem beständigen Necken der drei wurde etwas in mir ganz ruhig. Trotzdem wanderten meine Gedanken unweigerlich weiter zu Freundschaften – erst im Allgemeinen, dann im Speziellen.

»Worüber zerbrichst du dir so angestrengt den Kopf?«, wollte Julius mit beängstigender Treffsicherheit wissen, nachdem Biene und Davin kichernd in ihrem Zimmer verschwunden waren.

»Es ist …« *Nichts*, hätte ich beinah gesagt, doch dann sprach ich es doch aus: »Ich habe dir doch letztens erzählt, dass ich gerade dabei bin, eine Freundschaft zu zerstören.«

Julius nickte und sah mich mit seinem unverkennbaren Ich-höre-dir-zu-Blick an. Der mit der niedlich gekräuselten Nase.

»Na ja, ich … musste gerade an Lillie denken und daran, dass es zwischen uns einmal so gewesen ist, wie bei Biene und dir. Zumindest so ähnlich.«

»Und dann?«

»Es ist nicht wirklich etwas passiert«, meinte ich und begann davon zu erzählen, wie ich Lillie damals bei dem Rave hatte tanzen sehen und wir uns danach zufällig beim Rauchen kennengelernt hatten. Von unseren Träumen, die wir miteinander zu teilen begannen. Wie sie bei all meinen ersten Auftritten, die noch niemanden juckten, ganz vorn stand. Ich beschrieb, wie ich sie erst in ihre Agentur, dann zu ersten Modeljobs begleitete. Von den Abenden in Markus' und meiner ranzigen Wohnung, wo wir auf meinem Bett Chips aßen und Filme sahen, bevor unsere Welten schleichend auseinanderdrifteten. Wegen der Drogen, wegen meiner anderen Freunde, wegen so viel Unausgesprochenem.

»Das klingt, als hätten Lillie und du euch genau zu dem Zeitpunkt gefunden, als ihr euch am dringendsten gebraucht habt, aber …«, Julius fixierte mich mit dem Blick seiner eisblauen Augen. »Was ist es, was dich an dieser Freundschaft festhalten lässt?«

»Wahrscheinlich mein Anfang in Berlin.« Ich zuckte mit den Schultern. »Das hat uns irgendwie zusammengeschweißt. Wir haben fast jeden Tag zusammen verbracht, wir hatten dieselbe Leidenschaft, wenn auch für verschiedene Sachen. Ich habe von Lillie gelernt, was ein gesundes Selbstbewusstsein von Arroganz unterscheidet. Ich habe ihr gezeigt, wie man sich durchbeißt. Wie man stark bleibt, auch wenn alle einem etwas anderes einreden wollen.«

»Aber, Romeo ...«

»Ja?«

»Das, was du da aufzählst, ist alles längst vergangen.«

Ich presste die Lippen aufeinander und dachte an mein letztes Treffen mit Lillie, das inzwischen schon einen Monat zurücklag. Ja, an diesem Tag hatte es sich für einen Moment wieder richtig angefühlt. So wie *früher*, wie Vergangenheit. Es stimmte: Die wenigen guten gemeinsamen Momente glichen inzwischen einer Zeitreise.

»Die Frage ist doch, ob es auch im Hier und Jetzt genug gibt, was euch verbindet.« Julius stützte das Kinn in eine Hand. »Und wenn du ganz tief in dich hineinhörst, dann kennst du die Antwort darauf wahrscheinlich schon. Ich meine dein Bauchgefühl, ganz ohne Nachdenken. Ohne das Gefühl von Abhängigkeit, von Verpflichtungen wegen einer gemeinsamen Vergangenheit und all dem.«

»Ich sollte wahrscheinlich mit Lillie reden. Also so richtig reden, bevor es zu spät ist.«

»Ich denke auch«, sagte Julius und bestärkte mich mit seinem offenen, aufrichtigen Blick. »Und egal, wie das ausgehen oder was dein Bauchgefühl dir letztendlich sagen wird: So etwas kann befreiend sein.«

Ich nickte langsam, denn irgendetwas musste zwangsläufig passieren. Entweder klärten Lillie und ich, wie es um unsere Freundschaft stand, oder sie würde sowieso enden. Denn dieses seltsame Stadium, in dem wir uns befanden, tat mit Sicherheit weder ihr noch mir gut.

»Du schaffst das«, hatte Julius noch aufmunternd gesagt, bevor er mich zum Abschied federleicht auf den Mund küsste. Und seltsamerweise glaubte ich ihm.

Lillie saß schon an einem der Tische vor dem *KiezEck*, als ich um die Ecke bog. Mit Cat-Eye-Sonnenbrille, orangefarben geschminktem Schmollmund und stylischer Jeansjacke, deren Ärmel hochgeschoben waren. Wir umarmten uns, und doch fühlte es sich noch fremder an als bei den letzten Malen. Nicht nur in mir drin, sondern auch auf seltsame Art visualisiert: die neuen Strähnchen in den karamellfarbenen Haaren, der Duft nach irgendwelchen Beeren, offenbar ein neues Parfüm. In mir zog sich etwas seltsam zusammen. Ich fühlte mich entfremdet von jemandem, der einmal einer der wichtigsten Menschen in meinem Leben gewesen war.

»Bist du schon wieder drauf?«

Die Frage klang aggressiv. Mehr noch als sonst, dabei war ich gerade einmal eine Minute hier.

»Bin ich nicht …«, ich seufzte. »Ich bin einfach nur gut gelaunt, das ist alles.« *War ich zumindest gerade noch.*

Skeptisch hob Lillie die üppigen Augenbrauen. Für einen Moment überragten sie die Ränder ihrer Brille deutlich.

Eigentlich hatte ich ihr von Julius erzählen wollen, auch wenn ich keine Ahnung hatte, was genau ich sagen sollte. Lillie war letzten Endes immer noch meine beste Freundin. Wem sollte ich von ihm erzählen, wenn nicht ihr? Doch der Blick, den ich hinter den getönten Gläsern wahrnahm, versetzte mir einen ordentlichen Dämpfer.

»Okay, wenn du es sagst.« Es war mehr als offensichtlich, dass sie mir nicht glaubte.

Ich bestellte mir einen Cappuccino mit Hafermilch und steckte mir eine Zigarette an. Dann hielt ich Lillie die geöffnete Packung hin, doch sie schüttelte stumm den Kopf. Ich betrachtete den Schaum in ihrer Tasse, bis meine Bestellung kam, dann ihr Gesicht, das mir so verflucht vertraut war. Die Sätze, die wir wechselten, waren kein richtiges Gespräch. Es war ein Umschiffen, ein Aussparen und ein Reden ohne Worte, dafür aber mit vielen Pausen. Zwischen uns hing noch mehr in der Luft als sonst. Konnte man in einer Freundschaft Schluss machen? War es das, was hier verdammt nochmal passierte? Würden wir es aussprechen? Oder würden wir es retten?

»Es gibt da etwas, das ich dir erzählen wollte …«, fing ich an, als mein Kaffee fast leer war – in der leisen Hoffnung, dass uns das vielleicht doch wieder näher zueinander bringen würde. Keine Ahnung, ob das überhaupt noch einen Sinn hatte. Ich fühlte mich unwohl, dabei war ja gar nichts passiert. Dabei hatte sich rein objektiv überhaupt nichts verändert.

Plötzlich schob Lillie den Stuhl zurück. »Okay, aber vielleicht will ich es nicht mehr hören.«

»Was …«

Verwirrt starrte ich sie an.

»Ich hatte letzte Woche Geburtstag, verdammt!«

»Ich …«

»Du hast mich nicht mal angerufen.«

»Lillie, scheiße, ich …«

»Spar es dir, Romeo. Ich kann das nicht mehr. Ich will deine Entschuldigungen und Ausreden nicht mehr hören!« Sie griff nach ihrer Handtasche. »Ich kann's einfach nicht mehr, so sehr ich das auch will.«

Fuck.

Fuck. Fuck. Fuck.

»Es tut mir leid«, sagte ich leise und stand nun ebenfalls auf. Lillie schüttelte den Kopf. Dann öffnete sie den Mund, als würde sie etwas erwidern wollen, schloss ihn im letzten Moment aber doch wieder.

»Ich kann das nicht mehr«, wiederholte sie noch einmal, dann legte sie Geld neben ihre Kaffeetasse und eilte Richtung U-Bahn-Haltestelle. Zuerst sah ich ihr perplex hinterher, dann kramte ich in meiner Hosentasche, warf ebenfalls ein paar Münzen auf den Tisch und lief ihr hinterher.

»Lillie, verdammt«, rief ich ihr zwischen all den Menschen hinterher, als ich ihre karamellblonden Wellen auf der Straße ausmachte, »warte!«

Ich beschleunigte meine Schritte und bekam ihr Handgelenk zu fassen. Lillie drehte sich zu mir um. Sie trug immer noch ihre Sonnenbrille, doch ich sah vereinzelte Tränenspuren, die über ihre Wangen liefen. *Scheiße.* Mit den Fingerspitzen berührte ich ihr Gesicht, wollte sie wegwischen, doch Lillie wich zurück.

Hier ging es nicht nur darum, dass ich ihren Geburtstag vergessen hatte. Es ging darum, dass wir beide spürten, dass unsere Freundschaft zu Ende ging. Irgendwie war da etwas kaputtgegangen – erst schleichend und dann mit einem lauten Knall, den wir beide zu überhören versucht hatten.

»Es tut mir leid, dass ich deinen Geburtstag vergessen und mich nicht gemeldet habe. Das war megascheiße von mir und …«

Ich konnte gar nicht zu Ende sprechen – auch wenn ich ehrlich gesagt keine Ahnung hatte, was genau ich noch sagen wollte –, da tauchte wie aus dem Nichts Leander neben uns auf.

»Hey, Mann«, begrüßte er mich und klopfte mir gegen die Schulter. Es waren dieselben Worte wie sonst, dieselbe Geste, und doch hatte er die hellen Brauen merkwürdig zusammengezogen. Der Ausdruck in seinen Augen war seltsam distanziert.

»Hey«, entgegnete ich.

Er wandte sich Lillie zu, und seine Miene wurde irgendwie weicher.

»Hey, Babe«, murmelte er und sah zu ihr hinunter.

Babe? Was zur Hölle?

In dem Moment, in dem Leander die Tränenspuren auf ihren Wangen wahrzunehmen schien, verhärteten sich seine Gesichtszüge jedoch wieder. Er war sonst immer die Ruhe selbst, doch wenn er einmal explodierte, dann richtig. Und jetzt sah er so aus, als wäre er gerade ziemlich kurz davor.

»Weißt du, was Lillie dir heute eigentlich erzählen wollte?«, fragte er gepresst. Ich blinzelte. Menschen schoben sich an uns vorbei. Wir drei wie eine Insel mitten auf einem Gehsteig. Irgendwie gestrandet.

»Sie wollte dir erzählen, dass wir zusammen sind.«

Entgeistert starrte ich die beiden an. »Ihr seid, bitte was?«

»Leander und ich haben uns ineinander verliebt«, erklärte Lillie leise.

»Ihr …«

Leander fuhr sich durch die weißblonden Haare und fluchte. »Wir sind seit einem halben Jahr zusammen, und das wüsstest du, wenn du dich mal ein bisschen weniger mit dir selbst beschäftigen würdest.«

Mir gefiel Leanders Tonfall nicht.

Mir gefiel diese ganze Scheißsituation nicht, von der ich so dermaßen überrumpelt war.

»Klar, es war ja auch so offensichtlich«, reagierte ich viel zu spöttisch.

Leander presste die Lippen aufeinander, dann meinte er: »Natürlich wollten wir es erst einmal für uns behalten, weil wir uns nicht sicher waren, ob das funktioniert, aber dann … wir haben versucht, es dir zu sagen.«

»Wann denn?«

»Ist das dein Ernst? Willst du eine Liste haben, oder was? Es geht immer nur um deinen Scheiß. Du hörst einem gar nicht zu, wenn man dir etwas erzählt, oder versetzt einen direkt.«

Ich zuckte zusammen, und mein Herz fiel. Ich erinnerte mich an all die Momente, in denen Lillie mit mir reden wollte, in denen ihr Tonfall immer dringlicher geworden war. Jedes Mal hatte ich abgeblockt, weil ich davon ausgegangen war, dass es wieder um meinen Drogenkonsum und meine anderen Freunde gehen würde.

»Lean hat recht, Ro«, ergänzte sie. »Wir hatten gar keine Chance, es dir zu erzählen. Ich hatte im letzten Jahr wirklich wenig Möglichkeiten, mit dir überhaupt über irgendetwas zu sprechen …«

»Lillie ist meine Freundin, und ich liebe sie«, übernahm jetzt Leander wieder. »Abgesehen davon, dass dein Verhalten *mich* verletzt, tut es mir noch mehr weh, wenn ich sehe, wie schlecht es ihr dabei geht. Sie ist deine beste Freundin, schon vergessen? Du interessierst dich einen Scheiß für uns.«

Ganz großartig. Zwei gegen einen.

Ich fühlte mich verdammt nochmal in die Enge getrieben und wollte nicht einsehen, dass meine Freunde im Grunde wohl recht hatten. Da war ein Funke Wahrheit, da war aber auch ein anderer Funke, der Wut in mir aufstiegen ließ.

Im Gegensatz zu Leander sah Lillie nicht aufgebracht aus, sondern einfach nur … traurig. »Es geht immer nur um deine Scheißdrogen und deine Drogenfreunde und dein Drogenleben und deine Drogenmusik …«

»Wird das jetzt wieder einer deiner Vorträge, Lillie?«, unterbrach ich sie genervt und lachte höhnisch auf. »Wenn du im letzten Jahr ein bisschen weniger Zeit damit verbracht hättest, dich wie meine Mutter zu benehmen und zu versuchen, mich zu erziehen, hättest du vielleicht die Zeit gefunden, mir von Lean und dir zu erzählen.«

Jetzt war es Lillie, die zusammenzuckte. »Ich mach mir Sorgen, okay? Und das macht mich ganz sicher nicht zu einer schlechten Freundin. Du versinkst da in etwas, das dir nicht guttut. Und unserer Freundschaft tut es erst recht nicht gut.«

»Ich habe das im Griff«, versuchte ich mich zu verteidigen, auch wenn ich merkte, wie gerade jetzt der Drang nach irgendeiner Form von Rausch immer stärker an die Oberfläche drängte. »Ich habe die letzten Wochen nicht …«

»Was?«, meinte Leander. »Du hast die letzten Wochen ein bisschen weniger genommen und denkst, jetzt wäre alles gut?«

»Selbst, wenn das stimmt«, sagte Lillie. »Wo bist du dann die ganze Zeit gewesen?«

»Ich …«

Ich war mit Julius zusammen. Ich habe mich irgendwie richtig gefühlt.

»Ja?«, blaffte Leander, und mir wurde klar, dass ich es den beiden wahrscheinlich so oder so nie mehr recht machen könnte. Himmel, ich hatte die Schnauze so was von voll. Von diesem Überfall, von unserer Freundschaft, die sowieso am Arsch war. Von der Tatsache, dass die beiden mir ein fucking halbes Jahr lang verschwiegen hatten, dass sie ein Paar waren.

»Alles klar«, ich merkte selbst, dass meine Stimme bebte, »jetzt kommt das wieder. Aber wenn es darum geht, dass ihr umsonst in irgendwelche Clubs reinkommen wollt oder auf die Gästeliste für Exklusivpartys, dann ist das alles schon okay. Wenn ich euch mit Backstage nehme. Wenn ihr ein bisschen was zum Kiffen braucht, ab und zu ein Teil oder sonst irgendwelche von meinen Connections, dann ist das natürlich was anderes, weil, ihr habt das alles ja ach so toll im Griff!« Die Wut in mir wurde von Sekunde zu Sekunde größer. »Merkt ihr eigentlich, was für eine Scheißdoppelmoral ihr da an den Tag legt?«

»Das ist wieder so typisch«, zischte Leander, »jetzt drehst du alles so hin, dass es schön in dein Weltbild passt. Du bist ja einfach megacool und unangreifbar! Muss echt geil sein, wenn einem alles so egal sein kann.«

»Ich gehe jetzt besser«, sagte ich mit mühsam beherrschter Stimme und machte auf dem Absatz kehrt. Und in Gedanken schrie ich in einer Endlosschleife:

Fickt euch!

Fickt euch einfach!

Der Bass im *Fakultativ* ließ die Wände hart beben und drückte sich in einem trägen Rhythmus auf mein Herz. Das war düsteres, hartes Elektro und dabei ein bisschen verspielt – es passte zu der flirrenden Stimmung in den hinteren Räumen des Clubs, die den Künstlern, dem Personal und ausgewählten Gästen vorbehalten waren. Gästen, die die richtigen Leute kannten. Es war wie ein Club in einem Club. Ein bisschen derber. Und erst jetzt wurde mir so richtig bewusst, wie sehr ich diesen Ort vermisst hatte … Seit meinem Versprechen Julius gegenüber hatte ich eines meiner dringendsten Bedürfnisse unterdrückt, doch jetzt drang es – begleitet von schlechtem Gewissen – wieder machtvoll an die Oberfläche.

Drogen wechselten ihre Besitzer, Menschen tanzten in schummrigem Licht. Sie lockten sich, verführten einander und gaben sich hin. Egal, was sie taten, sie taten es hemmungslos. Und das kam dem puren Leben so verdammt nah. Es war eine düsterere, vielleicht dabei auch anziehendere Version. Hier hatte ich gelernt, mich zu bewegen. In diese Welt wollte ich in dieser Nacht ganz eintauchen, denn ich konnte und wollte nicht verleugnen, wer ich letztendlich war. Ich gehörte zu diesen Menschen. Im Gegensatz zu meiner Familie, zu Lillie und Leander versuchten sie nicht, aus mir jemanden zu machen, der ich weiß Gott nicht war. Aber verdammt, obwohl dieser Ort mich runterbringen sollte, kochte die Wut bei diesem Gedanken nur mit aller Kraft wieder hoch.

Hier hinten war es heiß und stickig. Ich stand einen Moment still und band mir die Haare mit bebenden Fingern im Nacken zusammen. Mir war sehr wohl bewusst, dass ich nicht perfekt war, aber Lillie und Leander hatten kein Recht, so mit mir zu sprechen. Ich war für Lillie da gewesen, als ihre Mutter vor zwei Jahren überraschend starb, für Leander, als seine Ex-Freundin ihm das Herz brach. Ich gab mein Bestes, den beiden ein guter Freund zu sein, denn sie waren mir wichtig. Doch in letzter Zeit war das immer schwieriger geworden, und das lag mit Sicherheit nicht allein an mir. Die beiden zerrten an mir, hielten mir einen Vortrag nach dem anderen, beobachteten und verurteilten mein Verhalten und mich.

Die Musik war hier hinten zwar etwas leiser als vorne im Club, trotzdem versuchte ich, nur auf die Beats zu hören und runterzukommen. Ich atmete konzentriert ein und aus. Ben legte vorn gerade auf. Ich mochte die Idee seiner Musik, mir gefiel der Gedanke dahinter, das Dunkle mit dem Unterbewussten zu verbinden, aber irgendetwas funktionierte dabei für mich nicht. Vielleicht lag es daran, dass Ben nur für das High-Gefühl der Drogen spielte und nicht für sich selbst.

»Hey, Ro«, rief jemand gegen die Musik an. »Hier!«

Ich sah mich um und entdeckte hinter den dicht gedrängten Menschen Ringo, der im Spalt einer leicht geöffneten Tür stand und mich zu ihm winkte. Hinter ihm schimmerte gedämpftes, lilafarbenes Licht. Es war wohl einer der Büroräume, keine Ahnung von wem.

Ich lief zu ihm rüber und schob mich an ihm vorbei ins Innere. Die Tür fiel hinter mir zu. In einer Ecke stand ein Mischpult, eine Frau, die ich nicht kannte, legte auf. Helena saß quer auf einem Sessel hinter einem riesigen Schreibtisch aus dunklem Holz. Sie trug ein dunkelblaues Abendkleid und wirkte völlig fehl am Platz. Fragend hob ich eine Augenbraue, doch sie lächelte nur. Ich war mir nicht sicher, aber für einen Moment sah es verzweifelt aus.

Mit ihren großen Augen fixierte sie mich, ehe sie sich ein Stück über den Schreibtisch lehnte.

»Bedeutet das, dass du zurück bist?«

»Ich bin nie weg gewesen.«

»Mann«, Ringo trat neben mich und klopfte mir lachend auf die Schulter, »du warst einfach vollkommen abgetaucht.«

»Willst du uns was zeigen?«, fragte jemand, den ich nur flüchtig über Ben kannte. »Irgendetwas von deinem neuen Album?«

»Wirst du damit auch wieder auf Tour gehen oder in Berlin bleiben?«, wollte jemand anderes wissen.

Sollte mich noch einer mehr auf dieses verfickte Album ansprechen, würde ich ausrasten. So richtig.

»Ey Leute, chillt mal. Unser Goldjunge ist doch gerade erst gekommen.« Ringo lachte.

»Sag nicht, Ben und du, ihr seid jetzt ...«, wisperte Helena und starrte mich an.

»Ben und ich sind überhaupt nichts. Außerdem ...« Was *außerdem*, fragte ich mich. Wollte ich wieder darauf beharren, nur auf Frauen zu stehen? Pseudo-Heterosexualität vorgaukeln? Dass ich ab und zu etwas mit einem Kerl gehabt hatte, war in unserer Clique ein offenes Geheimnis, und trotzdem wollte ich mich instinktiv verteidigen. Dabei ging es weder um Ben noch um Julius.

Es ging um *mich*.

Ich war froh, in einem Land zu leben, in dem sich immer mehr Leute für queere Rechte einsetzten, trotzdem war ein Großteil der öffentlichen Toleranz und Akzeptanz nicht mehr als eine verdammte Show. Bezeichnete eine Frau sich als bisexuell, dann wurde sie als eigentlich hetero abgestempelt. Sie wurde von Kerlen fetischisiert und zum Gegenstand irgendwelcher Dreierfantasien. War es ein Mann, der sich bisexuell nannte, dann war er eigentlich ja sowieso schwul und traute sich bloß nicht, das zuzugeben. Und Gott, damit kam ich nicht klar. Nicht damit und nicht mit dem damit einhergehenden Blick auf Männlichkeit. Toxische Männlichkeit, die sich um Sex, Gewalt und Status drehte. Wir durften nicht weich sein, zumindest nicht so richtig. Keine Gefühle zeigen, schon gar keine Tränen. Keine Schwäche und keine Schwachpunkte haben. Und schon gar nicht durften wir auf irgendeine Art und Weise feminin sein, denn dann wären wir ja erst recht keine *richtigen* Männer mehr.

Ich hasste es.

Noch mehr aber hasste ich die Tatsache, dass ich nicht wie Julius den Mut hatte, offen auf all das zu scheißen und einfach ... *ich* zu sein. Schnell schob ich diese Gedanken beiseite, denn sie hatten hier und jetzt keinen Raum. Stattdessen bemühte ich mich um eine undurchdringliche Miene und setzte ich mich unter Ringos bohrendem Blick auf die Schreibtischplatte.

»Bist du verliebt oder so?«, fragte er und strich sich über den Schnauzer.

»Was ist das denn jetzt für eine unnötige Frage?!«

»Ich hab's doch gesagt!«, meinte Helena. »Ist sie eine von deinen kleinen Fangirls?«

»Ach Ro ...«, Ringo tätschelte mir grinsend den Kopf.

»Ey«, ich schlug seine Hand weg. »Lass das, verdammt!«

»Da fühlt sich jemand aber schnell angegriffen.«

»Ich fühle mich nicht angegriffen. Das ist nur echt nichts, was ich mit euch besprechen möchte.«

Ringo murmelte irgendetwas und entlockte Helena damit ein heiseres Lachen. Dann beugte er sich vor und griff nach dem Tütchen, das auf dem Tisch lag. Weißes Pulver glänzte im lilafarbenen Licht, als er es mit einer Karte auf seinem Handy zerhackte. Schließlich sah Ringo mich auffordernd an und deutete mit dem Kinn darauf. Spiegelndes Display, feine Linien, die sich hell von dem Schwarz abhoben. Zebrastreifen der Nacht, nur dass sie nicht verlangten innezuhalten.

Und statt es mir sofort durch die Nase zu ziehen, dachte ich an das Gefühl von Julius' weichen Lippen auf meinen, an sein selbstvergessenes Lächeln und seine Hände in meinen Haaren. Ich dachte an diese andere Art der Lebendigkeit, die er mir Stück für Stück zeigte. An dieses Wachsein, das ganz tief von innen kam und an ein Leuchten auf seinem Gesicht, das nicht von irgendwelchen Substanzen herrührte. Ich dachte an sein Vertrauen, das vom ersten Moment an da gewesen war. An sein Nicken, als ich ihm versprochen hatte, dass ich damit aufhören würde, mich selbst zu zerstören.

Aber letztendlich hatte *Ich verspreche es dir* eher bedeutet: *Ich versuche es*. So gesehen, wäre es ja keine verdammte Lüge gewesen, oder?

»Ro, was ist denn los mit dir?«

Helena kicherte und beugte sich über den Tisch, bis ihre Brüste fast aus dem tiefen Ausschnitt mit den Pailletten herausfielen.

Ringo schob das Handy zu mir, und all die Gedanken stürzten unaufhaltsam auf mich nieder. So frei ich mich bei Julius auch fühlte, konnte ich dieses fucking Gefühl doch nicht abschütteln, das unablässig an mir nagte. Das Gefühl, trotz allem ein Hochstapler zu sein. Egal, wie viel Mühe ich mir auch geben würde, zu hundert Prozent würde ich niemals in seine Welt passen und er nicht in meine. Lillie und Leander hatte ich bereits vergrault, und wenn ich nicht aufpasste, dann zerstörte ich am Ende auch noch das, was zwischen Julius und mir aufblühte und stetig wuchs.

»Die Frage ist doch eher: Was ist mit Ringo los?«, entgegnete ich locker. »Was sollen das bitte für scheißkleine Lines sein?«

»Fick dich«, sagte er, aber lachte dabei. »Das ist mein Zeug, das du dir da reinziehst. Und ganz abgesehen davon, ist es das Beste, was du in Berlin kriegen kannst.«

»Ich verneige mich vor dir, o großartiger Ringo.« Ich verdrehte bei diesen Worten zwar die Augen, doch er nickte zufrieden und verschränkte die Arme hinter dem Kopf.

Es war nur Pep. Es war nur Amphetamin, das mich wach machte. Nur weiße, pulvrige Energie. Was war verdammt nochmal schon dabei?

Nur. Nur. Nur.

Das hatte nichts mit Julius zu tun. Das zwischen uns war etwas vollkommen anderes. Und hatte er nicht gesagt, er wollte mich genau so, wie ich war? Musste er dann nicht auch diese Version von mir wollen, die vielleicht nicht immer nur richtige Entscheidungen traf?

Ich traf eine, die wahrscheinlich nie eine gewesen war. Im nächsten Moment glitt das Röhrchen über das dunkle Display, und das Brennen in meiner Nase löschte die letzten Zweifel in mir aus. Einmal war keinmal und so gesehen brach ich ja auch kein Versprechen.

Es war Nacht und ich wieder ein Gott.

Es war Nacht und ich wieder dort, wo ich hingehörte.

Ich legte den Kopf in den Nacken und spürte dem Kribbeln nach, wartete auf den Kick, der sich unweigerlich bald einstellen würde.

Endlich, endlich, endlich …

Der Nachgeschmack im Rachen war säuerlich, ein leichtes Brennen, und ich genoss es über die Maßen.

Helena stand auf und schmiegte sich an mich, ihre Haare glänzten im lilafarbenen Licht unnatürlich weißblond und mit einem Mal war es ein Abend wie viele andere zuvor – und trotzdem fühlte es sich nicht mehr ganz richtig an. Spätestens dann, als es klopfte und Ben mit genervter Miene den Kopf zur Tür hereinsteckte.

»Ro, kannst du mal kurz kommen?« Er suchte meinen Blick. »Da ist jemand für dich.«

»Verdammt, jetzt lass mich einfach zu dem Vollidioten und spiel dich nicht so auf!«

Scheiße. Er war da. Es war letztendlich auch nur eine Frage der Zeit gewesen, bis er mir irgendwo auflauern würde. Es war leider auch nicht sonderlich schwer, mich zu finden, wenn man wollte.

Ben drehte sich um. »Alter, komm runter. Ich hab dir gesagt, ich sag ihm Bescheid und hol …«

Seufzend stand ich auf.

»Baby«, hauchte Helena und strich mir mit einer Hand federleicht über das Gesicht. Ich schüttelte den Kopf.

»Bin gleich wieder da«, murmelte ich.

»Wir heben dir was auf«, sagte Ringo als ich an ihm vorüberging.

Dann schwang die Tür hinter mir zu, und Ben verschwand wieder am Ende des Flurs, der direkt hinter die Bühne führte. Ich hatte keine Zeit mich zu sammeln, da hatte Markus sich schon mit wütendem Blick vor mir aufgebaut. Dasselbe bronzefarbene Haar, das so verstrubbelt war, wie damals in der neunten Klasse, als er neu auf die Schule gekommen war. Dieselbe sehnige und doch kraftvolle Statur, mit der er mich ein Stück überragte.

Und dann explodierte er.

»Alter, Romeo! Kannst du mir mal erklären, was der Scheiß der letzten

Monate eigentlich soll? Wozu hast du eigentlich ein Handy, wenn du es nicht benutzt?!« Markus sah so richtig pissed aus. Pissed auf eine Art, wie ich sie noch nie bei ihm erlebt hatte. Ich kam gar nicht erst dazu, etwas zu erwidern oder ihn darauf hinzuweisen, dass er mich hier verdammt nochmal nicht *Romeo* nennen sollte, da kniff er die Augen zusammen und fuhr fort: »Sag mir jetzt nicht, dass du dir mal wieder was eingeworfen hast.«

»Habe ich nicht«, entgegnete ich und reckte das Kinn. War ja technisch gesehen nicht einmal gelogen. Ich hatte nichts *eingeworfen*, sondern *gezogen*.

»Verarsch mich nicht. Ich weiß doch, was ihr hier hinten macht!«

»Es geht dich gar nichts an, was zum Teufel ich hier hinten mache«, blaffte ich zurück.

»Du hältst dich echt für den Größten, oder?«

Ich grinste provokant. »Es gibt viele, die mir da zustimmen würden.«

»Manchmal frage ich mich echt, wieso ich eigentlich immer noch mit dir zusammenarbeite. Du kommst seit einem Jahr einfach gar nicht mehr klar.«

»Weil wir Freunde sind.« Das waren wir zumindest einmal gewesen. Damals in der Neunten und als wir Hamburg hinter uns gelassen hatten, um es in Berlin zu schaffen. Das schien ein halbes Leben lang zurückzuliegen.

»Wenn wir Freunde sind, dann hörst du mir jetzt ganz genau zu. Ist mir egal, was du dir so reinziehst, aber ich hab kein Bock zuzusehen, wie du dich selbst fertigmachst. Merkst du nicht, dass du es hart übertreibst? Wenn du so weitermachst, ist die Kacke bald richtig am Dampfen. Keine Ahnung, was ich denen von *Studio B21* noch sagen soll, bis sie ihre Anwälte einschalten. Die wollen Ergebnisse sehen. Du hast einen fucking Vertrag, dein Album wurde verschoben und statt dich um neue Songs zu kümmern, bist du wieder völlig zugedröhnt und kriegst offenbar nichts mehr auf die Reihe. Wir hängen da beide mit drin, okay? Also reiß dich verflucht nochmal zusammen und mach deinen Job!«

Trotzig schob ich das Kinn vor. »Und wenn ich meinen Job gerade nicht machen will?«

»Das hättest du dir vorher überlegen sollen.«

»Vorher? Wann, vorher?!«

»Bevor du unterschrieben hast.«

Bitter lachte ich auf.

Markus machte es sich leicht, das so hinzudrehen, dabei hatte er genauso die Entscheidung für dieses Label getroffen wie ich. Nur war *er* der Manager, und als solcher hätte er das Kleingedruckte vielleicht besser lesen sollen. Ich fühlte mich von dem Menschen, der mein ältester Freund war, im Stich gelassen. Wir waren beide gehypt gewesen, voller Sehnsüchte. Spätestens aber, als ich nach meinem Höhepunkt zu fallen begann, hatte Markus sich nur noch für meine Musik interessiert, nicht mehr für mich als Menschen.

»Fuck. Einfach nur Fuck«, mit der Faust schlug ich gegen die Wand. »Die wollen mich verändern, Markus. Egal, was ich abgebe … entweder es ist ihnen nicht *anders* genug, oder schlimmer noch: Sie verändern meine Musik und bügeln sie glatt, bis sie nicht mehr nach mir klingt. Und laut meinem beschissenen Vertrag dürfen die das auch. Ich kann nichts dagegen tun. Jede einzelne Note, die aus mir herauskommt, gehört ihnen. Und ich habe keine Lust mehr, mich an diese beschissenen Vorschriften zu halten, wie ich mich auf Social Media zu geben, wie ich mit meinen Fans umzugehen habe …« Ich lachte laut auf. »Das ist einfach nur Business und Geld und Macht, und das ertrage ich einfach nicht. Und ganz abgesehen davon, hemmt es mich dabei, kreativ zu sein. Das ist nicht die Art, auf die ich immer Musik machen wollte. Gott, du kannst doch nicht leugnen, dass das einfach krass der Abfuck ist!«

»Okay«, das Wort klang beinah wie ein Knurren. »Wenn du wirklich aussteigen willst, dann steig aus. Letzten Endes stehe ich zu dir und nicht zu deinem Label. Wir kennen uns schon unser halbes Leben, Romeo, und das sollte uns mehr verbinden als die Arbeit.« Markus' Gesichtsausdruck wurde etwas weicher, was mich mehr als überraschte. »Aber dann hör auf, dich wie ein bockiges Kind aufzuführen. Dann zeig mir Musik, die mich umhaut. Zeig mir Beats, die noch nie da gewesen und etwas Besonderes sind, und leb damit, dass du die Rechte an deinem alten Zeug verlierst, wenn du bei *B21* aussteigst. Dass die dich bei deinem Erfolg einfach so gehen lassen, kannst du nämlich vergessen. Das wird hart, und das wird schmutzig.« Eine kurze Pause entstand, in der Markus mich mit seinem Blick durchbohrte. »Und abgesehen davon: Krieg das mit den verfickten Drogen in den Griff. Auf die Art geht das nicht weiter. Ich mag dich, aber ich gehe ganz sicher nicht mit dir zusammen unter. Hier geht es nicht nur um dich – mein Leben und mein Job hängen da verdammt nochmal auch mit drin.«

Meine Gedanken wirbelten durcheinander, und irgendetwas in mir veränderte sich. Für einen Moment sah ich Markus' Gesicht dreimal, dann doppelt, dann zog es sich wieder zu einem zusammen. Hatte ich wirklich nur Pep intus? Mit einem Mal war ich mir nicht mehr sicher. *Verdammte Scheiße.*

»Ob du mich verstanden hast?«, schrie Markus jetzt und schien mich das nicht zum ersten Mal zu fragen.

Ich nickte. »Ja, Mann. Komm runter.«

»Das nächste Mal, wenn ich dich anrufe, gehst du verdammt nochmal dran. Und hör mit diesem Drogenscheiß auf!«

»Das hattest du schon erwähnt«, stöhnte ich und rieb mir mit beiden Händen über das Gesicht.

Großartig. Wirklich ganz großartig.

Eine halbe Stunde später saß ich wieder auf der Schreibtischplatte, erneut eine von Ringos frisch gehackten Lines im lilafarbenen Licht vor mir. In meinem Kopf drehte sich alles. Meine eigene Musik dröhnte laut, und doch für alle anderen stumm, in meinen Ohren. Und ich suchte verzweifelt einen Weg aus diesem Abfuck heraus, dabei hatte ich gerade wirklich überhaupt keine Lust, mich damit auseinanderzusetzen.

Lieber genoss ich den Abend und ließ mich treiben. Doch je mehr Zeit verging, desto deutlich merkte ich, dass das eigentlich nicht das war, was ich wollte. Zumindest nicht so richtig. Vielmehr sehnte ich mich danach, frei zu sein. Die Art von Freiheit, die nur Julius mir gab. Er hatte sich in mich verliebt, und ich hatte nichts erwidern können. Ich hatte ihn nur an mich ziehen und um den Verstand küssen können, während mein verdammtes Herz zersprungen war. Aber jetzt wurde mir schlagartig bewusst, dass ich dasselbe für ihn empfand. Ich hatte mich in Julius verliebt und das, ohne es so richtig zu merken. Es war einfach passiert, irgendwie schleichend, und wenn ich ehrlich war, irgendwie auch auf den ersten Blick.

Himmel, ich hatte mich verdammt nochmal verliebt.

Ich rutschte vom Tisch und verabschiedete mich überstürzt von den anderen. Noch auf dem Weg die dunklen Flure entlang, tippte ich schon eine Nachricht an Julius. Schreiben, laufen, nach vorn und nach unten sehen. Ich rempelte aus Versehen Leute an, doch ich hatte es so furchtbar eilig. Als könnte mir mit einem Mal die Zeit für das wirklich Wichtige davonrennen.

Es gab einen Ort, an den ich ihn schon länger mitnehmen wollte, das realisierte ich erst hier und jetzt so wirklich. Es erschien mir unumstößlich. Ich beschleunigte meine Schritte und rannte fast aus dem *Fakultativ* heraus. Ich rannte Julius entgegen, denn er musste kommen. Er musste einfach.

Julius

Als ich aufwachte, legte ich die Finger an die Lippen, die Romeo in meinen Träumen gerade ebenso federleicht berührt hatte. Vor den Fenstern schimmerte der Himmel zwischen den Baumkronen dunkelblau, fast lila. Es war dieser ganz besondere Ton kurz vor Sonnenaufgang, der mich inzwischen immer an ihn denken ließ. Romeo, der sich in meinem Traum das Shirt über den Kopf gezogen und seine Hände fest in meinen Haaren vergraben hatte, ehe er mich küsste. Ich dachte daran, wie er mich gegen die Wand gepresst und ich geflüstert hatte: *Drück fester.* Wie er erst mich langsam und auskostend ausgezogen hatte und danach sich selbst. Und dann hatte er sich nackt auf mich gelegt, hatte …

O Scheiße. Mit beiden Händen rieb ich mir über das Gesicht. Der Knoten in meinem unteren Bauch rührte sich wie eine einsetzende Flut, dabei hatten wir uns gestern das letzte Mal gesehen. Doch dort saßen Sehnsucht und Verlangen – immer noch oder schon wieder.

Ich griff nach meinem Handy, um auf die Uhr zu sehen, und als genau in diesem Moment, in dem meine Gedanken so erfüllt von Romeo waren, sein Name auf dem Bildschirm auftauchte, drückte ich das Gesicht dämlich grinsend in mein Kopfkissen. Dann erst klickte ich die Nachricht an und las.

ROMEO, 06:33 Uhr
Hast du spontan Zeit? Ich möchte, dass du jemanden kennenlernst.

ROMEO, 06:37 Uhr
Ich warte am Boxi auf dich.

ICH, 06:45 Uhr
Gib mir eine halbe Stunde. Das sollte ich schaffen.

Mein Skateboard hatte ich an den Schnüren meines Rucksacks befestigt. In den Händen hielt ich zwei Kaffeebecher aus einem der wenigen Cafés, die in der Nähe des Boxhagener Platz' jetzt schon geöffnet hatten. Ich war seltsam aufgeregt, denn ich war mir sicher: Heute wäre es so weit. Heute würde ich endlich seine Freunde kennenlernen. Das Gefühl war sonnengelb und von goldenen Fäden durchzogen. Ja, es war eine ungewöhnliche Uhrzeit für ein erstes Kennenlernen, aber was war an Romeos Lebensstil schon gewöhnlich? Und seit wann hielten wir uns an Tageszeiten im Speziellen, an Zeit im Allgemeinen. An einen Rhythmus aus Stunden und Minuten?

Vielleicht war es ja seine beste Freundin Lillie, mit der er sich gestern getroffen hatte. Ich hatte seitdem nichts mehr von ihm gehört und hoffte, dass es gut gelaufen war und die beiden alles klären konnten.

Ich entdeckte Romeo auf einer der Bänke am Rand des Platzes. Er saß im Schatten einer Linde mit ausladenden Ästen, die Arme lässig auf die Lehne gelegt. Ich sah ihn nur von der Seite. Ganz in Schwarz und in seinen Hoodie gehüllt, während einzelne Haarsträhnen an den Rändern der Kapuze herausfielen. Blond zwischen all dem Schwarz. Sein Gesicht wirkte wie gemeißelt, mit diesem nachdenklich-ernsten Blick, den er auf irgendeinen Punkt in der Ferne gerichtet hatte.

Als Romeo den Kopf wandte und mich auf sich zulaufen sah, erstrahlte ein Licht in ihm. Er stand sofort auf und kam mir entgegen. Der Ausdruck in seinen Augen ließ mir die Knie weich werden, noch mehr als sonst, denn es hatte sich etwas verändert. Romeo sah mich offener an und schien mich bereitwilliger in sein Herz und seine Gedanken zu lassen. Vor Kurzem hatte Davin mich gefragt, ob wir nun zusammen wären, doch ich brauchte keine Schublade oder Kategorie für uns, wo Romeo sich seit gut einem Monat, seit diesem ersten Kuss, gewissermaßen jeden Tag neu für mich entschied. Er hatte nicht ausgesprochen, was er für mich empfand, doch ich spürte es mit einer tiefen Gewissheit, die mich selbst überraschte. Nur manchmal glaubte ich diese sonderbare Unruhe an ihm wahrzunehmen. Doch auch jetzt schob ich das, was sie in mir auslöste, gekonnt an den Rand meines Bewusstseins.

»Guten Morgen«, hauchte ich, als ich vor ihm stand und ihm einen Kaffeebecher in die Hand drückte. Ich versuchte, seine geweiteten Pupillen und das, was sie bedeuten konnten, zu ignorieren.

»Hey«, Romeos Mundwinkel hoben sich leicht an. »Und danke.«

Er küsste mich nicht, denn das tat er in der Öffentlichkeit nie. Wenn wir unterwegs waren und er mich unauffällig berührte, wenn seine Hand meine streifte, blitzte eine Unsicherheit in seinen Zügen auf, die ich sonst nicht an ihm kannte – genau wie in dem Moment nach unserem ersten Kuss, als Romeo erklärt hatte, noch nicht für mehr bereit zu sein. Ich ließ mich auf sein Tempo ein, denn ich vermutete, dass er sich in seiner Sexualität noch nicht ausprobiert oder schlechte Erfahrungen gemacht hatte. Vielleicht auch beides. Doch das waren Dinge, die er mir von sich aus erzählen musste. Ich konnte ihm lediglich auf sanfte Art zeigen, dass die Nähe zwischen uns etwas Schönes war – und ganz sicher nichts Falsches. Nur vor Biene, Alex, Davin und Charlotta hatte Romeo zögerlich begonnen, sich unsere verschränkten Finger und manchmal auch einen ungewohnt schüchternen Kuss zu erlauben. In mir brannte ein Verlangen, das noch weiter reichte, doch ich gab Romeo die Zeit, die er brauchte.

Ich stellte mich auf die Zehenspitzen und umarmte ihn für einen flüchtigen Moment, der den Geruch nach frisch gefallenem Schnee mit sich brachte. Romeo blinzelte, dann liefen wir los.

Wie immer, wusste ich nicht, wohin.

Wie immer, folgte ich ihm blind.

Romeos Schritte waren so federnd, wie er aufgekratzt und überdreht wirkte. Ich war nicht blöd, natürlich war mir klar, dass er wahrscheinlich direkt aus einem Club oder von einer Privatparty kam. Ich warf ihm einen kurzen Seitenblick zu und hatte das Gefühl, ihm die Wucht seiner Gedanken förmlich ansehen zu können.

Ob er tatsächlich etwas genommen hatte? Oder war er einfach so wach und energiegeladen? Irgendetwas war los, irgendetwas war passiert. Romeo wirkte seltsam weggetreten und gar nicht richtig da, obwohl wir nebeneinander herliefen. In mir zog sich etwas zusammen. Es war ein nagendes Unwohlsein, das ich in seiner Gegenwart nicht empfinden wollte.

»Alles okay?«, fragte ich vorsichtig, obwohl ich am liebsten ganz andere Sachen gesagt und ihn zur Rede gestellt hätte. Doch ich wollte keinen Streit anfangen, nicht jetzt und nicht hier. Und vielleicht bildete ich mir das ja auch nur ein? Wir verbrachten so viel Zeit zusammen, und ich war mir ziemlich sicher, dass Romeo die Finger von dem Zeug gelassen hatte – zumindest bis jetzt.

»Ja, klar«, Romeo bog rechts in eine Straße ein, und ich folgte ihm. Plötzlich seufzte er. »Nein, es ist nicht alles okay. Das war es zumindest nicht, aber ...«, für einen Wimpernschlag legte er eine Hand auf meinen Unterarm. Es war die, an der zwei meiner bunten Armbänder im Kontrast zu Romeos schwarzer Kleidung standen, »... jetzt ist alles okay.«

»Lief es mit Lillie nicht so gut?«

Romeo nickte und murmelte irgendetwas vor sich hin, was ich nicht richtig verstand. »Nicht so. Irgendwie war es mieser, als ich dachte.«

»Das tut mir leid.«

»Mir auch.«

»Willst du drüber reden?«

»Gerade eher nicht so.«

»Okay«, flüsterte ich und stieß mit meiner Schulter sanft gegen seinen Oberarm. Es hieß so viel wie: *Hey, ich bin hier. Wenn du deine Meinung änderst, kannst du mit mir reden.*

»Erzähl mir von deinem Tag«, forderte Romeo mich stattdessen auf, und ich schmunzelte.

»Du meinst von gestern?«

»Genau. Dein Gestern ist mein Heute.«

Und ich tat ihm den Gefallen. Ich erzählte davon, wie Frieda mich angerufen hatte, um zu fragen, wann ich das nächste Mal nach Hause kommen und ob ich den *schönen Engel* wieder mitbringen würde. Ich erwähnte das alte, neuerdings leer stehende Café in der Nähe des Paul-Lincke-Ufers, das vielleicht für Biene und mich infrage kam, und beschrieb den letzten Sonnenuntergang in all seinen Farben und Nuancen.

Als Romeo seine Schritte irgendwann verlangsamte und auf ein Tierheim zusteuerte, sah ich ihn überrascht von der Seite an. Keine Ahnung, womit genau ich gerechnet hatte. Ich war daran gewöhnt, mich von ihm durch Berlin führen zu lassen, es aus seinem und damit einem anderen Blickwinkel kennenzulernen, aber … arbeitete Lillie in einem Tierheim? Würden wir sie dort besuchen? Oder ging es doch um jemand anderen? Allein, dass ich mir diese Fragen stellte, zeigte mir einmal mehr, wie wenig ich tatsächlich über Romeos Freunde wusste.

»Was machen wir hier?«

»Gleich«, antwortete er und lachte leise.

»Wen soll ich denn eigentlich kennenlernen?«, fragte ich weiter, als er die verglaste Doppeltür aufstieß.

»Du bist die Ruhe selbst und trotzdem oft so ungeduldig.«

»Ich habe mich den ganzen Weg hierher geduldet.« Ich warf einen Blick auf die Uhr, die hinter dem Empfang hing. »Eine ganze halbe Stunde lang.«

»Du siehst ihn gleich«, meinte Romeo.

Ihn. Ging es vielleicht um Leander?

Das Innere des Tierheims wirkte deutlich freundlicher, als die farblose, heruntergekommene Fassade vermuten ließ. An den mintgrünen Wänden hingen Fotos von Hunden und Katzen mit ihren neuen Besitzern. Auf der anderen die zu vermittelnden Tiere. Jeweils ein Bild und darunter eine Kurzbeschreibung des Charakters.

Ein Hund fiel mir dabei besonders auf. Er war nicht sonderlich groß, hatte glänzendes, tiefschwarzes Fell. Es war nur ein Foto, und doch rührte sein Blick etwas in mir. Als würde er sich unweigerlich tief in das Herz des Betrachters bohren. Vielleicht lag es auch daran, dass er nicht gerade eine Schönheit war, mit seinen herabhängenden Mundwinkeln und dem fehlenden Ohr.

Hinter dem halbrunden Tresen saß eine Frau über einen Computer gebeugt da. Die graublonden Haare waren hochgesteckt, und als sie den

Kopf hob und uns entdeckte, vertieften sich die Lachfalten um ihre Augen. Sie nickte Romeo freundlich zu und schien überhaupt nicht überrascht, ihn schon so früh hier zu sehen. Stattdessen winkte sie ihn durch, als würde er hier ständig ein- und ausgehen. Dann mich.

»Ah, Romeo?«

Wir drehten uns beide um.

»Könntest du mir einen Gefallen tun und das hier mit hinter nehmen?« Sie deutete auf einen riesigen Sack mit Trockenfutter, der neben dem Tresen an der Wand stand. »Das hat gerade jemand vorbeigebracht. Kommt zu den anderen Spenden.«

»Klar, mach ich.«

Romeo holte den Sack, dann war er wieder bei mir und führte mich ganz selbstverständlich durch eine Tür, an der ein *Nur-für-Personal-*Schild hing. Je weiter wir liefen, desto stärker wurde dieser ganz eigene Geruch, den man nur erlebt, wenn man von vielen Tieren umgeben ist. Es wurde gebellt und gekläfft. Unser Weg durch das Gebäude führte an Zwingern vorbei. Manche Hunde hoben nur träge den Kopf, andere ignorierten uns völlig und wieder andere tapsten neugierig an die Gitterstäbe und sahen uns hinterher.

Kurz verschwand Romeo durch eine Seitentür, um das Futter abzustellen, war aber sofort wieder zurück. Vor einem Zwinger am Ende des Flurs blieben wir stehen. Dahinter der Hund, der mir schon auf den Fotos im Eingangsbereich aufgefallen war. Als er den Kopf hob und Romeo ansah, schien sich etwas in seinen kohlschwarzen Augen zu verändern. Sofort kam er mir hübscher, aufgeweckter vor.

»Das ist Rave«, sagte Romeo leise und ging vor den Gitterstäben in die Hocke. Er hielt eine Hand an die Stäbe, und in seinem Gesicht wurde etwas ganz weich. Rave kam sofort angetrottet und schmiegte seine Schnauze in die ihm dargebotene Handfläche. Im ersten Moment war ich seltsam enttäuscht, als ich begriff, denn ich hatte etwas anderes erwartet. Doch in der nächsten Sekunde übermannte mich eine Welle der Zärtlichkeit für diesen manchmal so gebrochenen Mann. Ein Blick in sein Gesicht, und ich wusste, dass das hier vielleicht sogar noch mehr bedeutete. Romeo wirkte mit einem Mal so wahnsinnig verletzlich, und einem Impuls folgend kniete ich mich neben ihn.

»Heißt er wirklich so oder nennst nur du ihn so?«, flüsterte ich und konnte nicht sagen, wieso ich plötzlich so leise sprach. Vielleicht, weil dieser Moment hier sich so zerbrechlich und intim anfühlte. Weil es da ganz offensichtlich diese Verbindung zwischen Romeo und Rave gab, die ich noch nicht ganz verstand. Als wären sie zwei Teile eines Puzzles.

»Schließt das eine denn das andere aus?«, wollte Romeo wissen. Seine Mundwinkel zuckten.

»Also ist es beides«, schmunzelte ich und streckte meine Hand ebenfalls durch die Gitterstäbe, damit Rave daran schnuppern konnte.

»Hallo«, wisperte ich. »Ich bin Lius.« Mir gegenüber gab Rave sich deutlich zurückhaltender, durchbohrte mich aber mit einem seltsam wissenden Blick, ehe er mit seiner Schnauze kurz meine Finger beschnupperte. Die Härchen kitzelten.

»Hast du Lust auf einen Spaziergang?« Ich drehte den Kopf. Romeo sah mich lange an, und ich war mir sicher, dass er gerade noch viel mehr wissen wollte.

»Ja«, antwortete ich leise und meinte damit den Spaziergang, noch mehr aber alles andere. Ich schob meine Hand in seine, ehe wir aufstanden, und er ließ sie nicht los.

8. Kapitel

Julius

»Und jetzt hol aus und schlag das verdammte Scheißding kurz und klein«, feuerte ich Biene ein paar Tage später an. Sie hielt den Baseballschläger zwar mit beiden Händen umklammert, warf mir über die Schulter aber einen skeptischen Blick zu.

Vor den riesigen Schrottbergen wirkte sie nahezu winzig. Es war eine ganz besondere Form der Ästhetik. Autos ohne Türen, die teilweise von Pflanzen überwuchert waren, zerrissene Polster und Karosserien, zu Haufen aufgetürmt, die wie moderne Kunstwerke anmuteten und deren verblichene Farben im schwindenden Licht schimmerten. Die Sonne stand bereits tief und verlieh der Szenerie einen ganz besonderen Glanz.

»Das ist keine Teenieserie auf Netflix«, stöhnte Biene und löste eine Hand von dem Schläger, um sich über die verquollenen Augen zu reiben. »Was soll das also bitte bringen?«

»Glaub mir, es wird helfen«, entgegnete ich.

»Lius, ich weiß nicht, ob das im echten Leben wirklich etwas bringt. Ich …«

»Wir können doch immer noch gehen, wenn du es wirklich blöd findest, aber jetzt sind wir schon extra hergefahren, oder? Probier es also wenigstens aus«, euphorisch riss ich die Arme in die Höhe. »Lass den Scheiß raus!«

Nach wie vor schien Biene nicht überzeugt und blickte unsicher um sich. Zwischen den Bergen an Schrott war niemand zu sehen.

»Ich zähle von drei runter, und dann schlägst du drauflos, was das

Zeug hält, okay? Ich kann auch Musik anmachen. Irgendetwas Schnelles, was dich so richtig pusht. Deichkind vielleicht? K.I.Z? Kraftclub?«

Biene seufzte ergeben. »Deichkind.«

Ich zog mein Handy aus der Hosentasche und suchte nach der Band. Einen Moment später dröhnte *Remmidemmi* aus den Lautsprechern.

»*Schmeiß die Möbel aus dem Fenster. Wir brauchen Platz zum dancen*«, wiederholte Biene finster eine der ersten Liedzeilen, »das ist genau mein Modus.«

»*Yippie, Yippie, Yeah, Yippie, Yeah*«, rief ich, und Biene antwortete: »*Krawall und Remmidemmi!*«

Ich lachte, und endlich tat sie es mir gleich, auch wenn ihr Lachen nicht über die Mundwinkel hinausreichte.

»Kann ich mir dabei sein Gesicht vorstellen?« Bienes Augen wirkten groß und blau und unschuldig. Sie stand im Halbschatten und sah mit ihren offenen, strubbeligen Haaren und den immer noch geröteten Augen ein bisschen wie ein Racheengel aus.

»Ähm … da Davin mein Freund ist, bin ich mir nicht sicher, ob ich an dieser Stelle Ja sa …«

Biene hob eine Augenbraue an.

»Okay. Meinetwegen.« Ich zog eine Grimasse. »Wenn es dir hilft, kannst du dir dabei natürlich auch sein Gesicht vorstellen.«

Biene nickte energisch und klemmte den Schläger zwischen die Oberschenkel, um die Haare zu einem hohen Pferdeschwanz zusammenzubinden. Die Sache mit den Ohren schien hier draußen vergessen.

»Bereit?«, fragte ich ein letztes Mal.

»Bereit«, echote Biene und positionierte sich breitbeinig vor dem ohnehin schon zerbeulten Auto. Den Baseballschläger mit dem Tape umwickelten Griff hob sie so an, dass der obere Teil fast auf ihrer rechten Schulter ruhte. Die Augen hatte sie konzentriert zusammengekniffen.

Sie blickte nach vorn.

»Drei«, begann ich runterzuzählen, »zwei, eins, los!«

Ich zuckte zusammen, als es im nächsten Moment ohrenbetäubend knallte. Das mit Davins Gesicht schien besser zu funktionieren, als mir lieb war. Doch Bienes Wut war immer noch besser, als mitzubekommen, wie sie sich im Zimmer neben mir die Augen aus dem Kopf weinte, und mich machtlos zu fühlen. Was konnte ich schon gegen ein angeknackstes oder gebrochenes Herz ausrichten?

Ich wusste nicht genau, was vorgefallen war. Nach diesem Kuss in unserer Küche, bei dem ich die beiden überrascht hatte, schien erst alles gut zu laufen. Davin und Biene hängten es nicht an die große Glocke, dass sich zwischen ihnen etwas verändert hatte, aber sie versteckten es auch nicht. In den letzten Wochen hatte es viele verstohlene und auch offensichtliche Küsse gegeben, sehnsuchtsvolle und verträumte Blicke und Hände, die sich miteinander verschränkten. Davin hing häufiger als früher bei uns am Paul-Lincke-Ufer ab – auch über Nacht. Biene sah ich manchmal mehrere Tage nicht, weil sie bei ihm in der WG in der Alten Pionierstraße war. Gleichzeitig hatte ich das Gefühl, dass diese Veränderung uns alle noch näher zusammenbrachte, unsere Gruppe noch stärker zusammenschweißte. Doch dann hatte sich letztes Wochenende anscheinend von einem Tag auf den anderen alles verändert. Mit einem lautstarken Gespräch in Bienes Zimmer und der zuknallenden Tür, die die zurückbleibende Stille danach noch lauter erscheinen ließ. Nur wenige Minuten später hatte Biene an meiner Zimmertür geklopft und war wortlos zu mir ins Bett gekrochen. Sie war dort die ganze Nacht geblieben.

Ich war mit beiden befreundet und deshalb froh, dass sie mich nicht auf eine Seite zu ziehen versuchten oder schlecht über den jeweils anderen redeten. Ich konnte mir nur aus dem wenigen, das die beiden unabhängig voneinander angedeutet hatten, zusammenreimen, was passiert war. Offenbar hatte Davin kalte Füße bekommen und Biene mit Worten und Halbsätzen wie … *beziehungsunfähig, liegt nicht an dir* … und … *muss erst einmal mit mir selbst klarkommen* … abgespeist.

»Das hätte dir verdammt nochmal auch ein bisschen früher einfallen können, oder?«, schrie Biene jetzt leidenschaftlich und irgendetwas zerbrach mit einem Wumms. »Du Scheißkerl. Du Scheißscheißscheißscheißkerl!«

Okay. Wow.

»Ich hasse dich!«

Okaaaaay.

»Ich hasse es, dass ich dich nicht hassen kann!«

»Du sollst hier keine Teeniefilme zitieren«, warf ich ein. Irgendwo zwischen amüsiert und einem schlechten Gewissen einem meiner engsten Freunde gegenüber.

»Fick dich, Lius.«

»Das hier scheint dir plötzlich doch viel zu viel Spaß zu machen.«

»Ich habe überhaupt keinen Spaß«, brüllte Biene den Schrotthaufen vor sich an. »Ich bin scheißwütend. Und verletzt. Und enttäuscht. Und habe ich schon erwähnt, dass ich scheißwütend bin?«

»Bienchen …«

»Ich …«, Glas zerbarst, »… bin …«, etwas krachte, »… so …«, noch mehr zerspringendes Glas, »… scheißwütend.«

»Wenn es nicht das Richtige war, dann …«

»Wage es ja nicht, mir jetzt mit einem deiner superoptimistischen Sprüche zu kommen«, unterbrach Biene mich und holte ein weiteres Mal mit dem Schläger aus. Während sie wieder und wieder mit einem Knallen zuschlug, erregte plötzlich etwas am Rand meines Sichtfelds meine Aufmerksamkeit. Es war ein Schimmern in der Spätnachmittagssonne. Ein Leuchten, das für einen Moment eine Erinnerung in mir aufsteigen ließ: eine türkisfarbene Momentaufnahme, die den Geruch nach Meer und Salz und Freiheit mit sich brachte.

Ich drehte mich zu dem Flirren um und entdeckte die Vorderseite eines alten, amerikanischen Schulbusses, der anscheinend um die Ecke stand. Fehlende Tür an der Fahrerseite, abgeknickter Scheibenwischer und zerbrochene Scheiben. Ein gemustertes Netz, das sich von rechts nach links feingliedrig ausbreitete. Etwas Zerstörtes, das doch ein bisschen wie Kunst aussah.

Und irgendetwas ließ mich den Blick nicht abwenden.

Irgendetwas Magisches.

Etwas, das noch mehr warme Farben vor meinen Augen aufsteigen ließ.

»Biene, komm mal!«, rief ich über die Schulter.

Sie reagierte nicht, also schaltete ich die Musik aus und versuchte es noch einmal.

»Was? Wieso?« Bienes Atem ging schnell und abgehackt. Ihr Gesicht war gerötet anstatt der Augen. »Jetzt macht es doch gerade erst so richtig Spaß!«

»Komm einfach. Du musst das sehen«, sagte ich und hörte selbst, wie aufgedreht ich plötzlich klang. Nun blickte Biene mir doch neugierig entgegen.

»Was muss ich sehen?«

»Komm einfach!«

Widerwillig legte Biene den Baseballschläger auf dem Boden ab und folgte mir durch die Schrottberge und zwischen alten Autoteilen hindurch.

In dem Moment, in dem wir den Bus im Ganzen sahen, stiegen die Farbtöne noch deutlicher vor mir auf, schienen auf mich zuzuschweben und mich zu umhüllen: goldflimmerndes Türkis und sanfte Bernsteinsprenkel aus Sonnenlicht trafen auf einen Wirbel aus Orange und Nachtblau. Es waren die Farben, in denen die Erinnerungen an unsere Reise mir erschienen und an diesen einen Ort am Meer, von dem ich Romeo erzählt hatte. Und es waren nicht nur die Farben … Irgendwie erinnerte der Bus mich an unseren alten, in dem wir so viele Länder bereist hatten – auch wenn das hier ein ganz anderer Wagen war. Er war deutlich größer, doch ebenso alt und unperfekt. In mir rastete etwas ein. Die Welt roch nach Herbstwind und Unendlichkeit, und ich sah all das vor mir, was dieser Bus für Biene und mich sein könnte.

»Denkst du dasselbe wie ich?«, fragte ich leise.

»Ich bin mir sicher, dass ich ganz genau dasselbe denke«, wisperte sie, und als ich den Kopf drehte, strahlte sie mich an, wie sie es seit Tagen nicht mehr getan hatte. »Das ist es einfach.«

»Ist die Idee sehr verrückt?«

»Nein, sie ist genau richtig und passt perfekt zu uns!«

»Und Lius?«

»M-hm?!«

»Es hat schon ein bisschen geholfen. Das mit dem Dinge-Zertrümmern.«

»Sag ich doch«, erwiderte ich zufrieden.

»Und genau deshalb wollte ich es zuerst nicht erwähnen«, neckte Biene mich. »Das gibt dir nur wieder Munition, wenn du mich das nächste Mal zu irgendwelchen verrückten Sachen überreden willst. Dann behauptest du Sachen wie: *Hatte ich jemals schlechte Ideen*, oder: *Du weißt, dass ich recht habe*, und so weiter.«

»Es fällt mir schwer, das zuzugeben, aber ich fühle mich unangenehm ertappt«, erwiderte ich etwas weniger zufrieden.

Fast den ganzen Weg zurück nach Hause zogen wir uns gegenseitig auf. Die bunten Plastikblumen an Bienes Fahrradlenker leuchteten in der untergehenden Sonne, und ihr Pferdeschwanz wippte unablässig von links nach rechts. Ich trat in die Pedale und überholte sie mit einem befreiten Lachen. Aus dem Augenwinkel sah ich, wie Biene mir die Zunge herausstreckte, und ich wusste: Wir waren unserem Traum ein Stück nähergekommen.

Am Freitag schwirrte die Idee immer noch durch meine Gedanken: die Idee von einem Café in einem Bus. Und damit setzte auch die Erleichterung nach den Monaten erfolgsloser Suche ein. Wir hatten den Bus von allen Seiten fotografiert, um uns an jedes Detail erinnern zu können. Da einige der Fenster eingeschlagen waren, hatten wir außerdem einen relativ guten Blick ins Innere werfen können. Es handelte sich um ein altes Fahrzeug auf einem Schrottplatz – natürlich war er nicht gerade in einem besonders guten Zustand. Doch ich konnte alles schon direkt vor mir sehen: Den helltürkisfarbenen Lack, mit dem der Bus in neuem Glanz erstrahlen würde. Das Holz, mit dem wir den Boden verkleiden könnten. Die Kaffeetische vor und im Bus, sowie die mit Kreide beschriebene Schiefertafel an der Eingangstür. Biene und ich wollten uns die Sache in Ruhe durch den Kopf gehen lassen und nächste Woche noch einmal auf den Schrottplatz fahren – auch wenn mein Herz sich längst entschieden hatte.

Doch all das trat in den Hintergrund, als ich abends an der Frankfurter Allee aus der Bahn stieg und durch Friedrichshain lief. Seit ich Romeo kannte, nahm ich das Viertel mit einem anderen Blick wahr. Mir fielen Dinge auf, die ich vorher nie bemerkt hatte. Es waren Kleinigkeiten, die er mir gezeigt hatte: der unscheinbare Seiteneingang eines heruntergekommenen Hauses, der in einen riesigen Innenhof führte, in dem zu jeder Jahreszeit irgendeine Party stattfand. Das bunte Graffiti einen Häuserblock weiter, das ganz eindeutig Romeos Handschrift trug. Der Späti, in dem wir uns öfter schon einen Kaffee geholt hatten. Alles erinnerte mich an unsere nächtlichen Streifzüge, mit denen alles begonnen hatte. Ich lief über den Boxhagener Platz und ein aufgeregtes Kribbeln machte sich in mir breit. Zwar hatte Romeo mir seine Freunde immer noch nicht vorgestellt, doch mit ihm zusammen zu Prijas Geburtstag eingeladen zu sein kam dem schon nah.

Unsere Welten verknüpften sich immer mehr miteinander, die harte Trennlinie, die es anfangs gegeben hatte, löste sich ganz langsam auf. In den letzten Tagen hatte ich Romeo mehrmals in den Treptower Park begleitet, wo er mit Rave Gassi ging. Ich setzte mich dann gerne ans Wasser und beobachtete Romeo, wie er unermüdlich ein Stöckchen durch die Luft warf und auf Rave wartete, der es vor seinen Füßen ablegte und aufgeregt sein Hinterteil hin und her bewegte. Ihn und diesen Hund zusammen zu sehen war etwas, das mein Innerstes wärmte und mir zugleich seltsam wehtat. Mir war vom ersten Moment an klar gewesen, dass die beiden etwas Besonderes verband, und ich wünschte mir, Romeo würde erkennen, dass er durchaus in der Lage war, sich um Rave zu kümmern. So wie ich das sah, brauchten die beiden sich in gewisser Weise gegenseitig.

Als ich jetzt in der Hyazinthenstraße ankam, schaute ich zu Romeos Wohnung hinauf und mein Blick blieb an der Feuertreppe hängen. Dort, wo Romeo und ich uns zum ersten Mal geküsst hatten. Ob er mich gleich wieder an sich ziehen würde? Ob wir einen dieser Momente allein hätten?

Ich klingelte, doch er machte nicht auf. Als auch beim dritten Mal nichts passierte, schrieb ich ihm eine kurze Nachricht. Daraufhin erklang der Türsummer. Ich eilte nach oben und nahm auf der Treppe immer zwei Stufen auf einmal. Meine Hand strich über das dunkle Holzgeländer, und ganz automatisch wanderte mein Blick zu der Tür auf der rechten Seite, in deren Rahmen Romeo meist in dieser lässig-entspannten Haltung auf mich wartete. Heute jedoch nicht. Heute öffnete sich die Tür auf der gegenüberliegenden Seite. Prijas Wohnung. Der orangefarben gestrichene Flur im Hintergrund, ferne Stimmen, die durcheinanderredeten, und gedämpfte Musik.

»Hey.« Romeo lächelte dieses spezielle Lächeln, bei dem seine Lippen sich kaum bewegten, und ich schmolz dahin. Er trug die blonden Haare zu einem Half Bun gebunden, hatte einen Schokoladensoßenfleck auf seinem engen Shirt, trug eine dunkelblaue Jogginghose und schwenkte eine halbvolle Flasche Club-Mate in der Hand.

Romeo, so echt, so echt, so echt.

Nur ganz kurz flammte die Erinnerung an unsere Nacht im *Sisyphos* in mir auf, an Romeos Versprechen und die Tatsache, dass er wieder gesünder wirkte und aussah. Trotzdem war da ebenso das Bild seiner geweiteten Pupillen, als wir uns letzte Woche auf dem Boxhagener Platz getroffen hatten und zum Tierheim gelaufen waren.

Jetzt wird alles gut, hatte ich bei unserem ersten Kuss gedacht, und ich glaubte es wieder.

Du siehst sexy aus und glücklich.

Du siehst aus, als hättest du auf mich gewartet. Nicht nur hier und jetzt, sondern immer schon.

»Lius?«

»M-hm?«

Romeos Grinsen verhieß nichts Gutes, und dann sagte er: »Du siehst mich an, als würdest du dir gerade vorstellen, wie ich dich gegen diese Wand hier drücke.«

»Vielleicht tu ich das«, gab ich zu und hielt seinem Blick stand. Das Licht im Treppenhaus ging aus, nur aus Prijas geöffneter Wohnungstür drang noch ein schwaches Schimmern hinaus. Ohne mich aus den Augen zu lassen, stellte Romeo die Flasche auf dem Boden ab. Als er wieder hochkam, ging alles ganz schnell.

Romeo war direkt vor mir, groß und fast ein bisschen einschüchternd. Er packte mich, drehte uns beide ein Stück herum und drückte mich gegen die Wand, die sich jetzt in meinem Rücken befand. Unter meinen Fingerkuppen spürte ich den rauen Putz.

Überrascht rang ich nach Luft, ehe Romeos Lippen süß und verheißungsvoll auf meine trafen und er mich küsste. Einladend stieß seine Zunge gegen meine. Neckend, verführerisch und vor allem weltenerschütternd. Ich strich mit den Händen über seine Arme und fasste haltsuchend seine Schultern. Ich keuchte auf, als Romeo mich noch drängender an die Wand presste und sich seine Erektion hart gegen meinen Bauch drückte. Mit seinen kräftigen Händen hielt er mich fest, so fest, und ich verlor mich in seinen sicheren Berührungen. Ich schmolz dahin, ich gehörte ihm und zog ihn noch enger an mich.

Ein leichter Schimmer lag auf seinem Gesicht. Ich sah Romeos Augen nicht, als ich mich kurz von ihm löste, ich sah aber seinen immer noch lächelnden Mund. Die Dunkelheit verstärkte das Gefühl jeder einzelnen Berührung. Und dann senkten sich seine Lippen erneut auf meine. Immer und immer wieder – tausend Küsse, die sich wie ein einziger langer anfühlten –, und ein Beben lief durch meinen ganzen Körper. Da war so viel, von dem ich nicht genug bekommen konnte. Um uns herum Schwärze, dazwischen ein Farbenmeer aus dunklem Lila und meinem Gelborange, das sich immer weiter erhellte.

»Hast du mich vermisst?«, wisperte ich in die Stille, in der nur unser gepresster Atem zu hören war. Ich ließ die Hände durch sein Haar gleiten und brachte es durcheinander.

»M-hm …« Romeo hob mein Kinn mit einem Finger an und küsste mich erneut. Tiefer dieses Mal, erregender, alles zusammen. »Das habe ich, Lius. Mehr als du ahnst sogar.«

»Ich steh drauf, wenn du Gefühle zeigst«, neckte ich ihn. Romeo ließ seine Lippen über meinen Kiefer wandern, verteilte gierige Küsse auf meinem Hals und ich legte den Kopf seufzend in den Nacken, tiefer in die dort ruhende Hand hinein.

»Und ich steh auf *dich*«, flüsterte er kurz darauf.

Ich blinzelte. Genau jetzt hätte ich sein Gesicht so gern gesehen. Romeo sagte so etwas nicht, wenn er es nicht meinte. Er war normalerweise vorsichtig in der Wahl seiner Worte. Oder eben sehr impulsiv. Doch beides war immer getränkt von purer Wahrheit.

Und ich steh auf dich. Dieser Satz aus seinem Mund war noch schöner als seine schwindelerregenden Küsse und vermochte es, ganze Welten in mir zu verschieben.

»Ro? Lius?«, drang eine Stimme aus dem Inneren der Wohnung. »Was macht ihr denn so lang da draußen?«

»Das hätte ich jetzt beinah vergessen«, murmelte Romeo gegen meine Lippen und fluchte. »Ich wäre gern allein mit dir.«

Seine Worte brachten etwas in mir zum Schwingen und verstärkten das stete Pulsieren, das sich in meinem Schritt sammelte.

»Kommt rein!«, rief Prija erneut, und Schritte näherten sich.

»Was auch immer du gern allein mit mir machen würdest«, sagte ich heiser und glitt mit den Lippen federleicht über Romeos. »Merk es dir. Wir machen genau da weiter.«

Heiß strich sein Atem über mein Gesicht.

»Verdammt«, er trat einen Schritt zur Seite und damit in das schwache Licht, das aus der Tür fiel. »Das werde ich, Lius.«

Ich starrte ihn an, zwischen Schatten und Licht. Er sah aus wie gemalt.

»Vielleicht solltest du noch kurz warten, bevor du reingehst«, ich biss mir auf die Unterlippe, um das sich anbahnende Grinsen zu verstecken. Doch Romeo hatte es längst gesehen, wahrscheinlich in meiner Stimme gehört. Sein Blick fiel für einen Moment auf die Ausbeulung in seiner Hose. Mein Herz schlug schnell. Als er den Kopf wieder hob, lag pures Verlangen in seinen Augen.

Wir hielten uns mit Blicken gefangen.

Ich wollte ihn.

Er wollte mich.

Und wäre Prija nicht in diesem Moment beschwingt in der Tür aufgetaucht, hätte ich Romeo gegenüber in seine Wohnung gezerrt.

Dort hätte es nur uns beide, unsere Berührungen und schönste *Sonnenaufunduntergangsfarben* gegeben.

Romeo

Am nächsten Tag klingelte es wie verrückt an der Tür, woraufhin ich mir die Bettdecke über den Kopf zog und die Welt noch einen Augenblick länger ignorierte. Ich kannte nur eine einzige Person, die dabei so energisch war, und war noch nicht so weit, mich Prijas Geplapper zu stellen. Stattdessen rollte ich mich zur Seite und stöhnte frustriert auf, weil ich allein in meinem riesigen Bett lag und Julius gestern nicht geblieben war. Ich fragte mich, ob sein Mund auch im Schlafen lächelte und wie sein Gesicht wohl direkt nach dem Aufwachen aussah. Wie er schmecken und riechen, wie sein warmer Körper sich an meinem anfühlen würde. Ich wollte Julius, wollte mehr als unsere Küsse. Dass er mich so gar nicht drängte und mich einfach sein ließ, bestärkte mich nur noch mehr darin.

Nachts in Clubs mit Männern rumzumachen oder mit zu ihnen nach Hause zu gehen war das eine, aber mit einem zu schlafen, der mir auch emotional etwas bedeutete, etwas vollkommen anderes. Verdammt, das war beängstigend real. Aber vielleicht war es besser, als diesen Teil von mir in der Dunkelheit zu verstecken. Und wenn Realität sich so anfühlte wie das Zusammensein mit Julius, dann …

Ein erneutes Klingeln zerriss meine Gedanken. *Fuck*. Und wieder und wieder. Ich hatte nach der Party noch ewig an meinen neuen Sachen gefeilt und war erst ins Bett gegangen, als es draußen schon längst wieder hell wurde. Unzufrieden und ein bisschen verzweifelt, weil es verdammt nochmal einfach nicht zu reichen schien und Markus mir noch stärker im Nacken saß als zuvor schon.

Beim dritten Klingeln stand ich schließlich seufzend auf und schleppte mich den Flur entlang, um die Tür zu öffnen. Prija stand mit in die Hüften gestemmten Händen da und starrte mich finster an.

»Du musst mir helfen!«

»Dir auch Hallo und einen wunderschönen guten Morgen«, entgegnete ich und rieb mir müde über die Augen.

»Ich habe keine Zeit für Höflichkeiten. Außerdem ist es halb sieben«, sagte sie ungewohnt ernst, »am Abend.«

Ich seufzte. »Okay. Was willst du?«

»Ich hab doch nächste Woche meine Abschlussprüfung und wollte heute ein paar Sachen an Samia üben. Aber die musste weg. Jetzt hab ich auf WhatsApp so ungefähr jedem Menschen geschrieben, den ich kenne, aber niemand hat Zeit. Okay, nicht niemand niemand. Aber ich will das halt auch nicht mit jedem machen, und da dachte ich, dass ich meinen allerliebsten …«

»Okay, was soll ich tun?«

Prija blinzelte und starrte mich wieder an.

»Echt jetzt? Du bist dabei?«

»Ja«, sagte ich schlicht.

»Cool.« Sie strahlte mich an. »Jetzt gleich?« Sie wandte sich schon zum Gehen. »Komm einfach rüber, wenn du so weit bist.«

»Prija?«

»Ja?«

Sie sah so verwirrt und gleichzeitig aufgedreht aus, dass ich unwillkürlich laut lachen musste.

»Was soll ich denn eigentlich machen?«

Sie zuckte mit den Schultern. »Na, dich von mir schminken lassen.«

O. Okay.

Eine Stunde später lag ich auf dem scheußlichsten Teppich, den ich jemals gesehen hatte. Riesig und flauschig und knallpink. Ausgerechnet dieses Ungetüm bildete das Zentrum von Prijas Zimmer. Ich hatte die Arme hinter dem Kopf verschränkt und lauschte der Musik, die ich angemacht hatte. *I Didn't Know* von Skinshape. Es war eines der Lieder voller Leichtigkeit und Seele, die Julius mir gezeigt hatte. Ein *Julius-für-Romeo*-Lied. Neben mir stand einer dieser Blumenteller, auf dem nur noch ein paar wenige Krümel lagen, denn ich hatte Prijas neueste Kreation in kürzester Zeit verschlungen.

Mit den Füßen wippte ich im Takt der Musik und sah Prija dabei zu, wie sie durch das Zimmer huschte, Dinge hin und her schob, und ihre Vorbereitungen traf. Hier drinnen war alles knallbunt, am Glitzern oder Funkeln. Zusammen mit den pinkfarben gestrichenen Wänden kein Vergleich mehr zu dem Zimmer, wie es ausgesehen hatte, als Prija eingezogen war und ich ihr beim Aufbau ihrer Möbel geholfen hatte. Fotos ihrer Familie hingen über dem Schreibtisch – die in Indien und die in Deutschland. Ein aufwendig gerahmtes Bild von Samia und Prija sprang mir dabei besonders ins Auge. Die beiden waren noch Kinder und steckten grinsend die Köpfe zusammen. Jede mit einer Eistüte in der Hand, deren Inhalt sich auch rund um ihre Mundwinkel wiederfand.

»Kannst du deine Haare zusammenmachen?«

Ich nickte und setzte mich auf, um sie mit einem Haargummi im Nacken zu verknoten. Prija trat vor mich und befestigte die Strähnen, die seitlich immer wieder herausfielen, mit irgendwelchen Klammern.

Sie klatschte für meinen Geschmack etwas zu begeistert in die Hände, als sie mich musterte. »Ach, das wird großartig! Glaub mir.«

Ich brummte irgendetwas Unverständliches, wusste selbst nicht so genau was, weil ich immer noch keine Ahnung hatte, was ich von dem hier halten sollte.

»Mach die Augen zu.«

Ich zuckte zusammen, als etwas Kühles auf meine Lider traf. Der Pinsel mit seinen sanften Borsten.

»Du musst stillhalten«, nuschelte Prija irgendwo dicht vor mir. Ganz leicht streifte ihr Atem mein Gesicht. »Sonst wird das nicht schön.«

Ich brummte, dann arbeitete Prija eine Weile weiter vor sich hin und gab mir zwischendrin kleine Anweisungen oder besserte etwas aus. Manchmal umfasste sie mit geübtem Griff mein Kinn und drehte meinen Kopf so, wie sie ihn gerade brauchte. Es war seltsam, aber mit jedem Pinselstrich entspannte ich mich mehr. Die leise Musik im Hintergrund, dieses einvernehmliche Schweigen zwischen uns. All das machte mich ungewohnt ruhig, und ich verlor auf die beste Art jegliches Zeitgefühl.

»Was ist das mit Lius und dir eigentlich genau?«, durchbrach Prija irgendwann die Stille. Und an die Stelle meiner Ruhe trat ein anderes Gefühl, das ich mir nicht erklären konnte. Ich hatte bisher mit niemandem darüber gesprochen. Das eine Mal, als ich es Lillie gegenüber versucht hatte, war gehörig schiefgegangen. Die Erinnerung daran versetzte mir immer noch einen heftigen Stich. Eine wirre Mischung aus Wut, Trauer und Enttäuschung. Und über all dem das Wissen, dass diese verdammte Explosion zwischen uns letzten Endes wohl nur eine Frage der Zeit gewesen war.

Unruhig rutschte ich hin und her, was Prija nur zum Lachen brachte.

»Ich hab doch gesagt, dass du stillhalten sollst«, erinnerte sie mich. »Du musst mir auch nichts erzählen, aber er ist wirklich so was von verliebt in dich. So richtig verliebt. Das merkt man. Wie er dich ansieht …« Prija kramte nach irgendetwas, dann waren ihre Hände wieder an meinem Gesicht und ich war für den Moment doch verflucht froh, dass meine Augen gezwungenermaßen geschlossen waren. »Was auch immer gerade in deinem hübschen Kopf vorgeht«, fuhr Prija fort, »ich fand, das solltest du wissen. Vielleicht macht es dir das etwas leichter.«

»Das …«

»Weißt du … Lius sieht dich nicht so an wie die anderen. Er himmelt dich auf eine andere Weise an und ist dabei auf Augenhöhe mit dir.«

Julius und ich, wir waren uns ebenbürtig auf eine Art, die ich nicht greifen und erst recht nicht in Worte fassen konnte.

»Und genau das gefällt dir an ihm, oder? Du lächelst.«

»Ja, ich schätze, das mag ich mitunter am meisten an ihm«, gab ich leise zu. »Dass er so voller Energie ist und dabei trotzdem so eine Ruhe ausstrahlt.«

»Ihr seid so gegensätzlich, aber gerade deshalb ist es schön, euch zusammen zu sehen, Ro. Halt das unbedingt fest.«

Ehe ich etwas erwidern konnte, forderte Prija mich auf, die Augen zu öffnen. Ich sollte nach oben schauen, dann nach unten. Ein Tupfen, ein Wischen. Meine Augen tränten, und Prija besserte eine Stelle in meinem rechten Augenwinkel aus.

»Fertig«, sagte sie kurz darauf zufrieden und löste die Spangen aus meinem Haar. Als es mir über die Schultern fiel, griff Prija hinein und verstrubbelte es mit den Händen. »Los, schau es dir an! Ich will mich selbst ja nicht zu sehr loben, aber du siehst echt verdammt heiß aus.«

Ich stand auf und trat skeptisch vor den Spiegel. Und der Mann, der mir dort entgegenblickte, war mir vertraut und zugleich doch fremd. Ich lehnte mich der glatten Oberfläche noch ein Stück entgegen. Die Augen waren mit dickem Strich schwarz umrandet. Auch die Lider waren dunkel geschminkt. Dort verblasste die dunkle Farbe immer mehr, wurde erst grau und verschwand dann gänzlich. Das waren wohl *Smokey Eyes* oder so. Aber was auch immer Prija da getan hatte, es sah … tatsächlich gut aus. Zusammen mit den zerzausten Haaren und dem *Eyebrow Slit* in der Braue. Es sah gut aus. *An mir.* Und das überraschte mich wohl am meisten.

»Danke«, sagte ich.

Danke dafür, dass ich nicht das Gefühl hatte, weniger männlich zu sein.

Dafür, dass Prija es mir leicht machte, obwohl ich dasselbe von mir nicht unbedingt behaupten konnte.

Dafür, dass ich vielleicht doch einfach sein konnte, wer ich war.

»Danke wofür?«, sie lächelte. »Als ob du nicht wüsstest, wie gut du aussiehst.«

Prija neigte den Kopf, und ich wusste, dass ihr klar war, was ich meinte. Sie wirkte immer so aufgedreht und als würden tausend Gedanken gleichzeitig durch ihren Kopf wüten, dabei war sie eigentlich wahnsinnig aufmerksam und einfühlsam. Ich hatte keine Ahnung, was ich erwidern sollte, denn dieser Moment fühlte sich echter an als die meisten der letzten Monate. Ähnlich echt wie das Zusammensein mit Julius. An ihm war nichts leer oder hohl oder auf irgendeine Art gestellt.

»Ich steh auch auf Männer. Also nicht nur, aber auch …«, platzte es plötzlich aus mir heraus, und irgendwie schien es, als würde Prija verstehen, was ich ihr damit sagen wollte.

»Ja«, sie stupste mir in die Seite, als ich mich wieder zu ihr auf den Teppich setzte. »Und auf Lius ganz besonders.«

Das war leicht gewesen und das Schwerste überhaupt. Erleichtert atmete ich aus.

»Vielleicht solltest du ihm das bei Gelegenheit einmal sagen. Also, dass er dir etwas bedeutet.« Prija zuckte mit den Schultern und schien mit ihren dunklen Augen ganz tief in mich hineinzublicken. »Also falls du das noch nicht getan hast.«

Und ich konnte ihr nur zustimmen. Je länger ich darüber nachdachte, desto bewusster wurde mir, dass ich bisher nicht den Mut gefunden hatte, Julius zu sagen, dass er mir scheißwichtig geworden war. In mir war nicht diese Unbeschwertheit wie in ihm, mir machte diese Nähe genauso viel Angst, wie sie mich glücklich machte. Zu groß war die Furcht, das mit uns doch noch zu ruinieren. Und doch erlaubte ich mir jetzt zum allerersten Mal den Gedanken an ein Leben, in dem wir zusammen waren. So richtig. Ganz und vollkommen. In einer Beziehung mit Julius, mit einem Mann. Aber nicht, weil oder obwohl er einer war, sondern weil er eben Julius war. Er hatte dieses große Herz, diese reflektierte und doch kindliche Sicht auf die Welt, er war ein Abenteurer, ein Suchender, der nicht mehr brauchte als sich selbst und dazu ein bisschen Sonne. Ein Mann, der die Welt schöner machen wollte und dabei mich zu einer besseren Version meiner selbst machte.

»Ich werd's ihm sagen«, murmelte ich, ehe ich voller Ehrlichkeit sagte: »Ich habe nur einfach Angst, Lius nicht gerecht zu werden. Dass er irgendwann doch noch merkt, dass ich nicht der Mensch bin, für den er mich die ganze Zeit gehalten hat.«

»Aber gib ihm doch die Chance, dir das Gegenteil zu beweisen. Ich bin mir sicher, du wirst überrascht sein. Weißt du … vielleicht ist das bei euch ja auch etwas vollkommen anderes, aber ich war mal in einer ähnlichen Situation und …«, es war das erste Mal, dass ich in Prijas Gesicht etwas anderes als ihre gewohnte Fröhlichkeit entdeckte. Sie begann, ihre Hände im Schoß zu kneten, ehe sie fortfuhr: »Na ja, ich habe es verkackt. Ich hatte so schrecklich Angst. Ich kam aus einer längeren Beziehung und dachte, ich wäre einfach noch nicht so weit und gleichzeitig wollte ich das mit ihm so, so, so sehr. Und bei all den Gedanken, die ich mir gemacht habe, habe ich es irgendwie verpasst, ihm zu sagen oder auch nur richtig zu zeigen, was er mir bedeutet.«

Prija sah traurig aus. Verdammt, ich hasste es, sie so niedergeschlagen zu erleben.

»Was ist passiert?«, fragte ich möglichst sanft.

»Nichts. Es ist nichts passiert, und ich schätze, genau das ist das Problem gewesen. Dass ich mich wie gelähmt gefühlt habe, weißt du?«

Ja, verdammt. Ich verstehe viel zu gut, was du meinst.

»Ich habe ihn seit drei Monaten nicht mehr gesehen. Und davor einfach jeden einzelnen Tag, seit wir uns kennengelernt haben. Nils war in demselben Fitnessstudio wie ich, und irgendwie hat es zwischen uns beiden vom ersten Moment an gepasst …«

»Und wenn du dich bei ihm meldest?«, schlug ich vor. »Klar, drei Monate können schon eine lange Zeit sein, müssen sie aber nicht zwangsläufig … Du denkst immer noch an ihn. Wenn da etwas zwischen euch war, dann geht es Nils ja vielleicht auch so?!«

Und ich erinnerte mich an die vielen Jahre, in denen ich mich bei Michi melden wollte und es am Ende aus Angst doch nie getan hatte. Die Sache mit ihm war etwas völlig anderes als mit Julius gewesen und lag gefühlt ein halbes Leben lang zurück, und doch … und doch suchte mich das Erlebte in regelmäßigen Abständen heim. Nicht zum ersten Mal fragte ich mich, ob ich Jonas vergeben musste oder mir selbst. Ich konnte es verdammt nochmal nicht sagen.

»Er …«, Prija schluckte, »er ist inzwischen mit einer anderen zusammen.«

»Okay. Scheiße.«

»Und das Schlimmste ist: Ich kenne sie nicht nur, ich mag sie eigentlich auch echt gern.«

»Okay, noch mehr scheiße.«

Prija lachte. »Ja. Echt sehr scheiße.«

Ich musterte sie. Die Frau, der ich es alles andere als leicht gemacht hatte, weil ich nicht hatte glauben wollen, dass sie tatsächlich Interesse an mir als Menschen haben könnte. Und jetzt saß ich hier mit ihr zusammen, denn ganz unbemerkt hatte sie sich in mein Herz geschlichen.

»Vielleicht sollte das mit Nils einfach nicht sein«, sagte ich in dem Wissen, dass Julius um so vieles besser in so etwas war als ich. Trotzdem versuchte ich meine Gedanken bestmöglich zu formulieren: »Du bist verdammt cool. Okay, manchmal fand ich dich auch ziemlich nervig.« Prija hob eine Augenbraue, und ich musste lachte. »Aber nur manchmal. Du bist so lebensfroh und kreativ. Du findest irgendwie immer die richtigen Worte und schaffst es, einen zum Lachen zu bringen, wenn man es gerade braucht. Ich bin mir ganz sicher, dass da draußen ein Kerl auf dich wartet, der noch viel besser ist als dieser Nils. Und der ganz genau weiß, was er an dir hat und sich nicht abschrecken lässt von diesem …«, ich machte eine vage Geste mit den Händen, »… immer noch ein bisschen gebrochenem Herzen und so.«

Ein Herz voller verdammter Narben, weil alles Erlebte seine großen und kleinen Spuren hinterließ. Das war etwas, das ich mehr als gut verstand.

Prija neigte blinzelnd den Kopf. Schwarze Haare rutschten über ihre Schultern nach vorn.

»Danke«, wisperte sie.

»Du musst dich nicht bedanken. Ich hab's genau *so* gemeint.«

Prija lachte glockenhell und echt. »Genau deswegen ja. Das war keine Masche oder so etwas in der Art, Ro. Nichts von deinem übertrieben charmanten Getue. Du hast es wirklich so gemeint und … Danke.«

»Charmantes Getue?« Ich grinste.

»Tu nicht so, als wüsstest du nicht, was ich meine.«

Ich grinste nur noch breiter. »Nein, keine Ahnung, Prija.«

Sie verdrehte die Augen und ließ sich nach hinten fallen. Und dann redeten wir über alles und nichts, während es draußen endgültig dunkel wurde. Nils und Julius. Das verdammte Leben, das Lieben. Über jeden Gedanken, der uns in diesem Zimmer flutete und wieder verschwand. Ich konnte nicht sagen, wann ich das letzte Mal so lang und ehrlich mit jemandem gesprochen hatte. Prija schminkte mir noch mehrere Looks, wir bestellten uns Pizza und als ich drei Stunden später auf dem Flur zwischen unseren Wohnungstüren stand, sagte ich: »Du kannst übrigens gern meine zweitbeste Freundin sein oder so etwas in der Art.«

»Ach Romeo«, Prija blinzelte und sah mich ungewohnt ernst aus ihren dunklen Augen an, ehe sie sich auf die Zehenspitzen stellte und mir unerwartet einen Kuss auf die Wange drückte. »Das bin ich doch schon längst.«

Vielleicht hatte Julius recht. Vielleicht konnte man Dinge verlieren und gleichzeitig gewinnen.

Manchmal
ist fliegen und fallen dasselbe.

Flugangst, aus *Nachtschwärmer (LP)*,
erschienen 2020.

9. Kapitel

Julius

Romeo blinzelte übertrieben, als hätte er monatelang kein Sonnenlicht gesehen, und ich lachte.

Die letzten fünf Tage hatte er wie besessen an der Demo für Markus gearbeitet. Insbesondere an dem Song, den er mir im Sommer gezeigt hatte. Romeo befand sich in einer *verdammten künstlerischen Abwärtsspirale*, wie er es nannte. Er war nicht zufrieden, er wollte mehr, also hatte er sich von der Welt zurückgezogen. Wir sahen und schrieben uns nicht, doch ich füllte *Julius für Romeo* mit neuen Liedern und bekam welche auf *Romeo für Julius* zurück. Es war unsere eigene Form der Verständigung, wir kommunizierten mit Worten aus Lyrics, die nicht unsere eigenen waren, wir aber trotzdem zu unserer Sprache machten.

Romeo schob sich seine Sonnenbrille auf die Nase und band sich die blonden Haare im Nacken zu einem Knoten zusammen. Wie immer ganz in Schwarz: Sneakers und Hose, Bauchtasche quer über der Brust und dunkle Jacke. Dann trat er auf mich zu. Erst berührte er mich mit seinen Fingerspitzen, dann seinen Lippen.

»Hallo, Fremder«, murmelte ich gegen seinen Mund und küsste ihn zurück.

»Hallo, Schöner«, gab er zurück. »Ich hab etwas für dich.«

»Was denn?«

Romeo griff nach meinem linken Handgelenk und holte etwas aus seiner Hosentasche, das er darum verknotete.

»Ich musste an dich denken, als ich es gesehen habe.«

Ich sah nach unten auf das neue Armband. Es waren kompliziert miteinander verflochtene Bänder in verschiedenen Orangetönen. Das Mittlere glänzte in einem hellen Gelb und umfasste eine Holzperle.

»Das ist … unerwartet süß von dir«, sagte ich und umarmte ihn überschwänglich.

Es waren *meine* Farben, von denen ich ihm während unserer zweiten Berlinnacht auf seiner Brücke erzählt hatte.

Wir fuhren nach Kreuzberg. Zweimal umsteigen, das letzte Stück mit der U-Bahn zum Hermannplatz. Romeo und ich saßen nebeneinander und hörten Musik. Wieder teilten wir uns die Kopfhörer, er nahm den rechten und ich den linken. Romeo bewegte ein Bein unruhig auf und ab – ein Zeichen von innerer Unruhe, das mir in den vergangenen Wochen immer häufiger aufgefallen war. Ich sah ihn an, lächelte und er saß wieder still da.

Immer mehr Leute quetschten sich in den Wagen, doch wir saßen wie in einer durchsichtigen Blase, in der nur wir allein existierten. Die Köpfe über Romeos Handy zusammengesteckt, erstellten wir unsere neue Playlist auf *Spotify: Romeo und Julius*. Ein Zusammenspiel unserer Welten, musikalisch und sinnbildlich. Helligkeit traf auf Dunkelheit, Elektronisches auf Funkiges, Minimalistisches auf Verspieltes. Wir fügten abwechselnd neue Lieder hinzu, und die halbe Stunde Fahrt verging wie ein Wimpernschlag.

Auf dem Weg zum Maybachufer fragte Romeo mich nach dem Bus, und ich musste lächeln, denn nach Bienes und meinem Besuch auf dem Schrottplatz letzte Woche war auf einmal alles ganz schnell gegangen. Wir hatten eine Nacht darüber geschlafen und uns am nächsten Tag mit ausreichend Kaffee in die Küche gesetzt und alles aufs Neue durchgerechnet. Am Montag waren wir zum Schrottplatz gefahren und hatten den Bus für eine geringe Summe gekauft. Unfallschaden, kein TÜV und nicht mehr fahrtauglich.

Mit Alex' und Davins Hilfe schafften wir noch auf dem Schrottplatz die

Sitze und alles andere, was wir nicht brauchen konnten, aus dem Inneren des Wagens heraus. Gegen einen Aufpreis wurde uns der Bus am darauffolgenden Tag ans Paul-Lincke-Ufer geschleppt. Nun stand er bei uns im Innenhof. Das Geld, das wir nicht in eine teure Miete stecken mussten, konnten wir nun nehmen, um den Bus selbst umzubauen. Biene und ich mussten umplanen und umstrukturieren, jetzt, wo wir weniger Fläche für das Café zur Verfügung hatten. Wieder ein Bus. Wieder Biene und ich.

Ich erzählte Romeo von meinen vielen Ideen, von meinen Listen, von meinem Chaos, in dem nur ich den Überblick behielt. Aber in dieser Unordnung und meinen, für andere nicht durchschaubaren Systemen, konnten meine Gedanken freier fliegen.

»Und dann wird dein Traum endlich wahr.«

»Ja«, sagte ich staunend. »Irgendwie hatte ich in den letzten Monaten manchmal richtige Zweifel an der ganzen Sache. Weniger, weil es immer ein Risiko ist, sich selbstständig zu machen, oder weil es in Berlin genug Cafés gibt … Es ist eher, dass ich es manchmal sehr beängstigend fand, mich dadurch gewissermaßen an diese Stadt zu binden.«

»Und das findest du nicht mehr?«

»Nein«, ich schüttelte den Kopf. »Ich fühle mich wohl hier und baue mir etwas auf. Gerade finde ich den Gedanken sogar ganz schön, einen Ort zu haben, an den man jederzeit zurückkehren kann. Und die Welt ansehen kann ich mir ja trotzdem noch. Eben nur ein bisschen anders.«

»Also ist das Fernweh schon noch da«, stellte Romeo fest.

»Ja, natürlich.« Ich lächelte. »Und ich glaube, dass das auch immer so sein wird. Mal mehr, mal weniger. Aber für mich ist Fernweh kein negatives Gefühl, eher ein melancholisches oder nostalgisches.« Kurz verzog ich das Gesicht. »Manchmal nervt es mich fast ein bisschen, dass alle in mir ständig den *rastlosen Weltenbummler* sehen. Ich war vielleicht so, als Biene und ich vor zwei Jahren aufgebrochen sind, also irgendwie so getrieben und auf der Suche. Aber so fühle ich mich nicht mehr. Ich habe so viel erlebt, bin über mich hinausgewachsen. Und ganz ehrlich … wäre es für mich so gar nicht infrage gekommen, zurück nach Deutschland zu gehen, dann hätte ich es auch nicht gemacht.«

»Ich denke, für die meisten Menschen ist es einfach leichter, einander in irgendwelche Schubladen stecken zu können«, meinte Romeo und sah mich ernst von der Seite an. »So ist jeder aufgehoben, hat seine Kategorien und katalogisierte Eigenheiten und man muss sich nicht damit auseinandersetzen, *wie* einzigartig Individualität eben ist. Letztendlich gleicht doch kein Mensch dem anderen. Das wissen alle, und doch vergessen wir es immer wieder.«

Mein Herz machte einen Satz. Es waren Aussagen wie diese, diese schlichte Ehrlichkeit, mit der Romeo mich immer wieder berührte.

»Und was wären unsere Schubladen, in denen wir für all die Menschen da draußen am besten aufgehoben wären?«, wollte ich wissen.

»Na ja, ich der DJ, der für Musik, Nächte und Raves lebt. Du der Reiserückkehrer, der immer an das Gute glaubt und eine Fußmatte besitzt, auf der *Good Vibes Only* steht.«

»Ein Hoch auf Klischees.« Ich lachte laut auf. »Und an dieser Stelle möchte ich außerdem erwähnen, dass der Kauf dieser Fußmatte ein Witz gewesen ist. Das war quasi eine ironische Anschaffung.«

»Klar, Lius. Das würde ich an deiner Stelle jetzt auch behaupten.« Romeos Mundwinkel zuckten. »Wir wissen ja, dass wir mehr als Schubladen und Klischees sind«, fügte er noch hinzu.

»Wissen wir das?«

»Total. Du hast eine Ukulele und ein Meditationskissen von deiner Reise mitgebracht und trägst selbstgebastelten Schmuck«, zog Romeo mich grinsend auf. »Du bist *so* viel mehr, als die Leute sagen.«

Ich verdrehte grinsend die Augen. »O ja, genauso wie du. Der gefeierte Star mit seiner Riesenwohnung, in dessen Eingangsbereich gefühlt tausend Plakate von seinem eigenen Gesicht hängen. Der Star, der seine Küche noch nie richtig benutzt hat – einfach, weil er nicht muss. Du bist auch *so* viel mehr, als die Leute sagen.«

Romeo lachte tief, rau und ehrlich.

Und während wir weiter scherzten, dachte ich mir, dass er für mich eine Art von Freiheit verkörperte, die ich weder auf den höchsten Bergen noch in den tiefsten Ozeanen dieser Welt verspürt hatte. Romeo war potenzierte Freiheit. Er bedeutete für mich das größte aller Abenteuer, das intensivste aller Erlebnisse und war dabei ein Mosaik aus tausend Momenten.

Wenig später kam schon der Wochenmarkt am Maybachufer in Sicht. Da waren Unmengen an Essen, tausend Farben und bunte Auslagen. Über allem, was es zu entdecken gab, hingen die sanften Klänge eines Gitarrenspielers. Leichte Melodien legten sich auf durcheinanderwirbelnde Gespräche. Hinter den Ständen glitzerte das Wasser des Landwehrkanals dunkelgrün in der Sonne. Bunte Blätter trieben darin.

Nachdem ich alle Zutaten für die Quiche Lorraine, die ich später mit Romeo nach dem Rezept von Mignons *Grand-Mère* machen wollte, gefunden hatte, aßen wir am Ufer heiße Waffeln mit Nutella. Danach hörten wir wieder *Romeo und Julius,* und mein Kopf lehnte kaum merklich an seiner Schulter.

Es begann wie aus Eimern zu schütten, als wir uns auf den Weg zu mir machten. Dicke Tropfen fielen vom Himmel und prasselten auf die Pflastersteine unter uns. Romeo sah mich an, wir lachten beide und liefen dann ganz in Ruhe weiter. Es hatte keinen Sinn loszurennen, denn wir würden kein Stück trockener bei mir zu Hause ankommen. Wir überquerten eine Brücke, Wasser floss unter uns dahin und ich fühlte mich unsterblich, weil jeder Tag mit Romeo einem neuen Leben glich. Jeder Moment war neu und einzigartig. So schnell der Schauer gekommen war, endete er auch wieder und hinterließ einen Regenbogen am Himmel. Er leuchtete in jeder einzelnen Nuance, die ich mit Romeo bisher gefühlt hatte. Und ich konnte nicht anders, als diesen Mann immer und immer wieder von der Seite zu betrachten. Das Profil, das wie gemeißelt wirkte, doch ich wusste, was für ein Mensch er in seinem Inneren war.

Auf dem letzten Stück Weg am Paul-Lincke-Ufer entlang verschränkte Romeo seine Finger mit meinen. Es mochte wie eine Kleinigkeit wirken, doch ich wusste, dass diese winzige Geste hier draußen in der echten Welt und im Licht des Tages *alles* bedeutete. Romeo hielt meine Hand, als ich die Tür aufsperrte und auch, als wir die Treppe nach oben liefen. Fest und selbstverständlich. Erst im letzten Moment ließ er los.

Die Tür fiel hinter uns ins Schloss, und ich streifte mir die Schuhe von den Füßen, dann ließ ich meine nasse Bomberjacke auf den Boden fallen. Wasser rann aus meinen Locken und meinen Nacken hinunter. Ich verzog das Gesicht, doch als ich den Blick hob, stockte ich. Romeo hatte sich seine Jacke ebenfalls ausgezogen. Das Shirt klebte ihm klatschnass an der Brust, betonte jeden seiner klar definierten Muskeln. Wasser tropfte auf den Boden. Die Haare mehr dunkles Bernstein als Honigfarben. Vielleicht hätte ich irgendetwas tun oder sagen sollen, aber ich konnte den Blick nicht abwenden von all dem, was sich da unter dem bisschen Stoff abzeichnete.

Schon wieder flammte diese Sehnsucht in mir auf. Die Sehnsucht, Romeo wieder und wieder zu küssen. Daran, von ihm geküsst und gegen eine Wand in meinem Rücken gepresst zu werden. Ich dachte daran, dass er nach Prijas Geburtstag hatte weitermachen wollen, wo wir aufgehört hatten. Mit seinen Händen unter meinem Shirt und seinen schönen Fingern auf meiner nackten Haut.

Ich schluckte.

»Es wäre besser, wenn wir die nassen Sachen loswerden, oder?«

Ich blinzelte ungläubig und starrte Romeo mehrere Sekunden lang einfach nur an, ehe sich ein Grinsen auf meinen Lippen auszubreiten begann. Und gleichzeitig stürzte mein Herz der Unendlichkeit entgegen.

»Das stimmt«, entgegnete ich heiser. »Wir sollten uns ... definitiv ausziehen.«

Romeos Blick verdunkelte sich, und was auch immer ich dem gerade noch hatte hinzufügen wollen, entglitt mir. Romeo war da, und ich war da. Ganz nah. Atmend. Die Einkäufe in meinem Stoffbeutel waren vergessen. Mit einem Plumpsen fiel er mir aus der Hand. In einem wilden Strudel aus Farben, die sich im Takt meines schnell schlagenden Herzens drehten, existierten nur noch wir beide. Dieser Flur losgelöst von Zeit und Raum.

Ich konnte nicht sagen, wer von uns beiden sich zuerst bewegte, doch einen Wimpernschlag später stolperten wir aufeinander zu. Den Gang entlang und durch die erste offen stehende Tür. Und dann saß Romeo auf dem Sofa im Wohnzimmer und ich auf ihm. Eine Hand fest auf meinem unteren Rücken, mit der anderen umfasste er mein Kinn, strich mit dem Daumen über meine Wange, dann meine Unterlippe.

Ich vergaß zu atmen.

Ich werde jetzt und hier über dich herfallen, sagten seine hellen Abgrundaugen.

»Julius«, sagte sein Mund. »Lius.«

Nur meinen Namen. Einfach nur meinen Namen wie beim allerersten Mal. Die Luft knisterte, als Romeo sich mir langsam entgegenlehnte. Seine Augen schlossen sich erst im letzten Moment und bevor dieses Farbenmeer hinter geschlossenen Lidern mich mit sich riss, war da endloses Grau. Offen und klar lag sein Blick in diesem Moment vor mir. Wie der Himmel nach einem plötzlichen Regenguss oder ein vereister See im Winter. Wie Schönheit und Freiheit in einer eigentlich düsteren Szenerie.

Romeo küsste mir Regentropfen von den Lippen. Er küsste mich auskostend, er küsste mich tief. Seufzend drängte ich mich ihm entgegen und ließ mich in seine Berührungen und Liebkosungen hineinfallen. In jedes fordernde Stoßen seiner Zunge gegen meine, in jedes sanfte und elektrisierende Beißen in meine Unterlippe, in die Art, wie er mich näher und näher zog. Mit Händen und Blicken. Die Lippen begleitet vom Kratzen seines Bartes meinen Kiefer entlang, ein fester Griff in meine Locken.

Da war nicht mehr als bloßes Fühlen, als bloßes Existieren auf diesem schönen Mann, der leise gegen meinen Mund keuchte. Meine Schenkel lagen fest um Romeos Hüften. Quälend langsam ließ er seine Hände meine Seiten entlanggleiten, und ich krallte meine Hände in den Stoff seines Shirts, bewegte mich ganz leicht auf ihm und gab mich dem wilden Tanz unserer Zungen hin.

Ein Rauschen in meinem Innersten, lose Gedankenfetzen in meinem Kopf. Doch so sehr ich Romeo wollte, so sehr ich ihm jedes Stück Stoff vom Körper reißen wollte, um ihm nah zu sein, wusste ich doch, dass er lange nicht bereit für das hier gewesen war. Deshalb sollte er es sein, der die Führung übernahm. Romeo, der mir zeigte, wie weit er gehen wollte.

Auch diese Gedanken wurden einen Moment später von seinem dunklen Keuchen und dem Gefühl seiner Erektion davongeschwemmt. Plötzlich waren da Romeos große Hände auf meinem nackten Bauch, schoben sich Zentimeter für Zentimeter über meine Haut, ehe er an den Saum meines Shirts griff und es mir bestimmt über den Kopf zog.

»Wir machen das in deinem Tempo, okay?«, raunte ich. »Es –«

»Ich weiß, Lius. Ich möchte das.«

Der Blick seiner Augen war betörend, das träge, selbstvergessene Lächeln auf seinen Lippen schwindelerregend. Ich dachte nicht nach, ich zerrte ihm das Shirt herunter und ließ meine Finger über Muskeln und Härchen gleiten. Ich erkundete seinen Körper mit meinen Händen, fuhr mit den Lippen seinen Oberkörper entlang und verlor mich in dem Gefühl seiner erhitzten Haut unter mir. Strich mit den Fingern über die feinen, hellen Härchen auf seiner Brust und die, die unterhalb seines Bauchnabels weiter hinabführten.

Romeo stöhnte auf. Er lachte leise, als ich meine Hände gierig in seinen nassen Haaren vergrub und ihn fast staunend anstarrte, und er stöhnte wieder, als ich meinen Mund auf seinen senkte. Ohne Zurückhaltung. Aufgeregt. Mit rasendem Herzen.

Seine Hände hinterließen Spuren aus Feuer auf meiner Haut, er ließ sie über meinen Körper gleiten und schließlich schwer und fest auf meinem Hintern liegen. Romeo packte mich und hob mich von seinem Schoß, um mir die Hose mit meiner Hilfe von den Beinen zu zerren, dann die Socken. Ich tat es ihm gleich. Befreite ihn von diesen verflucht engen Boxershorts, die nichts der Fantasie überließen und mich schwer schlucken ließen, schob mir meine eigenen fiebrig von den Beinen. Überall waren Arme und Beine. Ich fiel fast vom Sofa, doch Romeo hielt mich fest. Dort in seinen starken Armen, wo mir nichts passieren konnte. Dort, wo ich sicher und frei zugleich war.

Mein Herz schlug schneller als der Regen, der vor den Fenstern wieder einsetzte und gegen die Scheiben prasselte. Mein ganzes Sein war erregt und bereit, Romeo absolut alles zu geben, als er plötzlich von mir abließ. Unwillkürlich wimmerte ich an der Hitze seines Körpers. Romeo strich mit seinen Lippen aufregend mein Ohrläppchen entlang, und eine Gänsehaut kroch mir die Wirbelsäule hinab und wieder hinauf.

»Ich muss dir etwas sagen«, raunte er unvermittelt und suchte meinen Blick. Der Ausdruck erschreckend ernst.

Mein Herz verlor seinen Takt und schlug nur noch wilder. Ich bekam nicht mehr als ein leichtes Nicken zustande.

»Ich habe mich auch in dich verliebt, Lius. Und zwar nicht erst jetzt. Ich konnte es dir einfach nicht sagen, aber ich bin auch verliebt in dich, verdammt. So richtig verliebt.«

Und ich konnte nicht anders. Ich spürte wie das breiteste aller Lächeln meine Mundwinkel auseinanderzog.

Romeo, mein Romeo.

»Und ich in dich«, wisperte ich. »So richtig.«

Er küsste jede Stelle meines Körpers und nahm sich mehr Zeit dafür, als ich ertragen konnte. Zog, begleitet vom Kratzen feiner Bartstoppel, brennende Linien über meine Haut. Hitze sammelte sich in meinem Bauch und als unsere Münder dieses Mal aufeinanderprallten, tastete ich blind nach seinen breiten Schultern, nach jeder Linie, die sein Körper nahm. Jede Linie, die so perfekt zu meinen passte.

»Ich will dich, Lius«, keuchte Romeo gegen meine Lippen und klang dabei so atemlos, wie ich mich fühlte. Fiebrig strich er mit seinen Händen über meine Beine, über die Innenseite meiner Schenkel und ich rang nach Luft, als er sie höher wandern ließ. »Ich will dich ... jetzt«, fügte er nachdrücklich hinzu.

Und mit diesen Worten rutschte er erneut vom Sofa, schob den schmalen Tisch energisch zur Seite. Irgendetwas fiel herunter und zerbrach, doch keiner von uns achtete darauf. Mir war alles egal, alles, außer Romeo. Wir sahen uns an, und ich war wie hypnotisiert. Schwindelerregendes Grau, das offen und weit vor mir lag. Ich konnte den Blick nicht abwenden, von diesem auf alle Arten betörenden Mann, der vor mir stand und der mir gehören wollte, während halb Berlin sich nach ihm verzehrte.

Doch Romeo sah *mich* so an.

Hier und jetzt ohne jeden Zweifel. Einfach nur mit Sehnsucht in den Augen, die mich in ihrer Intensität doch unvorbereitet traf. Romeo ließ zu, dass ich ihn anschaute, wie er nackt vor mir stand. Den trainierten Körper mit den definierten Muskeln an den richtigen Stellen, die sehnigen Unterarme, die schmalen Hüften und kräftigen Schenkel. Haare, die ihm in weichen Wellen bis zur Brust fielen.

Ganz langsam und ohne den Blick abzuwenden, trat er einen Schritt auf mich zu und ging vor mir auf die Knie. Zwischen meinen Beinen, die er bestimmt auseinanderschob, um mir näher zu sein.

O Gott.

Mein ganzer Körper pulsierte und wand sich, als er Küsse auf meinem Bauch und der Innenseite meiner Beine zu verteilen begann. Immer begleitet von seinem heißen Atem. Näher und näher dorthin, wo ich seinen Mund so sehr haben wollte. Dieser tiefe und erregende Ausdruck in stahlgrauen Augen, darunter feine halbmondförmige Schatten, die Romeos Wimpern auf seine Wangen warfen. Allein das Verlangen in seinem Blick machte mich völlig fertig, vor allem als dieser auf erregendste Art zwischen meine Beine huschte, ehe Romeo wieder meinen eigenen auffing. Und ich keuchte auf bei der Art, wie er sich selbstvergessen auf die Unterlippe biss, ohne es wirklich zu merken.

Unter meinem Blick schwoll seine Erektion nur noch weiter an.

Die goldene Sonne in seinen Haaren. Golden und beinah wie ein Heiligenschein um sein Gesicht, den dieser Mann mit Sicherheit nicht hatte.

Und dann, ohne mich aus den Augen zu lassen, ließ er seinen Kopf langsam tiefer sinken und umfing mich mit seinem warmen Mund. Nur ganz leicht, viel zu sanft, während seine Hände fest auf meinen Oberschenkeln ruhten. Ich wimmerte und krallte meine Finger in das, was ich zu fassen bekamen. Eine Decke, die kurz davor war, vom Sofa zu rutschen, das Polster und eine Ecke von einem der gemusterten Kissen.

Sein Mund spielte mit mir, seine Zunge tat es ebenso und Romeo wusste ganz genau, dass das nicht reichte. Dass das nicht genug war. Mit jeder Berührung und jeder Bewegung verstärkte sich das Pulsieren, das meinen Körper durchdrang. Ganz automatisch kam ich ihm mit meinem Becken entgegen und flüsterte fast schon ungläubig seinen Namen. Meine Lider flatterten, doch ich wollte ihn ansehen, wollte ihm so sehr zusehen. Er nahm mich tiefer in sich auf, und es war immer noch zu wenig, war zu sanft.

Und dann ließ Romeo von mir ab, richtete seine Aufmerksamkeit auf meine Hände. Ich schluckte, ich bebte und starrte ihn an. »Wieso …«

Mit der Zungenspitze strich er für einen Moment über seine Lippen. Ein Anblick, der mir heiß durch den ganzen Körper fuhr und mich erneut nach Luft ringen ließ. Fast schon verzweifelt, nach Erlösung bettelnd.

»Lius«, sagte er dunkel, und mein Name aus seinem Mund klang wie ein Versprechen auf mehr. Wie ein Versprechen auf alles. »Halt dich an mir fest«, forderte er mich unter halb gesenkten Lidern auf. »An *mir.*«

Ich schluckte. Und viel zu langsam löste ich meine zitternden Finger vom Sofa, um sie auf seine Schultern zu legen, vergrub sie dann doch in seinen offenen Haaren. Ein letzter Blick, ehe er mich noch tiefer in seinen Mund aufnahm. So tief, dass ich aufschrie und den Kopf in den Nacken warf. Vor meinen Augen explodierte Romeos dunkelblaues Lila und immer, wenn er mich mit den Lippen fest umfasste, wurden die kleinen, explodierenden Sterne mehr. Mit jedem Mal war da mehr dunkles Rot und mehr brennendes Verlangen. Weil ich keine Ahnung hatte, wie ich von ihm jemals genug haben sollte. Weil ich irgendwie gar nichts mehr wusste.

Mit den Fingern krallte ich mich immer fester in seine Haare, während er seinen Rhythmus beschleunigte. Und je schneller er wurde, desto erregender waren die Laute, die Romeo dabei ausstieß: das tiefe Stöhnen, das Knurren. Das erstickte Seufzen, weil ihm gefiel, was er sah. Weil ich ihm gefiel.

Und ich hielt mich an ihm fest, hielt mich an ihm fest, wie er es von mir verlangt hatte, gab mich ihm und seinen Berührungen hin. Der Druck seiner Hände auf meinen Oberschenkeln gab mir den verdammten Rest. Er hielt mich zusammen, jetzt wo ich kurz davor war auseinanderzufallen mit bebenden Beinen und tausend angespannten Muskeln. Er zeichnete und erschuf mich neu.

Romeo trieb mich weiter, er trieb mich höher und dieses Mal schrie ich nicht nur, ich schrie seinen Namen. Laut und hemmungslos. Drei Silben, die genau hier und jetzt alles bedeuteten. Ein Name, der alles sagte, was es zu sagen gab. Je stärker meine Beine bebten, desto fester war Romeos Griff um meine Schenkel. Seine Finger bohrten sich fast schmerzhaft in meine Haut. Mein Atem ging nur noch stoßweise, und mein ganzer Körper kam Romeo entgegen, jeder einzelne Muskel. Es war ein Tanz, es war Trance und sein Mund, seine Lippen, seine Zunge waren alles, was ich brauchte.

Schneller. Tiefer. Mehr.

Während Berlin vor den Fenstern in Regen ertrank, ertrank ich in ihm.

Ein fast schon animalisches Stöhnen verließ unkontrolliert meinen Mund, ein Schrei und dann bäumte ich mich das letzte Mal unter seinen Bewegungen auf, ehe ich fiel. In einen bodenlosen Abgrund hinein, der mich keuchen ließ, der mich auseinanderriss und Sekunden später wieder zusammensetzte. Ein tosendes Meer aus Farben, die sich nur langsam lichteten, bis da nur noch Romeos Augen waren. Er sah mich mit diesem verhangenen Blick an, fast schon entrückt, ehe er seine Hände langsam an meinen Schenkeln entlang bis an meine Hüften gleiten ließ und mich mit einem festen Griff vom Sofa zu ihm auf den Boden zog. Zitternd ließ ich mich auf und gegen ihn sinken und seufzte leise, als seine Arme sich fest um mich schlossen. Sie umfingen mich, zusammen mit dem vertrauten Geruch nach Schnee und Freiheit und Wind.

Sanft rieb er mit seiner Nasenspitze über meine, während wir in einer Wolke aus tausend Schattierungen schwebten. Von Polychromie zu Monochromie, vom Fallen zum Fliegen und dabei schwerelos in seinen Armen.

Mein Atem ging schwer, und nur am Rande nahm ich wahr, dass Romeo mit den Lippen weich und warm über meine Schläfe strich. Immer und immer wieder. Nur langsam fand ich zurück in die Realität. Seine hypnotischen Augen waren meine Fixsterne. Noch mehr aber dieses Lächeln, das mir allein gehörte. Dieses Lächeln, das auf keinem der Abertausenden Plakate zu sehen war, sondern ein absolut echtes, das nur zwischen uns beiden existierte.

»Lius«, flüsterte er in die Stille zwischen unseren Herzschlägen.

Und ich antwortete: »Omeo.«

Dann schmiegte ich das Gesicht an seine Brust. Es passierte ganz automatisch. Nackt und eng umschlungen saßen wir mitten auf dem Teppich mit den Fransen, wie zwei Puzzleteile, die unwiderruflich ineinander gehörten. Herz an Herz, sie schlugen um die Wette, wild und aufgeregt, während Romeo mir immer und immer wieder durch die Haare fuhr. Mit den Fingerspitzen meinen Nacken entlangstrich, mich überall und nirgends berührte.

Ich war sicher.

Ich war frei.

Ich war angekommen.

Träge hob ich den Kopf, küsste ihn, sah ihn an, weil ich nicht genug davon bekam, ihn zu betrachten. Mit jedem Mal fiel mir ein neues Detail an ihm auf, das ihn für mich nur noch schöner machte. Mit den Fingern strich ich erst über den Schnitt in seiner linken Augenbraue, über seinen Bart, seine Lippen, sein ganzes Gesicht.

»Irgendwie hätte ich gedacht, dass du tätowiert bist«, durchbrach ich irgendwann die Stille. Meine Stimme klang heiser, und ich erinnerte mich, wie ich in den vergangenen Minuten Romeos Namen geschrien hatte. Ich wusste jetzt schon, dass ich noch oft daran zurückdenken würde. Genauso wie an das, was er mir gegeben hatte.

Romeo

Julius hatte irgendetwas gesagt, doch ich starrte nur wie gebannt auf seinen schönen Mund. Er saß auf mir, entblößt und selbstbewusst und seine klaren, blauen Augen lachten. Die dunklen Locken standen wild und zerzaust von seinem Kopf ab, die Wangen waren gerötet und ich schmeckte ihn immer noch auf meinen Lippen.

Zu sehen und zu spüren, wie er kam, hatte sich wohl für immer in mein Gedächtnis eingebrannt. Am allermeisten aber der beinah schon überraschte Ausdruck in seinen Augen. Entrückt und gleichzeitig voll und ganz im Moment mit mir gefangen. Weil Julius irgendwie alles in diesem einzigartigen Bewusstsein für das Hier und Jetzt tat.

Doch eine Sache war neu, und sie fand warm und leicht ihren Weg in mein verdammtes Herz. Das hier … das hier war anders gewesen. Julius war nicht der erste Mann für mich gewesen, doch es war das erste Mal, dass ich mich danach nicht in irgendeiner Weise … schmutzig fühlte. Auf diese scheiß Art benutzt, obwohl ich es doch gewollt hatte. Gott, ich hatte absolut keine Ahnung, wie genau er das machte, aber bei ihm war ich mir zum ersten Mal nicht ständig der Tatsache bewusst, dass er ein Kerl war. Er schaffte es, dass ich einfach nur ihn als Menschen sah und dass nichts anderes wichtig war – so wie es eigentlich doch auch sein sollte. Julius vollbrachte es, dass ich meine Sehnsüchte annehmen konnte, mein Begehren, meine tiefsten, brennenden Wünsche.

Wünsche, die allein mit ihm zu tun hatten.

Einfach nur Julius.

Lius.

Lius.

Lius.

Ich blinzelte. »Hm?«

»Ich habe gesagt, dass ich irgendwie gedacht hätte, du wärst tätowiert.«

Julius schob theatralisch die Unterlippe vor und sah fast ein bisschen enttäuscht aus, gleichzeitig aber war da wieder dieses unbeschwerte Funkeln in seinen Augen. Das war so typisch für ihn: jeden Gedanken sofort auszusprechen, der ihm in den Sinn kam. Sätze, die schneller aus seinem Mund flossen, als er sie in seinem Kopf behalten konnte. Julius, der einfach war, wie er war, und mich gerade deshalb so anzog. Voller Lebenshunger und jedem Impuls nachgebend.

»Wieso das?«

»Du hast so etwas … *Verwegenes* an dir.«

»Etwas Verwegenes?« Ich lachte. »Gehört das irgendwie zu deinen Wikingerfantasien?«

Die Röte auf Julius' Wangen vertiefte sich noch etwas, doch wie immer hielt er meinem Blick trotzdem stand und reckte das Kinn ein Stück vor. »Halt die Klappe, Romeo.«

Es war das erste Mal, dass er meinen richtigen Namen benutzte, und es fühlte sich scheißgut an.

»Wieso sollte ich?«, erwiderte ich und gab ihm einen Klaps auf den Hintern. »Ich bin gern ein Teil deiner Fantasien.«

Julius biss sich auf die Unterlippe, und ich küsste ihn auf die obere.

»Ich wusste, dass dir das insgeheim gefällt«, meinte er in einer erregenden Mischung aus selbstgefällig und niedlich.

»Übrigens bin ich tätowiert.« Ich grinste. »Vielleicht hast du einfach nicht genau genug hingesehen.«

»O«, hauchte Julius. Es war nur ein winziger Ton, der seine Lippen verließ, doch er war kratzig.

Heiser.

Verführerisch.

Und Himmel, er saß nach wie vor vollkommen nackt auf mir. Und in diesem Moment wurde ich mir übermächtig der Tatsache bewusst, dass mein Schwanz immer noch hart war. Oder wieder.

»*Challenge accepted.* Ich werde es finden. Aber zuerst …«, Julius senkte die Stimme, stand auf, griff nach meiner Hand und führte mich aus dem Zimmer, »… werde ich etwas für *dich* tun.«

»Lius …«, setzte ich an, irgendetwas zu sagen, doch er ließ mich nicht. Stattdessen war da Dunkelheit in seinen sonst so hellen Augen und die Erregung, die noch gar nicht richtig abgeklungen war, pulsierte weiter und weiter durch meinen Körper. Meine Hand war mit Julius' verschränkt, ich blickte auf seine langen Beine, auf diesen schönen, knackigen Hintern und seine schwarzen Locken, die sich im Nacken kringelten. Julius mit der Sonne im Herzen, der aussah, als wäre er gerade dem Meer entstiegen.

Ungeduldig zerrte er mich den Flur entlang, drehte sich auf halbem Weg zu mir um, mit diesem spielerischen Zug um den Mund, und drängte mich in sein Zimmer und aufs Bett. Die Tür fiel ins Schloss, und im nächsten Moment saß Julius auf mir und ließ seinen Blick langsam über meinen Oberkörper wandern.

»Ich habe keine Zeit, dein Tattoo jetzt zu suchen …«, murmelte er und drückte mich mit der Hand, die auf meiner Brust ruhte, sanft, aber bestimmt in die Matratze. Einen Moment lang sahen wir uns mit angehaltenem Atem an, dann beugte er sich nach vorn und unsere Münder prallten wild und hungrig aufeinander.

Pure Erregung pulsierte durch meinen Körper, und meine Berührungen waren deutlich gröber als eben im Wohnzimmer noch. Gieriger und in jeglicher Form ungekünstelt. Dieses Mal gab ich mich Julius hin, verdammt, fühlte mich regelrecht süchtig nach diesem Mann, der in atemlosen Sekunden zwischen Küssen unter halb gesenkten Lidern auf mich niederblickte. Sein harter Schwanz strich bei jeder kleinsten Bewegung auf erregendste Art über meinen Bauch, und er ließ seine Hände andächtig über jeden Zentimeter meiner erhitzten Haut wandern. Ich wand mich unter ihm, packte ihn am Hintern und strich mit den Fingerkuppen seine Schenkel hinauf. Erst außen, dann innen.

Langsam.

Auskostend.

Ungeduldig.

»Du …«, hauchte Lius und biss mir in die Unterlippe, »bist …«, flüsterte er und küsste sich meinen Kiefer entlang, ließ seine Lippen und die Zunge über meinen Hals und weiter über meine Schlüsselbeine hinabwandern, »… wundervoll.«

Ich stöhnte auf. Mein Mund vor Lust, aber mein Herz war angefüllt mit etwas anderem, weil ich wusste, dass Julius verdammt nochmal alles, was er sagte, genau so meinte. Jedes einzelne Wort ungefiltert und echt, weil er eben so war.

Langsam rutschte er seitlich von mir hinunter und, als sein Blick zwischen meine Beine fiel, schluckte er schwer. Sein Adamsapfel bewegte sich überdeutlich und Himmel … wie konnte mich jede einzelne seiner Reaktionen so dermaßen anmachen? Allein ihn anzusehen brachte mich dazu, erneut aufzustöhnen.

Ganz automatisch vergrub sich eine meiner Hände in seinen Haaren, die andere legte sich auf seine Hand und folgte seiner selbstsicheren Bewegung, mit der er sie tiefer wandern ließ. Als er mit seinen Fingern endlich meinen Schwanz umschloss und mir dabei tief in die Augen sah, bis in meine Seele und weiter, fühlte ich mich ihm auf schönste Art und Weise ausgeliefert.

Julius' Lippen kräuselten sich zu einem selbstvergessenen Lächeln, das sagte, dass ich in diesem Moment ihm allein gehörte und er mir. Ohne den Blick von mir lösen, begann er seine Hand langsam auf und ab gleiten zu lassen und in mir schrie alles, dass das Einander-Gehören weit über das Hier hinausging. Eisblaue Augen wie ein Frühlingshimmel. Wie das Meer, auf das man von Klippen aus hinabblickte, und ich kam seinen Bewegungen mit dem Becken entgegen.

Mein Schwanz.

Seine Hand.

Meine Hand.

Dazwischen unsere Erregung.

Meine Finger krallten sich in das Laken. Heißer Atem vermischte sich mit meinem und Julius' Blick aus geweiteten Augen gab mir endgültig den Rest.

»*Fuck*«, schrie ich, flüsterte ich.

Julius andere Hand legte sich um mein Kinn. Flatternde Lider und doch zwang er mich damit, ihn anzusehen.

»Komm für mich«, keuchte er in meinen Mund hinein.

Ein Schweißtropfen löste sich von seinen Locken und landete auf meiner Stirn. Alles war roh und fest und animalisch. Verschwitzte Haut an verschwitzter Haut. Keuchen, Schreien, Knurren. Ich biss ihm in die Unterlippe, ich konnte nicht mehr sagen, dass ich trotzdem mehr brauchte, dass ich das wollte. Dass ich mich ihm hingeben wollte, doch er verstand auch so.

Er trieb mich höher und weiter. Julius stieß mich mit seinen Bewegungen tief in einen Abgrund hinein, nur um mich Momente später wieder herauszuholen und fliegen zu lassen. Ich bäumte mich auf, unter Julius' Händen erlebte ich Zerstörung und Wiedergeburt und kam mit einem lauten Schrei. Stirn an Stirn, Mund auf Mund und aufgerissene Augen, als aus Ekstase Erlösung wurde. Welle um Welle brach sie über mich herein und spülte jeden einzelnen Gedanken, den ich jemals gedacht hatte, mit sich davon.

Und alles, was ich tat, war atmen und existieren.

Nur langsam und Stück für Stück kehrten die Gedanken wieder zu mir zurück, schwappten über mir zusammen, doch sie alle waren getränkt von Julius und diesem Gefühl von ihm – das Gefühl seines Körpers, noch mehr aber das seines Herzens, das schnell und nah an meinem eigenen schlug.

Langsam wurde ich mir der Nässe auf meinem Bauch bewusst. Ich machte schon Anstalten mich aufzusetzen, doch Julius legte eine Hand auf meinen Unterarm und hielt mich mit dieser einfachen Geste zurück.

»Gleich«, wisperte er und strich mir eine Haarsträhne aus der verschwitzten Stirn. »Genieß das hier zuerst.«

Ich nickte träge, schloss die Augen einen kurzen Moment lang und ließ mich fallen. Fühlte mich leer und ausgefüllt zugleich, erschöpft auf die schönste aller Arten. Ich hatte keine Ahnung gehabt, dass es so sein konnte. Dass all das hier sich so anfühlen würde.

Julius verschränkte die Finger einer Hand mit meinen. Mit der anderen strich er immer und immer wieder durch meine Haare. Strähnen aus meinem Gesicht auf diese unfassbar zärtliche Art, die fast schon wehtat.

In meinem Bauch war es warm, so warm.

Als Julius mir irgendwann ein Taschentuch reichte, grinste er mich auf diese ihm ganz eigene unbeschwerte Art an. Danach rutschte er ganz langsam ein Stück nach oben, lehnte sich gegen das Kopfteil und zog mich mit sich. Halb lag ich zwischen seinen Beinen, halb auf ihm. Meine Hand an seinem Nacken, als ich ihn küsste und küsste und küsste, ehe ich meinen Kopf auf seiner Brust ruhen ließ. Seine Arme fest und sicher um meinen Oberkörper.

Ich fühlte mich geborgen.

Ich hatte mich noch nie bei irgendjemandem geborgen gefühlt, und genau das sagte ich in die Stille zwischen den Sekunden hinein.

»Ich hab es gefunden«, murmelte Julius auf einmal und strich mit den Fingerspitzen über die Innenseite meines linken Oberarms. »Das Tattoo ist aber auch gut versteckt.«

»Das macht es ja auch spannender, oder?«

Es waren zwei Wörter, geschrieben in weißer Tinte. Geschwungene, verschnörkelte Buchstaben: *Be strong.* Eine Erinnerung an mich selbst, die ich leider viel zu oft vergaß.

»Wieso hast du es in Weiß gemacht?«

»Weil es sehr persönlich ist. Es soll mich daran erinnern, was ich alles erreicht habe, und zwar aus eigener Kraft. Ich möchte es mir jederzeit ansehen können, aber es soll trotzdem nur mir gehören.«

»Verstehe …« Julius strich mit den Lippen über meine Schläfe. Eine Geste voller tiefstem Vertrauen, dann mit den Fingern über den Schriftzug. »Es passt irgendwie zu dir.«

»Inwiefern?«

»Es ist wunderschön und dabei doch so voller Ruhe. Unaufgeregt und dabei doch wie ein Abenteuer. Voller Wahrheit und dabei doch irgendwie … versteckt. Ein bisschen wie dein Herz, das du eben nicht auf der Zunge trägst. Ich mag es, dass man sich da erst durchkämpfen muss. Wenn du jemanden reinlässt, dann bedeutet das was.«

»Das ist also das Bild, das du von mir hast?«

»Das klingt fast, als würde ich etwas sehen, das nicht da ist«, meinte Julius. »Aber ich erkenne einfach nur, wer du bist.«

Für einen Moment dachte ich an das Gespräch mit Prija. An das, was sie zwischen uns beiden wahrnahm. Und verdammt, wenn ich für Julius tatsächlich dieser Mensch sein konnte, dann …

Dann …

»Ich bin bi«, hörte ich mich plötzlich sagen.

Träge bewegte Julius den Kopf und musterte mich überrascht. Und während sein Blick über mein Gesicht glitt, dehnte sich in mir ein unbekanntes Gefühl aus, weil ich diese Worte zum ersten Mal ausgesprochen hatte. Als wäre das mit Prija eine Generalprobe für diesen Moment gewesen und nur der hier würde wirklich zählen.

Es war ein fucking großer Unterschied, ob man auf Drogen oder betrunken mit Kerlen rummachte, ob man das für sich selbst pseudoakzeptierte, sich selbst ein bisschen dafür verabscheute und danach jedes Mal direkt wieder verdrängte. Oder ob man es genoss und sich fallen ließ.

»Hm-m?«

»Also, ich bin … ich bin bisexuell.«

Worte waren verdammt mächtig. Worte konnten alles verändern.

Bisexuell.

Julius blinzelte.

»Okay?«, war alles, was er erwiderte.

Scheiße.

Mit einem Mal fühlte ich mich verdammt unbeholfen und wusste nicht so recht, wie ich ausdrücken sollte, was ich ihm so dringend sagen wollte.

»Ich will nur sagen; ich steh wirklich auf Männer.«

Julius lachte und zog mich fester an sich. »Ja, ganz offensichtlich.«

Unser erster Kuss auf der Feuertreppe. Die Anziehung, die ich vom ersten Moment an verspürt hatte. Mein Herz, das sich nach ihm und jedem einzelnen Gespräch mit ihm sehnte. Sein Schwanz in meinem Mund. Das Bild tauchte für einen Moment vor mir auf, und ich biss mir auf die Unterlippe. Wie schaffte es dieser eine Mensch, diese ungekannte Verlegenheit in mir aufkommen zu lassen?

»Ich will nur … verdammt. Ich will dir einfach nur sagen, dass du kein Experiment oder so für mich bist. Wir haben nie darüber gesprochen, und ich möchte einfach, dass du das weißt, Lius.«

Ein warmer Ausdruck trat in seine Augen und noch irgendetwas anderes, das ich nicht zuordnen konnte.

»Danke«, flüsterte er und küsste mich auf die Nasenspitze. »Aber eigentlich sagst du das gerade mehr für dich, oder?«, schob er sanft hinterher.

»Es ist nur … ich habe mich nie geoutet oder so.«

»Wenn du das nicht möchtest, dann musst du das auch nicht tun, Romeo. Das ist kein Zwang, sondern ganz allein *deine* Sache.«

Der liebevolle Ausdruck in Julius' Augen sorgte dafür, dass es mit einem Mal aus mir herauszusprudeln begann: »Es … es gab da früher diesen Jungen, Michi.« Das Bild seines Zahnlückenlächelns und seiner Sommersprossen stieg vor mir auf. »Da war ich dreizehn. Verdammt, und im Nachhinein würde ich wohl sagen, dass ich ziemlich verschossen in ihn gewesen bin, auch wenn ich das damals noch nicht so richtig verstanden habe. Und an diesem einen Tag, da hat er mich in unserem Garten geküsst, und es hat sich schön angefühlt. Irgendwie habe ich gar nicht darüber nachgedacht, was das jetzt bedeutet und ob das normal ist oder nicht. Zumindest nicht in dem Moment. Ich habe ihn einfach zurückgeküsst und …«

»Und dann?«, fragte Julius nach, und erst da wurde mir klar, dass ich zu reden aufgehört hatte. Ich schluckte, und er zog mit seinen Fingern beruhigende Kreise auf meinem Bauch.

»Meine Mutter hat uns gesehen, mir eine runtergehauen und mir gesagt, dass sich das auf keinen Fall wiederholen darf. Und dass ich mir diese seltsame Sache aus dem Kopf schlagen soll. Weil das ja nicht mehr wäre als eine Phase und kurze Verwirrung. Ein paar Tage später habe ich auch noch mitbekommen, wie meine Eltern über mich geredet haben. Dass mit mir etwas nicht stimme, ich ja immer schon zu wild und zu laut und sowieso anders gewesen wäre und man mir das mit Michi austreiben müsse.

Die Sache war nur, dass ich irgendwann gemerkt habe, dass das nichts war, was wieder weggehen würde. In den Jahren danach habe ich mich sowohl zu Mädchen als auch zu Jungen hingezogen gefühlt. Dann zu Frauen und Männern. Und nichts davon ist jemals wieder weggegangen. Genauso wenig, wie diese Sache, die da zwischen Michi und mir gewesen ist. Heimlich, unser Geheimnis, verborgen vor allen anderen. Für eine kurze Zeit bin ich glücklich gewesen, denn er hat mich verstanden, wie meine Familie es niemals getan hat. Ich musste mir immer wieder anhören, dass mit mir etwas ganz und gar nicht stimmt.«

Langsam hob ich den Kopf, und jetzt sah Julius wütend aus. Das Erzählte schwebte zwischen uns.

»So denkst du doch nicht über dich?! Zumindest nicht mehr, oder?«

»Ich, äh, nein …«

Ich merkte selbst, wie kratzig meine eigene Stimme klang. Wie zutiefst verunsichert. Und Gott, das war auch bei Weitem nicht die ganze Geschichte gewesen, sondern lediglich die Spitze des Eisbergs.

Mit einem Ruck setzte Julius sich ganz auf und brachte sein Gesicht ganz nah vor meines. »Du bist genau richtig, Romeo. Du bist wunderbar und eben einfach so, wie du bist. Da gehört die Art, wie du dich in Menschen verliebst, einfach dazu. Ob das eine Frau ist oder ein Mann oder sonst jemand. Du musst dich nicht rechtfertigen, sondern einfach nur tun, was dein Herz dir sagt.«

»Genau das ist es ja, was du mir jeden Tag zeigst«, raunte ich. Die Vehemenz in Julius' Stimme berührte mich noch mehr als alles andere. Ich legte meine Hand an sein Gesicht. »Ich wünschte, ich könnte genauso selbstsicher damit umgehen wie du! Das wird sicher noch seine Zeit brauchen, aber … du gibst mir so viel, Lius. Viel mehr, als du ahnst.«

Glücklich lächelte er mich an.

»Wusstest du schon immer, dass du schwul bist?«, hörte ich mich fragen.

»Ja.« Julius lachte. »Mädchen haben mich noch nie interessiert. Bis ich gemerkt habe, was das so richtig bedeutet, war das auch sehr verwirrend. Und auch lange danach noch. Meiner Mutter musste ich es zum Beispiel nie erklären, irgendwie haben wir da immer ganz offen drüber geredet und wussten es beide. Es gab kein dramatisches Outing oder irgendetwas in der Richtung.«

»Das heißt, es war einfach normal?«

»Ja, total. Zumindest bei ihr. Daniel hat auch nie etwas gesagt. Davin habe ich es irgendwann erzählt und hatte Angst, dass das etwas an unserer Freundschaft ändern würde, aber das hat es zum Glück nicht. Es hat ihn einfach nicht interessiert, also auf eine gute Art. Bei Biene war es genauso.«

Ein Ziehen machte sich in meinem Bauch bemerkbar. Bewunderung dafür, dass Julius so offensichtlich im Reinen mit all dem war. Ein bisschen Neid, weil er es so leicht gehabt hatte. Aber in dem Moment fügte er nachdenklich hinzu: »Trotzdem war es auch … schwierig, vor allem in der Schule. Ich wollte mich nie verstecken und habe deshalb kein Geheimnis daraus gemacht, dass ich auf Jungs stehe. Aber gerade deswegen wurde ich oft Schwuchtel genannt und Schlimmeres. Es gab Typen, die plötzlich einen Bogen um mich gemacht haben. Wenn wir uns für den Sportunterricht umgezogen haben und danach duschen waren, haben sie getan, als könnte ich sie mit irgendeiner Art Krankheit anstecken. Oder als würde ich sie auf eine eklige Art geil finden und bei der nächsten sich bietenden Gelegenheit über sie herfallen. Ich habe mich manchmal wie ein Aussätziger gefühlt. Aber ich hatte immer meine Familie und großartige Freunde, die mich so genommen haben, wie ich bin. Und ich denke, das war das Wichtigste, schließlich sind das die Menschen, die bleiben. In der Schule wusste ich, dass es irgendwann vorbei sein würde.« Julius begann wieder, durch meine Haare zu streichen. »Es tut mir so leid, dass du das nicht hattest.«

»Seine Familie kann man sich eben nicht aussuchen.«

»Das stimmt. Aber man kann vielleicht eine andere finden, eine bessere«, sagte er mit einem Lächeln.

Ich dachte an alles, was er mir über seine erzählt hatte. An den sanften Ausdruck, wenn er über seine Mutter, über Frieda und Daniel sprach.

Julius' zog mich fester in seine Arme. Der Blick aus blauen Augen hielt mich in all den Stunden umschlungen, in denen wir nackt dalagen. Er war voller Subtext und sagte doch einfach: *Schau, ich bin hier.*

Julius

Am Freitagnachmittag nahm ich Romeo spontan mit nach Weißensee zu meinen Eltern. Ich hatte Frieda und sie schon länger nicht mehr gesehen, und mir gefiel der Gedanke, dass sie ihn kennenlernen würden. Den Mann, mit dem ich so viel Zeit verbachte und der mein Herz im Sturm erobert hatte. Auf den Weg dorthin fügte Romeo unserer Playlist ein neues Lied hinzu: *Finally Mine* von H.O.S.H.

I say this is the right time/ For our love/ I say this is the right time baby/ For our love.

Ich sah Romeo an, und mein Herz flatterte.

I've been waiting and waiting/ Waiting for so long.

Als das Haus mit dem Garten in Sicht kam, nahm ich Romeos Hand. Die Tür ging auf und Frieda kam, in eine hellblaue Wolke gehüllt, hinaus und winkte uns mit beiden Händen zu. Sie trug einen voluminösen Schneeflockenpulli. Kurz darauf tauchten auch Mama und Daniel hinter ihr auf. Sie umarmten erst mich, dann Romeo – so als würden sie ihn schon ewig kennen. Es war nicht nur das erste Mal gewesen, dass ich

Mama bei einem unserer letzten Telefonate auf *diese* Art von einem Mann erzählt hatte, es war auch eine Premiere, dass ich jemanden mit nach Hause brachte.

»Wer bist du?«, wollte Frieda sofort wissen.

»Romeo.« Es war erst das zweite Mal, dass ich ihn seinen vollen Namen aussprechen hörte, nachdem er ihn mir damals bei unserer ersten Begegnung genannt hatte. Ich fand es schön, wie er ihn betonte. Meine kleine Schwester streckte ihre Arme zu ihm hoch. Sie himmelte ihn jetzt schon an, wie gefühlt die halbe Welt ihn mit entrücktem Blick zu betrachten schien.

»Du siehst aus wie ein Engel«, sagte sie mit großen Augen, und ich musste mir auf die Unterlippe beißen, um nicht laut zu lachen, denn sie hatte recht.

»Und du siehst aus wie eine Abenteurerin«, entgegnete Romeo mit ernstem Blick, und Frieda strahlte ihn nur noch mehr an. Dann zog sie ihn mit sich und führte ihn wie einen Ehrengast durch das Haus, um ihm alles zu zeigen. Das Wohnzimmer mit den breiten Fenstern und dem Blick in den Garten, der Treppenaufgang mit den vielen Fotos, mein altes Kinderzimmer und das mit der Schneeflockentapete, welches Friedas ganzer Stolz war.

Auf dem großen Tisch im Wohnzimmer wartete bereits das Essen. Die Platte mit dem Lachs, der von Kräutern und Zitronenscheiben gesäumt war, stand in der Mitte. Schüsseln mit Butterkartoffeln, Tomaten und Spargel und verschiedenem anderem Gemüse reihten sich darum. Es roch himmlisch, vor allem aber nach Zuhause.

Als ich damals das erste Mal für Mama gekocht und wahllos Dinge in eine Pfanne geschmissen hatte, hatte ich mir das genau so vorgestellt: Unmengen an Essen und Menschen, die unweigerlich zusammengehörten – ganz gleich ob aufgrund von Blutsverwandtschaft oder erwählter Zuneigung.

Ich half Daniel und meiner Mutter, das restliche Geschirr und den

Topf mit der cremigen Soße ins Wohnzimmer zu tragen, ehe ich Romeo und Frieda suchte, um sie zum Essen zu holen.

»Das bleibt unser Geheimnis, okay?«, hörte ich meine Schwester Romeo auf der Treppe zuflüstern, woraufhin er ganz ernst nickte.

Während des Essens packte Mama, begleitet von Friedas Kichern, eine peinliche Geschichte aus meiner Kindheit nach der anderen aus, während Daniel immer wieder vergeblich versuchte, das Thema in eine andere Richtung zu lenken.

»Hat er dir erzählt, wie er zu der Narbe auf seinem Arm gekommen ist?«, setzte Mama schon wieder an, und ich stöhnte gequält auf.

»Weißt du noch, als du einmal meintest, ich soll dir sagen, wenn du dich nicht mehr wie meine coole, superjunge Mutter benimmst, sondern genauso wie alle anderen?«, ging ich dazwischen. »Genau *das* hier ist so ein Moment.«

Mama schnaubte. »Du hast noch nie jemanden mit nach Hause gebracht, also lass mir doch die Freude.«

Daniel und ich warfen uns einen Blick zu, und ich wusste, wir waren uns einig: Mama machte es nur noch schlimmer. Und Romeo wusste das auch ganz genau. Zufrieden grinsend sah er mich über die Tischplatte hinweg an, ehe er sich wieder meiner Mutter zuwandte.

»Lius hat mir die Geschichte sogar erzählt, als wir uns kennengelernt haben. Er wollte dir beweisen, dass er fliegen kann.«

Mama reichte die Platte mit dem Fisch herum. »Jetzt kann ich darüber lachen, aber er hat mir wirklich einen ordentlichen Schrecken eingejagt.«

»Wie genau habt ihr euch denn eigentlich kennengelernt?«, griff Daniel ein. Dankbar sah ich ihn.

»Das war vor einem Club. Ich war mit Biene, Davin und den anderen unterwegs. Romeo war an dem Abend dort, weil er aufgelegt hat.« Es gab Details unseres Kennenlernens, die ich vielleicht lieber aussparen sollte. Zum Beispiel das mit den Drogen und die Tatsache, dass Romeo bei unserem ersten Gespräch drauf gewesen war. »Und na ja ... dort habe ich ihn angesprochen.«

»Was bedeutet, *er hat aufgelegt?*« Mit großen Augen sah Frieda zwischen uns hin und her.

»Ich mache Musik«, erklärte Romeo und lächelte sie an, woraufhin sie staunend den Mund öffnete und rief: »Das ist cool. Das ist sogar noch cooler als Lius' Weltreisespiel!«

»He! Das Spiel habe ich mir ja nicht mal ausgedacht. Das warst *du*, Flocke!«

»O«, hauchte Frieda, und dieses Mal lachten alle am Tisch.

Während des restlichen Essens wurde viel gefragt, geantwortet und durcheinandergeredet. Mama und Daniel löcherten Romeo mit Fragen zu seinem Job und seiner Musik. Kurz hatte ich Sorge wegen des Themas, weil er dahingehend trotz seines Talents und des Feuers, das ich in ihm brennen sah, so sehr mit sich kämpfte. Doch er erzählte und lachte und war ganz einfach Teil von uns. Es war schön, so schön.

Nach dem Essen half ich, das dreckige Geschirr in die Küche zu tragen und in die Spülmaschine einzuräumen. Mama sang zu einem Lied aus dem Radio, ich wippte im Takt mit. Daniel holte den Nachtisch aus dem Kühlschrank, den Prija Romeo und mir mitgegeben hatte. Kleine Gläschen mit Tiramisu.

Frieda zog Romeo erneut mit sich, und wenig später fand ich die beiden im Wohnzimmer. Er saß auf dem Boden vor dem Ecksofa, ein Bein lässig angezogen, das andere ausgestreckt, während Frieda hinter ihm stand, seine Haare kämmte und einzelne Strähnen mit bunten Spangen befestigte. Sie hatte die Zungenspitze konzentriert zwischen die Lippen geklemmt. Ich schnappte Wörter wie *Agentin, Monster* und *Engel* auf. Romeo hob den Kopf und erwischte mich dabei, wie ich ihn anstarrte. Er sah als Erstes wieder weg, aber mit einem Lächeln auf den Lippen.

Ich machte mit dem Handy ein Foto von den beiden.

»Da hast du dir aber auch einen besonders Hübschen ausgesucht«, sagte Mama, die neben mich getreten war und nun ebenfalls zu den beiden sah.

Ich grinste. »Finde ich auch.«

»Mir haben früher auch die Bad Boys am besten gefallen. Das Düstere und Unnahbare hat mich immer angezogen.« In ihrer Stimme schwang neben der offensichtlichen Leichtigkeit noch etwas anderes mit. Es war dieses undefinierbare Etwas, das nur in den seltenen Augenblicken auftrat, in denen Mama über meinen leiblichen Vater sprach, ohne *wirklich* über ihn zu reden. Ich hatte mich schon vor langer Zeit daran gewöhnt, dass der einzige Ort, an dem er existierte, der zwischen den Zeilen war. Und das war okay, war sogar gut, denn so konnte ich sein Fehlen und die Fragen nach der anderen Hälfte meiner Existenz besser ignorieren. Ich glaubte ohnehin nicht, dass die Antworten etwas an mir oder meinem Leben ändern würden. Und die Person, die sich nach *Papa* anfühlte, war für Frieda und mich derselbe Mensch.

»Daniel ist wirklich alles andere als ein *Bad Boy*«, schmunzelte ich schließlich betont heiter. »Und Romeo auch nicht.«

»Ja, da hast du wohl recht. Es ist nur …«, Mama runzelte die Stirn und ließ den Blick über ihn wandern, ehe sie wieder mich ansah, »Romeo wirkt so wahnsinnig präsent und vereinnahmend, und ich habe ein wenig Angst, dass du nicht genug Raum neben ihm hast.«

Ich blinzelte. »Magst du ihn nicht?«

»Doch, ich mag ihn. Sehr sogar.« Mama lächelte, dann sah sie mich beinah ein bisschen schuldbewusst an. »Aber du bist eben mein Sohn, und ich kenne dich. Du bist jemand, der sich schnell zurücknimmt, dem Harmonie sehr wichtig ist und der daher bereitwillig Kompromisse eingeht. Und vielleicht habe ich Romeo gegoogelt, nachdem du mir von ihm erzählt hast.«

»Was?« Ich blickte sie überrascht an. »Du kannst doch nicht einfach meinen … Du kannst ihn doch nicht einfach googeln!«

Und dann schoss mir all das durch den Kopf, was sie wohl gesehen hatte. Es war mit Sicherheit nicht das, was man sich für seinen Sohn wünschte. Aber das war ja nicht er, das war nicht der echte Romeo.

»Mir ist schon klar, dass man nicht alles glauben sollte, was man so liest ... Ich meine ... Ist er denn gut zu dir?«

Ich nickte langsam. »Das ist er. Wirklich.«

»Und bist du glücklich mit Romeo?«

Jetzt drehte ich mich doch ganz zu Mama um. Sie strich sich in dieser vertrauten Geste die dunklen Haare hinter die Ohren. Ich überragte sie um wenige Zentimeter. Mama musterte mich ein bisschen besorgt, und es störte mich. Es störte mich, genau wie mich ihre Worte über die Maßen störten, auch wenn ich nicht einmal genau sagen konnte, weshalb – denn sie meinte es ja nur gut. Natürlich wollte sie wissen, ob Romeo mich gut behandelte. Aber ich wollte nicht darüber nachdenken, ich wollte nicht an seine durchscheinende Unruhe denken, die seit unserem ersten gemeinsamen Besuch im Tierheim, als er zuerst so seltsam aufgedreht gewesen war, mit jedem Tag zuzunehmen schien. Denn gerade war doch alles gut.

Das hier waren Romeo und ich und unser Happy End.

»Ja, ich bin glücklich mit ihm«, sagte ich bestimmt.

Als wir auf dem Heimweg in der Bahn saßen, schickte ich Prija das Foto, dass ich von Romeo und Frieda gemacht hatte. Dazu schrieb ich, dass sie Konkurrenz bekommen hätte. Nur wenige Minuten später vibrierte mein Handy.

PRIJA, 18:17 Uhr
Was ist das mit deinem Freund, dass ihn einfach nichts entstellen kann???

Dein Freund. Dein. Freund. Dein Freund.

»Wieso grinst du so?«, wollte Romeo mit einem neugierigen Blick auf mein Handy wissen. Der Alex zog beleuchtet hinter den Fenstern der Bahn vorbei.

»Prija sagt, du bist … mein Freund.«

Ich blinzelte. Romeos Mundwinkel zuckten, als er eine Hand auf meinen Oberschenkel legte und mich liebevoll ansah. Und ich dachte, dass er schön war. So schön. Und sein Lächeln die Antwort auf eine Frage, die ich gar nicht gestellt hatte. Zumindest nicht direkt.

Wir fuhren bis zum Boxhagener Platz und gingen zu seiner Wohnung, weil wir die Finger nicht voneinander lassen konnten. Ich musste dieses Wochenende nicht im *Espresso* arbeiten und mein Herz hüpfte, denn die nächsten zwei Tage gab es nur ihn und mich.

Romeo und ich schafften es nicht einmal mehr den Flur entlang. Wir fielen an Ort und Stelle übereinander her. Der Rucksack, in den ich Sachen für das Wochenende gepackt hatte, fiel mit einem dumpfen Geräusch zu Boden. Und auch wir sanken wenig später auf das dunkle Holz. Die Stuckdecke schien ewig weit weg zu sein. Romeo saß auf meinem Schoß, sah voller Wärme und Verlangen zu mir hinunter und zog sich Hoodie und Shirt über den Kopf. Seine offenen Haare fielen ihm ein Stück über die Schultern. Er sah rau aus, wahnsinnig begehrenswert und dabei lag doch dieses verschmitzte Grinsen auf seinen Lippen, als er seine Hände an den Saum meines Oberteils legte und es mir auszog. Unsere Herzen schlugen im selben Takt. Und dann war alles nur noch ein Strudel aus Empfindungen und Nähe, aus schnellem Atem und unseren geflüsterten und geschrien Namen.

Am Sonntagmorgen schlang ich von hinten die Arme um ihn. Er saß auf einem der Hocker an der Küchentheke und starrte mit gefurchter Stirn auf den Bildschirm seines Laptops. Neben ihm eine halb ausgetrunkene Tasse Kaffee, nach der ich müde griff und einen Schluck nahm. Er war schon kalt, und ich verzog angewidert das Gesicht.

»Hey, Babe«, raunte er und legte eine Hand auf meine, die auf seinem flachen Bauch ruhten. Ich umarmte Romeo noch fester, und er seufzte zufrieden. Ich hatte eines seiner Shirts angezogen und war eingehüllt von schönstem Romeogeruch.

»Was machst du da?«

»Das ist die Demo für Markus.« Romeo klang, als hätte er soeben sein Todesurteil unterschrieben. Ich löste mich von ihm und setzte mich auf den Hocker direkt neben seinem. Romeo wippte mit seinem rechten Bein unruhig auf und ab, bis ich eine Hand darauf legte.

»Was ist los?«

»Ich glaube einfach nicht, dass das schon so weit ist«, antwortete er leise. Seine offensichtliche Verunsicherung berührte mich. Vor allem deshalb, weil ich sie in dieser Art noch nie an ihm gesehen hatte.

»Los. Schick es weg.« Ich beugte mich zu ihm. »Du bist *so* verdammt cool«, sagte ich und küsste ihn auf den Hals. »Und schön.« Ich hauchte einen weiteren Kuss auf seinen Nacken. »Und unfassbar talentiert«, machte ich weiter und wanderte mit meinen Lippen über seine rechte Schulter. Romeo spannte sich unter mir an. Er drehte sich auf dem Hocker um. Unsere Beine schoben sich ineinander, mit seinen Schenkel umklammerte er meinen linken.

»Meinem Ego gefällt es verdammt gut, was du da alles sagst«, murmelte er und neigte den Kopf. »Und trotzdem habe ich das Gefühl, als würdest du das gerade nicht ganz ernst meinen und mich ein bisschen verarschen.«

»Das würde ich niemals wagen«, entgegnete ich mit einem provokanten Lächeln, ehe ich mich vorbeugte und ihn auf den Mund küsste. »Ich mein's ernst, Romeo. Schick es weg, okay? Du wirst nie das Gefühl haben, dass es perfekt ist. Und du kommst erst weiter, wenn du dich Markus' Meinung stellst. Du willst doch, dass die Welt dich hört, oder?«

Er schluckte. »Das ist das, was ich am meisten will.«

Romeo zögerte noch einen kurzen Moment, seine Finger schwebten unentschlossen über der Tastatur, dann klickte er auf *Senden*.

10. Kapitel

Romeo

Eine Woche später saß ich morgens mit einer Tasse Kaffee in den Händen auf meiner Feuertreppe und blickte durch das Gitter hindurch auf Friedrichshain. Meine Gedanken waren leicht wie die Wolken am Himmel. Sanft zogen sie an mir vorbei: meine Demo, die nun endlich bei Markus war, das Gefühl von verdammter Hoffnung, das plötzlich alles durchdrang, und schließlich Julius, der mir nicht nur immer wieder Mut machte, sondern mir auch die schönen Seiten des Lebens zeigte. Die absolut echten und ungefilterten. Bei der Vorstellung, dass ich gleich noch nach Kreuzberg fahren und ihn sehen würde, hüpfte mein Herz.

Was als Nächstes passierte, war nichts, worüber ich aktiv nachgedacht hatte. Es war reiner Impuls. Vielleicht ausgelöst von dem Gefühl, womöglich doch unbesiegbar zu sein. Vielleicht von der Erinnerung an den Besuch in Weißensee und dem Zusammensein mit Julius' Familie, die mich so selbstverständlich bei sich aufgenommen hatten.

So oder so.

Ich tat es.

Ich wählte die Festnetznummer meiner Eltern, die ich nach vier Jahren immer noch auswendig kannte. Die Stille wurde erfüllt von erwartungsvollem Klingeln, das sich in Unendlichkeit verlor. Fast war ich froh darüber, dass niemand abnahm. So konnte ich mir selbst sagen, dass ich es ja versucht hatte, musste mich gleichzeitig aber nicht der Tatsache stellen, dass das Verhältnis, das wir ohnehin nie gehabt hatten, kaputt war.

Ich ließ es noch einen Moment weiterklingeln und fragte mich, ob die Villa in Blankenese wohl noch immer so aussah wie am Tag meines

Auszugs. Immer noch so museumsartig, vollgestopft mit irgendwelchen Ölgemälden, die niemandem etwas bedeuteten, und teuren Gegenständen, die keinem Zweck dienten. Und überall glattpolierte Oberflächen und für Besucher in Szene gesetzte Ecken.

Als es plötzlich doch in der Leitung knackte, zuckte ich zusammen.

»Jonas?«

Natürlich ging meine Mutter davon aus, dass mein Bruder anrief. Jonas, der Lieblingssohn, der sich wahrscheinlich täglich meldete oder vorbeischaute. Der alles so verflucht perfekt machte und der Stolz der ganzen Familie war.

»Jedes Mal, wenn es klingelt, denke ich, es würde losgehen und Frederica liegt in den Wehen«, lachte sie hell. Ihr Atem ging schnell, als wäre sie zum Telefon gerannt. »Wie geht es ihr denn? Und dem Kleinen? Jonas, ich verstehe immer noch nicht, weshalb ihr nicht doch hier eingezogen seid. Das wäre um so vieles praktischer.«

Ähm. Okay?

Das klang ganz so, als erwartete mein Bruder ein Kind – was *mir* natürlich niemand gesagt hatte. Wieso auch? Sie meldeten sich nicht bei mir, ich meldete mich nicht bei ihnen. Manchmal kam es mir so vor, als hätte es die neunzehn Jahre, die ich dort an der Elbe aufgewachsen war, nie gegeben. Und trotzdem fühlte ich mich beim Klang ihrer Stimme sofort wieder wie früher: ungewollt, unerwünscht, in allen Dingen falsch und vor allem stets außen vor.

»Jonas? Wieso sagst du denn nichts?«

Vor einem halben Jahr hätte ich an diesem Punkt einfach aufgelegt, doch ich riss mich zusammen. Warum auch immer ich diese Nummer gewählt hatte: Jetzt spürte ich, dass es wichtig für mich war.

Also räusperte ich mich.

»Hallo … Mama«, sagte ich. »Ich bin's. Ro … meo.«

Einen Augenblick lang gab es nur Schweigen ihrerseits und Herzstillstand meinerseits.

»Romeo?« Sie klang noch überraschter, als ich es selbst war, und für den Moment wusste wohl keiner von uns, was er sagen sollte. Doch dann seufzte sie.

»Ich habe diese unschönen Fotos von dir im Internet gesehen …«

Ich stöhnte auf. Konnten wir nicht wenigstens so tun, als würden wir uns für den anderen interessieren? Vielleicht wenigstens ein *Wie geht es dir*?

Fast war ich versucht zu fragen, welche Fotos. Aber letztendlich war es auch scheißegal, um welche es sich genau handelte. So oder so symbolisierte so ziemlich alles an mir und meinem Lebensstil das, worauf meine Eltern herabblickten – mich eingeschlossen.

»Was hast du dir nur dabei gedacht?« Ich sah förmlich vor mir, wie meine Mutter mit dem Telefon in der Hand in der riesigen Eingangshalle stand und den Kopf schüttelte. »Kannst du dir vorstellen, was dein armer Vater und ich uns hier anhören müssen, wenn das Gespräch auf dich kommt?«

»Was denn?«

Affektiert lachte sie auf. »Allein, dass du das fragst …«

»Hör mal …«, setzte ich unbeholfen an, »eigentlich …«

»Romeo, wenn du dich hier aus dem Nichts meldest, weil du Geld brauchst, dann muss ich dir leider sagen, dass dein Vater und ich dir ganz sicher nicht diese Art von …«, fast schon angewidert schraubte sich ihre Stimme in die Höhe, »Leben finanzieren werden.«

»Glaub mir, Geld brauche ich ganz sicher nicht.« Beinah hätte ich laut aufgelacht. Alles, was ich als Kind immer gewollt hatte, war die Liebe meiner Eltern gewesen. Aber das begriffen sie in ihrer Selbstbezogenheit einfach nicht. Stattdessen hatte es Regeln, Grenzen, Ohrfeigen und in den schlimmsten Fällen Schläge gegeben, sobald ich mich nicht richtig verhielt.

Vor allem die Schläge hatten sich mir ins Gedächtnis gebrannt. Ein Sohn, der Jungs küsste – das war etwas, was man mir mit Gewalt auszutreiben versucht hatte. Unwillkürlich tauchten die Gesichter der Menschen vor mir auf, die ich in meinem Leben geküsst hatte. Mädchen und Jungen, Frauen und Männer. Die meisten von ihnen waren belanglose Sexgeschichten, in ein paar von ihnen war ich verliebt gewesen – so wie in Michi und Sebastian. Und dann war da Julius, mit dem alles anders war als zuvor. Lius, Lius, Lius, der meine Welt erhellte.

Mein Herz pulsierte, schlug von Sekunde zu Sekunde schneller und mit einem Mal wusste ich ganz genau, wieso ich diese Nummer gewählt hatte.

»Weißt du was? Eigentlich habe ich gar kein Interesse mehr daran, mit dir zu sprechen. Es gibt nur eine einzige Sache, die ich dir sagen möchte: Ich bin mit einem Mann zusammen. Er ist wunderbar, großzügig und auf eine Art weltoffen und reflektiert, wie Vater und du es niemals sein werdet.« Ich holte tief Luft und fuhr fort: »Ich bin verdammt stolz darauf, jemanden wie ihn in meinem Leben zu haben. Und noch stolzer bin ich darauf, dass ihr es nicht geschafft habt, mich kleinzuhalten. Nicht *ich* bin das Problem, weil ich mich auch in Männer verliebe, *ihr* seid das verdammte Problem, weil ihr engstirnige, versnobte und homophobe Arschlöcher seid, die sich lächerlicherweise auch noch für etwas Besseres halten.«

Ich hörte meine Mutter noch entsetzt nach Luft schnappen, dann legte ich auf und fühlte mich seltsam befreit.

Julius

Der frische Lack unseres Busses glänzte helltürkisfarben in der Herbstsonne. Die verfärbten Blätter auf dem Dach passten zu dem goldenen Ton, nach dem er sich für mich anfühlte. Die Fenster waren inzwischen repariert, der Boden mit Holz verkleidet. Biene und ich steckten jede freie Minute in dieses Projekt, das unsere Zukunft war, denn wie schon bei unserem alten VW-Bus wollten wir auch dieses Mal so viel wie möglich selbst machen. Auch einen Stellplatz hatten wir inzwischen in Aussicht. Der Magnolienplatz, ein beliebter Ort mitten in Kreuzberg, nicht weit von unserer Wohnung am Landwehrkanal entfernt, auf dem verschiedene Foodtrucks, Imbisswagen und mobile Röstereien neben Anbietern von Schmuck oder Kleidung ihren festen Standort hatten. Es war eine Mischung aus Flohmarkt und Food-Festival, das sechs Tage die Woche stattfand.

Der Himmel war ein Quadrat, wenn man hier im Innenhof am Paul-Lincke-Ufer stand. Ich ließ meinen Blick über den Bus gleiten und betrachtete die Stelle, an der bald ein buntes Graffiti den Lack zieren würde. Es würde ein Bild sein, das von Fernweh, Aufbruch und Freiheitsgefühlen erzählte. Ich lauschte dem Lachen meiner Freunde, die sich im Inneren des Busses schon an die Arbeit gemacht hatten. Davin, Alex und Charlotta waren Biene und mir eine wirklich große Hilfe. Es war noch viel zu tun, doch bis zur geplanten Eröffnung im neuen Jahr sollten wir rechtzeitig fertig werden. Ich war der festen Überzeugung, dass aus Positivem noch mehr Schönes entstand, und so fühlte es sich auch jetzt an, als Romeo von hinten die Arme um mich legte.

Er hauchte mir einen Kuss auf die empfindliche Haut hinter meinem Ohr. Ein neuer Tag, Sonnenlicht, ganz offen von ihm berührt zu werden – mit einem Mal schien alles sich zu fügen. Von Mignon wusste ich, dass es im Französischen sogar einen Begriff dafür gab: *un cercle vertueux*, der das Gegenteil eines Teufelskreises meinte und mit dem man jene Momente des Lebens beschrieb, in denen alles am Schnürchen lief und ein gutes Ereignis zum nächsten führte.

»Du siehst glücklich aus«, raunte Romeo hinter mir, und sein Bart strich über meine Schläfe.

»Bin ich.« Langsam drehte ich mich in seinen Armen herum und sah zu ihm hinauf. »Danke, dass du das machst.«

»Auf deine Verantwortung, Lius.« Romeo verschränkte seine Hände in meinem Rücken. »Es gibt Leute, die das deutlich besser können als ich.«

»Mag sein, aber ich will es genau so haben. Und Biene auch. Also hast du keine andere Wahl.«

Es war ja gerade dieses Unperfekte, dass ich an Romeos Graffitis so mochte. Die groben Linien und das absolut Vereinnahmende. Ohne dieses Foto von einem seiner Bilder auf einer rauen Wand, hätte das mit uns beiden vielleicht nie begonnen. In einer der Nächte, in denen ich nackt und zufrieden in Romeos Armen lag, hatte ich ihm noch einmal die Frage gestellt, mit der unser Chat vor Monaten begonnen hatte: Ob er mit dem Sprayen aufgehört hatte, oder weshalb die Fotos nach und nach aus seinem Feed verschwunden waren?

»Ich teile schon meine Musik mit der Welt«, hatte er gemurmelt und mit meinen Armbändern gespielt. »Ich möchte, dass es auch Dinge gibt, die nur mir gehören. Kunst bedeutet für mich irgendwie immer … *Weite* und das will ich mir bewahren. Musik, Malerei. Alles, wobei man etwas Neues erschafft, gehört doch irgendwie zusammen. Wenn ich bei einem Track festhänge, dann hilft es mir manchmal, das Gefühl auf einer Wand zu visualisieren.«

In diesem Moment hatte ich mich wohl noch mehr in ihn verliebt.

»Hör auf, mich so anzusehen«, sagte Romeo jetzt, irgendwo zwischen Spiel und Ernst.

Ich stellte mich auf die Zehenspitzen und grinste. »Wieso?«

Ein Seufzen erklang. »Du hast mich viel zu sehr in der Hand, Babe.«

»Du Armer«, neckte ich Romeo und küsste ihn zärtlich auf den Mund. »Das muss wirklich ganz furchtbar für dich sein.« Er erwiderte meine Berührung, legte sogar eine Hand an mein Gesicht und sofort flutete wieder diese Hitze meinen Körper. Er biss mir ganz sanft in die Unterlippe, und ich schob meine Hände genießerisch in die hinteren Hosentaschen seiner Jeans.

»Hey, Leute!«, zerriss Bienes Stimme den Moment. »Zeit zum Rummachen habt ihr später auch noch. Wir haben vorher noch viel zu tun!«

Wir fuhren auseinander. Ich lachend, Romeo ein bisschen verlegen, doch meine Hand ließ er nicht los.

Biene sprang aus der Fahrertür und kam mit schwingenden Schritten auf uns zu. Sie trug einen meiner alten Batik-Hoodies und hatte die Haare mit einem bunten Scrunchie zu einem wirren Knäul zusammengebunden. Um ihren Hals hing die Kette mit den bunten Holzperlen, die sie erst letztes Wochenende in der Küche gebastelt hatte, während ich für uns beide kochte.

Zusammen zeigten wir Romeo die genaue Stelle, an der wir uns das Graffiti vorstellten. Die linke Seite des Busses. Er nickte, ließ seinen Rucksack mit den Spraydosen auf den Boden fallen und legte direkt los. In den nächsten Stunden pendelte ich zwischen dem Inneren des Busses, wo die anderen an der Arbeit waren, und dem Platz davor, wo Romeo nach und nach ein kleines Kunstwerk auf türkisfarbenem Lack erschuf, hin und her. Wegen der Maske, die er vor Mund und Nase trug, sah ich nicht mehr als seine Augen. Wirbelndes Grau und volle Konzentration unter zusammengezogenen Brauen. Romeo hatte in letzter Zeit immer häufiger seltsam hibbelig gewirkt, manchmal konnte er seine Hände und Beine keine Minute lang stillhalten, doch jetzt wirkte er ganz ruhig und ich ertappte mich immer wieder dabei, wie ich stehen blieb und ihn betrachtete.

Das nächste Mal, das ich vorbeikam, saß Biene kichernd auf Romeos Schultern. Er hatte seine Hände auf ihre Unterschenkel gelegt und redete auf sie ein. Biene nickte mehrmals, bewegte dann eine Spraydose über den Lack und füllte eine letzte Ecke des Bildes aus. Romeo fing meinen Blick auf. Ich erkannte an den winzigen Fältchen in den Augenwinkeln, dass er lächelte.

Minuten später war das Graffiti fertig. Ich stand zwischen ihm und Biene, als ich es betrachtete, und wie schon bei Romeos anderen Sachen liebte ich die Mischung aus groben Linien und liebevollen Details. Die türkise Grundfarbe des Busses ging auf Höhe der Reifen fließend in schäumende Meereswellen über. Unter der Wasseroberfläche leuchteten eine Riesenschildkröte und mehrere Fische vor einem Korallenriff, die Wolken am Himmel waren klein und fluffig, die Sonne groß, gelb und einladend. Und inmitten dieses Bilds von Freiheit und Weite stand in bauchigen, rechtsgeneigten Buchstaben *Türkisgold* geschrieben. Der Name unseres Buscafés, für den Biene und ich uns entschieden hatten, nachdem ich ihr von den Farben erzählt hatte, die er in mir auslöste.

»Danke«, raunte ich und verflocht meine Finger mit Romeos.

Als das Licht langsam schwand und wir für diesen Tag mit allem fertig waren, machte ich mit dem Handy mehrere Fotos von unserer Gruppe. Ein mit Selbstauslöser eingefangener Moment vor dem frisch glänzenden Graffiti, den ich zu den anderen in der Küche hängen würde. Wir steckten die Köpfe über meinem Handy zusammen, um die Bilder anzusehen. Biene saß auf Davins Schultern, daneben hatte Alex einen Arm um Charlotta geschlungen. Leicht erhöht hinter den vieren standen Romeo und ich aneinandergelehnt. Sein Arm lag lässig um meine Schultern, seine Fingerspitzen berührten mein Schlüsselbein.

Wir sahen alle zerzaust und fertig aus, in unseren alten Klamotten mit den vielen Flecken, die sich im Laufe des Tages darauf gesammelt hatten. Bienes Haare wurden nur noch notdürftig von dem bunten Scrunchie zusammengehalten, und in Charlottas kurzen Haaren hing Dreck und Staub. Aber auf unseren Gesichtern sah ich dieses zufriedene Leuchten, das entsteht, wenn man den ganzen Tag draußen gewesen ist und etwas mit den Händen erschaffen hat.

Romeo half mir, von oben das Bier runterzutragen, dann fuhren Biene und ich mit den Fahrrädern nochmal los, um Pizza holen zu gehen. Kühl strich der Wind um meine Nase. Nicht mehr lange, und die Sonne würde untergehen. Berlins Straßen leuchteten warm in fast goldenen Licht. Häuser und Menschen zogen an uns vorbei, und trotz all der

Anonymität fühlte ich mich in diesem Moment mit ihnen allen seltsam verbunden.

Als wir mit der Pizza zurückkehrten, jubelten die anderen. Jemand hatte Kerzen angezündet und die bunten Lichterketten angebracht, die schon in Bienes und meinem alten Bus gehangen hatten. Genauso wie das Glasperlenwindspiel, das nun über der vorderen Tür prangte.

Der Bus war eine kleine, leuchtende Oase in unserem Innenhof.

Die Pizzen gingen herum, dann das Bier. Wir saßen im Inneren des Busses im Kreis. Der Holzboden war immer noch staubig und nur notdürftig gesäubert. Das Werkzeug und andere Einzelteile lehnten an den Wänden, damit wir Platz hatten, doch alles war warm und schön und leise Musik erklang aus der kleinen Box, die Davin mitgebracht hatte. Absolut lebendig und ausgelassen erfüllten die Töne von *Blue Coloured Mountain* von Szymon die Luft. Genauso goldtürkisfarben, wie der Bus sich für mich anfühlte – perfekter konnte dieser Moment nicht sein. Alex zog Charlotta wegen irgendetwas auf, neben mir stritten sich Biene und Romeo um das letzte Stück Pizza und Davin hielt mir eine frisch geöffnete Flasche hin. Glas stieß gegen Glas, und alle redeten durcheinander. Wenn ich die Augen schloss, konnte ich mir fast vorstellen, die fernen Kiezgeräusche Kreuzbergs wären das Rauschen des Meeres vor Saint-Loan.

»Ihr habt alle richtig was gut bei uns«, sagte ich mit einem warmen Gefühl im Bauch in die Runde. »Erst eure Hilfe bei unserem Umzug und jetzt packt ihr hier mit an. Ohne euch würden wir das alles nicht schaffen.« Dann warf ich Romeo einen Blick zu. »Und danke für das Graffiti.«

Er drückte meine Hand.

»Doch, natürlich würdet ihr das schaffen«, meinte Davin ruhig und klopfte mir auf die Schulter. »Aber ihr hättet definitiv weniger Spaß dabei.«

»Du hältst dich für witziger, als du bist«, lachte Alex, woraufhin Davin die Stirn runzelte.

»Ich halte mich für genauso witzig, wie ich bin.«

»Wenn hier jemand die Spaßkanone in der Runde ist, dann bin das ja wohl ich, oder?«, entgegnete Alex und schob sich die Brille auf der Nase zurecht. »Bambi?«, hilfesuchend sah er Charlotta an. »Komm schon. Sag's ihnen.«

Bienes Hand schob sich in Davins, und sie lächelte ihn mit geröteten Wangen an. »Also ich finde dich sehr witzig.«

Er sah ziemlich zufrieden mit sich und der Welt aus. »Seht ihr?«

»Also ... ihr beiden probiert es doch noch einmal?«, schlussfolgerte ich mit einem Blick auf ihre verschränkten Hände.

Davin rieb sich mit der freien Hand verlegen über den ausrasierten Nacken. »Ja, ich schätze schon. Ich war ein Idiot. Ich hatte Angst. Am meisten Angst, dass ich dadurch irgendwie unsere Freundschaft zerstören könnte, aber mir ist klar geworden, dass es sowieso längst kein Zurück mehr gibt.« Ein breites Grinsen breitete sich auf seinem Gesicht aus. »Biene hat mir erzählt, dass du sie auf diesen Schrottplatz geschleppt und gemeint hast, sie solle sich mein Gesicht vorstellen, während sie die Sachen zertrümmert. Hat scheinbar Wunder gewirkt.«

»He, Moment«, entgegnete ich. »Das habe ich ganz sicher nicht gesagt. Das war allein ihre Idee. Also der Teil mit dem Gesicht ...«

»Ich glaube dir das jetzt einfach mal«, gab Davin zurück.

Romeo lachte laut auf, und ich spürte das Vibrieren dieses Geräuschs in meinen Schultern, um die er wieder warm und schwer seinen Arm gelegt hatte. »Wenn ich das so höre, bekomme ich Angst, es mir mit dir zu versauen, Lius.«

»Genau. Pass lieber auf«, scherzte ich und schmiegte mich noch tiefer in Romeos Umarmung.

»Ich freu mich echt für euch«, wandte ich mich an Biene und Davin. »Wenn ihr es verkackt, muss ich leider auf euch beide sauer sein und dann wird es kompliziert. Also ...«, ich lachte, »verkackt es einfach nicht!«

»Kein Druck oder so«, murmelte Biene.

»Er hat aber recht«, schaltete Alex sich ein. »Das war schon echt ziemlich unerträglich, als ihr euch getrennt habt. Oder wie auch immer ihr das nennen wollt.«

Charlotta beugte sich vor. »Also seid ihr jetzt zusammen? So richtig?«

»Ja, so richtig.« Bei diesen Worten zog Davin Biene enger an sich.

»Ich fühle mich wie bei einer WG-Intervention«, murmelte diese verlegen. »Können wir langsam wieder über etwas anderes reden?«

»Ach, wieso denn. Ich finde es gerade ehrlich gesagt ziemlich spannend«, neckte ich sie. »Und ich hätte da noch so viele Fragen.«

»Genau das hatte ich befürchtet«, meinte Biene, doch ihre blauen Augen lachten zwischen bunten Lichtern und Kerzenschein.

»Hey, Lius«, schaltete Davin sich ein. »Traust du dich, dich nackt aufs Busdach zu stellen?«

Ich grinste. »Wieso nicht?«

Unsere Fäuste stießen gegeneinander. Es war eine Besiegelung, ein Versprechen. Euphorisch sprangen wir beide auf und rannten nach draußen. In meinem Rücken hörte ich Romeos dunkles Lachen, das sich warm und immer noch gelb um mich legte.

Ich war glücklich.

Romeo

»Ro, versteh mich nicht falsch. Das Zeug ist gut, es ist echt richtig geil. Ich liebe diese Stelle vor dem ersten Drop, wo du so extrem verlangsamst und dann dieser Herzschlag einsetzt, bevor es knallt«, sagte Markus, und ich hörte das *Aber* am anderen Ende der Leitung schon, bevor er es aussprach. »Aber es ist nicht geiler als deine letzten Sachen. Und erst recht nicht besser als *Nachtschwärmer* oder *Stadtsee*. Es ist düsterer, doch das finde ich gut. Irgendwie passt das. Trotzdem fehlt einfach das gewisse … Etwas. Das Neue. Das Andere. Verstehst du, was ich meine?«

Fast hätte ich laut aufgelacht. Ja, ich verstand, was er meinte. Als ob ich das nicht selbst wüsste. Aber in diesem Moment wurde mir eine Sache wieder einmal klar: Zu wissen, dass man nicht an das herankam, was man selbst einmal erschaffen hatte, war das eine. Es von jemand anderem zu hören etwas komplett anderes. Das war eine Form von Realität, der man nicht entkam.

Die letzten beiden Wochen, in denen ich an der Demo gearbeitet und Markus' Input so gut es ging umgesetzt hatte, schienen verdammt nochmal umsonst gewesen zu sein.

»Wenn wir das echt durchziehen, dann müssen wir uns sicher sein«, fuhr Markus schon fort. Mit jedem Wort wurde seine Stimme lauter: »Du musst jeden einzelnen Track hart feiern. *Wir beide* müssen das alles richtig abfeiern und davon überzeugt sein, dass das der geilste Scheiß ist, der hier jemals gespielt wurde. Aber dafür musst du aufhören, dich an die Muster zu klammern, von denen du weißt, dass sie bei deinen ersten Sachen funktioniert haben. Die Leute wollen etwas Neues, keine ständigen Wiederholungen.«

Gegen die Wand gelehnt stand ich im Flur und betrachtete die Plakate meiner Alben und Auftritte, die sich dort aneinanderreihten. Ich tastete sie mit den Augen ab und hörte Markus nur noch mit halbem Ohr zu. *Es reichte nicht, es reichte einfach nicht.* Julius würde das nie verstehen, denn soviel er mir auch bedeutete, konnte er doch das Loch in mir nicht füllen, das mein Nicht-Genügen in mich hineinbrannte. Der Verlust dessen, was mich einmal hatte fliegen lassen.

Nach weiteren quälenden Minuten verabschiedete Markus sich endlich, aber etwas, das er gesagt hatte, machte mich stutzig; *Alter Gaskessel* und *bis später*. Ich musste daran denken, wie er mir vergangenen Monat im *Fakultativ* aufgelauert hatte und stöhnte entnervt auf. Im Gegensatz zu Julius glaubte er mir nicht, dass ich das mit den Drogen gerade im

Griff hatte und spielte schon seit Wochen Babysitter. Und doch musste ich mir eingestehen, dass ich jene Nächte trotz meines Glücks mit Julius zu vermissen begann. Es war wie ein Vakuum in meinem Inneren, welches statt mit Luft mit der Erinnerung an künstliche, übersteigerte Hochgefühle gefüllt war. Und je mehr Zeit verstrich, desto verführerischer erschien mir der Glanz des Verbotenen. Es war die Versuchung, die erneut aufkommende Frustration ertränken zu können. Frust, weil mir mein Anruf in Blankenese wieder einmal bewusst gemacht hatte, dass meine Familie sich niemals ändern würde. Frust, weil meine Musik trotz aller Bemühungen wieder nicht genug war. Himmel, ich steckte dermaßen fest.

Von Tag zu Tag fiel es mir schwerer, meine innere Unruhe vor Julius, vor allem aber vor mir selbst zu verbergen.

Die verdammte Dunkelheit rief mich. Für den Moment zum Glück noch so leise, dass ich es ignorieren konnte.

Abends schwenkte ich ein Glas Whiskey in meiner linken Hand, Zigarette zwischen Zeige- und Mittelfinger. Licht verfing sich in der goldbraunen Flüssigkeit. Es war Ästhetik, die mich unvorbereitet traf. Ich schoss ein Foto und lud es bei Instagram hoch. Bis ich losmusste, hatte ich noch ein paar Stunden Zeit. Lustlos scrollte ich durch die Kommentare zu meinem heutigen Post: ein Bild von mir, das Prija gemacht hatte. Gegen die Wand im Treppenhaus gelehnt, lässige Pose, Blick in die Ferne. Darunter stand ein Hinweis auf die wenigen verbliebenen Tickets für heute Nacht.

xxLaraxx: Alter, ist der heiß. Ich würde ja schon ziemlich viel dafür geben, wenn er mich mal so berühren würde wie sein Mischpult ;)

Miriam_95: Wieso postet er in letzter Zeit so wenig?

SiSoSe12: Habt ihr auch mitbekommen, dass sein Label ihn anscheinend rausschmeißen will?

Music_is_life @SiSoSe12: Hab irgendwo gelesen, dass er mit jemandem aus seinem Label geschlafen hat und es da ziemlich Stress gab.

SiSoSe12 @Music_is_life: Wer auch immer das gewesen ist: *lucky one*!

Anna.Lisa: ICH LIEBE, LIEBE, LIEBE DICH! <3

Es war immer dasselbe: die Leute unterhielten sich in den Kommentaren, als wäre ich gar nicht anwesend. Über meinen Kopf hinweg. Klar, ich hatte keine Zeit, mir das alles durchzulesen, geschweige denn darauf einzugehen, aber es war ja nicht so, als würde ich überhaupt nichts davon mitbekommen. Ich erfuhr mehr, als mir lieb war. Und mit wem zur Hölle sollte ich angeblich im Bett gewesen sein? Dass ich mit jemandem von *Studio B21* etwas anfing, war wirklich dermaßen lächerlich.

Ich hoffte, Julius sah sich dieses Zeug nicht an. Die meisten Dinge waren gelogen, scheißverletzend oder beides zusammen. Aus diesem Teil meines Lebens wollte ich ihn ebenso heraushalten wie aus Ringos Kreis. Nach wie vor hatte ich Angst, dass Julius den Menschen, der ich dort war, nicht verstand. Es war diese andere Version von mir. Eine abgefucktere Variante. Und ich mochte die Person, die ich in Julius' Welt sein konnte. Am allermeisten die, die ich in unserem Zwischenuniversum war.

Zum ersten Mal heute trat ein Lächeln auf meine Lippen. Ich hatte schon wieder jedes Zeitgefühl verloren, doch morgen würde ich Julius anrufen. Julius, meinen Julius.

Morgen. Nach einer Berliner Nacht, die noch vor mir lag.

Julius

Dass Romeo einfach so untertauchte und sich tagelang nicht meldete, war nichts Neues und eigentlich wusste ich, dass das nichts mit mir zu tun hatte. Er war Künstler, und Kreativität fragte nicht nach den Grenzen unseres normalen Lebens. Sie existierte in unserer Welt, noch mehr aber an ihren verschwimmenden Rändern und weit darüber hinaus. Romeo war in den vergangenen Monaten immer wieder mal verschwunden, hatte sich in seinem Musikzimmer verbarrikadiert, um nach einiger Zeit wie Phönix aus der Asche wieder aufzutauchen – mit einem neuen Song. Mit Beats, deren Farben mir tief unter die Haut krochen.

Doch dieses Mal war etwas anders.

Mittlerweile hatten wir miteinander geschlafen, und Romeo hatte mir mit seinem Körper und aus vollem Herzen gesagt, dass ich ihm dasselbe bedeutete wie er mir. Wir waren uns nah gewesen wie nie zuvor, und ich bekam das Bild von ihm in meinen Armen nicht aus dem Kopf. Romeo, wie er für mich kam. Romeo, verschwitzt und wunderschön neben mir. Romeo, der mir ein Armband in *meinen* Farben um das Handgelenk band. Romeo, der Frieda zum Lachen brachte. Romeo, der Biene vor unserem Bus auf seine Schultern hob.

Wir hatten uns ineinander verliebt.

Wir wollten einander.

Und auch, wenn wir in unterschiedlichen Welten lebten, war die Schnittmenge letzten Endes doch groß genug, oder?

Oder? Oder? Oder?, pochte es hinter meinen Schläfen. Unser letzter gemeinsamer Abend war bald zwei Wochen her und nach dem, was wir alles miteinander geteilt hatten, verunsicherte Romeos plötzliches Schweigen mich nun.

Auf dem Skateboard fuhr ich die Boxhagener Straße entlang. Ich legte mich in die Kurven und glitt an parkenden Autos unter immer kahler werdenden Bäumen vorbei. Vor dem milchigen Himmel bildeten sie in diesem, sich dem Ende zuneigenden Oktober das Tor zum Winter. Die Enden meines Wollschals wehten hinter mir her, als ich schwungvoll nach rechts abbog und schließlich zum Stehen kam. Vor mir lag der Boxhagener Platz, und wie jeden Samstag tummelten sich die Menschen auf dem Wochenmarkt. Familien, junge Pärchen und Studenten zwischen Essenswagen, Blumenständen und Auslagen mit handgemachtem Schmuck. Ich nahm mir vor, Romeo zu fragen, ob er später mit mir hierherkommen wollte, dann klemmte ich mir das Board unter den Arm und betrat das Café an der Ecke, von dem er mir irgendwann einmal erzählt hatte. Ich kaufte zwei Becher Kaffee und lief das restliche Stück.

So wie ich Romeo kannte, saß er an seinem Mischpult und hatte die Realität ganz vergessen. Wahrscheinlich wusste er nicht einmal, welchen Tag wir heute hatten. Ich schmunzelte und erinnerte mich daran, wie ich an einem regnerischen Abend überraschend vor seiner Tür gestanden und er erst nach einer Ewigkeit aufgemacht hatte. Die Haare nur noch notdürftig im Nacken zusammengebunden. Unzählige gelöste blonde Strähnen, zerknittertes Shirt, ausgeblichene Jogginghose und in all dem Künstlerchaos immer noch atemberaubend schön. Romeo hatte geblinzelt, war nur langsam aus seiner musikalischen Trance erwacht und hatte mir eines dieser Fast-Lächeln geschenkt, das diese verrückten Sachen mit meinem Herz machte. Dazu die echte Freude in den Augen, die Romeo inzwischen offen zeigte.

Wenige Minuten später kam das Backsteingebäude und die sich windende Feuertreppe an der Seite in Sicht. Dort hatten wir uns zum ersten Mal geküsst. Ich auf Romeos Schoß, über uns die Sonne, die Stück für Stück vom Himmel verschwand. Vielleicht würde er mich heute ja wieder fragen, ob ich mir seine Musik *ansehen* wollte. Ich würde *Ja* sagen, weil es ein Blick in Romeos Seele war.

Ob sein Manager sich inzwischen bei ihm gemeldet hatte? Das würde ich ihn als Erstes fragen. Gleich nachdem ich ihn geküsst hätte.

Doch als ich den Innenhof durchschritt, stutzte ich. Wie fast immer drangen aus Romeos Wohnung bebende Beats auf die Straße hinunter. Es war nicht die Musik, die mich irritierte, sondern die Stimmen, die durch die geöffneten Fenster nach draußen drangen. Stimmen, obwohl Romeo doch sonst nie irgendjemanden zu sich einlud. Ob Freunde bei ihm waren? Vielleicht hatte er deshalb nicht auf meine Nachricht geantwortet, dass ich auf dem Weg zu ihm war. Ich konnte das seltsame Gefühl, das sich in mir ausbreitete, nicht richtig fassen. Es war irgendeine Art Vorahnung. Eine leise Stimme, die mich dazu aufforderte umzudrehen.

Ich ignorierte sie und klingelte trotzdem.

Es tat sich nichts.

Die Stimme in meinem Kopf wurde lauter und lauter, bis sie die dröhnenden Beats von oben übertönte. Und sie sagte mir, dass dies hier einer dieser Momente im Leben war, in denen man mit Übelkeit erregender Sicherheit erkannte, dass man sich einer Sache stellen musste, die nur schwer zu ertragen wäre. Ich wusste, dass irgendetwas nicht stimmte.

Ich klingelte erneut. Und dann ein weiteres Mal.

Endlich das Summen. Ich eilte die Treppenstufen nach oben. *Romeo, Romeo, Romeo*. Mit jedem Schritt, den ich ihm entgegenkam, schwoll die Musik an, meine Hand strich über das glatt polierte Holz des Geländers und ich hob den Blick.

Romeo stand in der Tür, die Kapuze seines dunklen Hoodies nach oben geschlagen. Haare offen und in Endloswellen. Der Bart voller als gewohnt, ansonsten war da jede vertraute Linie seines Gesichts. Doch Romeo sah mir auf eine Art entgegen, die mir fast den Boden unter den Füßen wegzog. Und die Stimme in meinem Kopf, sie war wieder da und sie schrie. Romeo blickte mich an und gleichzeitig durch mich hindurch.

Wir standen ganz nah voreinander, küssten uns jedoch nicht. Die wenigen Zentimeter zwischen uns fühlten sich an wie eine Unendlichkeit. Romeos Augenringe waren so dunkel und tief, wie meine Gefühle für ihn ehrlich waren und mir jetzt gerade so zerbrechlich erschienen.

Ehrlichkeit. Er hatte mir versprochen, dass er die Finger von diesen Scheißdrogen lassen würde, zumindest diesen exzessiven Mist, der ihn langsam, aber sicher zerstören würde – physisch, psychisch. Doch nach diesem Versprechen sah er gerade überhaupt nicht aus. Und je länger die Sekunden sich ausdehnten, die zwischen uns verstrichen, desto weniger wusste ich, ob ich wirklich dort hineinwollte. Dieser Spaziergang mit Rave am frühen Morgen, Romeos sich schleichend steigernde Unruhe und Nervosität – wahrscheinlich hätte ich es wissen müssen.

»Was machst du hier?«, fragte er ausdruckslos.

Kalt.

Von oben herab.

In dieser kurzen Frage schwang zu viel mit, das mich innerlich fallen ließ.

»Ich wollte dich sehen.« Ich schluckte und lehnte mein Board gegen die Wand. »Und dir Frühstück vorbeibringen.«

»Frühstück?«, fragte Romeo und hob eine Augenbraue. So als wäre das irgendwie seltsam und nichts, was ich öfter schon getan hatte.

»Ja, ich ... also kein ganzes Frühstück, nur Kaffee. Ich habe dich vermisst.«

»Hm-m ...« Dieser Laut war alles.

Aus der Wohnung drangen Stimmen, laute Musik ließ die Wände erzittern und der Bass setzte sich in meinem Herzen fest. Irgendwo stöhnte jemand, und ich versuchte, nicht genauer darüber nachzudenken, was das zu bedeuten hatte. Romeo zog mich den Flur entlang hinter sich her. Mit etwas wackeligen Schritten und gleichzeitig einer Art Selbstbewusstsein, das wie eine gesteigerte Version seines sonstigen Selbstvertrauens wirkte. Keine leichte Selbstüberschätzung, sondern pure Arroganz, die aus seinen Augen sprach, als er sich für einen Moment zu mir umdrehte. Das war nicht er, das waren irgendwelche Substanzen in seinem Körper. Keine Ahnung, ob ich wütend sein oder mir Sorgen machen sollte. Ob ich so schnell wie möglich verschwinden oder Romeo in den Arm nehmen sollte.

Die Küche war nicht wiederzuerkennen. Die komplette Arbeitsfläche stand voller leerer Flaschen und Becher, in manchen schwammen nicht nur Bierreste, sondern auch Kronkorken und Zigarettenstummel. Der Rest eines Joints, zwei überquellende Aschenbecher, eine halbvolle Flasche Wein mit einem Lippenstiftabdruck und ein Spiegel, der als Unterlage für weißes, bereits zerhacktes Pulver herhalten musste. Koks? Pep? Himmel, letztendlich spielte das ja nicht einmal eine große Rolle.

»Seit wann feiert ihr hier?«, fragte ich. Ich merkte selbst, wie gepresst meine Stimme klang, und doch gab ich mir Mühe, möglichst ruhig zu klingen.

»Keine Ahnung.« Romeo sah mich ehrlich verwirrt an. »Wir sind nach meinem letzten Set hierhergegangen.«

»Das ist verdammte drei Tage her, Romeo.«

»O ... okay.« Ein Stirnrunzeln und dieser seltsame Blick, der mir unheimlich war. Vielleicht weil er so emotionslos wirkte. So leer und so gar nicht nach ihm. Als hätte jemand irgendwo hinter diesem schönen silbrigen Grau eine Flamme ausgelöscht.

»Ist das denn schlimm?«

»Ich ... keine Ahnung ...«, ich wusste beim besten Willen nicht, was ich darauf erwidern sollte. Der Pappkarton mit den beiden Kaffeebechern schwankte gefährlich in meiner Hand.

»Jetzt komm endlich her, Babe«, nuschelte er und streckte seine Arme nach mir aus, und es gab trotz allem leider tausend Gründe, ihm entgegenzufallen. Unter anderem dieses schwindelerregende Grinsen, das sich jetzt auf seinen Lippen auszubreiten begann, auch wenn es ein bisschen wie eine Fotografie wirkte. Real und doch nur ein Abklatsch des wirklichen Lächelns. Irgendetwas daran stimmte einfach nicht.

In Romeos Blick blitzte etwas Echtes auf, und ich fühlte mich überfordert und war verwirrt von diesem Wechsel aus Kälte und Nähe. »Du bist so gut zu mir, Lius. Du bist einfach viel zu gut für mich …«

Irgendwo polterte es, jemand fluchte und dann folgte ein schmutziges tiefes Lachen.

»Was hast du ge …«, setzte ich an.

»Hey Alter, ich hab Stimmen gehört. Hast du dir etwa jemanden zum Spaßhaben eingeladen und dabei nicht an deine Freunde gedacht?«, zerriss eine schleppend klingende Stimme den Moment. Im Eingang zur Küche tauchte ein hagerer Typ auf. Er trug bloß eine zerschlissene Jeans, sein Oberkörper war übersät von Tattoos, die jedoch viel zu klein waren, als dass ich sie in ihren Einzelheiten ausmachen konnte. Ich erkannte ihn aus Romeos Instagramstories wieder. Wenn ich mich richtig erinnerte, hieß er Ringo und gehörte, genau wie dieser Kerl mit den rosa Haaren, den ich kurz im *Sisyphos* gesehen hatte, zu den Leuten, mit denen Romeo nachts um die Häuser gezogen war.

Oder es allem Anschein nach immer noch tat.

Ringo musterte mich mit ausdrucksloser Miene. Viel zu lang und viel zu ausgiebig, während er sich mit verschränkten Armen gegen den Türrahmen lehnte. Der Blick in seinen Augen hatte etwas Berechnendes und bescherte mir sofort eine Gänsehaut. Noch im selben Moment wusste ich, dass er jemand war, von dem man sich lieber fernhalten sollte.

Schließlich hob Ringo eine Augenbraue und grinste. »Ich hatte auf eine scharfe Braut gehofft.«

Romeo spannte sich neben mir kaum merklich an, ließ mich aber nicht los. »Das ist Lius. Mein … Freund.«

Mein Freund.

Kurz machte mein Herz einen Satz, denn so hatte er mich noch nie genannt. Doch in dieser ganzen Situation hier fühlte es sich irgendwie falsch an. Und wieso klang Romeos Stimme dabei so ausdruckslos?

»Du hast also ’nen Freund.« Ringo lachte. »Interessant.«

Automatisch versteifte ich mich. Ich hatte absolut keine Ahnung, was daran lustig sein sollte. Aus irgendeinem Grund sagte ich jedoch nichts, und Ringo zuckte nur gelangweilt mit den Schultern. Einen Augenblick später legten sich zwei zierliche Arme von hinten um seine Taille. Er drehte sich um und zog die junge Frau zu sich. Lange, blonde Zöpfe strichen um ihre Taille. Sie trug nicht mehr als ihre Unterwäsche und darüber einen übergroßen, geöffneten Bademantel, der mit Bananen bedruckt war. Auch sie starrte mich aus riesigen Augen an, ehe Ringo nach ihrer Hand griff und sie zu der Theke in der Mitte des Raums führte.

Bevor sie sich auf einen der Hocker fallen ließ, blieb sie, ohne mich zu beachten, vor Romeo stehen, blickte zu ihm auf und strich ihm mit einer viel zu vertrauten Geste durch die Haare. Auf eine ähnliche Art, wie ich es bisher immer getan hatte. Und ich hasste alles an diesem Anblick. Sie stellte sich auf die Zehenspitzen und für einen Moment wirkte es so, als würde sie ihn gleich küssen. Ich fühlte mich, als würde mich jemand unter eiskaltes Wasser tauchen und ich trieb irgendwo unter der Oberfläche, nicht mehr Herr über alle meine Sinne und damit beschäftigt, mich zu orientieren und das Brennen in meinen Lungen irgendwie zu stillen.

Sag ihr, dass sie dir nicht so nah kommen soll.

Sag ihr, dass du gerade meine verdammte Hand hältst.

Sag ihnen allen, dass sie verschwinden sollen.

In Gedanken schrie ich Romeo all das entgegen, doch mein Mund war unfähig, diese Worte zu formen. Vielleicht auch wegen all der Grautöne, die wie eiskalter Nebel durch die Wohnung waberten, wo ich sonst alles voller Farben sah. Irgendetwas stimmte hier nicht. Stimmte ganz und gar nicht.

Ringo holte indes den Spiegel von der Arbeitsfläche und schob mit einer Bankkarte einen Teil des Häufchens zu schmalen Linien, die er sich erst durch das linke, dann das rechte Nasenloch zog, ehe er den Spiegel an die Frau weiterreichte: »Gönn dir was, Helena.«

Dann hob er sie auf die Arbeitsplatte und fing an Ort und Stelle an, mit ihr rumzumachen. Ob es die beiden gewesen waren, die ich beim Hereinkommen stöhnen gehört hatte? Oder welche von den anderen Leuten, die hier irgendwo herumliefen?

Helena legte seufzend den Kopf in den Nacken. Geschlossene Augen, während ihr der Bananenbademantel über die Schultern rutschte und sie schließlich halbnackt vor uns saß. Schwarze Träger auf heller, fast durchscheinender Haut. Ringos Hände legten sich fest um ihren Hintern.

Helena seufzte und öffnete flatternd die Augen. Ihr Blick schweifte durch den Raum, blieb schließlich an mir hängen.

»Hey, wie heißt du nochmal? Linus?« Sie musterte mich unter halb gesenkten Lidern. »Willst du mitmachen?« Kurz sah sie Romeo auf eine Art an, die meine Bauchschmerzen noch verstärkte. »Oder stehst du *nur* auf Kerle?« Sie kicherte und senkte die Stimme: »Könnte ich natürlich verstehen. Wäre aber trotzdem schade.«

Romeo schwankte ein wenig, ehe er seinen Griff um meine Hand verstärkte.

»Babe, vielleicht solltest du besser gehen …«

Er sprach zwar mit mir, hatte das Gesicht aber Helena zugewandt, die ihre Beine um Ringos Hüften schlang.

»Du nennst ihn Babe, Ro?« Schon wieder lachte Ringo, als hätte jemand einen besonders guten Witz gemacht.

In mir verkrampfte sich alles, und ich entwand mich Romeos Berührung.

»Wieso soll er denn jetzt auf einmal gehen, wo er doch gerade erst gekommen ist?« Helena kicherte und schenkte uns ein Lächeln. Es war niedlich und stand in merkwürdigem Kontrast zu dieser ganzen Situation.

»Komm schon, Ro. Du bist doch sonst nicht so eine Spaßbremse. Oder bist du etwa eifersüchtig?« Sie riss die schwarz umrandeten Augen auf und senkte minimal die Stimme, als sie sich an Ringo wandte: »Seit wann ist Ro denn eifersüchtig?«

»Ich schätze, seit es *Babe* gibt.«

»Julius.« Romeos Tonfall hatte etwas Dringliches, vor allem aber Hartes an sich. »Du solltest jetzt wirklich gehen.«

Ganz offensichtlich wollte er mich loswerden, was sich mehr als gut traf, denn ich hatte kein Interesse daran, noch länger zu bleiben. Je länger ich mich in dieser Wohnung aufhielt, umso deutlicher merkte ich, wie sich jegliche Farbreste zwischen all dem Grau immer weiter verdunkelten. Auch das letzte intensive Dunkelbau war mit jeder Sekunde weniger geworden, es wurde nun gänzlich geschluckt von aschigem Grau, was diesen Ort fast greifbar veränderte. Über allem lag dieses Grau, schwarz an den Rändern und zu viel Düsteres mit Abgründen, denen ich mich nicht zu stellen bereit war.

Das war der Moment, in dem ich aus dieser seltsamen Starre erwachte und antwortete: »Das glaube ich auch.«

Ich klang um so vieles gefasster, als ich mich fühlte. Hilflos ließ ich die beiden Kaffeebecher auf der Theke stehen. Das Frühstück für meinen Freund, irgendwo inmitten seiner Drogenparty, zu der ich nicht eingeladen worden war. Einer Party, auf der ich keinen Platz hatte und auch keinen wollte. Ja, er war übermüdet, und ja, er sollte dringend Schlaf nachholen. Aber das aus ganz anderen Gründen, als ich gedacht hatte.

Irgendjemand lachte, während ich fast schon aus der Wohnung rannte. Immer und immer wieder dieses blöde Lachen. Kurz schien es, als würde Romeo etwas sagen wollen, doch dann sah er mich nur teilnahmslos an und ließ mich ziehen. Ich bekam noch mit, wie Ringo ihm etwas von diesem Scheißzeug anbot und letztendlich wollte ich gar nicht wissen, ob Romeo es annahm oder nicht. Wenn ich es nicht sah, war es weniger real.

Ich bin nicht für dich verantwortlich, auch wenn es sich manchmal so anfühlen mag.

Ich kann mich nicht um unser beider Leben kümmern.

Ich bin verletzt.

Ich bin enttäuscht.

Ich habe Angst.

Ich habe Angst und weiß nicht, ob um dich oder mich.

Ich habe Angst.

Angst, Angst, Angst.

In meinem Kopf drehten sich die Gedanken in einer Endlosschleife aus immer gleichen Sätzen und Fragen, die mir auf dem Weg zur Frankfurter Allee nur noch schwerer und erdrückender erschienen. Und über all dem fragte ich mich, was zur Hölle das gerade eben gewesen war? Ich hätte so viel zu sagen gehabt, und gleichzeitig fühlte ich mich seltsam leer und bloßgestellt.

Romeo

Ich zuckte zusammen, als die Haustür mit einem lauten Krachen ins Schloss knallte und starrte einen Moment wie gelähmt auf die Stelle, an der Julius gerade noch gewesen war. Sonnenlicht fiel auf die beiden Kaffeebecher, die zwischen dem ganzen verdammten Müll auf der Theke standen, und ich sah das Logo des *KiezEcks*. Ich dachte an Lillie und Leander, dann wieder an Julius. Und anschließend daran, dass ich über all diesen Dingen stand. Ich brauchte nichts, ich brauchte niemanden. Ich fühlte mich mächtig und stark, vollkommen Herr der Lage. Kurz schoss mir der Gedanke durch den Kopf, dass da gerade etwas ordentlich schiefgelaufen war, gleichzeitig fühlte es sich an, als würden mir die vergangenen Minuten einfach wie Wasser durch die Finger rinnen. Gerade eben passiert und jetzt schon eine Erinnerung. Und außerdem war ich doch ein *fucking* Halbgott, oder? Das sagten sie immerhin alle. Was auch immer ich falsch gemacht haben sollte, Julius sollte sich verdammt nochmal nicht so anstellen. Er sollte sich glücklich schätzen, dass er jemanden wie mich haben konnte. Ich lachte auf. Nein, nicht jemand *wie* mich. Er sollte verdammt nochmal froh sein, dass er *mich* haben konnte.

»Was ist denn so lustig?« Helena musterte mich aus glänzenden Augen.

»Alles«, gab ich zurück und fühlte mich fiebrig.

Sie nickte andächtig, und ich fühlte mich mit ihr verbunden. Ganz kurz flammte ein anderer Gedanke in meinem Bewusstsein auf. Helena mit den großen, kindlichen Augen und den sanften Gesichtszügen, die doch erst zwanzig Jahre alt war und die Frage, wieso sie da schon so verloren schien? Ein Teil von mir dachte sich, dass ich sie von Ringo wegholen müsste. Dass Ringo für uns alle nicht gut war. Aber waren wir nicht für uns selbst verantwortlich?

Helena sah mich wissend an und breitete die Arme aus. Die langen Ärmel des Bademantels wirkten wie Flügel, als sie sich langsam im Takt der Musik zu drehen begann. Die Augen geschlossen und Schritte, die unsicher wirkten, im nächsten Moment aber wieder fest. Kreisende Bewegungen, die sie mit ihren Händen vollführte. Sie streckte sich, wand sich, als wäre meine Küche ein Club.

»Tanzt du mit mir?«

Statt einer Antwort trat ich zu ihr und schloss meine Arme um sie. Helena klammerte sich seufzend an meinen Oberarmen fest. Vielleicht aber auch ich mich an ihr – so genau konnte ich das nicht sagen. Wir drehten uns, wie auch alles um uns herum zu kreisen schien. Vor meinen Augen explodierten Lichter, und die Musik schwoll an wie ein Tsunami, der Helena und mich jeden Moment unter sich begraben würde.

Markus, der nicht mehr richtig an meine Musik und mich glaubte. Das beschissene Telefonat mit meiner Mutter, dass mir wieder deutlich vor Augen geführt hatte, wie unerwünscht ich in meiner eigenen Familie war. Und über allem das Ende meiner Freundschaft zu Lillie und Leander – nicht im Einzelnen, aber in der Summe hatte es nicht viel gebraucht, um mich wieder hier landen zu lassen.

»In was sind wir da nur reingeraten, verfluchte Scheiße«, murmelte ich in Helenas helle Feenhaare hinein.

Ich glaubte nicht, dass sie mich hörte.

Oder sie wollte nicht.

Das alles sind Chancen,
erste und zweite.
Wir schwimmen durch Berlin,
ziehen Kreise in unserem
Stadtsee.
Teich unseres Lebens.

Stadtsee, aus Stadtsee (EP),
erschienen 2021.

11. Kapitel

Romeo

Ich wachte mit hämmernden Kopfschmerzen auf und war mir sicher: Sie kamen direkt aus der Hölle. Keine Ahnung, welche Woche, geschweige denn welcher Tag war. Keinen blassen Schimmer, was gestern und was morgen war. Minutenlang lag ich einfach nur da, starrte die Decke über mir an und versuchte, irgendwie klarzukommen – nicht räumlich, sondern zeitlich.

Julius' Gesicht blitzte vor mir auf, und ganz automatisch legte sich ein Lächeln auf mein Gesicht. Doch es verrutschte, als nach und nach zu mir durchsickerte, wie wir uns das letzte Mal gesehen hatten. Angefangen hatte es mit dem niederschmetternden Telefonat mit Markus, der mir schonungslos ehrlich klargemacht hatte, dass ich weiterhin in dieser ganzen Scheiße drinhing. Danach die Clubnacht, in der er mir kaum von der Seite gewichen und ich ihn nur mit Müh und Not losgeworden war.

Meine Kreativität, die mich früher voller Drängen durchströmt hatte, verflüchtigte sich immer mehr. Und je heftiger ich ihr hinterherzujagen versuchte, desto schneller schien sie mir zu entgleiten. Gott, wenn ich ehrlich zu mir war wusste ich, dass ich mir auch ganz unabhängig von meinem Manager nie genügen würde. Meine Musik wäre mir verdammt nochmal nie gut genug, weil ich besessen von dem Gedanken war, dass sie perfekt sein musste, besessen war, von etwas fast schon Übernatürlichem. Es hatte mit den Drogen nicht mehr funktioniert, und das tat es auch ohne sie nicht. Es war hoffnungslos.

Eine Momentaufnahme von Ringo und Helena drängte sich in den Vordergrund; wie sie sich auf der Theke in meiner Küche gegenseitig die

Zunge in den Hals steckten. Und dann war da mit einem Mal Julius. Zwei verdammte Welten, die nicht aufeinandertreffen sollten und doch irgendwie kollidiert waren. Eine Mischung aus Hoffnungslosigkeit und brennender Wut hatte erst dafür gesorgt, dass ich nach meinem letzten Set im *Alten Gaskessel* mit den anderen weitergezogen und wir alle irgendwann bei mir zu Hause gelandet waren. Ich hatte es nicht ertragen, allein zu sein, und Julius hatte ich nicht schreiben wollen. Auch wenn ich ihm zu vertrauen lernte, wollte ich nicht, dass er mich so sah. Der Mann, den ich liebte, sollte mich nicht so nah an meinen Abgründen sehen. Und mit ihm konnte ich mich nicht auf *diese* Art ablenken. Auf eine, die rückfällig war und von der ich nicht loskam. Ich hatte Julius fernhalten wollen von diesem Teil meines Lebens und doch war genau das passiert, wovor ich mich am allermeisten gefürchtet hatte. Julius hatte es mit Sicherheit nicht gemerkt, doch kurz bevor er gegangen war, hatte sein Gesicht jedes seiner Gefühle offengelegt. Seine Züge, die ihm entglitten waren. In seinen Augen hatte erst Wärme gelegen, dann Abscheu und Angst.

Der Tag kroch furchtbar langsam dahin. Als Prija irgendwann klingelte und fragte, ob ich sie zum Einkaufen begleiten wollte, um danach mit ihr zu kochen, war ich erleichtert. Frische Luft war wahrscheinlich eine gute Idee. Außerdem stellte Prija nie im falschen Moment irgendwelche Fragen. Auf dem Weg zu *Rewe* plapperte sie wie auch sonst vor sich hin, ich hörte zu und warf ab und zu ein *M-hm* oder einen kurzen Kommentar ein. Sie erzählte mir von den Prüfungsergebnissen, die sie inzwischen bekommen hatte. Sie hatte bestanden und war jetzt ausgebildete Make-up-Artist, doch obwohl ihre Augen leuchteten, war da noch etwas anderes. Von Minute zu Minute wirkte sie hibbeliger, und ich wurde das Gefühl nicht los, dass irgendetwas los war.

»Nils hat sich von seiner Freundin getrennt«, platzte sie in der Gemüseabteilung schließlich heraus, einen Zweig mit Tomaten in der Hand.

»Okay?«

»Und er hat mir geschrieben, ob wir uns bald mal sehen könnten. Vielleicht will er es ja doch nochmal … versuchen.«

»Aber … geht das nicht ein bisschen schnell alles?« Ich wollte nicht diese Person sein, die Prija in ihrer Begeisterung dämpfte, doch ich erinnerte mich noch gut daran, wie traurig sie geschaut hatte, als sie mir vor wenigen Wochen das erste Mal von dem Kerl erzählt hatte. Als Freund musste ich sie doch irgendwie beschützen und das Richtige sagen, oder? »Von dir zu dieser anderen und dann wieder zurück zu dir?«

»Ich weiß, aber …«, Prija sah auf und erwiderte unsicher meinen Blick. »Wenn es sich richtig anfühlt?«

Sie legte die Tomaten in den roten, eckigen Korb, der an ihrem Unterarm baumelte, und zog die Augenbrauen nachdenklich zusammen.

»Hey, ich habe auch echt keine Ahnung von so etwas.« Ich folgte Prija vom Gemüse zum Obst. »Ich hatte noch nie eine Beziehung, ich weiß also nicht wirklich, wie das alles funktioniert …«

Sie lächelte. »Dafür bekommst du das mit Lius aber gut hin.«

Ich schwieg dazu, denn so fühlte es sich gerade nicht an. Stattdessen sagte ich möglichst sanft: »Du sollst nur vorsichtig sein. Das ist alles.«

Ich verbrachte den Abend bei Prija. Sie machte ein Risotto für uns, und ich musste wieder an Julius denken und die hypnotisierende Art, mit der er beim Kochen seine schlanken Finger bewegte. Prija wollte unbedingt irgendeine neue Netflix-Serie anfangen, und ich setzte mich bereitwillig mit vor den Fernseher in ihrem Zimmer.

Inzwischen hatte ich herausgefunden, dass Freitag war. Dass Julius am Sonntag hier aufgetaucht war. Das war jetzt fünf verdammte Tage her, und der Gedanke an unsere letzte Begegnung ließ Übelkeit in mir aufsteigen. Julius' Blick hatte sich in meine Netzhaut eingebrannt. In dem Moment selbst, als er vor mir stand, hatte ich mich wahnsinnig geil gefunden, doch jetzt, nüchtern und fast allein, blieb nur Scham zurück.

Ich hatte mein Ladekabel nach dem Aufstehen nicht gefunden und war gleichermaßen erleichtert darüber, wie es mich nervös machte. Wäre es schlimmer, wenn Julius' sich gemeldet hätte und ich mich mit letztem Wochenende auseinandersetzten musste? Oder wäre es verdammt nochmal schlimmer, wenn Julius einfach schwieg?

Zurück in meiner Wohnung stellte ich mich dem Chaos, das dort immer noch herrschte. Ich sammelte den Müll ein und brachte alles nach unten. An einer der Deckenlampen hing ein schwarzer Spitzentanga. Keine Ahnung, wie der da hochgekommen war, geschweige denn wessen Höschen es war. Schien ja aber keiner zu vermissen, also beförderte ich den auch mit nach draußen. Danach riss ich die hohen Fenster auf und ließ die belebend-kühle Nachtluft die Reste der Party vertreiben.

Mein Ladekabel fand ich in der Sofaritze im Musikzimmer. Ich stöpselte mein Handy daran. Instagram explodierte unter Likes und neuen Abonnenten. Ein kurzer Text von Ringo. Eine Erinnerung von Markus an einen meiner Auftritte. Und dann war da eine Sprachnachricht von Julius.

Es waren nur wenige Sekunden, doch wie immer machte mein Herz beim Klang seiner sanften Stimme einen Satz. Zeitgleich war da dieses Mal aber auch ein anderes Gefühl. Vielleicht Angst, vielleicht Scham – ich konnte es selbst nicht genau zuordnen.

»Hey, wie geht's dir? Ich hoffe, es ist alles … okay. Ich hab jetzt schon seit ein paar Tagen nichts mehr von dir gehört und …«, eine kurze Pause entstand, bevor er fortfuhr: »Melde dich, wenn du wieder fit bist, okay? Ich … vermisse dich.«

Julius klang normal.

Er klang so wie immer.

Wenn da nicht dieses Zögern gewesen wäre, das so gar nicht seine Art war.

ICH, 23:45 Uhr
Sorry, dass ich dir jetzt erst schreibe. Mein Handy war aus.

ICH, 23:46 Uhr
Wenn es dir nicht zu spät ist, kann ich dann noch bei dir vorbeikommen?

LIUS, 23:49 Uhr
Ich komme zu dir. Davin und Alex sind hier, und ich wäre lieber allein mit dir.

ICH, 23:49 Uhr
Du möchtest gern allein mit mir sein?

LIUS, 23:49 Uhr
Unter anderem.

ICH, 23:50 Uhr
Unter anderem? Das klingt, als gäbe es da mehr.

LIUS, 23:50 Uhr
Ich habe eine Liste.

ICH, 23:50 Uhr
Wie fängt sie an?

LIUS, 23:51 Uhr
Dinge, die ich gerne mit dir wäre:
Allein, zusammen, frei, glücklich, unsterblich.

Noch während ich die Worte las, dachte ich darüber nach, dass genau das *wir* waren: diese Nachrichten und diese Leichtigkeit in unseren geschriebenen Worten.

ICH, 23:51 Uhr
Ich mag diese Liste.

Später, irgendwann zwischen den Tagen, lag Julius nackt in meinen Armen, seine Beine mit meinen verknotet. Mit den Fingern zeichnete er feine Kreise auf meinem Bauch und seufzte zufrieden, als ich ihn enger an mich zog und Küsse auf seinen geschwungenen Schlüsselbeinen verteilte.

Gierig waren wir übereinander hergefallen, hungrig nach Haut und Herzschlägen und geflüsterten Worten. Wir rangen miteinander, fast so als müssten wir in meinem Bett etwas austragen, für das es gerade keine andere Sprache gab. Und als die erste Lust verebbt war, hatten wir es noch einmal getan. Um so vieles sanfter, mit einer Zärtlichkeit, die mich beinah eine erschreckende Wahrheit aus drei Worten hatte aussprechen lassen. Julius war auf mir gekommen, hatte mich dabei unter halb gesenkten Lidern angesehen und mich mit seinem Anblick tief getroffen.

»Das ist schön«, murmelte ich.

»Du bist schön«, raunte Julius und strich mit den Lippen über meinen Hals. Ich vergrub mein Gesicht in seinen schwarzen Locken und inhalierte sowohl ihn als auch den Moment. Er roch nach Sommer und Zitronen.

»Ich finde dein Handwerker-Ich heiß. Seit ihr den Bus umbaut, hast du ständig überall Farbe oder in deinen Haaren hängen irgendwelche Holzreste.«

Julius grinste. Immer noch vollkommen nackt, immer noch atemberaubend. »Ach ja?«

Ich legte meine Hände auf seine Schenkel und nickte ernst. »Ja, absolut.«

»Gut zu wissen. Ich habe da so ein paar Ideen …« Er durchbohrte mich mit seinem Blick, und mir wurde heiß. Und noch heißer, als dieses laszive und zugleich unschuldige Lächeln seine Lippen zu umspielen begann. »Aber zuerst will ich etwas essen.« Er küsste mich auf die Nasenspitze. »Willst du auch etwas? Oder wir bestellen?«

Ich wusste nicht, was genau mich plötzlich dazu brachte, ein Stück von Julius abzurücken. Von dem unendlichen Blau seiner Augen und all der Vertrautheit zwischen uns. Ich wusste nur, dass wir beide etwas Offensichtliches ausklammerten und dass sich das verdammt falsch anfühlte – jetzt, wo der Nebel meines Orgasmus sich klärte.

Dieser Tag, an dem Ringo, Helena, Ben und die anderen bei mir gewesen waren, war eine verdammte Zäsur gewesen. Keiner von uns beiden hatte sich in der Situation wohlgefühlt, nicht mit der Funkstille davor, noch weniger mit der danach.

Ich war schwach geworden und hatte mein Versprechen gebrochen. Es war nicht das erste Mal gewesen, doch dieses zweite Mal war das, was zählte. Es war das, was Julius verdammt nochmal niemals hätte sehen sollen.

»Meinst du nicht, wir sollten reden?«, stieß ich schließlich hervor und wusste noch in derselben Sekunde, dass ich damit den Moment zerstörte. So sehr ich mich auch an die Normalität zwischen uns klammern wollte, konnte ich dieses Gefühl, das mich auch bei seiner Sprachnachricht überkommen hatte, nicht ganz abschütteln. Als wäre etwas zerbrochen.

Julius berührte lächelnd meine Wange. »Wir reden doch.«

»Du weißt, was ich meine«, erwiderte ich leiser und irgendwie unbeholfen. »Über letzten Sonntag, als …«

»Ich …« Julius zog die schwarzen Brauen zusammen und brach dann ab. Wenn ihm die Worte fehlten, war das ein verdammt schlechtes Zeichen.

»Wieso fühlt es sich an, als hätten wir gerade Sex gehabt, um nicht miteinander sprechen zu müssen?«

Jetzt richtete Julius sich auf und sah mich betreten an. »Weil es vielleicht so gewesen ist.«

Okay, *scheiße*. Wahrscheinlich hatte ein Teil von mir gehofft, dass ich mir all das Unterschwellige nur einbildete.

»Und wieso?«, hakte ich nach. Ich wollte, dass Julius es aussprach.

Ich wollte, dass Julius aufhörte, so zu tun, als wären Dinge in Ordnung, die es nicht waren. Er hatte mir erklärt, dass er das mit mir nicht konnte, wenn ich weiterhin Drogen nahm. Und er hatte jedes Recht dazu, jetzt wütend und enttäuscht zu sein.

»Ich schätze, ich habe Angst, dich zu verlieren«, gab er zu. Ungläubig starrte ich ihn an. Dann fragte er: »Und wieso hast *du* es nicht gleich angesprochen?«

»Aus Angst, dich zu verlieren«, erwiderte ich, und in mir verhärtete sich unwillkürlich etwas.

»Wir können uns dafür entscheiden, uns nicht zu verlieren«, meinte Julius hoffnungsvoll. »Und dann ist doch alles ... gut?!«

Ich setzte mich ebenfalls auf, fühlte mich auf allen Ebenen verletzlich und dann war da plötzlich eine Wut, die durch meine Venen schoss. Wut, die mit jedem Atemzug stärker pulsierte. Ich hatte gedacht, Julius wäre der Mensch, der *mich* sah. Doch hier und jetzt fragte ich mich, ob das wirklich stimmte. Als wäre *Ro* eine Haut, die ich niemals würde abstreifen können, ganz gleich wie viele andere Namen er mir auch geben mochte.

Ro.

Romeo.

Omeo.

»Nein«, sagte ich entschieden. »Es ist verdammt nochmal *nicht* alles gut ...

Julius

... Wieso kapierst du das nicht?«

In mir wurde etwas ganz schwer bei dem harten Blick, den Romeo mir bei diesen Worten zuwarf. Instinktiv griff ich nach der Decke und wickelte mich darin ein, fühlte mich so dermaßen entblößt, denn Romeo hatte recht. Es war nicht alles in Ordnung, und ich konnte mir selbst nicht so richtig erklären, weshalb ich das immer weiter von mir weggeschoben hatte. Ich hatte mich furchtbar gefühlt, als ich das letzte Mal hier gewesen war. Es war noch schlimmer gewesen, als im *Sisyphos* hilflos neben ihm auf dem Boden zu sitzen. Und noch immer saß mir diese Mischung wirrer Gefühle im Bauch, dieser Knoten aus Sorge, Angst und Enttäuschung.

In der letzten Zeit hatte ich, trotz all der schönen gemeinsamen Momente, diese Unruhe an Romeo wahrgenommen. Vor allem bei unseren Treffen vor jenem Wochenende war er mir noch getriebener als sonst vorgekommen. Wenn ich absolut ehrlich zu mir selbst war, fand ich es nicht einmal besonders überraschend, dass er mit diesen Leuten wieder einmal vor seinem Leben geflüchtet war. Ich hatte nur gedacht, ich hatte gedacht …

Ich wollte nicht wissen, wie viel Romeo an diesem Tag genommen hatte.

Ich wollte nicht wissen, ob das eine einmalige Sache gewesen war oder er schon länger wieder mit diesen Leuten rumhing.

Ich wollte nicht wissen, ob ich mir die seltsame Stimmung zwischen Helena und ihm einbildete oder die beiden wirklich etwas miteinander hatten.

Ich wollte nicht darüber nachdenken, dass es die Drogen gebraucht hatte, damit Romeo mich seinen Freund nannte.

Also hatte ich es beiseitegeschoben und im Nachhinein alles Stück für Stück relativiert, weil das leichter gewesen war.

»Okay, es ist nicht alles in Ordnung«, gab ich Romeo schließlich recht. »Du bist einfach abgetaucht – das kenne ich von dir, und das ist an sich ja okay. Ich weiß, dass du das für deine Musik brauchst. Aber kannst du dir vorstellen, wie beschissen es sich angefühlt hat, als ich da vor deiner Tür stand?« Ich hatte zu sprechen begonnen, und mit einem Mal schien ein Bann gebrochen zu sein. Und nicht nur das – wie aus dem Nichts war da ein Zorn in mir, der sich nun Bahn brach: »Ich wollte meinen Freund besuchen, den ich vermisst habe. Ich dachte, du machst dich wieder selbst verrückt wegen des Albums und wollte dir etwas Gutes tun. Und dann komme ich da an, du bist auf irgendwelchen Drogen, da sind deine Freunde, die du mir ja eh nie vorgestellt hast, und alles ist einfach nur ein mega Abfuck. Ich habe einfach gedacht, dass du Abstand von all dem nimmst – mal davon abgesehen, dass du mir ein Versprechen gegeben hast. Ich habe gedacht, dass wir inzwischen an einem anderen Punkt sind.«

»Dass *wir* inzwischen an einem anderen Punkt sind?«, wiederholte Romeo meine letzten Worte tonlos. »Verdammt, Julius, ich bin kein verdammtes Projekt von dir!«

Betroffen starrte ich ihn an. Doch Romeo schien noch lange nicht fertig zu sein: »Hast du ernsthaft geglaubt, du kommst einfach in mein Leben und ich kremple alles um und werde dieser neue Mensch für dich?«

Ich schluckte.

Ja.

Nein.

»Das nicht direkt. Und ganz sicher nicht für mich, aber ich habe gedacht, dass …«

»Hat dir eigentlich schon mal jemand gesagt, dass das, was du tust, nichts mehr mit einer positiven Einstellung zu tun hat? Dein grenzenloser Optimismus hat etwas verflucht Toxisches an sich. Manchmal ist eben einfach alles scheiße und dann sollte man das auch einfach mal akzeptieren, statt auf Teufel komm raus daran herumzudoktern und zu versuchen es irgendwie wieder heil zu bekommen. Ich bin nicht perfekt, und du kannst mich auch nicht dazu machen.«

»Aber … ich verstehe nicht.«

»Du kannst mir auch einfach ins Gesicht sagen, dass das letztes Wochenende scheiße gewesen ist«, fuhr Romeo fort. »Du kannst mir sagen, dass ich mich hätte melden sollen. Du kannst mir sagen, dass das ein verdammter Abfuck gewesen ist. Du kannst mir sagen, dass du von mir enttäuscht bist, weil ich das hinter deinem Rücken gemacht habe, obwohl ich dir etwas anderes versprochen hatte. Aber das tust du erst, nachdem ich dir die Möglichkeit dazu gebe.«

»Willst du mir gerade erklären, dass ich von mir aus einen Streit anfangen soll?«

»Ja, verdammt! Vielleicht wäre das eine gute Idee, statt auf eine Art Absolution von mir zu warten. Ich bin nicht blöd. Ich bekomme doch mit, wie du mich manchmal ansiehst. Und ich habe keine Ahnung, was für absurde Erwartungen du genau an mich hast. Und nur, weil wir zusammen sind, bedeutet das nicht, dass bei mir plötzlich alles fantastisch läuft. Das heißt nicht, dass meine Probleme einfach weg sind.«

Ich zuckte zusammen, weil es genau das war, was ich gedacht hatte. Zumindest in einer sehr ähnlichen Form. Dass alles gut werden würde. Plötzlich wusste ich nicht mehr, was ich sagen sollte.

»Liebe kann nicht immer alles heilen. Und das sollte sie auch nicht«, fügte Romeo etwas leiser hinzu. »Aber du bist es gewesen, der von Anfang an Ehrlichkeit gefordert hat. Ja, ich war nicht ehrlich, und das hätte ich sein sollen. Aber du bist es auch nicht, wenn du alles wegschiebst.« Er starrte auf einen Punkt in weiter Ferne, und ich war mir nicht sicher, ob er das zu mir sagte oder mehr zu sich selbst.

»Das klingt so, als würde ich dich komplett ändern wollen«, setzte ich vorsichtig an. »Aber ich will dich doch so, wie du bist. Genau so habe ich mich in dich verliebt.«

»Du sagst das so ernsthaft, und trotzdem hört es sich wie eine Floskel an.« Romeo lachte auf. Es war kein schönes Lachen. »Wenn du das glaubst, dann belügst du damit nur dich selbst. Du bist verliebt in eine glattgebügelte Version von mir. In ein Bild, das du dir von mir erschaffen hast – aber mit der harten Realität kommst du nicht klar. Mit Sonntag bist du nicht klargekommen.«

»Verdammt, Romeo. Du warst drauf, als ich dich kennengelernt habe. Und als wir uns das nächste Mal gesehen haben, warst du auch nicht gerade nüchtern. Es ist von Anfang an so gewesen. Das hat also nichts mit einer glattgebügelten Version zu tun, oder?«

»Aber wolltest du nicht erst so richtig mit mir zusammen sein, als du dir einigermaßen sicher sein konntest, dass ich mich von diesem Leben und den Leuten löse?«

»Nein.« Ich schüttelte den Kopf, fühlte mich aber trotzdem in die Enge getrieben. »Ich wusste nur, dass ich so etwas wie im *Sisyphos* nicht noch einmal schaffen würde. Aber das ist das eine und meine Gefühle für dich sind das andere. Ich möchte *richtig mit dir zusammen* sein.«

Enttäuschung zuckte über Romeos Gesicht und irgendein alter Schmerz, den ich nicht ganz verstand, schien dort aufzuflammen. Dass dieser Ausdruck sich ausgerechnet meinetwegen in seinen Zügen festsetzte, versetzte mir einen Stich und mit einem Mal hatte ich das Gefühl, die Dinge völlig falsch anzugehen. Hatte Romeo am Ende vielleicht sogar recht? Versuchte ich auf Teufel komm raus, das Gute zu sehen und alles immer in Ordnung zu bringen?

Gerade hatte ich noch in seinen Armen gelegen, und jetzt war da dieser Graben zwischen uns. Ein stechender Schmerz bohrte sich in mein Herz.

»Ich erwarte nichts von dir«, sagte Romeo gepresst, und aus seinen Augen schrie es mir entgegen, dass er am liebsten weggerannt wäre. »Wenn es dir zu viel ist, dann ist das eben so.« Etwas Hartes flackerte in seinem Blick auf, als er das sagte. »Aber tu uns beiden den Gefallen und sei ehrlich zu dir selbst.«

»Romeo …« Instinktiv streckte ich eine Hand nach ihm aus, berührte seine immer noch warme Haut. »Bitte«, fügte ich hinzu und hatte dabei keinen blassen Schimmer, worum ich ihn da eigentlich bat. Er offensichtlich auch nicht, denn er wich meinem Blick, wie auch meiner Berührung aus.

»Ich kann mich an manchen Tagen vielleicht selbst nicht leiden, aber ich weiß trotzdem, dass ich jemanden verdient habe, der mich so will, wie ich bin. Vielleicht sind meine Probleme zu groß und zu schwer, um bei mir zu bleiben. Aber diese eine Sache habe ich verdient.«

Und trotzdem.

Und trotzdem hörte sich der letzte Satz ein bisschen nach einer Frage an.

»Natürlich hast du das«, antwortete ich irgendwo zwischen sanft und verletzt.

»Wenigstens sind wir uns in diesem einen Punkt einig«, erwiderte Romeo resigniert und wandte endgültig den Blick ab.

Es war schon spät, doch in dieser Nacht fuhr ich wieder nach Hause. Der Himmel über Berlin war undurchdringlich und tiefschwarz, und für den Moment schien alles und nichts gesagt zu sein.

12. Kapitel

Julius

Ich hörte *Romeo für Julius* und versuchte herauszufinden, was da gerade so dermaßen schiefgelaufen war. Wir wollten zusammen sein und hatten beide Angst uns zu verlieren. Wir fürchteten uns, eben weil wir einander etwas bedeuteten, doch mit einem Mal schien so viel mehr zwischen uns zu stehen. Im grellen Licht der U-Bahn, die sich durch müde Dunkelheit schlängelte, erschien mir der Graben unüberwindbar.

Romeo war einer dieser Menschen, die gern allein waren, und dann gab es mich, der Nähe und Gesellschaft liebte. So sehr, dass es mir manchmal sogar Angst machte, wenn ich genauer darüber nachdachte. Darüber, dass ich auch auf den zwei Jahren auf Reisen nie wirklich für mich gewesen war. Irgendein Kerl war da auf die ein oder andere Art und Weise immer gewesen. Was, wenn ich mich mit Romeo, so echt und tief und unausweichlich es sich auch anfühlte, an etwas klammerte, das mir nicht guttat?

In der Bahn stank es, der Kerl mir schräg gegenüber dünstete übelsten Alkoholgeruch aus und wirkte, als würde er sich jeden Moment in meinen Schoß übergeben – doch nichts davon überlagerte den Geruch nach Romeo, der überall auf meiner Haut war und an mir zu haften schien. Nach Liebe, nach Sex, nach ihm. Vielleicht waren Romeo und ich auch einfach nur verunsichert und wussten nicht, wie wir mit der Situation umgehen sollten. Vielleicht, vielleicht, vielleicht …

Am Paul-Lincke-Ufer angekommen, drehte ich den Schlüssel so leise wie möglich im Schloss herum, um Davin und Biene nicht zu wecken. Ich hatte nicht mehr auf die Uhr gesehen, doch es war schon spät gewesen, als ich mich auf den Weg zu Romeo gemacht hatte. Die Wohnung war dunkel und, um niemanden zu wecken, schlich ich im schwachen Licht der Straßenlaterne, das von außen hereinfiel, in Richtung meines Zimmers. Als sich Bienes Türe öffnete, zuckte ich erschrocken zusammen. Ein verschlafen aussehender Davin steckte den Kopf heraus, nur in Boxershorts und mit einem Kissenabdruck auf der Wange.

»Was machst du denn schon wieder hier?«, flüsterte er.

»Romeo und ich haben … uns gestritten«, gab ich ebenso leise zurück und verzog das Gesicht. »Oder so etwas in der Art.«

Davin musterte mich aus ernsten, dunklen Augen. »Willst du drüber reden?«

Ich zuckte mit den Schultern. Das war alles ganz anders gelaufen, als ich es mir vorgestellt hatte. Mir schwirrte der Kopf, und ich wusste selbst nicht, was ich denken sollte. Davin runzelte die Stirn und verschwand wieder in Bienes Zimmer. Ich hörte sie verschlafen etwas murmeln, dann tauchte Davin wieder vor mir auf. Dieses Mal in Jogginghosen und einem Shirt.

»Dann rauchen wir eben den hier.« Er hielt triumphierend einen Joint in die Höhe. »Und solange kannst du dir überlegen, ob du drüber reden willst. Ansonsten schweigen wir gemeinsam.«

Leise lachte ich auf. »Wo kommt der jetzt auf einmal her?«

Davin grinste. »Der liegt schon ewig bei Biene rum. Sie sagt immer, sie hebt ihn für den perfekten Moment auf, nur kommt der irgendwie nie.«

»Wir können den doch nicht einfach wegrauchen.«

»Doch, können wir.« Davin klopfte mir auf die Schulter und ging voraus in mein Zimmer.

»Geh wieder schlafen«, wisperte ich.

»Vergiss es«, sagte er bloß. »Du würdest mich doch auch nicht allein lassen.«

Schicksalsergeben folgte ich Davin und machte ein paar Lichter an, bevor ich das Fenster öffnete.

Wir setzten uns einander gegenüber auf den Fenstersims, ein Bein angezogen, das andere herunterhängend. Mir wurde schlecht, je länger ich darüber nachdachte, wie ich mich vor nicht einmal einer Stunde langsam angezogen hatte und gegangen war. Unter Romeos plötzlich verschlossenem Blick und begleitet von eisigem Schweigen meine nackte Haut bedeckte, die er kurz vorher noch berührt hatte ... Es hatte sich über die Maßen falsch angefühlt. Plötzlich war mein Herz ganz klein und leer gewesen. Das war es immer noch. Ich hätte mir so gewünscht, Romeo würde mich bitten zu bleiben, doch das tat er nicht. Und vielleicht war das für den Moment auch besser so.

Davin und ich teilten uns schweigend diesen Joint und die Nacht, während hinter den Bäumen das Wasser des Landwehrkanals dunkel im Licht des Mondes schimmerte. Kalte Luft schlug uns entgegen, und ich wusste, dass es auch in Ordnung wäre, wenn ich all die Worte weiterhin für mich behielt. Weil es zwischen uns immer schon so gewesen war.

Ich nahm noch einen Zug, es brannte lange in meiner Lunge, das Papier des Joints glühte und knisterte und auf einmal sprudelten die Worte doch aus mir heraus.

Es war unsere Geschichte, die Magie zwischen Romeo und mir, nur dieses Mal mit Details, über die ich vorher vielleicht nicht ganz so offen gesprochen hatte. Ich hatte sie ausgeklammert, hatte meinen Freunden Wahrheiten mit Leerstellen präsentiert und wusste plötzlich nicht mehr, weshalb. Ich erzählte Davin, dass Romeo bei unserem Kennenlernen drauf gewesen war. Von den Malen danach. Dass ich es zunächst akzeptiert hatte, in dieser Nacht im *Sisyphos* aber merkte, dass ich dem nicht gewachsen war. Ich erzählte ihm von Romeos Versprechen, von dem ich instinktiv gespürt hatte, dass er es nicht halten können würde. So einfach war es mit der Sucht eben nicht. Und ich erzählte, wie ich darauf vertraut hatte, dass Romeo sich wegen seiner Musik nicht bei mir gemeldet hatte, während er jedoch eine spontane Drogenparty mit seinen Freunden feierte.

»Aber was genau ist denn eigentlich zwischen euch passiert?«, wollte Davin nach meinen Ausführungen wissen. »Also, ich meine, dass Romeo … Probleme hat, war dir ja von Anfang an klar. Auch dass er manchmal abtaucht und einfach weg ist. Und es klingt so, als hättest du schon vermutet, dass er nie so ganz von den Drogen weggekommen ist. Was ist jetzt anders?«

Alles.

Gar nichts.

Einen endlosen Moment lang dachte ich nach, dann fragte ich: »Findest du, dass ich manchmal vielleicht etwas *zu* … optimistisch bin?«

Irgendwie hatte ich gehofft, dass Davin mich überrascht ansehen, dass er nachhaken oder eine weitere Erklärung fordern würde, doch stattdessen lag sein ruhiger Blick verständnisvoll auf mir, ehe er einen langen Seufzer ausstieß und die Hände aneinanderlegte.

»Ja, schon«, gab er schließlich zurück, weil Davins Antworten immer von dieser absolut ehrlichen Schlichtheit geprägt waren.

»Okay, ich …« Ich suchte nach den richtigen Worten. »Romeo meinte, dass ich in ihm eine Art Projekt sehe, dass ich versuchen würde, ihn wieder ganz zu machen, aber …«

»Wenn du in dich hineinhörst, so ganz tief. Meinst du nicht, dass daran vielleicht etwas Wahres sein könnte? Zumindest ein bisschen?«

Ich blies den Rauch in die Nacht und reichte den Joint an Davin zurück.

»Es war wahrscheinlich dumm von mir, heute zu ihm zu gehen und so zu tun, als wäre alles in Ordnung, denn in Wahrheit … mich hat das verletzt. Mich hat das verletzt, ihn so zu sehen und dann weggeschickt zu werden. Er war nicht er selbst, er war so … Ich kann es nicht beschreiben. Und manchmal bekomme ich Angst um ihn … Und um mich. Um uns beide.«

»Das verstehe ich.« Davin nickte. »Ich weiß, wie ihr euch beide anseht. Ihr seid verrückt nacheinander, ihr seid wie Yin und Yang, wie eine perfekte Ergänzung des anderen. Ihr seid so absolut das Gegenteil voneinander und passt gerade deshalb so gut zueinander. Es ist schön, dich so zu sehen. Sobald ihr zusammen in einem Raum seid, spürt man, dass ihr beide irgendwie ruhiger werdet. Und gleichzeitig ähnelt ihr euch in den kleinen Dingen. Ganz ehrlich? Romeo und du, ihr seid perfekt füreinander …«

Ich blinzelte. »Aber?«

»Aber ist dir wirklich klar, wie anders sein Leben tatsächlich ist – so ganz anders als deins? Und mal abgesehen davon, dass du genau das gerade vielleicht noch aufregend findest. Ist dir bewusst, in was für einer Welt er sich bewegt und wie viel Raum sie in seinem Leben einnimmt? Das ist nichts, was man einfach wegschieben kann.«

Ich musste Davins Worte erst einmal einen Moment sacken lassen.

»Natürlich ist mir das klar«, antwortete ich reflexartig, doch Davin durchbohrte mich mit seinem Blick und Bilder stiegen vor mir auf – Bilder, die den echten Romeo zeigten.

Er als gefallener Engel vor dem *Fakultativ* und der Mensch dahinter, den ich mehr und mehr kennen und lieben gelernt hatte. Sein betörendes Fast-Grinsen, aus dem innerhalb der letzten Monate mehr und mehr ein unbeschwertes und absolut ehrliches geworden war. Berlins Straßen, das spritzende Wasser des Märchenbrunnens, Graffiti im letzten Sonnenlicht, seine bunte Musik, die uns beide unter sich begrub. Wie Romeo mich lachend gegen alle möglichen Wände drückte und mich mit seinem Mund zum Kommen brachte. Frieda, die ihm die Haare flocht, Biene auf seinen Schultern, meine Freunde, die ihm innerhalb kürzester Zeit genauso verfallen gewesen waren wie ich selbst. Es war ein Mosaik aus Momentaufnahmen, das zusammengesetzt ein Bild von uns beiden ergab.

Wären da nicht die anderen Bilder, die sich hier und jetzt ebenso klar in mein Bewusstsein drängten. Romeo, der seine guten Phasen hatte – Romeo, der seine schlechten Phasen hatte. Augenringe und Gewichtsverlust. Romeo, der ständig müde zu sein schien. Der sich tagelang verkroch und das nicht nur, um Musik zu machen, sondern auch, um sich tiefer in einer Spirale aus Selbsthass zu verlieren, bis ich ihn da wieder herausholte. Und ich dachte wieder an Helena. An Ringo. An die seltsame Stimmung und all das Ungesagte, das zwischen den dreien hin und her gewabert war.

Ich vergrub das Gesicht in den Händen. Hinter meinen geschlossenen Lidern trafen Licht und Schatten unaufhaltsam aufeinander. All dass, was Romeo zu dem Menschen machte, der er war. All das Gute und all das Schlechte.

Keine Ahnung, wie lange ich geschwiegen und meinen Gedanken nachgehangen hatten, doch als ich die Augen wieder öffnete und den Kopf hob, saß Davin mir immer noch gegenüber und blickte mich aus seinen dunklen Augen geduldig an.

»Es ist mir klar«, wiederholte ich flüsternd, fügte dieses Mal aber hinzu: »Gleichzeitig ist es mir aber nicht so wirklich klar.«

Davin nickte. »Ich sage dir das alles nur, weil du mir wichtig bist und ich möchte, dass du dir sicher bist, was du tust. Und dass du auf dich aufpasst.«

»Ich glaube, ich habe mich in all dem irgendwie selbst verloren.«

»Es so zu formulieren klingt jetzt sehr hart.« Davin runzelte die Stirn. »Aber soweit ich das beurteilen kann, hast du auf jeden Fall zurückgesteckt, weil du so sehr für Romeo da sein möchtest. Und dabei deine eigenen Bedürfnisse vernachlässigt. Da ist etwas nicht mehr im Gleichgewicht, und ich denke, an diesem Punkt ist es wichtig, dass du für dich einstehst, statt Dinge weiter hinzunehmen.«

Ich nickte seufzend.

»Ich glaube, ich lasse wirklich keine negativen Gefühle an mich heran«, gab ich zögernd zu. »Mama hatte es so schwer, als es nur uns beide gab, und damals habe ich gemerkt, wie wahnsinnig viel Hoffnung verändern kann. Wie viel positive Gedanken bewirken können. Ich schätze, ich habe gar nicht so richtig bemerkt, wie das ins Gegenteil umgeschlagen ist. Wie ich mich immer stärker an diesen Optimismus festgeklammert und dabei ignoriert habe, wie es mir in bestimmten Situationen in Wahrheit geht und ...«, ich hielt inne. »Okay, scheiße.«

»Daran ist an sich ja nichts Schlechtes, Lius. Wirklich nicht. Ich finde es wunderbar, dass du immer in allem das Gute siehst, und bewundere dich für diese Weltsicht. Behalte dir das unbedingt bei. Ich denke nur, es ist dabei wichtig, auch schlechte Gefühle an sich heranzulassen, wenn es gerade sein muss. Das Verdrängen bringt nämlich überhaupt nichts. Wenn du ehrlich zu dir bist ... wann hast du das letzte Mal vor Biene und mir zugegeben, dass dich etwas nervt? Dass du schlechte Laune hast? Dass dich etwas belastet?«

Ich durchforstete meine Erinnerungen und Gedanken, aber auch nach längerem Überlegen fiel mir keine Gelegenheit ein. Schließlich schüttelte ich schicksalsergeben den Kopf. »Ich weiß es nicht, Davin.«

»Es ist völlig in Ordnung, mal wütend oder schlecht gelaunt zu sein und das auch zuzugeben – vor allem sich selbst gegenüber. Wenn du das nie machst, dann passiert so etwas, wie jetzt bei Romeo und dir: Alles kocht hoch und explodiert. Das mit euch ist sowieso kompliziert, weil ihr sehr verschieden seid, und du darfst seine Situation nicht auf irgendeine Art verklären. Die Frage ist: Kommst du damit klar, wie es gerade ist? Und ist er wirklich ehrlich zu dir?«

In diesem Moment wurde mir eine Sache allumfassend bewusst: Liebe reichte nicht, sie war womöglich nicht immer genug. Ich musste Romeo nicht nur lieben. Wenn ich wirklich mit ihm zusammen sein wollte, dann musste ich ihn nehmen, wie er war – mit all dem Guten, aber auch mit dem Schlechten.

Nur, würde ich damit zurechtkommen, wenn ich die Augen nicht mehr davor verschloss? Denn so weh es auch tat, mir das einzugestehen: Zwischen Romeo und mir hatte sich so oder so unweigerlich etwas verschoben.

Romeo

Am nächsten Tag tauchte in der Playlist *Julius für Romeo* ein neues Lied auf. *Nightcall* von Kavinsky. Das Heulen eines Wolfes und nächtliche Geräusche direkt zu Beginn des Songs, noch bevor die Musik einsetzte. Nächte, weil sie meine Welt waren, in die ich Julius eingeladen hatte.

There's something inside you/ It's hard to explain/ They're talking about you, boy/ But you're still the same.

Ich schluckte und hörte das Lied nochmal von vorn. *I'm gonna show you where it's dark, but have no fear*, war eine andere Zeile. Als würde mir Julius ein Gespräch schicken, dass wir so oder so ähnlich miteinander führen könnten.

Ich hörte das Lied die ganze Nacht immer und immer wieder, und dabei dachte ich nur an ihn.

Julius

Am Sonntag erschien eine Antwort in *Romeo für Julius. Sky and Sand* von Paul Kalkbrenner, das ich mit bebenden Fingern anklickte. Ich war allein zu Hause, drehte den Song auf volle Lautstärke auf und verlor mich in den Dingen, die Romeo vielleicht sagen wollte.

In the nighttime/ When the world is at its rest/ You will find me/ In the place I know the best/ Dancin', shoutin'/ Flyin' to the moon.

Ich schluckte, denn diese Zeilen waren so unbestreitbar Romeo. Er, der für die Nacht lebte, der durch sie flog, in den Clubs dieser Stadt bis zum Mond.

Don't have to worry/ 'Cause I'll be come back soon.

Wollte er mir sagen, dass ich keine Angst um ihn haben musste? Dass er immer zu mir zurückkommen würde?

And we build up castles/ In the sky and in the sand/ Design our own world/ Ain't nobody understand/I found myself alive/ In the palm of your hand/ As long as we are flyin'/ All this world ain't got no end.

Eine Gänsehaut kroch mir über die Haut, denn alles an diesem Lied, der Text, die sanften elektronischen Beats, die Melodie, das war wie ein Blick in Romeos Kopf und seine Seele.

In the daytime/ You will find me by your side/ Tryin' to do my best/ And tryin' to make things right.

O Romeo. Mein Romeo.

Ich weiß, dass du es versuchst, und doch fühlt es sich so an, als wäre an diesem einen Tag ein Bruch zwischen uns entstanden, der sich nicht mehr rückgängig machen lässt.

Romeo

Am nächsten Tag sah ich, dass Julius wieder ein neues Lied hinzugefügt hatte. *You're All I Want* von Cigarettes After Sex. Ich kannte den Song nicht und schloss die Augen, als ich ihn abspielte. Es war eine sanfte, unendlich weiche Melodie und der Text, der Text …

You're all I want/ We fuck so hot it left me faded/ For all you are/ There is no other love, it's only yours/ You're all that I want, all the love.

Ich schluckte. Ich wollte ihn doch auch. Ich wollte ihn so sehr und genoss jeden einzelnen Augenblick mit Julius. Trotzdem wusste ich gerade nicht wie.

Julius

Am Dienstag erschien *Kein Liebeslied* von Kraftclub auf *Romeo für Julius*, wie eine Art Fremdkörper zwischen all den elektronischen Beats. Ich hatte gerade meine Schicht im *Espresso* und setzte mich in der Pause mit Kopfhörern und rasendem Herzen auf eine der roten Bänke vor dem Café. Ich hörte den Song in Dauerschleife.

Was soll ich sagen, ich mag dich/ So ganz allgemein/ Weil ich mag wie du tanzt/ Und du tanzt ganz allein/ Und ich mag wie du dich bewegst/ Mag wie du redest/ Ich mag wie du gehst/ Und hasse, wenn du gehst.

Und ich glaube, dieses Lied und sein Text bedeuteten so viel wie: ich dich auch.

Romeo

Und auch am Mittwoch hatte Julius seiner Playlist ein neues Lied hinzugefügt. Ich hörte mir *Freidrehen* von Clueso an, als ich nachts mit Schal und Mütze auf der Feuertreppe saß. Ich sah meinem Atem zu, wie er in eisigen Wolken vor mir aufstieg. Der schnelle Einstieg in das Lied, die gutgelaunten Beats passten so gut zu Julius.

Wir wollen, kleine Momente, die sich ungefragt einbringen/ Leichter als leicht sein, nichts was uns einengt/ Wir wollen, etwas was zu uns durchdringt/ Songs hören, die wie unsre Träume klingen/ Wir wollen, dass unsere schlechtesten Tage/ So wie heute sind.

Wieder und wieder hörte ich den Song, und dann rief ich Julius an, denn all das … All das wollte ich auch mit ihm und mir das von unserem Streit nicht kaputtmachen lassen. Nicht von Dingen, die vielleicht nur meine eigenen verdammten Unsicherheiten waren. Ich bekam den verletzten Ausdruck in seinen schönen blauen Augen nicht aus dem Kopf, und je länger ich über all die Worte nachdachte, die zwischen uns gefallen waren, desto klarer wurde mir, dass wir beide recht und unrecht zugleich hatten.

Julius nahm mit einem erstickten Laut ab.

»Ich will mit dir auch leichter als leicht sein«, sagte ich und zitierte damit das Lied. Und Julius, er verstand sofort und antwortete: »Und ich will mit dir freidrehen.«

Fest und unnachgiebig schlug mir das Herz gegen die Rippen. »Wirst du mir in Zukunft sagen, wenn dich etwas stört? Und zwar sofort?«

»Ja«, ertönte es am anderen Ende der Leitung. Julius' Stimme klang gedämpft und schien unendlich weit weg zu sein. »Aber das mit den Drogen … So wie es das letzte Mal gewesen ist, wie du warst … Wenn es *so* ist, Romeo, dann ist es mir zu viel. Ich schaffe das einfach nicht und habe Angst um dich.«

Ich schluckte. »Das verstehe ich, und es tut mir immer noch leid, dass es gelaufen ist, wie es gelaufen ist.«

Julius räusperte sich. »Mir tut es leid, dass ich nicht schon viel früher deutlicher gesagt habe, dass es mich stört und ich nicht damit klarkomme. Ich habe es zwar schon irgendwie ausgesprochen, aber eben auch weggesehen. Kannst du … kannst du mir dein Wort geben, dass das so nie wieder passieren wird?«

»Ich verspreche es dir. Ich möchte in meinem Leben haben, was mir guttut, und das bist du, Babe.«

Ganz tief in meinem Innersten hatte ich das leise Gefühl, gerade verdammt nochmal gelogen zu haben. Nicht absichtlich, nicht bewusst, aber ein falsches Versprechen, das man nicht halten kann, blieb letzten Endes ein falsches Versprechen.

Am Wochenende trafen Julius und ich uns in Kreuzberg vor Alex' und Davins WG. Er trug seine Bomberjacke, dazu eine beige Bommelmütze, unter der einige wenige dunkle Locken hervorblitzten. Die Wangen von der Kälte gerötet und mit einem Lächeln auf den Lippen, als er zusammen mit Biene und Charlotta auf mich zukam. Ich dachte an all die Lieder, an all die Worte, unsere und die fremden, die wir zu unseren eigenen machten. Julius verflocht seine Finger mit meinen, und ich ließ nicht los, als wir die Stufen bis in den fünften Stock nach oben liefen. Immer näher in Richtung der treibenden Musik und dem Lachen. Zwar hatten wir uns am Telefon miteinander versöhnt, doch ich konnte dieses

Gefühl, dass trotzdem etwas kaputtgegangen war, nicht ganz abschütteln. Es war der leicht bittere Beigeschmack, den unser Zusammensein seit der Afterhour bei mir hatte. Es war der zu laute Gedanke, dass unsere Aussprache zu leicht und zu kurz gewesen war, um wirklich tiefgehend etwas verändern zu können. Als bemerkte Julius mein plötzliches Unwohlsein, verschränkte er seine Finger nur noch fester mit meinen.

Ob er ähnlich empfand?

Ob er diese Zäsur auch spürte?

Ich hatte schon so viele Partys gesehen, so viele betrunkene Menschen, Menschen auf Drogen, Menschen in all ihren Formen und mit ihren Abgründen – doch die Feier hier in Davins WG war anders und geprägt von Spaß und den guten Dingen des Lebens. Die Wohnung war voller Leute, die sich dicht an dicht drängten, manche tanzten im Flur mit den grün gestrichenen Wänden. Aus einem der Zimmer dröhnten laute Beats. Ich sah, wie sich Leute zwischen Dunkelheit und farbigem LED-Licht dazu bewegten. In dem Raum daneben, der wahrscheinlich Davins Zimmer war, hockten die Leute auf dem Boden und unterhielten sich trotz der Musik. Davin saß mit einem Bier auf dem Sofa unter dem Fenster und hob die Hand, woraufhin Biene mit einem Lächeln verschwand. Julius folgte ihr kurz darauf, weil er einen Freund entdeckt hatte, und auch Charlotta tauchte bald in die Menge ein. Alles war sanftes Licht und durcheinanderwirbelnde, melodische Geräusche. Ich schob mich auf dem Weg zur Küche durch das Gedränge an tanzenden, erhitzten Körpern vorbei, streifte entblößte Haut.

Neben dem Eingang zur Küche lehnte ein großer, tätowierter Kerl. Er unterhielt sich auf Englisch mit einer jungen Frau, deren Locken im schummrigen Licht wie brennendes Feuer wirkten. Sie sagte etwas, und er lachte tief. Es wirkte, als wären die beiden gerade gar nicht hier, sondern in ihrer ganz eigenen Welt. Ich sah ihnen nach, als sie zwischen den ganzen Leuten verschwanden, denn zwischen ihnen sprühten so offensichtlich die Funken. Solche Funken, die einen nicht wegsehen ließen und die Julius in mir auslöste.

In der Küche saß Alex am Fenster und stieß mit mir zusammen an. Wir sahen zusammen auf die Straße und beobachteten die Menschen, die unten vorbeiliefen. Redeten über alles und dabei nichts. Er bot mir den Joint an, den er sich gerade zwischen die Lippen gesteckt hatte, doch ich schüttelte den Kopf und drehte mir stattdessen eine Zigarette. Ich wusste, dass Julius selbst ab und zu einmal kiffte und er sicher nicht das meinte, wenn er sagte, er hätte Angst um mich. Und vielleicht war es nur eine verdammte Kleinigkeit, aber nach unserem Streit wollte ich ihm zeigen, dass ich das ernst nahm und mir Mühe gab.

»Tu ihm nicht weh, okay?« Ich drehte den Kopf zu Alex, der mich hinter seinen runden Brillengläsern ernst ansah. »Ich meine Lius. Versuch, ihm nicht wehzutun. Er ist einer von den richtig Guten. Wahrscheinlich einer von denen, die fast *zu* gut sind.«

Ich schluckte, doch es rührte mich, dass er sich offensichtlich um seinen Freund sorgte. Trotzdem flammte erneut diese seltsame Empfindung in mir auf, wurde bei Alex' Worten sogar noch stärker – als wäre Julius' und meine Versöhnung lediglich ein letztes Aufbäumen, ein letztes Fliegen vor dem Fall. Schnell schob ich diesen Gedanken wieder beiseite und sagte: »Ich habe nicht vor, ihm wehzutun.«

»Hey, das sollte jetzt nicht so ernst klingen.« Alex klopfte mir auf die Schulter und lächelte mich schief an. »Ich hab dich echt gern, und ihr seid toll zusammen. Ich finde nur, dass Lius manchmal ein bisschen zu selbstlos ist und ... na ja, tu ihm einfach nicht weh, Ro.«

»Ich liebe ihn«, sagte ich schlicht und leise. Und irgendwie zum allerersten Mal. Ausgerechnet hier, ausgerechnet so.

Alex blinzelte, und ich dachte schon, er hätte mich wegen der lauten Musik nicht gehört, doch dann sagte er: »Ich weiß. Er dich auch.«

Plötzlich schlangen sich von hinten zwei Arme fest um mich, Hände mit schlanken Fingern, die auf meinem Bauch zum Ruhen kamen. »Na, worüber redet ihr zwei?«

»Nichts«, antworteten Alex und ich gleichzeitig.

»Also über mich«, entgegnete Julius lachend, dann zog er mich mit sich auf den Flur, zwischen Menschen hindurch, die dicht an dicht standen oder tanzten.

In einer freien Lücke zwischen all dem Gedränge war Davin gerade dabei, eine provisorische Beerpong-Platte aufzubauen, während Biene bereits mit einem Stapel Becher wartete. Ich entdeckte den Kasten Bier neben ihren Füßen und half ihr, die Becher aufzufüllen. Julius und ich bildeten ein Team beim Beerpong Zweimal gewannen wir gegen Biene und Davin, einmal verloren wir. Danach tanzten wir in der Küche, und ich fühlte mich frei in dieser Wohnung, in der Menschen wirklich miteinander feierten und nicht jeder in seinem verdammten eigenen Film war. Wir bewegten uns gemeinsam, berührten uns leicht und zufällig. Streckten die Köpfe aus den geöffneten Fenstern und rauchten, lachten, küssten uns, waren eins und doch jeder für sich.

Irgendwann nahm ich Julius' Hand fest in meine, und er verstand. Ich wollte allein mit ihm sein, allein mit meinem hinreißenden Freund – denn wer wusste schon, wie lange das mit uns beiden noch gut gehen würde? Nachdem wir uns von den anderen verabschiedet hatten, traten wir zusammen hinaus in die kalte, klare Luft. Statt die Bahn zu nehmen, liefen wir zu mir. Erst durch Kreuzberg und dann über die Oberbaumbrücke und die Spree nach Friedrichshain. Er und ich durch Berlins Nacht, durch strahlende Lichter, dort, wo am Horizont der Himmel dem Asphalt entgegenfiel.

Als die Tür eine Stunde später hinter uns ins Schloss fiel, presste Julius seinen Mund auf meinen, noch bevor ich den Lichtschalter ertasten konnte. Ich lachte. Kopf aus und Herz an. Er schmeckte ein bisschen nach Bier, vor allem aber nach Julius, und dieses Mal berührten wir uns nicht, um das Reden vermeiden zu müssen. Dieses Mal taten wir es, weil wir einander nah sein wollten. Nicht mehr und nicht weniger – einfach nur wir. In der Dunkelheit hob ich Julius ein Stück hoch. Mit einem Keuchen schlang er die Beine um mich, und ich drückte ihn gegen die Tür in seinem Rücken. Sein Mund war so warm, so weich wie die Hitze in meinem Bauch groß war. Julius fühlte sich gut an in meinen Armen, so fest an mich gepresst, so als gehöre er dorthin.

Wie in Trance schoben wir uns den Flur entlang und landeten auf meinem Bett. Immer noch war mein Zimmer nur erhellt vom Mondschein und den Lichtern der Stadt. Wir küssten uns, ertasteten unsere Körper. Ich ließ meine Lippen an Julius' Kiefer entlanggleiten. Er seufzte, und ich tat es mit ihm. Doch als ich meine Hand langsam unter seinen Pullover schon und über seine warme, weiche Haut strich, legte er seine Finger auf meine und stoppte meine langsamen Bewegungen.

»Romeo?«

»M-hm?«

»Ich …« Er suchte meinen Blick. Seine Lippen waren geschwollen, und seine Augen glänzten immer noch dunkel, doch da war auch etwas anderes. »Was ist passiert, dass du so wenig glauben möchtest, dass dich jemand um deiner selbst willen liebt?«, fragte er wie aus dem Nichts. Er hatte ganz leise gesprochen. Und ich blinzelte erst verwirrt, dann überrascht. Mit rasendem Herzen und Julius' warmer Haut unter meiner Hand.

»Ich … tut mir leid, das ist jetzt irgendwie unpassend.« Verlegen schlug er die Augen nieder.

»Wieso denkst du, dass etwas passiert ist?«, entgegnete ich.

»Weil dir dieses Grundvertrauen fehlt, das man normalerweise in andere Menschen hat.«

Unwillkürlich zuckte ich zusammen. Das Verlangen, dass eben in mir gelodert hatte, fiel in sich zusammen. Da waren nur Julius' große, fragende Augen. Vielleicht war jetzt der Moment gekommen, über das zu sprechen, was ich seit Jahren in meinem Kopf hin und her wälzte. Diese Sache, die mich einfach nicht loslassen wollte.

Der Vertrauensbruch.

Die Enttäuschung.

Die verdammten Schuldgefühle.

Und dazwischen immer und immer wieder Michis Gesicht mit den Sommersprossen. Und das Zahnlückenlachen, das ich von einem auf den anderen Tag nie mehr wiedergesehen hatte. Es hatte sich angefühlt, als wäre ich es gewesen, der es ihm genommen hatte.

»Es tut mir leid«, flüsterte Julius abermals. »Das ist ein mehr als blöder Zeitpunkt, um so etwas zu fragen. Es ist mir eigentlich nur wichtig, dass du weißt, dass das hier ... Das bedeutet mir die Welt und ...«

Jetzt sah er beinah ein bisschen geknickt aus. Unsere Hände lagen weiterhin verschränkt auf Julius' Bauch, und vielleicht brachte mich das dazu zu reden. Diese Verbindung zwischen uns, körperlich wie emotional.

»Ist doch okay«, erwiderte ich heiser. »Es muss nicht immer alles perfekt sein und ... du hast ja recht, was das mit dem Vertrauen angeht. Ich schätze, dass da viel zusammenkommt. Aber letztendlich hat es mit Michi angefangen ...«

»Die Reaktion deiner Eltern ist nicht alles gewesen, oder?«

Ich schüttelte den Kopf. »Nein, ist es nicht.«

»Ich möchte dich gern besser verstehen, *Omeo*. Aber du musst mir nichts erzählen, wenn dir nicht danach ist. Du sollst dich wohlfühlen und das Letzte, was ich will, ist dich zu irgendetwas drängen.«

»Es ist nicht bei diesem Kuss geblieben«, fing ich schließlich zögernd an, doch mit jedem Wort wurde meine Stimme fester. »Ich war wahnsinnig verunsichert und hatte ständig das Gefühl, etwas Verbotenes zu tun. Etwas, das ich nicht tun sollte. Aber ich war eh in so einer rebellischen Phase und habe immer das genaue Gegenteil von dem getan, was ich hätte tun sollen. Ich dachte erst, so etwas wäre das mit Michi auch. Quasi eine von meinen ganz eigenen Rebellionen, aber ...« Ich schluckte und suchte Julius' Blick. »Das war es nicht, denn es hat sich wirklich gut angefühlt. Also so richtig gut. Es war das erste Mal, dass ich auf diese Art für einen Jungen empfunden habe, und davon abgesehen war ich sowieso immer schon das schwarze Schaf meiner Familie und das mit Michi ... Das war eben nur so eine Sache mehr und gleichzeitig die erste, die ich plötzlich als ganz natürlich wahrgenommen habe. Ich wollte nicht darüber nachdenken, ob das eine Phase ist oder nicht. Keine Ahnung, ich wollte die Zeit genießen. In der Schule waren wir Freunde, vor unseren Familien auch. Aber wenn wir allein miteinander waren, dann waren wir eben ... irgendwie mehr. Wir haben uns geküsst und berührt, aber Gott, ich war noch so jung. Viel mehr ist da auch nicht passiert. Als wir in die achte Klasse gekommen sind, hat sich etwas verändert. Das mit uns wurde intensiver, und ich glaube, wir haben uns außerhalb der Schule weniger unauffällig verhalten, als wir dachten, und Jonas ... er hat irgendetwas mitbekommen. Er hat mich darauf angesprochen, und ich habe mich ihm anvertraut, weil ich so durcheinander war. Ich meine, er war doch mein großer Bruder?! Und er hat im Gegensatz zu mir immer das Richtige getan, das Richtige gesagt und all das. Er war damals schon der Vorzeigesohn und wirkte so selbstsicher. Als könnte er niemals einen Fehler machen. Ich weiß auch nicht, was ich mir erhofft habe ... Ich hatte mich in Michi verliebt, und vielleicht war ich es leid, das vor ihm abzustreiten ...«

Ich brach ab und gab mich einen Moment lang Julius' sanften Berührungen hin, die mich im Hier und Jetzt erdeten und dafür sorgten, dass ich mich nicht ganz in meinen Erinnerungen verlor. Er hatte begonnen, mit dem Daumen beständige Kreise auf meinem Handrücken zu ziehen. Und doch stiegen immer mehr Bilder dieses regnerischen Herbsts mit seinem grauen Himmel und den braunen Blättern in mir auf, in dem die Dinge sich für immer verändert hatten. Für mich, am schlimmsten aber für Michi.

»Ich weiß selbst noch, wie verwirrend das am Anfang für mich war«, sagte Julius irgendwann verständnisvoll. »Es ist normal, dass man sich jemandem anvertrauen und nicht allein damit sein möchte, wenn man irgendwie das Gefühl hat, anders zu sein.« Julius verschränkte seine Finger fester mit meinen. »Das ist menschlich. Und es ist menschlich, dass man sich irgendwo und irgendwie zugehörig und verstanden fühlen möchte.«

Wieder drängte er mich nicht, sondern hörte mir zu. Er bestärkte mich und war einfach da.

»Jonas hat Michi geoutet«, sprach ich es schnell aus, weil es keine gute Art gab, es zu formulieren. »In der Schule.«

»Was? Moment?!« Julius riss die Augen auf. »Du meinst, dein Bruder hat ihn fremdgeoutet? Nachdem du so offen zu ihm gewesen bist?«

»Ja. Es war furchtbar«, ich schluckte schwer, und jetzt kam mit den Erinnerungen auch der Schmerz, trotz der Ruhe, die Julius mir stets schenkte. Dass Jonas und ich damals zum ersten Mal wirklich miteinander geredet und er sich endlich wie mein Bruder angefühlt hatte. Der nächste Montag in der Schule, Michis Hilfe suchender Blick und die Sommersprossen, die so deutlich hervortraten, weil er so blass war. Jonas hatte mich und das, was ich ihm in einem schwachen Moment erzählt hatte, verraten. Ich hatte mit Michi sprechen wollen – leider zu spät. Da sah er nur noch durch mich hindurch, und wir hatten nie wieder ein Wort miteinander gewechselt. Erst, weil er mir aus dem Weg ging, dann weil ich zu feige war, einen zweiten Versuch zu starten.

»Michi hat gedacht, dass ich es gewesen bin«, ich rieb mir über das Gesicht, »und dann haben mich die anderen auch noch gefeiert, weil sie dachten, dass ich dieses eine Mädchen geküsst hätte, das alle Kerle in unserem Jahrgang wollten. Es hat nicht mal gestimmt, aber ich habe nichts gesagt. Es ist einfach scheiße gelaufen. Ich komme jetzt erst langsam an den Punkt, an dem ich annehmen kann, wer ich bin.« *Zumindest, was die Sache mit der Bisexualität angeht,* fügte ich in Gedanken hinzu. »Ich wünschte einfach, ich wäre damals schon so weit gewesen.«

Julius sah mich einfach unbeirrt an – mit all dieser Zuneigung und dem Verständnis in seinem Blick. »Du warst noch so jung, Romeo.«

»Ja, aber … plötzlich wussten alle Bescheid«, sprach ich leise weiter. »Und dann ging es los mit dem Gemobbe und den Sprüchen. Ich hätte Michi verteidigen können oder zu ihm stehen oder sonst etwas. Stattdessen war ich einfach nur wahnsinnig verunsichert und überfordert von der ganzen Situation. Nach all den Jahren bin ich immer noch wütend auf mich selbst, weil ich damals so gar nichts unternommen habe, aber noch wütender bin ich auf Jonas. Er ist mein Bruder, und wir hatten nie ein superenges Verhältnis, aber bevor das passiert ist, hatten wir wenigstens noch eines. Vielleicht wollte er mich auf irgendeine beschissene Art beschützen. Vielleicht dachte er echt, er hilft mir damit irgendwie. Vielleicht wollte er wie unsere Eltern einfach nur dafür sorgen, dass alles *normal*, das Wort würgte ich fast hervor, ist. Aber letztendlich ist es egal, weshalb Jonas so gehandelt hat. Und es ist mir egal, ob er dabei gute oder schlechte Absichten hatte, weil es keine verdammte Rolle mehr spielt. Er hat mir wehgetan, aber in erster Linie hat er Michi etwas genommen, das nur ihm gehört, weißt du?«

Viel zu lange hatte ich diese Worte zurückgehalten, doch hier und jetzt schienen all meine Gedanken und Emotionen Raum und Berechtigung zu haben.

»Jeder sollte selbst darüber entscheiden dürfen, wann und auf welche Art er sich outet. Und ob er das überhaupt tun möchte. Wirklich niemand hat das Recht, das zu übernehmen«, sagte Julius, und Wut blitzte in seinen Augen auf. Es war das erste Mal, dass ich diesen dunkelblauen Strudel darin sah. »Aber, Romeo …«, ganz vorsichtig legte er seine Finger unter mein Kinn und hob es an, sodass ich keine andere Wahl hatte, als ihm ins Gesicht zu blicken. Keine andere Wahl, als in seinen Augen zu sehen, was er für mich empfand.

»Ja?« Ich schmiegte meine Wange in seine Handfläche, seine Finger glitten durch meinen Bart und seine Züge wurden augenblicklich weicher.

»Bitte mach dir keine Vorwürfe wegen dem, was passiert ist. Ja, wahrscheinlich hättest du für Michi da sein sollen, aber wie alt warst du? Dreizehn? Vierzehn? Wer weiß da schon, wer er ist. Als ich so alt war, hat sich jeder Tag wie das größte Chaos angefühlt. Und alles war ein Riesendrama. Nicht, weil ich eins daraus gemacht hätte, sondern weil das mit vierzehn eben so ist. Alles verändert sich, man selbst verändert sich. Und wenn man dann noch merkt, dass man schwul oder bi ist und sich anders verliebt als die anderen ... Das ist wahnsinnig viel auf einmal und superüberfordernd. Vor allem, wenn man das Gefühl hat, sich niemandem anvertrauen zu können. Oder schlimmer noch: dass es nicht akzeptiert wird, und Menschen, die einem eigentlich nahestehen, versuchen einen zu verändern. Aber ich«, Julius rutschte näher an mich heran und umschloss nun mit beiden Händen mein Gesicht, »*ich* will mit dir zusammen sein, weil du genau so bist, wie du bist. Und weil ich das richtig finde. Du lässt vielleicht nur wenige Menschen an dich heran, aber dein Herz ist verdammt groß. Du bist fürsorglich, bedacht, ich mag deine ruhige Art und auch, wenn du ... aufbrausend wirst. Ich mag dein Künstler-Ich. Ich mag die Art, wie du schaust, wenn dir plötzlich eine Idee kommt und du auf der Suche nach einem Blatt oder irgendetwas anderem zum Schreiben durch die Wohnung rennst. Ich mag alles an dir. Ich mag sogar deine Fehler. Ich will dich nicht ändern. Ich will nur ändern, dass du dazu neigst, dich selbst kaputtzumachen, weil ich das nicht ertrage. Und wenn mich das egoistisch macht, dann ist das eben so. Ich mag, wie du lachst, wie du weinst, wie du fühlst, wie du bist. Ich mag dich, ich bewundere dich. Alles auf einmal und zusammen.«

Ich starrte Julius an, und ein ganz seltsamer Laut kam mir über die Lippen. Seufzen, Wimmern, Aufstöhnen. Irgendwie alles zusammen.

»Ich liebe dich«, sagte ich schlicht, denn wenigstens einmal musste ich es aussprechen. Ich sah Julius dabei tief in die Augen, ich sagte es mit all meinem Sein und noch nie in meinem Leben hatte ich etwas so verflucht ehrlich gemeint. Ich sprach es aus, doch ich hatte es ihm schon so oft durch die Lieder auf unseren Listen gesagt.

Er und ich sanken im selben Moment gegeneinander. Dieses Mal prallten unsere Münder nur noch heftiger aufeinander. Gierig nacheinander, hungrig nach Berührungen und mit dem Gefühl, dass Julius meine Mauern eingerissen hatte. Nicht mit Gewalt, sondern dank seiner Geduld und seiner verständnisvollen Art. Im einen Moment waren es nur unsere Lippen, die sich berührten, im nächsten glitten Hände über Stoff und dann darunter. Julius Haut fühlte sich heiß an, und ich zog ihm ungeduldig den Pulli über den Kopf. Die schwarzen Locken waren ein Chaos, sie passten zu diesem stets herausfordernden Funkeln in seinen Augen. Ehe ich meinen Hoodie auszog, nahm ich mir einen Moment Zeit, Julius auskostend zu betrachten – die geschwungenen Schlüsselbeine, die Kette um den Hals und die Muschel, die auf seiner Brust ruhte, die schmale Narbe am linken Unterarm, weil er gedacht hatte, er könne fliegen. Ich küsste mich in einer Spur seinen schlanken Körper hinab, ließ meine Lippen seine Haut schmecken. Julius' zitroniger Geruch machte mich schwindelig, dieses Gefühl, zu wissen, dass ich ihn mit absoluter Sicherheit wollte und er mich. Julius, den ich liebte. Der mich liebte.

Er strich mit seinen Händen über die Haare auf meiner Brust, über meine Schultern und Arme und streifte mir schließlich mit meiner Hilfe die Hose von den Beinen. Ich tat es ihm gleich, wollte mehr von seiner Haut. Mehr und mehr und mehr.

»Die sind verboten eng«, murmelte Julius mit einem Blick auf meine schwarzen Boxershorts und biss sich auf die Unterlippe. Ich lachte heiser. Lachen und Sex, das ging nur mit Julius. Er grinste auf diese absolut erregende Weise, ehe er sie mir langsam auszog. Er ließ seine Finger über meine Haut gleiten, über meine Schenkel. Dann befreite er sich von seiner eigenen Boxershorts, aufreizend und langsam, und ich folgte jeder seiner Bewegungen mit meinen Blicken.

»Und du bist verboten heiß«, entgegnete ich und betrachtete seinen

Körper. Und er ließ sich von mir anschauen, in seiner selbstbewussten Art. Tiefschwarze Locken legten sich im Gegenlicht als feines Muster auf sein Gesicht. Sein Lächeln aber blieb scharf umrissen. Fast schon blendend.

»Du bist nicht nur heiß, du bist wunderschön«, entgegnete Julius, und jetzt war der Ausdruck in seinen Augen vollkommen ernst. Mein Herz hämmerte gegen die Rippen, schlug schneller und schneller, als Julius näher kam. Dieses Mal vollkommen nackt und mit nichts zwischen uns.

»Du bist auch wunderschön«, sagte ich leise und seufzte, als er eine Hand in meinen Nacken legte.

»Du bist der, den ich will«, murmelte er gegen meine Lippen.

»Du bist auch nicht schlecht, Lius.«

Seine Augen blitzten. »Du bist echt echt echt richtig cool.«

»Hör auf zu reden.«

»Hör auf, dich zu beschweren.«

»Küss mich, verdammt.«

»Nichts lieber als das.«

»Lius«, knurrte ich, »tu es einfach!«

Ich packte ihn und zog ihn näher, bis er ganz auf meinem Schoß saß. Da, wo er hingehörte. Bei mir, mit seinen Schenkeln fest um meine Hüften geschlungen.

»Bin kurz davor.«

Julius grinste verschmitzt, legte eine Hand auf meine Brust und drückte mich nach hinten in die Matratze. Provozierend langsam beugte er sich über mich und berührte ganz sanft mit seinen Lippen meine, während sein harter Schwanz bei der Bewegung über meinen Bauch strich. Ich stöhnte leise auf, glitt mit den Händen über seine Arme bis zu seinem Gesicht, das über mir schwebte.

»Okay, eine Sache muss ich dir aber noch sagen.«

Mein ganzer Körper pulsierte, mein Innerstes glühte unter Julius, der fest auf mir lag.

»Ich hasse dich«, keuchte ich so nah vor seinem Mund, woraufhin er breit lächelte und sagte: »Ich liebe dich auch, Romeo.«

Und

mein

Herz

fiel.

Ich hatte gar nicht die Chance, etwas zu erwidern, denn dieses Mal küsste er mich endlich. Die Arme links und rechts neben meinem Kopf abgestützt. Warm und einladend legte sich Julius' Mund auf meinen. Und als seine Zunge gegen meine stieß, als er seine Hände in meinen Haaren vergrub, als er mit seinen Lippen brennende Linien auf meinem Körper zu ziehen begann – tiefer und tiefer –, sagte jede dieser kleinsten Berührungen: *Ich liebe dich. Ich liebe dich. Ich liebe dich.* Sie sagten es auf immer dieselbe und doch auf tausend verschiedene Arten.

Ich stöhnte unter Julius. Wir wälzten uns herum, rangen miteinander, waren wild und sanft. Ich ließ meine Hände langsam zu seinem Hintern wandern und zog ihn vorsichtig wieder näher zu mir. Julius stöhnte und suchte meine Finger, die er mit seinen verschränkte. Wir fanden unseren eigenen Takt. Langsam, auskostend und dann wieder heftig. So verdammt elektrisierend. Es war unser Moment. Und Julius' Keuchen und Stöhnen war dabei die schönste Melodie. Jedes Geräusch, jedes laute und jedes leise, jedes einzelne Wimmern kroch mir zusammen mit seinem verhangenen Blick unter die Haut.

Die Zeit war eine nicht enden wollende Ekstase. In einem Strudel aus Empfindungen, nie zuvor Gefühltem und einem Rausch, in dem die Art, wie Julius mich ansah, alles andere an Intensität überstrahlte. In sanften Wellen und in solchen, die immer wilder und treibender wurden. Wellen, die über uns hereinbrachen und unter denen wir die Welt vergaßen. Wellen, dich mich begruben.

»Lius ...«

Ich murmelte seinen Namen. Ich keuchte und schrie ihn. Unsere Hüften stießen gegeneinander.

»Küss mich«, keuchte ich. Ich wollte sein Stöhnen an meinen Lippen und ... Sein Mund prallte fast schon grob gegen meinen. Sein heißer Atem strich erst über mein Gesicht, vermischte sich dann mit meinem. Wir hielten uns, klammerten uns aneinander fest ... Gott, ich war nur noch Gefühl und Sein und verlor mich zusammen mit Julius in Unendlichkeiten, als wir gleichzeitig kamen. Seine süße Nase an meiner, die Lippen leicht geöffnet. Schwarze Haare, von der Sonne geküsstes Gesicht und auf alle Arten strahlend blaue Augen, die in mein Innerstes sahen. Wir waren nass geschwitzt, jeder Muskel bebte, seine und meine. Ich fühlte mich leer und erfüllt, und jeder einzelne meiner Gedanken galt nur ihm allein.

»*Omeo*«, flüsterte Julius, während er mit den Lippen über meine Schläfe strich und eine kribbelnde Spur hinterließ. Genauso wie seine Finger auf der Innenseite meines Oberarms, wo mein weißes Tattoo versteckt lag. Ich wollte diesen Augenblick für die Ewigkeit, denn das hier, das war verdammte Vollkommenheit. Und auch wenn Julius mich jeden Tag eines Besseren belehrte, wurde ich meine Angst nie ganz los, denn ich wusste: Auf den höchsten Flug folgt der tiefste Fall.

Ich zog Julius an mich, so fest ich konnte, und hätte ihn am liebsten nie mehr losgelassen.

Julius

Ein Gedanke schwirrte träge durch meinen Kopf. Ein Gedanke über diesen Moment, über Romeo und das Gefühl von Vollkommenheit. Ein Blick in sein Gesicht und ich war mir sicher, dass er dasselbe dachte.

Zwei Herzen.

Eine Empfindung.

Wir.

Mein Atem ging immer noch schnell und traf auf Romeos heiße Haut. Nur langsam lösten sich die Schleier meines Orgasmus. Und mit jedem überschnellen Schlagen meines Herzens staunte ich darüber, wie unglaublich das hier war. Mein Kopf passte perfekt in seine Halskuhle voll berauschendem Romeogeruch. Der Griff seines Arms um mich wurde fester, die Finger seiner anderen Hand verschränkten sich mit meinen, mit denen ich gerade noch Kreise auf seiner Brust gezogen hatte. Ich konnte mich kein Stück bewegen und wollte es nicht anders haben.

Wir waren einander nah, so nah, und irgendwann meinte ich träge: »Ich habe Hunger.«

Ein dunkles Lachen erklang.

»Ist dir schon mal aufgefallen, dass Essen und Sex bei dir irgendwie seltsam eng miteinander verknüpft sind?«, zog Romeo mich auf.

Ich grinste. »Kann schon sein.«

Romeo rollte mich herum, sodass jetzt ich unter ihm lag. Die Arme erst links und rechts neben meinem Gesicht abgestützt, dann meine Handgelenke über meinem Kopf umfassend. Wild fielen Romeos Haare ihm um das Gesicht. Ein Vorhang, unter dem nur wir beide existierten. So echt und frei und wunderbar.

»Dafür müsste ich dich gehen lassen, und das habe ich leider überhaupt nicht vor«, sagte er mit diesem Grinsen, bei dem mir sofort wieder heiß wurde.

»Dann komm mit«, flüsterte ich, »wir können kühlschrankpicknicken.«

Romeo küsste mich auf die Nase. »Was ist das?«

»Man nimmt eine Gabel und stellt sich damit vor den geöffneten Kühlschrank und isst alles direkt aus den Packungen. Alles, was man eben so findet. Das ist sehr meditativ und macht Spaß. Und wir können dabei auch nackt bleiben.«

Romeo lachte herzhaft. »Gott, du bist so verdammt niedlich. Unfassbar.«

Er stand auf und hielt mir die Hand hin. »Darf ich dich zu einem Kühlschrankpicknick ausführen?«

Alles verändert sich, und
ich bin die Veränderung.

Im Traum verloren, aus *Nachtschwärmer (LP)*,
erschienen 2020.

13. Kapitel

Romeo

Der Winter kam früh in diesem Jahr. Jeder Tag war kürzer als der vorhergehende und zog mich tiefer in seine Düsternis – als würde die Zeit langsam knapp werden. Doch mit Julius zusammen zu sein fühlte sich so richtig an wie nie zuvor etwas in meinem Leben. Ich hatte mein Innerstes vor ihm offengelegt, er hatte alles von mir gesehen. Und er wollte mich immer noch. Trotzdem wurde das leise Brennen, dieses Zerren, dieses Vermissen meiner anderen Welt immer stärker. In manchen Nächten lag ich hellwach neben Julius und betrachtete ihn, während er schlief. Prägte mir jede einzelne Linie seines Gesichts an. Die weich geschwungenen, schwarzen Brauen, die markante Kieferpartie.

Und während er absolute Friedlichkeit ausstrahlte, wälzte ich mich von einer Seite auf die andere. Die kläglichen Reste meiner Musik verfolgten mich bis in meine Träume. In ihnen zog ich durch Clubs, wurde gefeiert und verehrt. Und die Klänge, die unter meinen Händen entstanden, waren das Schönste, was ich jemals gehört hatte. Wenn ich aufwachte, war alles weg. Ich versuchte, die verdammten Töne zu halten und klammerte mich an ihnen fest, aber mir blieb stets nur ein Nachhall von Glück und Verbundenheit. Denn nicht die Träume waren schlimm – das Aufwachen war es.

Die Erinnerung an das letzte Telefonat mit Markus holte mich immer wieder ein. Je weiter es zurücklag, desto nagender wurde der Gedanke, dass ich womöglich einen Schlussstrich ziehen und die Musik loslassen musste, bevor ihr Verlust mich vollständig verschlang.

Während ich mich bemühte, irgendwie klarzukommen, fühlte ich mich innerlich mit jedem Tag zerrissener und kaputter. Als wäre mein Kopf nicht in der Lage, all das miteinander zu verbinden, was ich war. Als trüge ich eine Haut, die mir nicht passte. Und in mir breitete sich eine Gewissheit aus: das mit Julius und mir hatte ein Ablaufdatum. Inzwischen hatte ich *alles* mit ihm, aber es reichte nicht. Es reichte einfach nicht. Mein verdammtes Herz versuchte nur, diesen Tag X so weit wie möglich nach hinten zu schieben.

Ich hatte es mit Mühe und Not gerade einmal vier Wochen geschafft, bis ich wieder rückfällig wurde. Ben stand irgendwann nachts vor meiner Tür mit riesigen Pupillen, ein bisschen wie ein Alien oder die Eulenmenschen aus meiner Single. Nach kurzem Zögern ging ich mit ihm hinaus in die Nacht und in irgendeinen Club – auch wenn ich wusste, dass ich es lieber lassen sollte. Julius würde mir meine Unruhe und das Bedürfnis zurückzukehren so oder so anmerken. Und Ben sah so glücklich aus. Ich erinnerte mich nur zu gut an diese Form von Wärme und Freiheit – dank meiner ständigen Träume voller Wildheit und Ekstase so greifbar und real. Dieses eine Mal war ich einfach nur dabei, wie ein stiller Beobachter, der sich am Rand der Gruppe bewegte. Ich erzählte Julius nichts davon, weil es nichts zu erzählen gab, doch trotzdem fühlte ich mich schlecht dabei.

Beim nächsten Mal wurde ich auf ganzer Länge schwach. Ich war unruhig und gehetzt gewesen, war auf der Suche und wusste doch nicht richtig wonach. Die Ruhe, die ich in Julius' Gegenwart empfand, wich, sobald ich allein war und unmöglich stillsitzen konnte. Ich vermasselte einen Auftritt, verwechselte einen anderen und versuchte vor Julius zu verbergen, dass mir alles entglitt, während sein Buscafé bald fertig sein würde und dort alles wie am Schnürchen lief.

In einer der nächsten Nächte trieb es mich ins *Fakultativ*. Die anderen waren dort, als hätten sie auf mich gewartet. Und alles war wie immer: Ringos Grinsen zur Begrüßung und der berechnende Blick in seinen Augen, Helenas entrücktes Auftreten und Ben, der unangenehm tief in einen hineinblickte und doch einen Scheiß auf alles und jeden gab. Erst tanzten wir in den Katakomben, dann stiegen wir tiefer in den Club hinunter und klapperten, in schummrig-farbiges Licht getaucht, die stickigen Räume ab, um einen leer stehenden zu finden.

»Endlich«, hauchte Helena glücklich, als sie die letzte Tür des Flurs aufstieß und hineinschlüpfte.

Wenig später lagen wir auf dem ausgefransten Teppich in der Mitte des Raums und zogen uns Koks durch die Nase. Die anderen Möbel waren an den Rand geschoben, Helena hatte es sich auf dem Rücken gemütlich gemacht, die ausgestreckten Beine gegen die Kommode gelehnt. Die Zöpfe lagen fächerförmig um ihren Kopf verteilt da und berührten meine Arme. Das Brennen und leichte Taubheitsgefühl war leider Gottes die allergrößte Erleichterung. Ringo verschickte eine Nachricht, weniger später waren irgendwelche Frauen da und tanzten um uns herum. Eine von ihnen zog Helena zu sich hoch und schlang ihr die Arme um den Hals. Die Wände bebten zweifach: Musik vom Club und die Beats, die hier unten liefen.

Nie hatte es sich besser angefühlt, irgendwo auf dem Boden zu liegen, zwischen sich wiegenden Körpern und Menschen, die mich verstanden. Jemand lachte, und mit ein bisschen Verzögerung merkte ich, dass ich selbst es war. Ich klang ausgelassen und glücklich – Himmel, das war ich ja auch. Meine Träume waren wieder Realität geworden und vermischten sich auf allen Ebenen miteinander.

Plötzlich tauchte Ringo vor mir auf. Sein Schnauzer bog sich leicht nach oben und sah aus wie ein bestätigendes Lächeln im Licht. Noch mehr Pulver und alles weiß, als ich im Schnee zu tanzen begann. Meine Fingerspitzen kribbelten, ich fühlte mich geil und absolut Herr der Lage.

Natürlich konnte ich die weltbeste Musik machen.

Natürlich konnte ich an meinen Erfolg anknüpfen.

Natürlich war ich gut genug.

Ich blinzelte.

Helena, Ringo, Ben. Ihre Gesichter verschwammen in surrealistischen Formen, setzten sich dann wieder zusammen und ich sah sie grinsen. Ich tat es ihnen gleich und genoss das Auflösen jeglicher Konturen.

Bens Blick ruhte unablässig auf mir und verdunkelte sich schlagartig, als er meinen traf. Einen Wimpernschlag später stand er direkt vor mir und sah zu mir hinab. Er leckte sich über die Lippen, das Piercing in der Mitte glänzte im Licht, und dann drängte er mich gegen die Wand in meinem Rücken und küsste mich gierig. Alles drehte sich noch mehr als zuvor, als er seine Hände über meinen Körper wandern ließ. Irgendetwas stimmte nicht, doch ich reagierte ganz automatisch und legte ihm meine Hand in den Nacken. Mein Daumen strich über kurz rasierte Haare, meine Zähne stießen gegen den Ring in seiner Lippe und ich riss die Augen auf. *Das war falsch*. Das war verdammt nochmal nicht Julius und auch nicht das, was ich wollte. Ich stieß Ben von mir. Er stolperte fluchend zurück, dann war da nur noch ein schwarzes Loch ohne Erinnerung. Im nächsten Moment wankten wir zu viert aus dem Club. Es dämmerte, und Helena setzte sich anmutig eine Sonnenbrille auf die Nase.

Berlin erwachte. Die Musik aus dem *Fakultativ* klang gedämpft aus den Katakomben und vermischte sich mit dem gemächlichen Rattern einer Bahn, die in der Nähe fuhr. Es war eine ganz besondere Art von Freiheit, wenn das Auf- und Untergehen der Sonne keine Bedeutung mehr hatte.

»Zu wem gehen wir?«, fragte Helena und sah in die Runde.

»Zu mir«, bestimmte Ringo und begann auf seinem Handy herumzutippen. »Papa spendiert ein Taxi.«

Ich verdrehte die Augen, sagte aber nichts.

Ringos Wohnung war genauso spärlich möbliert wie meine eigene, doch sie lag so hoch über den Dächern Berlins, dass ich mich wie der König der Welt fühlte, als ich auf die Stadt herabblickte. Mein Herz raste – wegen der Aussicht und wegen des Koks. Ich fühlte mich unbesiegbar und vollständig und ließ zu, dass sich die nächsten Stunden nur noch wie ein Mosaik aus Momentaufnahmen zusammensetzen ließen. Eine ewige Aneinanderreihung von Erinnerungen und Lücken.

»Denkst du echt, das mit dir und diesem Kerl ist Liebe?«, formten Bens Lippen irgendwo zwischen den Zeiten.

Wir lagen einander gegenüber auf dem weißen Monstrum von Ledercouch im Wohnzimmer. Ich hatte die Arme hinter dem Kopf verschränkt und wippte mit den Beinen im Takt der Musik. Der Blick war frei auf ein überdimensionales, abstraktes Gemälde an einer der hohen Wände und die breite Kochinsel gegenüber, wo der Raum in eine moderne Küche überging.

»Ja«, sagte ich schließlich, auch wenn ihn das so überhaupt nichts anging. Ich hatte echt keine Lust, ausgerechnet mit Ben über Julius zu sprechen.

Von irgendwoher drang Ringos und Helenas Stöhnen zu uns. Seines abgehackt und tief, ihres hell und flüchtig. Mein verdammter Kopf dröhnte. Ich tastete nach der Fernbedienung und machte die Musik lauter.

»Du bist wie ich, Ro. Und du und ich, wir können nicht lieben.« Ben rieb sich über die rosa Haare, dann lachte er. »Versuch nicht jemand zu sein, der du nicht bist.«

»Das ist nicht das, was ich tue«, entgegnete ich hart, doch eine Stimme in meinem Kopf gab ihm recht. Hatte mich nicht genau das hierhergetrieben? Das Wissen, dass ich es nicht ertrug, mich auf Dauer zu verstellen?

»O Baby, habe ich da etwa einen wunden Punkt getroffen?«

Ich schnaubte. »Du sagst das nur, weil du allein bist. Fühlst du dich ungeliebt, *Baby*?«

»Ich bin nicht allein.« Ben streckte sich genüsslich und durchbohrte mich mit seinen Blicken.

»Was ist eigentlich dein Scheißproblem?«

»Mein Problem ist, dass du dich verändert hast.«

»Und was interessiert dich das? Wir haben miteinander gevögelt, mehr war das nie.«

»Nein, mehr war das nie. Aber du bist eine verdammte Spaßbremse geworden. So alles in allem.«

»Ich bin hier, oder nicht?«

»Mag sein, aber der Unterschied ist, dass *ich* nicht so tue, als wäre ich weniger abgefuckt, als ich es bin. Und glaub mir, damit lebt es sich deutlich entspannter. Vielleicht solltest du es mal probieren. Nur so als Tipp.«

Etwas an der Art, wie Ben mich bei diesen Worten ansah, trieb mich fast zur Weißglut. Ich ballte die Hände zu Fäusten und stand auf.

»Fick dich.«

»Mit Vergnügen.« Er feixte. »Aber noch lieber würde ich ehrlich gesagt *dich* ficken.«

Statt dieses bescheuerte Gespräch weiterzuführen, steuerte ich die verchromte Kochinsel an. *Du bist wie ich, Ro. Und du und ich, wir können nicht lieben.* Ich wünschte, der Wichser hätte nie etwas gesagt. Denn war das nicht einer der Gründe, weshalb wir zusammen rumhingen? Weil wir im Leben des anderen einen Zweck erfüllten, vor allem aber, weil wir uns beide leer fühlten und ähnlich tickten?

Ich griff nach dem Koks auf der Platte, zerhackte es mit der danebenliegenden Karte und schob mir eine großzügige Line zurecht. Kontrastreich hob sich das Weiß von dem Schwarz ab. Als ich das Kribbeln in meiner Nase spürte, legte ich den Kopf einen Moment seufzend in den Nacken, dann ließ ich Ben wortlos stehen. Das Stöhnen war verklungen, und die Gesellschaft von Ringo und Helena war mir jetzt eindeutig lieber, als mit einer Person rumzusitzen, die sich auf eine echt miese Art wie ein Spiegel anfühlte.

Ich wollte diese Nacht als Ausrutscher abtun, ahnte aber, dass ich mich verdammt nochmal selbst belog.

Diese Ahnung wurde zur Gewissheit, als ich ein paar Tage später von Ben auf Instagram in dieser Story markiert wurde. Mein Blick war starr, und wir sahen alle so scheißfertig aus. Es war, als würde mir jemand einen Spiegel vorhalten, in den ich nicht schauen wollte. Ich dachte an Julius, der mich aufs Neue gebeten hatte, diesen Scheiß zu lassen. Alex, der verhindern wollte, dass ich seinem Kumpel wehtat. Davins ernster Blick, den ich bei der Hausparty auf mir gespürt hatte.

Noch schlimmer, als mich so zu sehen, war aber die Story danach, in der Helena auf meinem Schoß saß und mir die Zunge in den Hals steckte. Ihre Hände ruhten auf meinen Schultern, meine lagen auf ihren Hüften. Und ich hatte daran – wie an weiß Gott so vieles – keine fucking Erinnerung.

Ich hatte nicht nur ein verdammt schlechtes Gewissen Julius gegenüber – wegen der Drogen, wegen dieses Kusses –, ich schämte mich für mein Verhalten und meine eigene Schwäche. Trotzdem sagte ich auch in der darauffolgenden Nacht nicht Nein, als wir uns auf einem illegalen Rave trafen – einfach für den Kick. Die Scham löste sich im bunten Rausch der Pillen auf. Ich wusste nicht, was dieses Mal anders war, doch ich stürzte kopfüber zurück hinein in meine Dunkelheit. Ich wollte mich wehren, konnte es aber nicht. Ein Trip folgte auf den nächsten. Vielleicht hatten mich die letzten Monate des Verzichts und des Verleugnens trotz all der Helligkeit erschöpft. Vielleicht hatte ich zu sehr versucht, mich in ein Leben zu quetschen, das mir irgendwie zu klein war.

Nichts wollte ich auf dieser Welt weniger, als den Mann, den ich liebte, zu verletzen – aber so, wie die Dinge lagen, hatte ich anscheinend keine andere Wahl, als genau das zu tun.

Es war Samstagnachmittag, und meine Schritte waren schwer, wurden es mit jedem Meter mehr, den ich dem Paul-Lincke-Ufer näher kam. Ich musste Julius das, was ich ihm mitzuteilen hatte, persönlich sagen. Ich wollte nicht feige sein und mich hinter geschriebenen Worten verstecken, statt ihm in die Augen zu sehen. Nicht bei all dem, was wir füreinander fühlten.

Du bist wie ich, Ro. Und du und ich, wir können nicht lieben.

In dem Wissen, das ich nicht nur ihm, sondern auch mir selbst das Herz brechen würde, drückte ich auf die Klingel und wartete auf das Summen. Es knackte in der Gegensprechanlage, und …

Julius

… aus irgendeinem Grund wusste ich, dass es Romeo war, bevor er irgendetwas sagte. Ich machte auf, und dann stand er vor mir. Es reichte ein Blick in sein Gesicht, und mir war klar, dass irgendetwas ganz und gar nicht in Ordnung war. Eine Vorahnung, die vorher schon da gewesen war, mich aber hier und jetzt in ihrer Intensität überrollte. Das war einer dieser Momente im Leben, in denen man genau wusste, dass etwas Schreckliches passieren würde, einem aber genauso klar war, dass es nichts mehr gab, was man tun konnte, als sich offenen Auges dem Unbekannten zu stellen.

Und ich realisierte: Ich musste mich hier und jetzt Romeo stellen.

»Wo warst du?«, fragte ich leise und trat zurück, um ihn hineinzulassen. Unentschlossen standen wir uns im Flur gegenüber. Sahen uns an und gleichzeitig überall sonst hin.

Romeos honigblonde Haare waren strähnig und wirr zusammengebunden, der Haargummi im Nacken schien jeden Moment herauszurutschen. Die Lippen trocken, ein Mundwinkel leicht eingerissen. Ein Riss wie ein Sinnbild.

Mein Herz sackte hinab.

»Ich habe fast eine Woche lang nichts von dir gehört …«

»Ich musste nachdenken«, erwiderte Romeo nach einer kleinen

Ewigkeit. Seine lila Farbtöne verdunkelten sich dabei mit jeder Silbe, und ich schluckte schwer. »Okay, und ... worüber?«

Obwohl ich fragte, kannte ich die Antwort letzten Endes schon. Über uns, so oder so ähnlich würde er es sagen und mir damit endgültig das Herz herausreißen. Mehr noch: Er würde es nach all der Nähe zwischen uns zerschmettern.

»Über uns«, murmelte er und beinah hätte ich laut aufgelacht. O Gott. Instinktiv legte ich eine Hand auf meinen Bauch. Mir war schlecht. Ich würde ihn verlieren. Ich würde Romeo genau jetzt und hier verlieren.

»Möchtest du vielleicht etwas ... trinken?«, fragte ich, um über mein Unwohlsein hinwegzutäuschen. Um den Moment aufzuschieben und mich noch ein wenig länger der Hoffnung hinzugeben, dass wir das schon irgendwie hinkriegen würden.

Romeo trat von einem Bein auf das andere und nickte stumm. In der Küche hielt ich ein Glas unter den Hahn und füllte es mit Wasser. Meine Hände zitterten unter Romeos Blick. Er lehnte im Türrahmen, nahm das Glas entgegen und folgte mir in mein Zimmer. Auf meinem Bett saßen wir einander gegenüber. Mein Bett, in dem wir uns nah gewesen waren – auf alle nur möglichen Arten.

Ein Blick in sein Gesicht und es fühlte sich an, als wäre diese Nähe ein Leben lang her. Ich beobachtete ihn, wie er das Glas in einem Zug leerte. Seine schönen Lippen benetzten sich mit Wasser, ein einzelner Tropfen landete in seinem Bart, Fingerknöchel traten hervor. Romeos Hände bebten wie meine eigenen, und gedanklich fiel ich immer weiter – hinein in eine ungewohnte Farblosigkeit, die mich mehr als alles andere erschreckte. Ich hätte ihn gern an mich gezogen, hätte gern seine Arme um mich gelegt, hätte ihn gern auf irgendeine Weise berührt. Stattdessen rutschte ich ein Stück von Romeo weg. Die Mischung aus dem gehetzten Ausdruck in seinen Augen und seiner abweisenden Haltung hielten mich davon ab.

Er hat es wieder getan, schrie es in meinem Kopf. *Er kommt davon nicht weg!*

»Ich …«, setzte Romeo an, stockte und knetete ungewohnt unbeholfen die Hände in seinem Schoß, ehe er meinen Blick wieder suchte und fand, »… ich kann dir nicht das geben, was du brauchst, Lius. Ganz zu schweigen von dem, was du verdienst. Ich habe mich selbst verloren, und langsam zweifle ich daran, dass ich mich jemals wiederfinden werde.« Verbittert lachte er auf. »Wenn ich überhaupt jemals wusste, wer ich bin. Ich reiße dich nur mit mir runter, und das zu sehen tut wirklich verdammt weh. Das macht es nur noch schlimmer. In mir …«, Romeo räusperte sich, »… in mir ist einfach etwas … zugegangen, als du bei mir aufgetaucht und mich mit den anderen gesehen hast. Ich kann es dir nicht anders erklären. Das zwischen uns fühlte sich so echt an. Da war mit einem Mal diese Nähe und Verbundenheit, mit der ich niemals gerechnet hätte, aber irgendwie ist jetzt alles anders. Ich möchte dich einfach nicht weiter verletzen. Und mich genauso wenig.«

Es fühlte sich echt an. Nähe und Verbundenheit, mit der ich niemals gerechnet hätte. An dieser Aussage klammerte ich mich fest, ehe all die anderen Worte mit aller Klarheit zu mir durchdrangen. Bedeutungsebenen, die mir erst nach und nach bewusst wurden.

»Ich bin erwachsen und kann gut auf mich selbst aufpassen«, wisperte ich schließlich, »und ich entscheide mich dafür, mich nicht mitreißen zu lassen. Ich möchte nur, dass du ehrlich zu mir bist. Dass wir beide ehrlich zueinander sind und uns nichts verheimlichen. Ganz egal, wie unangenehm das auch sein mag.«

»Und genau das bin ich gerade«, erwiderte Romeo tonlos, »ehrlich zu dir.« Bedauern flackerte für einen kurzen Moment in seinen Augen auf. »Und Ehrlichkeit bedeutet in diesem Fall, dir zu sagen, dass das nicht länger funktionieren wird. Nicht jetzt und nicht in Zukunft. Wenn ich das so genau weiß, dann muss ich dir das doch sagen, oder?«

Ich schluckte schwer. Mein Mund fühlte sich so unerträglich trocken an, wie meine Handflächen feucht waren.

»Aber nur, weil es sich schwierig anfühlt, bedeutet das doch nicht, dass es falsch ist«, sagte ich leise und legte in die Worte all die Überzeugungskraft, die ich aufbringen konnte. Eine unnatürlich lange Pause entstand. Draußen fing es zu regnen an, und es war, als würde der Himmel mit mir zu weinen beginnen. Ich innerlich, die Welt draußen für alle sichtbar.

»Romeo«, krächzte ich verzweifelt, »bitte tu das nicht.«

Stumm schüttelte er den Kopf. Was hätte ich in diesem Moment alles dafür gegeben, diese typische Andeutung eines Lächelns seine Lippen umspielen zu sehen. Die Art, wie er sich durch die langen Haare fuhr und sie mit geübten, lässigen Bewegungen im Nacken zu einem Knoten zusammenband. Oder wie er mich selbstsicher mit sich zog, weil er irgendeine seiner Ideen hatte.

Romeo saß direkt vor mir, und doch vermisste ich ihn schon mit all meinem Sein. Ein Moment, der unter dem steten Prasseln des Regens schon jetzt zu einer Erinnerung zusammenfiel.

»Es ist besser so. Glaub mir.«

»Das sagt man doch nur, um über das genaue Gegenteil hinwegzutäuschen.«

Romeo starrte mich an, erwiderte aber nichts. Am liebsten hätte ich ihn geschüttelt, denn er war gerade hier, war es gleichzeitig aber überhaupt nicht. Dieses Gespräch war Leere, die sich im Kreis drehte. Ich wollte es nicht sehen, doch ich merkte selbst, dass wir nur immer wieder dasselbe sagten – in allen möglichen Variationen, weil ich ihn nicht gehen lassen konnte.

»Das mit uns …«, setzte ich in einem letzten verzweifelten Versuch an, der von Romeo entschlossen unterbrochen wurde: »Wir haben uns Ehrlichkeit versprochen, Lius. Und das ist meine Wahrheit. Mehr kann ich dir nicht sagen, und mehr kann ich dir nicht geben.«

Er versteifte sich. In seine Augen zu blicken war wie ein bodenloses Fallen. Der Ausdruck darin war beängstigend leer und gewiss. Und als er sich schließlich schweigend abwandte, fiel ich noch einen Moment weiter und prallte dann auf.

Es gab nichts mehr, was ich sagen oder tun konnte. Romeo hatte seine Entscheidung getroffen. Ich war mir nicht sicher, ob es eine Entscheidung für sich selbst oder gegen mich war. Aber ich wusste, dass er weg war. Vielleicht saß er mir in diesem letzten Moment noch gegenüber, aber Romeo war mit seinen Gedanken längst an einem Ort, an dem ich ihn nicht erreichen konnte.

Es liegt nicht an dir, es liegt an mir, hatte er noch gesagt. Einer dieser Sätze, von denen ich bisher gedacht hatte, sie bestünden aus aneinandergereihten Worthülsen und wären nur der schwache Versuch, es dem anderen leichter zu machen. Doch die Resignation in Romeos matten Augen hatte mich nicht nur eines Besseren belehrt, sie riss mir auch heute wieder den Boden unter den Füßen weg.

Wieso reichte ich nicht?

Wieso reichte die Tatsache, dass ich diesen Mann liebte und ihn an meiner Seite wollte, für ihn nicht aus? Er liebte mich und ich ihn, und trotzdem kollidierten unsere Welten unausweichlich und selbstzerstörerisch.

Ich wusste, dass Wahres in Romeos Worten lag. Ich liebte all die schönen gemeinsamen Momente, aber, wenn ich ehrlich war, hatte ich nicht nur Angst um ihn, sondern auch um mich. Und dieses leise Gefühl war nie ganz verschwunden. Mir war klar, dass ich alles für ihn aufgeben würde. Mir war klar, dass ich immer an dem Guten festhalten würde, egal wie weit Romeo sich in der Dunkelheit verlor.

In den ersten Tagen nach Romeos letztem Besuch kroch ich erst mittags aus dem Bett, schleppte mich irgendwie durch die folgenden Stunden und ließ die Arbeit für Biene und mein Café liegen. Der Nebel vor meinem Fenster passte zu meiner Stimmung. Biene schwirrte besorgt und dabei doch in ihrer ruhigen Art um mich herum, doch ich konnte einfach nicht darüber sprechen. Jeder Gedanke an Romeo tat weh. Und sie trafen mich immer wieder mit voller Wucht, wenn sich eine gemeinsame Erinnerung in mein Bewusstsein drängte. Obwohl es bescheuert war, schaute ich mir seine Instagramstories an. Weil ich mich nach ihm sehnte. Doch wenn ich sah, wie er mit seinen Leuten um die Häuser zog und wie extrem neben der Spur er dabei war, zog sich etwas in mir schmerzhaft zusammen. Romeos Blick war leer, er wirkte überdreht. Ich dachte an die Drogen, daran, wie er sich veränderte, und an diesen Tag, an dem ich ihn bei sich in der Wohnung überrascht hatte. Ich erkannte Ringo und Helena, die in die Kamera lachten, ein Wackeln des Handys und dann Romeos wunderschönes Beinah-Grinsen, das seine Augen nicht erreichte. Der Bart ein bisschen voller, seine ganze Erscheinung irgendwie verwegener. Er erzählte irgendetwas, doch ich starrte nur auf seine Lippen, über die die schönsten und schlimmsten Worte gekommen waren. Nächste Story: Helena gab den Rauch in ihrem Mund an irgendeinen Kerl weiter. Der atmete ein, ihre Lippen berührten sich für einen kurzen Moment.

»Jetzt du«, rief Helena Richtung Kamera, dann endete das Video. Es schnürte mir die Luft ab. Ein Wischen nach rechts. Neuer Tag und neue Story: Romeo, der auf irgendeinem Dach zwischen Menschen tanzte und ein breites Grinsen im Gesicht trug. Es war kein echtes Gefühl – seine Augen waren leer.

Der November wich dem Dezember, und ich gab mir Mühe, mich auf das Gute zu konzentrieren. Romeo würde wahrscheinlich sagen, ich versuchte krampfhaft, etwas wieder heil zu machen. Und wahrscheinlich hatte er recht. Zumindest zunächst. An einem Sonntag ließ ich die Gefühle und den Schmerz zu, und es riss mir den Boden unter den Füßen weg. Es war schrecklich, erschütternd, allumfassend. Und gleichzeitig tat es gut, es einfach herauszulassen. Mein Innerstes nach außen und das ganz ohne einen Filter, der alles beschönigte.

Doch anders als kurz nach unserer Rückkehr nach Berlin, als ich keine Ahnung gehabt hatte, wer er war, schien Romeo jetzt an jeder Ecke der Stadt zu sein. Die Orte, an denen wir zusammen gewesen waren und die nun voller Erinnerungen steckten. Plakate, auf denen irgendwelche Sets von ihm angekündigt wurden. Mit einem Mal hörte ich vor den Clubs und Bars fremde Menschen über ihn und die Gerüchte um sein verschobenes Album reden. Bekam bei der Arbeit im *Espresso* mit, wie jemand seiner Begleitung erzählte, dass er noch eine der heiß umkämpften Restkarten für Romeos nächsten Auftritt bekommen hatte. Seine Songs wurden mir auf Spotify vorgeschlagen. Das alles war selektive Wahrnehmung in ihrer allerschlimmsten Form. Und je mehr ich all das ignorieren wollte, desto unausweichlicher erdrückte es mich.

Mein Herz hörte nicht auf zu schreien.

14. Kapitel

Romeo

Ich konnte mich nicht entsinnen, wann ich das letzte Mal hier gewesen war, doch es schien sich nicht viel verändert zu haben. Auf der Gebäudefassade waren immer noch dieselben ausgeblichenen Graffitis zu sehen. In dem alten Aufzug mit der Holzvertäfelung klemmte nach wie vor die Taste für den fünften Stock, und ich musste mehrmals drücken, bis er sich in Bewegung setzte. Und auch der Geruch nach abgestandenem Rauch, der in den Gängen hing, war derselbe.

Seltsamerweise zögerte ich nicht, ehe ich in der obersten Etage angekommen, die Klinke zu den Büroräumen meines Managers hinunterdrückte. Markus' Assistentin am Empfang stand die Verwunderung ins Gesicht geschrieben, mich ohne Ankündigung hier zu sehen. Die Tattoos an Saras Schläfe bewegten sich leicht mit, als sie eine Augenbraue anhob. Mit den Lippen formte sie ein stummes Hallo, das Telefon zwischen Ohr und Schulter geklemmt, ehe sie in irgendwelchen Unterlagen blätterte und mehrmals ein *M-hm* oder *Natürlich* einwarf und der Person am anderen Ende der Leitung bei was auch immer recht gab. Während ich wartete, betrachtete ich die Fotos, die hinter ihr an der Wand und um einen Spiegel mit goldenem Rahmen hingen. Musiker und Künstler, Clubs und Festivals, Begeisterung, strahlende Gesichter und all die guten Seiten des Business'.

Damals hatten Markus und ich uns gegenseitig mit hochgezogen. Er hatte mir einen Vertrag verschafft und dafür gesorgt, dass ich mehr Geld hatte, als ich ausgeben konnte. Ich war sein erster Künstler gewesen, der, mit dem alles angefangen hatte. Die anderen waren nach mir gekommen. Beweise ihrer und meiner Erfolge waren gerahmt an den dunklen Flurwänden ausgestellt, an dessen Ende Markus' Büro lag. *Großstadtjungs, Leranos, STY, Serena G.* – alles inzwischen bekannte Namen. Zwischen ihnen entdeckte ich das Plakat zum Release von *Nachtschwärmer.* Ein schmerzhaftes Ziehen machte sich in meinem Bauch bemerkbar. Markus war fucking gut in seinem Job. Vor drei Jahren hatten wir es einfach nicht besser gewusst. Wir waren jung gewesen und hatten uns beide mitreißen lassen von der Welle des Erfolgs. Von diesem Hype, der größer und größer geworden war, ehe er mit *Eulenmensch* und *Stadtsee* unweigerlich seinen Höhepunkt erreicht hatte. Erinnerungen flammten in mir auf, doch mir war klar, dass das Leben nicht stillstand. Dass sich alles immer und ständig veränderte und ich niemals an diesen verdammten Punkt würde zurückkehren können.

Es gab nur das Jetzt und ein verdammtes Lebewohl, denn ich konnte nicht länger verleugnen, wer ich war und wonach ich mich sehnte. In der Dunkelheit hatte meine Musik keinen Platz mehr. Nichts hatte dort Platz.

»Ich seh mal nach, ob Markus gerade Zeit für dich hat«, sagte Sara wenige Minuten später zu mir, nachdem sie aufgelegt hatte.

Sie musterte mich, wandte den Blick aber schnell wieder ab, als sie zu merken schien, dass der Moment unangenehm lang anhielt. Sara bedeutete mir, mich solange auf einen der beiden schwarzen Ledersessel zu setzen, die gegenüber des Empfangs standen. Ich blieb stehen. Zu heftig trieb diese Unruhe durch meinen Körper. Nur mit Müh und Not konnte ich mich davon abhalten, hektisch auf und ab zu laufen. Ich war immer noch Ro *fucking* Brenner und so zu tun, als hätte ich die Dinge im Griff, gehörte irgendwie zu meinem Job. Den ich wirklich nicht mehr gut beherrschte, wie ich mir eingestehen musste, als ich mich selbst im Spiegel hinter der Theke sah.

Man erkannte immer noch ganz deutlich die Stelle, an der meine Lippe aufgeplatzt war und geblutet hatte. Ich konnte nicht einmal sagen, weshalb genau ich mich geprügelt hatte. Ja, da war dieses Arschloch von einem Kerl gewesen, das zwei Frauen belästigte, die sich küssten. Der erst Scheiße geredet und dann auch noch versucht hatte, die beiden anzufassen. Das allein war eigentlich mehr als Grund genug, weil dieser Typ es einfach nicht kapieren wollte. Aber wenn ich ganz ehrlich zu mir war, dann war ich wahrscheinlich auch einfach froh gewesen, auf etwas oder jemanden einschlagen zu können. Die aufgeplatzte Lippe stammte von diesem Abend, das blaue Auge war erst Tage danach hinzugekommen. Die Erinnerung an die genauen Umstände versank in undurchdringlichem Nebel. Ich wusste nur noch, dass es sich verflucht gut angefühlt hatte, meiner Wut freien Lauf zu lassen.

Es war verrückt: Ich hatte eigentlich alles richtig machen wollen. Hatte das zurückgewollt, was ich verloren glaubte. Doch inzwischen befand ich mich im freien Fall. War mehr und mehr an meinen eigenen Vorstellungen abgerutscht. Es waren Schattenseiten, die zu ganzen Schatten geworden waren. *Ro* hatte eigentlich nie existiert, das war mir erst jetzt so richtig klar. Er mochte ein Teil von mir sein, aber in ihm fanden Markus' Vorstellungen von mir und die meines Labels ebenso zusammen, wie die meiner Fans und auch der ganzen Szene. Ich war nur ein Produkt all dieser Vorstellungen. Eine verdammte Projektionsfläche und Kunstfigur. Also täuschte ich weiterhin Gleichgültigkeit vor. Wenn man so tat, als würden Dinge einen nicht jucken, dann zog der Kopf irgendwann nach und glaubte die Lüge. So zumindest die Idee dahinter.

Die Dunkelheit lauerte mir auf, und obwohl ich das Richtige getan hatte, wurde dieses alles verschlingende Loch nach der Trennung von Julius größer und größer. Ich fühlte mich taub, mir war alles so scheißegal.

»Du kannst jetzt hinter gehen«, meinte Sara und riss mich damit aus meinen Gedanken. »Markus wartet auf dich.«

Ich lächelte sie an. Ein Lächeln, leer und wie ein Reflex. »Danke dir.«

Auf dem Weg den Gang entlang ließ ich mir Zeit, denn auf einmal war da so ein Gefühl. Eines von Abschied. Das Herz pochte in meiner Brust und erinnerte mich daran, dass ich fühlen musste. *Fühlen, fühlen, fühlen.* Nicht meinen Körper, sondern das Herz, das da in mir schlug.

Am Ende des Flurs hielt ich einen Moment inne, um tief Luft zu holen, dann stieß ich die angelehnte Tür auf. Markus sah nicht auf, als ich eintrat. Vor ihm lagen Unterlagen ausgebreitet. Und auch sonst türmten sich auf dem wuchtigen Schreibtisch Papierstapel und Musikzeitschriften, die mit bunten Einmerkern versehen waren.

Markus las in Ruhe etwas zu Ende, ehe er aufsah und meinen Blick abwartend erwiderte. Im Gegensatz zu Sara schien er nicht im Mindesten überrascht zu sein, mich hier zu sehen.

Ich war vor seinem Schreibtisch stehen geblieben. Markus nickte mit dem Kinn in Richtung des Stuhls, der ihm dort gegenüberstand. Ich ließ mich darauf fallen und räusperte mich. »Hey.«

Schwer seufzend lehnte Markus sich zurück, die bronzefarbenen Haare so verstrubbelt wie eh und je. »Okay, was ist passiert?«

»Wieso denkst du, dass etwas passiert ist?«

»Komm schon. Wann bist du das letzte Mal hier gewesen?«, entgegnete er bloß und fixierte mich. »Also?«

Und dann sagte ich es.

Kurz und schmerzlos.

»Ich steige aus.«

Markus zog bloß eine Augenbraue hoch.

»Hol mich aus diesem verdammten Vertrag raus, ganz egal, was es kostet«, erklärte ich. »Es ist mir wirklich scheißegal, nur hol mich da raus. Ich hab die Schnauze voll, und wenn meine neuen Sachen nicht gut genug sind, dann ist das eben so. Sollen *B21* doch mein ganzes Geld nehmen und sich einfach ficken.«

»Okay, wenn es das ist, was du wirklich möchtest.«

»Ist es.«

Markus nickte langsam. »Aber das bedeutet auch, dass wir beide uns trennen werden, Romeo. Zumindest beruflich.«

Das kam jetzt nicht sonderlich überraschend, machte mir aber doch noch einmal bewusster, dass es jetzt vorbei war. Es war nicht das Gefühl von Alleinsein, sondern vielmehr von Einsamkeit, das mir die Kehle zuschnürte. In letzter Zeit hatte ich wohl ein Händchen dafür, Mensch für Mensch für Mensch zu verlieren.

Markus legte die Hände aneinander und sah mich durchdringend an. Vielleicht wartete er darauf, dass ich etwas erwiderte, doch ich hatte keine Ahnung, was ich hätte sagen sollen.

»Es liegt gar nicht in erster Linie daran, dass ich der Meinung wäre, dass deiner Demo der Funken fehlt. Daran kann man arbeiten. Du hast ein Wahnsinnstalent, Romeo. Vielleicht brauchst du auch einfach nur noch ein bisschen mehr Zeit. Du hast das, was man nicht lernen kann, und mir ist durchaus bewusst, dass man Kreativität nicht erzwingen kann und es kontraproduktiv ist, wenn man da drängt. Die Mischung aus Kunst und Beruf ist nicht immer leicht, dafür bin ich als dein Manager ja auch da. Um es dir leichter zu machen, dich auf die reine Musik zu konzentrieren, das ganze Drumherum zu klären und vor allem: um dir den Rücken freizuhalten. Aber ich kann nicht mit jemandem zusammenarbeiten, der so unzuverlässig und launisch ist. Du rutscht mehr und mehr ab, und in letzter Zeit musste ich immer häufiger dein Chaos hinter dir beseitigen. Ich kann dein Verhalten einfach nicht mehr entschuldigen«, ein vielsagender Blick in Richtung meines lädierten Gesichts. »Weder vor den anderen, noch vor mir selbst.« Er seufzte resigniert. »Ich mache das nicht mehr länger.«

»Okay.« Was für eine beschissen lahme Antwort.

Schweigen breitete sich zwischen uns aus.

Markus war nicht länger mein Manager.

Jahre, die wir diesen Weg gemeinsam gegangen waren – hiermit vorbei.

Alles auf Anfang und doch alles gleich.

»Es ist besser so«, sagte ich. Keine Ahnung, ob ich das tatsächlich glaubte. Oder glauben wollte. Irgendwie traute ich mir gerade selbst nicht, aber war es nicht das, was ich gewollt hatte? Mich von dem Druck und aus den Fängen der Musik lösen, mit deren Hilfe ich mich nach einer Kindheit voller Scham und Ungenügsamkeiten einst neu erschaffen hatte?

Markus holte eine Schachtel Kippen aus einer Schublade. Er bot mir eine Zigarette und Feuer an, ehe er sich selbst eine ansteckte. Dann stellte er einen Aschenbecher zwischen uns. Ich hatte in letzter Zeit wieder viel zu viel geraucht, doch das Ziehen und Kratzen in meiner Lunge tat auch jetzt wieder erschreckend gut.

»Ich werde heute noch bei *B21* anrufen und einen Termin ausmachen. Ich halte dich auf dem Laufenden. Aber deine restlichen Auftritte machst du noch?«

Ich nickte, denn ich würde das richtig zu Ende bringen.

»Ich meine, wirklich Ro. Ich hab kein Bock, wieder jemandem zu erklären, wieso du schon drauf aufgetaucht bist oder gar nicht kommst.«

»Ich mach das«, sagte ich entschlossen.

Ich brauche das. Es ist das, was mir bleibt.

»Okay, gut.« Markus aschte seine Zigarette ab. »Ich nehm dich beim Wort.«

Wir hüllten uns in Rauch statt Worte. Als von beidem nichts mehr übrig war, drückte ich die Kippe aus und erhob mich. Plötzlich schien die Welt um mich herum wieder zu schwanken und ich suchte möglichst unauffällig Halt an der Tischkante. Ich atmete so ruhig es ging und verlor mich für endlose Sekunden in dem Anblick eines grauen Berlins, das hinter und unter den vierflügeligen Fenstern lag. Während Schnee in der Luft tanzte, verschwanden die kreisenden Lichter vor meinen Augen langsam wieder.

»Darf ich dir noch etwas sagen, bevor du gehst?«, fragte Markus. »Als Freund?«

Ich lachte auf. »Seit wann fragst du um Erlaubnis, um mir die Wahrheit ins Gesicht zu knallen?«

»Nie.« Markus grinste, und für einen Augenblick war es so wie in der neunten Klasse. Wir beide irgendwo zwischen Kindsein und dem Erwachsenenleben, beide den Kopf voller Musik, auf ähnliche und doch ganz verschiedene Art. Dann war der Moment vorbei, und er sagte: »Mach eine Pause. Komm zur Ruhe und nimm Abstand von dem ganzen

Scheiß, bevor es zu spät ist. Die Musik läuft dir nicht weg. Du bist verdammt nochmal wichtiger und wenn es so weit ist, dann wirst du wieder etwas Großartiges schaffen. Etwas, das noch tausendmal geiler sein wird als *Nachtschwärmer*. Nimm dir die Zeit und komm endlich von diesen Scheißdrogen weg. Such dir Hilfe, wenn du das allein nicht hinkriegst, aber tu einfach irgendetwas, verdammt.«

»Ich werd drüber nachdenken«, murmelte ich und wusste, dass es die falsche Antwort war. Aber für die richtige hatte ich keine Kraft, denn das sollte nicht bloß eine Pause sein. Die Musik war weg, und das war etwas, das ich verdammt nochmal akzeptieren sollte.

Und dann wandte ich mich um und ging. Sonnenbrille auf und Kapuze hoch.

Julius

Es war schon halb drei Uhr morgens, als nur noch die Lichterketten im Flur brannten. Biene und ich hatten die vielen Zettel und Notizen, die den Tisch fast unter sich begruben, gar nicht mehr weggeräumt, nachdem wir dort fast den ganzen Tag gearbeitet hatten. Der Bus war fertig, zumindest äußerlich. Wir hatten uns noch um die verschiedenen bürokratischen Angelegenheiten, die leider dazugehörten, gekümmert. Es gab viel zu tun, und auch wenn die nahende Eröffnung des *Türkisgold* in knapp einem Monat mich unter Druck setzte und plötzlich alles ganz schnell gehen musste, war ich dankbar dafür, beschäftigt zu sein. Ich hatte mich in die Arbeit gestürzt, schrieb bereitwillig jede Mail, die es zu schreiben gab, und erledigte ein Telefonat, noch bevor es auf irgendeine To-do-Liste gesetzt werden konnte. Und trotzdem dachte ich spätestens in den Nächten, wenn ich allein war und alles um mich herum ruhig wurde, an Romeo.

Jetzt räumte ich das Papierchaos auf dem Tisch notdürftig zur Seite. Dann lief ich ins Bad, um Zähne zu putzen. In meinem Fach lag ein

Haargummi, den er irgendwann einmal hier vergessen hatte. Schmal, schwarz und nichts Besonderes. Ich stand da und starrte darauf, spürte dieses schmerzhafte Stechen in meinem Bauch. Ich überlegte gerade, ob ich den Gummi nicht einfach wegtun sollte, als es unerwartet klingelte. Biene war eine halbe Stunde zuvor ins Bett gegangen, und ich hatte keine Lust aufzumachen. Vor allem nicht jetzt noch. Wahrscheinlich hatte sich sowieso nur jemand vertan. Oder irgendjemand fand das lustig. Ich beschloss, es zu ignorieren, und spuckte Zahnpasta und Wasser ins Becken, als es erneut klingelte. Länger dieses Mal.

Ich stöhnte auf. Durch den Schlitz unter der Wohnungstür fiel Licht aus dem Treppenhaus in unseren Flur, ein sanfter Schimmer und der Schatten von zwei Füßen. Langsam öffnete ich die Tür und …

Scheiße.

Tiefes Dunkelblau.

Kräftiges Lila.

Zu viel grau.

Ein Strudel aus Farben, der mich wie beim allerersten Mal faszinierte und mit sich riss.

Mein Romeo.

Omeo.

Und doch machte mir die Dunkelheit darin Angst, auch wenn ich wusste, dass Romeo mir schon entglitten war, bevor er das mit uns beendet hatte. Die Fotos und Videos, bei deren Anblick ich dieses Stechen im Bauch spürte, bezeugten nur, wie weit.

Er sah immer noch wunderschön aus, wirkte zugleich aber innerlich zerbrochen, und dieser Kontrast schmerzte wohl am allermeisten. Sein Gesicht war grau, die Ringe unter den Augen so tief, als wären sie tätowiert, und hätte Romeo sich nicht mit einer Hand am Türrahmen abgestützt, ich war mir sicher, er wäre einfach um- oder gegen mich gefallen. Und dann war da sein violett verfärbtes Auge. Die Wunde schien schon mehrere Tage alt zu sein, sah aber trotzdem schlimm aus.

»Was …«

»Kann ich …«, Romeo räusperte sich unbeholfen. »Kann ich reinkommen?«

Die Stimme kratzig und rau, Unsicherheit und noch irgendetwas anderes darin, das ich nicht ganz zuordnen konnte. Angst? Schmerz? Oder Scham?

Mein Kopf verstand nicht, dass er mit einem Mal vor mir stand, mein Herz aber begriff sofort. Es schrie und seufzte im selben Moment. In mir stieg jedes erlebte Gefühl des vergangenen halben Jahres auf. Jede Erinnerung und jede fliegende Nacht. Doch sie vermischten sich unaufhaltsam und brutal mit dem Schmerz der letzten Wochen.

»Lius, bitte, ich …«, Romeo versuchte, aufrecht zu stehen, verlor aber immer wieder den Halt. Der Anblick stach in mein Herz. »Babe …«, murmelte er heiser und wollte mich in seine Arme ziehen, aber ich schüttelte stumm den Kopf. Ich war überfordert und wusste nicht, wie ich mich verhalten sollte. Wusste nur, dass ich ihn wegschicken und mir das nicht antun sollte.

Einen Wimpernschlag später hörte ich mich Romeo trotzdem hereinbitten. Er streifte sich die Schuhe ab und gegen jede Vernunft bugsierte ich ihn in die Küche. Ich schloss die Tür, um Biene nicht zu wecken, und begann, einen Tee zu kochen. Weil heißer Tee mit Honig manchmal alles ein bisschen besser machte. Und weil ich irgendetwas machen, mich beschäftigen musste. Mit gleichmäßigen Bewegungen rührte ich den Honig in das heiße Wasser, ehe ich die Tasse vor ihm abstellte. Einander gegenüber saßen wir in der Sitznische und schauten uns an.

»Wieso siehst du so aus?« Ich musste Romeo nicht erklären, was ich meinte. »Du hast gesagt, du willst …«

»Lius, bitte …«, setzte er an. In seinen Augen lag pure Resignation. »Dieses Gespräch führt zu nichts.«

»Ich will dir doch nur helfen.«

»Nein«, Romeos Finger schlossen sich fester um die Tasse. »Du willst mich verändern, und das funktioniert einfach nicht. Mein Leben lang haben die Leute schon an mir gezerrt, weil ich ihre Erwartungen nicht erfüllt habe. Und deine konnte ich auch nie erfüllen.«

Am liebsten hätte ich geschrien. Diese Worte taten weh und abgesehen davon waren sie nicht wahr. Es gab keine Erwartungen an Romeo, wenn überhaupt, war da meine Sorge. Und sie schmälerte auf keinen Fall meine Gefühle. Wenn ich nur irgendetwas tun konnte, damit Romeo nicht so schlecht von sich selbst dachte.

»Du willst es einfach nicht verstehen, oder?«, seufzte ich. »Es geht darum, dass ich mit dieser Drogensache nicht klarkomme, und nicht darum, dass ich dich anders haben will.«

»Doch, du willst mich anders haben«, entgegnete Romeo starr. »Ich bin, wie ich bin. Und so nimmst du mich nicht.«

»*So* bist du aber nicht«, flüsterte ich und fuhr mit der Hand durch die Luft. Eine vage Geste, die seine gesamte Erscheinung umfasste, und die Müdigkeit, die sein ganzer Körper herausschrie.

Romeo verschränkte die Arme vor der Brust. »Woher willst du das wissen?«

»Ich kenne dich.«

»Nein, du kennst mich nicht. Du kennst nur den Menschen, von dem du gern hättest, dass ich es bin.«

»Das ist nicht fair.«

»Das ist die Wahrheit.«

»Die Wahrheit ist, dass ich mich in dich verliebt habe, Romeo«, sagte ich wütend. »Ich liebe dich und … wenn man jemanden liebt, dann bedeutet das auch, dass man nicht aufgibt. Und dass ich mich von dir nicht mit einem *Ich-kann-das-nicht* abspeisen lasse, wenn ich doch merke, dass ich dir dasselbe bedeute.«

Romeo blinzelte, sagte aber nichts.

»Du wärst nicht hier, wenn ich nicht recht hätte.«

»Das spielt keine Rolle. Ich kann dir auch nicht mehr sagen als beim letzten Mal. Es ist besser so.«

»Es kotzt mich an, dass du dich und uns einfach boykottierst, weil du Angst hast. Himmel, du sabotierst ja nicht nur uns, sondern dein ganzes Leben gleich mit.«

»Du hast recht. Und du hast so viel mehr verdient als ein bloßes *Ich-kann-das-nicht* …«, murmelte Romeo schicksalsergeben, doch dann verstummte er und ich hörte wieder diese ohrenbetäubende Endgültigkeit in seinem Schweigen.

Es ist besser so. Es ist besser so. Es ist besser so.

»Aber … Julius?«

Julius. Wann hatte er mich zuletzt bei meinem ganzen Namen genannt? Hatte er das überhaupt schon einmal getan? Es klang so ernst.

»Kann ich heute vielleicht trotzdem bei dir schlafen? Auch wenn zwischen uns alles … irgendwie vorbei ist?«, fragte Romeo leise und wich meinem Blick einen Moment aus. »Ich will nicht allein sein.«

Nach kurzem Zögern nickte ich, denn dieses Geständnis riss etwas in mir entzwei. »Natürlich.«

Wie hätte ich dich auch jemals wegschicken können?

Inzwischen war es drei Uhr. Romeo fielen immer wieder die Augen zu, und die Teetasse stand ausgetrunken vor ihm. Ich ging ins Wohnzimmer und bereitete das Sofa vor, doch auf dem Weg zurück in die Küche hielt ich an der Tür zu meinem Zimmer inne. Romeo lag in meinem Bett und hatte die Augen geschlossen.

Ich stand auf dem Flur, zwischen Romeo und dem Sofa und wusste nicht, was ich tun sollte. Die Bettdecke raschelte, und er murmelte meinen Namen. Träumte er? Oder war er wach? Meine Füße liefen wie von selbst, und ich fand mich auf meinem Bett wieder.

Wir lagen dicht nebeneinander. Obwohl wir uns nicht berührten, streichelte Romeos gleichmäßiges Atmen mein Gesicht. Ich fiel in einen unruhigen Schlaf, aus dem ich immer wieder aufschreckte. Als ich das nächste Mal blinzelnd die Augen öffnete, hatte Romeo einen Arm um mich geschlungen und drückte mich besitzergreifend an seine Brust. Langsam drehte ich mich um. Seine Augen waren geschlossen, die Wimpern in diesem Moment hell und fast durchscheinend und die Gesichtszüge sanft und entspannt. Irgendetwas brachte mich dazu, die letzten Zentimeter zwischen uns zu überbrücken und Romeo zu küssen, und er wachte unter der Berührung meiner Lippen auf. Er schmeckte nach Verlust und Herzschmerz.

Der Morgen graute, als Romeo mich langsam auszog und meinen Körper zum Beben brachte. Meine Seele, mein Herz, das ihm nach wie vor gehörte. Er war sanft und liebevoll, sah mir die ganze Zeit in die Augen und hatte eine Hand zärtlich an mein Gesicht gelegt, als ich mich meinem Orgasmus näherte. Wir waren einfach nur Romeo und Julius, und ich hätte fast geweint, als er auf mir kam und ich auf ihm.

Dass ich wenig später mit Romeos Geschmack auf meinen Lippen einschlief, merkte ich erst, als helles Sonnenlicht mich weckte und ich nach ihm tastete. Er war verschwunden, und dieses Mal war endgültig ein Teil meines Herzens mit ihm gegangen.

Romeo

Berlin versank in einem verdammten Schneechaos. Die ganze Stadt war weiß, der Himmel darüber grau. Dicke Flocken nahmen mir die Sicht, als ich mich den Gehweg entlang zur U-Bahn kämpfte. Ich hatte wieder einmal nicht besonders viel geschlafen, doch in diesen wenigen Stunden in Julius' Armen hatte ich mich trügerisch beschützt gefühlt.

Kein Manager mehr und kein Label. Keine Rechte an meiner eigenen Musik. Keine Menschen, denen ich so wirklich vertraute. Kein Rückhalt und niemand, der mich fangen würde. Julius war die einzige Person gewesen, die ich hatte sehen wollen. Ihn und niemanden sonst – auch wenn das wahnsinnig egoistisch gewesen war. Als er mir die Tür geöffnet hatte, war für einen Moment etwas in mir eingerastet. Wie er da gestanden hatte in seinen schwarzen Boxershorts und dem weiten Batik-Shirt. Mit diesem Rest blauer Zahnpasta im Mundwinkel, die ihn nur noch niedlicher wirken ließ. Und Julius hatte mich bei sich bleiben lassen. Mich, diesen Mann, der ihm das Herz gebrochen und ihn erneut hatte von sich stoßen müssen.

Mit jedem Meter, mit dem ich das Paul-Lincke-Ufer hinter mir ließ, wurde diese letzte Nacht mit ihm immer mehr zu einer Erinnerung. Ich hatte sein *Ich liebe dich* nicht erwidern können, es war seltsam an mir und diesem Taubheitsgefühl abgeprallt. Himmel, ich hatte mich nicht im Griff und würde uns beide nur wieder und wieder verletzen, und das konnte ich Julius einfach nicht antun. Genauso wenig konnte ich das Empfinden abschütteln, er würde mich ändern wollen. Und doch wäre ein kleiner, fühlender Teil von mir am liebsten sofort umgedreht, um ihn anzuflehen, mich zurücknehmen. Ich war nah an der Sonne geflogen und wusste jetzt, wie das Leben sein konnte – auf der hellen Seite.

Das Gefühl seines warmen Atems auf meiner Haut, des steten Hebens uns Senkens seiner Brust, das Seufzen, wenn er mich im Schlaf näher an sich zog. Die letzten Stunden lagen schwer auf meinen Gedanken.

Such dir Hilfe, hatte Markus gesagt, doch wer sollte mir helfen, wenn ich selbst nicht einmal wusste, wo genau mein Problem lag. Konnte schon sein, dass ich es mit den Drogen übertrieb, aber war Konsum nicht auch immer nur ein Symptom einer ganz anderen Sache? Und stellte ich mir nicht schon mein ganzes Leben lang die Frage, was zur Hölle mit mir nicht stimmte?

An der Frankfurter Allee wandte ich mich nach links statt rechts. Ohne darüber nachzudenken, schlug ich den Weg zum Tierheim ein, zu dem einzigen Wesen, das mich verstand. Dieser Hund, der seltsamerweise all meine Geheimnisse kannte. Und bereits in der Sekunde, in der das Gebäude sichtbar wurde, beruhigte sich mein Herzschlag. Die Unruhe trat für einen Moment in den Hintergrund.

Rave. Ich brauchte jetzt einen dieser Momente mit Rave.

Ich brauchte dieses Wesen, das mich verstand.

Doch dass irgendetwas nicht stimmte, merkte ich schon beim Betreten des Tierheims. Eine Vorahnung, die mit jedem Schritt stärker wurde. Vielleicht waren es die Blicke der Mitarbeiter, die mich schon länger kannten und mich mit einem seltsamen Ausdruck in den Augen betrachteten, vielleicht auch eine undefinierbare Stimmung, die ich nicht zuordnen konnte. Claudia, die mir etwas zu sagen versuchte. Doch ich war blind für alles.

Und dann stand ich vor Raves Zwinger.

Er war leer.

Er war *fucking* leer.

Wobei das nicht einmal stimmte. Ein anderer Hund lag dort zusammengerollt und hob träge den Kopf, als ich näher trat. Er sah gelangweilt in meine Richtung und ließ den Kopf wieder auf die Vorderpfoten sinken.

Was zur Hölle?

Claudia trat neben mich, aus den Augenwinkeln sah ich, wie sie die Handflächen aneinanderlegte und mich nachdenklich musterte. Ich hätte sie gern irgendetwas gefragt, doch ich wusste verdammt nochmal nicht was. Meine Gedanken lösten sich auf wie Nebel, und ich fiel, fiel, fiel.

»Ich wollte dir eigentlich schon länger sagen, dass es endlich jemanden gibt, der Interesse an ihm hat. Vor allem, weil ich weiß, wie viel er dir bedeutet.«

Ich drehte mich zur Seite und erwiderte Claudias Blick. *Aber du bist nicht mehr gekommen*, sagten ihre Augen, auch wenn sie es nicht aussprach. Bilder der letzten Wochen zogen an mir vorbei: das Wegschieben und Verdrängen, das Zurückfallen in alte Muster, die sich dieses Mal doch so vollkommen anders anfühlten. Die endlosen Nächte und eine ewige Party, weil es so gerade leichter war. *Unzuverlässig*, so hatte Markus mich genannt. Ich hatte mir selbst die Möglichkeit verspielt, mich von Rave zu verabschieden. Das zog mir endgültig den Boden unter den Füßen weg.

Wie damals bei Bruno. Sie hatten ihn mir weggenommen, was auch nur eine Konsequenz für mein verdammtes Verhalten gewesen war.

»Wo …«, setzte ich an. War nicht in der Lage weiterzusprechen.

Claudia seufzte. »So gern ich es dir auch sagen würde, ich darf dir nicht verraten, bei wem er jetzt ist, geschweige denn dir die Adresse geben. Es tut mir wirklich leid, ich weiß, dass du ihn gerngehabt hast.«

Aber ich war feige gewesen und hatte ihn nicht zu mir geholt. Hatte Chance um Chance verstreichen lassen und jetzt war es zu spät. Etwas in mir ging kaputt. Das Gefühl von Verlust drohte mich innerlich zu zerreißen, dabei hätte ich mich doch eigentlich für Rave freuen sollen, dass er endlich einen Ort gefunden hatte, an dem er geliebt wurde. Eine Heimat, einen sicheren Hafen.

Doch was zur Hölle hatte ich jetzt noch?

Was zur Hölle hielt mich jetzt noch?

»Wir haben hier noch so viele andere tolle Tiere, Romeo. Und du kannst jederzeit herkommen und mit den Hunden rausgehen. Das mit Rave hat ja auch super geklappt.«

Claudia sah mich irgendwo zwischen freundlich und besorgt an und legte vorsichtig eine Hand auf meinen Unterarm, doch ich wich instinktiv zurück. Wir wussten beide, dass es hier nicht nur um Rave ging, und ich wollte keine nett gemeinten Worte, wollte kein verfluchtes Mitleid.

So schnell wie möglich verließ ich das Tierheim und streifte rastlos durch die Stadt, ehe ich in die Ringbahn stieg. Ich fuhr im Kreis, Kopfhörer auf, ohne Anfang und ohne Ende. Der erste Track von *Nachtschwärmer* dröhnte mir auf die Ohren, und das war so verdammt masochistisch und dumm. Es war das Letzte, was mir blieb, und nicht einmal das so richtig.

Erst als die Akkuanzeige meines Handys rot leuchtete, nahm ich die Kopfhörer ab und stieg in Friedrichshain aus. Haltestelle Frankfurter Allee, dann lief ich in Richtung *Fakultativ*. Immer wieder wählte ich Ringos Nummer, doch der Wichser ging einfach nicht ran. Ich fluchte. Dieses eine Mal, wenn ich ihn wirklich brauchte. Vielleicht hatte ich aber auch Glück, und er war schon oder immer noch dort. Irgendwo in den Katakomben, in denen man keinen Empfang hatte.

Als der Akku endgültig ausging, beschleunigte ich meine Schritte und rannte, am Club angekommen, die Treppe nach unten. Die 24/7 Party war in vollem Gange. Außen Tag und innen Nacht, irgendwo zwischen Spiegeln und Licht. Der Bass legte sich fast schmerzhaft auf mein Herz, als ich durch ein Meer aus Menschen schwamm, und inmitten meiner tosenden Gedanken genoss ich das Gefühl.

Im hinteren Bereich war es stickig, ein bisschen wie Nebel. Leute hoben ihre Hand oder nickten mir zu, doch ich ignorierte sie alle und steuerte einen Mann an, den ich schon öfter zusammen mit Ringo gesehen hatte. Die Leute nannten ihn *Le Serpent*. Ich hatte überhaupt keinen Bock, mit ihm zu reden, weil er einer dieser widerlichen Typen war, die sich mit Mädchen schmückten, die eindeutig noch nicht volljährig waren, und in Dingen drinsteckten die im Gegensatz zu Ringos Netzwerk echt übel waren. Aber so wie es aussah, war Serpent in diesem Moment leider auch der Einzige, der vielleicht wusste, wo ich Ringo finden konnte.

»Ro«, sagte Serpent, als ich vor ihm zum Stehen kann. Er strich sich gönnerhaft über den kurzen Bart, und es gefiel mir überhaupt nicht, wie er mich dabei mit seinem stechenden Blick musterte. »Was kann ich für dich tun?«

»Weißt du, wo Ringo ist?«

»Wieso suchst du ihn?«

»Wieso ist das wichtig?«

Serpent lachte auf. »O Romeo, o Romeo.«

Ich presste die Lippen aufeinander und atmete tief ein. Jedes Mal, wenn ich mit ihm sprach, hatte ich nach wenigen Sekunden das dringende Bedürfnis, ihm eine reinzuschlagen. Leider Gottes war es eine ziemliche Scheißidee, sich mit *der Schlange* anzulegen.

»Weißt du jetzt, wo er ist, oder nicht?«

»Ich habe Ringo schon ewig nicht mehr gesehen.«

Verdammt. Ich ballte die Hände zu Fäusten. Ich brauchte etwas, irgendetwas, um zu vergessen. Keine Ahnung, was passieren würde, wenn meine

Gedanken noch eine Minute länger auf mich einhämmerten. Die Freundschaft zu Lillie und Leander am Ende. Ein Leben voller Musik vorbei. Rave weg. Und Julius, der mir einen Wimpernschlag lang gezeigt hatte, wie ein anderes Leben aussehen könnte, und es damit nur noch schlimmer gemacht hatte. Jetzt wusste ich noch besser, wie sich das anfühlte, was ich nicht haben konnte. Und all das sorgte dafür, dass sich das Gefühl von Verlorenheit und Leere bis ins Unendliche steigerte.

Ich war in einem Teil des Untergrunds. Selbst wenn Ringo nicht auffindbar war, hatte ich hier letztendlich überall die Chance, an alles Mögliche ranzukommen.

Serpent schien meinen schweifenden Blick bemerkt zu haben. Er verzog den Mund zu einem schmierigen Grinsen und legte eine Hand auf meine Schulter. Ich wich zurück. Der Koksring am kleinen Finger reflektierte das schwache Licht. Unter den Fingernägeln saßen dunkle Ränder aus Dreck.

»Wenn du gutes Zeug brauchst … Ich gebe dir gern etwas. Du müsstest nur kurz mit mir verschwinden und …«, er leckte sich über die Lippen.

»Fick dich«, spuckte ich ihm entgegen und wandte mich ab. Meine Hände bebten gefährlich. Dieses Scheißarschloch.

Zum Glück entdeckte ich in diesem Moment Helena am Ende des Flurs. Die hellen, langen Zöpfe stachen wie ein Scheinwerfer aus der Masse heraus. Ich rannte fast zu ihr und drängte mich mit Ellenbogen durch die Leute zu ihr.

»Hast du Ringo gesehen?«, fragte ich atemlos.

»Hallo, Ro.« Sie sah mich seltsam ausdruckslos an.

»Ist alles okay?«

»Klar.«

Kurz traten Le Serpent und alles andere in den Hintergrund. Ich strich mit einer Hand über Helenas Kopf. »Bist du sicher?«

Ein Wimpernschlag später war da wieder ihr normaler Elfenblick. »Ich musste nur gerade an etwas denken.« Helena blinzelte, dann fügte sie hinzu. »Ich weiß nicht, wo Ringo steckt. Ich hab ihn das letzte Mal vor einer Stunde oder so gesehen.«

»Weißt du … wo ich etwas herbekomme?«

Helena sah mich nachdenklich an und schob die Unterlippe vor, »Also haben wir heute ein bisschen Spaß zusammen?«

»Ich schätze schon. Wenn du weißt, wo wir hier irgendetwas herbekommen.«

Helena nahm meine Hand. »Komm mit. Ich weiß genau, zu wem wir müssen.«

Eine Viertelstunde später schluckten wir die Pillen, die uns eine unscheinbare Frau auf der Toilette verkauft hatte. Noch einmal fünfzehn Minuten später tanzten wir vorne im Club zu den Beats. Dann setzte die Wirkung ein. Der Tag wich der Nacht, Pille für Pille. Heute überrollten die Gefühle mich wie ein Zug. Ich stand mit einem Mal ganz still, während sich die Menge um mich in Ekstase bewegte. Helenas Gesicht mit den riesigen Augen tauchte vor meinem auf. *Alles okay*, formten ihre Lippen. Irgendwann nickte ich. Und dann war ich die Musik. Techno, Beat für Beat für Beat, dunkel, tief, verzehrend. Heiß brannte das Set sich einen Weg bis in meine Seele. Ich schwankte – auf meinen Beinen und zwischen meinen Empfindungen. Glückgefühle, die auf der Kippe standen wegen der Wut, die mich hierhergetrieben hatte. Alles wirkte verzerrt und bewegte sich entweder zu schnell oder zu langsam. Ich dachte, mir wäre kotzübel, aber im nächsten Augenblick fühlte ich mich so verdammt gut.

Plötzlich war ich wieder mitten auf dem Flur im hinteren Bereich. Helena war weg, dafür stand Ringo vor mir und wedelte mit einer Hand vor meinem Gesicht herum. Er freute sich bestimmt, mich zu sehen. Mir fiel ein, dass ich ihn gesucht hatte.

»Ich habe dich gesucht«, sagte ich also, doch wusste ich nicht mehr wieso. Die vielen kleinen Tattoos auf seiner Haut begannen sich zu bewegen, es war wie ein Zeichentrickfilm. *Scheiße, ich glaube, ich habe ein Teil gewollt.* Dann überrollten mich Farben und Licht und ein verdammtes Blinzeln später war eine Frau ganz dicht vor mir. Ihr Gesicht war verschwommen. So verschwommen wie auch sonst alles um mich herum. Neben uns machte jemand mit seinem Freund rum. Ein Seitenblick in gedämpftem blauem Licht und plötzlich lagen meine Hände an den Hüften der Fremden und mein Mund auf ihrem. Ihre Brüste drückten sich fest gegen mich. Eine Momentaufnahme später. Meine Hand unter dem BH mit den Ledereinsätzen. Szenenwechsel: Ein Kleidungsstück fiel. Sie nahm meine Hand und führte mich weg. Ich folgte ihr ein Stück, dann entschied ich mich im letzten Moment anders und drehte um. Mir war schlecht. Alles war ein einziger Rausch und pure Ekstase, bunte Lichter und explodierende Farben überall, die etwas in mir entzwei- und mich mit sich rissen. Ich ließ mich davontragen, die Augen groß, das Herz klein. Ich war Teil der Verlorenen, und mit jeder Pille drehte die Welt sich schneller. Ich ließ das *Fakultativ* hinter mir und flog durch die Nacht. Etwas in mir wurde dabei ganz hart. Weil Hoffnungslosigkeit schlimmer war als Schmerz, und Leere schlimmer als schlechte Entscheidungen.

Ich wollte nach Hause. Ich wollte meine Ruhe. Ich musste irgendetwas tun, um meine Gedanken zum Schweigen zu bringen. Gott, ich war ausgelaugt, ich war fertig. Keine Ahnung, wie ich so weitermachen sollte. Ich hatte verdammt nochmal nichts mehr.

Plötzlich war ich oben auf dem Dach, statt in meiner Wohnung. Der Wind zerrte an meiner Jacke. Er kam in Böen, wild und gierig, ganz so als würde er mich zur Eile drängen wollen. Es gab keine verdammte Zeit zu verlieren, und zugleich hatte ich doch mehr Zeit als genug. Meine Schuhspitzen berührten die vordere Kante des Dachs. Ich sollte springen und all dem ein Ende setzen. Dem Weg folgen, den die Schneeflocken mir zeigten. Von oben nach unten. Ganz kurz dachte ich an letzte Sonnenstrahlen statt Schnee, an ein anderes Dach – das auf dem leer stehenden Parkhaus. *Unser Ort. Riesenrad-Junge und Omeo* – dort an den Wänden hatten wir etwas hinterlassen.

Als ich die Lider schloss und Schwärze sich um mich legte, hieß ich die

Dunkelheit mit ausgebreiteten Armen willkommen. Sie stand im größten Kontrast zu den leuchtenden Farben der Pillen, die nach und nach ihren Weg in mein defektes System gefunden hatten. Doch als ich die Augen wieder öffnete, befand ich mich überraschenderweise immer noch an der Kante des Dachs. Und ich schrie. Ich schrie, ich schrie mir alles von der Seele.

Ich wollte …

Ich musste …

Ich hörte Schritte hinter mir und wurde mir der Tiefe des Abgrunds bewusst. Etwas darin hypnotisierte mich, lockte mich sirenengleich und die Ränder meines Blickfelds flirrten.

Gottverdammte Scheiße.

Jemand flüsterte meinen Namen. Dieser Jemand war Prija, ausgerechnet Prija.

»Ro, geh da weg und komm hierher.«

Ich konnte mich nicht bewegen.

»Romeo …«

Vorsichtig, ganz vorsichtig, zog ich einen Fuß zurück und folgte ihrer Stimme. Mein Herz raste, und ich machte noch einen winzigen Schritt nach hinten, langsam, ganz langsam. Und noch einen. Die Dunkelheit lauerte irgendwo, und ich schwankte gefährlich. In dem Moment, in dem ich glaubte zu fallen, legten sich zwei Hände auf meine Schultern und erst da merkte ich, dass ich längst auf sicherem Boden stand. Ich sank mit einem seltsam gequälten Laut in die Knie, und Prija ging, ohne mich loszulassen, vor mir in die Hocke.

»Du zitterst«, murmelte sie und strich mir über die Stirn. »Und bist vollkommen nassgeschwitzt.«

Sie schwieg, ich tat es ebenfalls. So saßen wir zusammen auf einem der Dächer über Berlin, während immer mehr Flocken vom Himmel fielen. Nass und weiß und so, als würden sie mich jeden Moment unter sich begraben. Prija hatte so gut es ging die Arme um mich gelegt, und dann tat ich etwas Seltsames: Ich weinte.

15. Kapitel

Julius

An einem Mittwoch fuhr ich aus Berlin hinaus. Obwohl eiskalter Wind ins Wageninnere peitschte, ließ ich die Fenster ein Stück geöffnet. Ich brauchte das Gefühl, meine Lungen endlich mit Luft füllen zu können, brauchte die Freiheit, die meine Stadt mir gerade nahm. Der Wollschal, den ich so weit wie möglich hochgezogen hatte, kratzte mich an den Wangen, und meine Haut brannte im Wind. Schilder in Blau zogen endlos an mir vorbei. Ich hatte ungefähr zehn Stunden Fahrt eingeplant, vielleicht elf. Hände am Lenkrad, leise Musik und das Geräusch des Motors, Blick nur nach vorn gerichtet – ich liebte Autofahren, denn es war meditativ und erdete mich. Es war etwas, das die Gedanken frei wie ein Vogel werden ließ. Und ich merkte, wie meine eigenen leichter und leichter wurden, je näher die französische Grenze kam.

Und doch war da dieses beklemmende Gefühl, dass ich nicht hätte gehen dürfen, weil irgendetwas passieren würde oder vielleicht längst schon geschehen war. Ich gab mein Bestes, dieses unerwünschte Empfinden abzuschütteln. Diese letzte gemeinsame Nacht mit Romeo lag inzwischen zwei Tage zurück, sie hatte etwas in mir zerstört. Da war ein Riss, der immer größer und tiefer wurde, je mehr mir die Tragweite all dessen bewusst wurde. Er würde wahrscheinlich sagen, seine Dunkelheit hätte meine Helligkeit geschluckt, doch das wäre zu einfach. Es war komplizierter, wirrer. So, wie es zwischen uns irgendwie immer gewesen war. Leicht und doch schwer zugleich.

Erst verzögert hatte ich begriffen, dass es wirklich vorbei war. Endgültig und unwiderruflich. Dann hatte ich es keine Sekunde länger in dieser Stadt, diesem Kiez, dieser Straße, dieser Wohnung, diesem Zimmer ausgehalten. Und Biene hatte verstanden, hatte nach nur wenigen Worten der Erklärung verstanden und mich in den Arm genommen, ehe ich erst Mignon angerufen und dann wild meine Sachen zusammengepackt hatte. Die Reisetasche lag jetzt auf der Rückbank. Die Straße, meine wichtigsten Dinge, und ich – es war fast ein bisschen wie noch vor acht Monaten und doch war alles so anders.

Ich machte ein letztes Mal Halt, bevor ich die restliche Strecke nach Paris durchfuhr. Ich schickte Biene ein Foto: blauer Himmel, grüne Tannen, Autobahn. Wieder dachte ich daran, wie bereitwillig und verständnisvoll sie mich hatte gehen lassen. Ich wusste nicht genau, wie lange ich brauchen würde und hatte ihr nur versprochen, rechtzeitig zur Eröffnung wieder da zu sein.

Ich schrieb Mignon, dass ich in ungefähr drei Stunden ankommen würde. Antwortete Mama, die mich fragte, ob sie ihre Brille in dem Auto vergessen hatte. Und dann war da eine Nachricht von Prija. Romeos Name stach mir in den wenigen Zeilen ins Auge, doch ich hatte jetzt keine Kraft, mich damit zu befassen, also klickte ich den Text ungelesen weg.

Du bist jemand, der sich schnell zurücknimmt, dem Harmonie sehr wichtig ist und der daher bereitwillig Kompromisse eingeht, schossen mir ausgerechnet jetzt wieder Mamas Worte durch den Kopf. Und dann: *Romeo wirkt so wahnsinnig präsent und vereinnahmend, und ich habe Angst, dass du nicht genug Raum neben ihm hast.*

Es war eben genau dieser Raum, den ich mir zurückholen musste. Meine eigenen Entscheidungen treffen, für mich und meine Bedürfnisse einstehen, statt mich von Romeo und seinem Leben abhängig zu machen. Ich war losgefahren, um den Kopf freizubekommen. Um *ich* zu sein, ganz und gar Julius. Julius ohne Romeo.

Der Verkehr in Paris war, genau wie beim letzten Mal, die absolute Hölle. Von einem Großstadtchaos ins nächste. Ich fuhr um den Arc de Triomphe herum und die Champs-Elysées entlang. In den Süden der Stadt, Richtung Quartier Latin. Linkes Ufer der Seine.

Erinnerungen an meine letzten beiden Besuche flammten in mir auf. Mignon in diesem Bistro und die Verbindung, die man manchmal zu einer fremden Person spürte. Das Hostel, in dem Biene und ich geschlafen hatten. Danach die kleine Familie mit den aufgeweckten Zwillingen, bei denen wir weitere Tage verbrachten. Der Abend im *Le Petit*, dem Bistro, das Lilous Familie gehörte. Irgendeine kleine Bar im Quartier Latin, in dem wir etwas trinken gewesen waren. Eiffelturm, Louvre, Moulin Rouge. Mode, Liebe und Literatur. Und dann dachte ich an die zwei Jahre, in denen wir auf der Suche nach uns selbst gewesen waren. Ich rief mir all das in Gedächtnis, was ich über mich, und das, was ich vom Leben wollte, gelernt hatte. Doch ausgelernt hatte man nie, merkte ich auch jetzt wieder einmal, als ich das Auto durch die schmalen Gassen des Viertels lenkte und in der Nähe der Rue Mouffetard nach einem Parkplatz suchte.

Vor beigen Hausfassaden mit Gitterbalkonen reihten sich Bistros, Cafés und kleine Geschäfte aneinander. Bunte Markisen und runde Tische davor. An einigen saßen dick eingemummelte Leute mit den Decken auf dem Schoß und dampfenden Bechern in den Händen. Ich trug die Reisetasche über der Schulter, als ich an ihnen vorbeilief. Ich war mir nicht ganz sicher, ob man dort, wo ich geparkt hatte, tatsächlich stehen durfte, doch ich war müde und erschöpft. Das würde schon passen.

Ich bog in die Rue des Étoiles ab, und schon wenig später kam das Bistro in Sicht, in dem ich Mignon kennengelernt hatte. Efeu rankte sich nicht nur das Haus hinauf, sondern auch um den Schriftzug, um das *Le Petit*. Es verlieh der ganzen Szenerie etwas Mystisches, während aus dem Inneren gedämpftes Licht auf die Straße fiel. Ein Ort wie aus der

Zeit gefallen, der nach einem alten Paris verlangte. Nach dem Paris aus den Filmen.

Im Freien war nur ein einziger Tisch besetzt. Mignon und Lilou saßen dort einander zugewandt. Dunkle Ponysträhnen blitzten unter Mignons roter Baskenmütze hervor. Es war dasselbe Rot wie das ihrer Lippen. Sie lachte über etwas, das Lilou gerade gesagt haben musste, und zog an einer ihrer langen Dreads. Die Tasse in ihren Händen bebte gefährlich, und als Mignon ihr lächelnd einen Kuss auf die Wange drückte, verschüttete sie etwas über ihre Finger. Lilou fluchte, und doch verzog sich ihr Mund zu einem Grinsen. Beim Anblick der beiden geriet mein Herz aus dem Takt. Diese Leichtigkeit, die zwischen ihnen herrschte, diese unübersehbaren Funken – all das hätte ich gern mit Romeo gehabt. Nicht nur als Erinnerung der letzten Monate, sondern als unsere Gegenwart und Zukunft.

Als Mignon den Kopf hob und mich entdeckte, sprang sie sofort auf und eilte auf ihren hohen Absätzen auf mich zu. Die Reisetasche landete auf dem Boden, einen Moment später fiel sie mir stürmisch um den Hals. Ich platzierte meine Hände an ihrer Taille, hob sie hoch und drehte mich einmal mit ihr im Kreis. Lachend legte Mignon ihre schlanken Hände auf meine Schultern, ihr langer Rock bauschte sich auf. Danach schloss ich Lilou in meine Arme.

Die Reisetasche brachte ich in die Wohnung über dem Bistro. Es war die WG, in der Mignon vor Kurzem selbst noch gewohnt hatte. Im Herbst war sie dann aber mit Lilou zusammengezogen und der Freund einer ihrer Mitbewohnerinnen in ihr altes Zimmer eingezogen. Sie war über das Wochenende zu ihren Eltern gefahren, und ich konnte in ihrem Bett schlafen.

Mignon und ich brachten Lilou zu ihrer Spätschicht in dem kleinen Kino, in dem sie neben ihrem Studium arbeitete, dann liefen wir zusammen durch die weihnachtlich leuchtende Stadt Richtung Notre Dame. Zu dem kleinen *Marché de Noël* am Square René Viviani mit dem wunderschönen Blick auf die Kathedrale am anderen Seine-Ufer. Wir holten uns an einem der Stände unter Pavillons mit spitz zulaufenden Dächern jeweils einen Glühwein und stellten uns mit den Bechern ein Stück abseits. Die Hitze unter meinen Fingern tat gut.

Ich fragte Mignon nach ihrem Onlineshop für Vintage-Mode, mit dem sie sich dieses Jahr selbstständig gemacht hatte, und ihre Augen leuchteten auf, als sie ausschweifend erzählte. Von selbstgenähten Teilen, Flohmarktfundstücken und Glücksgriffen. Als ihr Redefluss versiegte, pustete sie nachdenklich auf ihren heißen Wein, dann fragte sie unvermittelt: »Weißt du noch, wie wir uns kennengelernt haben?«

Ich grinste. »Klar.«

Ein Lächeln umspielte Mignons rote Lippen. »Ich habe dich an diesem Abend mehr gebraucht, als du wissen konntest. Du warst ein Fremder, und irgendwie hast du es trotzdem geschafft, dass ich dir mein Herz ausschütte. Und das, was du mir gesagt hast, darüber, dass nur wichtig ist, wie ich für Lilou fühle, und nicht, ob mich das jetzt lesbisch oder bi oder sonst etwas macht … das musste ich damals so dringend hören.« Ernst sah sie mich an. »*Mon cher*, ich habe das Gefühl, dass es jetzt andersherum ist und du vielleicht einen Rat brauchst. Was ist mit dir und dem DJ?«

»Es ist …«

»Sag jetzt bitte nicht: kompliziert.«

Ich verzog das Gesicht. »Aber genau das ist es.«

»*Mon dieu*, es ist *immer* kompliziert, Lius. Das hast du mir selbst einmal erklärt.«

Ich nahm einen tiefen Schluck. »Manchmal kann ich mein Vergangenheits-Ich nicht ausstehen.«

»Erzähl mir, was los ist«, forderte Mignon mich unbeirrt auf.

»Ich weiß gar nicht, wo ich anfangen soll«, antwortete ich und seufzte. »Das fühlt sich alles so groß und verworren an. Es ist … Romeo umgibt sich mit diesen seltsamen Leuten, die ihn irgendwie zu einem ganz anderen

Menschen machen. Und dann das mit den Drogen. Er lebt dieses andere Leben, und ich wusste das alles von Anfang an, aber ich habe es meistens weggeschoben und mich auf die schönen Sachen konzentriert. Und das ging irgendwann einfach nicht mehr. Romeo hat versucht, für sich selbst und auch für mich, auf die Drogen zu verzichten, aber er kommt offensichtlich nicht davon weg. Er hatte das Gefühl, sich für mich ändern zu müssen, und ich weiß gerade tatsächlich nicht, ob ich ihn nehmen kann, wie er ist, oder nicht. Ich will ihm helfen, und er will mich beschützen. Es ist wie ein Teufelskreis, und irgendwie kommen wir da nicht raus.«

»*Merde.*«

»Ja, *scheiße*«, murmelte ich. »Sag ich doch.«

Mignon atmete tief ein, und da wusste ich schon, dass mir nicht gefallen würde, was sie zu sagen hatte.

»Das klingt wirklich ungesund, aber auch so, als würdet ihr einander etwas bedeuten. Vielleicht solltet ihr erst einmal Abstand voneinander nehmen, um euch darüber klar zu werden, was ihr wollt. Ich denke, es tut dir gut, dass du jetzt hier bist. Und Romeo sollte sich in der Zeit die Frage stellen, ob er *wirklich* bereit ist, etwas zu unternehmen. Du bist bestimmt nicht der einzige Mensch in seinem Leben, der da auf irgendeine Weise co-abhängig ist. Ich weiß nicht, wie es ist, süchtig zu sein, aber es muss wahnsinnig schwer sein, da ohne fremde Hilfe rauszukommen.«

Süchtig.

Co-abhängig.

Das waren Worte, die ich nie ausgesprochen, ja nicht einmal gedacht hatte. Sie waren zu schmerzhaft, zeigten sie doch unmissverständlich und in aller Härte auf, wie es tatsächlich um Romeos mentale Gesundheit stand. Und Sucht war eine Krankheit, die zwangsläufig auch Auswirkungen auf den Körper hatte. Wieder machte sich die Angst um ihn in mir bemerkbar.

»Es ist sowieso vorbei«, sagte ich leise. Und doch: Ich wollte Romeo helfen. So dringend. So allumfassend.

»Willst du denn, dass es vorbei ist?«

Ich schüttelte den Kopf. »Dafür liebe ich ihn zu sehr. Aber es passt einfach nicht zusammen. Unsere Leben passen nicht zusammen, und es ist auch nicht fair zu sagen, dass meines das *richtige* wäre. Ich will Romeo nicht darum bitten müssen, sich zu verändern. Aber es scheint gerade so, als würden wir uns gegenseitig dabei zuschauen, wie wir uns unglücklich machen und ständig Kompromisse eingehen. Als wäre unsere gesamte Beziehung ein einziger Kompromiss gewesen, weil wir irgendwie eine Schnittmenge finden mussten.«

Ich fasste unser letztes Gespräch zusammen.

»Aber meinst du nicht, dass es sich zu kämpfen lohnt, wenn man sich wirklich liebt? Ich sage ja nicht, dass du für Romeo alles stehen und liegen lassen sollst. Ich sage nicht, dass du für ihn alles aufgeben sollst.«

Hatte ich so etwas Ähnliches nicht selbst, vor gar nicht allzu langer Zeit zu Romeo gesagt? Dass Schwierigkeiten nicht bedeuten, dass man es aufgeben musste.

»Sondern?«

Mignon verzog den Mund, ehe sie fortfuhr: »Nichts für ungut, aber Romeo erscheint mir schon etwas feige. Dich wegzustoßen, weil er sich und vor allem dich beschützen möchte … Aber wenn du sagst, einer deiner Fehler war es, nicht immer offen und ehrlich mit deinen Bedürfnissen umgegangen zu sein, dann gestehe Romeo auch *seine* Fehler zu. Klärt das. Redet offen miteinander. Und gib Romeo die Chance, dir zu beweisen, dass er bereit ist, seine Probleme anzugehen. Auch mit professioneller Hilfe, wenn es sein muss. Aber so etwas muss man *wollen*, das kann er nicht für dich oder sonst jemanden tun.« Mignon hielt einen Moment inne, dann fuhr sie fort: »Vielleicht wird eure Beziehung immer ein Kompromiss bleiben, aber das muss nichts Schlechtes bedeuten. Liebe ist doch immer ein bisschen ein Kompromiss und ein Über-sich-Hinauswachsen, oder?«

Reden. Wahrscheinlich hatte Mignon recht. Romeo und ich hatten uns von Anfang an Ehrlichkeit versprochen und doch unterwegs vergessen, die Dinge beim Namen zu nennen – lieber runterschlucken, statt zu riskieren, den anderen zu verlieren.

Den Rest des Abend saßen wir an einem Platz ganz hinten im *Le Petit* und tranken eine Flasche Wein nach der anderen. An unserem Tisch herrschte eine wilde Mischung aus Englisch, Deutsch und Französisch. Mignon, ihr bester Freund, seine Schwester und Lilou, die nach ihrer Schicht im Kino nachgekommen war. Sie alle versuchten, langsam zu sprechen, damit ich auch alles verstand. Mein Französisch war mittelmäßig, manchmal fehlten mir die richtigen Vokabeln. Doch ich hatte schon vor langer Zeit gelernt, dass es noch viele andere Arten von Kommunikation gab. Man brauchte nicht immer Worte, um sich verständlich zu machen.

Später lag ich allein in diesem fremden Zimmer, das eher einem Kleiderschrank glich, so wie sich dort überall Berge von Klamotten türmten oder an Bügeln im Raum hingen. Schwer und warm legte sich der Wein über meine Gedanken. Die Schatten und schwachen Konturen um mich herum drehten sich ein bisschen, aber nicht auf eine unangenehme Art. Eher auf eine befreiende, denn tatsächlich hatte ich für wenige Stunden vergessen, was mich aus Berlin fortgetrieben hatte.

Draußen im Flur knarzte der Fußboden unter tapsenden Schritten. Ich hörte ein Kichern und dann ein Flüstern, noch mehr Gekicher, ehe eine Zimmertür auf- und dann wieder zuging. Ich rollte mich zur Seite. Auf einen Schlag war doch wieder Romeo in meinen Gedanken. Der resignierte Blick, mit dem er am Montag vor meiner Tür gestanden hatte, unauslöschlich in mein Gedächtnis eingebrannt. Genauso wie die Wärme in seinen grauen Augen, als wir ein letztes, verzweifeltes Mal miteinander geschlafen hatten. Zwei Momente, und wie immer war mein Herz hin- und hergerissen zwischen dem, was Romeo war, und dem, was er mir gab. Das mit uns war gewesen, als hätte uns jemand gepackt und auf das Podest der Welt gehoben. Der Fall erschien mir jetzt um so vieles schlimmer, und ich war mir sicher, dass der Schmerz um das, was wir verloren hatten, wohl niemals gänzlich verschwinden würde.

Trotzdem oder gerade deswegen griff ich in diesem weingetränkten Augenblick nach meinem Handy, um Prijas Nachricht zu lesen. Ich bereute es schon in der nächsten Sekunde, denn damit hatte ich die Tür, die in nächster Zeit eigentlich verschlossen bleiben sollte, nur noch weiter aufgerissen.

PRIJA, 12:19 Uhr
Ich weiß nicht so genau, was zwischen Ro und dir vorgefallen ist, aber ihm geht's echt scheiße …

In mir verkrampfte sich alles. Ich wollte nicht wissen, dass es Romeo schlecht ging. Ich wollte nicht, dass ich mir am Ende doch wieder Sorgen machte, dass ich mich nach ihm sehnte und bei ihm sein wollte. Bilder der Instagramstories, die ich mir angesehen hatte, rauschten durch meinen Kopf, der Anblick seiner aufgeplatzten Lippe und seine Augen, die nicht nur tiefer in den Höhlen lagen, sondern deren Blick auch immer leerer geworden war. Die Tatsache, dass er wie aus dem Nichts in meinem Leben aufgetaucht und wortlos wieder verschwunden war. Wütend auf Romeo und sein Verhalten zu sein war leichter, als mich diesem Gefühlsstrudel hinzugeben, der mich innerlich zu zerreißen drohte.

Ich antwortete Prija also das, was ich höchstwahrscheinlich empfinden sollte. Nicht das, was ich tatsächlich fühlte.

ICH, 22:18 Uhr
Romeo hat das mit uns beendet. Ich kann mich nicht weiterhin ständig für ihn und sein Leben verantwortlich fühlen.

PRIJA, 22:32 Uhr
Darum geht's doch auch gar nicht, Lius.

PRIJA, 22:34 Uhr
Ganz offensichtlich geht es euch beiden verdammt scheiße, und ihr vermisst euch. Mehr muss man da doch gar nicht wissen.

PRIJA, 22:36 Uhr
Er sagt es nicht, aber ich glaube, er bereut es, dass er dich hat gehen lassen.

Prija und ich schrieben noch ein paar Nachrichten hin und her. Nicht nur über Romeo, sondern auch Paris, meine geplante Fahrt in die Bretagne, ihre ersten Jobs als ausgebildete Make-Up Artist. Doch ich hatte den Eindruck, zwischen den Zeilen ihre Sorge um ihn zu spüren. Ich wollte das nicht an mich heranlassen, wurde aber trotzdem das Gefühl nicht los, dass Prija mir gern noch etwas anderes gesagt hätte. Doch sie schwieg, und ich fragte nicht nach.

Nach und nach verebbten unsere Nachrichten. Der grell leuchtende Bildschirm war die einzige Lichtquelle in der Dunkelheit, als ich in meine Kontakte ging und Romeos Nummer aufrief.

Aber meinst du nicht, dass es sich zu kämpfen lohnt, wenn man sich wirklich liebt, hatte Mignon unter anderem gesagt.

Mein Daumen schwebte über dem grünen Anrufsymbol.

Co-abhängig erklang es wie ein Echo in meinem Kopf, und ich schluckte. Ich musste das wiederfinden, was ich trotz der Liebe und des Glücks mit Romeo auf dem Weg verloren hatte:

Das, was ich *wirklich* wollte.

Und das, was ich *wirklich* geben konnte.

Dazu war ich nur allein in der Lage. Also legte ich das Handy beiseite und versuchte, endlich zu schlafen.

Am nächsten Tag frühstückte ich zusammen mit Mignon, Lilou und den anderen in der WG-Küche. Frische Croissants von der *Boulangerie* um die Ecke standen auf dem runden Holztisch. Vor den Fenstern erwachte auch das Viertel langsam zum Leben, und der Raum war erfüllt vom Duft nach frisch aufgekochtem Kaffee. Doch ich konnte nichts davon richtig genießen, so sehr ich mich auch darum bemühte. Lilou musste zu ihrer ersten Vorlesung und umarmte mich zum Abschied fest. Sie versprach mir, bald zusammen mit Mignon nach Berlin zu kommen.

»Ich wünsch dir eine schöne Zeit in Saint-Loan«, sagte Mignon, als sie mich ebenfalls überschwänglich umarmte und *Bisous* auf die Wangen drückte. »Du kannst mich immer anrufen, okay?«

Auf der Fahrt von Paris in die Bretagne fühlte ich mich langsam besser. Jeder Kilometer, den ich zwischen Romeo und mich brachte, war wie eine Befreiung. Als der Küstenort in Sicht kam, atemberaubend schön wie beim ersten Mal, spielte alles andere für den Moment keine Rolle mehr. Vor mir erstreckte sich die Bucht mit ihren großen, rauen Felsen, an denen sich tiefblaue Wellen brachen. Die Häuser schmiegten sich, ihrer geschwungenen Form folgend, an die Klippen – manche hoch und schmal, einige klein und gedrungen. Die meisten aus Stein und dicht an dicht. Alles erstrahlte in Beige- und Brauntönen, nur manche der Häuser waren in bunteren Farben gehalten.

Ich fuhr an der Küste entlang auf die Anhöhe zu, auf der einsam ein Haus über Felsen und Meer thronte. Der Schlüssel war in einem der zahlreichen Blumentöpfe auf der Veranda versteckt. Im Inneren des Hauses war es wohlig warum, es roch nach Holzpolitur und Pflanzen und irgendwie nach frischen Keksen oder Kuchen. Ich brachte meine Sachen nach oben in einen der zwei kleinen Türme, in dem Mignons altes Zimmer lag, dann verließ ich das Haus wieder über den Hintereingang.

Mignon hatte mir erzählt, dass die Kelten die Bretagne *Aremorica,* das Land am Meer, genannt hatten. Und genauso fühlte es sich an, als ich jetzt die in rauen Felsen geschlagene Treppe hinabstieg. Ein Ort am

Meer. Mehr Meer als Ort. Hier gab es nur mich allein und meine Gedanken, die vom eisigen Wind davongetragen wurden. Tief atmete ich ein und aus, dann schrie ich den Himmel über den schäumenden Wellen so laut an, wie ich konnte … Eine Wolke fiel aus dem Himmel, weiß und grell im Sonnenlicht. Ich schrie mir alles von der Seele und blieb auch danach noch ewig dort stehen.

Erst als ich zu frieren begann, lief ich zurück zum Haus und setzte mich mit einer Decke um die Schultern und einem Kaffeebecher mit Cidre darin an das Fenster in der Küche und sah den Wellen zu, wie sie gegen Felsen schlugen. Ich fühlte mich mit einem Mal ganz klein und unbedeutend, aber auf eine gute Art. Ich war ein Mensch von über sieben Milliarden. Lebte auf einem Planeten, der ebenfalls Milliarden Jahre alt war. Der Schmerz würde vergehen, das Gefühl des Verlusts und das Loch, das Romeo tief in meinem Inneren hinterlassen hatte. Ich musste nur immer an morgen denken, an den nächsten Tag, an das Weitermachen – weil das Leben eben so war: unvorhersehbar und voller Stolpersteine. Aber es ging weiter und weiter, und für all die Schönheit dazwischen lohnte es sich immer.

Ich hoffte, dieses Mal wäre es genauso.

Und doch wusste ich, dass das mit Romeo nicht alles andere war. Er war eine vollkommen eigene Kategorie. Im schönsten und im schlimmsten Sinn. *Meine eine Liebe.*

Romeo

»Wie bescheuert bist du eigentlich?« Ringo bedachte mich mit einem vernichtenden Blick, schien im Grunde aber keine Antwort zu erwarten. »Was denkst du denn, was passiert, wenn du dein Zeug bei was weiß ich wem kaufst. Du siehst scheiße aus. Helena sah sogar noch beschissener aus als du, und das soll echt was heißen.«

Gequält stöhnte ich auf. Klar, man besorgte seine Pillen nicht bei irgendjemandem. Klar, man schmiss nicht eine nach der anderen, wenn man das Zeug nicht kannte. Ich war verdammt nochmal nicht dumm, aber ich war wütend gewesen. Verzweifelt. Ich war es wenige Tage später immer noch.

»Es ist doch alles gut gegangen.«

»Es ist verdammt nochmal *nicht* alles gut, Ro. Du hättest draufgehen können. Und Helena genauso.« *Wow*. Das klang ja jetzt fast so, als würde Ringo etwas an uns liegen, doch dann schob er schon hinterher: »Keiner von uns hat Bock drauf, dass hier Scheißpillen im Umlauf sind. Am allerwenigsten Tarik, schließlich ist das sein Club. Verdammt, *keiner* will so einen Mist in seinem verfickten Club haben und dafür verantwortlich sein, wenn am Ende auch noch einer abkratzt und die Scheiße erst so richtig ins Rollen bringt.«

»Ist blöd gelaufen, okay?«, gab ich genervt zurück und ließ Ringo inmitten von Rauch und lilafarbenem Licht stehen.

Mir war selbst klar, dass meine Worte eine echt üble Untertreibung waren, aber ich hatte so was von keinen Bock auf diese Unterhaltung. Nur ertrug ich das Alleinsein in meiner Wohnung genauso wenig. Ich hatte nicht gewusst, wohin mit mir, also das *Fakultativ* und eine Party, die auch tagsüber lief. Ich befand mich im freien Fall, und letzten Endes gehörte ich wohl irgendwie hierher und nirgendwohin sonst. Ja, ich hatte eine Scheißpille erwischt. Innerlich zuckte ich mit den Schultern und dachte, passiert halt.

Die Nacht und das, was dort oben auf dem Dach vor einer Woche geschehen war, blieb nur eine verschwommene Mischung aus Momentaufnahmen. Doch sobald ich die Augen schloss und daran zurückdachte, stieg dieses seltsame Gefühl in mir hoch. Eine das Herz umschließende Kälte, die mir auch im Nachhinein noch die Luft abschnürte. Ich war verloren gewesen, allein unter Menschen, drauf und noch so vieles mehr. Aber ich würde nicht den Schritt gehen, dem ein Ende zu setzen. Nicht in dieser Nacht und auch nicht in den kommenden.

Prija hatte mich irgendwie nach unten in ihre Wohnung und ihr Bett bugsiert. Ich wusste das nur, weil der scheußliche, pinke Teppich meine Füße und mein Bewusstsein streiften. Keine Ahnung, wo sie selbst geschlafen hatte. Ich wachte erst eine Unendlichkeit später auf, vollkommen orientierungslos. Prija ließ mich erst am zweiten Abend gehen. Ich murmelte ein unbeholfenes *Danke*, und sie umarmte mich lang. Es war mir unangenehm, dass sie mich an solch einem Tiefpunkt erlebt hatte. In den darauffolgenden Tagen musste ich ihr immer wieder versichern, dass es mir gut ging und sie mich allein lassen konnte. Sie schrieb mir ständig oder tauchte unter irgendeinem lächerlichen Vorwand vor meiner Tür auf. Prija glaubte mir nicht, dass ich nicht hatte springen wollen. Zumindest nicht richtig.

Und in meinen dunklen Stunden glaubte ich mir selbst nicht, denn es hatte da diesen einen Moment gegeben, in dem ich mich bodenlos verloren in diesem Drogenrausch gefühlt hatte und der Ruf der Dunkelheit unendlich laut gewesen war. Es gab inzwischen zu viel, das ich betäuben musste. Als wäre ich meine puren, echten Gefühle nicht mehr gewohnt, obwohl es doch meine eigenen waren. Als wären sie so oder so zu viel und würden mich erdrücken. Ich brauchte einen Schutzwall aus Pillen und Lines. Deshalb tat ich es wieder. Ich schmiss mir wieder etwas, weil ich aus diesem heillosen Durcheinander und diesem Strudel aus schlechten Entscheidungen und noch schlechteren Ereignissen nicht mehr herauskam. Ich wollte immer noch mehr und mehr und mehr. Und eigentlich nur meine Ruhe.

Als ich ins Freie trat, hielt ich mir die Hand vor die Augen. Die Sonne verschwand zwar hinter Wolken, trotzdem blendete das Licht nach der Dunkelheit der Katakomben. Ziellos, getrieben. Mein Herz raste, und ich wusste nicht, wohin mit mir. Vielleicht war es ein Akt der

Verzweiflung, vielleicht etwas anderes, doch als ich das *Fakultativ* hinter mir ließ, zog ich das Handy aus meiner Hosentasche und wählte Helenas Nummer.

Es klingelte eine Ewigkeit. Ich wollte gerade schon auflegen, da ertönte ein gehauchtes »Ja?«.

Ich räusperte mich.

»Hey, hier ist Ro«, erst in diesem Moment wurde mir klar, dass ich zwar Helenas Nummer in meinem Handy eingespeichert, sie aber noch nie angerufen hatte. »Ich … ich wollte fragen, wie es dir geht.«

Ich fühlte mich irgendwie schuldig, weil es *meine* Idee gewesen war, uns noch etwas zu besorgen.

»Ro?«, fragte sie überrascht. »Ich …«

»Hast du Zeit? Können wir uns irgendwo treffen?« Ich hatte das komische Gefühl, Helena wäre die Einzige, die mich gerade verstehen könnte. Die auch irgendwo zwischen zwei Welten hing und immer wieder und immer weiter in die dunklere von beiden abrutschte.

»Willst du vorbeikommen?«

»Wo wohnst du überhaupt?« Unwillkürlich mussten wir beide lachen. Wir wussten so überhaupt nichts voneinander, denn es hatte immer nur die Nächte gegeben.

»Ich schick dir die Adresse.«

Eine Dreiviertelstunde später stand ich vor einem heruntergekommenen, mehrstöckigen Gebäude. Im Treppenhaus stank es nach Rauch und etwas, von dem ich nicht so genau wissen wollte, was es war. Helena öffnete mir mit einem brennenden Joint zwischen den Lippen die Tür. Sie sah blass aus und trug ihre hellen Haare nicht zu ihren zahllosen Zöpfen geflochten, sondern als unordentlichen Knoten auf dem Kopf. In diesem Moment sah sie so verdammt jung und verletzlich aus. Sie aschte den Joint in den Aschenbecher, den sie in der Hand hielt, und trat zur Seite.

Im Inneren ihrer Einzimmerwohnung herrschte reinstes Chaos.

Schmutziges Geschirr stapelte sich auf der Küchenzeile links im Raum, das schmale Sofa war über und über mit Klamotten bedeckt und auch sonst war jede Oberfläche mit Sachen vollgestellt. Über all dem lag ein unnatürlicher Geruch nach Vanille, vielleicht ein Parfüm.

Ich setzte mich auf das Sofa, das Helena freiräumte. Der Haufen Klamotten landete gegenüber auf dem ungemachten Bett, dann setzte sie sich neben mich, die nackten Beine angezogen und den Hoodie über die Knie geschoben, unter dem sie zu versinken drohte. Nur noch die grellroten Plüschsocken schauten hervor. Im Hintergrund lief Musik. Treibende, elektronische Beats, während sich draußen die Sonne durch die Wolken kämpfte. Doch durch die heruntergezogenen Jalousien hatte sie sowieso keine Chance.

Wir redeten nicht, wir schwiegen einvernehmlich und der Joint wanderte in seinem ganz eigenen Takt zwischen uns hin und her. Auf dem winzigen Tisch vor uns lagen Tabak, Papes und ein kleines Glas mit grünen Blüten. Ich rollte einen Tip zwischen meinen Fingern, griff nach einem der Papiere und baute mit routinierten Bewegungen die nächste Tüte, obwohl sich die erste schon wie Nebel in meinem Kopf ausbreitete. Es machte mich ruhiger, beförderte meine Gefühle aber auch ungefilterter an die Oberfläche.

Da waren die Dinge, die Julius in dieser einen Nacht gesagt hatte, als ich einfach vor seiner Tür aufgetaucht war. Einmal mehr war mir dort klar geworden, dass es keine Rolle spielte, wie sehr ich ihn liebte, denn ich war zerbrochen und das zwischen uns war es ebenso. Trotzdem waren da Julius' Worte.

Wenn man jemanden liebt, dann bedeutet das auch, dass man nicht aufgibt.

En tiefer Zug in meine Lunge.

Du sabotierst ja nicht nur uns, sondern dein ganzes Leben gleich mit.

Inhalieren und existieren.

So bist du aber nicht.

Langsames Ausatmen.

Und dann dachte ich: *Aber was, wenn* ich so bin *und mich längst aufgeben habe, Julius? Was dann? Was, wenn du aus irgendwelchen Gründen die Person gewesen wärst, die mich auf dem Dach gefunden hätte? Bist du wirklich der Meinung, das wäre etwas, das ich mir verzeihen könnte?*

»Du liebst ihn wirklich, oder? Also diesen Linus«, durchbrach Helena meine träge dahinfließenden Gedanken.

»Lius«, verbesserte ich sie, und meine Stimme brach.

Helena nahm einen tiefen Zug, reichte den Joint wieder an mich zurück und dann begann ich, ausgerechnet ihr von unserer Geschichte zu erzählen, die wahrscheinlich von Anfang an unter keinem guten Stern gestanden hatte.

Vielleicht hatten Helena und ich beide keine Chance, dieser Welt zu entkommen, aber auf diesem Sofa wurden wir zu Verbündeten. Wahrscheinlich waren wir es schon gewesen, als wir zusammen in meiner Küche getanzt hatten.

Stunden später öffnete ich blinzelnd die Augen. Ich war eingeschlafen, mein Kopf lag auf Helenas Schulter. Meine Lider waren schwer, auf meiner Zunge lag der Geschmack nach Gras. Ich drehte den Kopf, mein Blick wanderte zu den Fenstern und ich war auf einen Schlag hellwach. Es war stockdunkel, kein verdammtes Sonnenlicht, das seitlich durch die Schlitze der Jalousien fiel. *Fuck, fuck, fuck.* Ich musste im *Massiv* auflegen. *Ich mach das,* hatte ich Markus geschworen, weil diese letzten Auftritte und der Rest meiner Musik alles waren, was mir blieb. Die Illusionen solcher Nächte, in denen ich Gott spielen und mir einreden konnte, dass nichts sich verändert hatte. Dabei war alles anders. Und über mir schwebte eine Ahnung von drohendem Unheil.

Hektisch sprang ich auf und suchte mein Handy. Ich musste wissen, wie viel Uhr es war und ob ich es längst verpasst hatte. Wieder einmal hatte ich jegliches Gefühl für Zeit verloren.

»Was ist los, Baby?«, wollte Helena träge wissen.

»Ich muss heute auflegen und hab es vercheckt!« Ich tastete das Sofa ab. »Scheiße, scheiße, scheiße.«

»Alles gut. Es ist erst halb zehn, du hast also noch ein bisschen Zeit.« Helena sprang nun ebenfalls auf. »Ich mach mich fertig und komme mit.«

Gott, nein, ich wollte nicht, dass sie mitkam. Vielleicht, weil ich zum ersten Mal bei ihr zu Hause war und weil sie in diesem überdimensionalen Pulli und entblößten Beinen vor mir stand und mehr denn je wie ein junges Mädchen wirkte. Doch Helena ließ sich nicht abhalten und schrieb ausgerechnet Ringo, ob wir uns zusammen mit Ben vor dem Club treffen wollten. Im Taxi küsste sie mich plötzlich mitten auf den Mund. Nur ganz kurz, aber mit Zunge. Dabei schob sie mir ein Teil zwischen die Lippen, das ich schluckte, noch bevor ich darüber nachdenken konnte. Helena lächelte mir verschwörerisch zu und war wieder ganz die alte: geflochtenes Haar, schwarz umrandete Augen, vollständig in Schwarz gekleidet, mit der Lederhose und dem transparenten Shirt, durch das ihr BH durchschimmerte. Hand in Hand stiegen wir vor dem *Massiv* aus. Ich dachte noch, dass ich ein Auge auf sie haben musste, doch dann war da mit einem Mal nur noch Liebe und Wärme, die mich durchströmten. Den Club nahm ich gar nicht richtig wahr. Da waren nur dunkle Wände und überall Menschen. Dazwischen: immer wieder mein Name, als ich an das Mischpult trat. Ich sah zu der Menge unter mir hinab. Sie alle streckten mir ihre Hände entgegen, und dann zur Hölle spielte ich das beste Set meines Lebens. Irgendwo zwischen *Nachtschwärmer* und *Eulenmensch*, *Stadtsee* und Improvisationen.

Da war all der Schmerz und Verlust und das Gefühl von Trauma, das ich mir nicht in seiner Gänze erklären konnte, das ich in die Beats legte. Sie waren heute dunkler und erzählten von dem Loch in mir, das irgendwie immer schon da gewesen war. Von meinen Ängsten und Zweifeln, von den tausend Abzweigungen eines Lebens und dem ständigen Infragestellen.

Ich variierte, improvisierte und brachte die Menge zum Toben. Es fühlte sich roh und echt an und auf seltsam intensive Weise wie ein Abschied. Fiebrig glitt ich mit den Fingern über die Platten. Vielleicht war es das Feuer, von dem Julius einmal gesprochen hatte. Die Seele und Leidenschaft, die in Musik lag. Ich ließ mich feiern und tauchte in eine Vergangenheit ein, in der ich noch ein aufsteigender Stern gewesen war. Pille für Pille fühlte sich dieser Abglanz immer mehr wie Realität an. Sekunden wie Stunden. Die verdammte Zeit dehnte sich, bis sie inexistent war, und in diesem dunklen Vakuum gab es nur mich und meine Platten. Ich flog durch die Nacht, die Drops waren meine Wolken. Jeder heftiger als der vorherige.

Da war Liebe, so unendlich viel Liebe.

Irgendwann, zwischen einer Line von meinem Handydisplay und einem weiteren Teil, begann mein Herz zu rasen und da war Helena, die mit ungewohnt ernstem Blick auf mich einredete. Meine Haut brannte unter dem Schweißfilm, der sie bedeckte. Mir war so verdammt heiß, in mir glühte die Hitze eines Feuerballs. Helenas Gesicht tauchte wieder vor mir auf. Sie runzelte besorgt die Stirn, doch dann zerflossen ihre Konturen zu Farbklecksen. Es war wie lebendiger Surrealismus. Zerlaufende Zeit, dachte ich noch, dann durchlief ein Zittern meinen Körper. Unangekündigt und heftig. Ich schwankte, und ein unschönes Geräusch zerriss mein Set in zwei Teile, ehe ich mich gerade so wieder fing. Vor meinen Augen explodierten Farben. Blutrot und grell. Wahrscheinlich nicht auf die Art und Weise, wie Julius sie sah. Das hier war härter und ich mir nicht sicher, ob es real war oder nur in meinem Kopf passierte. Vielleicht kehrte sich mein Innerstes auch gerade nach außen.

Steigender Stern, vom Nachthimmel fallend.

Ich wurde von irgendeiner Macht weggerissen. Vielleicht war das hier der Moment, in dem die Welt versuchte, mich loszuwerden. Alles drehte sich, wie Meereswellen schwappte meine eigene, blutrot getränkte Musik über mir zusammen und begrub mich unbarmherzig unter sich.

Jemand sagte meinen Namen. Vielleicht war es auch ein Schreien. Ich wusste es nicht mehr, weil mit einem Mal alles so unfassbar weit weg war. Einen kurzen Augenblick lang glaubte ich, mich von außen zu sehen. Sah den Moment, in dem ich plötzlich fiel. Sah mich auf dem Boden liegen, die Haare quollen unter der Kapuze meines Hoodies hervor und um mich herum waren düstere Schatten und weit aufgerissene Mäuler, die mich zu verschlingen drohten.

Mein Körper krampfte sich zusammen. Die Dunkelheit hatte gerufen, und dieses Mal antwortete ich ihr ohne Zögern.

Und alles wurde schwarz.

Denn du weißt,
die Nacht hat ihren Preis.
Sie zieht,
zieht,
zieht dich
tiefer und tiefer.
Bis zum Herzstillstand.

Eulenmensch (Single), erschienen 2021.

16. Kapitel

Julius

Am Mittwoch rief Prija an, und alles wurde anders. Ich stand gerade hoch über den Klippen und sah auf das wilde Meer hinab, wie es sich in schäumenden Wellen an den groben Felswänden brach. Es war raue Schönheit, unter deren Oberfläche Unendlichkeiten lagen – so wie auch hinter Romeos Winterseeaugen. Ich war erst wenige Tage in Saint-Loan und musste mir eingestehen, was ich eigentlich von Anfang an gewusst hatte: Es war egal, an welche Orte dieser Welt ich mich treiben ließ, ganz egal, wohin ich floh ... Ich konnte meinen Gefühlen für diesen Mann nicht entkommen.

»Scheiße, Lius ... Wie lang brauchst du, um hier zu sein?«, fragte Prija in seltsam aufgekratztem Tonfall statt einer Begrüßung. Es knackte in der Leitung. Ich dachte schon, der Anruf wäre wegen des schlechten Empfangs unterbrochen worden, doch das war nur Prijas Schweigen, das mich von jetzt auf gleich mehr als hibbelig machte. Berlins Geräusche, das Hupen von Autos und die Sirene eines Krankenwagens trafen auf Meeresrauschen.

»Was? Wieso? Was ist denn los?«

»Wie lang brauchst du nach Berlin?«

»Ich ... keine Ahnung. Wenn ich durchfahren würde, dreizehn Stunden, oder so? Vielleicht vierzehn?« Ich rieb mir – plötzlich nervös – über die Nasenwurzel, dachte an die Zwischen-den-Zeilen-Momente, als ich noch in Paris gewesen und Prija und ich kurz miteinander gechattet hatten.

»Wieso fragst du mich das?« Ich hielt den Atem an.

»Es ist wegen Romeo. Es ist etwas passiert«, sie sprach so leise, dass ich sie kaum verstand. »Komm einfach so schnell du kannst nach Hause.«

Und mein Herz, meine Seele, ich selbst

fiel,

fiel,

fiel

ins Bodenlose.

Romeo, Romeo, immer nur Romeo.

Sein Herz hatte aufgehört zu schlagen.

Romeo

Ich war mir sicher, tot zu sein. In einer anderen Welt, vielleicht einer, in die ich besser hineinpasste. Auf seltsame Art machte es Sinn, dass es auf genau diese Art endete – mit einem lauten Knall und dem vertrauten Gefühl der Plattenteller unter meinen Fingerkuppen. Techno – meine Religion, der Club – meine Kirche.

Da war ein blendend grelles Licht und Bilder meines Lebens, die mich fluteten. Sagte man nicht, dass es genauso war, wenn man dem Ende seiner verdammten Existenz entgegenblickte?

Jonas und ich als Kinder, wie wir im Garten unserer Eltern spielten.

Dieser Kuss zwischen Michi und mir.

Hamburger Nächte und Tage an der Alster.

Schietwetter, Regen und Nebel, und dazwischen ein großer Traum.

Der Traum, es in Berlin zu schaffen.

Immer wieder der Moment, in dem ich kurz davor war, mich bei Michi zu melden.

Nachtschwärmer. Der Hype um mich.

Anerkennung. Erfolg. Drogen. Sex.

Gute Freunde, falsche Freunde, keine Freunde.

Lillie und Leander, Markus, Prija.

Und schließlich Julius.

Julius, Julius, Julius. Immer wieder Lius.

Ich wollte nicht, dass hier Schluss war. Der Gedanke breitete sich mit aller Kraft in meinem Bewusstsein aus und legte sich um das Nichts in mir. Das konnte nicht sein. Ich war doch erst fucking dreiundzwanzig Jahre alt, hatte noch zu viel Willen in mir, ein Kämpferherz, Musik, die die Welt hören musste, und einen Mann, den ich niemals hätte gehen lassen dürfen. Einen, den ich nicht hätte von mir stoßen dürfen, weil ich geglaubt hatte, ihn vor sich selbst beschützen zu müssen.

Einzelne Worte streiften meine Gedanken, doch sie waren wie Nieselregen. Sanft und kaum wahrnehmbar. *Diazepam, Haloperidol. Reanimation. Adrenalin.* Das Licht kam näher, und dieses Mal drohte es mich mit aller Kraft zu verschlingen. Wer wohl auf der anderen Seite auf mich warten würde? Ob tot oder lebendig, es gab kaum Menschen, an denen mein Herz hing. Das Licht rief mich, und ich wollte gehen, wollte so sehr nachgeben. Doch da war dieser andere Teil in mir, der sich mit aller Kraft zu wehren begann.

Nein, verdammt nochmal nein.

Ich wollte nicht sterben!

»Romeo?«

Wieso hatte das verdammte Licht Julius' Stimme? Am liebsten hätte ich geschrien, noch lieber aber geweint. Wieso er? Wieso immer er, er, er? Im Leben und im Tod. Luft wich unangenehm heftig aus meinen Lungen, ich rang nach ihr. Ich driftete weg, wirbelte zwischen Dunkelheit und einer Helligkeit, die immer gefährlicher schien. Womöglich würde sie ja wieder verschwinden, wenn ich die Augen nur lange genug geschlossen hielt. Der Tunnel, von dem die Leute immer sprachen. Der Tunnel, den man unweigerlich entlanggehen musste. Ich wollte ihn nicht beschreiten.

»Ro, kannst du mich hören? Ich bin's …«

Und dann war da mit einem Mal diese Ruhe, die mich überkam.

Vielleicht weil ich glaubte, Julius' Gegenwart zu spüren. Seine Sonnenseite, sein Strahlen, sein bloßes Existieren. Plötzlich wusste ich ganz deutlich, dass ich nicht wegrennen konnte. Wenn etwas im Leben unweigerlich feststand, dann war es der verdammte Tod. Ihm konnte man nicht entkommen.

Schlagartig riss ich die Augen auf. Erst kam das Licht näher, dann wich es plötzlich zur Seite. Ich blinzelte und versuchte, mich zu orientieren. Deckenbeleuchtung. Lauter gleichgroße Quadrate, die nebeneinanderhingen. Das war Licht, aber es war ein reales. Es war greifbar.

Ich war nicht tot.

Ich lebte.

Oder?

Mein Herz pulsierte. Es schlug nicht, es überschlug sich und schien einen unangenehm heftigen Salto nach dem anderen zu machen. Da war etwas Weiches, auf dem ich lag. Mein Körper, in dem einfach jeder Muskel höllisch schmerzte. Neben mir standen Monitore, deren stetes Blinken mich an den Club erinnerte, an die tobende Menge, an mich, der nicht hatte Nein sagen können. Der schon wieder eine dumme Entscheidung getroffen hatte. Dieses Mal aber die letzte. Ich hatte mir geschworen, dass es das letzte Mal sein würde.

»Romeo …«, erklang da wieder Julius' Stimme. Dieses Mal zusammen mit einer federleichten Berührung an meiner Schläfe, die sich wirklicher anfühlte als alles andere. Ich blinzelte, und sein Gesicht schwebte über mir. Schwarze Locken im Gegenlicht und müde Augen. Mattblau und ohne Glanz darin. Ich konnte den Ausdruck darin nicht einordnen, doch Julius war hier. Wo auch immer ich war – er war ebenfalls dort.

»Lius …«, krächzte ich. Meine Kehle fühlte sich staubtrocken an, und erst als ich die beiden Silben formte, realisierte ich den Schlauch in meiner Nase. Luft, Atmen, noch mehr Luft, wieder Atmen – begierig und sehnsuchtsvoll. Und ich stellte die erste Frage, die mir durch den Kopf schoss. Die, die gerade mehr als alles andere zählte. »Bin ich … lebe ich?«

Julius schluckte. Ich sah die Bewegung seines Adamsapfels überdeutlich und hatte Angst, dass das Krankenhauszimmer und auch er nicht mehr als ein Trugbild waren, denn womöglich war der Tod derart unbegreiflich, dass er sich in seltsamen Abbildern des Lebens zeigte. Womöglich schwebte ich aber auch nur in einer verdammten Zwischenwelt oder so etwas.

»Ja, es war … du bist am Leben«, wisperte Julius.

Eine Ewigkeit lang war da nur Stille, in der ich mein Herz überdeutlich schlagen hörte und ganz langsam verstand, dass dieses Licht mich tatsächlich nicht geholt hatte. Ohne es wirklich zu wollen, hatte ich alles aufs Spiel gesetzt, doch ich war hier.

Ich

lebte,

lebte,

lebte.

»Was … was machst du hier?« Die zweite Frage, die zählte. Ich versuchte, mich zu orientieren und an den Dingen festzuklammern, die gerade am wichtigsten schienen.

»Prija«, erklärte Julius beinah tonlos. »Und ich habe das Video gesehen. Es ist überall und …«

Ich starrte ihn an, wusste nicht, wovon er sprach, doch er beendete den Satz nicht. Stattdessen erklang ein Räuspern. »Wie fühlst du dich?«

Der Club.

Mein Fall.

Die Dunkelheit und das helle Licht.

»Verdammt scheiße«, mein kurzes Auflachen wurde zu einem Husten. Ich rang nach Luft, der Schlauch fühlte sich unangenehm an und ich keuchte. »Ich glaube, das ist gerade wohl die ehrlichste Antwort.«

In Julius' Gesicht regte sich nichts, und die Abwesenheit einer Reaktion ängstigte mich. Ich streckte meine Hand aus, ich musste ihn berühren. Ich musste wissen, ob das echt war. Doch Julius wich zurück und schob die Hände in die Hosentaschen. In seinen Augen standen tausend Gefühle, und gleichzeitig war da kein einziges, das ich greifen konnte.

»Wieso bist du derjenige von uns, der aussieht, als hätte er nicht geschlafen?«

»Ich bin vierzehn Stunden mit dem Auto gefahren«, flüsterte er. »Hab nur zweimal an einer Raststätte gehalten und kurz geschlafen. Und zu Hause war ich auch noch nicht. Ich bin direkt hierhergekommen. Ich wollte ... Ich musste ... Ich hätte nicht ertragen, wenn ...«, Julius brach die Stimme.

»Wieso?«

»Das ist die dümmste Frage, die du mir jemals gestellt hast!« Dieses Mal flammte Verärgerung in seinen Zügen auf. Vielleicht war es auch Unglauben oder ein Rest Angst. »Dein Herz hatte aufgehört zu schlagen, Romeo. Ist dir das klar?«

Stille.

»Du musstest wiederbelebt werden.«

Noch mehr Stille, die so unendlich war wie das Nichts zwischen den Sternen.

»Ich hatte so schreckliche Angst, dass ich dich nie wiedersehe. Keine Ahnung, was ich dann getan hätte. Das übersteigt meine Vorstellungskraft und ganz ehrlich: Ich bin sogar froh, dass ich mir das nicht ausmalen kann. Ich meine, wie hätte ich denn ...« Die Hände in Julius' Hosentaschen ballten sich zu Fäusten. Die Knöchel seiner bebenden Finger zeichneten sich deutlich unter dem Jeansstoff ab. »Prija hat mich angerufen, und ich war so weit weg ...«

Schließlich sagte ich leise: »Ich hab Scheiße gebaut.«

Julius erwiderte nichts, stattdessen presste er die Lippen aufeinander. Sie zitterten und der Anblick, wie er krampfhaft seine Gefühle zu unterdrücken versuchte, war verflucht herzzerreißend und breitete sich schmerzhaft in meiner Brust aus. Er war der Eine. Himmel, dieser Mann war meine große Liebe.

»Ich wollte nicht sterben«, raunte ich mit brüchiger Stimme und suchte seinen Blick, hielt ihn fest, ehe ich weitersprach: »Ich will, dass du das weißt.«

»Ich weiß nicht, ob ich dir das glauben kann. Prija hat mir erzählt, was bei euch auf dem Dach passiert ist.« Julius schloss für einen Moment die Augen, und als er sie wieder öffnete, lag unendlicher Schmerz darin. »Ich wusste nicht, dass es dir *so* schlecht geht. Das mit den Drogen, ja ... Auch, dass du eben ein ... schwermütigerer Mensch bist. Aber mir war nicht klar, dass du nicht mehr leben willst. Ich hatte ja keine Ahnung. Vielleicht bin ich naiv gewesen, vielleicht hätte ich ...«

Ich schluckte. »Ich kann Vergangenes nicht rückgängig machen, Lius, aber *ich* glaube mir. Und ich will dieses Leben. Dich trifft keine Schuld und verdammt, es gibt wirklich nichts, was du hättest tun können. Und erst recht ist da nichts, was du hättest besser machen können. Du warst immer für mich da, und du bist und warst nie für mich verantwortlich.«

Es gäbe noch so viel mehr zu sagen, doch ich merkte, wie mich das Sprechen anstrengte. Schon wieder musste ich husten.

»Aber Romeo, wieso ... wieso hast du dann da oben gestanden? So etwas passiert doch nicht einfach so.«

»Ich kann dir keine perfekte Antwort geben, weil ich das alles selbst noch nicht verstehe. Ja, es gibt diese Tage, an denen geht es mir einfach scheiße. Da fühle ich mich leer und habe keine Ahnung, weshalb. Aber mein Leben beenden wollte ich nie – zumindest nicht, wenn ich nüchtern gewesen bin. Als ich dort auf dem Dach stand, war ich megadrauf und habe selbst nicht richtig kapiert, was eigentlich passiert. Und ja ... ich hätte es danach ein für alle Mal sein lassen müssen ...«

Julius nickte langsam. Ich hätte ihm außerdem gern gesagt, dass ich *ihn* wollte und sich an meinen Gefühlen nichts geändert hatte, doch dies war nicht der richtige Moment. Ich lag wegen einer Überdosis im Krankenhaus, erinnerte mich nur schemenhaft an diese Nacht und hatte keine Ahnung, wie viel Zeit seitdem vergangen war. Ich musste klarkommen. Mit dem, was passiert war, und dem, was noch kommen würde. Mit mir und dem Leben, das jetzt eine ganz andere Bedeutung hatte. Und doch fühlte sich für einen winzigen Moment alles seltsam richtig an. Ich vergaß die Umstände, vergaß meinen schmerzenden Körper und Julius' traurige Augen. Gott, das hier war das Gegenteil von einem *Jetzt wird alles gut,* aber ganz gleich, wie es auch mit mir weitergehen würde, Julius war gerade hier.

Auf einmal wurde sein Gesicht ganz weich. Julius, wie ich ihn kannte, mit der Stupsnase, aber eben ohne lächelnden Mund. Er trat wieder näher an das Bett heran, und seine Finger schoben sich unendlich langsam zwischen meine. Sie fühlten sich weich an und kühl. Julius' Daumen strich kaum spürbar über meinen Handrücken, sanft wie ein Windhauch. Und ich drehte vorsichtig meine Hand, um die Berührung zu erwidern. Verschränkte Finger, entstehende Wärme und Halt. So viel Halt. Julius beugte sich mir entgegen. Warm und unendlich zärtlich traf sein Mund auf meine Stirn, strich meine Schläfe entlang und verharrte dort für einen Moment.

»Ich schätze, ich sollte mal jemandem Bescheid geben, dass du wach bist.« Julius deutete vage über seine Schulter. Der Satz hatte etwas Endgültiges an sich. So plötzlich, wie seine Hand und seine Lippen mich berührt hatten, waren sie auch wieder weg. Ungeweinte Tränen glänzten in seinen hellen Augen, als er mich noch einmal ansah. Ganz tief und lange und voller Erinnerungen.

»Ich bin froh, dass du leben willst«, sagte Julius. »Die Welt wäre ohne dich nicht dieselbe. *Ich* wäre ohne dich nicht derselbe.«

Dann war er weg.

Zumindest fast. Ich sah den Schatten seiner Füße unter dem Türschlitz hindurch auf den Boden fallen und zählte die Sekunden. Aus ihnen wurde eine Minute. Julius war so nah und doch so verdammt fern. Ich hätte mich gern von dem Schlauch in meiner Nase befreit, von den Infusionen, die weiß Gott was in meinen Körper beförderten. Wäre gern zu ihm gegangen, um ihn in meine Arme zu ziehen und nicht mehr loszulassen. Doch ich fühlte mich so unendlich schwach. So erschöpft auf tausend verschiedene Arten und wollte schlafen, einfach nur schlafen.

Doch so furchtbar es schmerzte, dass wir uns immer und immer wieder aufs Neue zu verabschieden schienen, spürte ich in meinen Mundwinkeln doch ein leises Lächeln, denn ich lebte. Ich hatte eine zweite Chance bekommen, und dieses Mal würde ich es ganz sicher nicht ruinieren.

Julius

Ich hatte stark sein wollen, doch als ich hinaus in die Kälte trat, regneten all die zurückgehaltenen Tränen aus meinen Augen. Und niemand war da, um sie aufzufangen. Ich eilte die Treppenstufen hinunter, weil ich das Krankenhaus so schnell wie möglich hinter mir lassen wollte – mitten hinein in eine Flut aus Schneeflocken, die vom Himmel fielen.

Ich konnte mir im Nachhinein selbst nicht erklären, wieso ich es mir immer und immer wieder angesehen hatte, aber das Internet war voll davon. Überschriften, in denen mir Wörter wie *Absturz, gefeierter DJ, Konsum* und *Überdosis* entgegenschrien, darunter immer wieder dieselben Videos. Eine verwackelte Aufnahme von Romeo, der in einem Club an den Tellern stand. Dünner, als ich ihn vor sieben Monaten kennengelernt hatte. Wie seine eigene Musik ihm entglitt, als hätte er die Kontrolle über die Töne verloren, ehe ein kreischendes Geräusch den Song zerriss und Romeo hart auf dem Boden aufschlug. Menschen tanzten weiter. Der Typ vorn direkt neben ihm an den Tellern beugte sich über ihn. Die Kamera wackelte, unscharfe Bilder und Romeo im Zentrum der Aufmerksamkeit. Wie er da auf dem Boden lag und krampfte und die Hälfte der Leute selbst zu drauf waren, um zu kapieren, was da passierte. Das andere Video von dem flackernden, blauen Licht und den Sanitätern vor dem Club. Durch die geöffneten Türen konnte man sehen, wie im Inneren Hektik ausbrach. Romeo, der einfach nur dalag, während Sanitäter um ihn herum routiniert arbeiteten. Und dann sein Herz, mit den Händen immer wieder auf sein Herz. Sich schließende Türen. Mit Sirene wegfahrender Wagen und irgendwelche Wichser, die etwas durcheinanderriefen und so etwas filmten. Wer zur Hölle tat so etwas? Wer filmte den Tiefpunkt eines anderen Lebens und stellte es online? Wenn dieser andere Mensch ganz offensichtlich zwischen Leben und Tod schwebte?

Und während all das passierte, war ich Hunderte Kilometer weit weg gewesen. Unfähig, etwas zu tun. Ich hatte gedacht, diese Aufnahmen zu sehen, wäre das Schlimmste, doch ich hatte mich geirrt: Romeo dann in Wirklichkeit auf der Intensivstation zu sehen hatte mir völlig den Boden unter den Füßen weggerissen. Ich fühlte mich leer und betäubt und stellte mir kurz die Frage, ob ich das hätte verhindern können, aber dann schüttelte ich entschlossen den Kopf. So durfte ich auf keinen Fall denken. Ich war mit dem Auto hergefahren. Ich hatte keinen anderen Gedanken gehabt, als so schnell wie möglich bei Romeo zu sein. Ich hatte im Krankenhaus herumdiskutiert, hatte einen Aufstand veranstaltet, weil sie mich zuerst nicht zu ihm hatten durchlassen wollen. Ich hatte mich mit eigenen Augen davon überzeugen müssen, dass er lebte. Dass er überlebte. Alles, was zwischen uns stand, hatte in diesem Moment keine Rolle gespielt.

Doch jetzt hatte ich diese Aufgabe erfüllt und wusste nicht wohin mit mir.

Ich wischte mir die Tränen von den Wangen und wickelte mir den Schal enger um den Hals. Der Wind fuhr unter die Wolle, und wieder durchzuckte es mich eiskalt bei der Vorstellung daran, dass Romeo hätte sterben können. Es schnürte mir aufs Neue die Luft ab.

Und dann waren sie einfach da, standen dort ganz unerwartet auf dem grauen Parkplatz und lehnten an meinem Auto: Biene und Davin. Als die beiden mich auf sich zukommen sahen, liefen sie mir sofort entgegen. Keiner von uns sagte etwas, weil es gerade wohl einfach nichts zu sagen gab. Biene schlang ihre Arme um mich, Davin umarmte mich von der Seite. Es war tröstlich und mein Fixpunkt in dem durcheinanderwirbelnden Chaos meiner Gedanken. Und so standen wir eine Weile einfach nur da, eng umschlungen und warm. Schneeflocken verfingen sich in Davins dunklem Afro, blieben an Bienes Wimpern hängen. Sie waren wunderschöne Kristalle, klein und zerbrechlich. Plötzlich nahm ich die kleinsten Details wahr – vielleicht fand mein Herz das leichter, als sich dem alles verschlingenden Schmerz in meinem Innersten zu stellen. Hätten die beiden mich nicht gehalten, ich wäre an Ort und Stelle zusammengebrochen. Irgendwann löste Biene sanft die Autoschlüssel aus meinen steifen Fingern und sperrte auf.

»Ich fahre«, erklärte sie. »Und du solltest dringend ein bisschen schlafen, Lius.«

Davin nahm auf der Rückbank Platz, ich setzte mich neben Biene.

»Und während du schläfst, gehen Davin und ich fett einkaufen«, meinte sie und lenkte das Auto aus der Parklücke. »Nur Junkfood; Pizza, überbackene Mozarella-Sticks, diese Veggie-Nuggets, die du so magst. Und natürlich dein Lieblingseis. Glühwein besorgen wir auch noch. Für den Fall, dass du dich betrinken willst. Wir können auch einfach nur einen Film schauen. Oder Musik hören, irgendwo hingehen. Oder eben alles gleichzeitig.«

»Auf jeden Fall lassen wir dich heute nicht allein«, bestätige Davin. Ich sah ihn im Rückspiegel die Schultern zucken. »Das ist es, was Biene dir eigentlich sagen will.«

Eine Woche später lag ein Umschlag im Briefkasten: weiß, schmal und nichts Besonderes. *Romeo für Julius* stand darauf, sonst nichts. Keine Adresse, also musste er ihn selbst eingeworfen haben. *Romeo für Julius,* wie der Name seiner Spotify-Playlist, auf der er Lieder für mich gesammelt hatte.

Ich setzte mich mit dem Brief auf mein Bett und drehte ihn mit zitternden Fingern hin und her. Der Anblick unserer geschriebenen Namen legte sich schwer auf meine Brust, und wieder tauchten die verwackelten Bilder der Videos vor mir auf. Dazu das Bild, wie Romeo in dem Krankenhausbett lag, mit dem Sauerstoffschlauch und den Infusionen, und versuchte, nach meiner Hand zu greifen.

Vor ein paar Tagen war er nach einigen abschließenden Untersuchungen entlassen worden. Prija hatte ihn abgeholt und nach Hause gebracht. Von ihr wusste ich auch, dass es Romeo langsam besser ging – zumindest körperlich. Ich war froh, dass sie mir geschrieben hatte, denn ich wollte mich nicht in sein Leben drängen. Trotzdem ließ es mir keine Ruhe, nicht wirklich zu wissen, ob er sich erholte.

Romeo hätte tot sein können, doch die Dinge zwischen uns lagen nicht plötzlich anders.

Ich riss den Umschlag auf. Ein USB-Stick fiel heraus und ein zusammengefaltetes Stück Papier, durch das handgeschriebene Buchstaben hindurchschimmerten. Ich holte meinen Laptop und steckte den Stick an. Darauf war nur ein einziger Ordner mit dem Namen *Kiezfarbenmeer.* Ich klickte ihn an und fand darauf mehrere Musikdateien. Die meisten waren nach Farben benannt, aber ein Titel stach mir sofort ins Auge: *Und du fliegst durch die Nächte.* Der letzte Song, sieben Minuten und neunundvierzig Sekunden lang. Ich wusste nicht, ob ich bereit für das war, was mich erwarten würde, doch ich hatte keine andere Wahl. Ich musste das hören, also atmete ich tief ein und aus, ehe ich auf Play klickte und mich mit dem ersten Ton nach hinten fallen ließ.

Ich schloss die Augen und sah mir Romeos Musik an und verstand:

Und du fliegst durch die Nächte erzählte eine Geschichte. Es war unsere. Ich sah Romeo und mich auf der Oberbaumbrücke und am Märchenbrunnen, sah uns vor dem *Fakultativ* sitzend und über den Markt am Maybachufer laufend. Ein Graffiti auf einem Parkdeck sprayen und im einsetzenden Tageslicht zusammenkommen. Er beim Auflegen, ich in der Menge. Stunden voller Gespräche, virtuelle und echte. Ich sah uns durch die Nächte fliegen, sah eine endlose Zeit und den Glauben, für diesen einen Moment unsterblich zu sein. Keine Ahnung, wie Romeo das gemacht hatte, aber das waren all die Farben, die ich fühlte. Das waren die Bilder und Schattierungen, mit denen ich uns wahrgenommen hatte. Und ich verstand diese Sprache. Ich verstand, dass dieses Lied eine Liebeserklärung an Berlin war, aber noch mehr an uns. Es war all das, was hätte sein können.

Danach klickte ich mich durch die anderen Tracks, jeder hatte seine ganz eigene Nuancierung, doch nach ungefähr einem Drittel der Musikdateien merkte ich, dass sie in ihrer Gesamtheit den Farben eines Sonnenaufgangs glichen. Ein elektronischer Sonnenaufgang, der Seele hatte. Der mich mit sich riss und mich alles andere um mich herum vergessen ließ. Da war keine Zurückhaltung und kein Hemmnis mehr. In diesen Liedern lag Romeos ganzes Herz, das voller Wärme war und Zuneigung, Leidenschaft und Ekstase. Mit vielen lauten und nur wenigen leisen Tönen. Voller Harmonie und Ausgeglichenheit und zugleich voller unerwarteter Wendungen. Songs, die einen in ihrer unfassbaren Kraft erdeten und doch mit sich rissen.

Und dann, als ich *unser Lied* erneut abspielte, ließ ich all die Gefühle in mir heraus. Die guten und die schlechten und es tat weh, inmitten dieser Farbwolke, die gleichzeitig etwas sonderbar Tröstliches an sich hatte. Der Schmerz begrub mich unter sich, so wie in dem Moment, als ich Romeo verloren hatte.

Erst beim dritten Mal, als der Song lief, las ich die wenigen Zeilen, die auf dem Papier standen:

Die Lieder waren einfach da, als ich wieder zu Hause war. Sie sind der Anfang meines zweiten Lebens. Du warst nicht nur Teil meines ersten, du hast es verdammt bunt gemacht.

Mein Herz fiel und Tränen mit ihm. Ich weinte um ihn, um mich, um uns beide. Die Schrift auf dem Papier zerlief zu wackeligen Linien. Auch wenn das mit Romeo und mir und der Liebe nicht funktioniert hatte – diese acht Minuten Musik waren wir zwei für die Ewigkeit.

17. Kapitel

Romeo

Dr. Karen Fährmann – Psychotherapie. Seit geschlagenen fünf Minuten starrte ich das verdammte Messingschild an, hatte aber immer noch nicht auf die Klingel darunter gedrückt. Dabei wollte ich das hier, ich wollte es wirklich.

Ich rief mir ins Gedächtnis, was Prija an diesem Morgen zu mir gesagt hatte: »Du kannst das. Du hast es zurück ins Leben geschafft, da ist alles andere doch eine Kleinigkeit.«

Ich hatte ihr erklärt, dass das nicht mein Verdienst gewesen war, sondern dass ich das den Sanitätern zu verdanken hätte, aber Prija hatte nur lächelnd ihr schwarzes Haar über die Schulter geworfen. »Kann schon sein, aber du hattest den Willen und darauf kommt es schließlich an, oder?«

Himmel, diese Frau war so selbstverständlich für mich da und unsere Freundschaft ein verdammtes Geschenk. Jener verhängnisvolle Abend lag inzwischen zwei Wochen zurück. Weihnachten war auf unspektakuläre Weise gekommen und wieder gegangen. Ich hatte alle Anfragen für Auftritte abgesagt, hatte mich kein einziges Mal mehr auf Instagram eingeloggt. Ich verschwand von der Bildfläche und aus der Öffentlichkeit, und nach und nach waren die Spekulationen über mich und meinen Absturz und mein Album weniger geworden – zumindest ein bisschen.

Ein letztes Mal atmete ich tief ein, dann klingelte ich endlich. Der Türsummer ertönte, und ich betrat den Hausflur mit der dunklen Holztreppe. Im ersten Stock öffnete sich eine Tür. Das Geräusch war so verdammt real und brachte mein Herz aus dem Takt, ehe es überschnell weiterschlug. Dr. Fährmann stand im Eingang zu ihrer Praxis und blickte mir hinter ihren riesigen Brillengläsern entgegen, als ich die letzten Stufen nahm. Sie sah genauso aus wie auf dem Foto auf ihrer Website. Ende fünfzig, schmal, aber mit energischem Blick. Eine ellenlange Liste aus Abschlüssen, Weiterbildungen und Veröffentlichungen war dort zu sehen gewesen. Frau Fährmann schien mir jemand zu sein, der wusste, was er tat. Dafür, dass ich eine Wildfremde an meine kaputte Psyche heranlassen würde, wahrscheinlich schon mal ganz gute Voraussetzungen.

»Herr Brenner, nehme ich an?«, sagte sie freundlich. Ich brachte nur ein Nicken zustande. Meine Handflächen schwitzten, und ich wischte sie unauffällig an der Hose ab, ehe ich ihr die Hand reichte.

»Schnell, kommen Sie herein«, sie trat zur Seite, »es ist wirklich furchtbar kalt heute.«

Echt jetzt? Ein Kommentar zum Wetter?

Wieder nickte ich bloß.

Der Eingangsbereich war in hellen Farben gestrichen, viel Gelb und Beige. Auf einer Kommode stand ein Strauß frischer Blumen, daneben ein brauner Ledersessel. Wahrscheinlich sollte das alles irgendwie beruhigend wirken, mich machte es jedoch nur noch nervöser. Meine Finger bebten, als ich Jacke und Schal an die Garderobenhaken hängte.

Hinter einer Tür bemerkte ich einen wuchtigen Schreibtisch, hinter einer anderen zwei Sessel, die einander gegenüberstanden. Als ich Dr. Fährmann dort hinein folgte, kamen mir zum ersten Mal, seit ich den Termin ausgemacht hatte, Zweifel, ob ich tatsächlich bereit war, mich meinen Dämonen zu stellen. Ob ich bereit war, mich mit diesem Abgrund in mir zu beschäftigen.

Von den Eltern nie richtig geliebt, schlechte Erfahrungen in der Kindheit, geschlagen worden, weil ich verdammt nochmal nicht hetero war. Endlich Anerkennung und einen gefährlichen Abklatsch von Liebe für meine Musik, dann die Drogen. Da brauchte ich eigentlich keine verdammte Therapeutin, um zu wissen, weshalb ich mich so fühlte, wie ich es eben tat. Wieso manchmal irgendwie nichts einen Sinn zu ergeben schien. Doch ich ahnte, dass es so einfach nicht war. Ich wollte, dass sich etwas änderte, und diese zweite Chance, die mir das Leben gewährt hatte, nutzen. Ich wollte verdammt nochmal endlich glücklich sein.

Dr. Fährmann und ich saßen einander gegenüber. Sie schlang sich das dezent gemusterte Tuch, das ihr über die Schulter gerutscht war, wieder um den Hals, schlug die Beine übereinander und sah mich an. Ich konnte keine einzige Regung in ihrem Gesicht ausmachen und wusste nicht, was von mir erwartet wurde. Ich wich ihrem starren Blick aus und sah mich in dem Zimmer um. Das abstrakte Gemälde hinter ihr an der Wand, die Pflanzen in weinroten Übertöpfen vor weißen Vorhängen.

Ich dachte an die Anmeldung des Drogentherapie-Zentrums in der Boddinstraße und wie schrecklich und verdammt abgefuckt ich mich gefühlt hatte, als ich dorthin gegangen war. Wahrscheinlich, weil dieser Schritt ein ganz offensichtliches Eingeständnis war. Ein *Ja-ich-habe-ein-Problem* und *Ja-ich-möchte-mich-diesem-Problem-stellen*. Ambulante Rehabilitation in einer Gruppentherapie, maximal achtzehn Monate, wenn ich Glück hatte, weniger. Doch die Zeit spielte letzten Endes keine Rolle, denn ich wollte einfach nur weg von dem Scheiß, der ab einem undefinierbaren Punkt angefangen hatte, mein Leben zu bestimmen. Dort zusammen mit all diesen anderen Menschen zu sitzen, die abhängig waren, hatte … geholfen. Ich fühlte mich nicht mehr so allein zwischen den Geschichten anderer, die so unterschiedlich waren und sich am Ende meistens irgendwie glichen. Doch selbst zu reden und dabei ehrlich zu sein war schwer. Eingeständnisse, das Annehmen von Fehlern, das Akzeptieren, dass man nicht perfekt war und das auch nie sein würde, der innere Kampf, das Vermissen der Höhenflüge – all das war fucking hart, aber es war notwendig.

An den meisten Tagen fühlte ich mich immer noch irgendwie seltsam, doch der Schwindel und die Gedächtnisstörungen wurden seltener. Ich versuchte, zu normaleren Uhrzeiten ins Bett zu gehen, gab mir Mühe, regelmäßig und gesünder zu essen, hatte keinen Kontakt mehr zu den anderen. Nur mit Helena hatte ich gesprochen. Sie hatte mich im Krankenhaus besucht, Ringo und Ben nicht. Ich hatte an Helenas Mädchen-Version und ihre heruntergekommene Wohnung denken müssen und gefragt, ob sie mit mir ins Drogentherapie-Zentrum kommen wollte, wenn ich entlassen würde. Wir wussten beide, dass sie mindestens so abhängig von dem Scheiß war wie ich, doch Helena hatte nur stumm den Kopf geschüttelt.

Noch immer war es still. Dr. Fährmanns Augen wirkten hinter den dicken Brillengläsern gigantisch. Erwartete sie, dass ich etwas sagte? Oder sollte ich warten, bis sie mir eine Frage stellte? Gott, ich hatte doch keine Ahnung, wie so etwas ablief. Nervös knetete ich meine Finger im Schoß. Dann fiel mir auf, wie sie auf meine Hände schaute, und ich hielt sie sofort still. War das etwas, das sie analysierte? Oder hielt sie es für belanglos?

Irgendwo tickte eine Uhr.

Julius würde wahrscheinlich einfach drauflosreden, schoss es mir durch den Kopf. Er würde einfach sagen, was er dachte, ungefiltert und echt. Und damit waren meine Gedanken dort, wo ich sie gerade nicht haben wollte. Bei *ihm*, immer nur bei ihm. Es mochte sein, dass Julius mich nicht mehr lieben konnte und zu viel passiert war, doch ich wusste, dass er es getan hatte. Warm und aufrichtig und übermächtig. Er hatte mich und uns nicht aufgeben wollen, doch das war in meinem anderen Leben gewesen. Mein erstes, dessen letzte Monate ich mit Julius verbracht hatte. Plötzlich waren sie zu Liedern in meinem Kopf geworden. Zu genau den Melodien, die ich die ganze Zeit so vergeblich gesucht hatte. Mit einem Mal waren da Ideen und Funken, da war meine Seele, die entblößt vor mir lag und mich einlud, mit ihr Musik zu machen. Ich erzählte mit ihr meine Geschichte und unsere. Mein eigener Sound riss mich mit sich, und es war ein ganz neuer und zugleich vertrauter Rausch gewesen, mit klarem Verstand und allumfassender Kreativität, die mich aufs Schönste flutete.

Ich hatte keine Ahnung, was ich mit all dem, was mein nächstes Album sein könnte, tun sollte, denn *Ro* wollte ich nicht mehr sein. Wenn ich mich von dem, was mich beinah zerstört hätte, lösen musste, dann auch von ihm. Vielleicht auch vom DJ-Sein im Ganzen. Weiß Gott, ich wusste nicht, wohin mein Weg mich führen würde, wohin diese Songs mich bringen würden. Aber ich hatte die Chance, mich neu zu erschaffen und dabei ganz ich selbst zu sein. Ich wollte der Mann sein, den Julius verdient hatte. Und am allermeisten der, den ich selbst verdient hatte.

Immer noch herrschte in dem hellen Raum dieses unangenehme Schweigen, das ich nicht zu durchbrechen wagte. Zeit dehnte sich aus, und Staub tanzte im Sonnenlicht, das gefiltert von den hellen Vorhängen in den Raum fiel.

Ich will der Mann sein, den ich verdient habe, wiederholte ich in Gedanken. Der Moment hatte etwas seltsam Friedliches an sich, und in mir wurde etwas ganz ruhig.

Zwei weitere Herzschläge und ich fing an zu reden.

Julius

Es war ein neues Jahr, der zweite Montag im Januar. Heute war es endlich so weit. Der Tag, an dem der Traum, den ich im Fahrtwind gefunden hatte, wahr wurde.

Obwohl der Himmel bewölkt war, fanden doch vereinzelte Sonnenstrahlen ihren Weg in das Innere des Busses. Ihr Licht brach sich in den Scheiben und legte sich in einem wunderschönen Muster auf den Holzboden und die hellen Tische unter den Fenstern. Die bunten Glühbirnen, die an den ehemaligen Haltegriffen an der Decke hingen, waren noch nicht an, doch ihre Farben wurden in allen Oberflächen reflektiert. Die Einrichtung, insbesondere die Stühle, war ebenso bunt. Außerdem wild zusammengewürfelt. Alles passte auf chaotisch-schöne Art zusammen und versprühte etwas Heimeliges. Es war eng und der Raum schmal, aber gerade das machte es so gemütlich und erschuf dabei fast schon ein bisschen Wohnzimmeratmosphäre.

Noch waren keine Gäste da, trotzdem war es hier drin bereits laut und lebendig. Biene stand auf einem Stuhl und befestigte gerahmte Fotos über den Fenstern. Auf ihnen allen war das Meer zu sehen, aber niemals am selben Ort fotografiert. Davin stand neben ihr und reichte ihr die Bilder an. Hinter der Theke auf der Rückseite des Busses räumten Charlotte und Alex die letzten Getränke in den schmalen Kühlschrank ein, während Frieda mit angezogenen Beinen danebensaß und ihnen eine Frage nach der anderen stellte. *The Sun* von Myd erklang leise aus den Boxen, und für den Moment vergaß ich, dass es vor wenigen Tagen noch geschneit hatte.

Genau das hier war schon jetzt meine Oase.

Auch Mama und Daniel waren vorhin schon einmal da gewesen, wollten aber noch kurz über den Markt laufen.

Ich brachte die zwei Dosen mit Cupcakes, die Prija gerade eben vorbeigebracht hatte, nach hinten. Sie hatte Romeo nicht erwähnt und bevor ich sie nach ihm fragen konnte, hatte sie schon wieder weggemusst. Auch wenn Prija und ich uns ein wenig angefreundet hatten, war sie für mich doch unwiderruflich mit Romeo verbunden. Plötzlich musste ich wieder an die letzten Wochen denken; Wochen, die die Farben von *Kiezfarbenmeer* hatten.

Weihnachten zu Hause und Frieda, die nach dem *Mann, der wie ein Engel aussieht* gefragte hatte. Das Jahr, das zu Ende gegangen war. Silvester in Berlins Clubs und ich hatte nur an Romeo gedacht. Die Musik, die Ekstase, das Gefühl von Unbesiegbarkeit in der Dunkelheit – das war seine Welt, war es zumindest gewesen. Dort zwischen den Jahren fiel mir wieder einmal ein, was er über *Kiezfarbenmeer* geschrieben hatte: *Sie sind der Anfang meines zweiten Lebens.* Das klang nach jemandem, der leben wollte, und an diesem Gedanken hatte ich mich festgehalten. Er brauchte Heilung und ich ebenso.

Jetzt schob ich mich an Charlotta vorbei hinter die Theke, drückte Frieda einen Kuss auf den Haaransatz und holte zwei Teller aus einem der Schränke, um die Cupcakes darauf zu verteilen und sie zu dem anderen Essen zu stellen. Das Topping war türkisfarben, und kleine goldene Perlen saßen darauf. Weil heute die Eröffnung war, gab es an der Theke ein Buffet mit den meisten Gerichten auf unserer Karte: die vegetarische Lasagne, die ich bei Romeo ausprobiert hatte, Chili sin Carne, Miniburger und Falafel standen schon bereit. Ab morgen würden wir immer ein ausgesuchtes warmes Gericht auf der Mittagskarte haben.

Ich tat die letzten Dinge, die noch erledigt werden mussten, merkte aber von Minute zu Minute, wie ich unruhiger wurde. Mit einem Mal schien die Uhr über dem Eingang unendlich laut zu ticken, und erst da wurde mir so richtig klar, was das alles bedeutete: dass ich zusammen mit Biene mein eigenes kleines Café haben würde, dass wir es geschafft hatten und es hoffentlich gut laufen würde. Wir hatten darauf hingearbeitet, ich hatte dieses Ziel vor Augen gehabt, aber das zu realisieren, das kam erst jetzt so langsam.

»Biene, Lius, ihr werdet hier heute noch ewig drinstehen«, sagte Charlotta in meine Gedanken. »Geht doch einfach noch ein bisschen an die frische Luft.«

Das hier war mein Baby, ich konnte die anderen nicht einfach die restliche Arbeit machen lassen. »Ich weiß nicht, ob …«

»Bambi hat recht. Wir schaffen das«, unterbrach Alex mich. »Außerdem machst du alle nervös mit deinem Hin- und Hergelaufe.«

»Und ihr seid euch sicher?«

»Ja, und jetzt ab mit dir«, meinte Charlotta bestimmt und fuhr sich mit einer Hand über den rasierten Nacken.

»Biene?«

Ich drehte mich um und sah, weshalb meine beste Freundin nicht antwortete. Sie stand nicht länger auf dem Stuhl, sondern direkt vor Davin, der einen Arm um sie gelegt hatte und sie küsste.

»Nehmt euch ein Zimmer«, rief Alex im Scherz und schmiss ein Geschirrhandtuch durch den Bus. »Hier sind Kinder anwesend.«

Frieda sah lange zu Alex hinauf, dann sagte sie ernst: »Ich bin aber nur ein einziges Kind.« Lachen mischte sich mit der Musik.

»Ich komme sofort«, meinte Biene atemlos und mit roten Wangen.

»Dann warte ich noch k…«

»Los, geh dich entspannen!«, rief Alex.

»Okay, ich geh ja schon!« Lachend schlüpfte ich in meine Jacke und schlang mir den Schal um den Hals. »Ihr seid die Besten.«

Bevor ich ins Freie hinaustrat, strich ich mit den Fingern über die Regalbretter, die direkt im Eingangsbereich hingen. Dort hatten all die Bücher Platz gefunden, die Biene und ich auf unserer Reise gesammelt hatten. Zwei Neue standen zwischen ihnen: *Léon und Louise* von Alex Capus und *Vingt mille lieues sous les mers* von Jules Verne, die Mignon mir zur Eröffnung geschickt hatte – mit dem Versprechen im Frühling zusammen mit Lilou nach Berlin zu kommen.

Ich stieg die schmale Außentreppe hinunter und steuerte die Mitte des Magnolienplatzes an, wo Bänke aus Paletten aufgebaut waren. Ich setzte mich auf eine von ihnen, mit direktem Blick auf den Bus.

Erschöpft, aber glücklich fuhr ich mir durch die Locken und ließ meinen Blick über den Platz schweifen, über die anderen bunt zusammengewürfelten Stände mit Kaffee und Essen. Biene und ich hatten uns in den letzten Tagen, an denen wir noch am Bus gearbeitet hatten, mit den Besitzern unterhalten – die meisten waren wahnsinnig nett und entgegenkommend. Vor allem mit den zwei Kerlen in unserem Alter, die in dem hippen Foodtruck neben uns vegane Burger verkauften, verstanden wir uns gut. Sie hatten Biene und mich nächste Woche zu sich eingeladen.

Einer der beiden, der gerade im Truck stand und einer älteren Frau mit bodenlangem Mantel ihren Burger gereicht hatte, winkte mir kurz zu. Ich hob die Hand und lächelte.

Und dann war da unser Bus in der Wintersonne. Das *Türkisgold*, das sich für mich genauso anfühlte. Es war wie die Farbe des Meeres, das ich wohl immer ein bisschen vermissen würde, das Meer im Glanz einer langsam aufgehenden Sonne. Am Eingang hing immer noch das Glasperlenwindspiel, das Biene und mich auf unserer Reise begleitet hatte. Fast zwei Jahre lang war es unser Glücksbringer gewesen und war es heute wieder. Glück und schöne Energien für diesen neuen Abschnitt meines Lebens.

Stolz flutete mich und begann jeden Winkel meines Körpers zu erfüllen. Es war eine plötzliche Welle des Realisierens, als mein Blick weiter über die insgesamt vier Tische mit Stühlen und den Decken auf den Lehnen glitt, auf jedem Tisch ein Windlicht und ein hohes Glas mit bunt leuchtenden Blumen darin. Ich sah die Luftballons, die bunten Wimpel und die Lichterketten. Das hier war Bienes und mein wahr gewordener Traum. Das war es, hier und jetzt, unser eigenes Café – auf ganz andere Art, als wir es einmal geplant hatten. Von uns selbst erschaffen. Unsere Weltreise für uns selbst und alle möglichen Menschen konserviert. Und gleichzeitig war es das nächste Abenteuer, in das ich mich bereitwillig stürzen wollte.

Nicht einmal mehr eine halbe Stunde, dann würden Biene und ich tatsächlich das *Türkisgold* eröffnen.

Mein Traum.

Meine beste Freundin.

Meine Herzensmenschen.

Es war alles perfekt. Fast. Denn einer fehlte. Ebenso schnell wie der Gedanke gekommen war, schob ich ihn wieder beiseite. Ich durfte nicht an Romeo denken, zumindest nicht an diesem wichtigen Tag, auf den ich so lange hingefiebert hatte.

»Es ist verrückt, dass es jetzt wirklich losgeht, oder?« Biene setzte sich neben mich. Ich lehnte mich einen Moment gegen sie, das Kinn auf ihrem Haaransatz ruhend, und sagte: »Genau das habe ich gerade auch gedacht.«

Mein Atem bildete eisige Wolken.

»Hier«, sie reichte mir eine unserer bauchigen Tassen mit der goldenen Meereswelle darauf. Darüber stand in geschwungener, goldener Schrift *Türkisgold*. »Ich glaube, den können wir gerade brauchen. Ein bisschen Koffein, bis es losgeht.«

Ich war aufgeregt, positiv wie negativ, und konnte es gar nicht abwarten, das Innere des Busses voller Menschen zu sehen, machte mir zeitgleich aber Sorgen, ob heute und vor allem auch künftig genug los sein würde.

»Bist du auch so nervös?«

Biene lachte und sah mich an. »Total. Ich habe gestern kaum geschlafen und hatte dauernd Angst, dich zu wecken. Ich war so unruhig und bin die ganze Zeit durch die Wohnung gelaufen.«

»Ich hab geschlafen wie ein Stein und nichts mitbekommen.« Ich grinste ein bisschen gequält. »Aber auch nur, weil wir die letzten Tage fast ununterbrochen hier waren. Ich war einfach superfertig.«

»Aber die ganze Arbeit hat sich mehr als gelohnt.« Bienes Augen leuchteten mit ihrem blauen Stirnband um die Wette. Selbstgemachte Ohrringe mit gefärbten Federn hingen an ihren Ohren. Sie sah glücklich aus und war umhüllt von einer pastellgelben Farbwolke. Eine Weile saßen wir einfach nur da, ganz in den Anblick unseres Buscafés versunken, und tranken einträchtig unseren Kaffee. Die Ruhe vor dem Sturm.

»Und was machen wir als Nächstes, Bienchen?«

»Wir haben noch nicht einmal aufgemacht«, entgegnete sie. »Wie kannst du jetzt schon an das nächste Projekt denken?!«

Ich grinste. »Wir könnten beispielsweise einen zweiten Bus zu einem Café umbauen.«

»Hast du nicht gerade noch gemeint, dass du megafertig bist?«

»Wir könnten auch eine Bar eröffnen«, fuhr ich unbeirrt fort. »Ein *Türkisgold* für die Nacht quasi.«

Biene lachte hell. »Lius, was stimmt nicht mit dir?«

Mir lag schon eine Erwiderung auf der Zunge, doch dann spürte ich ihn, noch bevor ich ihn sah. Da war dieses Kribbeln in meinem Nacken und Dunkellila, fast Schwarz. Dazwischen dieses kräftige Blau. Seine Farbe und die unserer Momente zwischen den Tagen, bevor der Himmel sich endgültig von der Sonne erhellte. Ganz langsam drehte ich mich um, und dort stand er an einen der Bäume am Rande des Platzes gelehnt und blickte mich direkt an. Dunkle Jeans und schwere Stiefel, die Haare zu einem Half Bun zusammengebunden. Einzelne Strähnen hatten sich in dem dicken Schal verheddert. Honigblond auf schwarzem Grund.

Romeo, o Romeo.

Mein Herz setzte einen endlosen Schlag lang aus. Er war wie eine Erscheinung, so ganz und gar unwirklich. Die dunkle Kleidung, die lässige Haltung mit den Händen in den Hosentaschen. Ein klar umrissenes Bild aus der Vergangenheit.

Biene war meinem Blick gefolgt und stieß mich sanft in die Seite. »Vielleicht solltest du einfach hingehen.«

»Vielleicht.«

Ich schluckte, denn ich hatte Angst. Ich hatte Angst, dass das nur ein weiterer unserer zahllosen Abschiede sein würde, die sich so schmerzhaft aneinanderreihten. Der Tag vor zwei Monaten, an dem Romeo zu mir gekommen war, um Schluss zu machen. Die Nacht zwei Wochen später, in der wir miteinander geschlafen hatten. Das *Lebewohl* im Krankenhaus.

»Jetzt geh endlich, bevor er am Ende wieder verschwindet.«

Dankbar lächelte ich Biene an, und dann lief ich auch schon auf Romeo zu, weil ich gar keine andere Wahl hatte. Unwillkürlich wallte Sehnsucht in mir auf, die ich während den Vorbereitungen für die Eröffnung des Cafés mehr schlecht als recht weggeschoben hatte. Mit jedem Schritt wurde sie heftiger, und als ich schließlich vor ihm stand, stürzte alles auf mich ein. *Und du fliegst durch die Nächte* erklang dabei ganz leise in meinem Kopf. Wahrscheinlich hatte ich mich damit nur unnötig selbst gequält, doch ich hatte das Lied an jedem einzelnen Tag gehört, seit der USB-Stick im Briefkasten gelegen hatte.

»Hey«, krächzte ich und hob den Kopf.

Es gab so vieles, das ich gern gesagt oder gefragt hätte, doch mein Kopf war mit einem Mal wie leer gefegt. Da war nur der Ausdruck in Romeos silbrigen Augen, die mir klarer und wacher entgegenblickten als sonst. Ein gestrandeter Engel, der heller war als in meiner Erinnerung, weniger verloren.

»Hey«, gab Romeo mit Sekunden Verzögerung zurück. Er sah besser aus, gesünder. Mehr wie er selbst und die Version, die ich kennengelernt hatte. Romeo hatte wieder zugenommen, die Augenringe waren fast nur noch Schatten der Erinnerung.

»Was machst du hier?«, fragte ich schließlich.

Und dann lächelte Romeo einfach. Keines seiner angedeuteten, sondern eines mit dem ganzen Mund und den Augen. So schön und strahlend und vereinnahmend. Er lächelte auf eine Art, die mir seine Unsicherheit ganz offen zeigte, und es war dieses Detail, das etwas mit mir machte.

»Ich weiß, wie wichtig dir das hier ist, und ich wollte einfach da sein. Prija hat mir erzählt, dass ihr heute offiziell eröffnet, und …«, Romeo sah über meine Schulter, und sein Lächeln blieb, »… es ist alles so schön geworden. Du kannst wirklich verdammt stolz auf dich sein. Ich bin es auf jeden Fall.«

»Danke«, murmelte ich und dachte an das Graffiti, das den Bus zierte. Romeo war unweigerlich auch Teil all dessen. Vielleicht hatte er dasselbe gedacht, denn als sein Blick nun wieder meinen fand, lag eine Wärme darin, die mich unvorbereitet traf.

»Und ich wollte auch mit dir reden. Vielleicht ist dafür gerade nicht der richtige Moment, also ... Vielleicht können wir das ja machen, wenn du hier fertig bist. Oder morgen.«

Ich sah auf die Uhr an meinem Handgelenk. Nur noch zwanzig Minuten.

»Ich kann auch verstehen, wenn dir nicht nach Reden ist und wir ...« Romeo schaute mich etwas hilflos an, der Satz blieb in der Luft hängen.

Ich drehte mich um, ließ meinen Blick über den Platz schweifen und entdeckte Biene an einem der Tische direkt vor dem Bus. Sie schien alles im Griff zu haben, also ... scheiß drauf. Wenn mich die letzten Monate eines gelehrt hatten, dann dass es keine richtigen Momente gab.

Er war hier. Romeo war hier.

»Jetzt ist genau richtig«, erwiderte ich. »Ich möchte dir nämlich auch gern etwas sagen.« Mit einem Mal waren die Worte wieder in meinem Kopf, jetzt noch wichtiger und drängender als in den Nächten, in denen ich sie hin und her gewälzt hatte. Und jetzt sah ich Romeo richtig in die Augen. Kopfüber und mit Fallenlassen. Und ich erkannte alles in ihnen, was ich wissen musste. Winterseeaugen voller Wahrheiten.

»Ich ...«

»Du ...«

Wir hatten gleichzeitig zu reden begonnen und lachten nun beide verlegen auf.

»Du zuerst«, sagte ich leise, und Romeo trat nervös von einem Bein aufs andere.

»Also ich ... ich vermisse dich«, sagte er mit ernstem Blick. »Ich vermisse dich an jedem einzelnen verdammten Tag, und es wird nicht besser und es hört nicht auf wehzutun. Ich glaube, ich habe mich in richtig vielen Dingen geirrt. Am meisten aber habe ich mich darin geirrt, dass es ohne dich besser wäre und ich dich nicht verdient hätte.«

Ich sah zu ihm auf, sah den hilflosen Ausdruck in seinem Gesicht und in mir wurde alles ganz weich.

»Und ich weiß jetzt auch, dass es keinen Sinn hat, wenn ich versuche, dich zu beschützen – ob das jetzt vor dir selbst oder vor mir ist. Es tut mir leid, wie es gekommen ist, und ich würde im Nachhinein so vieles anders machen, Lius«, er fuhr sich mit beiden Händen über das Gesicht. »Ich lebe. Und ich möchte keine Zeit verschwenden. Ich möchte mir keine Was-wäre-wenn-Fragen stellen müssen, weil ich jetzt weiß, wie schnell das alles vorbei sein kann. Und deshalb …«, er suchte meinen Blick, »… deshalb will ich dir sagen, dass ich dich liebe. Ich habe nie aufgehört, dich zu lieben, und ich möchte mit dir zusammen sein. Ich möchte, dass du Teil meines Lebens bist und ich Teil von deinem.«

Das war der Moment, in dem jede Wunde wieder aufriss. Aber statt Schmerz und Verlust war da etwas anderes: Hoffnung, die mich flutete, und Zärtlichkeit. All die Dinge, die ich ihm so ähnlich hatte sagen wollen.

»Ich …«, setzte ich an.

»Bevor du etwas dazu sagst, möchte ich, dass du noch etwas anderes weißt: Ich bin fest entschlossen, mein Leben zu ändern. Nicht für dich, sondern für mich ganz allein. Und in zweiter Linie dann für uns. Das verspreche ich dir. Ich gehe inzwischen einmal in der Woche in das Drogentherapie-Zentrum in Friedrichshain, weil ich das Gefühl hatte, da allein nicht mehr herauszukommen. Und ich habe eine Therapie angefangen – wegen allem anderen. Wegen allem, was schon vor den Drogen da war. Ich hätte das niemals gedacht, aber zu reden hilft mir. Und … ich werde wohl nie perfekt sein, und in mir wird vielleicht auch immer ein bisschen etwas von dieser Leere zurückbleiben, das weiß ich noch nicht, aber … ich möchte mit dir zusammen sein, Lius. Und dieses Mal habe ich das Gefühl, mein Leben einigermaßen in den Griff zu bekommen. Ich weiß trotzdem nicht, ob ich weiter Musik machen werde oder ob ich das mit dem Studieren doch noch einmal probiere. Ich weiß noch nicht so wirklich, was mein Plan ist. Da sind immer noch verdammt viele Unsicherheiten, aber es ist das, was ich dir geben kann. Ich kann trotzdem verstehen, wenn …«

»Ich habe auch nie aufgehört, dich zu lieben«, unterbrach ich ihn, und Stolz flammte in meiner Brust auf, weil Romeo aus eigener Kraft über all seine Schatten sprang, um sich seinem Leben zu stellen und es sich zurückzuholen. Dazu gehörte so viel Mut und so viel Kraft, vor allem wenn man vorher lang und tief gefallen war.

Romeo machte einen Schritt auf mich zu, und ich flog ihm entgegen. Es gab kein Vielleicht mehr und kein Dazwischen, nur uns. Meine Finger fanden ihren Weg zwischen seine. An unseren Handgelenken schimmerten unsere Armbänder bunt in der Sonne: Erinnerungen an meine Reisen, ein Geschenk von Romeo, ein Band, das ich ihm geschenkt hatte, und eines, das er vor einer gefühlten Ewigkeit als Siegesprämie für ein gewonnenes Wettrennen durch einen Brunnen eingefordert hatte.

Ich hob den Blick wieder. Seiner traf mich ins Herz.

»Ich will mit dir zusammen sein, weil ich nur dieses eine Leben habe und dich darin brauche«, raunte ich.

Nur dieses eine Leben. Romeo, der zusammenbrach. Romeo, der vor diesem Club einen letzten Atemzug tat, während ich über tausend Kilometer weit weg war. Romeo, dessen Herz wieder zu schlagen anfing. Die Erinnerung an diese Bilder schnürte mir etwas weniger schmerzhaft die Kehle zu, als sie es zu Beginn getan hatten, denn hier und jetzt hatte ich die Wahl: Romeo lebte, und ich konnte mich für ihn entscheiden.

»Und wenn es nicht leicht wird?«, fragte er. »Wenn wir nicht einfach so tun können, als wäre nichts passiert?«

»Denkst du ernsthaft, dass ich nach dem Ganzen hier wirklich noch der Meinung bin, es könnte leicht werden?«

»Nein.« Romeo lachte auf. »Wahrscheinlich nicht.«

»Und ich möchte auch gar nicht so tun, als wäre nichts gewesen, denn dann müsste ich auch so tun, als hätte es all das Schöne zwischen uns nicht gegeben. Ich habe gelernt, dass das Leben eben nicht immer so ist, wie ich das gern hätte. Und dass es nicht immer in meiner Macht steht, ob Dinge funktionieren oder schiefgehen.« Ich lächelte. »Du hast mir gezeigt, dass auch in diesem Chaos Schönheit liegen kann.«

Romeo sah mich überrascht an. »Ich habe dir gezeigt, dass Chaos etwas Gutes ist?«

»Na ja … irgendwie schon. Du hast mir deine Welt gezeigt und eine andere Sicht auf die Dinge. Und ich denke, dass das, was zwischen unseren Welten liegt, ein ganz guter Mittelweg sein kann, oder?«

Romeo schluckte. »Heißt das: du und ich zusammen?«

Federleicht strich sein Daumen über meinen Handrücken. Tränen glänzten in seinen Augen, und meine freie Hand fand ganz automatisch ihren Weg zu seinem Gesicht, um sie aufzufangen, sollte er tatsächlich zu weinen beginnen. Ich kannte jede Linie so gut, das kratzige Gefühl seines Barts, den Schnitt in der linken Augenbraue, das Muttermal auf dem Nasenflügel.

»Ja, *Omeo*, du und ich zusammen.« Ich stellte mich auf die Zehenspitzen und ließ die Hand in seinen Nacken gleiten. »Ich will dich so sehr wie am allerersten Tag. Eigentlich will ich dich noch viel mehr«, wisperte ich gegen seine Lippen.

Ich spürte Romeos Grinsen an meinem Mund, bevor er mich küsste, und als er dabei seine Arme eng um mich legte und mich festhielt, rückte die Welt wieder an den richtigen Platz. So sanft wie seine Zunge gegen meine stieß, umhüllte mich der Geruch nach frischem Schnee und kühlen Winden. Ich schlang auch den anderen Arm um seinen Hals und berührte mit meinem Mund fiebrig den seinen. Da war so viel Sehnsucht, so viel Liebe, so viel Befreites.

»Ich habe übrigens noch einen Wunsch bei dir frei«, wisperte Romeo zwischen zwei Küssen und zeichnete mit dem Daumen meine Lippen nach.

»Ist das dein Ernst?«, lachte ich atemlos und dachte an unsere erste Nacht, an zwei Wahrheiten und eine Lüge.

»Absolut.«

»Okay, was wünscht du dir?«

Romeo sah mich lange an, ließ seine Hand durch meine Locken gleiten, dann sagte er rau: »Jetzt überhaupt nichts mehr.«

Dieser Mann, Berlin und ich. Nicht mehr zwischen Kreuzberg und Friedrichshain, zwischen Tag und Nacht, zwischen Sonne und Mond. Das hier waren nicht mehr unsere zwei Welten, es war unsere gemeinsame.

Das waren *Romeo und Julius*.

Es gibt kein Vielleicht und kein Dazwischen,
wenn wir Berlin zu unserer Stadt machen,
die Welt zu unserer Galaxie.
Und du fliegst durch die Nächte,
fliegst,
fliegst,
fliegst
der Unendlichkeit entgegen.

Und du fliegst durch die Nächte, aus
Kiezfarbenmeer (LP), erschienen 2023.

SIEBEN MONATE SPÄTER
EIN LEBEN WIE KEIN ANDERES (FAST)

Romeo

Fast mein ganzes Leben lang hatte ich geglaubt, die Welt hätte mich nicht gewollt, doch inzwischen war mir klar: *Ich* war es gewesen, der die Welt nicht gewollt hatte. Seit ich beinah gestorben war, hatte ich keine Angst mehr vor dem Tod und noch viel weniger vor dem verdammten Leben.

Ich ging weiterhin einmal in der Woche zu Dr. Fährmann. Manchmal saß ich ihr gegenüber und fühlte mich wie ein Hochstapler, weil ich doch irgendwie alles hatte und keinen Grund, mich zu beschweren. An solchen Tagen wusste ich nicht, was ich ihr erzählen sollte. Aber es gab auch diese anderen, düstereren Tage. Tage, an denen ich nach meiner Sitzung erst einmal allein sein musste, weil meine Gedanken sich drehten. Weil meine Therapeutin mit erschreckender Präzision Dinge offenlegte, die mir vielleicht in irgendeinem Winkel meines Verstandes bewusst gewesen waren, ich sie aber gekonnt weggeschoben hatte. Doch so oder so: Es half. Es brachte mich dazu, mich ehrlich mit mir selbst auseinanderzusetzen, mein Leben zu reflektieren.

Auch die Gruppensitzungen im Drogentherapie-Zentrum waren der richtige Schritt gewesen. Von Monat zu Monat fiel es mir leichter, mich den anderen gegenüber zu öffnen. Es wäre scheißgelogen gewesen zu behaupten, dass die Sehnsucht nach Rausch und Ekstase nicht mehr da wäre, aber sie wurde schwächer, ein fernes Echo, mit dem ich zu leben lernte. Ich wurde kein komplett neuer Mensch, ich wurde lediglich zu der Person, die ich immer schon gewesen war. Nur ließ ich mehr und mehr zu, genau das nach außen zu tragen.

Und dann war da Julius mit seinem Strahlen, der dieses neue Jahr zu einer Aneinanderreihung fucking schöner Momente machte: Küsse hinter dem *Türkisgold*, ein Kaffee nach dem anderen an den Tischen davor, mein vierundzwanzigster Geburtstag, die ersten Skateversuche am Maybachufer und Julius, der sich Mühe gab, mich nicht auszulachen.

Im Mai wollte er unbedingt ans Meer. Er hielt mir eine Karte vor die Nase und forderte mich dazu auf, den Finger blind an irgendeine Stelle zu legen. Ich sagte ihm, dass er verrückt wäre, doch er lachte nur und beharrte darauf. Am Ende wurde es Griechenland, und auch wenn Julius nichts sagte, war ich mir trotzdem sicher, er wusste, dass ich geschummelt hatte. Wir fuhren mit dem Auto, und in diesen Tagen gab es nur uns und das Glitzern des Meeres. Wir kamen unter dem Licht der Sterne aufeinander, ich drückte ihn lachend gegen jede Wand, die ich finden konnte. Wir ließen uns treiben, suchten Farben in jedem einzelnen Moment und erstellten zusammen eine neue Playlist: *Meeresrauschen.* Die Sonne küsste Julius' Haut und ich ihn, bevor ich ihn auf den Klippen fragte, ob er bei mir einziehen wollte. Er sagte *Ja*, ohne jedes Zögern, ohne jedes Überlegen. Nachdem wir zusammen ganz unten gewesen waren, schien mit einem Mal alles zwischen uns so verdammt leicht zu sein.

Nur wenige Wochen später füllte Julius meine Wohnung mit seiner ganz besonderen Energie. Gemeinsam mit ihm richtete ich all die Räume endlich ein, machte aus diesem Ort ein Zuhause für uns beide. Und nicht nur er brachte Leben in die hundertfünfzig Quadratmeter. Biene, Alex, Charlotta und Davin saßen abends oft bei uns in der Küche, die endlich richtig benutzt wurde. Prija und Samia kamen vorbei, und auch Helena gehörte irgendwann fest zu unserem Kreis. Monate, nachdem ich aus dem Krankenhaus entlassen worden war, hatte sie sich bei mir gemeldet. Sie wollte weg – weg von Ringo, weg von den Drogen –, und ich unterstützte Helena so sehr, wie ich es konnte. Beim nächsten Mal begleitete sie mich zu der Gruppensitzung in der Boddinstraße und zog dann bei

Biene in Julius' altes Zimmer ein. In dieser Zeit lernte ich eine ganz neue Helena kennen. Eine fröhlichere Version von ihr, eine junge Frau mit Träumen und Ambitionen. Wir redeten das erste Mal wirklich miteinander, und ich erfuhr, dass sie eigentlich immer Lehrerin hatte werden wollen. Nur zu Lillie und Leander fand ich nicht mehr zurück. Wir hatten uns noch einmal getroffen, um in Ruhe miteinander zu sprechen, doch manche Dinge ließen sich nicht reparieren. Genauso wie die Sache mit Michi. Ich hatte bei Leuten aus unserem Jahrgang herumgefragt, auf Instagram und Facebook gesucht und ihn letzten Endes auch gefunden. Keine Ahnung, was ich erwartet hatte. Wahrscheinlich war es bei dem Drang, mich mit ihm auszusprechen, mehr um meinen eigenen Seelenfrieden gegangen als um ihn. Er hatte nur gemeint, dass das alles schon ewig her sei und jetzt auch nichts mehr ändern würde. Dass er seit zwei Jahren mit seinem Freund zusammen und glücklich mit ihm wäre. Ich hätte noch so viel zu sagen gehabt, doch hatte es gelassen, denn Michi hatte recht: Es änderte nichts mehr. Das Leben war nicht perfekt. War es nie gewesen und war es auch jetzt nicht, doch es war meins und ich kostete jeden verdammten Moment so gut aus, wie ich konnte.

Mit einem Mal schienen ständig Leute bei mir zu Besuch zu sein und Gott, ich mochte es. Ich mochte es, dass meine Wohnung zu unserem verdammten Zentrum wurde. Unter die Gespräche und das Lachen bei unserem Zusammensein mischte sich mit Beginn des Sommers Hundegebell. Monate, nachdem ich Rave verloren hatte, war ich wieder im Tierheim gewesen. Erst, um eine Lücke zu füllen und mit den anderen Gassi zu gehen, dann wegen eines ganz bestimmten Hundes mit hellbraunem Fell und Schlappohren: Janosch. Dieses Mal zögerte ich nicht, dieses Mal nahm ich ihn sofort bei mir auf. In der Anfangszeit versteckte er sich vor Julius und mir, mit jedem Tag taute Janosch weiter auf, wurde neugieriger, furchtloser und zutraulicher.

Und dann gab es da noch die Musik. Die Musik, zu der ich langsam zurückfand. Nachdem ich Julius den USB-Stick mit *Kiezfarbenmeer* geschickt hatte, hatte ich sie lange ruhen lassen. Hatte Abstand gebraucht, weil das Auflegen einfach zu negativ besetzt gewesen war und es Monate dauerte, bis Markus und seine Anwälte mich aus dem Scheiß mit *Studio B21* rausholten. Ich verlor viel Geld, aber das war mir egal. Doch nachdem all das abgeschlossen war, merkte ich, wie sehr ich die Musik vermisste. Die reine Musik. Die Art von Musik, die ich früher gemacht hatte, bevor sie und die Drogen immer mehr eins geworden waren. Musik wie auf *Kiezfarbenmeer*, die eigentlich nur für mich allein gewesen war.

Erst überlegte ich, mich wieder an der Uni einzuschreiben. Irgendetwas mit Musik, doch ich wollte selbst etwas erschaffen. Ich wollte nicht in Hörsälen sitzen, ich wolle das Leben spüren und mich dabei nie wieder irgendjemandem unterordnen müssen. Kein Label, das mir in meine Tracks reinredete, kein Manager, der permanent ein Auge auf mich hatte. Also gründete ich mein eigenes Label, wurde mein eigener Boss und hatte zudem die Chance, nicht nur meine Sachen zu veröffentlichen, sondern andere Künstler zu unterstützen. Ihnen auf ihrem Weg zu helfen und dabei, dass sie nicht abrutschten, wie es mir auf der Welle des Erfolgs ergangen war. *Second Chances* bedeutete für mich das, was das *Türkisgold* für Julius war.

Erst erschien *Und du fliegst durch die Nächte* als Single, später *Kiezfarbenmeer* als Album. Berlin war unsere Stadt, war es immer gewesen und es fühlte sich richtig an, diese Geschichte mit der Welt zu teilen. Nicht als Ro, sondern als Romeo Brenner. Ich brauchte keinen Künstlernamen mehr, sondern nur mich allein.

Ende des Sommers wurde der Drang, mich wieder vor einer Menge an die Plattenteller zu stellen und sie mit meinen Beats zu bombardieren, stärker und stärker. Und obwohl dieser Teil meines Lebens mit all seinen Schattenseiten beinah mich und auch unsere Beziehung zerstört hatte, war es Julius, der mich darin bestärkte zurückzukehren.

Das *Techno Love Festival* markierte meinen künstlerischen Neuanfang. Leute wuselten hektisch, aber routiniert umher, das Set meines *Supporting Acts* schallte zu uns hinter die Bühne und setzte sich tief in meinem Herzen fest. Max war einer der ersten Künstler, die ich für *Second Chances* unter Vertrag genommen hatte.

Das hier war meine verdammte Rückkehr. Es war ein Weiterführen meiner Karriere und doch ein kompletter Neuanfang. Mit einem Sound, der sich von meinen bisherigen Sachen unterschied, sich aber so sehr nach mir, so echt und pur anfühlte, dass ich mir sicher war, das Richtige zu tun. Ich liebte Techno nicht nur, ich *war* Techno. Diese Musik war mein Fleisch und mein Blut, war das, was mich antrieb, was mich ausfüllte und vervollständigte. Ich hatte meine Beats wieder und doch wurde ich von Minute zu Minute nervöser. Die fucking große Bühne, Tausende Besucher, all die Menschen und die Losgelöstheit eines spätsommerlichen Tags.

Noch immer trug ich die beiden bunten Armbänder, die ich von Julius bekommen hatte, doch inzwischen war ein neues hinzugekommen. Ich hatte in den letzten Nächten vor Nervosität kein Auge zugetan, war durch die Wohnung gelaufen, von Zimmer zu Zimmer, hatte den Kühlschrank immer wieder aufgemacht und mich irgendwann auf der Feuertreppe niedergelassen. Und dann war plötzlich Julius im Küchenfenster aufgetaucht. Absolut niedlich mit dem Kissenabdruck auf der Wange, mit seinen zerwühlten, schwarzen Locken und in einem meiner Hoodies, den er sich übergezogen hatte. Er war zu mir geklettert, hatte sich wortlos zwischen meine Beine gesetzt. Wie immer, war etwas in mir in seiner Gegenwart ruhiger geworden. Die Arme um seinen Bauch, das Gesicht in seiner Halskuhle vergraben. Dort hatte Julius mir das dunkelblaue Band mit den Holzperlen gegeben, auf dem kleine Noten zu sehen waren.

»Es war gut, dass ich es dir doch schon früher geschenkt habe«, sagte Julius jetzt und strich über mein Handgelenk. Trotz der Lautstärke und

Hektik um uns herum strahlte er absolute Ruhe aus. Er sah zu mir auf aus seinen eisblauen Augen. Offen, weit, unendlich. Mein Freund, mein verdammter Freund. »Sie werden es lieben. Sie werden *dich* lieben«, sagte er überzeugt.

»Das hoffe ich doch.«

»Diese ganzen Leute warten nur auf dich. Vielleicht bist du nicht mehr für jeden dort ein Gott, aber du bist ein Kämpfer und das macht dich nahbarer und noch wunderbarer.«

»Noch wunderbarer?« Ich spürte das Grinsen auf meinen Lippen.

»Ich tu deinem Ego echt nicht gut«, murmelte Julius und verdrehte die Augen. »Ich sollte aufhören, dir ständig zu sagen, wie toll ich dich finde.«

»Du bist ganz ausgezeichnet für mein Ego, und du sollst auf keinen Fall damit aufhören«, widersprach ich und küsste ihn zwischen all den Menschen, die aufgeregt um uns herumwuselten, auf den Mund. Ich tat es bedacht und zärtlich und ließ Julius auch nicht los, als ich meine Lippen langsam von ihm löste und den Anblick seines selbstvergessenen Lächelns genoss.

Er gehörte zu mir.

Er war der Mann, der zu mir gehörte.

Weil ich bisexuell war und endlich dazu stehen wollte.

Weil ich mich nicht hinter einem Label verstecken wollte, das nur ein Teil von mir war, aber nicht die ganze Wahrheit.

Seit einigen Wochen lebte ich die Beziehung mit Julius nicht nur privat, sondern auch öffentlich. Es war nicht so, dass ich ein großes Outing gehabt hätte. Ich hatte einfach angefangen, ab und zu auch Fotos von uns hochzuladen. Das, was Biene vor dem *Türkisgold* gemacht hatte. Das, auf dem meine Hände in den hinteren Hosentaschen von Julius und damit seinem Hintern ruhten, während er die Hände in meine Kapuze geschoben hatte, mich näher zog und küsste. Mein Gesicht lag im Halbschatten, doch man sah das glückliche Grinsen auf meinen Lippen. Es hatte nicht nur nette Kommentare darunter gegeben, aber ich wollte ein verdammtes Zeichen setzen. Ich wollte nicht so tun, als wäre ich jemand anderes und mich von irgendwelchen homophoben Wichsern fertigmachen lassen. Wenn diese ganzen Menschen schon ständig dabei zusahen, was ich tat – bei all dem Guten und all dem Schlechten. Weiß Gott, nicht einmal die Nacht, in der mein Herz aufgehört hatte zu schlagen, hatte mir allein gehört. Jetzt wollte ich meine Reichweite nutzen und etwas Sinnvolles tun. Vielleicht gab es da draußen ja jemanden, der so mit sich kämpfte, wie ich es mein Leben lang getan hatte. Vielleicht gab es da jemanden, der meine Musik hörte und dem es etwas gab, dass ich zu mir stand. Und dann war da noch die Stiftung, die ich gründen wollte. Eine, die sich für die Rechte junger, queerer Menschen in Deutschland einsetzen sollte. Für die, die Diskriminierung erfuhren, die zu Hause rausflogen, die haltlos waren. Auf diese Art wollte ich mein Geld nützlich verwenden und diesen Menschen das geben, was ich mir in dem Alter gewünscht hätte.

Jemand berührte mich am Arm. Ein älterer Typ mit schwarzer Cap und Knopf im Ohr. »Romeo, du musst gleich raus«, er drückte mir eine Flasche Wasser in die Hand. »Du hast noch fünf Minuten.« Dann wandte er sich wieder ab.

»Ich schätze, ich muss dich jetzt allein lassen«, seufzte ich und strich mit dem Daumen über Julius' hübsches Gesicht, über die etwas vollere Oberlippe.

»Tu nicht so, als fändest du das sonderlich schlimm. Ich weiß genau, wie sehr du das alles vermisst hast.«

Ich grinste. »Du kennst mich eben viel zu gut.«

»Ich werde hier auf dich warten.«

Ich küsste ihn auf die Nase. »Hoffentlich.«

»Und dir zusehen.«

Er sagte *sehen* und nicht hören. *Kiezfarbenmeer*, das war für ihn.

»Romeo«, rief irgendwo jemand. »Du bist dran! Komm jetzt endlich!«

Draußen brüllte die Menge, ich hörte meinen Namen. Immer und immer und immer wieder. Sie schrien, sie kreischten. Die Aufregung flirrte bis nach hier hinten und brachte die Luft zum Vibrieren. Vielleicht würde es anders werden nach den ganzen Monaten, in denen ich weg gewesen war, aber auf keinen Fall schlechter. Sie verlangten nicht nach *Ro*, sondern nach *Romeo Brenner*. Ich war vielleicht kein Gott mehr, aber ich war ich und ich tat das, was ich für den Rest meines Lebens tun wollte.

»Bin gleich da«, rief ich über die Schulter und küsste Julius ein letztes Mal, sein Gesicht in meinen Händen. Und dann noch ein letztes Mal. Und noch eines, bevor ich mir die Kapuze über den Kopf zog. Julius' Augen strahlten so hell und tiefblau wie Wolkenränder. In ihnen lag dieses herausfordernde Glitzern, dem ich so verdammt verfallen war. Das mir jetzt wie am allerersten Tag die Knie weich werden ließ. Seine Mundwinkel hoben sich und ich wusste, was er sagen würde, noch bevor er es tat.

»Hast du später Lust auf ein Spiel?«

Ich strich mit der Nase über seine und sah ihn einen Moment lang einfach nur an. Dann fragte ich: »Was für ein Spiel?«

KIEZFARBENMEER (LP)

von Romeo Brenner | Spielzeit: 1 Std. 38 Min. | 2023

1. Das Nichts zwischen den Sternen
2. Zwischen den Tagen
3. Kiezfarbenmeer
4. Blauschwarz
5. Dunkellila trifft auf Apricot
6. Himmelsrand
7. O Bordeaux
8. Flammendes Rot
9. Klangorange
10. Wie aus Honig
11. Sonnenglühen
12. Gold
13. Tanz mit den Wolken
14. Helligkeit
15. Und du fliegst durch die Nächte

LIEBE LESER*INNEN,

während Julius sich sein Leben lang darüber im Klaren ist, schwul zu sein und offen dazu steht, geht Romeo einen langen und vor allem steinigen Weg, auf dem er seine Queerness nur langsam und Stück für Stück akzeptieren kann. Ein Elternhaus, das ihn mit emotionaler und auch körperlicher Gewalt zum Umdenken zu zwingen versucht, eine Gesellschaft, in der nach wie vor ein Bild toxischer Männlichkeit herrscht und schlechte Erfahrungen in der Liebe – all das sind Faktoren, die es ihm erschweren, zu sich selbst zu stehen. Schlimmer noch: Sie verfestigen das Bild in ihm, *falsch* zu sein. Ganz zu schweigen von den Vorurteilen, die nach wie vor gegen polysexuelle Orientierungen wie Bisexualität herrschen.

Romeos Geschichte und vor allem die unterschiedlichen Erfahrungen, die Julius und er im Laufe der Jahre gemacht haben, zeigen, wie wichtig das soziale Umfeld bei der Suche und Selbstakzeptanz der eigenen (sexuellen) Identität ist. Aber auch, wie viel unsere Gesellschaft noch zu tun hat, um allen Menschen, die sich nicht als heterosexuell identifizieren, zu zeigen: *Wir sehen euch!*

Wir hören euch!

Wir unterstützen euch!

Liebe ist bunt und verschieden und einzigartig – so wie sie das auch bei Romeo und Julius ist. Die beiden Männer sind zwei Menschen, die sich nicht gesucht und trotzdem gefunden haben. Zwei Menschen, die ihr Leben gemeinsam verbringen wollen, und das ist letztendlich doch alles, was zählt, oder?

Egal, ob ihr Queers seid oder Allys (Verbündete): Tragt eure Kämpfe nicht allein aus. Seid laut, wenn es sein muss. Steht für die Rechte derer ein, die es brauchen und sich selbst vielleicht kein Gehör verschaffen können. Lasst uns zusammen für eine bessere Welt einstehen, denn für die Liebe lohnt es sich.

Immer.

Eure Sophie
#loveislove #lifeiscolorful

DANKSAGUNG(S-UND-ICH-KNUDDEL-EUCH-TOLLE-MENSCHEN-ALLE-TEXT)

Und du fliegst durch die Nächte ist die Geschichte, die ich über alles liebe, und gleichzeitig die, die mich an vielen Tagen an meine schriftstellerischen und vor allem emotionalen Grenzen gebracht hat. In Romeos Kopf zu sein und sich seinen intensiven Gefühlen aussetzen zu müssen war vor allem gegen Ende des Romans hart. Und jetzt, nachdem Ro und Lius mich über Monate begleitet haben, ist ihre Geschichte tatsächlich fertig und genauso, wie ich sie erzählen wollte.

Doch ohne die Hilfe ganz zauberhafter Menschen wäre der zweite Teil der *Love is Love*-Reihe nicht das, was er ist:

Ich danke der Agence Hoffman und meiner Agentin Andrea, die von Tag eins an Feuer und Flamme für dieses Projekt gewesen ist. Du stehst mir immer mit Rat und Tat zur Seite, vor allem aber: Du glaubst an mich, an jeden Satz und jedes Wort, das ich schreibe.

Ein riesiges Dankeschön geht an meine Lektorin Anke. Romeo und Julius haben es auch dir nicht leichtgemacht, aber wie immer war dein Blick auf mein Manuskript klug, wohlüberlegt und sanft. Außerdem danke ich dem gesamten Team des Heyne Verlags. Ihr seid wundervoll und habt eure Leidenschaft für Bücher auch in *Und du fliegst durch die Nächte* gesteckt.

Meiner Redakteurin Eva Jaeschke danke ich für das Feingefühl, mit dem sie an meine Texte herangeht und genau an den richtigen Stellen schraubt. Dank dir habe ich auch bei diesem Buch wieder dazugelernt.

Ich danke Irmi von der Agentur *ehrlich & anders*, die meine *Love is Love* Reihe mit viel Herzblut und Liebe zum Detail begleitet. Es ist eine Freude, einen Menschen wie dich an seiner Seite zu haben – mit dir zusammen fühlt sich Arbeit nicht wie Arbeit an. Wie auch sonst stoße ich mit einem Glas Wein auf dich an.

Mein Dank geht außerdem an die anderen Mitglieder unserer legendären *Legends of Wine* (Whatsapp-)Gruppe: Josi, Emi, Miri und Lauri. Was wäre *Love is Love* ohne euch? *Can't wait*, bis wir uns alle wiedersehen. Alle zusammen.

Vor allem dir, Josi, danke ich für deine Freundschaft. Wir haben uns nicht gesucht, aber doch gefunden, und jetzt haben wir uns halt an der Backe – ich denke, es ist ein bisschen für immer. Während ich das schreibe, singe ich in Gedanken *Seabird* von den Alessio Brothers und denke daran, wie wir zusammen tanzen. *Love you sehr, Baby.*

Larry, meine Seelenverwandte. Ich liebe dich über alles und schätze mich so unglaublich glücklich, dich in meinem Leben zu haben. Es gibt Menschen, die werden für immer bleiben, und so ein Mensch bist du. Auf uns und all die tausend Dinge, die ich hier unmöglich aufschreiben kann.

Ein Danke, Umarmungen und der fetteste aller Knutscher geht raus an meine Beethoven-Crew, vor allem aber an Larry, Alex, Michi und Stevie. *Und du fliegst durch die Nächte* ist nicht nur meine ganz persönliche Liebeserklärung an Techno und meine Seelenstadt, sie ist auch eine an euch und die allergeilste Zeit, die wir in unserer WG hatten. Damals, 2016, als jeder Tag eine einzige Party war. Durchmachen, Wachsein, Bordstein vor dem CC, fliegende Nächte und Kuschelabende – *never forget* den Wäscheständer-Moment. *(Crew) Love is (true) Love!*

Linh, ich hätte nicht gedacht, dass das Leben uns noch einmal zusammenbringt. Danke für all die coolen Tracks via WhatsApp. Dafür, dass du mir tausend Fragen zum DJing beantwortet hast und Techno mindestens so feierst wie ich.

Apropos Raves: Lisa und Leo, meine Girlies. Ich liebe einfach alles mit euch, vor allem unsere gemeinsamen Abende. *Can't wait*, endlich wieder mit euch um die Häuser zu ziehen und die Nacht zum Tag zu machen. *DAS WIRD SICK!*

Ich danke meinen Testleser*innen Marie (*love you* besonders), Thesi, Marina, Annika, Fabian, Raffi und Josia. Bei keinem anderen Buch habe ich euch und eure klugen, ehrlichen Worte so sehr gebraucht und vor allem geschätzt wie bei diesem. Ihr seid *amazing*.

Und auch dir, allerliebste Juliana, danke ich von Herzen. Dieses Mal hast du es aus Zeitmangel nicht geschafft, das ganze Manuskript vorab zu lesen, aber das ist es ja auch nicht, was uns zu Freundinnen macht. *Romeo und Julius* – diese Geschichte ist für so viele Menschen da draußen, aber sie ist eben auch für dich und dein Kämpferherz. Hör niemals damit auf, du zu sein.

Dann sind da noch meine (Schreib-)Freundinnen, die mich vor allem in Zeiten von Corona nehmen, wie ich bin (inklusive immer wieder auftretender WhatsApp-Unfähigkeit). Kyra, du bist einfach ein Herzensmensch und wirst es immer sein (Vielleicht auch, weil du mindestens so gern und viel isst wie ich. Lass uns bitte bald wieder Indisch bestellen. Allein dafür fahre ich nach Frankfurt). Tanja, dein Buntsein und deine Sprachnachrichten in Podcast-Länge sind meine Rettung an den Tagen, an denen bei meinen Geschichten so gar nichts funktionieren will. Kathinka, wegen dir gibt es den kleinen Rave und allein dafür danke ich dir schon. Und einfach fürs Existieren und Kathinka-Sein. Bis bald im allergeilsten Berlin. Sarah, ich liebe unsere Skype-Gespräche, die wir dann doch immer wieder aufschieben. *As always*: Ich möchte mit dir an den See und Sekt trinken. Ich knutsch euch alle heftigst (und bitte hört niemals auf zu schreiben).

Und zum Schluss danke ich dir, Michi. Weil ich gerade in der Sonne sitze, während ich diese Worte schreibe, und auf dich warte. Und weil vielleicht alles angefangen hat, als wir unsere wilden WG-Zeiten hatten. Damals, 2016. (Du musst nicht das ganze Buch lesen. Versprochen. Ich markiere dir wieder die allercoolsten Stellen!).

Ich freue mich schon, wenn wir uns in *Und wir tanzen über den Flüssen* wiederlesen.

Eure Sophie
Juni 2020, im allerschönsten Augsburg.

QUELLENNACHWEIS ZITIERTER SONGS

Finally Mine **von © HOSH auf Seite 297 mit freundlicher Genehmigung des Künstlers**

I say this is the right time / For our love.

I say this is the right time baby / For our love.

I've been waiting and waiting / Waiting for so long.

Nightcall **von © Kavinsky auf Seite 353 erschienen bei Concord Music GmbH**

There's something inside you / It's hard to explain / They're talking about you, boy / But you're still the same

Sky and Sand **von © Paul Kalkbrenner auf Seite 353 mit freundlicher Genehmigung des Künstlers**

In the nighttime / When the world is at it's rest / You will find me / In the place I know the best / Dancin', shoutin' / Flyin' to the moon

Don't have to worry / 'Cause I'll be come back soon.

And we build up castles / In the sky and in the sand / Design our own world / Ain't nobody understand / I found myself alive / In the palm of your hand / As long as we are flyin' / All this world ain't got no end.

In the daytime / You will find me by your side / Tryin' to do my best / And tryin' to make things right.

You're all I want **von © Cigarettes After Sex auf Seite 354 erschienen bei KMG Germany GmbH**
You're all I want / We fuck so hot it left me faded / For all you are / There is no other love, it's only yours / You're all that I want, all the love.

Kein Liebeslied **von © Kraftclub auf Seite 355**
Was soll ich sagen, ich mag dich / So ganz allgemein / Weil ich mag wie du tanzt / Und du tanzt ganz allein / Und ich mag wie du dich bewegst / Mag wie du redest / Ich mag wie du gehst / Und hasse, wenn du gehst.

Freidrehen **von © Clueso auf Seite 355**
Wir wollen, kleine Momente, die sich ungefragt einbringen / Leichter als leicht sein, nichts was uns einengt / Wir wollen, etwas was zu uns durchdringt / Songs hören, die wie unsre Träume klingen / Wir wollen, dass unsere schlechtesten Tage / So wie heute sind.

Die Liedpassagen sind im Text als Zitate markiert, es wurden alle Rechtegeber kontaktiert. Sollte es Nachfragen geben, so richten Sie diese bitte an das Heyne Belletristik Lektorat in der Verlagsgruppe Penguin Random House GmbH, Neumarkterstr. 28, 81673 München.

Sophie Bichon

Emotional und aufwühlend: die Redstone-Reihe

978-3-453-42384-8

978-3-453-42387-9

Leseprobe unter **www.heyne.de**

HEYNE <